顔延之集編年箋注

Chronological Order,Collation and Annotations on Complete Works of Yan Yan-zhi

王學軍 著

人民文学出版社

圖書在版編目（CIP）數據

顏延之集編年箋注/王學軍著. —北京：人民文學出版社，2021
國家社科基金後期資助項目
ISBN 978-7-02-016634-3

Ⅰ.①顏… Ⅱ.①王… Ⅲ.①中國文學—古典文學—作品集—南朝時代
Ⅳ.①I213.912

中國版本圖書館 CIP 數據核字(2020)第 184411 號

責任編輯 **李 俊**
裝幀設計 **吴 慧**
責任印製 **任 禕**

出版發行 **人民文學出版社**
社　　址 **北京市朝内大街 166 號**
郵政編碼 **100705**

印　　刷 **北京建宏印刷有限公司**
經　　銷 **全國新華書店等**

字　　數 **525 千字**
開　　本 **710 毫米×1000 毫米 1/16**
印　　張 **27.5 插頁 2**
版　　次 **2021 年 12 月北京第 1 版**
印　　次 **2021 年 12 月第 1 次印刷**

書　　號 **978-7-02-016634-3**
定　　價 **138.00 圓**

前言

顏延之（三八四—四五六），字延年，元嘉三大家之一，當時與謝靈運並稱『顏謝』，是南北朝時期較有影響的文學家，也是晉宋之間文學『轉關』的樞紐人物之一。《宋書·顏延之傳》載：『文章之美，冠絕當時，……延之與陳郡謝靈運俱以詞彩齊名，自潘岳、陸機之後，文士莫及也，江左稱顏謝焉。』《隋書·經籍志四》載：『永嘉已後，玄風既扇，辭多平淡，文寡風力。降及江東，不勝其弊。宋齊之世，下逮梁初，靈運高致之奇，延年錯綜之美，謝玄暉之藻麗，沈休文之富溢，煇煥斌蔚，辭義可觀。』顏延之的作品凝練規整，用典豐贍，辭藻富麗，此爲古今學者的共識。鍾嶸《詩品》云：『（宋光祿大夫顏延之）其源出於陸機，尚巧似，體裁綺密，情喻淵深，動無虛散，一字一句，皆致意焉。又喜用古事，彌見拘束，雖乖秀逸，是經綸嫻靜才，雅才減若人，則蹈於困躓矣。湯惠休曰：「謝詩如芙蓉出水，顏詩如錯彩鏤金。」』

目前與顏延之集整理相關的研究主要包括四個方面：一是顏延之作品的輯佚、辨僞，如張燮《七十二家集·顏光祿集》、張溥《漢魏六朝百三家集·顏光祿集》、馬國翰《玉函山房輯佚書》、黄奭《黄氏逸書考·漢學堂經解》等。目前這方面的成果較多，但存在不少缺漏、舛誤，有必要加以補充、訂正。二是顏延之作品的校勘、注釋。目前所知，衹有兩部著作對顏延之少部分作品進行了校勘或注釋，即六臣注《文選》關於入選顏延之作品的注釋、李佳《顏延之詩文選注》（黄山書社二〇一二年版）對顏延之部分作品的校注。目前這方面的成果很少，亟需充實、完善。三是顏延之作品的繫年，如繆鉞《顏延之年譜》（《中國文化研究彙刊》一九四八年第八卷）、李之亮《顏延之行實及〈文選〉所收詩文繫年》（《鄭州大學學報》一九九四年第一期）、石磊《顏延之行實與詩文作年新考》（《古籍整理研究學刊》二〇〇八年第六期）等。目前顏延之大部分作品尚未繫年或繫年有異議，需要進一步考訂、釐清。四是其他可資參考的關於顏延之及作品的研究，如黄水雲《顏延之及其詩文研究》（文史哲出版社一九八九年版）、楊曉斌《顏延之生平與著述考》（西北師範大學二〇〇五年博士論文）、諶東飆《顏延之研究》（湖南人民出版社二〇〇八年版）。

總體而言，目前顏延之作品的輯録尚不全面，無完整的校注本，編年亦不齊備，作品分析有待深入。本書在前人研究的基礎上，結合現有資料，通過充分挖掘作品内外信息，完成顏延之集編年箋注工作，具體包括四個方面：一是輯佚、辨僞。從文獻資料中輯録顏延之作品共七十六篇，其中佚文七篇六十五則，另有存目作品十七篇（部），僞作十四篇。二是校勘、注釋。選擇成書年代較早且内容較完整的善本爲底本，參照諸校本，從文本出發，對顏延之現存作品進行文字校勘，並結合文本及創作背景，對疑難字句加以注釋，標明典故出處，注重考察古典在作品中的現實意藴。三是編年考訂。結合相關材料，對顏延之四十四篇尚未繫年的作品進行探討，對顏延之已繫年而有異議的十七篇作品進行再考察，對顏延之已繫年而無異議的十五篇作品進行補證。四是箋疏、考辨。從具體作品出發，對注釋中不能或不便展開的内容加以考論，包括易誤難解名物考辨、作品相關人物關係説明、作品相關時事背景分析、作品文學或文化意義闡發等。

本書的撰寫注重文藝學與文獻學相結合、考據和批評相結合，通過文學本位、歷史背景、文化學視角的結合來研究作品，具體包括三個方面：一是把版本校勘、文字訓詁以及名物考訂等一般屬於考據學方法的研究，與文學批評，即對文學作品的理解、對文學家心靈的感知結合起來。二是把對作者生平與思想的探索，對作品與寫作的時間、地點，作者所生活的時代背景等史實和材料的考辨，與文學批評結合起來。三是在注釋、繫年、考辨中，綜合運用歷史、地理、天文、曆法、宗教等學科的知識，以更好地解釋詞句含義、考訂創作時間、探討作品意藴。

由研究現狀和主要内容出發，本書具有以下價值和意義：一是文獻價值。本書首次全面、系統地對顏延之作品進行輯佚、辨僞、校勘、注釋、編年、考辨，具有原創意義。二是文學價值。通過注釋、考辨，本書能夠加深對顏延之作品的理解，對解讀相關文學作品具有重要的參考意義。三是文化價值。本書對顏延之研究有深化意義，研究者可以據此了解顏延之創作的全貌，促成與顏延之相關的儒學、佛學、史學、社會學等方面的研究更好地展開。

顏延之的作品散佚嚴重，詩文『喜用古事』『情喻淵深』『一字一句，皆致意焉』（鍾嶸《詩品》），因而對其進行編年箋注是頗有難度而富有挑戰性的工作。受自己學識水平的限制，本書可能還存在一些不足或錯誤，懇請讀者給予批評指正，以俟修改完善。

凡例

一、本書所引顔延之作品，主要輯録自宋代之前成書的早期文獻，共計十七種：（一）《通典》（上海人民出版社影印日本宫内廳書陵部藏北宋刻本）。（二）《初學記》（日本宫内廳書陵部藏南宋紹興十七年余十三郎宅刻本）。（三）《藝文類聚》（上海圖書館藏南宋紹興刻本）。（四）《弘明集》（中華大藏經本，其底本爲金藏廣勝寺本，殘缺字句補以高麗藏本）。（五）李善注《文選》（國家圖書館出版社影印南宋淳熙八年尤袤刻本）。（六）《太平御覽》（四部叢刊影印日本藏南宋蜀刻本）。（七）《周禮注疏》（中國國家圖書館藏宋八行本）。（八）《北堂書鈔》（清光緒十四年南海孔氏三十有三萬卷堂影宋刊本）。（九）《樂府詩集》（文學古籍刊行社影宋本）。（十）《宋書》（中國國家圖書館藏宋元明三朝遞修本）。（十一）劉勰《文心雕龍》（上海圖書館藏元至正十五年刻本）。（十二）張彦遠《歷代名畫記》（臺北『國家圖書館』藏明嘉靖刻本）。（十三）吴均《續齊諧記》（明嘉靖《顧氏文房小説》本）。（十四）司馬貞《史記索隱》（明末毛氏汲古閣覆刻本）。（十五）皇侃《論語義疏》（清乾隆五十三年鮑廷博《知不足齋叢書》本）。（十六）《景定建康志》（清嘉慶六年金陵孫忠愍祠本）。（十七）《倭名類聚抄》（明治二十九年楊守敬刊本）。上述古籍在文中出現時，一般衹標書名，不注版本；若有同名古籍的其他版本，則另注版本以區分。

二、本書所用參校本，多爲明代之後成書的類書、總集或輯佚本，常用者有三十一種：（一）《六臣注文選》（四部叢刊影印南宋中期福建路刻本）。（二）《南史》（商務印書館影印元大德刻本）。（三）《藝文類聚》（明正德十年錫山華堅蘭雪堂銅活字本、日本東洋文庫藏朝鮮活字印本、明嘉靖九年宗文堂刊本）。（四）《古詩紀》（重慶圖書館藏明嘉靖三十九年甄敬刻本）。（五）《初學記》（明嘉靖安國桂坡館刻本）。（六）《通典》（中國國家圖書館藏傅增湘校本、明王德溢、吴鵬嘉靖刻本）。（七）葉廷珪《海録碎事》（西安博物院藏明萬曆二十七年劉鳳刻本）。（八）張燮《七十二家集·顔光禄集》（中國國家圖書館藏明末張燮刻本，省稱『張燮《顔集》』）。（九）張溥《漢魏六朝百三家集·顔光禄集》（深圳圖書館藏明末婁東張氏刻本，省稱『張溥《顔集》』）。（十）《古今歲時雜詠》（中國國家圖書館藏明抄本）。（十一）《詩淵》（書目文獻出版社影印北京圖書館藏明稿本）。（十二）《玉臺新詠》（四部叢刊影印明無錫孫氏活字本）。（十三）《册府元龜》（中華書局影印明末崇禎本）。（十四）《弘明集》（上海古籍出版社影印磧砂藏本、四部叢刊輯上海涵芬樓藏明刊本、日本寬永十四年活字印本）。（十五）《宋書》（明北監本、明末毛氏汲古閣本、清乾隆四年武英殿本）。（十六）《北堂書鈔》（文淵閣四庫全書本）。（十七）任大椿《小學鉤沉》（中國國家圖書館藏清嘉慶二十二年汪廷珍刻本）。（十八）馬國翰《玉函山房輯佚書》（上海古籍出版社影印清光緒九年長沙嫏嬛館刊本）。（十九）顧震福《小學鉤沉續編》（復旦大學圖書館藏清光緒十八年刻本）。（二十）曹元忠《南菁劄記》（上海辭書出版社圖書館藏清光緒二十年江陰使署刻本）。（二十一）龍璋《小學搜佚》（民國十八年攸水龍氏鉛印本）。（二十二）黄奭《黄氏逸書考》（清道光黄氏刻、民國二十三年江都朱長圻補刊本）。（二十三）嚴可均《全上古三代秦漢三國六朝文》（中華書局一九五八年版）。（二十四）逯欽立《先秦漢魏晉南北朝詩》（中華書局一九八三年版）。上述古籍在文中出現時，一般衹標書名，不注版本；若有同名古籍的其他版本，則另注版本以區分。

三、本書校勘基本原則：（一）凡底本誤、脱、衍字而更正者，均出校記予以説明；底本正確而他本錯誤者，則校記從簡。（二）底本、他本兩可者，一般從底本，録他本於校記。（三）底本所用俗字、古今字、異體字等，一般改作通行繁體字，如慙、慚統一作慚。不出校記。（四）底本所用通假字，一般保留原字不變，用『通』示之，如辨與辯、兹與滋。

四、正文中顔延之作品的編年箋注，一般先引作品篇名及内容，而後依次進行校、注、繫年（創作時間考）、考辨（對注釋中不能或不便展開的内容加以補充論證，如顔延之生平行事考訂、易誤難解名物考辨、作品涉及人物關係説明、作品時事背景分析等）。

五、作爲補充，本文附録主要包括輯佚、辨僞、存目作品考、顔延之出仕考、顔延之年譜新編、顔延之評論資料彙編六個方面的内容。

目錄

附錄

北使洛〔一〕〔一〕

改服飭徒旅，首路跼險難〔二〕〔二〕。振楫發吴洲〔三〕，秣馬陵楚山〔三〕。塗出梁宋郊，道由周鄭間〔四〕。前登陽城路，日〔四〕夕望三川〔五〕。在昔輟期運，經始闊聖賢〔六〕。伊穀〔五〕絶津濟，臺館無尺椽〔七〕。宫陛〔六〕多巢穴，城闕生雲烟〔八〕。王猷升八表，嗟行方暮年〔九〕。陰風振涼野，飛雪〔七〕晉窮天〔一〇〕。臨塗未及引，置酒慘無言〔一一〕。隱憫徒御悲，威遲良馬煩〔一二〕。遊役去芳時，歸來屢徂諐〔一三〕。蓬心既已矣，飛薄殊亦然〔一四〕。

【校】

本詩以李善注《文選》卷二十七所載爲底本，用《藝文類聚》卷二十七、《六臣注文選》卷二十七、《古詩紀》卷五十六、張燮《顔集》、張溥《顔集》參校。

〔一〕《藝文類聚》詩題作《北使至洛》。

〔二〕「難」，諸本作「艱」，二字義同。「險難」一詞早出，先秦已有，如屈原《九歌・山鬼》云「路險難兮獨後來」，而「險艱」此前未見使用，故此處作「難」。

〔三〕「洲」，李善注《文選》《藝文類聚》作「州」，諸本作「洲」。「州」爲「洲」之古字，二字同。

〔四〕「日」，《藝文類聚》訛作「旦」。

〔五〕「穀」，《藝文類聚》作「洛」，《六臣注文選》《古詩紀》、張燮《顔集》、張溥《顔集》作「瀔」。「穀」「瀔」二字通。

〔六〕「陛」，《藝文類聚》作「階」，二字義近。此處「宫陛」指皇宫，漢魏時期已有此用法，如《後漢書・董卓傳》載：「（呂布）馳齎赦書，以令宫陛内外。」而「宫階」則無此義，故此處作「陛」。

〔七〕「雪」，《藝文類聚》作「雪」，諸本作「雲」。「飛雪」較「飛雲」更契合下文「晉窮天」的描述。

【注】

（一）北使洛：顏延之時任中軍行參軍，奉中軍將軍府之命出使洛陽。洛，西晉故都洛陽，義熙十二年劉裕北伐時收復。

（二）改服：更換衣服，這裏指換上行裝。飭：修整、整治，這裏指整備行裝。徒旅：旅客。首路：上路出發。跼：彎曲，這裏指路塗蜿蜒漫長。

（三）振檝：揮動船檝，借指水路行船。吳洲：吳地河洲，這裏指建康附近的水洲。秣馬：飼馬、餵馬，借指陸路騎馬。楚山：本義指荆山，在今湖北西部，這裏泛指建康附近的山（戰國屬楚地，故以楚山代稱）。此句謂顏延之從建康出發，水陸船馬交用北上。

（四）梁宋郊：東周魏國、宋國都城附近之地。戰國中後期魏國定都大梁，故別稱梁國；宋國定都商丘。『梁宋郊』在今河南東部，顏延之出使洛陽塗經此地。道由周鄭間：出使所行道路位於東周王畿和鄭國屬地範圍内（今河南中部）。

（五）陽城：地名，據《晉書·地理志》，晉時陽城縣屬河南郡，在今河南登封。三川：黄河、洛河、伊河的合稱，秦在三河交滙帶設三川郡，西晉改設河南郡，都城洛陽位於此地。

（六）在昔：從前，往昔。期運：機運，時機。蔡邕《陳太丘碑》云：『含元精之和，膺期運之數。』經始：開始量度、籌畫，這裏承上句，指由此開始。《詩經·大雅·靈臺》云：『經始靈臺，經之營之。』闊：疏遠，遠離。此句謂西晉末年國運衰微，中原長期淪陷於異族，聖賢久不現世。

（七）伊穀：伊水、穀水的合稱，二水爲洛水支流。謝朓《和王著作八公山》云：『戎州昔亂華，素景淪伊穀。』李善注引《漢書》云：『穀水出穀陽臺，東北入洛水。』津濟：渡口。臺館：樓臺館閣。無尺椽：沒有一尺長的屋椽，借指樓臺館閣蕩然無存。李善注引曹植《毀故殿令》云：『秦之滅也，則阿房無尺椽。』

（八）宮陛：宮殿的臺階，借指洛陽皇宮。城闕：城樓和宮闕，代指西晉都城洛陽。

（九）王猷：王道。束晳《補亡詩》云：『周風既洽，王猷允泰。』八表：八方之外，指極遠的地方。暮年：老年，晚年，此時顏延之祇有三十四歲，因而暮年非實指年齡，而是指身體、精神衰弱頹廢。

（一〇）涼野：荒寒的曠野。飛雪瞀窮天：飛雪勢大，天色晦暗不明。《說文解字注》釋『瞀』云：『目不明皃……皆謂冒亂不明。』窮天，高入天際。

（一一）臨塗：在行塗中。置酒：陳設酒宴。

（一二）隱憫：隱居不得志而憂傷，這裏指憂慮歎息。嚴忌《哀時命》云：『然隱憫而不達兮，獨徙倚而彷徉。』威遲：指道路曲折綿延。顔延之《秋胡行》云：『驅車出郊郭，行路正威遲。』良馬煩：良馬煩躁，形容旅塗勞頓。

（一三）遊役：指此次出使洛陽之行。芳時：花開時節，指美好時光。屢徂愆：屢次耽誤歸期。徂，往，去。愆，超過，延誤。《詩經·衛風·氓》云：『匪我愆期，子無良媒。』

（一四）蓬心：蓬草之心，比喻知識淺薄，不能通達事理，這裏是自喻淺陋的謙辭。《莊子·逍遥遊》載：『則夫子猶有蓬之心也夫！』成玄英疏：『蓬，草名，拳曲不直也……言惠生既有蓬心，未能直達玄理。』飛薄：這裏爲自傷之辭，形容自己身如飛蓬，以至長塗跋涉，異地飄零。《文選》李善注此句云：『言己有蓬心，事既已矣，而身飛薄亦復同之，自傷之辭也。』

【繫年】

《北使洛》是現存顔延之最早創作的詩歌。研究者多認爲此詩作於義熙十二年冬，如繆鉞《顔延之年譜》、沈玉成《關於顔延之的生平和作品》、諶東飆《顔延之研究》等。由文本出發，結合相關材料考察，《北使洛》當作於義熙十三年二月左右。

《宋書·顔延之傳》（省稱《宋書》本傳）載：

> 義熙十二年，高祖北伐，有宋公之授，府遣一使慶殊命，參起居。延之與同府王參軍俱奉使至洛陽，道中作詩二首，文辭藻麗，爲謝晦、傅亮所賞。

這裏『道中作詩二首』，即《北使洛》和《還至梁城作》。與《宋書》類似，《南史·顔延之傳》（省稱《南史》本傳）載：

> 及武帝北伐，有宋公之授，府遣延之慶殊命。行至洛陽，周視故宫室，盡爲禾黍，淒然詠《黍離》篇。道中作詩二首，爲謝晦、傅亮所賞。

可見顔延之此次出使，緣於劉裕北伐取得重要戰果，『有宋公之授』。劉裕世子劉義符時爲中軍將軍，監太尉留府事。爲慶祝『殊命』，中軍將軍府派遣行參軍顔延之出使洛陽。《南史·宋本紀》、《資治通鑒》卷一百一十七載劉裕封宋公在義熙十二年十二月壬申。據陳垣《二十史朔閏表》，此年十二月壬申爲農曆十二月二十九日，顔延之北使洛陽的出發時間當在此之後。

顏延之作《北使洛》時已至洛陽。《北使洛》敍出使行程云：『振楫發吳洲，秣馬陵楚山。塗出梁宋郊，道由周鄭間。前登陽城路，日夕望三川。……伊穀絕津濟，臺館無尺椽。宮陛多巢穴，城闕生雲烟。』《元和郡縣圖志・江南道一》載潤州『西北至東都一千八百一十里』、上元縣『東北至州一百八十里』，可見建康（唐代屬潤州上元）距洛陽約兩千里。東晉慶祝『殊命』使者的出行速度未見明文記錄。《唐六典・尚書戶部》『度支員外郎』載唐代驛路一般日行里程云：『凡陸行之程：馬日七十里，步及驢五十里，車三十里。』參照這一標準，顏延之乘馬（『威遲良馬煩』）從建康至洛陽約需一個月。考慮此次出行所遇風雪阻路的不利天氣條件（『陰風振涼野，飛雪瞀窮天』），顏延之實際所用時間可能更長。因此，顏延之至洛陽當在義熙十三年二月左右。

收復洛陽是劉裕義熙十二年北伐取得的重大成果。洛陽爲西晉故都，具有重要的象徵意義，因而義熙十二年十月，即北伐先鋒軍收復洛陽後的次月，劉裕遣左長史王弘還建康，向朝廷求取九錫。義熙十三年正月，在晉安帝授劉裕宋公、加九錫的詔書發布後不久，劉裕率領北伐軍主力由彭城向洛陽進發，其軍事用意是在洛陽會合先鋒部隊，以便下一步西進關中；政治用意是在西晉故都洛陽接見各地『慶殊命』的使者，進一步樹立聲望，強化威權。可以佐證的是，東晉皇室遣使授劉裕九錫亦在洛陽。《宋書・范泰傳》載：『復爲尚書，常侍如故，兼司空，與右僕射袁湛授宋公九錫，隨軍到洛陽。』

由於沿塗遭到北魏軍隊的阻擊，北伐軍主力行程緩慢，直到義熙十三年三月，劉裕才抵達洛陽。《宋書・武帝本紀》載：

> 十三年正月，公以舟師進討，留彭城公義隆鎮彭城。……三月庚辰，大軍入河。索虜步騎十萬，營據河津。公命諸軍濟河擊破之。公至洛陽。七月，至陝城。

由於之前的時間延誤和之後軍事行動的需要，劉裕到達洛陽後不久，即接見東晉皇室授九錫的使者袁湛、范泰以及包括顏延之在內的各地『慶殊命』的使者。劉裕到洛陽後，受到戰亂破壞的洛陽城已得到修繕，劉裕爲此重賞負責修治洛陽城的毛修之，『戍洛陽，修治城壘。高祖既至，案行善之，賜衣服玩好，當時計直二千萬』（《宋書・毛修之傳》）。顏延之《北使洛》云：『宮陛多巢穴，城闕生雲烟。』這當是顏延之到洛陽之後，洛陽城修繕工作尚未完成時的場景。因此，《北使洛》當作於顏延之到洛陽之後、劉裕到洛陽之前，在義熙十三年二月左右。

若將《北使洛》繫於義熙十二年冬創作，會出現以下兩個問題。第一，建康距洛陽約兩千里，義熙十二年十二月二十九日，晉安帝發布授劉裕宋公的詔書，此年無閏十二月，顏延之不可能在兩天內從建康趕到洛陽。第二，義熙十二年冬，劉裕一直留在彭城，直到義熙十三年正月方離開彭城東進，三月才抵達洛陽。顔延之義熙十二年冬『慶殊命』的目的地當是彭城，而非洛陽。這與《北使洛》詩題及詩歌所敘行程不符。《北使洛》所敘出使塗經地甚至未提及彭城。

需要説明的是《北使洛》一處詞句的誤讀。《北使洛》云：『王猷升八表，嗟行方暮年。』李善、繆鉞等學者將『暮年』理解爲『歲暮』，這也成爲此詩作於義熙十二年冬的『内證』。先唐文獻中，『暮年』均指老年、晚年，常含身體、精神衰弱頹廢之意，未見有歲暮、歲終之意。例如，曹操《步出夏門行·龜雖壽》云：『烈士暮年，壯心不已。』又如，《宋書·范泰傳》載：『暮年事佛甚精，於宅西立祇洹精舍。五年，卒，時年七十四。』因此，《北使洛》中的『暮年』並非指歲暮、歲終，而是指老年、晚年，此時顔延之只有三十四歲，因而暮年非實指年齡，而主要是身體、精神衰弱頹廢之意。

由上可知，顔延之《北使洛》作於義熙十三年二月左右，這一時間能與相關材料相容自洽，而義熙十二年冬則與現有材料存在明顯矛盾，難以成立。

【考辨】

一、詩歌『今事』『今情』發微

從藝術手法、語言特色等來看，顔延之《北使洛》與陸機《赴洛道中作》類似，即景抒情，内藴感傷，文辭工致繁複。《宋書》本傳載此詩『文辭藻麗，爲謝晦、傅亮所賞』，當時文士關注的焦點是《北使洛》的文辭。單純的模仿難以創作出優秀的作品，《北使洛》的題旨有别於《赴洛道中作》。

此詩主要寫顔延之出使洛陽塗中的見聞和感受，反映行役艱辛，因而《文選》卷二十七歸之於『行旅』類。詩歌描寫行役之苦的同時，『伊穀絶津濟，臺館無尺椽。宫陛多巢穴，城闕生雲烟』等詩句也滲透黍離之悲。行役之苦與黍離之感的結合形成了詩歌悲涼凝重的感情基調。古代學者已有關注，如沈德潛《古詩源》卷十評此詩云：『黍離之感，行役之悲，情旨暢越。』陳寅恪先生解讀詩歌強調『融古典今事（情）爲一』，下面探討顔延之《北使洛》中行役之苦與黍離之感涉及的『今事』『今情』。

顔延之此次出使洛陽，是爲了慶祝劉裕受封宋公這一『殊命』。劉裕所得到的遠不止是宋公這一封號。義熙十二年十月，北伐軍先鋒收復洛陽； 義熙十二年十一月，劉裕遣左長史王弘還建康，向朝廷求取九錫； 義熙十二年十二月，晉安帝下詔書，正式任命劉裕爲相國、總百揆、揚州牧，封十郡爲宋公，備九錫之禮，位在諸侯王上。由於北伐尚未完全成功，劉裕當時並未接受九錫，但僅過了一年，即北伐軍攻佔長安、滅亡後秦後不久，劉裕便接受相國、宋公、九錫之命，兩年後劉裕即代晉自立。西漢末至東晉，權臣求九錫、加九錫多爲改朝換代前的準備工作，九錫近似權臣篡逆的代名詞，如王莽、曹操、司馬昭、桓温、桓玄等。劉裕求九錫也不例外，同樣是篡逆的前奏。晉安帝下詔書完全滿足劉裕的要求，這說明晉安帝祇是形式上的最高統治者。當時劉裕掌握軍政大權，有心有力篡逆，改朝換代已成必然之勢。顔延之此次慶『殊命』，正預示東晉王朝即將滅亡、劉宋王朝即將誕生。

顔延之的曾祖顔含追隨晉元帝南渡，爲建康顔氏之祖，此後顔氏家族有兩個特徵。一是世代官宦，族人多任東晉官職，如顔延之的曾祖顔含任侍中、國子祭酒等職，顔延之的祖父顔約任零陵太守，顔約的長兄顔髦任黄門郎、侍中、光禄勳，顔約的次兄顔謙任安成太守，顔延之的父親顔顯任護軍司馬等。二是崇儒守禮，『世善《周官》《左氏》』（《北齊書·顔之推傳》，顔之推爲顔延之的五世族孫），如顔延之的曾祖顔含以儒學立身，『少有操行，以孝聞』『儒素篤行』（《晉書·顔含傳》）。顔含重禮制，當時王導名位隆盛，有百官爲其降節行禮之議，顔含堅持君臣之禮，明確表達了反對意見，『王公雖重，理無偏敬，降禮之言，或是諸君事宜。鄙人老矣，不識時務』（《晉書·顔含傳》）。受家學淵源影響，顔延之服膺儒家思想，作有《逆降義》《論語說》等儒學著作。在立身處世上，顔延之也以儒家思想爲規範，如《宋書》本傳載：『晉恭思皇后葬，應須百官，湛之取義熙元年除身，以延之兼侍中。邑吏送劄，延之醉，投劄於地曰：「顔延之未能事生，焉能事死！」』

顔延之熟知儒家經典，少時『好讀書，無所不覽』，作爲慶『殊命』的使者，他顯然知道劉裕加九錫的政治寓意。顔延之崇儒守禮，而劉裕加九錫之舉已是篡逆前兆，這不符合儒家君臣尊卑之義。顔延之與劉裕集團有聯繫，其妹嫁給劉裕心腹劉穆之的兒子（《宋書》本傳載『妹適東莞劉憲之，穆之子也』，然而《宋書·劉穆之傳》載劉穆之『三子』爲劉慮之、劉式之、劉貞之，《宋書》本傳中『劉憲之』可能爲『劉慮之』之誤）。顔延之時任劉裕世子劉義符的屬官，爲中軍行參軍。從家族情感、個人思想而言，顔延之的内心很難毫無保留地支持劉裕的篡逆之舉。當時劉裕掌握軍政大權，晉宋易代已是大勢所趨，作爲剛出仕不久的一介文士，顔延之自然無力改變這一形勢，只能目睹即將到來的改朝換代的發生。

《北使洛》中大量詩句描寫行役之苦，如『改服飭徒旅，首路跼險難』『臨塗未及引，置酒慘無言』『隱憫徒御悲，威遲良馬煩』等。這不僅是客觀天氣、環境原因（『陰風振涼野，飛雪瞀窮天』等），更重要的是顔延之服膺儒家思想，對即將滅亡的東晉有一定感情，很難完全認同劉裕的篡逆之舉，其内心深處對此次北上慶『殊命』、預示改朝換代之行有一定排斥感。《北使洛》『伊穀絶津濟，臺館無尺椽。宫陛多巢穴，城闕生雲烟』等詩句表面上寫西晉故都洛陽的凄涼場景，感慨百年前西晉的覆亡，背後悲歎的則是即將滅亡的東晉王朝，因而洛陽雖然收復，顔延之卻無多少喜意。這些構成了顔延之《北使洛》詩中行役之苦與黍離之感涉及的『今事』『今情』，加深了該詩悲涼凝重的感情基調。

還至梁城作（一）

眇默軌路長，憔悴征戍勤（二）。昔邁先徂師，今來後歸軍（三）。振策〔一〕睠東路，傾側不及羣（四）。息徒〔二〕顧將夕，極望梁陳分（五）。故國多喬木，空城凝寒雲（六）。丘壟〔三〕填郛郭，銘志滅無文（七）。木石扃幽闥，黍苗延高墳（八）。惟彼雍門子，吁嗟孟嘗君（九）。愚賤同堙滅，尊貴誰獨聞（一〇）。曷爲久遊客，憂念坐自殷（一一）。

【校】

本詩以李善注《文選》卷二十七所載爲底本，用《六臣注文選》卷二十七、《古詩紀》卷五十六、張燮《顔集》、張溥《顔集》參校。

〔一〕『策』，《古詩紀》訛作『防』。

〔二〕『徒』，張溥《顔集》訛作『徙』。

〔三〕『壟』，《六臣注文選》《古詩紀》、張燮《顔集》、張溥《顔集》作『隴』，二字同。

【注】

（一）還：指顔延之完成使命後，由洛陽南返建康的塗中。梁城：地名，在今河南商丘市。

（二）眇默：悠遠而空寂。屈原《九章·悲回風》云：『登石巒以遠望兮，路眇眇之默默。』軌路：道路。憔悴：勞苦，辛勞。征戍：遠行屯守邊疆，這裏指義熙十二至十三年的北伐戰爭。

（三）昔邁先徂師：指顔延之北使洛陽時，行進在劉裕率領的北伐軍主力之前，因而比北伐軍主力提前到達洛陽，見《北使洛》繫年。徂師，出征的軍隊，指劉裕率領的北伐軍主力。今來後歸軍：指顔延之完成出使任務南歸建康時，行進在南返軍隊之後。此句通過對比，極言出使時間之長。

（四）振策：揚鞭走馬。睠：同『眷』，回頭看。東路：往東方的道路，指歸鄉的道路。傾側：偏斜，傾斜。

（五）息徒：休整步卒。嵇康《贈秀才入軍》其十四云：『息徒蘭圃，秣馬華山。』將夕：太陽快落山的時候，傍晚。極望：放眼遠望。梁陳：漢代所封梁、陳二國的並稱，轄地在今豫東平原。漢高帝十一年封皇子劉恢爲梁王，領碭郡、東郡，都睢陽。陳國即淮陽國，漢高帝十一年以陳、沛、潁川三郡置淮陽國，都陳縣，東漢章和二年淮陽國改爲陳國。分：指漢代梁、陳二國的分界。

（六）故國：歷史悠久的國家，這裏指定都梁城的國家。梁城歷史悠久，是殷商、姬周宋國、西漢梁國的都城。《孟子·梁惠王》載：『所謂故國者，非謂有喬木之謂也，有世臣之謂也。』空城：荒涼的城市。

（七）丘壟：墳墓。郛郭：外城。左思《吴都賦》云：『郛郭周匝，重城結隅。』銘志：刻在墓石上的文字。無文：没有文字記述，指銘志文字磨滅不見。

（八）扃：從外面關門的門閂，這裏指木石封門。幽闥：宫中幽深的小門，這裏泛指門戶。張衡《西京賦》云：『重闥幽闥，轉相踰延。』此句寫梁城受戰亂影響，城市荒涼，人口稀少，很多房屋長久無人居住，以致門戶爲木石所封。黍苗：黍的幼苗。此句寫黍苗蔓延到高墳之上，無人料理，突顯梁城的荒涼。

（九）此句用齊國琴師雍門周以貴賤、貧富對比打動孟嘗君的典故。桓譚《新論·琴道》載：『雍門周以琴見孟嘗君。孟嘗君曰：「先生鼓琴，亦能令文悲乎？」對曰：「臣之所能令悲者，先貴而後賤，昔富而今貧，……然臣竊爲足下有所常悲。夫角帝而困秦者，君也；連五國而伐楚者，又君也。天下未嘗無事，不從即衡。從成則楚王，衡成則秦帝。夫以秦、楚之強而報弱薛，譬猶磨蕭斧而伐朝菌也。有識之士，莫不爲足下寒心酸鼻。天道不常盛，寒暑更進退，千秋萬歲之後，宗廟必不血食。高臺既以傾，曲池有已平，墳墓生荊棘，狐兔穴其中，遊兒牧豎，躑躅其足而歌其上，行人見之悽愴，曰：『孟嘗君之尊貴，亦猶若是乎！』」於是孟嘗君喟然太息，涕淚承睫而未下。雍門周引琴而鼓之，徐動宮徵，叩角羽，初終而成曲。孟嘗君遂噓欷而就之，曰：「先生鼓琴，令文立若亡國之人也。」』

（一〇）此句謂尊貴、愚賤之人的身名都隨時間流逝而湮滅不聞，尊貴者並不因身份高貴而例外。

（一一）曷：爲何，爲什麼。遊客：遊子，離家遠遊的人。憂念：憂慮。殷：多，盛。此句極言憂慮之深重。

【繫年】

研究者多認爲此詩作於義熙十二年冬，如繆鉞《顏延之年譜》、沈玉成《關於顏延之的生平和作品》、諶東飆《顏延之研究》等。由文本出發，結合相關材料考察，此詩當作於義熙十三年四月左右。

《還至梁城作》有一處時間信息，云『黍苗延高墳』。黍是先秦至魏晉時期重要的糧食作物之一，耐乾旱，生長週期短，種黍時間大都在夏季。西漢農書《氾勝之書》載：『黍者暑也，種者必待暑。先夏至二十日，此時有雨，強土可種黍。』《齊民要術·黍穄》載：『三月上旬種者爲上時，四月上旬爲中時，五月上旬爲下時。夏種黍、穄，與植穀同時。』段玉裁《說文解字注》釋『黍』云：『諸書皆言種黍以夏至，《說文》獨言以大暑，蓋言種暑之極時，其正時實夏至也。』可見人工種黍多在夏季四五月。據陳垣《二十史朔閏表》，義熙十三年立夏自四月初八始，芒種自五月初八始，夏至自五月二十三日始，此年人工種黍時間多在芒種前後。

需要說明的是，顏延之《還至梁城作》詩中的『黍苗』並非人工種植的結果，而是黍種在缺乏人工料理的情況下自然生長的產物，其成苗時間一般稍早於人工黍苗，在夏季四月左右。因此，顏延之《還至梁城作》作於義熙十三年四月左右，這一時間與詩中『黍苗延高墳』景象相符（義熙十二年冬則難見這一景象），且能與相關材料形成相對完整、合理的時間綫，即義熙十二年十二月二十九日，晉安帝下詔書封劉裕爲宋公；義熙十三年二月左右，顏延之接受『慶殊命』使命至洛陽，作《北使洛》；義熙十三年三月劉裕至洛陽，顏延之完成『慶殊命』後，由洛陽南返建康；義熙十三年四月左右，顏延之南返途中經梁城，作《還至梁城作》。

【考辨】

一、詩歌內容及風格與《北使洛》的相似性

顏延之《還至梁城作》主要寫行役之苦和故國之思，由內容及詩旨來看，此詩與《北使洛》相似。某種意義上，兩首詩歌可視爲統一的整體。古今學者對此已有認識，如《宋書》本傳載『延之與同府王參軍俱奉使至洛陽，道中作詩二首，文辭藻麗，爲謝晦、傅亮所賞』；在《文選》卷二十七中，這兩首詩歌前後相承，皆歸於『行旅』類；何焯《義門讀書記》卷四十七云『顏延年《北使洛》擬士衡《赴洛詩》，與下《還至梁城》首在顏集中亦爲清拔』；沈玉成《關於顏延之的生平和作品》云『《還至梁城作》是此詩（《北使洛》）的姐妹篇，在「以故國多喬木」等六句抒發了黍離之感以後，詩人又以懷古傷時作結』。

《還至梁城作》詩風悲涼凝重，也與《北使洛》相似。錢基博《中國文學史》第六章《南朝》對此有精彩論述，援引如下：『《北使洛》《還至梁城作》之悲涼遒麗，爐錘在手，極流動酣適之趣。……《詩品》謂「其源出於陸機」，信然。然如《北使洛》《還至梁城作》及《五君詠》，則擅陸機之華美，協左思之風力，儷對而饒有遒變，雄快而出以凝厚；沉鬱頓挫，亦何曾以體裁綺密而乖秀逸。其《還至梁城作》一首曰：……延之詩喜作壯麗語，而失之重滯晦澀，此篇獨見悲涼。以壯麗之意，寫悲涼之態，流動酣適，則何嘗以「鋪錦列繡」爲病。』

請立渾天儀表（一）

張衡創物，蔡邕造論，戎夏相襲，世重其術（二）。臣昔奉使入關，值大軍旋旆，渾儀在路，肆觀奇祕（三）。絕代異寶，旋及王府（四）。考諸前志，誠應夙聞（五）。《尚書》：『璇璣玉衡，以齊七政（六）。』崔瑗所謂：『數術窮天地，制作侔造化（七）。』經志所云，圖憲所本，故體度不渝（八）。精測尚矣，則七晷運變，無匪康時；九

代貞觀，不絕司曆(九)。臣夙懷末意，懼于(一)非任(一〇)。今忝惟職統，敢昧死以聞(一一)。

【校】

本文以《藝文類聚》卷一所載爲底本，用張燮《顔集》、張溥《顔集》参校。

(一)『于』，張燮《顔集》、張溥《顔集》作『干』。

【注】

(一)渾天儀：渾儀和渾象的總稱。渾儀是一種用於觀測天體位置、測量天體球面座標和兩天體間角距離的儀器，渾象則是一種表現天體運動的演示儀器。由正文來看，顔延之上書請求重立的是渾象。

(二)張衡創物：指張衡創製的漏水轉渾天儀，這是一種水運渾象，見下文考辨一。《後漢書·張衡傳》載：『遂乃研核陰陽，妙盡璿機之正，作渾天儀，著《靈憲》《算罔論》，言甚詳明。』蔡邕造論：指蔡邕《天文意》一文談及渾象。《宋書·天文志》載：『漢靈帝議郎蔡邕於朔方上書曰：「……惟渾天僅得其情，今史官所用候臺銅儀，則其法也。立八尺圓體，而具天地之形，以正黄道，占察發斂，以行日月，以步五緯，精微深妙，百世不易之道也。官有其器而無本書，前志亦闕而不論……」』

(三)旋旆：回師。此句謂義熙十三年末顔延之奉命出使關中，逢北伐軍回師，當時張衡製造的渾象也隨軍南返，顔延之得以盡觀這一珍品。《宋書·天文志》載：『衡所造渾儀，傳至魏、晉，中華覆敗，沈没戎虜，績、蕃舊器，亦不復存。晉安帝義熙十四年，高祖平長安，得衡舊器，儀狀雖舉，不綴經星七曜。』

(四)王府：帝王收藏財物的府庫。《尚書·五子之歌》載：『關石和鈞，王府則有。』此句謂張衡製造的水運渾象不久被收入建康帝王的府庫之中。

(五)夙聞：早知道，素所知聞。此句謂考察典籍，關於渾象的記載早已有之。

(六)璇璣玉衡：觀測天象的儀器。《尚書·舜典》載：『在璿璣玉衡，以齊七政。』孔穎達疏：『璣衡者，璣爲轉運，衡爲横簫，運璣使動於下，以衡望之。是王者正天文之器。漢世以來謂之渾天儀者是也。』七政：指北斗七星。《史記·天官書》載：『北斗七星，所謂「旋璣玉衡，以齊七政」。』

（七）數術：關於天文、曆法、占卜、陰陽五行等方面的學問。此句是東漢學者崔瑗稱讚張衡之語，這裏用來形容張衡水運渾象的精巧。崔瑗《河間相張平子碑》云：『君天資睿哲，敏而好學，是以道德漫流，文章雲浮，數書窮天地，制作侔造化，瑰辭麗說，奇技偉藝，磊落焕炳，與神合爽。』

（八）經志所云：指渾象載於儒家經典《尚書・舜典》。圖憲所本：指載有渾象樣式的圖畫參照實物而作。體度：形制，指渾象的形狀和構造。不渝：沒有改變。

（九）精測：精確的天文測量。七晷運變，無匪康時：很長的時間都是太平時世。晷，日影，代指時間、時光。運變，運行變化。九代貞觀，不絕司曆：很多朝代都設有專門的天文曆法官職，用以觀察天地變化。貞觀，以天地之道示人。《周易・繫辭》載：『天地之道，貞觀者也。』

（一〇）夙懷末意：一直有請立渾天儀的想法。懼于非任：請立渾天儀之前非其職責所在，因而這一想法未能表達。

（一一）職統：當職，顏延之時任宋國博士，掌天文曆法之事（見下文繫年）。昧死：冒昧而犯死罪，古代臣下上書帝王的慣用語，表敬畏之意。此句謂自己任宋國博士，因職責所在，故冒昧上書提出請立渾天儀的建議。

【繫年】

此文作於義熙十四年六月左右，可從以下三個方面來考察。

第一，《請立渾天儀表》云：『臣昔奉使入關，值大軍旋旆，渾儀在路，肆觀奇祕。絕代異寶，旋及王府。』義熙十三年劉裕率北伐軍滅後秦，收復關中地區。義熙十四年十一月，留守晉軍敗於赫連勃勃，結束對關中的控制。因此，《請立渾天儀表》這兩句指顏延之義熙十三年末奉命出使關中，逢北伐軍主力回師，當時張衡製造的渾象也隨軍南返，顏延之得以盡觀這一珍品。《宋書・武帝本紀》載：『（義熙十三年）九月，公至長安。……公先收其彝器、渾儀、土圭之屬，獻于京師。……十二月庚子，發自長安。……閏月，公自洛入河，開汴渠以歸。十四年正月壬戌，公至彭城，解嚴息甲。』《宋書・天文志》載：『衡所造渾儀，傳至魏、晉，中華覆敗，沈沒戎虜，績、蕃舊器，亦不復存。晉安帝義熙十四年，高祖平長安，得衡舊器，儀狀雖舉，不綴經星七曜。』可見劉裕率領北伐軍主力回師在義熙十三年十二月。此時顏延之『奉使入關，值大軍旋旆』，《請立渾天儀表》當作於義熙十三年十二月之後。

第二，《請立渾天儀表》文末云：『臣夙懷末意，懼于非任。今忝惟職統，敢昧死以聞。』這說明《請立渾天儀表》作於顏延之擔任與天文相關的官職後不久。渾天儀爲天文儀器，請立渾天儀在古代爲天文之事，《晉書·天文志》《宋書·天文志》等都有關於渾天儀的記載。西周時期，太史系統官職掌管天文曆法，東晉、劉宋時期，天文曆法轉爲太常系統官職掌管。《通典·職官八》載：『周官太史掌建邦之六典，正歲年以序事，頒告朔于邦國。又有馮相氏視天文之次序，保章氏掌天文之變。……秦漢以來，太史之任，蓋並周之太史、馮相、保章三職。自漢、晉、宋、齊，並屬太常。』

《宋書·天文志》載『文帝元嘉十三年，詔太史令錢樂之更鑄渾儀』，《請立渾天儀表》當作於元嘉十三年之前。顏延之元嘉十三年之前任太常系統官職只有一次，即宋國博士。《宋書》本傳載：『宋國建，奉常鄭鮮之舉爲博士，仍遷世子舍人。高祖受命，補太子舍人。』《晉書·職官志》載『太常，有博士、協律校尉員』。顏延之『夙懷末意』，任宋國博士後不久，上書請立渾天儀。

第三，《宋書·武帝本紀》載：『（義熙十四年）六月，受相國、宋公、九錫之命。……其餘百官悉依天朝之制。』《資治通鑒》卷一百一十八載：『（義熙十四年）六月，太尉裕始受相國、宋公、九錫之命。……右長史鄭鮮之爲奉常。……其餘百官悉依天朝之制。』作爲宋國『百官』成員，奉常（即太常）鄭鮮之推薦顏延之任宋國博士在義熙十四年六月左右。

【考辨】

一、渾天儀、渾儀、渾象辨析

顏延之此文題目爲《請立渾天儀表》，文中云『渾儀在路』，實際上顏延之上書請求重立的是渾象。渾天儀、渾儀、渾象有聯繫，也有區別，下面對三者具體所指作一辨析。

渾天儀是渾儀和渾象的總稱。渾儀是測量天體座標和兩天體間角距離的一種儀器，渾象則是古代用來演示天象的儀表。因此，從功能上看，渾儀爲天文觀測儀器，類似於天文望遠鏡；渾象則爲天文演示儀器，類似於天球儀。

顏延之《請立渾天儀表》中提到『張衡創物』『渾儀在路』，實際所指均是張衡創製的漏水轉渾天儀。這是一種水運渾象，它在直徑四尺多的銅球上刻有二十八宿、中外星官以及黃赤道、南北極、二十四節氣、恆顯圈、恆隱圈等，成一渾象，再用一套轉動機械，把渾象和漏壺結合起來，以漏壺流水控制渾象，使之與天球同步轉動，以顯示星空的周日視運動，如恆星的出没和中天等。

我國古代天文儀器的命名並不嚴格，渾天儀、渾儀、渾象常不細分，渾儀有時也可指天文演示儀器渾象。例如，《宋書・天文志》載：『衡所造渾儀，傳至魏、晉，中華覆敗，沈没戎虜，績、蕃舊器，亦不復存。』這裏的『渾儀』實際上指的是天文演示儀器渾象。又如，《宋書・武帝本紀》載：『公先收其彝器、渾儀、土圭之屬，獻于京師。』這裏的『渾儀』指的也是天文演示儀器渾象。與此類似，《請立渾天儀表》題目中的『渾天儀』，文中提及的『渾儀在路』，實際上指的都是天文演示儀器渾象。

由上可知，渾天儀、渾儀、渾象三者並非一物，顔延之《請立渾天儀表》實際請立的是渾象而非渾儀。

二、顔延之『北使洛』與『奉使入關』關係考

如前所述，義熙十三年二月左右，顔延之北使至洛陽（《北使洛》）；義熙十三年末，顔延之『奉使入關，值大軍旋旆』（《請立渾天儀表》）。顔延之『北使洛』與『奉使入關』爲兩次目的不同的出使，而非同一次。

首先，顔延之北使洛陽，緣於『（劉裕）有宋公之授，府遣一使慶殊命，參起居』。義熙十三年二月左右，顔延之到達洛陽，三月劉裕至洛陽，顔延之完成『慶殊命』使命。可以佐證的是，同一時期，東晉皇室遣使授劉裕九錫亦在洛陽，《宋書・范泰傳》載：『復爲尚書，常侍如故，兼司空，與右僕射袁湛授宋公、九錫，隨軍到洛陽。』此時劉裕未接受宋公、九錫之命，顔延之『慶殊命』使命已完成，『參起居』則因劉裕拒絶宋公之授而無著落。『北使洛』與『奉使入關』若爲同一次出使，顔延之無理由滯留洛陽大半年之久。

其次，據《宋書・武帝本紀》，義熙十三年八月王鎮惡攻佔長安，九月劉裕至長安，十二月劉裕率軍南返。顔延之至關中在義熙十三年十二月，『奉使入關，值大軍旋旆』。『北使洛』與『奉使入關』若爲同一次出使，義熙十三年三月之後，顔延之一直留在洛陽，其或隨劉裕直接來到長安，或稍後接受中軍將軍府使命來到長安。洛陽距離長安較近，《元和郡縣圖志・關内道一》載京兆府（長安）『東至東都八百三十五里』。《唐六典・尚書戶部》『度支員外郎』載唐代驛路一般日行里程云：『凡陸行之程：馬

日七十里，步及驢五十里，車三十里。』參照這一標準，顏延之從洛陽至長安乘馬快行需十二天，乘車慢行需二十八天，平均需二十天，不大可能在途中耽誤兩三個月。顏延之『奉使入關』，旨在慶祝劉裕收復長安之功。顏延之時任中軍行參軍，受中軍將軍府之命出使。顏延之入關時間之所以如此晚，是因爲其出發地在建康而非洛陽。《元和郡縣圖志·江南道一》載潤州『西北至東都一千八百一十里』、上元縣『東北至州一百八十里』，可見建康（唐代屬潤州上元）距洛陽約兩千里，距長安約兩千八百里。顏延之從建康至長安快行需四十一天，慢行需九十五天，平均需六十八天，考慮到途中天氣或其他不利出行因素，很有可能在途中耗費兩三個月。

第三，劉裕率領北伐軍從長安南返在義熙十三年十二月，閏十二月劉裕至洛陽，次年正月廿六劉裕至徐州。《宋書·武帝本紀》載：『（義熙十三年）十二月庚子，發自長安。……閏月，公自洛入河，開汴渠以歸。十四年正月壬戌，公至彭城，解嚴息甲。』梁城（商丘）在汴渠中段，劉裕經梁城當在義熙十三年閏十二月底或義熙十四年正月初。來到關中之後，顏延之隨劉裕南返，『臣昔奉使入關，值大軍旋旆，渾儀在路，肆覲奇祕』。若『北使洛』與『奉使入關』爲同一次出使，顏延之至梁城也在義熙十三年閏十二月底或義熙十四年正月初。這一時期當冬春之交，天氣猶寒，不可能見到顏延之《還至梁城作》中『黍苗延高墳』的景象（黍苗始種於夏，見《還至梁城作》繫年）。

由上可知，顏延之『北使洛』與『奉使入關』爲兩次目的不同的出使，一在義熙十三年初，一在義熙十三年末。

右光禄大夫西平靖侯顏府君家傳銘〔一〕（一）

嵎夷導日，岱方禋春，星離望合，水別浸鄰（二）。少陽畜德，蒼祇效神，孕仙字聖，誕智息仁（三）。洙上道奧，稷下儒淵，乃昔宗林，傾席曜筵（四）。升門取俊，接室稱賢，闔則遁哀，燭亦抗宣（五）。曠〔二〕彼琅邪，實惟海宇，憬屬之罘，邪臨潮儛，載濟越師，大淹秦旅（六）。誰其來遷，時聞遠祖，青州隱秀，爰始貞居（七）。內辟鼎府，外康〔三〕邦閭，建節中平，分竹黃初（八）。刑清齊右〔四〕，政偃營區，葛嶧明懿，平陽聰理（九）。或〔五〕薦公庭，或登宰士〔一〇〕。列美霸朝，雙風千里，華蕚之茂，於昭不已〔一一〕。博士淵退，再逡儒躬，貞子七穆，比世稱盛〔一二〕。無忝汝陰，有偉安定，舍人孜敏，亦允儲命〔一三〕。靖侯潛德，信豈在明，言則測幽，歎實聳靈〔一四〕。仁親之寶，大孝之榮，官必凝績，學乃敦經〔一五〕。隨難蕃霸，特安闈掖，扶元陟帝，翼成復辟〔一六〕。忌滿裁婚，鑒沖貶石，望年靜駕，樂恬延歷〔一七〕。三祖連光，衆門稟教，于時列孝，克端殊操〔一八〕。潔景衡陰，湮心理奥，任不窮秩，是謂高蹈〔一九〕。山曾木□，胄積荄深，永惟世□，思樹辭林〔二〇〕。碑表有毀，策素匪任，誦靈墳阿，長寄風音〔二一〕。

【校】

本文以《景定建康志》卷四十三所載爲底本，用《藝文類聚》卷五十五（殘句）、《初學記》卷二十一（殘句）、張燮《顏集》、張溥《顏集》參校。

〔一〕《藝文類聚》《初學記》、張燮《顏集》、張溥《顏集》標題作《家傳銘》。

〔二〕『曠』，《景定建康志》訛作『獷』，據諸本改。

〔三〕『康』，《藝文類聚》、張燮《顏集》、張溥《顏集》訛作『秉』。

〔四〕『右』，《藝文類聚》訛作『石』。

〔五〕『或』，《藝文類聚》訛作『式』。

【注】

〔一〕右光祿大夫西平靖侯顏府君：指顏延之的曾祖顏含，任右光祿大夫，封西平縣侯，謚號『靖』，見《晉書·顏含傳》。

〔二〕嵎夷：指山東東部濱海地區，顏含爲山東琅邪人，故稱。《尚書·堯典》載：『分命羲仲，宅嵎夷，曰暘谷。』導日：引導日出。岱方：泰山。禋：升烟祭天以求福。星離：如天星布散。水別浸鄰：指顏含死後不久，靈柩在家尚未下葬，鄰家失火，火蔓延至靈柩而自滅之事。《晉書·顏含傳》載：『喪在殯而鄰家失火，移棺紼斷，火將至而滅，僉以爲淳誠所感也。』

（三）少陽：　東方，琅邪位於東方，故稱。畜德：　修積德行。《周易・大畜》載：『君子以多識前言往行，以畜其德。』蒼祇：　天地神祇。孕仙字聖，誕智息仁：　指東方齊魯之地人傑地靈，誕生了很多仙人（如蓬萊仙人）、聖人（如孔、孟）、智者（如諸葛亮）、仁者（如顏淵）。

（四）洙上：　洙水之上，孔子在洙、泗二水之間講學，這裏借指儒家。稷下：　齊國都城臨淄稷門附近地區，齊威王、宣王在此建學宮，廣招文學遊説之士講學議論，成爲戰國學術中心。乃昔宗林：　指洙水、稷下所在的齊魯之地是先秦儒家的發源地和中心，顏含的家鄉琅邪也位於這一地區。傾席曜筵：　傾席而聽，宴會增彩，形容這一地區儒家文化的影響力。

（五）升門：　指顏含找到學習儒學的門徑。《論語・子張》載：『夫子之牆數仞，不得其門而入。』接室：　登堂入室，形容顏含儒學造詣精深。《論語・先進》載：『由也升堂矣，未入於室也。』闔則遁哀：　指顏含足不出戶十三年，棄絶人事，躬親侍養兄長之事。《晉書・顏含傳》載：『闔家營視，頓廢生業，雖在母妻，不能無倦矣。含乃絶棄人事，躬親侍養，足不出戶者十有三年。』燭亦抗宣：　燭光也不再明亮，形容顏含『闔則遁哀』之舉感物、動人之深。

（六）曠彼琅邪：　西晉琅邪國位於山東丘陵境內，曠平廣大。《晉書・地理志》載：『琅邪國，秦置郡，統縣九，戶二萬九千五百。』海宇：　近海之地。憬：　遠，遙遠。之罘：　琅邪國内山名，在今山東烟臺市北。邪：　琅邪郡，西晉爲琅邪國。潮儛：　海潮湧動。儛，同『舞』。載濟越師：　指春秋末期勾踐率越國軍隊浮海至琅邪。《越絶書・外傳・記地傳》載：『句踐伐吴，霸關東，從琅邪起觀臺，臺周七里，以望東海，死士八千人，戈船三百艘。』大淹秦旅：　指秦始皇遣徐市等人在琅邪出海求仙，一去不返，見《史記・秦始皇本紀》。

（七）誰其來遷，時聞遠祖：　指顏含曾祖、顏延之六世祖顏盛將顏氏一族從魯地遷徙至琅邪臨沂孝悌里。顏真卿《唐故通議大夫行薛王友柱國贈祕書少監國子祭酒太子少保顏君碑銘》（省稱顏《碑》）載：『魏有斐、盛。盛字叔臺，青、徐二州刺史，關內侯，始自魯居於琅邪臨沂孝悌里。』青州：　州名，西漢武帝元封五年設青州刺史部，駐廣縣，東漢、曹魏、西晉因之。曹魏時期，顏盛任青州刺史，琅邪臨沂孝悌里屬青州轄境。隱秀：　幽雅秀麗。爰始貞居：　自顏盛始，顏氏一族四代定居於琅邪臨沂孝悌里。

（八）內辟鼎府，外康邦閭：　指顏氏族人或爲丞相府徵辟而出仕，或退居在家安定鄉里。建節：　執持符節，古代使臣受命，建節以爲憑信。中平：　漢靈帝劉宏的第四個年號。分竹：　給予作爲權力象徵的竹使符，謂封官授權。黃初：　魏文帝曹丕的年號。此句謂東漢末年、曹魏初年，顏氏先祖曾任官授職。顏《碑》載：『魏有斐、盛。盛字叔臺，青、徐二州刺史，關内侯，始自魯居於琅邪臨沂孝悌里。』

（九）刑清：刑罰公正清明。《周易·豫》載：『聖人以順動，則刑罰清而民服。』齊右：齊國西部地區，指顏盛任刺史的青州。政偃：政治清明，太平無事。營區：指曹魏青州的州治廣縣。營，四周壘土而居，指城池。葛嶧：山名，位於曹魏徐州郡治下邳，爲下邳最高峰，這裏指顏延之五世祖顏欽，其受封葛嶧子爵位。顏《碑》載『（顏盛）生廣陵太守、給事中、葛繹貞子諱欽』。明懿：明達有美德。平陽：指西漢平陽侯曹參，治政清靜無爲，與民休養生息，顏盛治政與之相似。聰理：聰慧而善於治理。

（一〇）公庭：朝廷，公室，這裏指在朝廷爲官。宰士：宰相的屬官。《漢書·翟方進傳》載：『今丞相宣請遣掾史，以宰士督察天子奉使命大夫，甚誖逆順之理。』

（一一）霸朝：指割據一方或偏安一隅的政權，這裏指曹魏政權。華萼之茂：指顏斐、顏盛兄弟二人皆在曹魏爲官。華萼，喻指兄弟。

（一二）博士淵退，再逡儒躬：指顏延之五世祖顏欽熟精經典，爲一代儒宗。顏《碑》載：『（顏盛）生廣陵太守、給事中、葛繹貞子諱欽，字公若，精《韓詩》《禮》《易》《尚書》，學者宗之。』七穆：春秋鄭穆公的後裔子展、子西、子產、伯有、子太叔、子石、伯石是掌握鄭國政權的世卿，這裏形容顏氏家族人才之盛。《左傳·襄公二十六年》載：『鄭七穆，罕氏其後亡者也，子展儉而壹。』

（一三）汝陰：指顏延之的高祖顏默，曾任汝陰太守。顏《碑》載：『（顏欽）生汝陰太守、護軍、襲葛繹子諱默，字靜伯。』舍人孜敏，亦允儲命：指顏默任太子中舍人時，勤勉任事，反應敏睿，善於屬文，很好地傳達了太子的命令。舍人，指太子中舍人，掌文章書記。《晉書·職官志》載：『中舍人四人，咸寧四年置，以舍人才學美者爲之，與中庶子共掌文翰。』孜敏，勤謹敏睿。儲命，太子的命令。

（一四）靖侯：指顏延之的曾祖顏含，受封西平縣侯，謚號『靖』。《晉書·顏含傳》載：『豫討蘇峻功，封西平縣侯……謚曰靖。』潛德：不爲人知的美德。言則測幽：指顏含目光長遠，言行富有預見性。歎實聳靈：憂歎能夠驚動神靈，指顏含獲青鳥所贈髯蛇膽，治好嫂子眼睛失明之事。《晉書・顔含傳》載：『次嫂樊氏因疾失明，……醫人疏方，應須髯蛇膽，而尋求備至，無由得之，含憂歎累時。嘗晝獨坐，忽有一青衣童子年可十三四，持一青囊授含，含開視，乃蛇膽也。童子逡巡出戶，化成青鳥飛去。得膽，藥成，嫂病即愈。由是著名。』

（一五）仁親之實，大孝之榮：指顔含事父母孝順、對兄弟友愛。《晉書・顔含傳》載：『含少有操行，以孝聞。……含乃絶棄人事，躬親侍養，足不出戶者十有三年。』官必凝績：指顔含爲官重實績，不尚虛浮。《晉書・顔含傳》載：『其雅重行實，抑絶浮僞如此。』學乃敦經：指顔含篤於儒學。《晉書・顔含傳》載『東宮初建，含以儒素篤行補太子中庶子，……尋除國子祭酒』。

（一六）隨難蕃霸：指顔含曾在東海王司馬越屬下任職，經歷了西晉末年大動亂。《晉書・顔含傳》載：『本州辟，不就。東海王越以爲太傅參軍，出補闓陽令。』特安闈掖：南渡之前，顔含爲琅邪王司馬睿參軍，爲其出謀劃策。《晉書・顔含傳》載：『元帝初鎮下邳，復命爲參軍。』闈掖，二者均指宮中之門，這裏借指琅邪王。闈，宮中門。《説文解字注》載：『宮中門謂之闈，其小者謂之閨。』掖，宮殿正門兩旁的小門。《漢書・高后紀》顔師古注：『掖門，非正門而在兩旁，若人之臂掖也。』扶元陟帝，翼成復辟：指顔含追隨司馬睿南渡，輔助其建立東晉王朝，爲一代重臣。

（一七）忌滿裁婚，鑒沖貶石：指顔含出於謙遜之性和在亂世中保全家族的考慮，拒絶桓温的求婚，强調子孫不必追求仕宦顯貴，以二千石爲限。《晉書・顔含傳》載：『桓温求婚於含，含以其盛滿，不許。』顔《碑》載：『桓温求婚，以其盛滿不許，因誡子孫曰：「自今仕宦不可過二千石，婚姻勿貪世家。」』望年靜駕，樂恬延歷：指顔含晚年生活儉樸，淡泊明志，高壽而終。《晉書・顔含傳》載：『以年老遜位。成帝美其素行，就加右光禄大夫，門施行馬，賜床帳被褥，敕太官四時致膳，固辭不受，……致仕二十餘年，年九十三卒，遺命素棺薄斂。』

（一八）三祖：三位祖先，指顔含三子顔髦、顔謙、顔約，顔髦、顔謙爲顔延之的伯祖，顔約爲顔延之的祖父。連光：光耀相連，喻前後相連俱爲美好的事物或人，指顔含三子出仕爲官，皆有聲譽。《晉書・顔含傳》載：『三子：髦、謙、約。髦歷黄門郎、侍中、光禄勳，謙至安成太守，約零陵太守，並有聲譽。』眾門稟教：顔含曾任本州大中正，負責察舉士人，眾多門生子弟受其教導。于時列孝：指顔含以孝知名，《晉書》列入《孝友傳》。克端：省身自檢。殊操：節操卓異。

（一九）潔景衡陰，湮心理奧：指顔含評論江左名士時，推重周顗、卞壼、鄧攸等爲官清正、忠義守節之士，借此表明自己篤守儒學的道德操守，而不追附清談虚浮世風。《晉書·顔含傳》載：『或問江左羣士優劣，答曰：「周伯仁之正，鄧伯道之清，卞望之之節，餘則吾不知也。」其雅重行實，抑絶浮僞如此。』任不窮秩，是謂高蹈：指顔含晚年主動放棄高官顯職，退隱不仕二十餘年。

（二〇）山曾：重山層疊。據一九五八年南京市文物保管委員會調查和發掘的結果，顔氏家族墓地在今南京北郊幕府山西側的老虎山南麓，爲低山丘陵地形，山峰重疊。曾，通『層』，重疊。胄積荄深：墓地草木叢生。《説文解字》載：『荄，草根也。』辭林：著述之林，指詩文的總彙。

（二一）碑表：墓表，指顔含去世後不久，姻親李闡所作《右光禄大夫西平靖侯顔府君碑》。策素匪任：顔延之的謙辭，指自己文才有限，不能撰寫好曾祖顔含的碑銘。誦靈墳阿，長寄風音：在顔含的墓地誦讀碑文，懷念先祖，寄託哀思。

【繫年】

顔氏家族爲儒學世家，崇尚孝悌之義，顔含爲琅邪顔氏南渡之祖，地位很高。然而當顔延之爲曾祖顔含作碑銘時，顔含的墓地卻是草木叢生、墓表損壞的荒涼景象，『山曾木□，胄積荄深，永惟世□，思樹辭林。碑表有毁。』這一現象的出現與晉宋之際特殊的歷史背景相關。

顔延之生於孝武帝太元九年（三八四），年輕時正逢東晉末年的亂世，當時都城建康爲各方勢力爭奪的焦點，多次發生戰爭，如隆安二年桓玄率軍於白石大敗朝廷軍隊，兵臨建康城下（《晉書·安帝紀》）；隆安五年孫恩率軍迫近建康，京師戒嚴（《晉書·安帝紀》）；元興元年桓玄率軍擊敗朝廷軍隊，攻佔建康（《晉書·安帝紀》）；元興三年劉裕領兵擊敗桓玄，控制建康（《晉書·安帝紀》）；義熙六年盧循、徐道覆率軍攻打建康（《晉書·安帝紀》）。可見東晉末年十二年的時間裏，建康經歷了多次大規模的戰爭。顔含墓地位於建康北郊幕府山西側的老虎山南麓，不能受到城牆的保護。在這種高頻率、大規模的戰爭中，顔含墓地容易被戰火波及，同時也很難得到及時修整和維護，因而出現草木叢生、墓表損壞的荒涼景象。義熙七年之後，劉裕掌握軍政大權，建康長期未再經歷大規模戰亂，這一局面一直維繫至宋文帝統治末期。據《宋書》本傳，顔延之三十歲時尚未成婚、出仕。顔延之出仕在義熙十年左右，義熙十年至十二年，顔延之在吳縣，尋陽任後將軍劉柳的行參軍、主薄、功曹等職（見附錄肆『顔延之出仕考』）。顔延之出仕是劉裕掌權、建康安定之後的事，也符合儒家擇機出仕之道。《論語·微子》載：『天下有道則現，無道則隱。」

顔延之《右光禄大夫西平靖侯顔府君家傳銘》大約作於義熙七年之後的東晉末年。此時經過十餘年的戰亂，劉裕掌握軍政大權，控制局面，建康恢復安定並長期維繫。在社會安定的大背景下，顔延之得以修整建康北郊遭戰火波及的先祖墓地，重新撰寫曾祖顔含的碑銘，來替代業已損壞的墓表。

直東宫答鄭尚書〔一〕〔一〕

皇居體寰〔二〕極，設險祇天工〔三〕〔二〕。兩闈阻通軌，對禁限〔四〕清風〔三〕。跂予旅東館，徒歌屬南墉〔四〕。寢興鬱無已，起觀辰漢中〔五〕。流雲藹青闕，皓月鑒丹宫〔六〕。踟蹰清防密，徙倚恆漏窮〔七〕。君子吐芳訊，感物惻〔五〕余衷〔八〕。惜無丘園秀，景行彼高松〔六〕〔九〕。知言有誠貫〔七〕，美價難克充〔一〇〕。何以銘嘉貺，言樹絲與桐〔一一〕。

【校】

本詩以李善注《文選》卷二十六所載爲底本，用《藝文類聚》卷三十一、《初學記》卷十一、《六臣注文選》卷二十六、《古詩紀》卷五十六、張燮《顔集》、張溥《顔集》參校。

〔一〕《藝文類聚》詩題作《直東宫答鄭尚書道子》。

〔二〕「寰」，諸本作「環」。李善注引張衡《西京賦》「譬衆星之環極」，亦作「環」。

〔三〕「祇天工」，《藝文類聚》作「協天功」。

〔四〕「限」，《藝文類聚》作「阻」。

〔五〕「惻」，《初學記》訛作「側」。

〔六〕『高松』，《初學記》作『高嵩』。

〔七〕『誠貫』，《古詩紀》載此處亦作『誠實』。

【注】

（一）直東宫：在東宫當值，太子舍人、太子中舍人等東宫屬官需輪值夜宿東宫。鄭尚書：指鄭鮮之，時任都官尚書。

（二）寰極：指環繞北極星。張衡《西京賦》云：『譬眾星之環極，叛赫戲以輝煌。』設險：利用險要之地建立防禦工事。天工：天的職任，古人認爲王者法天而建官，代天行職事。《尚書·皋陶謨》載：『無曠庶官，天工人其代之。』

（三）兩闈：闈是皇宫寢側的小門，兩闈代指設於皇宫內的兩個機構，這裏指東宫與尚書臺，分别爲顏延之和鄭鮮之任職處。通軌：通路，往來的大路。對禁：指東宫、尚書臺各有禁守。清風：清惠的風化。張衡《東京賦》云：『清風協於玄德，淳化通於自然。』

（四）跂予：抬起腳後跟站著，借指顏延之對鄭鮮之的傾慕。東館：東宫，顏延之當值夜宿地。徒歌：無伴奏歌唱。南墉：尚書臺，在東宫之南，故稱。

（五）寢興：睡下和起牀，這裏指起臥不寧。無已：無止境，無了時。辰漢：大辰與天河。辰爲大辰，指房宿、心宿、尾宿；漢爲天河，銀河的通稱。《爾雅》載：『大辰，房心尾也。』毛萇《詩傳》云：『漢，天河也。』

（六）流雲藹青闕：皇宫上方有浮動的雲氣。青闕，宫闕，指劉宋皇宫。鑒：照。丹宫：帝王的宫殿，指劉宋皇宫。

（七）清防：指皇宫，宫禁之中清靜整肅，故稱。夏侯沖《答潘岳詩》云：『相思限清防，企佇誰與言。』徙倚：徘徊，逡巡。漏窮：滴漏已盡，指拂曉時分。

（八）芳訊：嘉言，美善之言。陸機《長安有狹邪行》云：『傾蓋承芳訊，欲鳴當及晨。』

（九）丘園：丘墟，園圃。蔡邕《處士圂叔則銘》云：『潔耿介於丘園，慕七人之遺風。』景行：高尚的德行，這裏是景仰之意。《詩經·小雅·車舝》云：『高山仰止，景行行止。』高松：高大的松樹，喻指鄭鮮之品德高尚。

（一〇）誠貫：誠實的習慣。貫，通『慣』。美價：高價。《文選》李善注此句云：『知汝之言，有誠實舊貫，美價難以克充。』

（一一）嘉貺：厚賜，這裏指鄭鮮之的『芳訊』。絲與桐：指琴，古人削桐爲琴，練絲爲絃，故稱。《文選》李善注此句云：『言樹絲桐，欲播之琴瑟也。』

【繫年】

研究者多認爲此詩作於永初元年，如繆鉞《顔延之年譜》、諶東飆《顔延之研究》等，其主要證據在於對鄭鮮之任都官尚書時間的判定，如繆鉞云：『按《宋書》六十四《鄭鮮之傳》：「高祖踐阼，遷太常，都官尚書。永初二年，出爲丹陽尹。」則顔答鄭詩該本年作。』諶東飆認爲：『鄭鮮之在劉裕代晉後，遷太常，都官尚書。鄭鮮之在尚書職位上祇有一年時間，第二年，即永初二年，就出爲丹陽尹（《宋書·鄭鮮之傳》）。顔此詩應作於本年。』考察相關材料，此詩的創作時間可作進一步探討。

第一，劉宋初年鄭鮮之兩次任都官尚書。《宋書·鄭鮮之傳》載：『高祖踐阼，遷太常，都官尚書。……永初二年，出爲丹陽尹，復入爲都官尚書，加散騎常侍。』鄭鮮之第一次任都官尚書始於永初元年，終於永初二年改任丹陽尹。鄭鮮之任丹陽尹的時間並不長，在永初二年末或三年初，鄭鮮之再次入朝任都官尚書，直至景平二年出爲豫章太守。《南史·鄭鮮之傳》載：『景平中，徐、傅當權，出爲豫章太守。……尋有廢立事。』由於劉宋初年鄭鮮之兩次任都官尚書，且相隔時間不長，顔延之《直東宫答鄭尚書》詩題中的『鄭尚書』可能指鄭鮮之首次任都官尚書（永初元年至永初二年出爲丹陽尹之前），也可能指鄭鮮之第二次任都官尚書（永初二年末或永初三年初至景平二年）。

第二，顔延之永初年間太子屬官任職也有變化。《宋書》本傳載：『高祖受命，補太子舍人。……永初中，……徙尚書儀曹郎，太子中舍人。』《南史》本傳載：『武帝受命，補太子舍人。……永初中，……再遷太子中舍人。』可見顔延之永初元年任太子舍人，永初二年任太子中舍人。太子舍人、太子中舍人爲東宫屬官，均可當值東宫，都符合詩題中的『直東宫』之稱。

從鄭鮮之、顔延之的任官經歷來看，《直東宫答鄭尚書》若寫於鄭鮮之首次任都官尚書期間，則永初元年、永初二年出爲丹陽尹之前均有可能； 若寫於鄭鮮之第二次任都官尚書期間，則永初二年末、永初三年五月劉裕去世之前均有可能。可見此詩作於永初元年至永初三年五月之間，永初元年並非唯一選項。

【考辨】

一、顏延之與鄭鮮之忘年之交成因表微

鄭鮮之年長顏延之二十歲，兩人交誼深厚，鄭鮮之舉薦顏延之爲宋國博士，顏延之作有《直東宮答鄭尚書》。兩人能夠結成忘年之交，主要有以下四個原因。

（一）思想相近。與顏延之相同，鄭鮮之服膺儒家思想，重視倫理教化，例如，《宋書·鄭鮮之傳》載鄭鮮之任桓偉輔國主簿時，議『兗州刺史滕恬爲丁零、翟遼所沒，屍喪不反，恬子羨仕宦不廢』之事云：『名教大極，忠孝而已。……且有生之所宗者聖人，聖人之爲教者禮法，卽心而言，則聖人之法，不可改也。』又載鄭鮮之《父疾去職議》云：『詭託之事，誠或有之，豈可虧天下之大教，以末傷本者乎？……今省父母之疾，而加以罪名，悖義疾理，莫此爲大。』又如，《藝文類聚》卷三十八載鄭鮮之《請立學表》云：『至於洙泗之教，洋洋盈耳，所以柔漸性情，日用成器，國廢胄子之教，家弛勸學之訓，宜振起頹業，以回視聽，接光太陽，燭之幽夜，令欣流者濟津，懷竇者剖和。』此外，鄭鮮之對佛教思想也很感興趣，寫有《神不滅論》（《弘明集》卷五），這也與顏延之相似。

（二）性情相投。鄭鮮之性格剛直，曠達坦率。《宋書·鄭鮮之傳》載：『性剛直，不阿強貴，明憲直繩，甚得司直之體。……鮮之難必切至，未嘗寬假，要須高祖辭窮理屈，然後置之。高祖或有時慚恧，變色動容，……時人謂爲「格佞」。……鮮之爲人通率，在高祖坐，言無所隱，時人甚憚焉。』這也與顏延之性情相投。《宋書》本傳載：『延之性既褊激，兼有酒過，肆意直言，曾無遏隱。』

（三）才學相長。鄭鮮之自少刻苦力學，『鮮之下帷讀書，絕交遊之務。……文集傳於世』（《宋書·鄭鮮之傳》）。今逯欽立《先秦漢魏晉南北朝詩》、嚴可均《全上古三代秦漢三國六朝文》錄鄭鮮之詩文十篇。顏延之爲後起之秀。《宋書》本傳載：『好讀書，無所不覽，文章之美，冠絕當時。……延之與陳郡謝靈運俱以詞彩齊名，自潘岳、陸機之後，文士莫及也，江左稱顏謝焉。』鄭鮮之欣賞顏延之的才學，曾舉薦顏延之，『宋國建，奉常鄭鮮之舉爲博士』（《宋書》本傳）。

（四）政治遭遇相似。少帝時期，顏延之、鄭鮮之與當權者徐羨之、傅亮關係不佳，兩人由中樞外放分别爲始安、豫章太守。元嘉三年徐羨之、傅亮被宋文帝誅殺後，兩人纔重返中樞。《宋書》本傳載：『時尚書令傅亮自以文義之美，一時莫及，延之負其才辭，不爲之下，亮甚疾焉。廬陵王義真頗好辭義，待接甚厚。徐羨之等疑延之爲同異，意甚不悅。……出爲始安太守。……元嘉三年，羨之等誅，徵爲中書侍郎，尋轉太子中庶子。』《南史·鄭鮮之傳》載：『景平中，徐、傅當權，出爲豫章太守。……元嘉三年，弘入爲相，舉鮮之爲尚書右僕射。』相似的政治遭遇進一步密切了兩人的關係。

三月三日詔宴西池詩（一）

河嶽曜圖，聖時利見（二）。於赫有皇，升中納禪（三）。載貞其恆，載通其變（四）。大哉人文，至矣天睠（五）。

昭哉儲德，靈慶攸繁（六）。明兩紫宸，景物乾元（七）。帝宗菴藹〔一〕，惟城惟蕃（八）。袞衣善職，彤弓受言（九）。

飾館春宮，稅鑣青輅（一〇）。長筵逶迤，浮觴沿泝（一一）。

【校】

本詩以《藝文類聚》卷四所載爲底本，用《古詩紀》卷五十六、張燮《顏集》、張溥《顏集》參校。

〔一〕『菴』，張溥《顏集》訛作『罨』。

【注】

（一）西池：池名，在今南京覆舟山南，常見於東晉南朝詩文中，如謝瞻《遊西池詩》、謝靈運《三月三日侍宴西池詩》等。

（二）河嶽：周代指黄河、泰山，後泛指山川。曜圖：天上日月星辰圖象，與前面地表『河嶽』相對而言。聖時：聖明之時，指宋武帝統治之時。利見：得見君主。《周易·乾》載：『見龍在田，利見大人。』

（三）於赫：歎美之詞。《詩經·商頌·那》云：『於赫湯孫，穆穆厥聲。』有皇：指宋武帝劉裕。升中：帝王祭天上告成功。納禪：接受禪讓，指宋武帝接受晉恭帝的禪讓。

（四）貞恆：忠貞不渝，始終如一。通變：通曉變化之理。《周易·繫辭》載：『極數知來之謂占，通變之謂事。』

（五）人文：禮樂教化。《周易·賁》載：『觀乎天文以察時變，觀乎人文以化成天下。』至矣：到，到來。天睠：上天的眷顧。

（六）昭哉：光明，顯耀。《詩經·大雅·下武》云：『永言孝思，昭哉嗣服。』儲德：蘊蓄的美德。靈慶：喜慶。攸繁：衆多，指有很多喜慶之事。

（七）明兩：太陽，喻指宋武帝劉裕。紫宸：皇帝居處，借指宋武帝。乾元：天道伊始，萬物資始。《周易·乾》載：『大哉乾元，萬物資始，……乾道變化，各正性命，保合太和，乃利貞。首出庶物，萬國咸寧。』元，代表春天萬物資始，與詩歌寫作時間三月三日相應。

（八）帝宗：皇族，皇帝家族。菴藹：衆多，茂盛。左思《蜀都賦》云：『豐蔚所盛，茂八區而菴藹焉。』惟城惟蕃：指劉宋衆多皇族成員都是國之干城和藩屏。

（九）袞衣：古代天子及王公穿的繪有卷龍的禮服，這裏借指劉宋王公貴族。善職：稱職。潘岳《西征賦》云：『世善職於司徒，緇衣弊而改爲。』彤弓受言：用《詩經》典故，指宋武帝劉裕用宴會和賞賜來饗酬羣臣。《詩經·小雅·彤弓》云：『彤弓弨兮，受言藏之。……鐘鼓既設，一朝饗之。……彤弓弨兮，受言櫜之。……鐘鼓既設，一朝酬之。』彤弓，朱漆弓，天子用以賜給有功的諸侯或大臣，使專征伐。

（一〇）飾館春宮：指爲此次宴會而裝飾東宮。宴會所在地西池在宮城以北、覆舟山之南，離東宮很近，且西池與東宮有水系相通，因而東宮成爲宴會招待地。春宮，東宮，太子居東宮，東方主春，與詩歌寫作時間三月三日相應。稅鑣青輅：指宴會舉行時，宋武帝的車駕停在一旁。稅鑣，駕車的馬停留歇息。鑣，馬嚼子兩端露出嘴外的部分，借指馬。青輅，塗以青色的天子車。《隋書·禮儀志五》載：『皇帝之輅，十有二等，……二曰青輅，以祀東方上帝。』

（一一）長筵：排成長列的宴飲席位。逶迤：曲折綿延貌，這裏形容宴飲席位之多。浮觴：酒器浮於水面之上，後指河流水渠旁集會時，在上流放置酒杯，任其順流而下，停在誰的面前，誰就取飲。魏晉之後，流杯飲酒、曲水流觴成爲三月三日祓禊禮的重要組成部分。沿泝：酒杯沿流而下。

【繫年】

此詩當作於永初二年三月初三。詩中有兩個時間信息。第一，詩題《三月三日詔宴西池詩》說明詩歌作於三月三日。詩中『景物乾元』『飾館春宮』『浮觴沿泝』等詞句也說明寫作時令爲春季。第二，詩中云：『於赫有皇，升中納禪。』這裏的『納禪』爲接受禪讓之意。顏延之義熙十年出仕之後經歷的皇位禪讓衹有一次，即元熙二年六月晉恭帝司馬德文禪位於劉裕。永初元年六月十四，劉裕設壇於南郊，即皇帝位，柴燎告天，接受晉恭帝的禪讓。《宋書・武帝本紀》載劉裕告天策文云：『敬簡元辰，升壇受禪，告類上帝，用酬萬國之情。』顏延之《三月三日詔宴西池詩》所云『於赫有皇，升中納禪』蓋指此事，詩歌創作時間當在此後不久。

宋武帝劉裕在位時間不長，永初元年六月即位，永初三年五月去世。由此來看，顏延之《三月三日詔宴西池詩》衹有作於永初二年三月三日和永初三年三月三日兩種可能。永初三年三月初，劉裕患病，病情一度較爲嚴重。《宋書・武帝本紀》載：『三月，上不豫。太尉長沙王道憐、司空徐羨之、尚書僕射傅亮、領軍將軍謝晦、護軍將軍檀道濟並入侍醫藥。羣臣請祈禱神祇，上不許，唯使侍中謝方明以疾告廟而已。』直到三月初五，劉裕病情方有所好轉，大赦天下，因而重病在身的劉裕難以主持永初三年三月三日的西池宴會。

武帝謚議（一）

以爲聖哲同風，功美殊稱，蓋出乎道者無方，故刑于物者不一（一）。伏惟道塞人神，信通期運，愛敬所稟，因心則遠（二）。英粹之照，正性自天（三）。體苞潛躍，慮周卷舒（四）。龍德在陰，雖艱貞而不悶；因時而惕，故有來其必亨（五）。在晉之季，皇塗薦阻，欃槍干紀，璇璣失馭（六）。天鑒靈武，民屬聖明，不假十室之資，不籍百乘之賦，首義馳風，一鼓靜亂，滌除太階，消殞薄蝕（七）。斯亮登庸之基，經綸之始者也（八）。內難雖弭，外圖未輯〔九〕。河華海岱，負固相望；荆濮燕亳，侯服交侵〔一〇〕。眷言帝畿，思康王路〔一一〕。戎不再駕，遺氓卽序〔一二〕。斥候〔二〕之所未羈，亭徼之所不譯，莫不飾誠請罪，款塞來賓〔一三〕。故能洒掃中嶽，致廟九山〔一四〕。神道會昌，寶命既集，損之而益，後身愈先〔一五〕。既而儀形帝載，揖讓天歷，改玉乎文祖，班瑞于神宗〔一六〕。貫革寢機，文武搢笏〔一七〕。故扆居兩楹，坐一八表，國訓成均之學，家沾撫辜之仁〔一八〕。大美配天，必終之以儉德；道固萬葉，猶申之以話言〔一九〕。允所謂教思無窮，樹之長世，取高上代，顧邈前王矣〔二〇〕。

【校】

本文以《藝文類聚》卷十三所載爲底本，用張燮《顏集》、張溥《顏集》參校。此文題爲《武帝謚議》，但文中並未議及劉裕的謚號，當爲殘篇。

〔一〕張燮《顏集》、張溥《顏集》標題作《宋武帝謚議》。

〔二〕「候」，張燮《顏集》、張溥《顏集》作「堠」，二字通。

【注】

〔一〕聖哲同風：聖人和哲人的風紀教化相同。功美殊稱：指聖哲的功勞美德不一樣，與上句「聖哲同風」相對。道者無方：天道沒有方向、處所的限制，無所不至，變化無窮。《周易・益》載：「天施地生，其益無方。」刑于物者不一：天道作用於物的形式不一樣。

〔二〕道塞人神：天道充塞於人與神之間。期運：機運，時機。愛敬：親愛恭敬。因心：親善仁愛之心。《詩經・大雅・皇矣》云：「維此王季，因心則友。」

〔三〕英粹：美好的品質。正性：自然的稟性，純正的稟性。自天：源於自然，自然所生。

〔四〕潛躍：出沒，常喻出仕和退隱，這裏指帝王尚未登基時。慮周：考慮周到。卷舒：進退，隱顯。《列女傳・王章妻女》載：「君子謂王章妻知卷舒之節。」

（五）龍德在陰：指天子之德潛藏在內。《周易・乾》載：『潛龍勿用，何謂也？子曰：「龍德而隱者也，不易乎世。」』艱貞：遭逢艱危而能守正不移。因時而惕：隨時勢變化而警惕。有來其必亨：未來必然順利。

（六）在晉之季：東晉末年。皇塗薦阻：指晉安帝屢歷艱難，一度失去皇位。欃槍干紀：凶惡之人違反法紀，這裏指桓玄篡晉稱帝。欃槍，亦作攙搶，彗星的別名，常喻邪惡勢力。璇璣失馭：皇權旁落，皇帝喪失統治能力。璇璣，北極星，喻指帝位、皇權。

（七）不假十室之資，不籍百乘之賦：形容劉裕起兵之初財物不足，實力弱小。《魏書・崔浩傳》載：『劉裕挺出寒微，不階尺土之資，不因一卒之用，奮臂大呼而夷滅桓玄，北擒慕容超，南摧盧循等，僭晉陵遲，遂執國命。』十室之資，十戶人家的錢財，形容財物很少。《論語・公治長》載：『子曰：「十室之邑，必有忠信如丘者焉，不如丘之好學也。」』百乘之賦，擁有一百輛兵車的領地財賦，與上句『十室之資』類似，形容財力不足。《禮記・大學》載：『百乘之家，不蓄聚斂之臣。』首義馳風，一鼓靜亂，滌除太階，消殄薄蝕：指劉裕於元興三年率先起兵討伐篡晉稱帝的桓玄，使晉安帝恢復帝位之事。《宋書・武帝本紀》載：『（元興二年）十二月，桓玄篡帝位，遷天子於尋陽。……（元興三年二月）高祖託以遊獵，與無忌等收集義徒。……衆推高祖爲盟主，移檄京邑。……高祖位微於朝，衆無一旅，奮臂草萊之中，倡大義以復皇祚。』

（八）登庸：登上帝位。經綸：整理絲縷，編絲成繩，引申爲籌畫治理國家大事。此句謂在討伐桓玄一事中，劉裕充分顯示出軍事、政治才能，爲後來登基稱帝奠定基礎。《宋書・武帝本紀》載：『高祖躬先士卒以奔之，將士皆殊死戰。……高祖以身範物，先以威禁內外，百官皆肅然奉職。二三日間，風俗頓改。』

（九）內難：內亂，多指國家內部的動亂或災難。此句指桓玄之亂雖然平定，但東晉的外患依舊沒有消除。

（一〇）河華：黃河、華山的並稱，這裏代指割據關中地區的後秦，後爲劉裕所滅。海岱：渤海至泰山之間的地區，指青州，這裏代指割據青州地區的南燕，後爲劉裕所滅。負固：依恃險阻。荆濮燕亳：泛指成爲東晉外患的少數民族。侯服：古代王城週邊按距離遠近劃分的區域之一，這裏泛指入侵東晉的少數民族。《周禮・夏官・職方氏》載：『乃辨九服之邦國，方千里曰王畿，其外方五百里曰侯服，又其外方五百里曰甸服。』交侵：迭相侵犯。此句謂東晉外患嚴重，關中、青州等大片北方領土淪陷，外敵迭相侵犯。

（一一）眷言：回顧貌。陸機《贈尚書郎顧彥先》其二云：『眷言懷桑梓，無乃將爲魚。』帝畿：指都城或都城周圍地區。王路：先王的法度。《史記·儒林列傳》載：『孔子閔王路廢而邪道興，於是論次《詩》《書》，修起禮樂。』

（一二）戎不再駕：指一戰功成，不再度興師征戰。遺氓：指歷經東晉內外變亂、劫後餘生的人。《宋書·武帝本紀》載：『永嘉不競，四夷擅華，五都幅裂，山陵幽辱，祖宗懷沒世之憤，遺氓有匪風之思。』即序：就序，歸順。左思《魏都賦》云：『於時東鯷即序，西傾順軌，荆南懷憓，朔北思韙。』

（一三）斥候：偵察，候望。亭徼：邊境上的防禦工事。飾誠：表現真誠。款塞：叩塞門，謂外族前來通好。來賓：前來賓服，朝貢天子。此句謂劉裕德化四夷，邊疆安定，外族賓服。

（一四）洒掃：洒水掃地，祭祀前的準備工作之一，這裏代指祭祀。中嶽：指位於今河南登封的嵩山，劉裕於義熙十二年北伐後秦，收復包括嵩山在內的大片中原故土。九山：九州的大山。《尚書·禹貢》載『九山刊旅』。此句謂劉裕功德卓著，兩度北伐，滅南燕、後秦，收復大片北方淪陷故土，重新祭祀泰山、嵩山等九州名山。此即『夫嵩、岱配極，則乾道增輝』（《宋書·武帝本紀》）之意。

（一五）神道會昌，寶命既集：形容劉裕受命於天，新朝定鼎爲大勢所趨。神道，神明之道，謂鬼神賜福降災神妙莫測之道。會昌，會當興盛隆昌。寶命，對天命的美稱。損之而益：減損而增益，指節制、謙抑而受益。《老子》第四十章云：『故物或損之而益，或益之而損。』後身愈先：後退其身，自身反而居先，指先人後己而益己。《老子》第七章云：『是以聖人後其身而身先，外其身而身存。非以其無私也，故能成其私。』

（一六）儀形帝載，揖讓天歷：指劉裕是帝王的楷模，通過禪讓獲得帝位。儀形，典範，楷模。帝載，帝王的事業。揖讓：禪讓，讓位於賢。天歷，天命，指帝位。改玉乎文祖：太祖廟的玉飾發生改變，指晉宋易鼎，改朝換代。改玉，更改佩玉，使符合臣制，借指改朝換代。《左傳·定公五年》載：『（季平子）卒于房，陽虎將以璵璠斂，仲梁懷弗與，曰：「改步改玉。」』文祖，本指帝堯太祖之廟，後泛指太祖廟。《尚書·舜典》載：『正月上日，受終於文祖。』班瑞于神宗：在天子祖廟頒還瑞玉，以示天下正始。

（一七）貫革寢機：指劉裕即位後，停止戰爭，兵事不興。貫革，射穿甲鎧，代指兵事。寢機，停止戰爭。文武搢笏：文臣武將各司其職。搢笏，插笏，這裏指各司其職。《穀梁傳·僖公三年》載：『陽谷之會，桓公委端搢笏而朝諸侯。』

（一八）宸居兩楹，坐一八表：指劉裕住在皇宮中，卻可以影響到極遠的地方。宸居，帝王居住。兩楹，房屋正廳當中的兩根柱子，兩楹之間是房屋正中所在，爲舉行重大儀式和重要活動的地方。八表，八方之外，指極遠的地方。國訓成均之學：指劉裕即位後重視教育，興辦學校。《宋書·武帝本紀》載永初三年正月詔書曰：『古之建國，教學爲先，弘風訓世，莫尚於此；發蒙啓滯，咸必由之。故爰自盛王，迄於近代，莫不敦崇學藝，修建庠序。……今王略遠屆，華域載清，仰風之士，日月以冀。便宜博延胄子，陶獎童蒙，選備儒官，弘振國學。主者考詳舊典，以時施行。』成均，姬周太學，後泛稱官方設置的最高學府。家沾撫辜之仁：指劉裕即位後多次赦免天下，臣民受其寬宥之恩。《宋書·武帝本紀》載永初元年六月詔書云：『其大赦天下，……其有犯鄉論清議，贓汙淫盜，一皆蕩滌洗除，與之更始。長徒之身，特皆原遣。亡官失爵，禁錮奪勞，一依舊準。』

（一九）大美配天：指劉裕的大功德可與天相比。終之以儉德：指劉裕始終保持儉約的品德。《宋書·武帝本紀》載：『上清簡寡欲，嚴整有法度，未嘗視珠玉輿馬之飾，後庭無紈綺絲竹之音，……內外奉禁，莫不節儉，……故能光有天下，克成大業者焉。』道固萬葉：指劉裕的功德將傳承萬世。申之以話言：用善言陳述劉裕的功德。話言，善言，有道理的話。

（二〇）教思無窮：教導啓發民眾思考於無窮。《周易·臨》載：『君子以教思無窮，容保民無疆。』樹之長世：後世以之爲典範。取高上代：勝過前代。顧邈前王：超越以前帝王。

【繫年】

從題名、顏延之任禮官的時間、謝靈運《武帝誄》的創作時間等方面來看，顏延之《武帝謚議》當作於永初三年六月左右。

一是題名《武帝謚議》。帝王去世後，禮官評議其生平事蹟，依據謚法擬定謚號，奏請欽定，稱爲謚議。《武帝謚議》是劉裕去世之後、謚號確定之前的作品。據《宋書·武帝本紀》《南史·宋本紀》，劉裕卒於永初三年五月二十一日（癸亥），七月初八（己酉）葬於蔣山初寧陵，定謚號爲武皇帝，廟號爲高祖，故《武帝謚議》當作於永初三年五月二十一至七月初八之間。

二是顏延之任禮官的時間。在其位，謀其政，禮官方能參與帝王謚號的擬定，故《武帝謚議》是顏延之任禮官時所作。武帝永初年間，顏延之任尚書儀曹郎，掌管吉凶禮儀之事。少帝即位後，顏延之任正員郎兼中書，後轉爲員外常侍，不再擔任禮官。《宋書》本傳載：『永初中，……徙尚書儀曹郎，太子中舍人。……少帝即位，以爲正員郎，兼中書，尋徙員外常侍，出爲始安太守。』因此，《武帝謚議》爲少帝卽位後不久，顏延之任尚書儀曹郎，而尚未轉任員外常侍時所作。

三是謝靈運《武帝誄》的創作時間。與顏延之《武帝謚議》類似，謝靈運《武帝誄》亦因劉裕去世而作。《武帝誄》云：『痛百在茲，惟祖之夕。流火始變，秋月未永。……風霜蕭瑟，山海蒼茫，地苦情矜，節速心傷。』可見《武帝誄》作於永初三年七月初，此時劉裕謚號已定。顏延之《武帝謚議》創作時間當稍早於謝靈運《武帝誄》，在永初三年六月左右，此時劉裕謚號尚『議』而未定。

祭屈原文〔一〕

惟〔二〕有宋五年月日，湘州刺史吴郡張邵，恭承帝命，建旟舊楚（一）。訪懷沙之淵，得捐佩之浦（二）。弭節羅潭，艤舟汨渚（三）。乃遣戶曹掾某，敬祭故楚三閭大夫屈君之靈（四）：

蘭熏而摧，玉縝〔三〕則折（五）。物忌堅芳（四），人諱明潔（六）。曰若先生，逢辰之缺（七）。温風怠〔五〕時，飛霜急節（八）。嬴芈遘紛，昭懷不端（九）。謀折儀尚，貞蔑椒蘭（一〇）。身絶郢闕，跡遍湘干（一一）。比物荃蓀，連類龍鸞（一二）。聲溢金石，志華日月（一三）。如彼樹芳，實穎實發（一四）。望汨心歆，瞻羅思越（一五）。藉用可塵，昭忠難闕（一六）。

【校】

本文以李善注《文選》卷六十所載爲底本，用《宋書》本傳、《藝文類聚》卷三十八、《六臣注文選》卷六十、張燮《顏集》、張溥《顏集》參校。

〔一〕張燮《顏集》、張溥《顏集》標題作《爲湘州祭屈原文》。

〔二〕『惟』，《六臣注文選》、張燮《顏集》、張溥《顏集》作『維』，二字通。

〔三〕『縝』，《藝文類聚》《宋書》《六臣注文選》載五臣注作『貞』。

〔四〕『芳』，與上文『蘭熏』相應，張燮《顔集》、張溥《顔集》訛作『方』。

〔五〕『怠』，《宋書》、張燮《顔集》、張溥《顔集》訛作『迨』。

【注】

〔一〕有宋五年：指景平二年，爲劉宋王朝建立後的第五年。湘州：劉宋時，治所在臨湘（今湖南長沙），景平二年湘州轄境包括今湖南省湘、資兩水流域和湖北省陸水流域。《宋書·州郡志三》載：『湘州刺史，晉懷帝永嘉元年，分荆州之長沙、衡陽、湘東、邵陵、零陵、營陽、建昌，江州之桂陽八郡立，治臨湘。』張邵：劉宋大臣，永初三年至元嘉五年任湘州刺史。恭承帝命，建旟舊楚：指劉宋王朝建立後，宋武帝劉裕於永初三年恢復湘州建制，張邵成爲劉宋首任湘州刺史。建旟，姬周冬季大閲，州里之長立旟旗以爲標誌，象徵勇猛、敏捷，這裏代指張邵任湘州刺史之職。舊楚，指湘州轄境爲戰國時期楚國屬地。

〔二〕懷沙之淵、捐佩之浦：均指屈原投水自沉處。《史記·屈原賈生列傳》載：『乃作《懷沙》之賦，……於是懷石遂自投汨羅以死。』屈原《九歌·湘君》云：『捐余玦兮江中，遺余佩兮澧浦。』此句謂湘州刺史張邵來到屈原投水自沉處，舉行紀念活動。

〔三〕弭節：駐節，停車。屈原《離騷》云：『吾令羲和弭節兮，望崦嵫而勿迫。』羅潭：汨羅江，屈原自沉處，在今湖南東北部。艤舟：指船停靠岸邊。汨渚：汨羅江邊，屈原自沉處。《文選》李周翰注：『羅潭、汨渚，屈生自沉處也。』

〔四〕戶曹掾：戶曹屬官，漢魏州郡設戶曹，有掾、史等屬官，東晉、南朝沿置，掌管民戶、祠祀等事。《後漢書·百官志》載：『戶曹主民戶、祠祀、農桑。』

〔五〕此句謂香蘭衰敗，美玉折斷，比喻賢才的不幸死亡。《世說新語·言語》載：『毛伯成既負其才氣，常稱「寧爲蘭摧玉折，不作蕭敷艾榮。」』

〔六〕此句謂玉因堅折，蘭因芳摧，因而堅、芳之性是玉、蘭所忌諱的。與此類似，過潔世同嫌，屈原清白、高潔的品行也是世人所忌諱的。《史記·屈原賈生列傳》載：『其志絜，故其稱物芳；其行廉，故死而不容自疏。』

〔七〕曰若：語助詞。逢辰之缺：生不逢時，時運不濟。《詩經·大雅·桑柔》云：『我生不辰，逢天僤怒。』

〔八〕怠時：應時不至。急節：急變時令。此句謂溫風遲遲不至，飛霜卻很快來到，借指屈原時運不濟，命途多舛。

（九）嬴：秦國國君之姓，代指秦國。羋：楚國國君之姓，代指楚國。遘紛：製造糾紛，爭鬥。昭：秦昭王。懷：楚懷王。此句謂戰國後期秦、楚兩國的政治、軍事鬥爭，期間秦昭王、楚懷王君道不正。

（一〇）儀尚：戰國後期張儀與靳尚的並稱，二人爲屈原外交、政治主張的敵對者。椒蘭：指楚國大夫子椒和楚懷王的少弟子蘭，二人均爲佞人。屈原《離騷》云：『覽椒蘭其若茲兮，又況揭車與江蘺。』王逸注：『言觀子椒、子蘭變節若此。』

（一一）郢闕：楚國郢都宮闕，借指楚國朝廷。湘：湘江。干：岸，水畔。此句謂屈原遠離楚國朝廷，長期流放在外，足跡遍及湘江兩岸。

（一二）比物：比較歸納同類事物。荃蓀：香草，喻指賢良的人。連類：連綴同類事物。龍鸞：龍與鳳，喻指賢士。此句謂屈原的作品善於歸納連綴香草、龍鳳等同類事物，託物言志。王逸《楚辭章句·離騷經序》云：『離騷之文，依詩取興，引類譬喻。故善鳥香草以配忠貞，惡禽臭物以比讒佞，靈修美人以媲于君，宓妃佚女以譬賢臣，虯龍鸞鳳以託君子，飄風雲霓以爲小人。』

（一三）聲溢金石：指屈原的作品有金石之聲，鏗鏘有力。金石，鐘磬一類樂器。志華日月：指屈原的志向能同日月光華爭輝。《史記·屈原賈生列傳》載：『推此志也，雖與日月爭光可也。』

（一四）樹芳：芳樹，美好的樹木。實穎實發：發芽結果，借指屈原才華出衆。《詩經·大雅·生民》云：『實方實苞，實種實褎，實發實秀，實堅實好，實穎實栗，即有邰家室。』

（一五）望汨、瞻羅：望著汨羅江。欷：歎息。思越：心神散逸，神思飛越。

（一六）藉用：祭祀用的白茅。《周易·大過》載：『初六，藉用白茅，無咎。』昭忠：昭顯忠信。《左傳·隱公三年》載：『《風》有《采蘩》《采蘋》，《雅》有《行葦》《泂酌》，昭忠信也。』

【繫年】

此文的寫作時間，可從以下三個方面來考察。

第一，《祭屈原文》序言首句云『惟有宋五年月日』。這裏的『有宋』指劉宋王朝，始建於永初元年，『有宋五年』指景平二年，爲宋武帝劉裕即位、劉宋王朝建立之後的第五年。與此類似，顏延之《赭白馬賦》云：『惟宋二十有二載，盛烈光乎重葉。』

第二，《祭屈原文》序言云『湘州刺史吳郡張邵，恭承帝命，建旗舊楚』。據《宋書·州郡志三》《宋書·張邵傳》，宋武帝於永初三年恢復湘州建制，永初三年至元嘉五年，張邵任湘州刺史，《祭屈原文》作於張邵湘州刺史任期內。

第三，《宋書》本傳載『少帝即位，以爲正員郎，兼中書，尋徙員外常侍，出爲始安太守。……延之之郡，道經汨潭，爲湘州刺史張邵《祭屈原文》以致其意。……』《南史》本傳載：『少帝即位，累遷始安太守延之之郡，道經汨潭，爲湘州刺史張邵《祭屈原文》以致其意。』可見《祭屈原文》爲少帝即位後，顏延之外遷始安太守途中所作。《資治通鑒》卷一百二十將顏延之任始安太守繫於景平二年正月，云：『（春正月丙寅）南豫州刺史廬陵王義真，警悟愛文義，而性輕易，與太子左衛率謝靈運、員外常侍顏延之、慧琳道人情好款密。……於是羨之等以爲運、延之構扇異同，非毁執政，出靈運爲永嘉太守，延之爲始安太守。……義真至歷陽，多所求索，執政每裁量不盡與。義真深怨之，數有不平之言，又表求還都。……書奏，以約之爲梁州府參軍，尋殺之。』《資治通鑒》此處敍事採用追敍手法，顏延之任始安太守當在景平二年正月之前不久。由於景平二年顏延之在赴任始安途中作有《祭屈原文》，因此顏延之任始安太守當在景平元年底。

此外，《祭屈原文》序云：『訪懷沙之淵，得捐佩之浦。弭節羅潭，艤舟汨渚。乃遣戶曹掾某，敬祭故楚三閭大夫屈君之靈。』可見《祭屈原文》作於在屈原自沉之地舉行的祭祀儀式上。有學者由此出發，認爲顏延之《祭屈原文》作於景平二年五月初五端午節，這一說法論據不足。

一方面，《史記·屈原賈生列傳》中沒有屈原於五月初五自沉的記載。西漢以來，文人有很多紀念屈原的作品，如賈誼《弔屈原賦》、揚雄《反離騷》、梁竦《悼騷賦》、蔡邕《弔屈原文》等，但這些作品都未說明寫於五月初五，也未提及屈原五月初五自沉之事。顏延之《祭屈原文》序言開頭云：『惟有宋五年月日』，亦未言及五月初五。

另一方面，唐代之前，屈原投水自沉的時間說法不一。五月初五之外，五月望日之說也頗爲流行。《隋書·地理志》載：『屈原以五月望日赴汨羅，土人追至洞庭不見，湖大船小，莫得濟者，乃歌曰：「何由得渡湖」，因而鼓棹爭歸，競會亭上。習以相傳，競渡之戲。其迅楫齊馳，棹歌亂響，喧振水陸，觀者如雲，諸郡率然，而南郡、襄陽尤甚。』

由上可知，《祭屈原文》作於景平二年，具體月日難以確考，五月五日一說論據不足。

【考辨】

一、顏延之《祭屈原文》的民俗文化意義

顏延之《祭屈原文》之前，文人已作有很多紀念屈原的作品，如賈誼《弔屈原賦》、揚雄《反離騷》等。與這些作品相比，顏延之《祭屈原文》的藝術成就並不突出，但其民俗文化意義值得注意。

首先，屈原紀念由私人自發到官方組織。顏延之以前，文人作品中的屈原紀念都屬於私人自發性質，如賈誼《弔屈原賦》云「恭承嘉惠兮，俟罪長沙。側聞屈原兮，自沉汨羅。造託湘流兮，敬弔先生」；《漢書·揚雄傳》載「乃作書，往往摭《離騷》文而反之，自岷山投諸江流以弔屈原，名曰《反離騷》」。顏延之《祭屈原文》中的屈原紀念則首次脫離了私人自發性質，轉爲官方組織，具體而言是湘州刺史府舉行的屈原祭祀活動，因而《祭屈原文》序言云：「惟有宋五年月日，湘州刺史吳郡張邵，恭承帝命，建旟舊楚。訪懷沙之淵，得捐佩之浦。弭節羅潭，艤舟汨渚。乃遣戶曹掾某，敬祭故楚三閭大夫屈君之靈。」這說明屈原紀念這一民俗文化影響力的擴大，從而由私人自發上升爲官方組織行爲。相對於私人自發紀念行爲，官方組織祭祀屈原活動的參與者衆多，儀式更爲隆重，影響力更大，更有助於屈原紀念民俗文化的傳承和發展。

其次，屈原紀念時間由隨意到固定。顏延之以前，文人紀念屈原的作品中未提及具體時間。這一時期屈原紀念多因事而行，時間較爲隨意，如《史記·屈原賈生列傳》載「賈生既辭往行，聞長沙卑濕，自以壽不得長，又以謫去，意不自得。及渡湘水，爲賦以弔屈原」；梁竦《悼騷賦》云「臨岷川以愴恨兮，指丹海以爲期」；蔡邕《弔屈原文》云「迴□世而遙弔，託白水而騰文」。顏延之《祭屈原文》序言開頭云「惟有宋五年月日」，這是文學作品中首次言及屈原紀念的具體時間，其月日雖未必是五月初五端午節，但有明確的時間則是無疑的。目前所知，先唐提到的屈原紀念日期主要有兩個，即五月初五和五月望日。這兩個日期也很可能是顏延之《祭屈原文》的創作時間。有了相對固定的時間，屈原紀念可以更爲穩定地舉行和承襲下去，同時也可以事前做較爲充分的準備，滿足一年來人們的心理期待。

第三，屈原紀念方式由分散到整合。顏延之以前的文學作品中，提及紀念屈原的具體方式祇有文賦憑弔一種，如賈誼《弔屈

原賦》、蔡邕《弔屈原文》等。顔延之以前的歷史文獻中，提及屈原具體紀念方式的祇有舟楫拯救（競渡）一種。東漢末年應劭《風俗通》載：『屈原以是日死於汨羅，人傷其死，所以並將舟揖以拯之，今之競渡，是其遺跡。』顔延之《祭屈原文》則對之前分散的屈原紀念方式進行了初步整合，涉及到兩種紀念屈原的方式：一是《祭屈原文》本身爲祭文憑弔；二是祭品，包括白茅等，即《祭屈原文》文末言『藉用可塵，昭忠難闕』。這種整合兼顧雅俗，豐富了屈原紀念的內涵，使得社會不同階層都可以從中找到自己的興趣點，有助於這一民俗文化更好地發展。

行殣賦（一）

嗟我來之云遠，覩行殣於水隅（二）。崩朽棺以掩壙（一），仰枯顙而枕衢（三）。資沙礫以含實，藉水草之襚儲（四）。撫躬中塗，太息蘭渚（五）。行徘徊於永路，時悄愴於川侶（六）。

【校】

本文以《藝文類聚》卷三十四所載爲底本，用張燮《顔集》、張溥《顔集》參校。

（一）『壙』，《藝文類聚》訛作『曠』，據張燮《顔集》、張溥《顔集》改。

【注】

（一）行殣：行人死於道路，就近掩埋死者於路旁而形成的墳墓。《詩經·小雅·小弁》云：『行有死人，尚或殣之。』《說文解字》釋『殣』云：『道中死人，人所覆也。』

（二）來之云遠：遠道而來。《詩經·邶風·雄雉》云：『道之云遠，曷云能來？』覩：同『睹』，目睹。水隅：水流彎曲邊角處。

（三）崩朽棺以掩壙：墓穴內草草掩埋的是崩壞的腐朽棺木。壙，墓穴。《說文解字》載：『壙，塹穴也。』仰枯顙而枕衢：

死者的頭仰枕在道路上。顙，額頭，這裏借指頭。揚雄《太玄經》云：『上九：徯𢓯𢓯，天撲之顙。』范望注：『顙，頭也。』

（四）資沙礫以含實：沙礫進入死者嘴裏，當作入殮口實。含，喪葬時放在死者口裏的珠玉。《公羊傳·文公五年》載：『含者何？口實也。』藉水草之襚儲：水草纏繞在死者身上，當作殮衣。《説文解字》載：『襚，衣死人也。』

（五）撫躬：反躬，反省。《禮記·樂記》載：『好惡無節於内，知誘於外，不能反躬，天理滅矣。』太息：大聲長歎，深深歎息。蘭渚：渚的美稱，水中小洲。

（六）永路：長塗，遠路。悄愴：憂傷，淒涼。川侶：以河流爲伴。

【繫年】

《行殣賦》云『嗟我來之云遠』『撫躬中塗』，説明此賦作於顔延之遠行塗中。顔延之一生大部分時間住在建康，或隱或仕，其長塗遠行有三次。一是義熙十三年初出使至洛陽（見《北使洛》繫年）。二是義熙十三年末至關中（見《請立渾天儀表》繫年）。三是景平元年至元嘉元年冬赴始安任太守（見《爲張湘州祭虞帝文》繫年）。《行殣賦》當作於顔延之赴始安任太守的塗中。

一是元嘉元年劉宋境内發生了嚴重旱災。《宋書·范泰傳》載：『元嘉二年，表賀元正，並陳旱災，曰：「……頃旱魃爲虐，亢陽愆度，通川燥流，異井同竭，……臣年過七十，未見此旱。」』可見元嘉元年旱災的嚴重。《建康實録·宋太祖文皇帝》亦載：『是歲（元嘉元年），大旱。』我國古代農業生產抵禦自然災害的能力不高，遇到嚴重旱災易造成農業減產乃至絶收，從而引發饑荒。同時，旱災亦可令人類及動物因缺乏足夠的飲用水而致死。此外，旱災之後容易發生蝗災，進而引發更加嚴重的饑荒。元嘉元年嚴重的旱災使得降水不能滿足農作物生長需要，因而引發饑荒，出現《行殣賦》中『覩行殣於水隅』『崩朽棺以掩壙，仰枯顙而枕衢』的慘狀。與此相對，義熙十三年，在東晉轄境及中原地區，史籍中並無發生嚴重自然災害的記載。反之，此年顔延之出使所經洛陽、關中等地收成很好，糧食充足。《宋書·武帝本紀》載：『（義熙十三年）九月，公至長安。長安豐稔，帑藏盈積。』《南史·王鎮惡傳》載：『（義熙十三年）方軌徑據潼關，將士乏食，乃親到弘農督人租。百姓競送義粟，軍食復振。』

二是『水草』的生長週期。《行殣賦》云『藉水草之襚儲』，説明此賦作於水草生長茂盛的時節。在東晉轄境及中原地區，水生植物的生長週期相對固定。一般而言，春末至秋末，水草較茂盛。春末之前，水草處於萌發期，尚未茂盛；秋末之後，水草進入衰敗期，不復茂盛。由水草生長週期出發，《行殣賦》當作於顔延之赴始安的塗中。景平元年至元嘉元年冬，顔延之赴始安任太守，此次南下路程很長，中間又有停留（如在江州與陶淵明交往、在湘州作《祭屈原文》《爲張湘州祭虞帝文》等），因而耗時很長。元嘉元年春末至秋末，顏延之一直在赴任途中，這一時期水草生長茂盛，因而出現《行殣賦》中『藉水草之穟儲』的現象。與此相對，顏延之北使洛陽在義熙十三年初，當時寒氣未消，不利於水草生長。《北使洛》云：『陰風振涼野，飛雪瞀窮天。……遊役去芳時，歸來屢徂愆。』這樣的氣候條件下，水草萌發未盛。顏延之出使關中在義熙十三年末。此時已入寒冬，水草衰敗，不可能出現《行殣賦》中『藉水草之穟儲』的現象。

三是文學作品中『水草』的地理指向。『水草』詞義有三：一是指水和草，如《吳子・治兵》云：『夫馬，必安其處所，適其水草，節其飢飽。』二是指有水源和草的地方，如《史記・李將軍列傳》載：『就善水草屯，舍止，人人自便，不擊刀斗以自衛。』三是某些水生植物的通稱，如《禮記・祭統》載：『水草之菹，陸產之醢。』顏延之《行殣賦》『資沙礫以含實，藉水草之穟儲』中的『水草』顯然是指水生植物。先唐文學作品中，『水草』很少指水生植物，《行殣賦》之外，衹有兩次：一是謝靈運《山居賦》云『水草則萍藻薀菼，雚蒲芹蓀，蒹菰蘋蘩，蕝荇菱蓮』；二是沈約《郊居賦》云『其水草則蘋萍芡芰，菁藻蒹菰，石衣海髮，黃荇綠蒲』。謝靈運《山居賦》、沈約《郊居賦》中『水草』的地理指向均在長江之南。與此類似，《行殣賦》中『水草』的地理指向也當在長江之南。顏延之赴始安就任太守，路經南方江州、湘州等地，與先唐文學作品中『水草』的地理指向相符。與此相對，顏延之出使洛陽、關中，路經徐州、司州等地，皆在北方，與先唐文學作品中『水草』的地理指向不符。

由上可知，《行殣賦》當作於元嘉元年春末至秋末之間。這一時期劉宋境内發生嚴重旱災，南方水草生長茂盛，顏延之在遠赴始安的途中。考慮到賦中的政治意蘊（見下文考辨一），《行殣賦》寫作時間可以進一步縮小爲元嘉元年秋。

【考辨】

一、《行殣賦》政治意蘊臆測

《行殣賦》文本表層爲哀嘆路旁死者慘狀，其深層含義在於悼念宋少帝劉義符、廬陵王劉義真，並表達了對自己前途和命運的擔憂。

首先，顏延之與宋少帝劉義符、廬陵王劉義真關係密切。義熙十二年至永初三年，顏延之長期擔任劉義符的屬官。期間劉義符的身份經歷了豫章公世子、宋國世子、劉宋太子、劉宋皇帝的轉變，顏延之一直伴隨劉義符，任豫章公世子中軍行參軍、世子舍人、太子舍人、太子中舍人等職。顏延之是史籍記載中擔任劉義符屬官時間最長者，是劉義符的親信人員。因此，永初三年劉義符即位後，顏延之的官職很快得到提升，《宋書》本傳載『少帝即位，以爲正員郎，兼中書』。

顏延之與劉義真的關係也很密切。《宋書·廬陵孝獻王義真傳》載：『義真聰明愛文義，而輕動無德業。與陳郡謝靈運、琅邪顏延之、慧琳道人並周旋異常，云得志之日，以靈運、延之爲宰相，慧琳爲西豫州都督。徐羨之等嫌義真與靈運、延之暱狎過甚，故使范晏從容戒之。』顏延之與劉義符、劉義真關係密切，因而在劉義符、劉義真被權臣徐羨之等人殺害後，顏延之作文悼念他們爲應有之義。考慮到當時險惡的政局，顏延之採用相對隱晦的表達方式，《行殣賦》因此而生。

其次，劉義符、劉義真被殺與元嘉元年大旱、顏延之遠赴始安任太守的時間一致。據《宋書·少帝本紀》《宋書·廬陵孝獻王義真傳》，元嘉元年五月，宋少帝劉義符被廢，六月被殺，劉義真亦於同月被殺。在劉義符、劉義真被殺的同一年，劉宋境內發生嚴重旱災（見《行殣賦》繫年），顏延之正在遠赴始安任太守的途中（見《爲張湘州祭虞帝文》繫年），三者時間一致，爲顏延之《行殣賦》將哀歎路旁死者慘狀與悼念宋少帝劉義符、廬陵王劉義真的結合提供了共時性條件。

第三，劉義符、劉義真被殺與元嘉元年旱災的聯繫。西漢以來，天人感應說盛行，劉宋亦然。災異譴告爲天人感應的重要內容。元嘉元年，劉義符、劉義真被殺後不久，劉宋境內發生嚴重旱災，在當時儒者看來，這二者之間存在因果聯繫。例如，晉宋之際曾任太常的范泰，即將劉義符、劉義真被殺與元嘉元年旱災聯繫起來。《宋書·范泰傳》載其上文帝書云：『雩禜之典，以誠會事，巫祝常祈，罕能有感，上天之譴，不可不察。漢東海枉殺孝婦，亢旱三年，及祭其墓，澍雨立降，歲以有年。是以衛人伐邢，師興而雨。伏願陛下式遵遠猷，思隆高構，推忠恕之愛，矜冤枉之獄，遊心下民之瘼，厝思幽冥之紀。令謗木暨闕，諫鼓鳴朝，察芻牧之言，總統御之要。如此則苞桑可繫，危幾無兆。斯而災害不消，未之有也。』與此類似，元嘉三年顏延之作《和謝監靈運》，回憶這段歷史云：『徒遭良時詖，王道奄昏霾。人神幽明絕，朋好雲雨乖。』這裏的『徒遭良時詖，王道奄昏霾』指皇權旁落，徐羨之等人擅權，施政不當；『人神幽明絕，朋好雲雨乖』指徐羨之等人妄行殺罰，顏延之很多故交被殺害或遠放外地。被殺的劉義符、劉義真與顏延之情誼深厚而生死相隔，故云『人神幽明絕』。顏延之在塗中爲因災荒去世的人作《行殣賦》，實際上也是表達自己對劉義符、劉義真的同情以及對當時執政的徐羨之等人的不滿。

第四，悼念劉義符、劉義真與顔延之對自己前途和命運的擔憂。劉義符即位時衹有十七歲，朝政大權由徐羨之、傅亮等輔政大臣把持。兩年後，徐羨之等殺害劉義符、劉義真，這一舉動違背君臣大義，時人震驚。《宋書・范泰傳》載：『及廬陵王義真、少帝見害，泰謂所親曰：「吾觀古今多矣，未有受遺顧託，而嗣君見殺，賢王嬰戮者也。」』《宋書・徐羨之傳》載宋文帝詔書，揭發徐羨之等人廢殺劉義符、劉義真的罪行云：『播遷之始，謀肆鴆毒，至止未幾，顯行怨殺，窮凶極虐，荼酷備加，顛沛皁隸之手，告盡逆旅之館，都鄙哀愕，行路飲涕。故廬陵王英秀明遠，徽風夙播，魯衛之寄，朝野屬情。羨之等暴蔑求專，忌賢畏逼，造構貝錦，成此無端，罔主蒙上，横加流屏，矯誣朝旨，致兹禍害。寄以國命，而翦爲仇讎，旬月之間，再肆鴆毒，痛感三靈，怨結人鬼。自書契以來，棄常安忍，反易天明，未有如斯之甚者也。』顔延之與劉義符、劉義真關係密切，這也使得顔延之成爲徐羨之等人的打擊對象。少帝卽位後不久，顔延之從中樞外放始安。《宋書》本傳載：『廬陵王義真頗好辭義，待接甚厚。徐羨之等疑延之爲同異，意甚不悦。少帝卽位，以爲正員郎，兼中書，尋徙員外常侍，出爲始安太守。』顔延之在遠赴始安的途中聽到劉義符、劉義真的死訊。作爲劉義符的親信和劉義真的故交，悼念劉義符、劉義真之餘，顔延之也爲自己的前途和命運擔憂，其很可能被長期流放甚至殺害。《行殣賦》文末云：『撫躬中塗，太息蘭渚。行徘徊於永路，時悄愴於川侶。』這裏的『撫躬』『太息』『徘徊』『悄愴』，既是哀悼劉義符、劉義真之死，也是對自己前途和命運的擔憂。

爲張湘州祭虞帝文〔一〕〔一〕

惟哲化神，繼天作聖〔二〕。藏器漁陶，致身愛敬〔三〕。是以二妃嬪德，九子觀命〔四〕。在麓不迷，御衡以正〔五〕。唐曆既終，虞道乃光〔六〕。咨堯授禹，素俎采堂〔七〕。百齡厭世，萬里陟方〔八〕。敬詢故老，欽咨聖君〔九〕。職奉西湘，虔屬南雲〔一〇〕。神之聽之，匪酒伊葷〔一一〕。

【校】

本文以《藝文類聚》卷十一所載爲底本，用張燮《顏集》、張溥《顏集》參校。

〔一〕張燮《顏集》、張溥《顏集》標題作《爲湘州祭虞舜文》。

【注】

〔一〕張湘州：指張邵，時任湘州刺史。

〔二〕惟哲化神：惟有賢明之人，才能死後成爲神靈，享受祭祀。《禮記・祭法》載：『夫聖王之制祭祀也：法施於民則祀之，以死勤事則祀之，以勞定國則祀之，能禦大菑則祀之，能捍大患則祀之。……此皆有功烈於民者也。……非此族也，不在祀典。』繼天作聖：秉承天意成爲聖人。

〔三〕藏器漁陶：舜在打漁、製作陶器時，已蘊有才能。《史記・五帝本紀》載：『舜耕歷山，歷山之人皆讓畔；漁雷澤，雷澤上人皆讓居；陶河濱，河濱器皆不苦窳。』致身愛敬：舜以身事孝，對父母親愛恭敬。《史記・五帝本紀》載：『舜父瞽叟頑，母嚚，弟象傲，皆欲殺舜。舜順適不失子道，兄弟孝慈。欲殺，不可得；即求，嘗在側。』

〔四〕二妃嬪德：舜的兩位妃子有婦德。《史記・五帝本紀》載：『於是堯乃以二女妻舜以觀其内。……舜居嬀汭，内行彌謹。堯二女不敢以貴驕事舜親戚，甚有婦道。』九子觀命：堯讓自己的九個兒子和舜共處，來觀察舜在外的爲人。《史記・五帝本紀》載：『於是堯乃以二女妻舜以觀其内，使九男與處以觀其外。』

〔五〕在麓不迷：舜進入山林，遇到暴風雷雨也不迷路誤事。《史記・五帝本紀》載：『舜入於大麓，烈風雷雨不迷，堯乃知舜之足授天下。』御衡以正：舜用正道治理天下。《史記・五帝本紀》載：『舜乃在璇璣玉衡，以齊七政。』

〔六〕此句謂堯禪讓於舜，帝位發生轉移。《史記・五帝本紀》載：『堯老，使舜攝行天子政，巡狩。舜得舉用事二十年，而堯使攝政。攝政八年而堯崩。三年喪畢，讓丹朱，天下歸舜。』

〔七〕咨堯授禹：舜接受堯的禪讓，又禪讓帝位於禹。素俎采堂：在廟堂舉行帝位禪讓儀式。《史記・五帝本紀》載：『正月上日，舜受終於文祖。文祖者，堯大祖也。』素俎，祭祀時用以載牲的白木製的禮器。《儀禮・士喪禮》載：『素俎在鼎西，西順，覆匕，東柄。』

（八）厭世：去世，死的婉辭。陟方：巡狩，天子外出巡視。《尚書·舜典》載：『舜生三十征庸，三十在位。五十載，陟方乃死。』此句謂舜一百歲的時候，在巡狩途中去世。《史記·五帝本紀》載：『（舜）年六十一代堯踐帝位，踐帝位三十九年，南巡狩，崩於蒼梧之野。』

（九）故老：年老有德之人。《詩經·小雅·正月》云：『召彼故老，訊之占夢。』聖君：指堯。此句謂舜恭敬地詢問堯和年老有德之人，聽取他們的意見。

（一〇）職奉西湘：指時任湘州刺史的張邵。西湘，指湘州，位於劉宋都城建康以西。虔屬南雲：恭敬地向南方舜陵所在地拜祭。舜陵位於劉宋湘州營陽郡（今湖南省寧遠縣）九嶷山，在湘州治所臨湘（今湖南省長沙市）以南。

（一一）神之聽之：舜帝的神靈當聽到祭文中所述之事。匪酒伊葷：祭祀舜帝前不喝酒、不喫有刺激氣味的菜，表示虔誠莊敬。匪，通『非』，不是。伊，語助詞。葷，指蔥、薑、蒜等帶強烈刺激味道的食物。《說文解字》釋『葷』云：『臭菜也。』段玉裁注：『謂有氣之菜也。……葷，辛物，蔥薤之屬。』

【繫年】

此文的寫作時間，可從以下五個方面來考察。

第一，永初三年至元嘉五年，張邵任湘州刺史，《爲張湘州祭虞帝文》當作於這一時期（見《祭屈原文》繫年）。

二是顏延之外遷始安太守的時間。舜帝陵在劉宋湘州營陽郡，《爲張湘州祭虞帝文》爲顏延之赴始安任太守的途中所作，其創作時間當與顏延之任始安太守的時間景平元年（見《祭屈原文》繫年）相近。

三是顏延之《祭屈原文》的創作時間。《祭屈原文》《爲張湘州祭虞帝文》均爲顏延之赴始安任太守的途中，爲湘州刺史張邵所作的祭文。兩文代作對象相同、創作地點相近、創作緣由相似，兩文的創作時間當相近，《爲張湘州祭虞帝文》當作於景平二年左右（見《祭屈原文》繫年）。

四是顏延之《和謝監靈運》對自己赴任始安歷史的回顧。《和謝監靈運》云：『伊昔遘多幸，秉筆侍兩闈。雖慚丹雘施，未謂玄素睽。徒遭良時詖，王道奄昏霾。人神幽明絕，朋好雲雨乖。弔屈汀洲浦，謁帝蒼山蹊。倚巖聽緒風，攀林結留荑。跂予間衡嶠，曷月瞻秦稽。』詩中的『謁帝蒼山蹊』指顏延之祭祀舜帝之舉，緊接其後的『倚巖聽緒風』化用屈原詞句，暗示自己到始安之後的抑鬱心情。『緒風』出自屈原《九章・涉江》『乘鄂渚而反顧兮，欸秋冬之緒風』，指秋冬時節的風。與此類似，謝靈運《登池上樓》云『初景革緒風，新陽改故陰』，這裏的『緒風』指冬天的風。可見顏延之到達始安在元嘉元年秋冬。舜陵所在地營陽郡（今湖南寧遠縣）距離始安（今廣西桂林市）不遠，顏延之《爲張湘州祭虞帝文》的創作時間當稍早於其到達始安的時間。

五是祭祀舜帝的時間。顏延之以前，舜帝祭祀具體時間見於史籍者有兩處：一是《史記・秦始皇本紀》載秦始皇三十七年十一月，秦始皇望祀舜帝。二是《漢書・武帝紀》載元封五年冬，漢武帝望祀舜帝。可見秦始皇、漢武帝祭祀舜帝的時間都在冬季。顏延之《爲張湘州祭虞帝文》也當作於冬季。

由上可知，景平元年顏延之外放爲始安太守，由於路途遥遠（《讀史方輿紀要・廣西二》載桂林府『自府治至江南江寧府四千二百九十五里』）和中途停留（如在江州與陶淵明交往、在湘州作《祭屈原文》等），直到元嘉元年（即景平二年，此年八月改元）冬，顏延之才到達始安。《爲張湘州祭虞帝文》的創作時間稍早於顏延之到達始安的時間，亦在元嘉元年冬左右。

【考辨】

一、《爲張湘州祭虞帝文》的文化意義

劉宋之前早已有舜帝官方祭祀，如秦始皇三十七年，秦始皇望祀舜帝；元封五年冬，漢武帝望祀舜帝。這些舜帝祭祀未有祭文傳世。顏延之以前，文人歌詠舜帝的作品屬於私人自發性質，如蔡邕《九疑山碑》、曹植《帝舜畫贊》、夏侯湛《虞舜贊》等。現存歌詠舜帝的文學作品中，顏延之《爲張湘州祭虞帝文》中的舜帝祭祀首次脱離了私人自發性質，轉爲官方組織，具體而言是湘州刺史府舉行的舜帝祭祀活動，這從題名《爲張湘州祭虞帝文》即可看出。文末云『職奉西湘，虔屬南雲。神之聽之，匪酒伊葷』，進一步點名了舜帝祭祀的官方性質。相對於私人自發紀念，官方組織舜帝祭祀活動的參與者衆多，儀式更爲隆重，影響力更大，更有助於舜帝祭祀文化的傳承和發展。可見顏延之《爲張湘州祭虞帝文》爲現存首篇官方祭祀舜帝文。作爲開山之作，它強化了舜帝祭祀的文化意義，促成了後世官方祭祀舜帝文的興起，如張九齡《祭舜廟文》、柳宗元《舜廟祈晴文》、朱熹《虞廟樂歌》等。

獨秀山（一）

未若獨秀者（二），嵯峨郭邑開〔一〕（三）。

【校】

本詩以《太平御覽》卷四十九所載爲底本，用唐建中元年石刻《獨秀山新開石室記》（桂林市桂海碑林博物館藏）參校。

〔一〕『嵯峨郭邑開』，《獨秀山新開石室記》作『峨峨郛邑間』。

【注】

（一）獨秀山：指獨秀峰，位於今廣西桂林市內，爲旁無坡阜的孤峰，突起挺秀，陡峭高峻。

（二）未若：不如，不及，比不上。獨秀者：指獨秀峰，因顏延之此詩而得名。鄭叔齊《獨秀山新開石室記》云：『城之西北維有山，曰獨秀。宋顏延之嘗守茲郡，賦詩云：「未若獨秀者，峨峨郛邑間。」嘉名之得，蓋肇於此。』

（三）嵯峨：山高峻貌。郭邑：城邑，城鎮。開：分離，分開，指高峻的獨秀峰迥異於附近低平的城邑，兩者對比明顯。

【繫年】

《獨秀山》描寫對象是劉宋始安郡內的獨秀峰，爲顏延之在始安太守任上所作，詩歌寫作時間與顏延之到達始安就任太守的時間密切相關，對此可從以下三個方面來考察。

首先是顏延之被任命爲始安太守的時間。如前所述，顏延之外遷始安太守在景平元年（見《祭屈原文》繫年）。

其次是顏延之到達始安就任太守的時間。如前所述，由於路途遙遠及中途停留，顏延之於元嘉元年冬方至始安就任（見《爲張湘州祭虞帝文》繫年）。

三是顏延之離任始安太守的時間。《宋書》本傳載：『元嘉三年，羨之等誅，徵爲中書侍郎，尋轉太子中庶子。』《南史》本傳所載與之基本相同。《資治通鑒》卷一百二十載：『（元嘉三年）三月辛巳，帝還建康，徵謝靈運爲祕書監、顏延之爲中書侍郎。』據陳垣《二十史朔閏表》，元嘉三年三月辛巳爲三月初二。可見元嘉三年三月初二，顏延之改任中書侍郎，隨後還都。

由上可知，顏延之景平元年被任命爲始安太守，元嘉元年冬到達始安就任，元嘉三年三月初二改任中書侍郎，隨後還都。《獨秀山》作於顏延之到達始安就任太守時期，當在元嘉元年冬至元嘉三年之間。

【考辨】

一、《獨秀山》的詩史意義

顏延之《獨秀山》的詩史意義主要體現在以下兩個方面。

一方面，顏延之《獨秀山》是現存最早描寫桂林山水的文學作品。桂林山水甲天下，鍾天地靈秀，山、水、洞、石皆可觀，今天是知名的旅遊勝地。在顏延之以前，由於桂林僻處西南，交通不便，經濟、社會、文化相對落後，桂林地區少有文士入境，文學作品中也沒有關於桂林山水的描寫。顏延之《獨秀山》使桂林山水首次進入文學表現領域，引導後世文士對桂林山水的關注。詩歌現存『未若獨秀者，嵯峨郭邑開』兩句，通過對比手法，突現了獨秀峰突起挺秀的山體特徵，形象貼切，獨秀峰也因此詩而得名。

另一方面，《獨秀山》是現存顏延之最早的山水詩，表明顏延之對自然山水的審美關注。顏延之在山水詩歌創作的作用主要有三點：一是較早投入山水詩歌創作，開風氣之先。如前所述，《獨秀山》作於元嘉元年冬至元嘉三年之間，是南朝較早的山水詩，與謝靈運諸多山水詩的創作時間相近。二是促成了南朝山水詩文學特色的形成。《獨秀山》『未若獨秀者，嵯峨郭邑開』兩句以自然山體爲描寫對象，突現了獨秀峰突起挺秀、陡峭高峻的山體特徵，體現出摹象、寫實的特徵，迥異於前。這也和謝靈運的山水詩相似，促成了南朝山水詩摹象、寫實特徵的形成。三是引導後來南朝文士從事山水詩歌創作，推動晉宋之際詩運轉關。顏延之是劉宋時期最有名的文學家之一，當時與謝靈運齊名。《宋書》本傳載：『延之與陳郡謝靈運俱以詞彩齊名，自潘岳、陸機之後，文士莫及也，江左稱顏謝焉，所著並傳於世。』顏延之、謝靈運都從事山水詩歌創作，無疑會對後來文士起到示範作用。

寒蟬賦〔一〕

始蕭瑟以攢吟，終嬋媛而孤引〔一〕〔二〕。越客發度漳〔二〕之歌，代馬懷首燕之信〔三〕。不假蕤於範冠，豈鏤體於人爵〔四〕。折清飆而下〔三〕淪，團高木以飄落〔五〕。

餐霞之氣，神馭乎九仙；稟露之清〔四〕，氣精於八蟬〔六〕。

【校】

本文以《藝文類聚》卷九十七（自『始蕭瑟以攢吟』至『團高木以飄落』）、《初學記》卷三十（自『餐霞之氣』至『氣精於八蟬』）所載爲底本，用張燮《顔集》、張溥《顔集》參校。

〔一〕『引』，張燮《顔集》、張溥《顔集》作『别』。

〔二〕『漳』，《藝文類聚》訛作『障』，據張燮《顔集》、張溥《顔集》改。

〔三〕『下』，《藝文類聚》訛作『不』，據張燮《顔集》、張溥《顔集》改。

〔四〕『清』，《藝文類聚》訛作『混』，據張燮《顔集》、張溥《顔集》改。

【注】

（一）寒蟬：蟬的一種，青赤色，雄蟬有發聲器，夏末秋初在樹上鳴叫，這裏泛指入秋天冷時叫聲低微的蟬。《禮記·月令》載：『（孟秋之月）涼風至，白露降，寒蟬鳴。』

（二）蕭瑟：冷清，淒涼。攢吟：聚在一起鳴叫。嬋媛：情思牽縈。屈原《九章·哀郢》云：『心嬋媛而傷懷兮，眇不知其所蹠。』孤引：獨自鳴叫。

（三）越客：作客他鄉的越人，指異鄉客居者。渡漳：度過漳河向北進發，遠離南方家鄉。度，同渡。漳，漳河，北方水名，源於山西，流經河南、河北。代馬：北地所產良馬。首燕：回首向北方。燕，地名，古稱今河北北部及遼寧一帶，戰國時屬燕國，這裏泛指北方。此句謂遠離在外之人思念故鄉。

（四）蕤：衣服帳幔或其他物體上的懸垂飾物，這裏形容寒蟬頭上的突起物。《禮記·雜記上》載：『大白冠，緇布之冠，皆不蕤，委武玄縞而後蕤。』鏤體：形容寒蟬體表的黃綠斑點。此句顏延之以蟬自喻，借寒蟬的體表特徵述其高潔品德，可能受陸機作品的影響。陸機《寒蟬賦》序云：『夫頭上有蕤，則其文也；含氣飲露，則其清也；黍稷不享，則其廉也；處不巢居，則其儉也；應候守常，則其信也；加以冠冕，取其容也。君子則其操，可以事君，可以立身，豈非至德之蟲哉？』

（五）清飆：清風。成公綏《嘯賦》云：『飛廉鼓於幽隧，猛虎應于中谷，南箕動於穹蒼，清飆振乎喬木。』

（六）餐霞：以朝霞爲食。神馭：精神乘馭。九仙：九類仙人的統稱，泛指仙人。《雲笈七籤》載：『九仙者，第一上仙，二高仙，三火仙，四玄仙，五天仙，六真仙，七神仙，八靈仙，九至仙。』稟露之清：指蟬飲露爲食，秉承露水清淨之質。陸機《寒蟬賦》序言云『含氣飲露，則其清也』。八蟬：多種蟬名的統稱，泛指蟬。《爾雅·釋蟲》載：『蜩，蜋蜩，螗蜩。蚻，蜻蜻。蠽，茅蜩。蝒，馬蜩。蜺，寒蜩。蜓蚞，螇螰。』

【繫年】

此賦作於元嘉二年秋，可從以下三個方面來考察。

第一，《寒蟬賦》云：『始蕭瑟以攢吟，終嬋媛而孤引。越客發度漳之歌，代馬懷首燕之信。』這裏以蟬喻人，指顏延之獨自告別親友，遠離家鄉，在異地思念家鄉。可見《寒蟬賦》作於顏延之獨在異鄉之時。顏延之的一生，大部分時間都住在建康，或隱或仕，其在外地出使或任官有四次。一是義熙十年至義熙十二年在吳縣（今江蘇蘇州）、尋陽（今江西九江），任後將軍劉柳的行參軍、主簿、功曹等職（見附錄肆『顏延之出仕考』）。二是義熙十三年初出使至洛陽（見《北使洛》繫年）。三是義熙十三年末至長安（見《請立渾天儀表》繫年）。四是元嘉元年冬至元嘉三年任始安太守（見《獨秀山》繫年）。

第二，《寒蟬賦》云：『不假蕤于範冠，豈鏤體於人爵。折清飆而下淪，團高木以飄落。』這裏借蟬自喻，說明自己品德高潔，卻在險惡的政治環境中遭到嚴重打擊，以至『下淪』『飄落』。考察顏延之四次在外地出使或任官的緣由，僅有一次是政敵迫害所致，卽宋少帝景平元年顏延之遭輔政大臣徐羨之等人打擊，外放爲始安太守。作爲少帝劉義符的親信和廬陵王劉義真的故交，顏延之涉及當時的政治鬥爭（見《行殣賦》考辨一）。景平二年六月，少帝劉義符和廬陵王劉義真先後被殺，徐羨之等掌握朝政大權，作爲政治鬥爭失敗陣營中的一員，顏延之更是歸期無望，因而出現了《寒蟬賦》中孤獨在外、思鄉難歸、悲涼失落之情。

第三，《寒蟬賦》以寒蟬爲描寫對象。寒蟬指入秋天冷時，叫聲低微的蟬。《禮記·月令》載：『（孟秋之月）涼風至，白露降，寒蟬鳴。』曹植《贈白馬王彪》云：『秋風發微涼，寒蟬鳴我側。』《文選》李善注：『蔡邕《月令章句》曰：「寒蟬應陰而鳴，鳴則天涼，故謂之寒蟬也。」』可見《寒蟬賦》作於秋季，首句『始蕭瑟以攢吟』也點明這一點。元嘉元年冬，顏延之至始安就任太守；元嘉三年三月，顏延之改任中書侍郎，不再任始安太守（見《獨秀山》繫年）。因此，顏延之在始安太守任上祇經歷過一個秋天，即元嘉二年秋，《寒蟬賦》當作於此時。

大筮箴（一）

余因讀《易》，偶意蓍龜，友人有請決遊宦務，志卦有咎占，故作大箴以悟焉（二）。

先王設筮，大人盡慮（三）。卦遭同人，變而之豫（四）。先號後笑，初睽末〔一〕遇（五）。時至運來，當在三五（六）。功畢官成，幾乎衍數（七）。慶在坤宮，災在坎路（八）。不出戶庭，獨立無懼；違此而動，投足失步（九）。無惰爾儀，靈骨有知；無曰余逆，神筴不豫（一〇）。南人司箴，敢告馳騖（一一）。

【校】

本文以《藝文類聚》卷七十五所載爲底本，用張燮《顏集》、張溥《顏集》參校。

〔一〕『末』，張燮《顏集》、張溥《顏集》訛作『未』。

【注】

（一）筮：用蓍草占卦。《禮記·曲禮上》載：『龜爲卜，筴爲筮。』箴：古代文體名，多以規誡爲旨歸。《文心雕龍·銘箴》云：『箴者，針也，所以攻疾防患，喻針石也。』

（二）蓍龜：蓍草與龜甲，古人以之卜凶吉，這裏代指占卜。《周易·繫辭上》載：『探賾索隱，鉤深致遠，以定天下之吉凶，成天下之亹亹者，莫大乎蓍龜。』遊宦：離家在外做官。有咎：有災禍。《說文解字》載：『咎，災也。』

（三）大人：周代占夢之官。《詩經·小雅·斯干》云：『大人占之：維熊維羆，男子之祥；維虺維蛇，女子之祥。』

（四）同人：《周易》卦名，離下乾上，意爲與人和協。《周易·同人》載：『同人於野，亨。』豫：《周易》卦名，下坤上震，意爲順時依勢而動。《周易·豫》載：『順以動，豫。』

（五）睽：不順，乖離。此句謂先凶後吉，典出同人爻辭。《周易·同人》載：『九五，同人先號咷而後笑，大師克相遇。』

（六）時至運來：時機來了，運氣有了轉機，指由逆境轉爲順境。三五：十五天，這裏用月相圓缺變化，形容很快就會轉運。《禮記·禮運》載：『是以三五而盈，三五而闕。』

（七）功畢宦成：仕宦顯達，功成名就。衍數：五十歲。《周易·繫辭上》載：『大衍之數五十，其用四十有九。』

（八）慶在坤宫：《周易》坤卦有吉兆。《周易·坤》載：『積善之家，必有餘慶；積不善之家，必有餘殃。』災在坎路：《周易》坎卦有凶兆。《周易·坤》載：『《彖》曰：習坎，重險也。』坎路，艱險的道路。

（九）戶庭：戶外庭院，多泛指門庭、家門。《周易·節》載：『不出戶庭，無咎。』獨立無懼：超凡拔俗，與衆不同，毫不懼怕。《周易·大過》載：『君子以獨立不懼，遯世無悶。』投足失步：走路亂了步伐，喻指不順利。

（一〇）無惰爾儀：繼續保持高尚的道德品行，不要懈怠。靈骨：占卜用的龜甲。無曰余逆，神筴不豫：不要說我早已預料到未來之事，蓍草會不高興。逆，預料，預測。神筴，卜筮所用蓍草。

（一一）南人：南方人，顏延之的自稱。司箴：職掌規諫、勸誡。張華《女史箴》云：『女史司箴，敢告庶姬。』敢告：請告訴，請告誡。敢，副詞，表謙敬，請，謹請。馳騖：奔競名利之士。《史記·李斯列傳》載：『今秦王欲吞天下，稱帝而治，此布衣馳騖之時而遊說者之秋也。』

【繫年】

《大筮箴》云『友人有請決遊宦務，志卦有咎占，故作大箴以悟焉』，全文以『余』解『友人』之惑的形式展開。這是辭賦主客問答形式的變體。文中的『余』『友人』『南人』都是作者的化身。可見《大筮箴》中『友人有請決遊宦務，志卦有咎占』其實是顏延之自身的寫照。『遊宦』指離家在外做官，顏延之在外地做官有兩次：一是義熙十年至義熙十二年在吳縣（今江蘇蘇州）、尋陽（今江西九江），任後將軍劉柳的行參軍、主薄、功曹等職（見附錄肆『顏延之出仕考』）。二是元嘉元年冬至元嘉三年任始安（今廣西桂林）太守（見《獨秀山》繫年）。《大筮箴》當作於顏延之任始安太守之時。

第一，顏延之《大筮箴》云：『時至運來，當在三五。功畢官成，幾乎衍數。』這裏的『衍數』指五十歲，《周易·繫辭上》載『大衍之數五十，其用四十有九』，『幾乎衍數』即接近五十歲。可見顏延之作《大筮箴》時四十餘歲。顏延之生於東晉孝武帝太元九年，元嘉元年冬至始安任太守時爲四十一歲，元嘉三年從始安太守離任時爲四十三歲，這與《大筮箴》所敘相符。

第二，顏延之《大筮箴》云：『卦遭同人，變而之豫。先號後笑，初睽末遇。時至運來，當在三五。』可見顏延之正逢仕途不順、處境不利之時。顏延之與劉義符、劉義真關係密切，這使得顏延之成爲權臣徐羨之等人的打擊對象，少帝即位後不久，顏延之即從中樞外放邊郡始安（見《行殣賦》考辨一）。

顏延之在吳縣、尋陽任後將軍劉柳屬官時，剛三十歲出頭，且其初入仕途，未與權臣交惡，並無凶險不利的處境。這些都與顏延之《大筮箴》所敘不符。

由上可知，《大筮箴》當作於元嘉元年至三年之間，此時顏延之遠離家鄉建康，在始安任太守，仕途不順，政敵當權，前途未卜，故作此文以寬解。

始安郡還都與張湘州登巴陵城樓作〔一〕（一）

江漢分楚望，衡巫奠南服（二）。三湘淪洞庭，七澤藹荆牧（三）。經塗延舊軌，登闉訪川陸（四）。水國周地嶮，河山信重複（五）。卻倚雲夢林，前瞻京〔二〕臺囿（六）。清氛霽岳陽，曾暉薄瀾澳（七）。淒矣自遠風，傷哉千里目（八）。萬古陳往還，百代勞起伏（九）。存沒竟何人？炯介在明淑（一〇）。請從上世人，歸來蓺桑竹（一一）。

【校】

本詩以李善注《文選》卷二十七所載爲底本，用《藝文類聚》卷二十八、《六臣注文選》卷二十七、《古詩紀》卷五十六、張燮《顔集》、張溥《顔集》參校。

〔一〕《藝文類聚》詩題作《罷郡還與張湘川登巴陵城樓》。

〔二〕「京」，《古詩紀》、張燮《顔集》、張溥《顔集》載此處亦作「荆」。

【注】

〔一〕張湘州：指張邵，時任湘州刺史。巴陵城樓：巴陵縣（時屬湘州長沙郡）的城樓，爲岳陽樓的前身，相傳其最早爲東吳大將魯肅所建閱軍樓，後屢經興廢修葺，兩晉南北朝時期稱巴陵城樓，唐代之後始稱岳陽樓。

〔二〕江漢：長江與漢水的合稱。楚望：楚國祭祀的山川，這裏泛指楚地山川河流。衡巫：衡山和巫山的並稱。南服：姬周王畿以外地區由近及遠分爲侯服、甸服、綏服、要服、荒服五服，故稱南方爲「南服」。此句謂長江、漢水交織分流於故楚之地，衡山、巫山屹立在南方。

〔三〕三湘：指沅湘、瀟湘、資湘，匯入洞庭湖。陶淵明《贈長沙公族祖》云：「遥遥三湘，滔滔九江。」陶澍集注：「湘水發源會瀟水，謂之瀟湘；及至洞庭陵子口，會資江謂之資湘；又北與沅水會於湖中，謂之沅湘。」七澤：楚地的七處沼澤，這裏泛稱楚地湖泊。司馬相如《子虛賦》云：「臣聞楚有七澤，嘗見其一，未覩其於也。」荆牧：巴陵城樓外的郊野。此句謂沅湘之水湧入洞庭，雲夢七澤滋潤著巴陵廣袤的郊野。

〔四〕舊軌：以前走過的道路，顔延之此前由建康經湘州至始安上任，現在沿路北返。登闉：登上城門外層的曲城。闉，甕城（城門外層的曲城）的門。《說文解字》載：「闉，城曲重門也。」川陸：水陸，這裏指洞庭湖與周邊陸地。此句謂沿路北返，途經故地，登上曲城一覽湖川大地。

〔五〕水國：水鄉，河流、湖泊多的地區。地嶮：地面險阻。重複：山重水複，山巒重迭，水流盤曲。此句謂巴陵城樓地處澤國，地勢高峻，周圍山重水複。

（六）雲夢：古藪澤名，周邊廣大地區（東起大別山麓，西至鄂西山地，北及大洪山區，南緣長江）爲東周楚王狩獵地，這裏泛指楚地。司馬相如《子虛賦》云：『雲夢者，方九百里，其中有山焉。』京臺：戰國時期楚國的高臺，這裏指楚地高臺。《戰國策·楚策四》載：『異日者，更嬴與魏王處京臺之下，仰見飛鳥。』此句謂遠望雲夢林木，近看高臺園囿。

（七）清氛：清明的雲氣或霧氣。霽：雨後初晴。曾暉：日光。瀾澳：曲折的水濱，這裏指洞庭湖面。此句謂雨過天晴，清風爽氣彌漫岳陽城，陽光照得洞庭湖面波光閃耀。

（八）淒：淒涼。千里目：遠望之目。孫楚《之馮翊祖道詩》云：『舉翮撫三秦，抗我千里目。』此句謂遠風吹來，有淒涼之意，目極千里，催人傷悲。

（九）萬古：萬代、萬世，形容經歷的年代久遠。往還：往返，來回，形容歷史發展的曲折反復。百代：很長的歲月。起伏：盛衰、興廢。此句謂人類從產生以來，就經歷著各種曲折，在往還起伏中歷經盛衰、興廢。

（一〇）存没：生者和死者。炯介：正大光明，心地光明，言行正派。明淑：賢明和淑。此句謂古往今來，存没者無數，何人可以效法？唯有賢明和淑之士方能心地光明，言行正派。

（一一）上世人：遠古時代的人，性質樸。《論衡·齊世》云：『上世之人質樸易化，下世之人文薄難治。』蓺桑竹：種植桑樹與竹子，指歸隱田園。陶淵明《桃花源記》云：『土地平曠，屋舍儼然，有良田美池桑竹之屬。』此句謂不如像上世之人一樣，歸隱田園，種植桑竹。

【繫年】

此詩作於元嘉三年五月左右，可從以下三個方面來考察。

首先是顔延之離任始安太守的時間。元嘉三年三月初二，顔延之改任中書侍郎，不久之後還都（見《獨秀山》繫年）。

其次是顔延之登巴陵城樓的時間。建康（今江蘇南京）、巴陵（今湖南岳陽）、始安（今廣西桂林）三地距離遙遠，任命詔書從建康傳到始安，顔延之從始安北上至巴陵都需要一段時間。顔延之到達湘州、登巴陵城樓的時間當在元嘉三年三月之後。顧祖禹《讀史方輿紀要》卷一百零七載桂林府『自府治至江南江寧府四千二百九十五里』，卷七十七載岳州府『至江南江寧府二千二百二十五里』，可見始安至建康約四千里，始安至巴陵約兩千里。元嘉三年官員任命詔書的傳遞速度未見明文規定，參照張家山漢簡《二年律令・行書律》『郵人行書，一日一夜行二百里』的記載，詔書由建康傳到始安約需二十天。元嘉三年官員赴任速度未見明文規定。《漢書・賈捐之傳》引漢文帝時詔書云『鸞旗在前，屬車在後，吉行日五十里，師行三十里』，《漢書・陳湯傳》云『且兵輕行五十里，重行三十里』，結合唐代刺史赴任日行四五十里的標準（李德輝《唐代交通與文學》），顏延之由始安至巴陵，行路約需一個半月。可見任命詔書從建康傳到始安與顏延之從始安北上至巴陵，塗中約需兩個月。顏延之辦理交接、整理行裝亦需時間，其北上所經之地多屬亞熱帶季風氣候，春夏多雨，天氣多變，不利出行，顏延之至巴陵實際所用時間可能更長。顏延之登巴陵城樓當在元嘉三年五月左右。

第三，詩中時間信息。巴陵屬亞熱帶季風氣候，四季分明，季節性強。《始安郡還都與張湘州登巴陵城樓作》云：『三湘淪洞庭，七澤藹荆牧。……卻倚雲夢林，前瞻京臺囿。清氛霽岳陽，曾暉薄瀾澳。』這些詞句描寫的是夏天巴陵地區樹木茂密、降水豐富、地表水充足的景象。

【考辨】

一、《始安郡還都與張湘州登巴陵城樓作》的文學史意義

巴陵城樓爲岳陽樓的前身，相傳其最早爲東吳大將魯肅所建閱軍樓，後屢經興廢修葺，兩晉南北朝時稱巴陵城樓，唐代之後始稱岳陽樓。顏延之《始安郡還都與張湘州登巴陵城樓作》是我國文學史上第一首歌詠岳陽樓的詩歌，岳陽之名亦首見於此詩（『清氛霽岳陽』）。作爲開山之作，此詩結構嚴密，視野開闊，氣勢雄渾，寄託遙深，對後世岳陽樓題材作品的創作有較大影響，主要體現在以下三個方面。

首先，此詩是現存最早描寫岳陽樓的文學作品。岳陽樓著稱於世，今天是知名的旅遊景點，而在顏延之以前，由於地處偏遠，交通不便，經濟、社會、文化相對落後，巴陵地區少有文士入境，文學作品中也沒有關於岳陽樓的描寫。顏延之此詩使岳陽樓首次進入文學表現領域，引導後世文士對岳陽樓的關注，之後張九齡、孟浩然、李白、杜甫、韓愈、劉禹錫、白居易、李商隱、范仲淹、歐陽脩、黃庭堅、陳與義、陸游、楊維禎、唐寅、納蘭性德、錢大昕、王闓運等人都有岳陽樓題材文學作品。

其次，此詩的景色描寫，影響後世岳陽樓題材作品中的寫景方式。此詩的景色描寫有四個基本特點，對後世岳陽樓題材的詩歌影響很大。一是山、水、城、樓、林、臺俱備，後世文學作品描寫岳陽樓及周圍景色大都在此範圍之内。二是自然景色（山、水、林）與人文景點（城、樓、臺）和諧搭配，兼有自然之美與人力之妙。三是景色描寫以水爲中心，開頭十二句幾乎句句有水，如『江漢』『三湘』『洞庭』『七澤』『川陸』『水國』『河山』『雲夢』『瀾澳』等，把握了岳陽樓景觀的核心所在，此即范仲淹《岳陽樓記》『予觀夫巴陵勝狀，在洞庭一湖』之要義。四是寫景由遠及近，遠、中、近景皆有，視點不斷變化。詩歌先寫遠景，如江、漢、衡、巫；再寫中景，如三湘、洞庭、七澤、荆牧；最後是近景，如城門、臺囿。

第三，此詩的抒情、説理，影響後世岳陽樓題材作品的情理表達方式。此詩的抒情、説理有三個特點。一是先景後情，先景後理。詩歌前面十二句寫景，後面八句抒情、説理，寫景爲抒情、説理作鋪墊，以『淒矣自遠風，傷哉千里目』爲過渡。二是聯想豐富，情由景生，理自景出。詩人由遥遠的空間聯想到悠久的時間，由自然聯想到歷史，由山水聯想到人物，景物内涵深化。岳陽樓是詩人眼前縱目遠眺的立足點，又是歷史變遷發展的觀察點。三是由理及人。詩人以史爲鑒，將深沉的歷史感慨落實到具體的人生選擇上，詩末表達了歸隱田園之志。

由上可知，《始安郡還都與張湘州登巴陵城樓作》使岳陽樓首次進入文學表現領域，引導後世文士對岳陽樓的關注，詩中的景色描寫與抒情、説理方式，影響後世岳陽樓題材的文學作品，如李白《與夏十二登岳陽樓》、杜甫《登岳陽樓》、白居易《題岳陽樓》、陸游《岳陽樓》等。

和謝監靈運（一）

弱植慕端操，窘步懼先迷（二）。寡立非擇方，刻意藉窮棲（三）。伊昔遘多幸，秉筆侍兩闈〔一〕（四）。雖慚丹雘施，未謂玄素睽（五）。徒遭良時詖〔二〕，王道奄昏霾（六）。人神幽明絶，朋好雲雨乖（七）。弔屈汀洲浦，謁帝蒼山蹊（八）。倚巖聽緒風，攀林結留荑〔三〕（九）。跂予間衡嶠，曷月瞻秦稽（一〇）？皇聖昭天德，豐澤振沈泥（一一）。

惜無爵雉〔四〕化，何用充海淮〔一二〕？ 去國還故里，幽門樹蓬藜〔一三〕。 采茨葺昔宇，剪棘開舊畦〔一四〕。 物謝時既晏，年往志不偕〔一五〕。 親仁敷情昵，興玩〔五〕究辭淒〔六〕〔一六〕。 芬馥歇蘭若，清越奪琳珪〔一七〕。 盡言非報章，聊用布所懷〔一八〕。

【校】

本詩以李善注《文選》卷二十六所載爲底本，用《初學記》卷十二、《六臣注文選》卷二十六、《古詩紀》卷五十六、張燮《顏集》、張溥《顏集》參校。

〔一〕「闈」，李善注《文選》訛作「閨」，據諸本改。顏延之《直東宮答鄭尚書》亦云「兩闈阻通軌」。

〔二〕「詖」，《初學記》訛作「諷」。

〔三〕「荑」，張溥《顏集》作「夷」，二字通。

〔四〕「爵」，諸本作「雀」，二字通。

〔五〕「玩」，李善注《文選》訛作「賦」，據諸本改。李善注亦云：「玩，愛也」。

〔六〕「淒」，李善注《文選》訛作「棲」，據諸本改。

【注】

〔一〕和：謝靈運作有《還舊園作見顏范二中書》，此爲顏延之和詩。謝監靈運：指謝靈運，時任祕書監。

〔二〕弱植：懦弱無能，不能有所建樹，此爲顏延之自謙之辭。端操：正直的操守。窘步：急步。屈原《離騷》云：「何桀紂之猖披兮，夫唯捷徑以窘步。」懼：懼怕。先迷：迷失方向，未入正道。《周易·坤》載：「君子有攸往，先迷後得主，利。」

〔三〕寡立：獨立，不群於俗。《荀子·不苟》載：「君子寬而不僈，廉而不劌，辯而不爭，察而不激，寡立而不勝，堅強而不暴。」擇方：選擇方向。刻意：克制意志。《莊子·刻意》載：「刻意尚行，離世異俗。」窮棲：隱居，顏延之早年長期居陋巷讀書，三十歲猶未婚、未仕，見《宋書》本傳。

（四）伊昔：從前。遘：遇、遇到。多幸：僥倖、幸運。秉筆：執筆。兩闈：指尚書臺與東宫，顔延之永初年間任尚書儀曹郎、太子中舍人等職。顔延之《直東宫答鄭尚書》云：『兩闈阻通軌，對禁限清風。』

（五）丹臒：比喻君王的恩澤。玄素睽：離别獨處。盧諶《贈劉琨一首並書》云：『蓋本同末異，楊朱興哀，始素終玄，墨翟垂涕。分乖之際，咸可歎慨，致感之塗，或迫乎兹。』此句謂雖然慚愧自己有負君恩，但未曾想到自己會遠放始安爲官。

（六）良時：政治清明之時。詖：偏頗，不正。奄：突然。昏霾：政治昏亂。此句指劉宋少帝時期皇權旁落，徐羨之等人掌握朝政大權，施政不當，政治昏亂。

（七）幽明絶：生死相隔。朋好：朋友，好友。雲雨乖：存者星散，難得相聚。乖，不順，不和諧。此句指徐羨之等人妄行殺伐，顔延之的很多故交被殺害（如劉義符、劉義真），或遠放外地（如鄭鮮之、謝靈運）。

（八）汀洲：水中小洲。謁帝：祭祀舜帝。蒼山：即蒼梧九嶷山。蹊：小路。此句指顔延之遠赴始安任太守的塗中，曾在汨羅江弔屈原（作有《祭屈原文》），在九嶷山祭舜帝（作有《爲張湘州祭虞帝文》）。

（九）倚巖：倚靠巖石。緒風：餘風，這裏指冬天的風。屈原《九章·涉江》云：『乘鄂渚而反顧兮，欸秋冬之緒風。』攀林：折取或拉下樹枝。留荑：香草名，亦作『留夷』。屈原《離騷》云：『畦留夷與揭車兮，雜杜蘅與芳芷。』此句謂倚靠巖石聽著冬天的風聲，折取樹枝，以香草爲結，極寫顔延之任始安太守時的孤獨與淒涼。

（一〇）跂：抬起腳後跟站著。曷月：何時。秦稽：秦望山和會稽山的並稱，代指顔延之的家鄉。此句謂抬起腳後跟站著，遥望遠方的衡山，不知自己何時才能回到家鄉。

（一一）皇聖：宋文帝。天德：天的德性。《春秋繁露·人副天數》云：『天德施，地德化，人德義。』豐澤：豐厚的德澤。沈泥：仕塗不順或未得官者，這裏是顔延之的自稱。此句指宋文帝元嘉三年下詔徵顔延之任中書侍郎，顔延之得以回到建康，結束了遠放始安的孤獨生活。

（一二）爵雉化：事物的變化。爵，通雀。《國語·晉語》載：『雀入於海爲蛤，雉入於淮爲蜃。』何用：憑什麼，用什麼。此句謂雀、雉若不變成蛤、蜃，用什麼來填滿大海和淮水呢？

（一三）去國：指顔延之此前由建康外放至始安。故里：故鄉，指建康長干里顔家巷。幽門：幽深的門戶。蓬藜：蓬蒿與藜草，均爲野草，形容家門的冷清和荒涼。此句謂離開始安回到建康故鄉，家門前長滿了蓬蒿和藜草。

（一四）采茨：採集茅草、蘆葦。《說文解字》載：『茨，以茅葦蓋屋。』棘：叢生的小棗樹，泛指有刺的草木。《說文解字》載：『棘，小棗叢生者。』畦：五十畝田，這裏泛指田地。《說文解字》載：『畦，田五十畝曰畦。』此句謂採集茅草和蘆葦，修葺以前的房子；剪除荊棘，開墾以前的田地。

（一五）物謝：草木凋零。時既晏：指傍晚、遲暮之時。年往：時間流逝，一年將過。志不偕：懷才不遇，志意已衰。《文選》李善注此句云：『言年既日往，志意已衰，不與子俱也。』

（一六）親仁：親近有仁德的人，這裏指謝靈運。《論語·學而》載：『泛愛衆，而親仁，行有餘力，則以學文。』情昵：感情親密。興玩：這裏指謝靈運。辭淒：淒涼、悲痛之辭。

（一七）芬馥：香氣濃郁。蘭若：蘭草與杜若，皆香草名。清越：清脆悠揚。《禮記·聘義》載『夫昔者君子比德於玉焉。……叩之，其聲清越以長』。琳珪：美玉。玉音清越，常喻詩文優美。《文選》李周翰注此句云：『言靈運之詩芬芳清越，可以奪美玉香草之音氣。』

（一八）盡言：直言，暢所欲言，毫無保留。報章：這裏指文采。所懷：懷抱，心中所想。此句言自己作詩不是爲了展示文采，而是借此抒發情懷。

【繫年】

從顏延之離任始安太守時間、返回建康時間和《和謝監靈運》詩中的時間信息來看，顏延之《和謝監靈運》當作於元嘉三年冬。

首先是顏延之離任始安太守的時間。元嘉三年三月初二，顏延之改任中書侍郎，不再任始安太守，不久之後還都（見《獨秀山》繫年）。

其次是顏延之返回建康的時間。由於建康（今江蘇南京）、始安（今廣西桂林）兩地距離遥遠，任命詔書從建康傳到始安、顏延之從始安北上至建康都需要一段時間。據《讀史方輿紀要·廣西二》，始安至建康約四千里。元嘉三年官員任命詔書的傳遞速度未見明文規定，參照張家山漢簡《二年律令·行書律》『郵人行書，一日一夜行二百里』的記載，詔書由建康傳到始安需要大約二十天。元嘉三年官員赴任速度目前尚未見明文規定。《漢書·賈捐之傳》引漢文帝時詔書云『鸞旗在前，屬車在後，吉行日五十里，師行三十里』，《漢書·陳湯傳》云『且兵輕行五十里，重行三十里』，結合唐代刺史赴任日行四五十里標準（李德輝《唐代交通與文學》），顔延之由始安至建康，行路約需三個月。可見任命詔書傳到始安與顔延之北上至建康，僅行路就約需四個月。考慮到顔延之辦理交接、整理行裝亦需時間，其返回途中尚有停留（如暫留巴陵，作《始安郡還都與張湘州登巴陵城樓作》），加上顔延之北上所經之地多屬亞熱帶季風氣候，春夏多雨，天氣多變，不利出行等因素，顔延之返回建康實際所用時間可能更長。顔延之到達建康當在元嘉三年七月之後，《和謝監靈運》作於顔延之返回建康之後。

第三《和謝監靈運》中的時間信息。建康屬亞熱帶季風氣候，四季分明，季節性強。《和謝監靈運》云：『去國還故里，幽門樹蓬藜。采茨葺昔宇，剪棘開舊畦。物謝時既晏，年往志不偕。』前四句描寫的是顔延之剛回建康時的景象，蓬、藜、茨、棘等植物猶盛，之後兩句寫的是歲暮冬季建康草木凋零的景象。可見顔延之作此詩的時候，建康『物謝』而『年往』，已是歲暮冬季。

白雪詩

翩若珪屑，晰如瑤粒（一）。

【校】

本詩以《北堂書鈔》卷一百五十二（清光緒十四年南海孔氏三十有三萬卷堂影宋刊本）所載爲底本，用《北堂書鈔》卷一百五十二（四庫全書本，即內府所藏明常熟陳禹謨校刊本）參校，無異文。

【注】

（一）翩：雪花輕快地飛舞。《說文解字》載：『翩，疾飛也，從羽。』珪屑：瑞玉碎末。珪，瑞玉，玉器名，古代貴族朝聘、祭祀、喪葬時以爲禮器。《說文解字》載：『圭，瑞玉也，上圜下方。……珪，古文圭從玉。』晰：明亮，形容雪之潔白。瑤粒：

美玉顆粒。瑤，似玉的美石，這裏指美玉，喻雪之潔白。《詩經·大雅·公劉》云：『何以舟之？維玉及瑤。』

【繫年】

從《北堂書鈔》的體例、謝惠連《雪賦》中的類似比喻、范泰《詠雪詩》的寫作時間、顔延之與謝靈運、范泰的密切關係、《白雪詩》對雪的描寫、元嘉三年至五年特殊的氣象災害等方面來看，顔延之《白雪詩》當作於元嘉三年冬。

一是《北堂書鈔》的體例。《白雪詩》首見於《北堂書鈔》。《北堂書鈔》的體例爲先立類，而後類下摘引字句作標題，標題之下徵引古籍材料，重在溯源。《白雪詩》隸屬《北堂書鈔·天部四·雪篇十八》。從《北堂書鈔》的體例來看，《白雪詩》是我國現存最早用珪、瑤喻雪的文學作品。

二是謝惠連《雪賦》中的類似比喻。與顔延之《白雪詩》用珪、瑤喻雪類似，謝惠連《雪賦》云：『既因方而爲珪，亦遇圓而成璧。』《宋書·謝惠連傳》載：『元嘉七年，方爲司徒彭城王義康法曹參軍。……又爲《雪賦》，亦以高麗見奇。』可見謝惠連《雪賦》作於元嘉七年，賦中模仿顔延之《白雪詩》以珪、璧喻雪，《白雪詩》創作時間當在此前。

三是范泰《詠雪詩》的寫作時間。《北堂書鈔》卷一百五十二載顔延之《白雪詩》，緊接其後所載爲范泰《詠雪詩》，兩者寫作時間當相近。《宋書·文帝本紀》載：『（元嘉五年）秋八月壬戌，特進、左光禄大夫范泰卒。』可見范泰《詠雪詩》作於元嘉五年八月前。

四是顔延之與謝靈運、范泰關係密切。三人均善文辭，與少帝及文帝元嘉初年的權臣徐羨之、傅亮等均關係不諧。《宋書》本傳載：『時尚書令傅亮自以文義之美，一時莫及，延之負其才辭，不爲之下，亮甚疾焉。廬陵王義真頗好辭義，待接甚厚。徐羨之等疑延之爲同異，意甚不悦。』《宋書·范泰傳》載：『徐羨之、傅亮等與泰素不平，及廬陵王義真、少帝見害，泰謂所親曰：「吾觀古今多矣，未有受遺顧託，而嗣君見殺，賢王嬰戮者也。」』元嘉三年徐羨之等被殺後，顔延之、謝靈運受徵回到建康。《資治通鑒》卷一百二十載：『（元嘉三年）三月辛巳，帝還建康，徵謝靈運爲祕書監、顔延之爲中書侍郎。』三人在建康多有交遊，謝靈運作有《還舊園作見顔范二中書》、顔延之作有《和謝監靈運》。與此類似，顔延之《白雪詩》、范泰《詠雪詩》爲兩人交遊時所作，當在元嘉三年之後。

五是《白雪詩》對雪的描寫。《白雪詩》云：『翩若珪屑，晰如瑤粒。』詩歌詠雪帶有驚喜、美好之感。顔延之自幼長於建康，對雪並不陌生。然而元嘉元年冬，顔延之至始安（今廣西桂林）任太守，始安地處低緯，接近熱帶，冬季少有降雪。元嘉三年，顔延之改任中書侍郎，返回建康後才能見到久違的降雪。

六是元嘉三年至五年特殊的氣象災害。這一時期劉宋境内發生嚴重的旱災及疫災。《南史・宋文帝紀》載：『（元嘉三年）秋，旱且蝗。』《宋書・五行志》載：『（元嘉四年）五月京都疾。……秋，京都旱。』《宋書・文帝本紀》載元嘉五年正月詔書云：『加頃陰違序，旱疫成患，仰惟災戒，責深在予。』《宋書・王弘傳》載元嘉五年春大旱，司徒王弘引咎遜位，云：『頃陰陽隔並，亢旱成災，秋無嚴霜，冬無積雪，疾厲之氣，彌歷四時。』可見與常年不同，由於嚴重旱災及疫災的存在，元嘉三年的降雪（元嘉四年『冬無積雪』，元嘉五年冬范泰已去世）可減災消害，彌足珍貴。顔延之《白雪詩》當作於此時，詩歌詠雪帶有驚喜、美好之感。

陽給事誄並序〔一〕〔一〕

惟永初三年十一月十一日，宋故寧遠司馬、濮陽太守彭城陽君卒〔二〕。嗚呼哀哉！瓚少稟志節，資性忠果〔二〕，奉上以誠，率下有方〔三〕。朝嘉其能，故授以邊事〔四〕。永初之末，佐守滑臺〔五〕。值國禍荐臻，王略中否〔六〕。獯虜間〔三〕釁，劘〔四〕剝司兗〔五〕；幽并騎弩，屯逼鞏洛〔七〕。列營緣戍，相望屠潰〔八〕。瓚奮其猛鋭，志不違難，立乎將卒〔六〕之間，以緝華裔之衆〔九〕。罷困相保，堅守四旬，上下力屈，受陷勍寇〔一〇〕。士師奔擾，棄軍爭免，而瓚誓命沈城，佻身飛鏃，兵盡器竭，斃于旗下〔一一〕。非夫貞壯之氣，勇烈之志，豈能臨敵引義，以死徇節者哉〔七〕〔一二〕！景平之元，朝廷聞而傷之，有詔曰：『故寧遠司馬、濮陽太守陽瓚，滑臺之逼，厲誠固守，投命徇節，在危無撓，古之烈士，無以加之〔一三〕。可贈給事中，振卹遺孤〔八〕，以慰存亡〔一四〕。』追寵既彰，人知慕節，河汴之間，有義風矣〔一五〕。逮元嘉廓祚，聖神紀物，光昭茂緒，旌録舊勳，苟有概於貞孝者，實事感於仁明〔一六〕。末臣蒙固，側聞至訓，敢詢諸前典，而爲之誄〔一七〕。其辭曰：

貞不常佑，義有必甄。處父勤君，怨在登賢；苦夷致果，題子行間〔一八〕。忠壯之烈，宜自爾先〔一九〕。舊勳雖廢，邑氏遂傳〔二〇〕。惟邑及氏，自温徂陽〔二一〕。狐續既降，晉族弗昌〔二二〕。之子之生，立績宋皇〔二三〕。拳猛沈毅，温敏肅良〔二四〕。如彼竹柏，負雪懷霜；如彼騑駟，配服驂衡〔九〕〔二五〕。

邊兵喪律，王略未恢〔二六〕。函陝堙阻，瀍洛〔一〇〕蒿萊〔二七〕。朔馬東騖〔一一〕，胡風南埃〔一二〕〔二八〕。路無歸轊，野有委骸〔二九〕。帝圖斯艱〔一三〕，簡兵〔一四〕授才〔三〇〕。寔命陽〔一五〕子，佐師危臺〔三一〕。憬彼危臺，在滑之坰〔三二〕。周衛是交，鄭翟是爭〔三三〕。昔惟華國，今實邊亭〔三四〕。憑巘結關，負河縈城〔三五〕。金柝夜擊，和門晝扃〔三六〕。料敵厭難，時惟陽生〔三七〕。

涼冬氣勁，塞外草衰〔三八〕。逷〔一六〕矣獯虜，乘障犯威〔三九〕。鳴驥橫厲〔一七〕，霜鏑〔一八〕高翬〔四〇〕。軼我河縣，俘我洛畿〔四一〕。攢鋒成林，投鞍爲圍〔四二〕。翳翳窮壘，嗷嗷羣悲〔四三〕。師老變形，地孤援闊〔四四〕。卒無半菽〔一九〕，馬實拑秣〔二〇〕〔四五〕。守未焚衝，攻已濡褐〔四六〕。烈烈陽〔二一〕子，在困彌達〔四七〕。勉慰痍傷，拊巡飢渴〔四八〕。力雖可窮，氣不可奪。義立邊疆，身終鋒栝〔二二〕〔四九〕。嗚呼哀哉！

賁父殞節，魯人是志；洴督效貞，晉策攸記〔五〇〕。皇上嘉悼，思存寵異〔五一〕。于以贈之，言登給事〔五二〕。疏爵紀庸，恤孤表嗣〔五三〕。嗟爾義士，没有餘喜〔五四〕。嗚呼哀哉！

【校】

本文以李善注《文選》卷五十七所載爲底本，用《藝文類聚》卷四十八、《六臣注文選》卷五十七、張燮《顏集》、張溥《顏集》參校。

〔一〕《藝文類聚》題目作《給事中楊瓚誄》。據《宋書·索虜傳》、正文「處父勤君，怨在登賢；苦夷致果，題子行間」用典，此處「楊」誤，當作「陽」。

〔二〕「果」，《藝文類聚》作「淳」。

〔三〕「間」，張溥《顔集》訛作「聞」。

〔四〕「劘」，《六臣注文選》載五臣注作「摩」，二字通，《藝文類聚》訛作「劑」。

〔五〕「兗」，《藝文類聚》訛作「袞」。

〔六〕「將卒」，《藝文類聚》作「將帥」。

〔七〕「臨敵引義，以死徇節」，《藝文類聚》作「臨死殉義，以死償節」。

〔八〕「遺孤」，《六臣注文選》載五臣注作「孤遺」。

〔九〕「配服驂衡」，《藝文類聚》作「親驂衡驤」。

〔一〇〕「瀍洛」，《藝文類聚》訛作「纏路」。

〔一一〕「鶩」，《藝文類聚》訛作「驚」。

〔一二〕「南」，《藝文類聚》作「吹」。

〔一三〕「艱」，《藝文類聚》《六臣注文選》載五臣本作「難」。

〔一四〕「兵」，《藝文類聚》訛作「丘生」。

〔一五〕「陽」，《藝文類聚》訛作「楊」。

〔一六〕「遏」，《藝文類聚》訛作「過」。

〔一七〕「横厲」，《藝文類聚》作「厲霜」。

〔一八〕「霜」，《藝文類聚》作「羽」。

〔一九〕「半菽」，《藝文類聚》作「菽麥」。

〔二〇〕「馬實拑秣」，《藝文類聚》作「馬乏芻秣」。

〔二一〕「陽」，《藝文類聚》訛作「楊」。

〔二二〕「栝」，《藝文類聚》訛作「楯」。

【注】

(一)陽給事：指陽瓚，在永初三年劉宋與北魏的戰爭中，其堅守滑臺（今河南滑縣），城破被殺，後被追贈爲給事中。給事，官名，指給事中，侍從皇帝左右，備顧問應對，參議政事，見《宋書·百官志下》。

(二)永初：宋武帝劉裕的年號。永初三年五月，劉裕去世，少帝劉義符即位，沿用永初年號至此年結束。陽瓚堅守滑臺及城破被殺均發生在少帝即位之後。司馬：官名，劉宋州刺史帶將軍開府者，置府僚司馬，爲州郡屬官，理軍事，陽瓚生前爲東郡太守王景度的司馬。

(三)志節：志向和節操。資性：資質，天性。忠果：忠誠而果敢。奉上：侍奉君主、上司。率下：領導下屬。有方：有道，得法。

(四)朝：朝廷，君主爲首的劉宋中央政府。邊事：邊防事務。陽瓚生前任東郡司馬，東郡在今河南濮陽一帶，爲劉宋北疆，是對抗北魏的前線。

(五)永初之末：指永初三年。佐守：輔助守禦。滑臺：古地名，在今河南滑縣，東晉南北朝時期爲軍事要地，見下文考辨一。

(六)國禍：國家的禍患。薦臻：接連到來，屢次降臨。《詩經·大雅·雲漢》云：『天降喪亂，饑饉薦臻。』王略：王道，帝業。潘岳《楊荆州誄》云：『將宏王略，肅清荒遐。』中否：中道衰落。

(七)獯虜：古代對北方少數民族的蔑稱，這裏指北魏。間釁：伺隙，乘隙。永初三年五月，劉裕去世，少帝即位，北魏趁機發動南侵戰爭。劘剝：掠奪。司兗：司州與兗州的並稱。劉宋初年，置司州，治虎牢（今河南滎陽市汜水鎮）；設兗州，治滑臺（今河南滑縣）。幽并騎弩：指北魏騎兵。幽并，幽州和并州的並稱，當時爲北魏屬地。鞏洛：鞏、洛二地的並稱，在今河南洛陽、鞏義一帶。

(八)列營：分布的陣營，排列陣營。屠潰：因畏誅殺而潰逃。

(九)猛鋭：勇猛富有鋭氣。緝：聚合。華裔之衆：來自中原和邊遠地區的將士。

(一〇)罷困：疲勞困苦。罷，同疲。勍寇：強敵。《宋書·宗室傳論》云：『烈武王覽羣才，揚盛策，一舉磔勍寇，非曰天時，抑亦人謀也。』

（一一）士師：兵衆，軍隊。誓命：誓志效命。佻身飛鏃：隻身射箭殺敵，形容殺敵英勇，視死如歸。

（一二）貞壯：忠貞壯盛。勇烈：勇敢剛烈，壯烈。徇節：爲保全節操而死。徇，通『殉』。

（一三）景平：劉宋少帝劉義符的年號。厲誠：激勵忠誠。投命：捨命，拼命。烈士：有節氣、有壯志的人。《韓非子·詭使》載：『而好名義不仕進者，世謂之烈士。』

（一四）振卹：賑濟與撫恤。卹，同『恤』。遺孤：死者遺留下來的孤兒，指陽瓚的子女。存亡：生者和死者。

（一五）慕節：崇尚氣節。河汴之間：黄河與汴水之間的地區，今河南中東部、安徽北部、江蘇西北部一帶。汴，汴水，古水名，隋代之前指始於河南滎陽的汴渠，東循狼湯渠、獲水，流至今江蘇徐州注入泗水的水運幹道。義風：正義的氣概和風範。

（一六）元嘉：宋文帝劉義隆的年號。聖神：稱頌帝王之詞，指宋文帝。光昭：彰明顯揚，發揚光大。茂緒：盛業。旌録：表彰敘録。舊勳：昔日的功勳。貞孝：志節堅貞，性行孝悌。仁明：仁愛明察。

（一七）末臣：地位低賤之臣，顔延之自謙之辭。側聞：旁聽到，謂傳聞，聽説。賈誼《弔屈原賦》云：『側聞屈原兮，自沉汨羅。』至訓：對尊長教誨的敬稱。前典：指潘岳爲獨守孤城的馬敦作《馬汧督誄》之事。誄：誄文，哀祭文的一種，敘述死者生平。《説文解字》載：『誄，謚也。從言，耒聲。累列生時行跡，讀之以作謚者。』

（一八）處父勤君，怨在登賢：指陽處父忠君舉賢，勸説晉襄公用趙盾代替賈季爲中軍主帥，陽處父因此與賈季結怨而被殺。《左傳·文公六年》載：『六年春，晉搜於夷，舍二軍。使狐射姑將中軍，趙盾佐之。陽處父至自温，改搜於董，易中軍。陽子，成季之屬也，故黨於趙氏，且謂趙盾能，曰：「使能，國之利也。」是以上之。』登賢，舉用有道德有才幹的人，指陽處父薦用趙盾。苦夷致果，題子行間：指春秋時期苦越給兒子起名陽州之事。《左傳·定公八年》載：『苦越生子，將待事而名之。陽州之役獲焉，名之曰陽州。』

（一九）忠壯：忠義勇武，忠直豪壯，指前述陽處父、苦越之事。

（二〇）舊勳：指陽處父等陽氏先祖的功勳。邑氏：春秋晉國太傅陽處父因封邑於陽地（今山西太谷縣），遂以陽爲氏。此句謂陽處父等陽氏先祖的功勳隨著朝代變遷而湮没，陽氏一族卻生生不息，傳承至今。

(二二一)温、陽：二地名，温（今河南温縣）爲陽氏聚族而居之地，陽（今山西太谷縣）爲陽處父的封地。《左傳·成公十一年》載：『襄王勞文公，而賜之温，狐氏，陽氏，先處之，而後及子。』此句謂春秋晉國陽氏一族居於温、陽一帶。

(二二二)狐續：春秋晉國狐射姑、續簡伯的並稱。此句謂狐射姑、續鞫居殺死陽處父之後，晉國陽氏不復昌盛。《左傳·文公六年》載：『八月乙亥，晉襄公卒。賈季怨陽子之易其班也，而知其無援于晉也。九月，賈季使續鞫居殺陽處父。』

(二二三)之子：這個人，指陽瓚。立績：建樹功績，建立功勞。宋皇：宋少帝劉義符。

(二二四)拳猛：勇猛。温敏：温厚聰敏。皇甫謐《高士傳·摯恂》載：『既通古今而性復温敏，不恥下問，故學者宗之。』

(二二五)如彼竹柏，負雪懷霜：竹柏經霜雪而不凋，因以喻堅貞、高潔。如彼騑驅，配服驂衡：以馬爲喻，指陽瓚爲劉宋效力。《文選》李善注：『服，服馬也，衡，車衡也。言翼贊宋朝，如彼騑之爲驅。』

(二二六)邊兵：守邊之兵，邊防部隊。喪律：喪失軍紀，軍中律令不行，這裏爲劉宋軍事失利的婉辭。王略：國家的疆土。《宋書·禮志四》載：『唯灊之天柱，在王略之內，舊臺選百石吏卒以奉其職。』

(二二七)函陝：函谷關（今河南靈寶市境內）、陝地（今河南陝縣）的並稱，這裏代指函谷關、陝地以西的關中地區。堙阻：阻塞。瀍洛：瀍水和洛水的並稱。洛陽位於瀍水兩岸、洛水之北，故瀍洛二水連稱常用來代指洛陽。張載《蒙汜池賦》云：『激通渠於千金，承瀍洛之長川。』蒿萊：野草，雜草。《韓詩外傳》卷一云：『原憲居魯，環堵之室，茨以蒿萊。』

(二二八)朔馬：北方的馬，代指北魏軍隊。胡風：北風，代指北魏軍隊。此句謂永初三年五月劉裕去世，北魏趁機南侵，主攻陽瓚防守的滑臺等地。《魏書·公孫表傳》載：『泰常七年，劉裕死，議取河南侵地。太宗以爲掠地至淮，滑臺等三城自然面縛。表固執宜先攻城，太宗從之。』

(二二九)歸輤：送靈柩歸葬。《文選》李周翰注：『輤，小棺也。』野有委骸：橫屍荒野，無人收葬。

(二三〇)帝圖：帝王治國的謀略，這裏指帝業。簡兵：選兵。

(二三一)寔命：實命。陽瓚生前任東郡太守王景度的司馬，理軍事。寔，通『實』。陽子：對陽瓚的尊稱。危臺：高臺，指滑臺。

(二三二)憬彼：遙遠貌。《詩經·魯頌·泮水》云：『憬彼淮夷，來獻其琛。』滑：滑國，姬周諸侯國名，與鄭國相鄰。坰：

都邑的遠郊。《説文解字》載：『邑外謂之郊，郊外謂之牧，牧外謂之野，野外謂之林，林外謂之坰，象遠界也。』

（三三）此句謂滑國位於東周王畿與衛國交界處，鄭國、翟人曾因爭奪滑國而發生戰爭。《史記・鄭世家》載：『（文公三十七年）秋，鄭入滑，滑聽命，已而反與衛，於是鄭伐滑。……王怒，與翟人伐鄭，弗克。』

（三四）邊亭：邊地的亭燧、亭障，泛指邊疆。此句謂滑臺位於中原腹地，華夏族長居於此，然西晉末年，滑臺淪陷異族，東晉末年劉裕北伐，收復滑臺，這一地區成爲晉宋之際的北部邊疆。

（三五）憑巇結關：依託山勢建造關塞。負河：依傍黄河，滑臺在黄河南岸，因河爲阻。

（三六）金柝：古代夜間報更用器，金爲刁斗，柝爲木柝。和門晝扃：軍營的門白晝關閉，形容軍事形勢緊張。

（三七）厭難：克服困難。陽生：指陽瓚。

（三八）氣勁：氣候寒冽。

（三九）逷矣獯虜：指來自遥遠北方的北魏軍隊。逷，遠。乘障犯威：北魏軍隊越過邊境南侵。

（四〇）鳴驥：嘶鳴的駿馬。横厲：縱横淩厲，形容氣勢盛猛。霜鏑：如寒霜般冷峻的箭頭，借指鋭利的箭。高翬：高飛。

（四一）軼：突擊，侵襲。《左傳・隱公九年》載：『彼徒我車，懼其侵軼我也。』河縣：靠近黄河的縣邑。俘：擄掠。洛畿：洛陽周邊地區。

（四二）攢鋒：密集的兵器。此句形容圍城敵軍數量衆多。

（四三）翳翳：晦暗不明貌。窮壘：處境艱危的據點，指滑臺。嗷嗷：形容衆聲喧雜。《漢書・劉向傳》載：『無罪無辜，讒口謷謷。』

（四四）師老：兵士勞累，士氣低落。此句謂滑臺劉宋軍隊守城時間很長，將士勞累，孤立無援。

（四五）半菽：半菜半糧，指粗劣的飯食。《漢書・項籍傳》載：『今歲饑民貧，卒食半菽。』拑秣：以木銜馬口而秣，圍城以此僞裝有蓄積。此句謂滑臺長期被圍，糧草匱乏。

（四六）焚衝：燒毁戰車。衝，古代一種攻城的戰車。《左傳・定公八年》載『公侵齊，攻廩丘之郛，主人焚衝』。濡褐：沾濕馬衣。《左傳・定公八年》載『或濡馬褐以救之』。

（四七）烈烈：剛正、堅貞貌。袁宏《三國名臣序贊》云：『烈烈王生，知死不撓，求仁不遠，期在忠孝。』

（四八）勉慰：勉勵安慰。痍傷：受創傷，這裏指受創傷的人。拊巡：安撫，撫慰。

（四九）邊疆：指劉宋靠近北魏的黄河南岸領土。鋒栝：刀與箭，引申指戰爭。《文選》李周翰注：『鋒，刃也；栝，矢也。』

（五〇）賁父殞節，魯人是志：指春秋魯國縣賁父盡忠而死之事，魯人爲之作誄文。《禮記・檀弓》載：『魯莊公及宋人戰於乘丘，縣賁父御，卜國爲右。馬驚，敗績。公隊，佐車授綏。公曰：「末之，卜也！」縣賁父曰：「他日不敗績，而今敗績，是無勇也！」遂死之。圉人浴馬，有流矢在白肉。公曰：「非其罪也。」遂誄之。士之有誄，自此始也。』汧督效貞，晉策攸記：指西晉汧督馬敦立功孤城之事，見臧榮緒《晉書》。潘岳《馬汧督誄》李善注云：『臧榮緒《晉書》曰：「汧督馬敦，立功孤城，爲州司所枉，死于囹圄，岳誄之。」』汧，汧水，渭河支流，這裏指西晉雍州扶風郡汧縣（今陝西隴縣）。

（五一）皇上：宋少帝劉義符。寵異：給以特殊優厚的待遇。

（五二）此句言宋少帝追贈陽瓚給事中之事。《宋書・索虜傳》載少帝詔書云『故寧遠司馬、濮陽太守陽瓚，滑臺之逼，厲誠固守，投命均節，在危無撓，古之忠烈，無以加之，可追贈給事中』。

（五三）疏爵：分封爵位。紀庸：記錄功績。恤孤：撫恤陽瓚的遺孤。《宋書・索虜傳》載：『少帝曰：「……可追贈給事中，並存恤遺孤，以慰存亡。」尚書令傅亮議瓚家在彭城，宜即以入臺絹一百匹，粟三百斛賜給。』

（五四）義士：恪守大義、篤行不苟的人。餘喜：身後的喜慶，指陽瓚卒後被追封、子嗣受撫恤之事。

【繫年】

此文當作於元嘉三年末或四年初，可從以下四個方面來考察。

首先是陽瓚的去世時間。《宋書・索虜傳》載：『（永初三年十一月）司馬陽瓚堅守不動，衆潰，抗節不降，爲虜所殺。……文士顔延之爲誄焉。』《陽給事誄》序云：『惟永初三年十一月十一日，宋故寧遠司馬、濮陽太守彭城陽君卒。』《陽給事誄》作於永初三年十一月陽瓚去世之後。

其次，《陽給事誄》序云『逮元嘉廓祚，聖神紀物，光昭茂緒』。序中『元嘉』是宋文帝的年號，『逮元嘉廓祚，聖神紀物』『末臣蒙固』指元嘉三年宋文帝翦除權臣傅亮、徐羡之等，政由己出，徵召之前貶謫外放的顔延之等人。顔延之返回建康後，深爲宋文帝欣賞。《宋書》本傳載：『元嘉三年，羡之等誅，徵爲中書侍郎，尋轉太子中庶子。頃之，領步兵校尉，賞遇甚厚。』與『逮元嘉廓祚，聖神紀物，光昭茂緒』相似，翦除權臣傅亮、徐羡之的當日，宋文帝追恤廬陵王劉義真的詔書稱『今王道既亨，政刑始判，宜昭國體，於是乎在』（《宋書·廬陵王義真傳》）。可見《陽給事誄》當作於元嘉三年之後不久。

第三，《陽給事誄》序云：『逮元嘉廓祚，聖神紀物，光昭茂緒，旌録舊勳，苟有概於貞孝者，實事感於仁明。』由『旌録舊勳』可知，這是大規模的官方行爲，涉及對象衆多，陽瓚爲其中之一。元嘉三年正月，宋文帝翦除權臣傅亮、徐羡之等，爲了安定人心，穩固統治，多有追恤之舉，涉及對象包括當代和前代的忠義之士。例如，《宋書·武三王傳》載元嘉三年宋文帝追贈張約之詔書云：『乃者權臣陵縱，兆亂基禍，故吉陽令張約之抗疏矢言，至誠慷慨，遂事屈羣醜，殞命遐疆，志節不申，感焉兼至。……可贈以一郡，賜錢十萬，布百匹。』又如，沈麟士《述祖德碑》載元嘉三年宋文帝追封沈戎詔書云：『東漢故臣沈戎，沈國嫡系，世有善行，才智兼長，忠義自矢，遂敢身入虎穴，論以至誠。……可追封爲述善侯。』又如，《宋書·文帝本紀》載元嘉四年宋文帝詔書云：『登城三戰及大將家，隨宜隱恤。』《陽給事誄》的創作時間當與這些追封詔書的時間相近。

第四，《陽給事誄》序云：『末臣蒙固，側聞至訓，敢詢諸前典，而爲之誄。』這裏涉及到顔延之從始安返回建康的時間。由於路塗遥遠和塗中停留，顔延之直到元嘉三年秋方回到建康（見《和謝監靈運》繫年），《陽給事誄》當作於顔延之返回建康之後。

【考辨】

一、晉宋之際滑臺控制權轉移與南北勢力消長

顔延之《陽給事誄》的傳主陽瓚，劉宋初年堅守滑臺，城破被殺。晉宋之际，滑臺有著重要的戰略地位，從滑臺控制權的轉移

中，可見南北勢力消長之一斑。

（一）滑臺的戰略地位

滑臺因姬周滑國而得名，位於今河南滑縣，緊鄰古黃河南岸，高峻堅險。《水經注》卷五載：『河水又東，右逕滑臺城北。城有三重，中小城謂之滑臺城。舊傳滑臺人自修築此城，因以名焉。』《元和郡縣圖志》卷八載：『黃河，去外城二十步。（滑州）州城，卽古滑臺城，城有三重，又有都城，週二十里。相傳云衛靈公所築小城，昔滑氏爲壘，後人增以爲城，甚高峻堅險。臨河亦有臺。』滑臺北面爲黃河下游重要津渡白馬津（一名黎陽津）。滑臺的戰略地位與其對白馬津的控制相關。白馬津是水陸交通樞紐，北爲河北平原，南爲黃淮平原，順流東下是山東丘陵地區，溯流西上可至伊洛平原、關中平原。戰國以來，有識之士已認識到白馬津的重要性，如《戰國策·趙策二》載張儀謂趙王云『今秦以大王之力，西舉巴蜀，並漢中，東收兩周而西遷九鼎，守白馬之津』；《史記·酈生陸賈列傳》載酈食其遊説劉邦云『原足下急復進兵，收取滎陽，據敖倉之粟，塞成皋之險，杜太行之道，距蜚狐之口，守白馬之津，以示諸侯效實形制之勢，則天下知所歸矣』。可見滑臺高堅峻險，控制河津，地當衝要，故顧祖禹《讀史方輿紀要》卷十六云：『自秦以降，黎陽、白馬之險，恆甲於天下。楚、漢之勝負，於此而分。袁、曹之成敗，由此而決。晉室多故，漳河之交，玄黃變更，南北津塗，咽喉所寄也。』

（二）晉宋之際滑臺控制權轉移與南北勢力消長

東晉太元九年，謝玄北伐，遣別將郭滿據滑臺，滑臺之名首次見於史籍。《讀史方輿紀要》卷十六云：『晉太元九年，謝玄北伐，遣別將郭滿據滑臺。滑臺之名，始見於此。』晉宋之际，滑臺地區戰爭頻繁，這一戰略要地的控制權不斷轉移，如下表所示。

晉宋之際爭奪滑臺的主要戰爭

時間	引文	出處	結果
晉太元九年	濟陽太守郭滿據滑臺。	《晉書·謝玄傳》	東晉勝，占滑臺
晉太元十三年五月	翟遼徙屯滑臺。	《資治通鑒》卷一百零七	翟遼建立翟魏，都滑臺
晉太元十五年	龍驤將軍朱序攻翟遼於滑臺，大敗之。	《晉書·孝武帝紀》	東晉勝，翟魏仍占有滑臺
晉太元十七年	慕容垂引師伐釗於滑臺，次於黎陽津。	《晉書·慕容垂載記》	後燕滅翟魏，占滑臺
晉隆安二年	慕容德率戶四萬南走滑臺，自稱燕王。	《魏書·慕容德傳》	慕容德建立南燕，以滑臺爲都
晉隆安二年六月	郗恢遣鄧啓方等以萬人伐慕容寶於滑臺，啓方敗。	《晉書·天文志二》	東晉敗，南燕占有滑臺
晉隆安三年	李辯怒，殺慕容和，以滑臺降於魏。	《晉書·慕容德載記》	北魏占領滑臺
晉義熙十二年	王仲德破索虜於東郡涼城，進平滑臺。	《宋書·武帝本紀》	東晉勝，占領滑臺
宋永初三年	十二月庚戌，魏軍克滑臺。	《宋書·少帝本紀》	北魏勝，占領滑臺
宋元嘉七年	七月戊戌，索虜滑臺戍棄城走。	《宋書·文帝本紀》	劉宋占領滑臺
宋元嘉八年	二月辛酉，滑臺爲索虜所陷。	《宋書·文帝本紀》	北魏勝，占領滑臺
宋元嘉二十七年	冬閏月癸亥，玄謨攻滑臺，不克，爲虜所敗。	《宋書·文帝本紀》	劉宋攻城不克，北魏占據滑臺

可見晉宋之際，爲了控制滑臺，各方勢力在此多次發生戰爭，在不到五十年的時間裏，滑臺的控制權經歷了前秦、東晉、翟魏、後燕、南燕、北魏、東晉、劉宋、北魏、劉宋、北魏等十次轉移。這一時期圍繞滑臺的爭奪多在南北胡漢勢力之間展開。南方漢人勢力強大時，北伐占領滑臺，進可爭奪河北，退可因河爲阻，屏蔽黄淮地區，如謝玄、劉裕等人的北伐，均是南方勢力強盛之時。反之，胡人勢力強大時，控制滑臺這一要地，兵鋒直迫黄淮地區，並威脅到東西側翼的中原、齊魯地區。可見晉宋之際滑臺控制權轉移與南北勢力消長密切相關。

永初三年五月劉裕去世，北魏乘機南侵，主攻方向爲劉宋黄河以南之地。《陽給事誄》傳主陽瓚防守的滑臺，爲北魏重點攻擊對象之一。《魏書·公孫表傳》載：『泰常七年，劉裕死，議取河南侵地。太宗以爲掠地至淮，滑臺等三城自然面縛。表固執宜先攻城，太宗從之。於是以奚斤爲都督，以表爲吴兵將軍、廣州刺史。斤等濟河，表攻滑臺，歷時不拔。』此次北魏南侵對南北勢力消長影響很大。此戰過後，劉宋喪失包括洛陽、虎牢、滑臺等在内的黄河以南之地，北方國界從黄河南移至黄淮之間，北疆無險可守，直接面臨北魏的威脅。

陽瓚被殺、滑臺城破後百餘年間，除元嘉七年劉宋北伐短暫占領滑臺數月之外，南方漢人勢力未能重新控制滑臺。宋文帝是有爲之主，三次發動北伐戰爭，試圖收復黄河以南包括滑臺在内的失地，將國界推進至黄河，但均未成功。此後南朝國界逐漸南移，由黄河（劉宋初）退至黄淮之間（劉宋中期），再退至淮河（劉宋後期、齊、梁），最後退至長江（陳）而亡。由此觀之，《陽給事誄》不僅是陽瓚的誄文，也是南方漢人勢力衰微的哀歌。

陶徵士誄並序〔一〕

夫璿玉致美，不爲池隍〔一〕之寶；桂椒信芳，而非園林之實〔二〕。豈其深〔二〕而好遠哉？蓋云殊性而已〔三〕。故無足而至者，物之藉也；隨踵而立者，人之薄也〔四〕。若乃巢高〔三〕之抗行，夷皓之峻節，故已父老堯禹，錙銖周漢，而綿世浸遠，光靈不屬，至使菁華隱沒，芳流歇絶，不其〔四〕惜乎〔五〕！雖今之作者，人自爲量，而首路〔五〕同塵，輟塗殊軌者多矣，豈所以昭末景、泛餘波〔六〕？

有晉徵士尋〔六〕陽陶淵明，南岳之幽居者也〔七〕。弱不好弄，長實素心〔八〕。學非稱師，文取指達〔九〕。在眾不失其寡，處言愈〔七〕見其默〔一〇〕。少而貧病〔八〕，居無僕妾〔一一〕。井臼弗任，藜菽不給〔一二〕。母老子幼，就養勤匱〔一三〕。遠惟田生致親之議，追悟毛子捧檄之懷〔一四〕。初辭州府三命，後爲彭澤令〔一五〕。道不偶物，棄官從好〔一六〕。遂乃解體世紛，結志區外，定跡深棲，於是乎遠〔一七〕。灌畦鬻蔬，爲供魚菽之祭；織絇緯蕭，以充糧粒之費（一八）。心好異書，性樂酒德，簡棄煩促，就成省曠（一九）。殆所謂國爵屏貴，家人忘貧者與（二〇）？有詔徵爲〔九〕著作郎，稱疾不到〔一〇〕（二一）。春秋若干〔一一〕，元嘉四年月日，卒于尋陽縣之某〔一二〕里（二二）。近識悲悼，遠士傷情（二三）。冥默福應，嗚呼淑貞（二四）！

夫實以誄華，名由謚高，苟允德義，貴賤何筭焉（二五）？若其寬樂令終之美，好廉克己之操，有合謚典，無愆前志（二六）。故詢諸友好，宜謚曰『靖節徵士』（二七）。其辭〔一三〕曰：

物尚孤生，人固介立（二八）。豈伊時遘，曷云世及（二九）？嗟乎若士！望古遥集（三〇）。韜此洪族，蔑彼名級（三一）。睦親之行，至自非敦；然諾之信，重於布言（三二）。廉深簡潔，貞夷粹温（三三）。和而能峻，博而不繁（三四）。依世尚同，詭時則異（三五）。有一於此，兩非〔一四〕默置（三六）。豈若夫子，因心違事（三七）？畏榮好古，薄身厚志（三八）。世霸虛禮，州壤推風（三九）。孝惟義養，道必懷邦（四〇）。人之秉彝，不隘不恭（四一）。爵同下士，禄等上農（四二）。度量難鈞，進退可限（四三）。長卿棄官，稚賓自免（四四）。子之悟之，何悟之辯（四五）？賦詩〔一五〕《歸來》，高蹈獨善（四六）。亦既超曠，無適非心（四七）。汲流舊巘，葺宇家林（四八）。晨烟暮藹，春煦〔一六〕秋陰（四九）。陳書輟卷，置酒絃琴（五〇）。居備勤儉，躬兼貧病（五一）。人否其憂，子然其命（五二）。隱約就閑，遷延辭聘（五三）。非直也明，是惟道性（五四）。糾纆〔一七〕斡流，冥漠報施（五五）。孰云與仁？實疑明智（五六）。謂天蓋高，胡〔一八〕諐斯義（五七）。履信曷憑，思順何寘（五八）？年在中身，疢維痁疾，視死如歸，臨凶若吉（五九）。藥劑弗嘗，禱祀非恤（六〇）。傃幽告終，懷和長畢（六一）。嗚呼哀哉（三九）！

敬述清節〔一九〕，式尊遺占（六二）。存不願豐，没無求贍（六三）。省訃卻賻，輕哀薄斂（六四）。遭壤以穿，旋葬而窆（六五）。嗚呼哀哉（四一）！

深心追往，遠情逐化（六六）。自爾介居，及我多暇（六七）。伊好之洽，接閻鄰舍（六八）。宵盤晝憩，非舟非駕（六九）。念昔宴私，舉觴相誨（七〇）：『獨正者危，至方則礙（七一）。哲人卷舒，布在前載（七二）。取鑒不遠，吾規子佩(七三)。』爾實愀然，中言而發(七四)：『違〔二〇〕衆速尤，迕風先蹶(七五)。身才非實，榮聲有歇(七六)。』叡〔二一〕音永矣，誰箴余闕(七七)？嗚呼哀哉！

仁焉而終，智焉而斃(七八)。黔婁既沒，展禽亦逝(七九)。其在先生，同塵往世(八〇)。旌此靖節，加彼康惠(八一)。嗚呼哀哉！

【校】

本文以李善注《文選》卷五十七所載爲底本，用《藝文類聚》卷三十七、《六臣注文選》卷五十七、張燮《顏集》、張溥《顏集》參校。

〔一〕『隍』，《藝文類聚》訛作『湟』。

〔二〕『其深』，《六臣注文選》作『期深』，張燮《顏集》、張溥《顏集》作『其樂深』。

〔三〕『巢高』，張燮《顏集》、張溥《顏集》作『巢由』。

〔四〕『其』，張燮《顏集》、張溥《顏集》作『亦』。

〔五〕『首』，《六臣注文選》載五臣注作『道』。

〔六〕『尋』，張燮《顏集》、張溥《顏集》作『潯』，二字通，下文同。

〔七〕『愈』，張燮《顏集》、張溥《顏集》作『每』。

〔八〕『病』，張燮《顏集》、張溥《顏集》作『苦』。

〔九〕『爲』，張燮《顏集》、張溥《顏集》脫。

〔一〇〕『到』，張燮《顏集》、張溥《顏集》作『赴』。

〔一一〕『若干』，張燮《顏集》、張溥《顏集》作『六十有三』。

〔一二〕『某』，張燮《顏集》、張溥《顏集》作『柴桑』。

〔一三〕「辭」，張燮《顔集》、張溥《顔集》作「詞」。

〔一四〕「兩非」，張燮《顔集》、張溥《顔集》作「而兩」。

〔一五〕「詩」，張燮《顔集》、張溥《顔集》作「辭」。

〔一六〕「煦」，宋刻本李善注《文選》因避宋哲宗名諱闕筆，據諸本補。

〔一七〕「糾纆」，張燮《顔集》、張溥《顔集》訛作「糾纏」。賈誼《鵩鳥賦》云：「夫禍之與福兮，何異糾纆。」

〔一八〕「胡」，張溥《顔集》訛作「故」。

〔一九〕「清節」，《文選》李善注、張燮《顔集》、張溥《顔集》訛作「靖節」，据《六臣注文選》改。許巽行《文選筆記》卷八云：「『靖節』是謚，不得云『敬述』。末云『旌此靖節』，方以『靖節』與『康惠』爲對。」

〔二〇〕「違」，張燮《顔集》、張溥《顔集》作「遺」。

〔二一〕「叡」，張燮《顔集》、張溥《顔集》作「徽」。

【注】

〔一〕陶徵士：指陶淵明。徵士，不就朝廷徵辟的士人。《晉書·陶潛傳》載：「頃之，徵著作郎，不就。」

〔二〕瓊玉：美玉。致：誠。《老子·法本章》河上公注：「致，誠也。」池隍：古代掘土築城，城下之地，有水稱池，無水稱隍，這裏借指城市。桂椒：肉桂、山椒，泛指高級香料。信：確實。此句謂瓊玉至美，寶物不產於城市；桂椒芳香，果實不生於園林。

〔三〕殊性：特殊的性質。此句謂難道是因爲瓊玉、桂椒喜歡生在深山、長在遠野嗎？祇是物性使然罷了。

〔四〕無足而至：沒有腳卻能到來。隨踵：跟隨別人。此句謂物以稀爲貴，人以衆爲賤。

〔五〕巢高之抗行，夷皓之峻節：巢父、伯成子高那樣高尚的行爲；伯夷、四皓那樣高尚的節操。巢高，巢父與伯成子高的並稱，上古堯舜時期的隱士。夷皓，伯夷與商山四皓（東園公、夏黄公、甪里先生、綺里季）的並稱，分別爲西周、西漢時期的隱士。父老堯禹，錙銖周漢：巢父、伯成子高不以舜、禹爲王，而視爲長者；伯夷與商山四皓輕視周、漢利祿，隱居不仕。錙銖，古代兩種較小的計量單位，錙爲一兩的四分之一，銖爲一兩的二十四分之一，比喻微小的數量，這裏爲輕視、小看之意。綿世浸遠，光靈不屬，至使菁華隱沒，芳流歇絕，不其惜乎：可是時代已經久遠，人們不認爲這些人在閃光顯靈，致使精華被隱沒，美好的傳統被斷絕，不是很可惜嗎？浸遠，漸遠。光靈，德化，恩澤。芳流，懿美的風範，這裏指巢父、伯成子高、伯夷、商山四皓隱居不仕的高尚節操。其，句中語氣詞。

（六）作者：隱逸之士。《論語·憲問》載：『子曰：「作者七人矣。」』首路：上路出發，指開始。同塵：一同隱居。輟塗：半塗而止，指不再隱居。殊軌：異塗，不同路，這裏指出仕。末景：餘輝。餘波：比喻存留下來的影響。此句謂雖然現在的隱者，各人自以爲不錯，但隱居者多中塗出仕，這難道可以傳承前賢的隱逸精神嗎？

（七）尋陽：西晉永興元年劃廬江之尋陽、武昌之柴桑二縣立尋陽郡，治尋陽縣（今江西九江）。南岳：南方的大山，這裏指廬山。幽居：隱居，不出仕。

（八）弄：嬉戲，戲耍。素心：心地純潔、世情淡泊的人。陶淵明《移居》其一云：『聞多素心人，樂與數晨夕。』此句謂陶淵明幼年的時候不喜歡嬉戲，成年後心地純潔，世情淡泊。

（九）學非稱師：指陶淵明學識淵博，而不以教導者自居。《孟子·離婁上》載：『人之患，在好爲人師。』指達：文章明白暢達。《論語·衛靈公》載：『子曰：「辭達而已矣。」』

（一〇）在衆：在衆人之中。寡：心地清淨，欲望少。處言：交往談話。默：靜默。《文選》張銑注此句云：『跡在於事，心出於物。故雖同於人，而不失清寡靜默之道也。』

（一一）僕妾：媵妾，泛指奴僕婢妾。

（一二）井臼：汲水舂米。弗任：身體病弱而不能勝任。藜菽：藜草與豆類，形容食物的粗劣。

（一三）就養：奉養親人。《禮記·檀弓上》載：『事親有隱而無犯，左右就養無方。』勤匱：辛勤勞苦而財物匱乏。

（一四）遠惟田生致親之議：遠思古代田過盡心養親的議論。《韓詩外傳》卷七載：『齊宣王謂田過曰：「吾聞儒者親喪三年。君與父孰重？」過對曰：「殆不如父重。」王忿然曰：「曷爲士去親而事君？」對曰：「非君之土地，無以處吾親；非君之祿，無以養吾親；非君之爵，無以尊顯吾親。受之於君，致之於親，凡事君以爲親也。」宣王悒然，無以應之。』追悟毛子捧檄之懷：追想領悟毛義捧檄應召時的感慨。《後漢書·劉趙淳于江劉周趙列傳》載：『廬江毛義少節，家貧，以孝行稱。南陽人張奉慕其名，往候之。坐定而府檄適至，以義守令，義奉檄而入，喜動顏色。奉者，志尚士也，心賤之，自恨來，固辭而去。及義母死，去官行服。數辟公府，爲縣令，進退必以禮。後舉賢良，公車徵，遂不至。張奉歎曰：「賢者固不可測。往日之喜，乃爲親屈也。斯蓋所謂『家貧親老，不擇官而仕』者也。」』

（一五）初辭州府三命：起初多次辭去州府的徵辟。彭澤令：陶淵明隱居不仕前最後擔任的官職。《宋書·陶潛傳》載：『謂親朋曰：「聊欲絃歌，以爲三徑之資，可乎？」執事者聞之，以爲彭澤令。』

（一六）道不偶物：志趣不諧於官場環境。《晉書·陶潛傳》載：『素簡貴，不私事上官。郡遣督郵至縣，吏白應束帶見之，潛歎曰：「吾不能爲五斗米折腰，拳拳事鄉里小人邪！」』棄官：自動解職去官。《晉書·陶潛傳》載：『義熙二年，解印去縣，乃賦《歸去來兮辭》。』從好：『從吾所好』的省略語，意謂從事我所喜歡的事情，即不違心從俗。《論語·述而》載：『富而可求也，雖執鞭之士，吾亦爲之。如不可求，從吾所好。』

（一七）解體世紛：從世務紛擾中脫身。結志區外：志向專一於隱居。區外，域外，遠方，這裏指世俗之外的隱居。定跡深棲，於是乎遠：在山林深處棲息隱居，深居簡出，遠離世俗。

（一八）灌畦鬻蔬：澆灌菜畦，售賣蔬菜。魚菽之祭：以魚、豆爲祭品。魚、豆是常見食品，表明祭品的菲薄。織絇：編織屨鞋。絇，屨頭上的裝飾，代指屨鞋。緯蕭：編織蒿草爲簾。《莊子·列禦寇》載：『河上有家貧恃緯蕭而食者，其子沒於淵，得千金之珠。』以充糧粒之費：用賣鞋、簾所得來充當日常開銷。

（一九）異書：指儒家經典以外的書籍，如《山海經》之類。酒德：西晉劉伶作有《酒德頌》，極言飲酒爲樂，後遂以『酒德』泛指飲酒的旨趣與品德。陶淵明嗜酒，故稱『性樂酒德』。陶淵明《五柳先生傳》云：『性嗜酒，家貧不能常得。親舊知其如此，或置酒而招之，造飲輒盡，期在必醉。既醉而退，曾不吝情去留。』簡棄：撿除、拋棄。煩促：迫促，急迫。省曠：簡約安閒。

（二〇）國爵屏貴：即貴屏國爵，意謂道德修養至高的人，連國家授予的爵位都可以屏棄。

（二一）著作郎：官名，魏明帝始置，擔編修國史之任，晉宋沿置，見《晉書·職官志》。此句謂晉安帝下詔徵召其爲著作郎，陶淵明稱病推辭不就。《晉書·陶潛傳》載：『頃之，徵著作郎，不就。』

（二二）春秋：年齡、年紀。元嘉：宋文帝年號。里：古代基層行政組織，漢代之後一里多在百戶左右。《宋書·百官志下》載：『五家爲伍，伍長主之；二伍爲什，什長主之；十什爲里，里魁主之。』』

（二三）近識：親近的相知者。

（二四）冥默福應：即福應冥默。古人認爲人行善，公正的上天就會賜福，這裏卻怨詛天道不明，『福應』之說渺茫，沉默而無反應。福應，預示幸福吉祥的徵兆。顏延之《又釋何衡陽》云：『福應非他，氣數所生，若滅福應，即無氣數矣。』淑貞：美好而堅貞。

（二五）實以誄華，名由謚高：一個人的崇高品質要靠誄文來顯示，而其美好的名聲也要靠謚號來頌揚。苟允德義，貴賤何筭焉：如果符合道德信義的要求，何必計較地位的高低呢？筭，算籌，這裏指計較。《說文解字》載：『筭，長六寸，計歷數者。』儒家有『賤不誄貴』（《禮記·曾子問》）之訓，陶淵明辭官歸隱不仕，布衣而終，顏延之當時聲名、地位遠在陶淵明之上，『貴賤何筭焉』正因此而言。

（二六）寬樂：寬厚和樂。《逸周書·謚法》載：『恭己鮮言曰靜，寬樂令終曰靜。』令終：保持善名而死。《詩經·大雅·既醉》云：『昭明有融，高朗令終。令終有俶，公尸嘉告。』廉：廉潔方正。克己：克制私欲，嚴以律己。有合謚典，無愆前志：符合謚號評定的要求，而不違背陶淵明生前的志向。

（二七）友好：朋友。靖節：寬樂令終，好廉自克。《文選》李善注引《謚法》云：『寬樂令終曰靖，好廉自克曰節。』

（二八）孤生：獨特的秉性。介立：卓異獨立。張衡《思玄賦》云：『何孤行之煢煢兮，孑不羣而介立。』

（二九）豈、曷：哪裏，怎麼。伊：語中助詞。時遘：時時遇到。《說文解字》載：『遘，遇也。』世及：世襲，這裏指代代都有。

（三〇）若士：其人，指陶淵明。望古遙集：遠承古代隱士的傳統而遙遙相應。

（三一）韜：隱藏不外顯。洪族：大族，名門望族。陶淵明的曾祖陶侃，官至太尉，封長沙郡公，故稱。蔑：輕視。名級：名位品級。

（三二）睦親：與親族和睦相處。非敦：並非由外界敦促，而是發自內心。然諾：應允，允諾，引申爲言而有信。《史記·遊俠列傳》載：『而布衣之徒，設取予然諾，千里誦義。』布言：季布的諾言，形容重諾守信。《史記·季布欒布列傳》載：

『得黃金百，不如得季布一諾。』

（三三）廉深：廉潔深沉。簡潔：清潔，指處世清白無瑕。貞夷：中正平和。《文選》張銑注：『貞，正；夷，平也。』粹温：純真温良。

（三四）此句謂心氣平和而節操高峻，學識淵博而不繁瑣。

（三五）依世：依從世俗。尚同：混同於流俗。陶淵明《飲酒》其九云：『一世皆尚同，願君汩其泥。』詭時：違背時宜。

（三六）有一於此：指有前述『依世』『詭時』中的一條。默置：虛設，存而無用。《文選》李善注：『言爲人之道，依俗而行，必譏之以尚同；詭違於時，必譏之以好異。有一於身，必被譏論，非爲默置。』

（三七）豈若：詰問，何如，表示不如。夫子：對陶淵明的敬稱。因心：順從自己的本心。違事：違背禮儀的事，這裏指有違世俗之事。《文選》李善注：『豈若夫子因心而能違於世事乎？言不同不異也。』

（三八）畏榮：輕視榮譽。陶淵明《自祭文》云：『匪貴前譽，孰重後歌？』好古：喜愛古代的事物。《論語・述而》載：『述而不作，信而好古。』薄身：生活簡樸。厚志：增進道德。此句薄、厚均用作動詞，使動用法。

（三九）世霸：當世有權勢的人。虛禮：虛心禮遇。州壤：州里，鄉里。推風：推崇其高風亮節。

（四〇）孝惟義養：論孝行則合乎禮義地侍奉父母。道必懷邦：論道義則不忘懷念家鄉。此句謂陶淵明棄官侍親之事。

（四一）秉彝：持執常道。《詩經・大雅・烝民》云：『民之秉彝，好是懿德。』不隘：不偏狹。不恭：不敬，引申爲不太嚴肅，即隨和。《孟子・公孫丑》載：『伯夷隘，柳下惠不恭，隘與不恭，君子不由也。』

（四二）下士：姬周官階名，位卑祿薄。《孟子・萬章》載：『下士與庶人在官者同祿，祿足以代其耕也。』上農：指種植條件較好、收益較多的農夫。《禮記・王制》載：『諸侯之下士視上農夫，祿足以代其耕也。』

（四三）度量：器量，涵養。鈞：衡量。進退可限：進退都有法度，這裏指出仕與歸隱均有操守。

（四四）長卿棄官：指司馬相如辭官之事。《史記・司馬相如列傳》載：『以貲爲郎，事孝景帝，爲武騎常侍，非其好也。會景帝不好辭賦，是時梁孝王來朝，從遊説之士齊人鄒陽、淮陰枚乘、吳莊忌夫子之徒，相如見而説之，因病免，客遊梁。』稚賓自免：指郇相自請免職之事。《漢書・鮑宣傳》載：『自成帝至王莽時，清名之士……郇越、郇相，同族昆弟也，並舉州郡孝廉、茂才，數病去官。」

（四五）此句謂陶淵明悟出了辭官歸隱的道理，而且悟得很透徹。《文選》呂延濟注：「言潛所知之明也。」

（四六）賦詩《歸來》：指陶淵明所作《歸去來兮辭》。《宋書·陶潛傳》載：「郡遣督郵至，縣吏白應束帶見之。潛嘆曰：「我不能爲五斗米折腰向鄉里小人。」即日解印綬去職。賦《歸去來》，其辭曰：……」高蹈：隱居。獨善：獨自修養身心，保持個人的節操。

（四七）超曠：高遠曠達。無適：不往，不向往。非心：「是非之心」的省稱。《莊子·達生》載：「知忘是非，心之適也。」《文選》張銑注：「言既遠明事理，無往不合其心也。」

（四八）汲流舊巘：在熟悉的山丘取水。巘，小山。《詩經·大雅·公劉》云：「陟則在巘，復降在原。」葺宇：修葺房屋。家林：自家園林，泛指家鄉。

（四九）此句謂早晚有雲霞霧氣，春秋或晴或陰，形容隱居地環境幽深清靜。

（五〇）陳書輟卷：展開書卷閱讀。輟，通「綴」。陶淵明《五柳先生傳》云：「好讀書，不求甚解，每有會意，欣然忘食。」置酒絃琴：置備酒水、彈奏素琴。絃，彈奏。《宋書·陶潛傳》載：「潛不解音聲，而畜素琴一張，無絃，每有酒適，輒撫弄以寄其意。」

（五一）此句謂隱居田園勤儉爲業，親身承受了貧病交加的折磨。

（五二）此句謂常人不能忍受那樣愁苦的生活，陶淵明卻安然處之，不改其樂。《論語·雍也》載：「賢哉，回也！一簞食，一瓢飲，在陋巷，人不堪其憂，回也不改其樂。」

（五三）隱約：窮困。桓寬《鹽鐵論·鹽鐵取下》云：「故餘糧肉者，難爲言隱約；處佚樂者，難爲言勤苦。」就閑：隱退山林。遷延：退卻。宋玉《登徒子好色賦》云：「因遷延而辭避。」辭聘：拒絕朝廷的徵辟。

（五四）非直：不但，不僅。明：明哲。道性：道德品行。

（五五）糾纆：繩索。賈誼《鵩鳥賦》云：「夫禍之與福兮，何異糾纆。」李善注引《字林》云：「糾，兩合繩；纆，三合繩。」斡流：流轉，運轉。賈誼《鵩鳥賦》云：「斡流而遷兮，或推而還；形氣轉續兮，變化而蟺。」冥漠：玄妙莫測。報施：報答，賜予。此句謂吉凶變化如繩索纏結，上天給人的報應確實渺茫，難以預測。

（五六）與仁：給與仁人，指上天賜福於行善之仁人。《老子》第七十九章云：『天道無親，常與善人。』明智：賢明睿智之人，這裏指老子。《文選》李善注：『言誰云天道常與仁人，而我聞之，實疑於明智。此說明智，謂老子也。《老子》曰：「天道無親，常與善人。」』

（五七）此句謂前人說天雖高遠卻能明察低卑之處的事情，爲何在陶淵明身上不是這樣呢？《詩經·小雅·正月》云：『謂天蓋高，不敢不局；謂地蓋厚，不敢不蹐。』《文選》李善注：『言天高聽卑而報施無爽，何故爽於斯義而不與仁乎？』

（五八）履信：篤守信義。思順：思想和行爲順乎天道。《周易·繫辭》載：『履信思乎順，又以尚賢也，是以自天佑之。吉，無不利也。』寘：棄置。

（五九）中身：中年。疢：熱病，這裏用作動詞，指染病。《說文解字》載：『疢，熱病也。』痁疾：瘧疾。《左傳·昭公二十年》載：『齊侯疥，遂痁。』視死如歸，臨凶若吉：把死看得跟回家一樣，面臨凶事如同吉事一樣，形容陶淵明面對死亡的從容平靜。

（六〇）藥劑弗嘗：不服藥治病。禱祀非恤：不祭祀神靈以祈求病愈。《文選》呂向注：『言不以死爲憂，而禱祠求福也。』

（六一）傃幽：朝向幽冥之地。《文選》李善注：『傃，向也。』《文選》李周翰注：『幽，幽冥也。』懷和：安寧。向終、長畢：均指死亡。此句謂陶淵明平靜安寧地去世。

（六二）清節：清操，高潔的節操。陶淵明《詠貧士》其五云：『至德冠邦閭，清節映西關。』式：發語詞。尊：通『遵』。遺占：遺書，遺言。《文選》呂延濟注：『遺占，遺書也，占者，口隱度其事，令人書之也。』

（六三）此句謂陶淵明生活儉樸，無心斂財，生前生後都不願爲財物所累。

（六四）省訃：不向人報喪。卻賻：推辭不接受弔喪的財物。賻，拿錢財幫助別人辦理喪事。《玉篇》云：『賻，以財助喪也。』輕哀：不過分哀傷。薄斂：從簡辦理喪葬。

（六五）遺壤：不費力選擇風水寶地，隨地而葬。穿：挖墓穴。旋葬：立刻葬埋，指不停柩。窆：將棺木葬入墓穴，這裏泛指埋葬。《說文解字》載：『窆，葬下棺也。』

（六六）深心追往：滿懷深情，追憶往事。遠情：深情。逐化：追念陶淵明活著時的情景。《莊子・知北遊》載：『已化而生，又化而死。』

（六七）介居：獨處，指隱居。此句謂陶淵明隱居的時候，恰逢自己在尋陽任後將軍功曹，時多空閑。《宋書・陶潛傳》載：『先是，顏延之爲劉柳後軍功曹，在尋陽，與潛情款。』

（六八）伊：發語詞。洽：和諧，融洽。接閻：近居。此句謂在尋陽時，陶淵明與顏延之的居所相近，相處融洽，情誼深厚。

（六九）盤：盤桓，指交談遊樂。憩：休息。非舟非駕：陶淵明與顏延之的居所相近，因而雙方交往無需借助舟船、車駕。

（七〇）宴私：公餘遊宴。舉觴：舉杯飲酒。相誨：教誨我。相，第一人稱代詞。

（七一）獨正者危，至方則礙：此句謂正道直行、過於方正的人有害自身，難以爲世所容。《鹽鐵論・論需》云：『孔子能方不能圓，故飢於黎丘。』《論衡・狀留篇》云：『且圓物投之於地，東西南北，無之不可。……方物集地，壹投而止。……賢儒，世之方物也。』《文選》呂向注此句云：『言爲方正之道者，必見患於時俗，夫物方則止，圓則行，此延之誡於潛也。』

（七二）哲人：智慧卓越的人。卷舒：退隱與出仕。卷謂其志不伸而退藏，借指退隱；舒謂伸展其志，借指出仕。《論語・衛靈公》云：『邦有道，則仕；邦無道，則可卷而懷之。』前載：前代的記載。

（七三）取鑒：取引爲借鑒。規：規勸。佩：佩帶，引申爲記住。此句謂哲人出仕、隱退的前鑒不遠，我的規勸希望你能牢記在心。

（七四）愀然：容色改變，指面容神情一時變得嚴肅。《禮記・哀公問》載：『孔子愀然作色而對曰：「君之及此言也，百姓之德也。」』中言：內心的話。發：說出。

（七五）違衆：違背多數，與衆不同。速尤：招致怨恨。迕風：逆頂世風而行。蹶：跌倒。

（七六）身才：才能。榮聲：美名。曹植《玄暢賦》序云：『或有輕爵禄而重榮聲者，或有反性命而徇功名者，是以孔老異情，楊墨殊義。』此句謂人的才華、聲名終將泯滅，不足爲立身之本。

（七七）叡音：陶淵明所說的深明通達之言。《說文解字》載：『叡，深明也，通也。』誰箴余闕：誰還會告誡我的缺失。

（七八）此句謂仁者、智者終有一死。

（七九）黔婁：人名，爲人安貧樂道，潔身一世，隱居不仕，死時衾不蔽體。陶淵明《詠貧士》其四云：『安貧守賤者，自古有黔婁。』展禽：即柳下惠，展氏，名獲，字禽，食邑在柳下，春秋魯國大夫，有操行，才能出衆。《論語・微子》載：『柳下惠、少連降志辱身矣，言中倫，行中慮，其斯而已矣。』

（八〇）先生：年長有學問的人，這裏指陶淵明。《孟子・告子下》載：『宋牼將之楚，孟子遇於石丘，曰：「先生將何之？」』趙岐注：『學士年長者，故謂之先生。』同塵往世：與古代的賢士黔婁、展禽等同道。往世：古代，這裏指古代的賢士。

（八一）旌：表彰。靖節：陶淵明的謚號，義爲寬樂令終，好廉自克。《文選》李善注引《謚法》云：『寬樂令終曰靖，好廉自克曰節。』加：超過，勝過。康：黔婁去世後的謚號。《文選》李善注引皇甫謐《高士傳》云：『彼先生者，甘天下之淡味，安天下之卑位，不戚戚於貧賤，不遑遑於富貴，求仁而得仁，求義而得義，其謚爲康，不亦宜乎也！』惠：展禽去世後的謚號。劉向《列女傳》載：『夫子之不伐兮，夫子之不竭兮，夫子之信誠而與人無害兮。屈柔從俗，不强察兮。蒙恥救民，德彌大兮。遇難三黜，終不弊兮。愷悌君子，永能厲兮。……夫子之謚，宜爲惠兮。』

【繫年】

陶淵明卒於元嘉四年。顔延之《陶徵士誄》序言云：『春秋若干，元嘉四年月日，卒于尋陽縣之某里。』《宋書・陶潛傳》《南史・陶潛傳》、蕭統《陶淵明傳》所載与之相同。陶淵明《自祭文》作於元嘉四年九月，故《陶徵士誄》當作於元嘉四年秋冬時節。

【考辨】

一、《陶徵士誄》的文學史意義

陶淵明的早期資料很少，且時有抵牾。顔延之《陶徵士誄》是認識陶淵明的同時代人描寫陶淵明的唯一存世文獻。顔延之與陶淵明情誼深厚，相知甚深，誄文及序言對陶淵明的家庭背景、人生經歷、生活態度、思想傾向、性格愛好等均有詳細、深情地描述，在陶淵明接受史上具有重要的意義，前賢多有關注，見莫礪鋒《顏延之〈陶徵士誄並序〉在陶淵明接受史上的地位》、鄧小軍《陶淵明政治品節的見證——顏延之〈陶徵士誄並序〉箋證》等。

二、陶淵明與顏延之友誼成因探微

陶淵明與顏延之情誼深厚。友誼以親密性爲核心，包括三個基本特徵：一是能夠向朋友表露自己的思想感情和內心祕密；二是對朋友充分信任，確信其『自我表白』將爲朋友所尊重，不會被輕易外泄或用以反對自己；三是限於被特殊評價的友誼關係中，即限於少數的密友或知己之間。顏延之《陶徵士誄》追憶兩人生前交往云：『深心追往，遠情逐化。自爾介居，及我多暇。伊好之洽，接閻鄰舍。宵盤晝憩，非舟非駕。念昔宴私，舉觴相誨：「獨正者危，至方則礙。哲人卷舒，布在前載。取鑒不遠，吾規子佩。」爾實愀然，中言而發：「違衆速尤，迕風先蹶。身才非實，榮聲有歇。」叡音永矣，誰箴余闕。嗚呼哀哉！』從這些文字中可以看出，陶淵明的直言勸告（『相誨』『中言而發』），顏延之的聽取接受（『吾規子佩』『箴余闕』），符合友誼親密性的三個基本特徵。考慮到陶淵明與顏延之較大的年齡差距（按照《宋書·陶潛傳》《晉書·陶潛傳》、蕭統《陶淵明傳》的記載，元嘉四年陶淵明去世時六十三歲，則其年長顏延之十九歲），這種友誼更加難得。陶淵明與顏延之友誼的成因主要緣於以下四个方面。

一是愛好飲酒，以此爲樂。陶淵明嗜酒成癖。陶淵明《五柳先生傳》云：『性嗜酒，家貧不能常得。親舊知其如此，或置酒而招之。造飲輒盡，期在必醉。既醉而退，曾不吝情去留。』《宋書·陶潛傳》載：『貴賤造之者，有酒輒設，潛若先醉，便語客：「我醉欲眠，卿可去。」其真率如此。郡將候潛值其酒熟，取頭上葛巾漉酒，畢，還復著之。』顏延之對杯中物的喜好與陶淵明類似。《宋書》本傳載其『飲酒不護細行』『好酒疏誕』『有酒過』『又好騎馬，遨遊里巷，遇知舊輒據鞍索酒，得酒必頹然自得』。人無癖不可與之交，陶淵明與顏延之皆是好酒之人，愛酒而不能自已，兩人交往也少不了飲酒這一共同愛好。《宋書·陶潛傳》載：『先是，顏延之爲劉柳後軍功曹，在尋陽，與潛情款。後爲始安郡，經過，日日造潛，每往必酣飲致醉。』《陶徵士誄》所載陶淵明對顏延之的勸誡也是在飲酒場合下，『念昔宴私，舉觴相誨』。

二是愛好讀書，學識淵博。陶淵明愛好讀書。陶淵明《五柳先生傳》云：『好讀書，不求甚解，每有會意，便欣然忘食。』陶淵明《與子儼等疏》云：『少學琴書，偶愛閒靜，開卷有得，便欣然忘食。』顏延之也是博學之人，《宋書》本傳載其『好讀書，無所不覽，文章之美，冠絕當時』。陶淵明與顏延之交往也涉及學識，顏延之《陶徵士誄》云：『心好異書，……陳書輟卷，……哲人卷舒，布在前載。』

三是性格直率，不屈勢要。陶淵明《與子儼等疏》云：『性剛才拙，與物多忤。自量爲己，必貽俗患。』《宋書·陶潛傳》載：『郡遣督郵至，縣吏白應束帶見之。潛嘆曰：「我不能爲五斗米折腰向鄉里小人。」卽日解印綬去職。……義熙末，徵著作佐郎，不就。江州刺史王弘欲識之，不能致也。……其真率如此。』顏延之與陶淵明類似，《宋書》本傳載『穆之既與延之通家，又聞其美，將仕之，先欲相見，延之不往也。……辭甚激揚，每犯權。……性既褊激，兼有酒過，肆意直言，曾無遏隱』。由於兩人的直率性格相近，陶淵明才因此勸告顏延之『獨正者危，至方則礙，……違眾速尤，迕風先蹶』。

四是生活儉約，安貧樂道。陶淵明《五柳先生傳》云：『閒靜少言，不慕榮利。……環堵蕭然，不蔽風日；短褐穿結，簞瓢屢空，晏如也。……贊曰：黔婁之妻有言：「不戚戚於貧賤，不汲汲於富貴。」極其言茲若人之儔乎？』顏延之《陶徵士誄》稱陶淵明『灌畦鬻蔬，爲供魚菽之祭；織絇緯蕭，以充糧粒之費。……簡棄煩促，就成省曠。……居備勤儉，躬兼貧病。人否其憂，子然其命。』顏延之與陶淵明類似，《宋書》本傳載其『居身清約，不營財利，布衣蔬食，獨酌郊野，當其爲適，傍若無人。……子竣既貴重，權傾一朝，凡所資供，延之一無所受，器服不改，宅宇如舊。常乘羸牛笨車，逢竣鹵簿，卽屏往道側』。

可見在興趣愛好（好酒、好讀書）、性格特徵（直率）、生活態度（儉約）等方面，陶淵明與顏延之多有相似之處，這也是兩人忘年而交、情誼深厚的原因。

與王曇生書[一]

君家高世之節[一]，有識歸重，豫染豪翰，所應載述[二]。況僕託慕末風，竊以敘德爲事，但恨短筆不足書美[三]。

【校】

本文以《宋書・王弘之傳》（中國國家圖書館藏宋元明三朝遞修本）所載爲底本，用《宋書・王弘之傳》（明北監本、明末毛氏汲古閣本、清乾隆四年武英殿本）、《南史・王弘之傳》（商務印書館影印元大德刻本）、張燮《顏集》、張溥《顏集》參校。

〔一〕『節』，《南史》作『善』。

【注】

〔一〕王曇生：王弘之之子，曾任劉宋吏部尚書，太常卿等職。王弘之，晉宋之際知名隱士，《宋書》有傳。王弘之去世後，顏延之想爲其寫誄文，最終未成，故作此文說明。

〔二〕君家：敬詞，指王曇生的父親王弘之。高世：出塵離世、清高脱俗。歸重：推重，推許尊重。豪翰：毛筆，指執筆能文。載述：記敘，記述。

〔三〕託慕：寄託仰慕、嚮往之情。《宋書・王弘之傳》載：『謝靈運、顏延之並相欽重。』末風：遺風，指王弘之的高風亮節。短筆：拙劣的文筆，顏延之的謙辭。書美：显明美德。

【繫年】

據《宋書・王弘之傳》《南史・王弘之傳》，王弘之卒於元嘉四年，顏延之《與王曇生書》當作於元嘉四年。

【考辨】

一、顏延之『诔竟不就』原因表微

王弘之隱居數十年，品行高潔，顏延之對他很推重。《宋書·王弘之傳》載：『始寧沃川有佳山水，弘之又依巖築室。謝靈運、顏延之並相欽重。』王弘之去世後，顏延之想爲其寫誄文，『誄竟不就』（《宋書·王弘之傳》），故作《與王曇生書》來説明。關於『誄竟不就』的原因，顏延之《與王曇生書》稱自己文筆拙劣，『況僕託慕末風，竊以敘德爲事，但恨短筆不足書美』。這裏的『短筆』是謙辭，實際上顏延之長於屬文，哀祭文更是其強項。《文選》收録顏延之文章共六篇，其中《陽給事誄》《陶徵士誄》《宋文皇帝元皇后哀策文》《祭屈原文》均爲哀祭文。

顏延之擅長作哀祭文，又『欽重』『歸重』王弘之的品行，有心爲其作誄文，『欲爲作誄』，寫就王弘之的誄文本非難事，然而最終的結果卻是『誄竟不就』。顏延之『誄竟不就』的原因與陶淵明有關。陶淵明卒於元嘉四年，去世時間稍早於同年而卒的王弘之。在爲王弘之作誄文前，顏延之已創作了《陶徵士誄》這一名篇。《陶徵士誄》共八百七十五字（不計標點），是顏延之現存哀祭文中篇幅最長者，誄文及序言對陶淵明的家庭背景、人生經歷、生活態度、思想傾向、性格愛好等均有詳細、深情的描述。王弘之與陶淵明都是隱逸之士，均入選《宋書·隱逸傳》，兩人棄官歸隱，徵召不出，品行高潔，獨善其身，都是『獨往之人』『稟偏介之性』（《宋書·隱逸傳》），具有很大的『同質性』。元嘉四年，陶淵明、王弘之先後去世。在耗費極大心力創作《陶徵士誄》這一名篇、長篇之後，面對王弘之這一與陶淵明極其相似的寫作對象，顏延之難以在短時間內寫出高水準、不雷同的誄文。出於對王弘之的『欽重』『歸重』，顏延之又不願意創作出平庸或雷同的誄文來應付。這當是顏延之『誄竟不就』的主要原因。

白鸚鵡賦並序

余具職崇賢，預觀神祕（一）。有白鸚鵡焉，被素履玄，性温言達（二）。九譯絕區，作玩天府（三）。同事多士〔一〕，咸奇思賦（四）。其辭曰：

稟儀素域，繼體寒門（五）。貌履玄而被潔，性既養而亦温（六）。雖言禽之末品，妙六氣而剋生（七）。往祕奇於鬼服，來充美於華京（八）。恨儀鳳之無辨，惜晨鷺之徒喧（九）。思受命於黄髮，獨含辭而採言（一〇）。起交河之榮薄，出天山之無垠（一一）。既達美於天居，亦儷景於雲阿（一二）。漸惠和之方渥，綴風土而未訛（一三）。服瑣〔二〕翮於短衿，仰梢雲之曾柯（一四）。覬天網之一布，漏微翰於山阿（一五）。

【校】

本文以《初學記》卷三十（自『余具職崇賢』至『性既養而示温』）、《藝文類聚》卷九十一（自『雖言禽之末品』至『漏微翰于山阿』）所載爲底本，用張燮《顏集》、張溥《顏集》參校。

〔一〕『士』，張溥《顏集》訛作『上』。

〔二〕『瑣』，張燮《顏集》、張溥《顏集》作『瑮』，二字通。

【注】

（一）具職崇賢：指在東宮任職。崇賢，東漢洛陽東門名，太子東宮鄰近此門，後常用崇賢代指在東宮任職。神祕：神妙莫測，這裏指白鸚鵡。

（二）被素履玄：鸚鵡身體爲白色，足爲黑赤色。《說文解字》載：『黑而有赤色者爲玄。』性温言達：白鸚鵡性情温順，善學說人語。《禮記・曲禮》載『鸚鵡能言』。

（三）九譯絕區：白鸚鵡來自異域邊遠地區。九譯，輾轉翻譯，指邊遠地區或外國。絕區，道路斷絕的險地，這裏指極邊遠的地區。天府：西周官名，掌祖廟之守藏，後稱朝廷藏物的府庫。

（四）同事：指顔延之的東宫同僚。多士：衆多賢士，這裏指百官。《詩經·大雅·文王》云：『濟濟多士，文王以寧。』

（五）稟儀：白鸚鵡先天具有的形貌。素域：風俗淳樸的地區。繼體：繼位，這裏指白鸚鵡的出生。寒門：古代傳說中北方極寒冷的地方。《楚辭·遠遊》云：『舒並節以馳騖兮，逴絕垠乎寒門。』

（六）貌履玄而被潔：鸚鵡身體爲白色，足爲黑赤色。性既養而亦温：經過人類長期馴養，白鸚鵡性格温順。

（七）言禽：會模仿人說話的鳥，指鸚鵡之類。末品：低下的等次，這裏指與人相比，白鸚鵡的品級不高，依舊屬於『能言』而『無禮』的禽類。《禮記·曲禮》載：『鸚鵡能言，不離飛鳥；猩猩能言，不離禽獸。今人而無禮，雖能言，不亦禽獸之心乎？』六氣：指陰、陽、風、雨、晦、明。《左傳·昭公元年》載：『六氣曰陰、陽、風、雨、晦、明也。』剋生：降生，產生。

（八）祕奇：神祕奇異。鬼服：荒遠的邊區。充美：白鸚鵡成爲美麗觀賞物。華京：都城建康。謝靈運《酬從弟惠連》云：『務協華京想，詎存空谷期。』

（九）儀鳳：鳳凰的别稱。《尚書·益稷》載：『簫韶九成，鳳皇來儀。』無辨：指鳳凰的名稱、種類衆多，難以區别。鳳凰有鸞、玄鳥、朱雀、金烏、鸑鷟、鵷鶵、鵕鸃、鷫鸘、翳鳥、鶡、鶉、鵠、大鵬、帝江、重明鳥等别稱或種類，其中部分屬於增飾附會，具體所指及區别很難辨清。晨鷖之徒暄：鳳凰色赤屬火，具有炎熱之性。《鶡冠子·度萬》載：『鳳凰者，鶉火之禽，陽之精也。』鷖，鷖鳥，野鴨，這裏爲鳳凰的别稱。暄，温暖，這裏指炎熱。

（一〇）受命：受教。黄髮：老年人頭髮由白轉黄，古時黄髮爲長壽的象徵，後常用黄髮指老人。含辭：有話要說而未說。採言：採納言語。

（一一）交河：地名，在今新疆吐魯番西北約五公里處，西漢時爲車師前王國都城。《漢書·西域傳》載：『車師前國，王治交河城，河水分流繞城下，故號交河城。』天山：山名，古代多指燕然山（今蒙古人民共和國境内杭愛山脈）或新疆天山。班固《竇將軍北征頌》云：『采伊吾之城壁，蹈天山而遙降。』這裏交河、天山均非實指，而是泛指白鸚鵡原產於邊遠之地。

（一二）達美：白鸚鵡展現自身之美。天居：住在天上，形容天子居處華貴。蔡邕《述行賦》云：『皇家赫而天居兮，萬方徂而並集。』儷：並列，比。雲阿：雲深處，指高山之上，深山之中。王僧達《祭顏光祿文》云：『服爵帝典，棲志雲阿。』

（一三）惠和：仁愛和順，稱頌宋文帝。渥：深厚。綴：連結，這裏指適應。風土：指建康的水土氣候。訛：變化。

（一四）瑣翮：細小的羽毛。《說文解字》：『翮，……羽莖也。』梢雲：高雲。左思《吴都賦》云：『梢雲無以踰，嶰谷弗能連。』衿：衣服的交領，代指衣服，這裏指羽毛。曾柯：高高的樹枝。柯，草木枝莖。

（一五）覬：希望。天網：指捕鸚鵡的羅網。翰：山雞，這裏指白鸚鵡。《說文解字》：『翰，天雞，赤羽也。』山阿：山的曲折處，常泛指山嶽、丘陵。屈原《九歌·山鬼》云：『若有人兮山之阿，被薜荔兮帶女蘿。』此句謂白鸚鵡希望不被山間羅網絆住，能夠在大自然中成長。

【繫年】

此賦當作於元嘉五年，可從以下兩個方面來考察。

第一，《白鸚鵡賦》序云：『余具職崇賢，預觀神祕。』這裏的『具職崇賢』指顏延之任太子屬官。陸機《吴王郎中時從梁陳作》云：『在昔蒙嘉運。矯跡入崇賢。』《文選》張銑注：『崇賢，太子門名。言己昔蒙嘉善之運，得舉跡入此門，爲太子洗馬。』《宋書》本傳載：『高祖受命，補太子舍人。……永初中。……徙尚書儀曹郎，太子中舍人。……元嘉三年，羨之等誅，徵爲中書侍郎，尋轉太子中庶子。……湛深恨焉，言於彭城王義康，出爲永嘉太守。』可見顏延之先後三次任太子屬官，即永初元年至三年，顏延之任太子舍人、太子中舍人；元嘉三年至十一年，顏延之任太子中庶子。顏延之《應詔宴曲水作詩》云：『三妨儲隸，五塵朝黻。』此詩作於元嘉十一年三月初三。《文選》李周翰注：『三妨儲隸，謂三任東宫官；五塵朝黻，謂五任朝官也。』顏延之《白鸚鵡賦》作於任太子屬官時期，即永初元年至三年或元嘉三年至十一年之間。

第二，《白鸚鵡賦》以白鸚鵡爲描寫對象，賦中『九譯絕區，作玩天府』『稟儀素域，繼體寒門』『往祕奇於鬼服，來充美於華京』『起交河之榮薄，出天山之無根』等詞句都表明白鸚鵡並非產於中土，而是邊遠地區進貢之物。顏延之任太子屬官時期，史籍中進貢白鸚鵡的記錄衹有一條，即元嘉五年天竺迦毗黎國進貢白鸚鵡。《宋書·夷蠻傳》載：『天竺迦毗黎國，元嘉五年，……奉獻金剛指環、摩勒金環諸寶物、赤白鸚鵡各一頭。』《南史·夷貊傳》亦載：『天竺迦毗黎國，元嘉五年，國王月愛遣使奉表，獻金剛指環、摩勒金環諸寶物，赤白鸚鵡各一頭。』

【考辨】

一、白色祥瑞崇拜與白鸚鵡種屬探微

我國古代視白色動物爲祥瑞象徵。《宋書》專列《符瑞志》，其中就有很多白色動物的記載，如白麟、白龜、白象、白熊、白鹿、白虎、白狼、白兔、白燕、白烏、白雀、白鳩、白鵲、白鼠、白鴿、白孔雀等。白鸚鵡作爲白色動物，亦爲祥瑞象徵。《宋書·符瑞志》有兩條關於白鸚鵡的記載：（一）「孝武帝大明三年正月丙申，媻皇國獻赤白鸚鵡各一。」（二）「宋文帝元嘉二十四年十月甲午，揚州刺史始興王濬獻白鸚鵡。」如前所述，元嘉五年天竺迦毗黎國進貢白鸚鵡，顔延之《白鸚鵡賦》因之而作，下面考察賦中白鸚鵡的種屬。

由顔延之《白鸚鵡賦》及相關材料來看，白鸚鵡有以下基本特徵：一是身白足黑，「被素履玄」「貌履玄而被潔」。二是性情温順，有一定語言模仿能力，「性温言達」。三是體型特徵與鳳凰有某些相似之處，「恨儀鳳之無辨，惜晨鷖之徒暄」。四是適應力强，能夠較快適應陌生環境，「漸惠和之方渥，綴風土而未訛」。五是白鸚鵡原産地在天竺迦毗黎國境内或距其不遠的地區。《宋書·夷蠻傳》中，師子國（今斯里蘭卡）之後爲天竺迦毗黎國，云：「臣（天竺迦毗黎國國王月愛）之所住，名迦毗河，東際於海，其城四邊，悉紫紺石，首羅天護，令國安隱。」可見天竺迦毗黎國位於今印度東南沿海地區，離師子國、東南亞地區（中南半島、馬來羣島）不遠，其與劉宋主要通過海路交往。由這些基本特徵出發，考察鸚鵡所屬鸚形目，顔延之《白鸚鵡賦》中的白鸚鵡，最有可能的是鸚形目鳳頭鸚鵡科白鳳頭鸚鵡屬白鳳頭鸚鵡種。

白鳳頭鸚鵡天生具有潔白無瑕的美麗羽毛，趾足呈灰黑色（「被素履玄」「貌履玄而被潔」），性情温和，易人工馴養，有一定語言模仿能力（「性温言達」），能較快適應新環境（「漸惠和之方渥，綴風土而未訛」）。白鳳頭鸚鵡有「鳳頭」，即能夠收展的白色頭冠，其冠羽是所有鳳頭鸚鵡中最大的，羽冠張開時宛如一把雨傘，這也是其體型特徵上與傳説中鳳凰的相似之處（「恨儀鳳之無辨，惜晨鷖之徒暄」）。白鳳頭鸚鵡主要分布於今馬來羣島，這一地區距天竺迦毗黎國不遠，且是天竺迦毗黎國至劉宋海上交通所經之地。因此，天竺迦毗黎國將白鳳頭鸚鵡作爲貢獻之物，地理角度可以説通。

自然狀態下，鸚鵡所屬的鸚形目中，唯有鳳頭鸚鵡科擁有天生潔白無瑕的羽毛。由此延伸，史籍所載異域進貢的白鸚鵡多爲白鳳頭鸚鵡或其近種。史籍中異域進貢中土的白鸚鵡多來自東南亞、印度東南部，這些地區或爲白鳳頭鸚鵡產地，或鄰近白鳳頭鸚鵡產地。例如，《晉書·安帝紀》載：『（義熙十三年）六月癸亥，林邑獻馴象、白鸚鵡。』又如，《宋書·符瑞志》載：『孝武帝大明三年正月丙申，婆皇國獻赤白鸚鵡各一。』又如，《梁書·諸夷傳》載：『普通三年，其王頻伽復遣使珠貝智貢白鸚鵡……』又如，《舊唐書·南蠻傳》載：『林邑國，……又獻白鸚鵡，精識辯慧，善於應答，……陀洹國，在林邑西南大海中，……又遣使獻白鸚鵡……』又如，《元史·泰定帝本紀》載：『（泰定四年）爪哇遣使獻金文豹、白猴、白鸚鵡各一。』

由上可知，白鸚鵡爲祥瑞象徵，從文字描述來看，顏延之《白鸚鵡賦》中的白鸚鵡，很可能爲鸚形目鳳頭鸚鵡科白鳳頭鸚鵡屬白鳳頭鸚鵡種。

範連珠〔一〕

蓋聞匹〔一〕夫履順，則天地不違；一物投誠，則神明可交〔二〕。事有微而愈著，理有闇而必昭〔三〕。是以魯陽傾首，離光爲之反舍；有鳥沸波〔二〕，河伯爲之不潮〔四〕。

【校】

本文以《藝文類聚》卷五十七《雜文部三·連珠》所載爲底本，用張燮《顏集》、張溥《顏集》參校。

〔一〕『匹』，《藝文類聚》脫此字，據張燮《顏集》、張溥《顏集》補。

〔二〕『沸波』，諸本皆作『拂波』。根據所引典故，此處當作『沸波』。《淮南子·說林訓》載：『鳥有沸波者，河伯爲之不潮，畏其誠也。』

【注】

（一）範連珠：指擬連珠體。連珠，文體名，起於漢代，班固、賈逵皆有作，其體不直説事情，借譬喻委婉表達其意，文辭華麗，歷歷如貫珠，故名，後人加以擴充，有演連珠、擬連珠、暢連珠、廣連珠等稱。

（二）匹夫：泛指平民百姓。履順：處順，順應變化，順從自然。《莊子·大宗師》載：『且夫得者時也，失者順也，安時而處順，哀樂不能也。』不違：依從。《論語·爲政》載：『子曰：「吾與回言終日，不違，如愚。」』投誠：投獻誠心。

（三）微：隱沒。著：顯明，顯著。闇：闇沒，埋沒。昭：彰明，顯著。

（四）魯陽：人名，戰國時期楚國魯陽邑公，傳説揮戈使太陽倒退三座星宿。《淮南子·覽冥訓》載：『魯陽公與韓構難，戰酣日暮，援戈而撝之，日爲之反三舍。』離光：日光。反舍：太陽倒退三座星宿。舍，二十八宿中，一宿爲一舍。沸波：鳥名，指鶚，善捕魚，俗名魚鷹。《淮南子·説林訓》載：『鳥有沸波者，河伯爲之不潮，畏其誠也。』河伯：傳説中的河神。不潮：不漲潮。

【繫年】

顔延之《範連珠》首見於《藝文類聚》。《藝文類聚》的體例爲先列事類，後引詩文，所引詩文按文體排列，同一文體則以時間先後爲序。顔延之《範連珠》隸屬《藝文類聚·雜文部三·連珠》，其所收連珠文體共十一篇，分别爲揚雄《連珠》、班固《擬連珠》、潘勖《擬連珠》、曹丕《連珠》、王粲《仿連珠》、謝惠連《連珠》、顔延之《範連珠》、王儉《暢連珠》、梁武帝《連珠》、梁宣帝《連珠》、劉孝儀《探物作豔體連珠》。其中謝惠連《連珠》、顔延之《範連珠》兩文緊密相連，皆作於劉宋時期。據《藝文類聚》體例，兩文創作時間相近。

謝惠連《連珠》其三云：『蓋聞春蘭早芳，實忌鳴鴂；秋菊晚秀，無憚繁霜。何則？榮乎始者易悴，貞乎末者難傷。是以傅長沙而志沮，登金馬而名揚。』此處用賈誼少年得志而遭貶謫的典故，論證『春蘭早芳，實忌鳴鴂』『榮乎始者易悴』。這其實也是謝惠連本人的身世感慨。謝惠連早慧能文，卻『輕薄多尤累，官位不顯』。《宋書·謝惠連傳》載：

（謝方明）子惠連，幼而聰敏，年十歲，能屬文……惠連先愛會稽郡吏杜德靈，及居父憂，贈以五言詩十餘首，文行於世。坐被徙廢塞，不豫榮伍。……元嘉七年，方爲司徒、彭城王義康法曹參軍。……十年，卒，時年二十七。既早亡，且輕薄多尤累，故官位不顯。

根據謝惠連的生平經歷和《連珠》的主旨內容，謝惠連《連珠》當作於其父去世之後。此時謝惠連因『居父憂，贈以五言詩十餘首，文行於世』的荒唐舉動，『坐被徙廢塞，不豫榮伍』，這與《連珠》其三所言賈誼遭遇相似。在《連珠》中，謝惠連也反省自己父憂期間的舉動，一再強調德之重要性，如《連珠》其一云『獻技者易忽，養德者難致』、《連珠》其二云『淳德易孚，可狎殊方』、《連珠》其四云『休己知足，慮德其逸』。據《宋書·謝方明傳》，謝惠連之父謝方明『元嘉三年，卒官，年四十七』，因此謝惠連《連珠》作於元嘉三年之後。

顏延之《範連珠》的創作時間在謝惠連《連珠》之後，當在元嘉七年（謝惠連始任司徒法曹參軍）至十年（謝惠連卒年）之間。一方面，此時顏延之從貶謫地始安返回建康，否極泰來，頗受宋文帝欣賞，『元嘉三年，羨之等誅，徵爲中書侍郎，尋轉太子中庶子。頃之，領步兵校尉，賞遇甚厚』（《宋書》本傳）。這與顏延之《範連珠》中『匹夫履順，則天地不違；一物投誠，則神明可交』的主旨相符合。

此外，元嘉七年至十年，謝惠連任司徒法曹參軍，與顏延之同在建康。顏延之與謝靈運關係密切，兩人善文辭，與少帝、元嘉初年的權臣徐羨之、傅亮等關係不諧。元嘉三年徐羨之等被殺後，顏延之與謝靈運一同回到建康，兩人多有交遊，謝靈運作有《還舊園作見顏范二中書》、顏延之作有《和謝監靈運》等詩歌。謝惠連爲謝靈運族弟，深爲謝靈運賞識，『靈運嘗自始寧至會稽造方明，過視惠連，大相知賞』（《宋書·謝靈運傳》）。以謝靈運爲紐帶，又都爲知名文士，同在建康的顏延之與謝惠連也當有交往，顏延之《範連珠》很可能受謝惠連《連珠》啓發而作。

由上可知，從《藝文類聚》的體例、謝惠連《連珠》的創作時間、顏延之《範連珠》的主旨、顏延之與謝惠連的交往等方面來看，顏延之《範連珠》當作於元嘉七年至十年之間。

從軍行（一）

苦哉遠征人，畢力幹〔一〕時艱（二）。秦初略揚〔二〕越，漢世爭陰山（三）。地廣旁無界，嵒阿上虧天（四）。嶠霧下高鳥，冰沙固流川〔五〕。秋飈冬未至，春液夏不涓〔六〕。閩烽〔三〕指荆吳，胡埃屬幽燕〔七〕。橫海咸飛驪，絕漠皆控弦〔八〕。馳檄發章表，軍書交塞邊〔九〕。接鏑赴陣首，卷甲起行前〔一〇〕。羽驛馳無絕〔四〕，旌旗晝夜懸〔一一〕。臥伺金柝響，起候〔五〕亭燧烟〔六〕〔一二〕。逖〔七〕矣遠征人，惜〔八〕哉私自憐〔一三〕。

【校】

本詩以《樂府詩集》卷三十二所載爲底本，用《藝文類聚》卷四十一、《古詩紀》卷五十六、張燮《顏集》、張溥《顏集》參校。

〔一〕『幹』，《藝文類聚》作『輸』。

〔二〕『揚』，《藝文類聚》訛作『陽』。

〔三〕『烽』，《古詩紀》、張燮《顏集》、張溥《顏集》訛作『蜂』。

〔四〕『羽驛馳無絕』，《藝文類聚》作『羽檄旦暮急』。

〔五〕『候』，《古詩紀》訛作『堠』。

〔六〕『烟』，《藝文類聚》作『燃』。

〔七〕『逖』，《藝文類聚》作『悲』。

〔八〕『惜』，《藝文類聚》作『苦』。

【注】

（一）從軍行：樂府題名，《樂府詩集》歸爲『相和歌辭·平調曲』類，内容多寫邊塞情況和戰士生活，反映軍旅苦辛。

（二）畢力：盡力，全力。時艱：時世艱難。

（三）秦初：秦始皇滅六國，統一中原後不久。揚越：泛指南方越人，秦始皇南征的對象，亦稱『楊越』。《史記·南越列傳》載：『秦時已並天下，略定楊越，置桂林、南海、象郡，以謫徙民，與越雜處十三歲。』漢世爭陰山：西漢與匈奴爭奪陰山的戰爭。陰山，山名，北爲内蒙古高原，南爲河套平原，山間缺口爲南北交通孔道，戰略地位重要。《漢書·匈奴傳》載：『邊長老言，匈奴失陰山之後，過之未嘗不哭也。』

（四）嵒阿：山的曲折處。虧天：形容山勢高，直入雲天，天若有缺而不完整。

（五）嶠霧：高山上的霧。《說文解字》載：『嶠，山鋭而高也。』高鳥：高飛的鳥。冰沙：含有冰的沙子，形容寒冷。流川：江河的流水。成公綏《嘯賦》云：『若乃遊崇岡，陵景山，臨巖側，望流川，坐磐石，漱清泉。』

（六）秋飈冬未至：秋風已起，冬天尚未來到。春液：春水。涓：細小的水流。陶淵明《歸去來兮辭》云：『木欣欣以向榮，泉涓涓而始流。』

（七）閩：古種族名，生活在今浙江南部和福建一帶，這裏因族指地。《說文解字》載：『閩，東南越也。』荆吴：春秋時的楚國與吴國，這裏泛指長江中下游地區。陸機《辯亡論》云：『（孫權）謀無遺諝，舉不失策，故遂割據山川，跨制荆吴，而與天下爭衡矣。』胡埃：胡騎揚起的塵埃，借指戰爭。幽燕：古稱今河北北部及遼寧一帶，戰國時屬燕國，漢代屬幽州，這裏泛指北方。顏延之《赭白馬賦》云：『旦刷幽燕，晝秣荆越。』此句謂南北各地戰爭紛起。

（八）横海：漢將軍名號，謂横行海上，這裏指横行瀚海之中。飛驪：飛奔的青黑色駿馬。《說文解字》載：『驪，馬深黑色。』絶漠：横渡沙漠。《後漢書·西域傳序》載：『浮河均絶漠，窮破虜庭。』控弦：拉弓，持弓，借指士兵。賈誼《新書·匈奴》云：『竊料匈奴控弦大率六萬騎。』

（九）馳檄：迅速傳送檄文。章表：奏章，奏表。軍書：軍事文書。塞邊：邊塞，邊疆。

（一〇）接鏑：箭簇相接，指近距離作戰。陣首：戰鬥行列之首。卷甲：卷起鎧甲，形容輕裝疾進。《孫子·軍爭》載：『是故卷甲而趨，日夜不處，倍道兼行，百里而爭利，則擒三將軍。』行前：行於前列。《漢書·項籍傳》載：『（項羽）使長史欣爲上將，將秦軍行前。』

（一一）羽驛馳無絶：傳遞軍訊的驛馬奔馳不絶。旍旗：旗幟的總稱，這裏指軍旗。《周禮·春官·司常》載：『凡軍事，建旍旗。』此句形容戰事激烈。

（一二）金柝：古代夜間報更用器，金爲刁斗，柝爲木柝。顏延之《陽給事誄》云：『金柝夜擊，和門晝扃。』亭燧：築在邊境上的烽火亭，用作偵伺和舉火報警。

（一三）遨：遙遠。《說文解字》載：「遨，遠也。」自憐：自傷，自我憐惜。

【繫年】

顏延之現存樂府詩共五首，即《從軍行》《秋胡行》及《宋南郊雅樂登歌》三首。其中後三首樂府詩作於元嘉二十二年，《宋書·樂志一》載「（元嘉）二十二年，南郊，始設登哥，詔御史中丞顏延之造哥詩，廟舞猶闕」；而前兩首樂府詩的創作時間不明，未見研究者探討，試作推測如下。

首先，《從軍行》《秋胡行》爲樂府題名，作者很多，但在整個東晉、劉宋一百六十餘年的時間裏，衹有兩人作有《從軍行》《秋胡行》，一爲顏延之，一爲謝惠連，且兩人均爲同時創作這兩篇作品。這不是偶然的，而是兩人同題而作、相互唱和的結果，這也是東晉南朝常見的文學現象，前述謝惠連《連珠》與顏延之《範連珠》、謝惠連《雪賦》與顏延之《白雪詩》等，也是互相啓發、模仿的結果。

其次，顏延之與謝靈運關係密切。《宋書·廬陵孝獻王義真傳》載：「義真聰明愛文義，而輕動無德業。與陳郡謝靈運、琅邪顏延之、慧琳道人並周旋異常，云得志之日，以靈運、延之爲宰相，慧琳爲西豫州都督。」顏延之、謝靈運善文辭，與少帝權臣徐羨之、傅亮等均爲政敵。少帝時期，兩人都被權臣由中樞外放，直到元嘉三年徐羨之等被殺後，兩人纔回到建康，多有交遊，謝靈運作有《還舊園作見顏范二中書》、顏延之作有《和謝監靈運》等詩。謝惠連爲謝靈運族弟，深爲謝靈運賞識，「靈運嘗自始寧至會稽造方明，過視惠連，大相知賞」（《宋書·謝靈運傳》）。以謝靈運爲紐帶，又都爲知名文士，同在建康的顏延之與謝惠連也當有交往，兩人同題而作、相互唱和也爲應有之義。

第三，《宋書·謝惠連傳》載：「元嘉七年，方爲司徒彭城王義康法曹參軍。是時義康治東府城，城塹中得古塚，爲之改葬，使惠連爲祭文，留信待成，其文甚美。又爲《雪賦》，亦以高麗見奇。文章並傳於世。十年，卒，時年二十七。」可見元嘉七年至元嘉十年，謝惠連任司徒法曹參軍，與顏延之同在建康，兩人當有交往。謝惠連卒於元嘉十年，因此謝惠連與顏延之《從軍行》《秋胡行》的創作時間當在此之前。

第四，《從軍行》是現存顏延之、謝惠連二人詩歌中唯一描寫軍旅苦辛的作品。這一現象的出現有其獨特的歷史背景，而並非單純摹古。顏延之與謝惠連同在建康時期（元嘉七年至十年），宋文帝主要的軍事行動是元嘉七年至八年的北伐。這次北伐開始取得了一定成果，劉宋軍隊收復了包括滑臺、虎牢在內的黄河以南土地，但很快在北魏的反擊下喪師失地。《宋書・文帝本紀》載：『（元嘉七年）三月戊子，遣右將軍到彦之北伐，水軍入河。……秋七月戊子，索虜碻磝戍棄城走。……戊戌，索虜滑臺戍棄城走。……（冬十月）戊寅，金墉城爲索虜所陷。十一月癸未，虎牢城復爲索虜所陷。……（元嘉八年二月）辛酉，滑臺爲索虜所陷。癸酉，征南大將軍檀道濟引軍還。丁丑，青州刺史蕭思話棄城走。』此次北伐損失慘重，對劉宋朝廷觸動很大，此後宋文帝不敢輕言北伐，直到二十年後方纔發動第二次北伐。由於北伐失利，宋文帝作有《元嘉七年以滑臺戰守彌時遂至陷没乃作詩》（據《宋書・文帝本紀》《魏書・世祖本紀》，北魏攻佔滑臺在元嘉八年二月，詩題中的『元嘉七年』可能有誤），云：『逆虜亂疆埸，邊將嬰寇仇。堅城效貞節，攻戰無暫休。覆瀋不可食，離機難復收。勢謝歸塗單，於焉見幽囚。烈烈制邑守，捨命蹈前修。忠臣表年暮，貞柯見嚴秋。楚莊投袂起，終然報強仇。去病辭高館，卒獲舒國憂。戎事諒未殄，民患焉得瘳。撫劍懷感激，志氣若雲浮。願想凌扶搖，弭旆拂中州。爪牙申威靈，帷幄騁良籌。華裔混殊風，率土浹王猷。惆悵懼遷逝，北顧涕交流。』此次北伐失利也是顏延之、謝惠連《從軍行》創作的時事背景。

由上可知，顏延之《從軍行》作於元嘉八年左右。此時顏延之、謝惠連同在建康任職，又逢劉宋北伐戰敗，促成兩人同題而作《從軍行》。

秋胡行〔一〕（一）

椅梧傾高鳳，寒谷待鳴律（二）。影響豈不懷？自遠每相匹（三）。婉彼幽閑女，作嬪君子室（四）。峻節貫秋霜，明豔侔朝日（五）。嘉運既我從，欣願自此畢（六）。

燕居未及好〔二〕，良人顧有違（七）。脱巾千里外，結綬登王畿（八）。戒徒在昧旦，左右來相〔三〕依（九）。驅車出郊郭，行路正威遲（一〇）。存〔四〕爲久離别，没爲長不歸（一一）。

嗟余怨行役，三陟窮晨暮（一二）。嚴駕越風寒，解鞍犯霜露（一三）。原隰多悲涼，迴飆卷高樹（一四）。離獸起荒蹊，驚鳥縱〔五〕横去〔一五〕。悲哉遊宦子，勞此山川路〔一六〕。

超遙〔六〕行人遠，宛轉年運徂〔一七〕。良時〔七〕爲此別，日月方向除〔一八〕。孰知寒暑積，僶俛見榮枯〔一九〕。歲暮臨空房，涼風起座〔八〕隅〔二〇〕。寢興日已寒，白露生庭蕪〔二一〕。

勤役從歸願，反路遵山河〔二二〕。昔辭〔九〕秋未素，今也歲載華〔二三〕。蠶月觀〔一〇〕時暇，桑野多經過〔二四〕。佳人從所〔一一〕務，窈窕援高柯〔二五〕。傾城誰不顧，弭節停中阿〔二六〕。

年往誠思勞，路〔一二〕遠闊音形〔二七〕。雖爲五載別，相與昧平生〔二八〕。捨車遵往路，鳧藻馳目成〔二九〕。南金豈不重？聊自意所輕〔三〇〕。義心多苦調，密比〔一三〕金玉聲〔三一〕。

高節難久淹，朅來空復辭〔三二〕。遲遲前塗盡，依依造門基〔三三〕。上堂拜嘉慶，入室問何之〔三四〕。日暮行采〔一四〕歸，物色桑榆時〔三五〕。美人望昏至，慚嘆前相持〔三六〕。

有懷誰能已？聊用申苦難〔三七〕。離居殊年載，一別阻河關〔三八〕。春來無時豫，秋至恆早寒〔三九〕。明發動愁心，閨中起〔一五〕長嘆〔四〇〕。慘淒歲方晏，日落遊子顔〔四一〕。

高張生絶絃，聲急由調起〔四二〕。自昔枉光塵，結言固終始〔四三〕。如何久爲別，百行愆諸己〔四四〕。君子失明義，誰與偕沒齒〔四五〕！愧彼《行露》詩，甘之長川汜〔一六〕〔四六〕。

【校】

本詩以李善注《文選》卷二十一所載爲底本，用《藝文類聚》卷十八、《六臣注文選》卷二十一、《南史·謝莊傳》、《樂府詩集》卷三十六、《古詩紀》卷五十六、張燮《顔集》、張溥《顔集》參校。

〔一〕李善注《文選》詩題作《秋胡詩》，《樂府詩集》、張燮《顔集》、張溥《顔集》詩題作《秋胡行》。《秋胡行》爲樂府題名，《樂府詩集》『清調曲』解題引王僧虔《技録》云：『清調有六曲：……六、《秋胡行》。』故這裏詩題作《秋胡行》。

〔二〕「好」，《六臣注文選》載五臣注、《樂府詩集》作「歡」。

〔三〕「來相」，《樂府詩集》訛作「相來」。

〔四〕「存」，《南史》作「生」。

〔五〕「縱」，《六臣注文選》載五臣注作「從」，二字通。

〔六〕「遙」，《古詩紀》訛作「搖」。

〔七〕「時」，《六臣注文選》載五臣注、《樂府詩集》作「人」。

〔八〕「座」，張燮《顏集》、張溥《顏集》作「坐」，二字通。

〔九〕「辭」，李善注《文選》訛作「醉」，據《六臣注文選》、《樂府詩集》、張燮《顏集》、張溥《顏集》改。

〔一〇〕「觀」，《古詩紀》載一作「歡」，張燮《顏集》、張溥《顏集》作「歡」。

〔一一〕「所」，李善注《文選》作「此」，語義稍遜，據《藝文類聚》、《樂府詩集》、張燮《顏集》、張溥《顏集》改。

〔一二〕「路」，李善注《文選》作「事」，語義稍遜，據《藝文類聚》、《樂府詩集》、張燮《顏集》、張溥《顏集》改。

〔一三〕「比」，《藝文類聚》《樂府詩集》訛作「此」。

〔一四〕「采」，《古詩紀》、張燮《顏集》、張溥《顏集》訛作「來」。

〔一五〕「起」，《樂府詩集》作「夜」。

〔一六〕「汜」，《藝文類聚》作「涘」。

【注】

〔一〕秋胡行：　樂府題名，本事爲秋胡戲妻。劉向《列女傳·魯秋潔婦》載：「潔婦者，魯秋胡子妻也。既納之五日，去而宦于陳，五年乃歸。未至家，見路旁婦人採桑，秋胡子悦之，下車謂曰：「若曝採桑，吾行道遠，願託桑蔭下飡，下齎休焉。」婦人採桑不輟，秋胡子謂曰：「力田不如逢豐年，力桑不如見國卿。吾有金，願以與夫人。」婦人曰：「嘻！夫採桑力作，紡績織紝，以供衣食，奉二親，養夫子。吾不願金，所願卿無有外意，妾亦無淫泆之志，收子之齎與笥金。」秋胡子遂去，至家，奉金遺母，使人喚婦至，乃向採桑者也，秋胡子慚。婦曰：「子束髮修身，辭親往仕，五年乃還，當所悦馳驟，揚塵疾至。今也乃悦路傍婦人，下子之裝，以金予之，是忘母也。忘母不孝，好色淫泆，是汙行也，汙行不義。夫事親不孝，則事君不忠。處家不義，則治官不理。孝義並亡，必不遂矣。妾不忍見，子改娶矣，妾亦不嫁。」遂去而東走，投河而死。』

（二）椅梧：　椅樹和梧桐樹。高鳳：　高處的鳳凰，傳說鳳凰棲息於梧桐樹上。《詩經·大雅·卷阿》云：『鳳皇鳴矣，于彼高岡。梧桐生矣，于彼朝陽。』寒谷待鳴律：　相傳戰國時期燕國有寒谷，不生五穀，鄒衍吹律送温乃生黍。這裏用『寒谷』與『鳴律』喻指夫婦之間的依存關係。劉向《七略別錄·諸子略》載：『鄒衍在燕，有谷地美而寒，不生五穀，鄒子居之，吹律而温至黍生，至今名黍穀。』

（三）影響：　影子和回聲，這裏用影之隨形、響之應聲，喻指有緣人相距遙遠也可婚配。相匹：　相當，這裏指男女婚配。《文選》李善注此句云：『言椅梧佇鳳鳥之來儀，寒谷資吹律而成煦，類乎影響，豈不相思！故夫婦之儀，自遠相匹。』

（四）婉：　美好貌。幽閑：　柔順嫻靜。《詩經·周南·關雎》云：『窈窕淑女，君子好逑。』毛傳：『窈窕，幽閑也。』作嬪君子室：　指成爲秋胡的妻子。

（五）峻節：　高尚的節操。此句贊美秋胡的妻子品行高潔、容貌出衆。

（六）嘉運：　國運昌盛的際會，這裏用秋胡的口吻，指以娶到這樣德貌雙全的妻子爲幸運。欣願：　美好的願望。

（七）燕居：　閑居，這裏指秋胡與妻子燕爾新婚。良人：　古時女子對丈夫的稱呼。《孟子·離婁下》載：『齊人有一妻一妾而處室者，其良人出，必饜酒肉而後反。』

（八）脱巾：　脱下頭巾，改戴官帽，指入仕。結綬：　佩繫印綬，指出仕爲官。王畿：　古指王城周圍千里的地域，這裏指秋胡出仕的陳國都城。

（九）戒徒：　指僕人。《文選》李善注：『《易歸藏》曰：「君子戒車，小人戒徒。」』昧旦：　天將明未明之時，破曉。《詩經·鄭風·女曰雞鳴》云：『女曰雞鳴，士曰昧旦。』此句謂僕人早起準備車馬行裝，家人送秋胡出發。

（一〇）郊郭：　城外，郊外。威遲：　曲折綿延貌。顔延之《北使洛》云：『隱憫徒御悲，威遲良馬煩。』

（一一）此句用秋胡妻子的口吻，謂丈夫此去如果能夠活著回來，夫妻雙方將要忍受長久的別離；如果丈夫不幸客死異鄉，此次生離卽爲死別，再無相見之時。《文選》李善注：『蘇武詩曰：「生當復來歸，死當長相思。」』

（一二）行役：因服兵役、勞役或公務而出外跋涉，這裏指秋胡宦遊途中的艱辛。三陟：《詩經·周南·卷耳》有『陟彼崔嵬，我馬虺隤』『陟彼高岡，我馬玄黄』『陟彼砠矣，我馬瘏矣』三句，故後人合稱『三陟』，形容旅途辛勞。

（一三）嚴駕：整備車馬。風寒：冷風寒氣。解鞍：解下馬鞍，表示停駐。

（一四）原隰：廣平與低濕之地。回飈：旋轉的狂風。

（一五）離獸：失羣的孤獸。荒蹊：荒涼的道路。蹊，小路，泛指路。縱横：飛鳥受驚四散逃離貌。

（一六）遊宦：秋胡從魯國來到陳國爲官。勞此山川路：指秋胡宦遊途中的辛勞。

（一七）超遥：遥遠。宛轉：光陰流逝。年運：歲月不停地運行，指時間流逝。

（一八）良時：美好的時光，指秋胡夫妻新婚之時。日月方向除：指秋胡夫妻離别在四月。《詩經·小雅·小明》云：『昔我往矣，日月方除。』鄭玄箋：『四月爲除。』

（一九）僶俛：須臾，頃刻。

（二〇）座隅：座位旁邊，亦作『坐隅』。賈誼《鵩鳥賦》云：『鵩集予舍，止於坐隅兮，貌甚閒暇。』

（二一）寢興：睡下和起床，泛指日夜或起居。潘岳《悼亡詩》其二云：『寢興目存形，遺音猶在耳。』日已寒：指歲暮天寒。白露：秋天的露水。《詩經·秦風·蒹葭》云：『蒹葭蒼蒼，白露爲霜。』庭蕪：庭園中叢生的草。

（二二）勤役：指行役，謂因公務跋涉在外。歸願：歸家探親的心願。反路：歸途。遵山河：沿著山川河流而行。《説文解字》載：『遵，循也。』

（二三）未素：沒有降霜。素，借指霜。張協《七命》云：『木既繁而後緑，草未素而先雕。』載華：指春天草木已盛。

（二四）蠶月：蠶忙時期，指季春三月。《詩經·豳風·七月》云：『蠶月條桑，取彼斧斨。以伐遠揚，猗彼女桑。』時暇：空暇之時。桑野：植桑的田野。

（二五）佳人：指秋胡妻。從所務：指採桑。窈窕：嫻静美好。援：拉，引。高柯：高樹，這裏指桑樹。

（二六）傾城：形容女子極其美麗。弭節：駐節，停車。節，車行的節度。屈原《離騷》云：『吾令羲和弭節兮，望崦嵫而勿迫。』中阿：丘陵之中。《詩經·小雅·菁菁者莪》云：『菁菁者莪，在彼中阿。』

（二七）音形：話音與形貌。

（二八）昧平生：不認識。此句謂秋胡夫妻相別五年，以至相對不識。

（二九）往路：來時的道路。鳧藻：鳧戲於水藻，比喻歡悅。《後漢書·杜詩傳》載：『陛下起兵十有三年，將帥和睦，士卒鳧藻。』目成：通過眉目傳情來結成親好。屈原《九歌·少司命》云：『滿堂兮美人，忽獨與余兮目成。』

（三〇）南金：南方出產的銅，借指貴重之物。《詩經·魯頌·泮水》云：『元龜象齒，大賂南金。』聊自意所輕：指秋胡妻不以南金爲重。

（三一）義心：節義、道義之心。苦調：憂傷悲涼的聲調，形容堅守義心的艱難。金玉聲：聲音優美動人，與前文『苦調』相對，形容秋胡妻的堅貞。

（三二）久淹：長久滯留。朅來：去，離開。空復辭：指秋胡一無所得。

（三三）遲遲：徐行貌。依依造門基：指秋胡緩行至家。門基，門廡下的地面，代指秋胡家。

（三四）嘉慶：外出歸家拜見父母。問何之：秋胡問自己妻子去了哪里。《文選》呂向注：『見母，故云「拜嘉慶」；妻未還，所以「問何之」。』

（三五）日暮行采歸：傍晚時分，秋胡妻採桑歸來。物色：景色，景象。桑榆：日落時光照桑榆樹端，因以指日暮。

（三六）美人望昏至：秋胡的妻子黃昏時分歸家。慚歎：慚愧感嘆。相持：指秋胡戲妻之事。

（三七）此句用秋胡妻子的口吻，引出下文敘長久離別之苦。《文選》劉良注：『妻既恨之，聊述其情。』

（三八）離居殊年載：指秋胡夫妻離別已有好幾年。《列女傳·魯秋潔婦》載秋胡夫妻離別長達五年。一別阻河關：指秋胡夫妻相距遙遠，不通音訊。劉向《列女傳·魯秋潔婦》載秋胡在陳國爲官，其妻留在魯國。

（三九）此句言由於夫妻分離，秋胡的妻子多悲思之情，因而春來無半刻歡欣，秋至卻早覺寒意。

（四〇）明發：黎明，平明。《詩經·小雅·小宛》云：『明發不寐，有懷二人。』此句言秋胡的妻子每天晨起動愁思，在閨房裏長嘆。

（四一）慘淒：悲慘淒涼。歲方晏：歲末。《文選》李善注：『言情之慘淒，在乎歲之方晏，日之將落，愈思遊子之顏。』

（四二）此句言絃張緊了才會有絕響，音調高起時才會有急聲。此句爲比興手法，爲下文秋胡妻的剛烈行爲做鋪墊。《文選》李善注：『高張生於絕絃，以喻立節，期於效命。聲急由乎調起，以喻辭切，興於恨深。』

（四三）自昔：往昔，從前。光塵：敬詞，稱言對方的風采，這裏指秋胡離別之前的表現。結言：用言辭訂約。屈原《離騷》云：『解佩纕以結言兮，吾令蹇修以爲理。』固終始：指秋胡離家前承諾對妻子的感情始終如一，即前言『嘉運既我從，欣願自此畢』。

（四四）百行：各種品行。《詩經·衛風·氓》云『士之耽兮，猶可說也』，鄭玄箋：『士有百行，可以功過相除。』愆：過錯，指秋胡戲妻事。此句言秋胡背棄了先前的承諾，有戲妻之過。

（四五）君子：古代妻子對丈夫的稱呼，這裏指秋胡。失明義：指秋胡之舉有違夫婦之義。偕沒齒：指夫妻相伴終生。沒齒，終生，一輩子。

（四六）《行露》詩：《詩經·召南》有《行露》篇，敘述女子堅決拒絕逼婚，不爲強暴所汙，後以之爲女子守貞自誓的典故。汜：由幹流分出又匯合到幹流的水。《說文解字》載：『汜，水別復入水也。』

【繫年】

東晉、劉宋時期，僅顏延之、謝惠連兩人同時作有《從軍行》《秋胡行》。同爲古題文人樂府詩，顏延之《秋胡行》的寫作時間與《從軍行》相近，在元嘉八年左右。

新渝侯〔一〕茅齋贊〔一〕

葦草作壯，采茅昭儉〔二〕。哲人素節，貴而能貶〔三〕。羈結茨危，瞰臨涯隒〔四〕。

【校】

本文以《藝文類聚》卷六十四（上海圖書館藏南宋紹興刻本）所載爲底本，用《藝文類聚》卷四十六（明正德十年錫山華堅蘭雪堂銅活字本、日本東洋文庫藏朝鮮活字印本、明嘉靖九年宗文堂刊本）參校。

〔一〕《藝文類聚》諸本作『新喻侯』，據《宋書·宗室傳》，此處當作『新渝侯』。新渝爲縣名，因渝水得名，唐代訛誤爲『新喻』。《讀史方輿紀要》卷八十七『新喻縣』條載：『三國吳寶鼎二年，析置新渝縣，以渝水爲名，屬安成郡。晉因之。宋曰新俞。齊又訛曰新論，而縣治不改。梁、陳因之。隋平陳，省入吳平縣，旋復置，屬袁州。唐武德五年，分置西吳州。七年，省州入縣，仍屬袁州。天寶以後，又訛爲喻。』

【注】

〔一〕新渝侯：指劉義宗，長沙王劉道憐第四子，宋武帝永初元年封新渝縣侯。

〔二〕輂草：車前草，蓋茅齋所用。《說文解字》載：『輂，挽車也。』作壯：選擇高稈粗壯的草建屋。采茅：採集茅草建屋。昭儉：彰明儉約之德。

〔三〕素節：秋節，這裏指清白的操守。張協《七命》云：『若乃白商素節，月既授衣。』貴而能貶：尊貴而安處貶謫。

〔四〕羈結：捆束茅草建屋。茨危：茅草蓋的屋頂很高。《說文解字》載：『茨，以茅葦蓋屋。』瞰臨：居高視下。涯：水邊。隒：山崖。《說文解字》載：『隒，崖也。』

【繫年】

此文作於元嘉八年左右，此時新渝侯劉義宗免官在家，起茅齋自娛，劉義宗愛士好文，顏延之與其也有交往，因而作《新渝侯茅齋贊》以爲撫慰。

首先是新渝侯的封侯時間。劉宋一朝，新渝侯一直是劉義宗及其子嗣的封爵。《宋書·宗室傳》載『義融弟義宗，幼爲高祖所愛，字曰伯奴，賜爵新渝縣男。永初元年，進爵爲侯』。由此可知，新渝侯的封侯時間在永初元年，顏延之《新渝侯茅齋贊》的創作時間當在此之後。

其次是《新渝侯茅齋贊》云『哲人素節，貴而能貶』，這說明新渝侯當時正處於貶謫時期。顏延之孝建三年去世前，劉義宗、劉玠、劉承三人先後爲新渝侯，其中有貶謫經歷的只有劉義宗一人。《宋書・宗室傳》載：『（劉義宗）永初元年，進爵爲侯，歷黄門侍郎，太子左衛率。元嘉八年，坐門生杜德靈放横打人，還弟內藏，義宗隱蔽之，免官。』可見劉義宗因包庇門生杜德靈，於元嘉八年免官在家，僅保留爵位，《新渝侯茅齋贊》當作於元嘉八年之後。

第三，《宋書・宗室傳》載：『（劉義宗）愛士樂施，兼好文籍，世以此稱之。』前述三任新渝侯中，唯劉義宗愛士好文。作爲當時知名文士，顏延之與劉義宗也有交往，因而在其貶謫建茅齋時，作《新渝侯茅齋贊》以爲撫慰。

第四，新渝侯劉義宗免官時間並不長，不久即重新任官。《宋書・宗室傳》載：『元嘉八年，坐門生杜德靈放横打人，還弟內藏，義宗隱蔽之，免官，……又爲侍中、太子詹事，加散騎常侍、征虜將軍、南兖州刺史。』可見劉義宗免官時間並不長，之後不久任侍中、太子詹事。《新渝侯茅齋贊》當作於劉義宗免官後不久、再次任官之前。

應詔觀北湖田收（一）

周御窮轍跡，夏載歷山川（二）。蓄軫豈明懋？善遊皆聖仙（三）。帝暉膺順動，清蹕巡廣廛（四）。樓觀眺豐穎，金駕映松山（五）。飛奔互流綴，緹縠代迴環（六）。神行埒浮景，爭光〔一〕溢中天（七）。開冬眷徂物，殘悴盈化先（八）。陽陸團精氣，陰谷曳寒烟（九）。攢素既森藹，積翠亦蔥芊（一〇）。息饗報嘉歲，通急戒無年（一一）。温渥浹輿隸，和惠屬後筵（一二）。觀風久有作，陳詩愧未妍（一三）。疲弱謝淩遽，取累非纆牽（一四）。

【校】

本詩以李善注《文選》卷二十二所載爲底本，用《六臣注文選》卷二十二、《古詩紀》卷五十六、張燮《顏集》、張溥《顏集》參校。

〔一〕『爭光』，《六臣注文選》作『交映』。

【注】

（一）北湖：湖泊名，今南京玄武湖的前身，位於劉宋建康宫城之北，故稱。《文選》李善注：『《丹陽郡圖經》曰：「樂遊苑，晉時藥園，元嘉中築堤壅水，名爲北湖。」』田收：農田的收成。

（二）周御：指周穆王御八駿周行天下。《左傳・昭公十二年》載：『昔穆王欲肆其心，周行天下，將皆必有車轍馬跡焉。』轍跡：車馬行過的痕跡。顔延之《赭白馬賦》云：『跨中州之轍跡，窮神行之軌躅。』夏載：夏禹的乘具，指舟、車、輴、樏等。《文選》李善注：『《尚書》禹曰：「予乘四載，隨山栞木。」孔安國曰：「所載者四，謂水乘舟，陸乘車，泥乘輴，山乘樏。」』

（三）蓄軫：藏車不用，借指不外出巡行。軫，車箱底部後面的横木，代指車。明懋：欽明茂德，光明美盛。聖仙：指前言周穆王、夏禹。《文選》李善注此句云：『蓄軫不行，豈是欽明懋德之後；善遊天下，皆是睿聖神仙之君。』

（四）順動：順應事物固有的規律而運動，這裏指順應農時。清蹕：帝王出行時清除道路，禁止行人，這裏代指宋文帝。廣廛：廣闊的農田。《文選》李善注：『《漢書》曰：「楊雄有田一廛。」晉灼曰：「廛，一百畝也。」』

（五）豐穎：茂密的禾穗。金駕：皇帝的車輿。松山：種植松樹之山，在北湖附近，可能指今南京鍾山。

（六）飛奔：奔跑的车子。流綴：車輛絡繹不絕，有如流水。緹轂：穿赤色軍服執弓弩的護衛騎士。迴環：在車隊周圍繞行。

（七）神行：神遊，精神超脱形體而自由遊動。浮景：日光。爭光：與之比試光輝。《史記・屈原賈生列傳》載：『推此志，雖與日月爭光可也。』中天：高空中。

（八）開冬：冬季的開始，指農曆十月。徂物：凋謝、衰落的草木等物。揚雄《羽獵賦》云：『於是玄冬季月，天地隆烈，萬物權輿於內，徂落於外。』殘悴：衰敗枯槁。《文選》李善注此句云：『言開冬而視徂落之物，雖已殘悴，而尚盈於殘悴之先，言可觀也。』

（九）精氣：太陽。寒烟：寒冷的烟霧。此句謂山的南邊光照多，較爲温暖；山北的谷地則光照少，較寒冷。

（一〇）攢素：樹葉落，霜滿其枝。森藹：霜盛貌。積翠：翠色重疊，形容草木繁茂。蒽芊：青翠茂盛的樣子。

（一一）息饗：年終農事既畢，舉行蜡祭，飲宴老人，祭享神明。《文選》李善注：『《禮記》曰：「蜡者，索也。歲十二月合聚萬物而索饗之，黄衣黄冠，息田夫也。」』嘉歲：豐年，風雨應時之年。通急：排解急難。《文選》吕向注：『通人之急，以備饑年。』無年：饑荒之年。《周禮·地官·均人》載：『凡均力政，以歲上下：豐年則公旬用三日焉，中年則公旬用二日焉，無年則公旬用一日焉。』

（一二）温渥：仁厚，形容宋文帝。輿隸：古代十等人中兩個低微等級的名稱，泛指操賤役者。《吕氏春秋·爲役》載：『夫無欲者，其視爲天子也，與爲輿隸同。』和惠：温和仁惠。後筵：隨從在後者，地位卑微之人，顏延之的謙稱。

（一三）觀風：觀察民情，瞭解施政得失。陳詩：采詩進獻，這裏指獻上詩歌。《禮記·王制》載『命大師陳詩』，鄭玄注：『陳詩，謂采其詩而視之。』愧未妍：慚愧詩歌不夠美好，自謙之辭。

（一四）疲弱：疲憊衰弱，這裏指才力不足。淩遽：迅速，急促，這裏指快速寫出好詩。取累：連累。縲牽：馬韁繩，這裏指自身以外的原因。《戰國策·韓策三》載：『馬，千里之馬也；服，千里之服也。而不能取千里，何也？曰：子縲牽長。』《文選》李善注：『千里之馬，繫以長索，則爲累矣。』此句謂沒能快速寫出好詩，在於自己才力的不足，而非外在的原因。

【繫年】

《文選》李善注：『《丹陽郡圖經》曰：「樂遊苑，晉時藥園，元嘉中築堤壅水，名爲北湖。」《集》曰：「元嘉十年也。」』可見此詩作於元嘉十年。此詩作於『田收』之後，云：『開冬眷徂物，殘悴盈化先。』這裏的『開冬』指冬季的開始，即農曆十月。《文選》吕延濟注：『開冬，十月也。』由上可知，《應詔觀北湖田收》當作於元嘉十年十月。

【考辨】

一、『北湖』非『曲阿北湖』辨

顏延之《應詔觀北湖田收》的『北湖』，有學者認爲是曲阿北湖，如《文選》李周翰注：『延年從宋文帝遊曲阿北湖，觀收田勤苦，應詔作此詩也。』《應詔觀北湖田收》中的『北湖』是今南京玄武湖的前身，因位於劉宋建康宫城之北而得名，並非曲阿北湖，論證如下。

首先，古籍中明確記載『北湖』是今南京玄武湖的前身。《文選》李善注引《丹陽郡圖經》云：『樂遊苑，晉時藥園，元嘉中築堤壅水，名爲北湖。』《太平御覽》卷六十六《地部三十一·湖》載：『徐爰《釋問》曰：「玄武湖本桑泊，晉元帝創爲北湖，宋以隸舟師。」《京都記》云：「……永嘉末，有龍見於湖內，故改爲玄武湖。」』《讀史方輿紀要》卷二十《南直二》『玄武湖』條載：『湖故桑泊也。三國吳謂之後湖，後廢。晉元帝太興二年，創爲北湖，以肄舟師。……（元嘉）二十三年，黑龍見，乃立三神山於湖上，改名玄武。』

其次，玄武湖（北湖、後湖）靠近建康宮城，南朝時湖泊附近設有上林苑、樂遊苑、華林苑等，是帝王遊樂之地，因而當時詩文中多有涉及，如顔延之《應詔讌曲水作詩》、顔測（顔延之次子）《九日坐北湖聯句》、丘遲《九日侍宴樂遊苑》、張正見《後湖泛舟》、陳叔寶《幸玄武湖餞吳興太守任惠》等。

第三，『曲阿北湖』爲孤證，古籍中僅此一例，未見別處使用。《文選》李周翰注釋中提到的『曲阿北湖』當指曲阿後湖（今江蘇丹陽練湖）。由於玄武湖又稱後湖（處鍾山之陰），爲了區分，古籍中指曲阿後湖者皆用全稱，如顔延之《車駕幸京口三月三日侍遊曲阿後湖作》、宋孝武帝劉駿《濟曲阿後湖》。單稱『後湖』者多指玄武湖，如蕭子良《後湖放生詩》、張正見《後湖泛舟》等。

第四，李白《春日陪楊江寧及諸官宴北湖感古作》明確提到顔延之所遊『北湖』爲玄武湖，云：『昔聞顔光祿，攀龍宴京湖。……延年獻佳作，邈與詩人俱。我來不及此，獨立鍾山孤。……古之帝宮苑，今乃人樵蘇。』這裏的『京湖』『鍾山』『帝宮苑』皆在南朝都城建康，詩題中的『北湖』無疑是指玄武湖。李白詩中『延年獻佳作』指的就是顔延之《應詔觀北湖田收》一詩。

由上可知，《應詔觀北湖田收》中的『北湖』爲今南京玄武湖的前身，因位於劉宋建康宮城之北而得名，而非《文選》李周翰注釋中的『曲阿北湖』。

應詔讌曲水作詩（一）

道隱未形，治彰既亂（二）。帝跡〔一〕懸衡，皇流共貫（三）。惟王創物，永錫洪算（四）。仁固開周，義高登漢〔五〕。

祚融世哲，業〔二〕光列聖〔六〕。太上正位，天臨海鏡〔七〕。制以化裁〔三〕，樹之形性〔八〕。惠浸萌生，信及翔泳〔九〕。

崇虚非徵〔四〕，積實莫尚〔一〇〕。豈伊人和，實靈所貺〔一一〕。日完其朔，月不掩望〔一二〕。航琛越水，輦賮踰嶂〔五〕〔一三〕。

帝體麗明，儀辰作貳〔一四〕。君〔六〕彼東朝，金昭玉粹〔七〕〔一五〕。德有潤身，禮〔八〕不愆器〔一六〕。柔中淵映，芳猷蘭祕〔一七〕。

昔在文昭，今惟武穆〔一八〕。於〔九〕赫王宰，方旦居叔〔一九〕。有睟睿蕃，爰履奠牧〔二〇〕。寧極和鈞〔一〇〕，屏京維服〔二一〕。

朏魄雙交，月氣參變〔二二〕。開榮灑澤，舒虹爍電〔二三〕。化際無間，皇情爰眷〔二四〕。伊思鎬飲，每惟〔一一〕洛宴〔二五〕。

郊餞有壇〔一二〕，君舉有禮〔二六〕。幙〔一三〕帷〔一四〕蘭甸，畫〔一五〕流高陛〔二七〕。分庭薦樂，析波浮醴〔二八〕。豫〔一六〕同夏諺〔一七〕，事兼出濟〔二九〕。

仰閱〔一八〕豐施，降惟〔一九〕微物〔三〇〕。三妨〔二〇〕儲隸，五塵朝黻〔三一〕。途泰命屯，恩充報屈〔三二〕。有悔可悛，滯瑕難拂〔二一〕〔三三〕。

【校】

本詩以李善注《文選》卷二十所載爲底本，用《初學記》卷四、《藝文類聚》卷四、《六臣注文選》卷二十、《古今歲時雜詠》卷十六、《古詩紀》卷五十六、張燮《顔集》、張溥《顔集》參校。

〔一〕「跡」，《古今歲時雜詠》訛作「匪」。
〔二〕「業」，《藝文類聚》訛作「葉」。
〔三〕「制以化裁」，《古今歲時雜詠》訛作「制翰花裁」。
〔四〕「徵」，《古今歲時雜詠》訛作「微」。
〔五〕「嶂」，與上文「越水」對舉，李善注《文選》訛作「障」，據《六臣注文選》、張燮《顔集》、張溥《顔集》改。
〔六〕「君」，《藝文類聚》作「居」。
〔七〕「粹」，《古今歲時雜詠》作「輝」。
〔八〕「禮」，《藝文類聚》訛作「體」。
〔九〕「於」，《六臣注文選》作「烏」，二字通。
〔一〇〕「鈞」，《古今歲時雜詠》訛作「均」。
〔一一〕「惟」，《初學記》《藝文類聚》作「懷」。
〔一二〕「壇」，《六臣注文選》載五臣注作「疆」。
〔一三〕「幙」，《初學記》《古今歲時雜詠》訛作「暮」。
〔一四〕「帷」，《初學記》《藝文類聚》作「帳」。
〔一五〕「晝」，《初學記》《古今歲時雜詠》訛作「晝」。
〔一六〕「豫」，《初學記》作「預」，二字通。
〔一七〕「諺」，《初學記》《古今歲時雜詠》訛作「肆」。
〔一八〕「闃」，《古今歲時雜詠》訛作「窺」。
〔一九〕「惟」，《古今歲時雜詠》訛作「帷」。
〔二〇〕「妨」，《古今歲時雜詠》訛作「辰」。
〔二一〕「拂」，李善注《文選》載其亦作「弗」，二字通。

【注】

（一）讌：同『宴』，宴飲會聚。《晉書·王羲之傳》載：『衣食之餘，欲與親知時共歡讌。』

（二）道隱未形：大道處於一種隱匿、無形的狀態，借指宋文帝龍潛未即位時。《老子》第四十一章云：『大象無形，道隱無名，夫唯道善貸且成。』治彰既亂：指宋武帝去世後，權臣擅廢立，朝局動亂，人心思定，元嘉治世由此而生。

（三）帝跡：帝王的功業。懸衡：公布法度。《漢書·鄒陽傳》載：『臣聞秦倚曲臺之宫，懸衡天下，畫地而不犯。』皇流：指三皇的政治、教化。《文選》呂延濟注：『帝，五帝；皇，三皇。言可與齊衡共貫。』共貫：貫通，連貫。

（四）創物：創造萬物。永錫：長賜。《詩經·魯頌·泮水》云：『既飲旨酒，永錫難老。』洪筭：年歲長久，長壽。《文選》劉良注：『洪，大也。言天賜大筭，使長久也。』

（五）此句言宋文帝的仁義超越周、漢兩朝。《文選》李善注：『《毛詩序》曰：「周家忠厚，仁及草木。」《漢書》曰：「五星聚於東井，此高祖受命之符，當以義取天下。」』

（六）祚：福，福運。世哲、列聖：賢明的君主。

（七）太上：皇帝，指宋文帝。王褒《四子講德論》云：『刺史見太上聖明，股肱竭力。』正位：即位，登位。天臨：上天照臨下土，喻天子之治。海鏡：明亮如鏡海面，喻宋文帝聖明。

（八）化裁：隨事物變化而相裁節，這裏指教化裁節。《周易·繫辭上》載：『是故形而上者謂之道，形而下者謂之器，化而裁之謂之變。』形性：身心。《禮記·月令》載：『君子齊戒，處必掩身，身欲寧，去聲色，禁耆欲，安形性。』

（九）萌生：初生，發生。翔泳：飛鳥、游魚。

（一〇）崇虛：崇尚虛假。陸機《演連珠》云：『臣聞積實雖微，必動於物；崇虛雖廣，不能移心。』積實：累積成實。《文選》李善注此句云：『言崇尚虛假，諒非有徵，積累成實，則莫能尚也。』

（一一）豈伊：豈，難道。伊，語中助詞。人和：人事和協，民心和樂。貺：賜，賞賜。《說文解字》載：『貺，賜也。』

（一二）日完其朔：朔日不發生日蝕。月不掩望：望日不發生月蝕。此句喻指天下太平。《文選》李善注：『《漢書》曰：「天下太平，日不蝕朔，月不掩望。」』

（一三）琛：珍寶。《詩經·魯頌·泮水》云：『憬彼淮夷，來獻其琛。』贐：進貢的財物。此句指遠夷翻山越水至建康納貢。

（一四）帝體：指太子劉劭。麗明：指太子具有類似於宋文帝的明德。《周易·睽》載：『說而麗乎明，柔進而上行，得中而應乎剛，是以小事吉。』儀辰作貳：指太子匹於文帝，爲國之儲君。貳，副貳，這裏指儲君。辰，北辰，代指帝王。

（一五）東朝：東宮，太子所居。潘岳《爲賈謐作贈陸機》云：『昔余與子，繾綣東朝。』金昭玉粹：言太子之德如金玉之美。

（一六）德有潤身：道德使人的身心受益。《禮記·大學》載：『富潤屋，德潤身，心寬體胖，故君子必誠其意。』禮不愆器：禮儀使人成器。《文選》李善注：『鄭玄曰：「禮器，言禮使人成器，如耒耜之爲用也。」』

（一七）柔中：柔順而得中正之道。《周易·繫辭下》載：『柔之爲道，不利遠者，其要無咎，其用柔中也。』淵映：如潭水照映，形容內心明澈。芳猷：指美德。蘭祕：蘭芳幽密，喻指美德積於身。

（一八）文昭、武穆：古代宗法制度，宗廟或陵墓中神主的位次，始祖廟居中，以下父子遞爲昭穆，左爲昭，右爲穆。周文王於周爲穆，文王之子武王則爲昭，而武王之子成王又爲穆。此句將宋武帝比作周文王，宋文帝比作周武王，太子劉劭比作周成王，喻指太子有爲，可承父業。

（一九）於赫：歎美之詞。王宰：宰相，指入朝輔政的宋文帝之弟、彭城王劉義康。顏延之《三月三日曲水詩序》云：『正體毓德於少陽，王宰宣哲於元輔。』方旦居叔：彭城王劉義康是太子劉劭的叔父，如同周公旦之於周成王。

（二〇）睟：外表或面色潤澤，這裏形容溫潤明德。睿蕃：皇室的屏藩，指劉宋分封的江夏王劉義恭、衡陽王劉義季等。蕃，通『藩』。爰履奠牧：藩王在封地能夠撫境安民。

（二一）寧極：寧靜至極之性。和鈞：使計量標準準確劃一，這裏指諸侯王治理有方。屏京：諸侯王的封地藩屏京師。服：外服之地，指劉宋諸侯王封地。古代王畿周邊由近及遠分爲侯服、甸服、綏服、要服、荒服等。《尚書·益稷》載：『弼成五服，至于五千。』

（二二）朏魄雙交：指農曆每月初三。朏魄，新月的月光。庾闡《海賦》云：『朏魄昏微，乍明乍沒。』月氣參變：指三月，月氣每月一變，故稱。《文選》李善注：『朏魄雙交，謂三日也。凡朏魄之交，皆在月三日之夕。今月未夕，故以前之文唯止有二，故曰雙也……月氣參變，謂三月也。月氣每月一變，故曰參也。』

（二三）開榮：草木開花。灑澤：下雨。舒虹爍電：彩虹、電光開始出現。此句言三月初三的物候。《禮記·月令》載『（仲春之月）始雨水，桃始華。……雷乃發聲，始電。……（季春之月）桐始華。……虹始見。……時雨將降，下水上騰』。

（二四）化際無間：指天子的政教風化潤澤萬物，無所不至。皇情：皇帝的情意。爰眷：眷顧眾人，潤澤萬物。

（二五）伊思：思念，緬懷。鎬飲：指周武王在鎬京與羣臣飲酒之事。《詩經·小雅·魚藻》云：『王在在鎬，豈樂飲酒。』洛宴：指周公卜都洛邑，因流水以泛酒之事。李善注引東陽無疑《齊諧記》云：『昔周公卜洛邑，因流水以泛酒，故逸詩曰：「羽觴隨流波。」』鎬飲、洛宴皆喻指宋文帝時期天下太平，君臣宴飲同樂。

（二六）郊餞：在郊外餞行，這裏指爲出行者祭祀祖神（道路之神）。《文選》張銑注：『郊餞，謂祭祖也。』有壇：爲祭祀所築的土壇。

（二七）幙帷：帳幕。幙，同『幕』。蘭甸：水邊長滿花草的沙地。畫流：水分流。高陛：高高的臺階。

（二八）分庭：分處庭中。薦樂：進獻樂舞。析波：分開波浪。浮醴：指酒杯浮於水上。

（二九）夏諺：相傳流行於夏代的諺語。《孟子·梁惠王下》載：『夏諺曰：「吾王不遊，吾何以休？吾王不豫，吾何以助？一遊一豫，爲諸侯度。」』事兼出濟：指出遊歡娛之事同於古人。《詩經·鄘風·泉水》云：『出宿於泲，飲餞於禰。』

（三〇）豐施：指天子豐厚的施與。微物：顏延之自稱的謙辭。

（三一）三妨儲隸：三次任太子屬官。據《宋書》本傳，元嘉十一年之前，顏延之任太子舍人、太子中舍人、太子中庶子等職。五塵朝黻：五次任朝官。據《宋書》本傳，元嘉十一年之前，顏延之任尚書儀曹郎、正員郎兼中書、員外常侍、中書侍郎、步兵校尉等職。朝黻，朝服，借指朝官。

（三二）塗泰命屯：王道亨通，自己的命運也轉爲順利。泰，指泰卦。此卦象徵亨通太平，吉祥順利。屯，指屯卦。此卦意在突出事物初生時的艱難之象，然順應時運，突破艱難則欣欣向榮。思充報屈：皇恩浩蕩而自己回報不足。

（三三）有悔：有所悔恨，這裏指人之行事與所處地位不相稱。《周易·豫》載：『盱豫有悔，位不當也。』悛：悔改，改變。《韓非子·難四》載：「亡臣而不後君，過而不悛，亡之本也。」滯瑕：積滯的塵穢難以拂去，這裏指積惡難除。此句涉及元嘉前期的政治鬥爭，見下文考辨一。

【繫年】

此詩作於元嘉十一年三月初三，可從以下三個方面來考察。

首先，《應詔讌曲水作詩》云：「朏魄雙交，月氣參變。」這說明詩歌創作時間爲三月三日，見注釋（一一二）。

其次，《應詔讌曲水作詩》云：「三妨儲隸，五塵朝黻。」此句言顏延之作此詩時已三任太子屬官、五任朝官（中央官員）。據《宋書》本傳，元嘉三年至元嘉十一年，顏延之「徵爲中書侍郎，尋轉太子中庶子，頃之，領步兵校尉」。這個時期顏延之的任官經歷符合「三妨儲隸，五塵朝黻」，前者包括太子舍人、太子中舍人、太子中庶子三職；後者包括尚書儀曹郎、正員郎兼中書、員外常侍、中書侍郎、步兵校尉五職（顏延之曾外放始安太守，此職不屬於中央官員之列，故不計）。據此《應詔讌曲水作詩》當作於元嘉三年至十一年之間。

第三，《文選》李善題注：「《水經注》曰：『舊樂遊苑，宋元嘉十一年，以其地爲曲水，武帝引流轉酌賦詩』。裴子野《宋略》曰：『文帝元嘉十一年三月丙申，禊飲於樂遊苑，且祖道江夏王義恭、衡陽王義季，有詔會者賦詩。』」可見《應詔讌曲水作詩》作於元嘉十一年三月。

【考辨】

一、「有悔可悛，滯瑕難拂」發微

《應詔讌曲水作詩》末句云：「有悔可悛，滯瑕難拂。」此句涉及到元嘉前期的政治鬥爭，試析如下。

元嘉六年，宋文帝之弟、彭城王劉義康入朝輔政。文帝多病，劉義康及其黨羽掌握朝政。《宋書·武二王傳》載：「（元嘉）六年，司徒王弘表義康宜還入輔，徵侍中、都督揚、南徐、兗三州諸軍事，司徒、錄尚書事，領平北將軍、南徐州刺史，持節如故。二府並置佐領兵，與王弘共輔朝政。弘既多疾，且每事推謙，自是內外眾務，一斷之義康。……九年，弘薨，又領揚州刺史。……義康性好吏職，鋭意文案，糾剔是非，莫不精盡。既專總朝權，事決自己，生殺大事，以録命斷之。凡所陳奏，入無不可，方伯以下，並委義康授用，由是朝野輻湊，勢傾天下。』劉義康掌權後，率性而爲，不作避嫌，不循君臣之禮。《宋書·武二王傳》載：『義康素無術學，暗於大體，自謂兄弟至親，不復存君臣形跡，率心徑行，曾無猜防。私置僮部六千餘人，不以言臺。四方獻饋，皆以上品薦義康，而以次者供御。』這爲後來劉義康的黨羽謀取帝位埋下隱患。《宋書·武二王傳》載：『而斌等既爲義康所寵，又威權盡在宰相，常欲傾移朝廷，使神器有歸。遂結爲朋黨，伺察省禁，若有盡忠奉國，不與己同志者，必構造愆釁，加以罪黜。每採拾景仁短長，或虚造異同以告湛。自是主相之勢分，内外之難結矣。』

《應詔讌曲水作詩》作於元嘉十一年三月初三，這已是劉義康秉政的第六年，此時劉義康『專總朝權』『勢傾天下』，黨羽多懷不臣之心。這對年幼太子劉劭的即位構成極大威脅。顔延之創作此詩兩年後，劉義康的黨羽乘宋文帝病重、太子年幼，以『宜立長君』爲名發動了一次宫廷政變。《宋書·武二王傳》載：『南陽劉斌，湛之宗也，有涉俗才用，爲義康所知，自司徒右長史擢爲左長史。從事中郎琅邪王履、主簿沛郡劉敬文、祭酒魯郡孔胤秀，並以傾側自入，見太祖疾篤，皆謂宜立長君。上疾嘗危殆，使義康具顧命詔。義康還省，流涕以告湛及殷景仁。湛曰：「天下艱難，詎是幼主所御。」義康、景仁並不答，而胤秀等輒就尚書議曹索晉咸康末立康帝舊事，義康不知也。』元嘉十一年，顔延之已經敏鋭地意識到劉宋皇室的繼承危機。顔延之服膺儒學，重視君臣上下之禮，時任太子中庶子，因而支持太子劉劭繼位。《應詔讌曲水作詩》用很多詞句來稱讚年幼的太子，説明太子有爲，可承父業，如『帝體麗明，儀辰作貳』『君彼東朝，金昭玉粹』『德有潤身，禮不愆器』『柔中淵映，芳猷蘭祕』『昔在文昭，今惟武穆』等。

與此同時，《應詔讌曲水作詩》云『於赫王宰，方旦居叔』，這裏顔延之將劉義康比作周公旦，諷喻劉義康息不臣之心，效仿周公輔助周成王的前例。與此類似，詩歌末句云『有悔可悛，滯瑕難拂』。『有悔』字面義爲有所悔恨，這裏指人之行事與所處地位不相稱，暗諷劉義康守君臣之禮。《周易·豫》載：『盱豫有悔，位不當也。』詩末『滯瑕』一詞，字面義爲積滯的塵穢難以拂去，這裏指積惡難除，暗諷劉義康早息不臣之心。正是由於《應詔讌曲水作詩》有這樣的政治意蕴，詩成之後不久，顔延之便遭到劉義康一黨的打擊報復，退隱七年不得爲官。直到元嘉十七年，宋文帝剪除劉義康的黨羽劉湛、劉斌等人，外放劉義康任江州刺史，徹底瓦解了劉義康的勢力，顔延之才重新回到朝廷任職。《宋書》本傳載：『屏居里巷，不豫人間者七載。……劉湛誅，起延之爲始興王濬後軍諮議參軍，御史中丞。』

三月三日曲水詩序〔一〕

夫方策既載，皇王之跡已殊；鍾石畢陳，舞詠之情不一〔一〕。雖淵流遂往，詳略異聞，然其宅天衷，立民極，莫不崇尚其道，神明其位，拓世貽統，固萬葉而爲量者也〔二〕。

有宋函夏，帝圖弘遠〔三〕。高祖以聖武定鼎，規同造物；皇上以叡文承歷〔二〕，景屬宸居〔四〕。隆周之卜既永，宗漢之兆在焉〔五〕。正體毓德於少陽，王〔三〕宰宣哲於元輔〔六〕。晷緯昭應，山瀆效靈〔七〕。五方雜遝，四隩來曁〔八〕。選賢建戚，則宅之於茂典；施命發號，必酌之於故實〔九〕。大予協樂，上庠肆教〔一〇〕。章程明密，品式周備〔一一〕。國容眡令而動，軍政象物而具〔一二〕。箴闕記言，校文講藝之官，采遺於內；輶車朱軒，懷荒振遠之使，論德於外〔一三〕。赬莖素毳，并柯共穗之瑞，史不絕書；棧山航海，踰沙軼漠之貢，府無虛月〔一四〕。烈燧千城，通驛萬里〔一五〕。穹居之君，內首稾朔；卉服之酋，回面受吏〔一六〕。是以異人慕響，俊民間出；警蹕清夷，表裏悅穆〔一七〕。將徙縣中宇，張樂岱郊，增類帝之宮，飭禮神之館，塗歌邑誦，以望屬車之塵者久矣〔一八〕。

日躔胃維，月軌青陸〔一九〕。皇祇發生之始，后王布和之辰，思對上靈之心，以惠庶萌〔四〕之願〔二〇〕。加以二王于邁，出餞戒告，有詔掌故，爰命司曆〔五〕，獻洛飲之禮，具上巳之儀〔二一〕。南除輦道，北清禁林，左關巖隥，右梁潮源〔二二〕。略亭皋，跨芝廛，苑太液，懷曾山〔二三〕。松石峻垝，葱翠陰烟，游泳之所攢萃，翔驟之所往還〔二四〕。於是離宮設衛，別殿周徼，旌門洞立，延帷接枑，閱水環階，引池分席〔二五〕。春官聯事，蒼靈奉塗〔二六〕。然後昇祕駕，胤緹騎，搖玉鸞〔六〕，發流吹，天動神移，淵旋雲被，以降于行所，禮也〔二七〕。

既而帝暉臨幄，百司定列，鳳蓋俄軫，虹旗委旆〔二八〕。肴蔌芬藉，觴醳泛浮〔二九〕。妍歌妙舞之容，銜組樹羽之器〔三〇〕。三奏四上之調，六莖九成之曲〔三一〕。競氣繁聲，合變爭節〔三二〕。龍文飾轡，青翰侍御〔三三〕。華裔殷至，觀聽鶩集〔三四〕。揚袂風山，舉袖陰澤〔三五〕。靚莊〔七〕藻野，袨服縟川〔三六〕。故以殷〔八〕賑外區，焕衍都内〔九〕者矣〔三七〕。上膺萬壽，下禔百福〔三八〕。布〔一〇〕筵稟和，闔堂依德〔三九〕。情盤景遽，歡洽日斜〔四〇〕。金駕總駟，聖儀載佇〔四一〕。悵鈞〔一一〕臺之未臨，慨酆宮之不縣〔四二〕。方且排鳳闕以高遊，開爵園而廣宴〔四三〕。並命在位，展詩發志〔四四〕。則夫誦美有章，陳言無愧者歟〔四五〕？

【校】

本文以李善注《文選》卷四十六所載爲底本，用《藝文類聚》卷四、《六臣注文選》卷四十六、張燮《顏集》、張溥《顏集》參校。

〔一〕《藝文類聚》標題作《三日曲水詩序》。

〔二〕「歷」，《藝文類聚》訛作「曆」。

〔三〕「王」，《藝文類聚》訛作「上」。

〔四〕「萌」，《六臣注文選》載五臣注作「氓」。

〔五〕「曆」，李善注《文選》、張燮《顏集》、張溥《顏集》訛作「歷」，據《藝文類聚》改。「司曆」指掌管曆法之官。

〔六〕「鸞」，《藝文類聚》、《六臣注文選》、張燮《顏集》、張溥《顏集》作「鑾」，二字通。

〔七〕「莊」，《藝文類聚》作「妝」，《六臣注文選》、張燮《顏集》、張溥《顏集》作「裝」，三字通。

〔八〕「殷」，《藝文類聚》作「隱」，二字通。

〔九〕「内」，《六臣注文選》載五臣注作「會」。

〔一〇〕「布」，李善注《文選》、張燮《顏集》、張溥《顏集》訛作「帀」，據《藝文類聚》改。

〔一一〕「鈞」，《藝文類聚》訛作「釣」。

【注】

（一）方策：方爲木板，策爲竹簡，皆用以記言記事，故以方策泛指簡册、典籍，多指史册。《禮記·中庸》載：『文武之政，布在方策。』皇王：古聖王，後泛指皇帝。鐘石：鐘和磬，古代兩種樂器。舞詠：舞蹈歌詠。

（二）淵流：源流，這裏指前言皇王。異聞：別有所聞，所聞不同。《論語·季氏》載：『陳亢問于伯魚曰：「子亦有異聞乎？」』天衷：天地四方的中心。民極：民衆的準則。《尚書·君奭》載：『前人敷乃心，乃悉命汝，作汝民極。』拓世：創業。貽統：把基業傳給後世子孫。萬葉：萬世，萬代。

（三）函夏：包函諸夏，意指中國全部。帝圖：帝王治國的謀略。弘遠：廣大深遠。

（四）高祖：宋高祖劉裕。定鼎：定立國都，這裏指建立王朝。皇上：指宋文帝劉義隆。睿文：皇帝的文德。歷：歷數，古代指與天象運行次序相應的帝位繼承次序，具有天命色彩。《論語·堯曰》載：『堯曰：「咨！爾舜，天之歷數在爾躬。」』宸居：帝王居住，這裏指帝位。

（五）隆周：強盛的周朝。卜：占卜，這裏指預測周朝的國祚。《左傳·宣公三年》載：『成王定鼎於郟鄏，卜世三十，卜年七百，天所命也。』宗漢：宋武帝劉裕爲西漢楚元王劉交之後，故稱。《宋書·武帝本紀》載：『高祖武皇帝諱裕……漢高帝弟楚元王交之後也。』

（六）正體：承宗的嫡長子，指宋文帝的太子劉劭。《儀禮·喪服》載：『正體於上，又乃將所傳重也。』毓德：修養德性。少陽：東宮，太子所居，因以指太子。王宰：宰相，指入朝輔政的彭城王劉義康。顏延之《應詔讌曲水作詩》云：『於赫王宰，方旦居叔。』宣哲：明哲，明智。元輔：重臣。

（七）晷緯：日與星。《文選》李周翰注：『晷，日；緯，星也。』昭應：應驗，相應。山瀆：山嶽河川。效靈：顯靈，顯出靈驗。

（八）五方：東、南、西、北和中央，泛指各方。雜遝：人物殷衆，紛雜繁多貌。四隩：四方邊遠地區，這裏指四方鄰國。顏延之《赭白馬賦》序云：『五方率職，四隩入貢。』來暨：來到。左思《吳都賦》云：『樂只衎而歡飫無匱，都輦殷而四奧來暨。』

(九)選賢：選用賢能的人。建戚：立宗親爲公侯。茂典：盛美的典章、法則。施命：施行政令，施行教令。發號：發出號令。故實：有參考或借鑒意義的舊事。

(一〇)大予：樂名。《後漢書·明帝紀》載：『(永平三年)秋八月戊辰，改大樂爲大予樂。』上庠：古代士子學習的學校。《禮記·王制》載：『有虞氏養國老於上庠，養庶老於下庠。』肆教：行教學之事。

(一一)章程：歷數和度量衡的推算法式，這裏指制度、法規。《史記·太史公自序》載：『張蒼爲章程。』裴駰集解引如淳曰：『章，歷數之章術也；程者，權衡丈尺斛斗之平法也。』明密：詳盡周密。品式：標準，法式。周備：嚴密完備，周密完備。

(一二)國容：國家的禮制儀節。《司馬法·天子之義》載：『古者國容不入軍，軍容不入國。』視令：觀號令。軍政：軍中政教，軍中政事。《左傳·襄公二十四年》載：『楚子爲舟師以伐吳不爲軍政，無功而還。』象物：取法於物象，這裏指象熊羆虎豹之威猛。《左傳·宣公三年》載：『昔夏之方有德也，遠方圖物，貢金九牧，鑄鼎象物，百物而爲之備，使民知神奸。』

(一三)箴闕：規戒過失。記言：記錄言論。校文：校勘文章。講藝：講論六藝。《後漢書·樊準傳》載：『及光武皇帝受命中興，羣雄崩擾，旌旗亂野，東西誅戰，不遑啓處，然猶投戈講藝，息馬論道。』采遺：採拾遺缺之事。輶車：古代一種輕便的車，這裏指使者的乘車。《詩經·秦風·駟驖》云：『輶車鸞鑣，載獫歇驕。』朱軒：紅漆的車子，古代爲顯貴所乘。懷荒：懷柔邊遠之民。振遠：宣王化於遠方。論德：論贊天子的功德。

(一四)赬莖：朱草，一種紅色的草，古人以爲祥瑞。素毳：白虎，傳說黑紋長尾，不食生物，不履生草，古人以爲祥瑞。并柯：連理枝，不同根的草木的枝幹連在一起，古人以爲祥瑞。共穗：嘉禾，即在一株穀物上共長數穗，古人以爲祥瑞。史不絕書：史册上不斷有這類記載，形容歷史上經常發生同類事情。棧山航海，逾沙軼漠之貢：指遠方之國或以棧爲道翻越高山、或乘船越過大海、或穿過沙漠來貢獻方物。府無虛月：貢品衆多，倉庫充實，沒有哪個月是空虛的。《左傳·襄公二十九年》載：『魯之於晉也，職貢不乏，玩好時至，公卿大夫相繼於朝，史不絕書，府無虛月。』

(一五)烈燧：熾烈的烽火。千城：千座城池，形容劉宋統治範圍之廣。《文選》李周翰注：『千城，言郡縣多也。』通驛：四通八達的驛站。

(一六)穹居：遊牧民族在穹廬(氈帳)中居住，借指北方遊牧民族。內首：臣服，歸附。內，通『納』。稟朔：奉行正朔，喻臣服。卉服：用絺葛做的衣服，這裏指南方少數民族或島居之人。《尚書·禹貢》載：『島夷卉服，厥篚織貝，厥包橘柚，錫貢。』回面：歸順。揚雄《劇秦美新》云：『海外遐方，信延頸企踵，回面內鄉，喁喁如也。』受吏：接受中央朝廷的行政安排。《文選》呂向注：『受吏，謂受郡縣之化。』

(一七)異人：不尋常的人，有異才的人。慕響：思慕嚮往。俊民：賢人，才智傑出的人。警蹕：古代帝王出入時，於所經路塗侍衛警戒，清道止行。清夷：清平，太平。表裏：泛指朝廷內外。悅穆：愉悅和樂。

(一八)徙縣中宇：指遷都中原。《文選》呂延濟注：『縣，都也。中宇，中國也。』張樂岱郊：指封禪泰山。類帝：祭祀天帝。《文選》李善注：『《禮記》曰：「天子將出征，類於上帝。」類，祭也。』禮神：祭神。塗歌邑誦：路塗邑里的人全都歌誦，形容國泰民安、百姓歡樂景象。屬車之塵：帝王出行時侍從車輛揚起的塵土，借指宋文帝。

(一九)日躔胃維：太陽運行到胃星旁，指季春。《禮記·月令》載：『季春之月，日在胃，昏七星中，旦牽牛中。』日躔，太陽視運動度次。胃，星名，二十八宿之一，白虎七宿第三宿。青陸：青道，月亮運行到東方天空的軌跡，指春季。

(二〇)皇祇：天神與地神的並稱。后王：君主，天子。布和：布德和令。上靈：上帝，神靈。庶萌：庶民。

(二一)二王：指江夏王劉義恭、衡陽王劉義季。於邁：遠行。《詩經·大雅·棫樸》云：『周王於邁，六師及之。』出餞：餞行。掌故：官名，太常屬官，掌管禮樂制度等故實。司曆：掌管曆法之官。洛飲：指周公卜都洛邑，因流水以泛酒之事，喻指宋文帝君臣宴飲。東陽無疑《齊諧記》載：『昔周公卜洛邑，因流水以泛酒，故逸詩曰：「羽觴隨流波。」』上巳：節日名，漢代以農曆三月上旬巳日爲上巳，有修禊之俗，以除不祥，魏晉以後，定爲三月三日。

(二二)輦道：皇帝車駕所經的路。禁林：皇家園林。巖隥：險峻的山路。梁潮源：建橋樑於潮水源頭之上。

(二三)亭皋：水邊的平地。芝廛：傳說中仙人種靈芝的地方，這裏指瑞樹叢生、芳香四溢的山居環境。太液：漢代太液池，位於未央宮西南，因其水面寬廣而得名，這裏喻指建康湖泊。曾山：羣山重疊。

(二四)峻垝：高峻。蔥翠：草木茂盛青翠。陰烟：山中霧氣。游泳：指水中動物。攢萃：聚集。翔驟：泛指鳥獸。

（二五）離宮：正宮之外供帝王出巡時居住的宮室。設衛：設置宿衛。別殿：正殿以外的殿堂。周徼：周圍巡行警戒。旍門：古代帝王出行，張帷幕爲行宮，宮前樹旍旗爲門，故稱。延帷：鋪列帷幕，連在一起。枑：行馬，阻擋人馬通行的木柵欄。閱水環階：流水環繞臺階。引池分席：引水分流至各人座席。

（二六）春官：《周禮》六官之一，掌禮法、祭祀，這裏指禮官。《周禮・春官宗伯・敘官》載：『乃立春官宗伯，使帥其屬而掌邦禮，以佐王和邦國。』聯事：聯合處理事務。蒼靈：青帝，古代神話中五天帝之一，是位於東方的司春之神。奉塗：前驅清道。

（二七）祕駕：帝王的車駕。緹騎：穿紅色軍服的騎士，這裏指天子的隨從衛隊。《後漢書・百官志四》載：『執金吾一人，中二千石……丞一人，比千石。緹騎二百人。』玉鸞：車鈴的美稱。屈原《離騷》云：『揚雲霓之晻藹兮，鳴玉鸞之啾啾。』流吹：古代笳、簫一類的管吹樂器。天動神移，淵旋雲被：指跟隨宋文帝行動的百官、士民衆多。天動，指宋文帝的行動。行所：指天子所在的地方。

（二八）既而：不久。帝暉：帝王的光輝，這裏指宋文帝。百司：百官。鳳蓋：皇帝儀仗的一種，飾有鳳凰圖案的傘蓋。俄軫：停車。虹旗：彩旗。委旆：彩旗曲垂，指停隊不行。

（二九）肴蔌：魚肉與菜蔬。《文選》劉良注：『魚肉曰肴，菜蔬曰蔌。』芬藉：指食物多而香。觴醳：酒。泛浮：漂浮。

（三〇）妍歌：妙麗之音。妙舞：美妙之舞。銜組：銜接。樹羽：插置五彩羽毛爲裝飾。《詩經・周頌・有瞽》云：『設業設虡，崇牙樹羽。』

（三一）三奏：指師曠三奏清徵於晉平公的典故，這裏形容樂師演奏水準高。《文選》李善注：『《韓子》曰：「師曠奏清徵，一奏有玄鶴二八來集，再奏而列，三奏延頸而鳴，攄翼而舞。」馬融《琴賦》曰：「師曠三奏而神物下。」』四上：四種上乘的音樂，這裏形容樂師演奏水準高。《楚辭・大招》云：『四上競氣，極聲變只。』六莖：古樂名，相傳爲顓頊所作。《漢書・禮樂志》載：『昔黄帝作《咸池》，顓頊作《六莖》，帝嚳作《五英》。』九成：九闋，樂曲終止爲成。《尚書・益稷》載：『簫韶九成，鳳凰來儀。』孔穎達疏：『成猶終也，每曲一終，必變更奏。故《經》言九成，《傳》言九奏，《周禮》謂之九變，其實一也。』

（三二）繁聲：　繁複綺麗的音樂。合變：　隨機應變。班固《答賓戲》云：　『因勢合變，遇時之容，風移俗易，乖迕而不可通者，非君子之法也。』

（三三）龍文：　駿馬名。《漢書・西域傳贊》云：　『蒲梢、龍文、魚目、汗血之馬，充於黄門。』飾轡：　裝飾御馬的韁繩。《説文解字》載：　『轡，馬縻也。』青翰：　舟名，指青翰舟，刻飾鳥形，塗以青色。侍御：　侍奉君王。

（三四）華裔：　古代指我國中原和邊遠地區，華裔對舉，這裏指劉宋統治下的漢族與少數民族。觀聽：　看的和聽的人。騖集：　迅速集中。騖，縱橫奔馳，這裏指迅速。《説文解字》載：　『騖，亂馳也。』

（三五）揚袂：　舉袖。風山：　如風吹山。《文選》張銑注此句云：　『言侍從之衆揚其衣袂，動山上草木，如風吹山也；舉袖則蔽川澤，乃成其陰也。』

（三六）靚莊：　妝飾豔麗。袨服：　盛美的服飾。《文選》張銑注此句云：　『言美人裝服，映其川野，成其文藻雜色也。』

（三七）殷賑：　豐饒，富足。張衡《西京賦》云：　『郊甸之内，鄉邑殷賑。』外區：　外域，指劉宋統治區域之外的地方。焕衍：　充滿，滿溢。王延壽《夢賦》云：　『於是羣邪衆魅，駭擾遑遽。焕衍叛散，乍留乍去。』都内：　内府，國家的金庫。

（三八）膺：　接受，承受。萬壽：　長壽，祝福之詞。禔：　安享。百福：　多福。《詩經・大雅・假樂》云：　『千禄百福，子孫千億。』

（三九）布筵：　布置筵席。稟和：　以和諧爲準。闔堂：　全堂，全堂之人，指參加宴會的衆人。依德：　以德行爲據。

（四〇）情盤、歡洽：　指參加宴會衆人歡樂和洽。盤，樂，娱樂。景遽：　太陽很快西移，指時間過得很快。

（四一）金駕：　皇帝的車輿。顔延之《應詔觀北湖田收》云：　『樓觀眺豐穎，金駕映松山。』總駟：　指聚集駕車的四匹馬，準備出發。聖儀：　帝王的威儀，這裏指宋文帝。載佇：　盤桓未行。佇，久立。

（四二）鈞臺：　古臺名，在今河南禹州，夏啓襲位後，召集諸侯在此舉行大型宴會。《左傳・昭公四年》載：　『夏啓有鈞臺之享，商湯有景亳之命。』酆宫：　周文王宫名，在今陝西戶縣，周康王曾在此受諸侯朝見。《左傳・昭公四年》載：　『成有岐陽之搜，康有酆宫之朝。』

（四三）鳳闕：　漢代宫闕名。《史記・孝武本紀》載：　『其東則鳳闕，高二十餘丈。』司馬貞索隱引《三輔故事》云：　『北有闉闕，高二十丈，上有銅鳳皇，故曰鳳闕也。』高遊：遠遊，這裏指興致很高地遊賞。爵園：曹魏鄴城園名。《文選》李善注：『《鄴中記》曰：「銅爵臺西有爵園。」』廣宴：大設宴會。

（四四）在位：居官位，這裏指參加宴會的羣臣。展詩：賦呈或吟唱詩歌。屈原《九歌·東君》云：『翾飛兮翠曾，展詩兮會舞。』發志：激發志氣，這裏指抒發思想感情。《周易·豐》載：『有孚發若，信以發志也。』

（四五）誦美：頌揚美德。有章：有法度，有文采。《詩經·小雅·都人士》云：『其容不改，出言有章。』陳言：陳述言論，這裏指陳詩頌德。《文選》呂向注此句云：『言今天子仁明，頌美德亦無愧也。』

【繫年】

顏延之《三月三日曲水詩序》與《應詔讌曲水作詩》作於同一場宴會中，兩者描寫多有相似之處。例如，關於宴會地點及周圍環境，《三月三日曲水詩序》云『旌門洞立，延帷接枑。閱水環階，引池分席』；《應詔讌曲水作詩》云『幙帷蘭甸，畫流高陛。分庭薦樂，析波浮醴』。又如，宴會的主要參與人員，兩篇作品都提到宋文帝、彭城王、太子劉劭和其他劉宋藩王，《三月三日曲水詩序》云『以二王於邁，出餞戒告。……正體毓德於少陽，王宰宣哲於元輔。……既而帝暉臨幄』；《應詔讌曲水作詩》云『帝體麗明，儀辰作貳。……昔在文昭，今惟武穆。於赫王宰，方旦居叔。有睟叡蕃，爰履奠牧。寧極和鈞，屏京維服』。又如，宴會時令皆在三月初三，《三月三日曲水詩序》云『日躔胃維，月軌青陸』；《應詔讌曲水作詩》云『朏魄雙交，月氣參變。開榮灑澤，舒虹爍電』。又如，詩中均提及遠國進貢，《三月三日曲水詩序》云『棧山航海，逾沙軼漠之貢，府無虛月』；《應詔讌曲水作詩》云『航琛越水，輦賮逾嶂』。因此，《三月三日曲水詩序》與《應詔讌曲水作詩》的創作時間相同，亦在元嘉十一年三月初三（見《應詔讌曲水作詩》繫年）。可以佐證的是，《文選》卷四十六載顏延之《三月三日曲水詩序》一文，李善題注云：『裴子野《宋略》曰：「文帝元嘉十一年三月丙申，禊飲於樂遊苑，且祖道江夏王義恭、衡陽王義季，有詔會者咸作詩，詔太子中庶子顏延年作序。」』

歸鴻（一）

昧旦濡和風，霑露踐朝暉（二）。萬有皆同春（二），鴻雁獨辭歸（三）。相鳴去澗汜，長引發江畿（四）。皦潔登雲侶，連綿千里飛（五）。長懷河朔路，緬與湘漢違（六）。

【校】

本詩以《藝文類聚》卷九十所載爲底本，用《古詩紀》卷五十六、張燮《顏集》、張溥《顏集》參校。

（一）『春』，《藝文類聚》作『奉』，語義稍遜，据《古詩紀》、張燮《顏集》、張溥《顏集》改，契合時令而婉喻有致。

【注】

（一）歸鴻：歸雁，古代詩文中多用以寄託歸思，這裏借鴻雁自喻，表達顏延之皎然不羣之志。嵇康《贈秀才入軍》其十四云：『目送歸鴻，手揮五絃。』

（二）昧旦：天將明未明之時，破曉時分。濡：沾濕，濕潤。和風：温和的風，多指春風。霑露：露水，露珠。

（三）萬有：萬物。辭歸：辭别歸去。

（四）澗汜：指鴻雁在南方渡冬棲息之地。澗，夾在兩山間的水流。汜，由幹流分出又匯合到幹流的水流。長引：聲音拉得很長。江畿：長江附近之地。

（五）皦潔：明亮潔白。登雲：升於雲端。連綿千里飛：鴻雁性喜結羣活動，遷徙季節常集結成數十、數百、甚至上千隻的大羣而飛，故稱。

（六）長懷：遐想，悠思。河朔：泛指黃河以北的地區，這裏指鴻雁在北方的繁殖地。湘漢：湘水與漢水的並稱，這裏指鴻雁在南方的越冬地。違：離開，離别。

【繫年】

《歸鴻》以鴻雁自喻，『皦潔登雲侶，連綿千里飛』『萬有皆同春，鴻雁獨辭歸』等詞句表明，顏延之因得罪權要而仕途遭厄，遂激成此篇，表達皎然不羣之志。顏延之生平因得罪權貴而遭貶謫者共有兩次。一是景平元年得罪權臣徐羨之等，被外放爲始安太守。《宋書》本傳載：『時尚書令傅亮自以文義之美，一時莫及，延之負其才辭，不爲之下，亮甚疾焉。廬陵王義真頗好辭義，待接甚厚。徐羨之等疑延之爲同異，意甚不悦。……出爲始安太守。』二是元嘉十一年得罪權要劉湛、劉義康等，被貶爲永嘉太守。《宋書》本傳載：『延之好酒疏誕，不能斟酌當世，見劉湛、殷景仁專當要任，意有不平，常云：「天下之務，當與天下共之，豈一人之智所能獨了！」辭甚激揚，每犯權要。謂湛曰：「吾名器不升，當由作卿家吏。」湛深恨焉，言於彭城王義康，出爲永嘉太守。』《歸鴻》所寫與顔延之元嘉十一年貶爲永嘉太守的經歷契合，論證如下。

元嘉十一年初，顔延之任太子中庶子、步兵校尉，作有《應詔宴曲水作詩》，收入《文選》卷二十『公宴』類。《文選》李善注：『《水經注》曰：「舊樂遊苑，宋元嘉十一年，以其地爲曲水，武帝（此處誤，當爲文帝）引流轉酌賦詩。裴子野《宋略》曰：「文帝元嘉十一年三月丙申，禊飲於樂遊苑，且祖道江夏王義恭、衡陽王義季，有詔會者賦詩。」』可見《應詔宴曲水作詩》作於元嘉十一年三月初三，此時顔延之在中樞爲官，其外放爲永嘉太守在此年三月初三之後。

《歸鴻》中『和風』『相鳴去澗汜，長引發江畿』『長懷河朔路，緬與湘漢違』等詞句説明，詩歌作於鴻雁北歸之時。鴻雁春季向北遷徙的時間相對固定，在公曆三月中旬至四月末，持續一個多月，這一時間相當於農曆暮春時節。據陳垣《二十史朔閏表》，元嘉十一年三月初三爲公曆三月二十八日，此年閏三月，孟夏首日（四月初一）延遲至公曆五月二十四日。因此，顔延之《歸鴻》作於《應詔宴曲水作詩》之後不久，亦在元嘉十一年暮春，兩者寫作時間緊密相連，能夠形成相對完整而自洽的時間鏈條。與此相對，顔延之外放始安太守在景平元年年底（見《祭屈原文》繫年）。這與《歸鴻》詩中『和風』『相鳴去澗汜，長引發江畿』『長懷河朔路，緬與湘漢違』等描述的暮春景象顯然不符。

由上可知，《歸鴻》作於元嘉十一年暮春。此時顔延之因得罪權要劉湛、劉義康等，被貶爲永嘉太守。顔延之對此極爲激憤，恰逢鴻雁北返，因而有感而發，借鴻雁自喻，表達皎然不羣之志，遂成此詩。

辭難潮溝（一）

徘徊眷郊甸，俛仰引單襟（二）。一塗苟不豫，百慮畢來侵（三）。永懷交在昔，有願僭瑟琴（四）。寫言勞者事，將用慰亡簪（五）。

【校】

本詩以《藝文類聚》卷三十四所載爲底本，用《古詩紀》卷五十六、張燮《顔集》、張溥《顔集》參校，無異文。

【注】

（一）辭難：避開危難，這裏指辭别。潮溝：劉宋都城建康的人工河道之一，因通玄武湖水以引江潮而得名，這裏借指都城建康。《讀史方輿紀要·南直二》『潮溝』載：『吴赤烏中所鑿，引江潮抵青溪，接秦淮水，西通運瀆，北連後湖。』

（二）郊甸：建康郊外的王畿之地。俛仰：低頭、抬頭。單襟：單層無裏子的衣服，著於夏季炎熱之時。

（三）一塗苟不豫：指仕塗不順，違衆而動。豫，安樂，順時而動。《周易·豫》載：『順以動，豫。』百慮：各種思慮，許多想法。《周易·繫辭》載：『天下同歸而殊塗，一致而百慮。』

（四）永懷：長久思念。《詩經·周南·卷耳》云：『我姑酌彼金罍，維以不永懷。』在昔：從前，往昔。僣：同『衍』，違背，違反。琴瑟：琴瑟之音和諧，因以喻和合友好。《詩經·小雅·常棣》云：『妻子好合，如鼓瑟琴。』

（五）寫言勞者事：指用詩歌傾訴心中的情感。何休《公羊傳解詁》云：『飢者歌其食，勞者歌其事。』亡簪：懷念故舊。《韓詩外傳》卷九載：『婦人曰：「鄉者刈著薪而亡吾著簪，吾是以哀也。」弟子曰：「刈著薪而亡著簪，有何悲焉？」婦人曰：「非傷亡簪也，吾所以悲者，蓋不忘故也。」』

【繫年】

《辭難潮溝》作於顔延之貶離都城建康之際。辭難本義爲避開危難，這裏指辭别；潮溝爲建康人工河道之一，因通玄武湖水以引江潮而得名，這裏借指都城建康。因此，《辭難潮溝》詩題即表明此詩作於顔延之離别建康之時。詩中首句『徘徊眷郊甸』也進一步説明了顔延之將離建康而不忍的心情。

東晉以來，顔氏家族世居建康，顔延之此次出京，實爲貶離，這由詩中『一塗苟不豫，百慮畢來侵』等詞句可知。顔延之生平或仕或隱，大都居住在建康。史籍中記載顔延之貶離建康爲官有兩次：一是景平元年外放爲始安太守；二是元嘉十一年貶爲永嘉太守。《辭難潮溝》所寫與顔延之元嘉十一年貶爲永嘉太守的經歷相契合。

元嘉十一年初，顔延之任太子中庶子、步兵校尉，作有《應詔宴曲水作詩》，收入《文選》卷二十『公宴』類。《文選》李善注：『《水經注》曰：舊樂遊苑，宋元嘉十一年，以其地爲曲水，武帝（此處誤，當爲文帝）引流轉酌賦詩。裴子野《宋略》曰：「文帝元嘉十一年三月丙申，禊飲於樂遊苑，且祖道江夏王義恭、衡陽王義季，有詔會者賦詩。」』可見《應詔宴曲水作詩》作於元嘉十一年三月初三，此時顔延之尚在中樞爲官，其貶離建康當在此年三月暮春之後。

《辭難潮溝》云：『徘徊眷郊甸，俛仰引單襟。』這裏的『單襟』指單層無裏子的衣服，著於夏季炎熱之時。可見顔延之貶離建康及《辭難潮溝》的創作都在夏季。據陳垣《二十史朔閏表》，元嘉十一年閏三月，因而孟夏首日（四月初一）延遲至公曆五月二十四日，入夏之初天氣已較熱，這進一步加快了夏季『單襟』著身的速度。因此，顔延之《辭難潮溝》作於《應詔宴曲水作詩》之後不久，兩者寫作時間緊密相連，能夠形成相對完整而自洽的時間鏈條。與此相對，顔延之外放爲始安太守則在景平元年底（見《祭屈原文》繫年）。這與《辭難潮溝》中『俛仰引單襟』等描述顯然不符。

由上可知，《辭難潮溝》作於元嘉十一年夏，此時顔延之剛被任命爲永嘉太守，即將貶離都城建康，因而有感而發，創作此詩。

拜永嘉太守辭東宮表〔一〕

抗志絕操，芼陸謝蒻〔二〕〔一〕。代食賓士，何獨匪民〔三〕。

【校】

本文以《藝文類聚》卷五十所載爲底本，用張燮《顔集》、張溥《顔集》參校。

〔一〕『蒻』，張燮《顔集》、張溥《顔集》作『芻』，二字同。

【注】

(一)永嘉：郡名，東晉明帝析臨海郡置永嘉郡，屬揚州，建郡治於甌江南岸（今浙江温州），劉宋因之，見《宋書·州郡志一》。東宮：指宋文帝的太子劉劭，顔延之由太子中庶子外放元嘉太守，故言「拜永嘉太守辭東宮」。

(二)抗志：高尚的志向。絕操：高尚的操守。芼陸謝蒭：採摘陸地野菜爲生，拒絕食用飼養牲畜的草料，喻指不屈權貴的氣節操守。芼，採摘。《詩經·周南·關雎》云：「參差荇菜，左右芼之。」陸，陸地，高而平的地方。《説文解字》載：「陸，高平地。」蒭，同「芻」，飼養牲畜的草料。《莊子·列禦寇》云：「子見夫犧牛乎？衣以文繡，食以芻叔。」

(三)代食：任用聚斂之臣以代賢者居官食祿。《詩經·大雅·桑柔》云：「好是稼穡，力民代食。」何獨匪民：用《詩經·小雅·何草不黄》描寫征夫行役辛勞、抗議非人待遇的典故，借指自己遭遇貶謫的憤慨。匪民，非人，不被當人看待。《詩經·小雅·何草不黄》云：「哀我征夫，獨爲匪民。」

【繫年】

此文題爲《拜永嘉太守辭東宮表》，作於顔延之任永嘉太守後不久。《宋書》本傳載：「延之好酒疏誕，不能斟酌當世，見劉湛、殷景仁專當要任，意有不平。……湛深恨焉，言於彭城王義康，出爲永嘉太守。延之甚怨憤，乃作《五君詠》以述竹林七賢。……湛及義康以其辭旨不遜，大怒。時延之已拜，欲黜爲遠郡。……乃以光祿勳車仲遠代之。延之與仲遠世素不協，屏居里巷，不豫人間者七載。……劉湛誅，起延之爲始興王濬後軍諮議參軍，御史中丞。」據《宋書·劉湛傳》，劉湛於元嘉十七年十月伏誅，之後顔延之方結束了長達七年的屏居生活，重新任官。可見顔延之任永嘉太守、隨即免官屏居一事發生在元嘉十一年。與《歸鴻》《辭難潮溝》寫作時間相近（見二詩繫年），顔延之《拜永嘉太守辭東宮表》當作於元嘉十一年暮春或夏季。

五君詠(一)

阮步兵(二)

阮公雖淪跡，識密鑒亦洞(三)。沈醉似埋照，寓辭類託諷(四)。長嘯若懷人，越禮自驚衆(五)。物故不可論，塗窮能無慟(六)？

嵇中散(七)

中散不偶世，本自餐霞人(八)。形解驗默仙，吐論知凝神(九)。立俗迕流議，尋山洽隱淪(一〇)。鸞翮有時鎩，龍性誰能馴(一一)？

劉參軍(一二)

劉伶〔一〕善閉關，懷情滅聞見(一三)。鼓鐘不足歡，榮色豈能眩(一四)？韜精日沈飲，誰知非荒宴(一五)？頌酒雖短章，深衷自此見(一六)。

阮始平(一七)

仲容青雲器，實稟生民〔二〕秀(一八)。達音何用深？識微在金奏(一九)。郭奕〔三〕已心醉，山公非虛覯(二〇)。屢薦不入官，一麾乃出守(二一)。

向常侍〔二二〕

向秀甘淡薄，深心託豪〔四〕素〔二三〕。探道好淵玄，觀書鄙章句〔二四〕。交呂既鴻軒，攀嵇亦鳳舉〔二五〕。流連河裏遊，惻愴山陽賦〔二六〕。

【校】

本詩以李善注《文選》卷二十一所載爲底本，用《六臣注文選》卷二十一、《古詩紀》卷五十六、張燮《顔集》、張溥《顔集》參校。

〔一〕『伶』，李善注《文選》訛作『靈』，據諸本改。《晉書·劉伶傳》載：『劉伶，字伯倫，沛國人也。』

〔二〕『民』，《六臣注文選》載五臣注作『人』。

〔三〕『奕』，李善注《文選》訛作『弈』，據諸本改。《晉書·阮咸傳》載：『太原郭奕高爽有識量，知名于時，少所推先，見咸心醉，不覺歎焉。』

〔四〕『豪』，諸本作『毫』，二字通。

【注】

〔一〕五君：指竹林七賢中的阮籍、嵇康、劉伶、阮咸、向秀五人。《宋書》本傳載『延之甚怨憤，乃作《五君詠》以述竹林七賢，山濤、王戎以貴顯被黜』。

〔二〕阮步兵：指阮籍，曾任步兵校尉。《晉書·阮籍傳》載：『籍聞步兵廚營人善釀，有貯酒三百斛，乃求爲步兵校尉。』

〔三〕淪跡：沉晦，深藏不露。《晉書·阮籍傳》載：『喜怒不形於色，……發言玄遠，口不臧否人物。』識密鑒亦洞：指阮籍識鑒精密，對時事有敏鋭的洞察力。《晉書·阮籍傳》載：『及曹爽輔政，召爲參軍。籍因以疾辭，屏於田里。歲餘而爽誅，時人服其遠識。』

〔四〕埋照：韜光，喻匿跡不顯露。《晉書·阮籍傳》載：『籍本有濟世志，屬魏晉之際，天下多故，名士少有全者，籍由是不與世事，遂酣飲爲常。文帝初欲爲武帝求婚於籍，籍醉六十日，不得言而止。鍾會數以時事問之，欲因其可否而致之罪，皆以酣醉獲免。』寓辭：寄辭，託意。託諷：寄託諷喻，亦作『託風』。阮籍作品常託物詠志，寓諷於辭，如《詠懷詩》八十二首等。

（五）長嘯：撮口發出悠長清越的聲音。《文選》李善注：『《魏氏春秋》曰：「（阮）籍少時常遊蘇門山，有隱者，莫知姓名，籍從與談太古無爲之道，及論五帝三王之義，蘇門生蕭然曾不經聽，籍乃對之長嘯，清韻響亮，蘇門生逌爾而笑。籍既降，蘇門生亦嘯，若鸞鳳之音焉。」』越禮：不遵循禮儀法度。

（六）物故：死亡。塗窮能無慟：指阮籍因車無路可行而慟哭。《晉書・阮籍傳》載：『時率意獨駕，不由徑路，車跡所窮，輒痛哭而返。』

（七）嵇中散：指嵇康。《晉書・嵇康傳》載：『與魏宗室婚，拜中散大夫。』

（八）偶世：投合時世。《文選》李善注：『孫盛《晉陽秋》曰：「嵇康性不偶俗。」』餐霞人：得道成仙的人。《晉書・嵇康傳》載：『常修養性服食之事，彈琴詠詩，自足於懷。以爲神仙禀之自然，非積學所得，至於導養得理，則安期、彭祖之倫可及，乃著《養生論》。』

（九）形解：屍解，古代方士謂修道成仙，魂魄離體，留下形骸。默仙：默然成仙。吐論：發議論、評論，指嵇康所著《養生論》。凝神：聚精會神，精神達到寧靜專一的境界。

（一〇）立俗迕流議：身在俗世而與流俗之見相背，指嵇康在思想上非湯武而薄周孔，大異於世俗之見。尋山洽隱淪：居於山中能與隱者融洽相處。《文選》李善注：『《神仙傳》曰：「王烈年二百三十八歲，康甚愛之，數與共入山遊戲採藥。」』

（一一）鸞：傳說中鳳凰一類的神鳥，喻指嵇康。《晉書・嵇康傳》載：『身長七尺八寸，美詞氣，有風儀，而土木形骸，不自藻飾，人以爲龍章鳳姿，天質自然。』翮：羽毛中間的空心硬管，這裏指翅膀。《說文解字》載：『翮，羽莖也。』鎩：鎩羽，翅膀遭摧殘。《世說新語・言語》載：『支公好鶴，住剡東岇山，有人遺其雙鶴。少時，翅長，欲飛。支意惜之，乃鎩其翮。』龍：喻指嵇康。《晉書・嵇康傳》載：『（鍾會）言于文帝曰：「嵇康，臥龍也，不可起。公無憂天下，顧以康爲慮耳。」』此句以鸞、龍喻嵇康，認爲它們雖時常受摧殘，但本性不屈，任何人都不能馴服。

（一二）劉參軍：指劉伶。《晉書・劉伶傳》載：『嘗爲建威參軍。』

（一三）閉關：　閉門謝客，斷絶往來，不爲塵事所擾。《文選》李善注此句云：『言道德内充，情欲俱閉，既無外累，故聞見皆滅。』

（一四）鼓鐘：　鼓和鐘，泛指音樂。榮色：　美好的容顔。《文選》李善注此句云：『鐘鼓以悦耳，榮色以悦目，今聞見既滅，聲色俱喪，故鼓鐘不足以爲歡，豈榮色之能眩也。』

（一五）韜精：　掩藏才華。《晉書·劉伶傳》載：『澹默少言，不妄交遊。』沈飲：　大量喝酒。《晉書·劉伶傳》載：『常乘鹿車，攜一壺酒，使人荷鍤而隨之，謂曰：「死便埋我。」』荒宴：　沉溺於宴飲。

（一六）頌酒：　指劉伶所作《酒德頌》。短章：　篇幅短小，劉伶《酒德頌》僅一百八十七字，故稱。深衷：　内心的感情。《文選》吕向注此句云：『嘗作《酒德頌》，雖曰短章，情自此見，謂伶好飲，爲居亂代，欲晦其才，延年自解，將同比美。』

（一七）阮始平：　指阮咸。《晉書·阮咸傳》載：『出補始平太守，以壽終。』

（一八）仲容：　指阮咸，字仲容。青雲器：　指胸懷曠達、志趣高遠的人才。生民秀：　人中俊秀。

（一九）達音：　指阮咸精通音樂。《晉書·阮咸傳》載：『咸妙解音律，善彈琵琶。』識微：　看到事物的苗頭而能察知其本質和發展趨向。劉向《説苑·雜言》載：『故箕子棄國而佯狂，范蠡去越而易名，智過去君弟而更姓，皆見遠識微而仁，能去富勢以避萌生之禍者也。』金奏：　敲擊鐘鎛以奏樂，泛指音樂。《周禮·春官·鐘師》載：『鐘師掌金奏，凡樂事，以鐘鼓奏九夏。』

（二〇）郭奕已心醉：　指郭奕欽佩阮咸。《晉書·阮咸傳》載：『太原郭奕高爽有識量，知名於時，少所推先，見咸心醉，不覺歎焉。』山公非虚覯：　指山濤推薦阮咸之言名副其實，並非虚飾。《晉書·阮咸傳》載：『山濤舉咸典選，曰：「阮咸貞素寡欲，深識清濁，萬物不能移。若在官人之職，必絶於時。」』

（二一）屢薦不入官：　指山濤屢次推薦阮咸爲官未成。《文選》李善注：『曹嘉之《晉紀》曰：「山濤舉咸爲吏部郎，三上，武帝不能用也。」』一麾乃出守：　指阮咸受荀勖排擠，外放爲始平太守。《晉書·阮咸傳》載：『荀勖每與咸論音律，自以爲遠不及也，疾之，出補始平太守。』一麾，一揮，有發令調遣意，這裏指荀勖借用權勢排擠阮咸。『一麾出守』後多用作朝官出爲外任之典，如柳宗元《爲劉同州謝上表》云：『八命作牧，一麾出守，拔自下位，寄之雄藩。』

（二二）向常侍：　指向秀。《晉書·向秀傳》載：『後爲散騎侍郎，轉黄門侍郎、散騎常侍，在朝不任職，容跡而已。』

（二二三）深心：深遠的心意。向秀《思舊賦》云：『佇駕言其將邁兮，故援翰以寫心。』豪素：毛筆和寫字作畫用的白色細絹，泛稱紙筆。陸機《文賦》云：『紛威蕤以馺遝，唯毫素之所擬。』

（二二四）淵玄：深邃，深奥。章句：剖章析句，經學家解説經義的一種方式，兩漢章句趨於繁瑣，向秀崇尚清通簡要，因而不取。此句謂向秀愛好道家老莊之説，爲《莊子》作注清通簡要，得其要義。《晉書·向秀傳》載：『雅好老莊之學，莊周著内外數十篇，歷世才士雖有觀者，莫適論其旨統也，秀乃爲之隱解，發明奇趣，振起玄風，讀之者超然心悟，莫不自足一時也。』

（二二五）交呂：與呂安交好。鴻軒：鴻雁高飛，喻舉止不凡。鳳舉：鳳凰高飛，喻舉止不凡。攀嵇：與嵇康交好。《晉書·向秀傳》載：『康善鍛，秀爲之佐，相對欣然，傍若無人。又共呂安灌園於山陽。』向秀《思舊賦》序云：『余與嵇康、呂安居止接近，其人並有不羈之才，嵇意遠而疏，呂心曠而放，其後並以事見法。』

（二二六）流連河裏遊：指向秀懷念昔日竹林之遊。《晉書·嵇康傳》載：『所與神交者惟陳留阮籍、河内山濤，豫其流者河内向秀、沛國劉伶、籍兄子咸、琅邪王戎，遂爲竹林之遊，所謂「竹林七賢」也。』惻愴：哀傷。山陽賦：指向秀經山陽嵇康舊居所作《思舊賦》。賦作沉痛悼念亡友呂安、嵇康，寓情於景，寄意遙深。

【繫年】

《宋書》本傳載：

延之好酒疏誕，不能斟酌當世，見劉湛、殷景仁專當要任，意有不平，常云：『天下之務，當與天下共之，豈一人之智所能獨了！』辭甚激揚，每犯權要。謂湛曰：『吾名器不升，當由作卿家吏。』湛深恨焉，言於彭城王義康，出爲永嘉太守。延之甚怨憤，乃作《五君詠》以述竹林七賢，山濤、王戎以貴顯被黜，詠嵇康曰：『鸞翮有時鎩，龍性誰能馴。』詠阮籍曰：『物故可不論，塗窮能無慟。』詠阮咸曰：『屢薦不入官，一麾乃出守。』詠劉伶曰：『韜精日沈飲，誰知非荒宴。』此四句，蓋自序也。湛及義康以其辭旨不遜，大怒。時延之已拜。……乃以光禄勳車仲遠代之。延之與仲遠世素不協，屏居里巷，不豫人間者七載。

可見《五君詠》作於顏延之任永嘉太守之後、罷官隱居在家之前。據《宋書·劉湛傳》，劉湛於元嘉十七年十月伏誅，之後顏延之方結束長達七年的屏居生活，重新任官，故顏延之任永嘉太守、隨即免官屏居一事發生在元嘉十一年，與《歸鴻》《辭難潮溝》《拜永嘉太守辭東宮表》寫作時間相近。因此，《五君詠》當作於元嘉十一年暮春或夏季。

【考辨】

一、《五君詠》的詩史意義

《五君詠》是顔延之的代表作之一，後世評價較高，如王世貞《藝苑巵言》云『延年《五君》，忽自秀於它作』；張溥《漢魏六朝百三家集題辭》云『延年文莫長於《庭誥》，詩莫長於《五君》』；沈德潛《古詩源》云『中間如《五君詠》《秋胡行》，皆清真高逸者也』；葉矯然《龍性堂詩話初集》云『（《五君詠》）詞旨矜練，千載絶調』；劉熙載《藝概》云『延年詩長於廊廟之體，然如《五君詠》，抑何善言林下風也』等。《五君詠》的詩史意義突出體現在以下兩個方面。

一是內容上懷人與詠己密切結合。《五君詠》歌詠對象爲『竹林七賢』中的阮籍、嵇康、劉伶、阮咸、向秀等五人。詩歌大量運用與所詠人物相關的典故，準確把握了歌詠對象的主要事蹟與個性特徵，如『沈醉似埋照，寓辭類託諷。長嘯若懷人，越禮自驚衆』（阮籍）、『形解驗默仙，吐論知凝神。立俗迕流議，尋山洽隱淪』（嵇康）、『韜精日沈飲，誰知非荒宴？頌酒雖短章，深衷自此見』（劉伶）、『郭奕已心醉，山公非虛覯。屢薦不入官，一麾乃出守』（阮咸）、『向秀甘淡薄，深心託毫素。探道好淵玄，觀書鄙章句』（向秀）等。這些描寫主要以史籍所載爲據，符合歷史真實，並無牽強附會。因此，劉熙載《藝概》認爲『顔延年《五君詠》似傳體。……顔延年《五君詠》，史家之言』。賀貽孫《詩筏》亦云『詠史須如此切當簡嚴，方稱古人知己』。與此同時，顔延之《五君詠》中的懷人與詠己密切結合，古典與時事相滲透，在古人事蹟中寄託自己的身世之歎。對此古人已有認識，例如，《宋書》本傳載：『延之甚怨憤，乃作《五君詠》以述竹林七賢，山濤、王戎以貴顯被黜，詠嵇康曰：「鸞翮有時鎩，龍性誰能馴。」詠阮籍曰：「物故可不論，塗窮能無慟。」詠阮咸曰：「屢薦不入官，一麾乃出守。」詠劉伶曰：「韜精日沈飲，誰知非荒宴。」此四句，蓋自序也。』又如，王世貞《藝苑巵言》云：『「沉醉似埋照，寓辭類託諷。鸞翮有時鎩，龍性誰能馴」，以比己之骯髒也；「韜精日沈飲，誰知非荒宴」，以解己之仁誕也；「屢薦不入官，一麾乃出守」，以感己之濡滯也。』又如，何焯《義門讀書記》云：『《五君詠》既能自序，仍不溢題。』

二是形式上整飭有致，章法嚴密。從形式上看，《五君詠》中的五首詩都是五言八句，中間四句都是排偶相對，類似律詩，開新體詩先河。尚鎔《三家詩話》認爲：『(歐陽脩)其集中有以五古短篇懷人詠己者，蓋本顏延年《五君詠》。』與此同時，《五君詠》五首詩的內在結構也相對統一，前兩句總領，概括人物的主要特點；之後四句用人物事蹟來進一步補充説明；最後兩句以議論、感慨收結。起句矯健，結句悲涼，整飭有致，章法嚴密。陳祚明《采菽堂古詩選》卷十六云：『(《五君詠》)五篇別爲新裁，其聲堅蒼，其旨超越，每於結句淒婉壯激，餘音詘然，千秋乃有此體。……(《阮步兵》)中竟排四語，不嫌調複，結即借阮語，以仲悲詫，甚有致。……(《嵇中散》)起語矯拔，結句極壯極悲。……(《劉參軍》)特有曠識，達人之旨，命語超詣。……(《阮始平》)『達音』二語，亦上章『頌酒』句之旨，取有會悟。結句寄慨不淺。……(《向常侍》)言向『惻愴』，意亦殊惻愴也。』這種嚴密的章法也影響到後世詠史組詩的創作，如北魏詩人常景模仿《五君詠》作《蜀四賢贊》等。

釋何衡陽《達性論》〔一〕〔一〕

前得所論，深見弘慮〔二〕。崇致人道，黜遠生類，物有明徵〔二〕，事不愆義〔三〕。維情輔教，足使異門掃軌，況在蕲同，豈忘所附〔四〕？徒恐琴瑟專一，更失闡諧，故略廣數條，取盡後報〔五〕。

足下云：『同體二儀，共成三才者，是必合德之稱，非遭人之目〔三〕〔六〕。然總庶類，同號眾生，亦含識之名，豈上哲之謚〔七〕？然則議三才者，無取於氓隸；言眾生者，亦何濫於聖智〔八〕？雖情在序別〔四〕，自不患亂倫〔九〕。若能兩藉方教，俱舉達義，節彼離文，采此共實，則可使〔五〕倍宮〔六〕自和，析符復合，何詎怏怏，執呂以毀律〔一〇〕？

且大德曰生，有萬〔七〕之所同，同於所方萬，豈得生之可異〔一一〕？不異之生，宜其爲眾。但眾品之中，愚慧羣差，人則役物以爲養，物則見役以養人〔一二〕。雖始或因順，終至裁〔八〕殘〔一三〕。庶端萌起〔九〕，情嗜不禁，生害繁慘，天理鬱滅〔一四〕。皇聖哀其若此，而不能頓奪所滯，故設候物之教，謹順時之經，將以開仁育識，反〔一〇〕漸息泰耳（一五）。與道爲心者，或不劑此而止（一六）。又知大制生死，同之榮落，類諸區有，誠亦宜然（一七）。

然神理存沒，儻異於枯荄變謝，就同草木，便當烟盡（一八）。而復云『三后升遐，精靈在天』，若精靈必在，果異於草木，則受形之論，無乃更資來說（一九）。將由三后粹善，報在生天耶〔一一〕（二〇）？欲毁後生，反立升遐，當毁更立，固知非力所除（二一）。若徒有精靈，尚無體狀，未知在天，當何憑以〔一二〕立（二二）？吾怯於庭斷，故務求依放〔一三〕，而退思索，未獲所安（二三）。

凡氣數之内，無不感對，施報之道，必然之符（二四）。言其必符，何猜有望？故遺惠者無要，存〔一四〕功者有期，期存未善，去惠乃至（二五）。人有賢否，則意有公私，不可見物或期報，因謂樹德皆要（二六）。且經世恒談，貴施者勿憶，士子服義，猶惠而不〔一五〕有（二七）。況在聞道要，更不得虚心，而動必懷嗜，事盡憚權耶（二八）？曾不能引之上濟，每驅之下淪，雖深誚校責，亦已厚言不伐〔一六〕（二九）。足下纓〔一七〕城素堅，難爲飛書，而吾自居憂患，情理無託，近辱褒告，欲其布意裁往釋，慮不或值（三〇）。顔延之白。

【校】

本文以《弘明集》卷四（中華大藏經本，其底本爲金藏廣勝寺本，殘缺字句補以高麗藏本，省稱大藏經本）所載爲底本，用《弘明集》卷四（上海古籍出版社影印磧砂藏本，省稱磧砂藏本）、《弘明集》卷四（四部叢刊輯上海涵芬樓藏明刊本，省稱涵芬樓本）、《弘明集》卷四（日本寬永十四年活字印本，省稱寬永本）、張燮《顔集》、張溥《顔集》參校。

〔一〕《弘明集》（涵芬樓本）標題作《釋〈達性論〉》，張燮《顔集》、張溥《顔集》標題作《釋何衡陽〈達性論〉書》。

〔二〕『徵』，《弘明集》（大藏經本）作『徵』，諸本訛作『微』。

〔三〕『目』，《弘明集》（寬永本）訛作『自』。

〔四〕『別』，《弘明集》（寬永本）訛作『則』。

〔五〕『使』，諸本訛作『便』。

〔六〕『宮』，諸本訛作『害』。

〔七〕『萬』，諸本訛作『方萬』。

〔八〕『裁』，《弘明集》（磧砂藏本）訛作『栽』。

〔九〕『起』，《弘明集》（涵芬樓本）訛作『超』。

〔一〇〕『反』，《弘明集》（磧砂藏本）訛作『及』。

〔一一〕『耶』，《弘明集》（涵芬樓本）、張燮《顏集》、張溥《顏集》作『邪』，二字通。

〔一二〕『以』，《弘明集》（磧砂藏本）訛作『之』。

〔一三〕『放』，張燮《顏集》、張溥《顏集》作『倣』，二字同。

〔一四〕『存』，諸本作『在』。

〔一五〕『不』，諸本作『弗』。

〔一六〕『伐』，諸本訛作『代』。

〔一七〕『纓』，張燮《顏集》、張溥《顏集》作『嬰』，二字通。

【注】

〔一〕何衡陽：指何承天，曾任衡陽內史。《達性論》：何承天哲學論著，從儒家思想出發，批駁佛教『眾生』『形神分離』『因果報應』『六道輪回』等觀點。

〔二〕所論：指何承天《達性論》。深見：深遠的見識。弘慮：思慮廣博。

〔三〕人道：爲人之道，指儒家道德倫理規範。黜遠生類：指《達性論》強調人爲萬物之靈，地位高於其他生物，不能和其他生物一起並列爲『眾生』。何承天《達性論》云：『天以陰陽分，地以剛柔用，人以仁義立。人非天地不生，天地非人不靈，三才同體，相須而成者也。故能稟氣清和，神明特達，情綜古今，智周萬物，妙思窮幽賾，製作侔造化。……安得與夫飛沈蠉蠕，並爲眾生哉？』黜遠：斥逐，疏遠。生類：泛指一切有生命之物。明徵：明顯的徵驗，明證。愆義：違反道義。

（四）維情輔教：用情感輔助儒家教化。異門：儒家之外的異端邪說。掃軌：掃除車輪痕跡，這裏指清除異端之說的影響。況在蘄同：指何承天以儒家道德倫理統一規範萬事萬物。豈忘所附：指儒家道德倫理源於人之情感。

（五）琴瑟專一：指何承天獨尊儒家，排斥佛教。闡諧：寬舒和諧。後報：佛教語，謂來世受報應。慧遠《三報論》云：『後報者，或經二生、三生、百生、千生，然後乃受。』

（六）同體：同一形體。《莊子·大宗師》載：『假於異物，託於同體。』二儀：指天地。三才：指天、地、人。《周易·說》載：『是以立天之道曰陰與陽，立地之道曰柔與剛，立人之道曰仁與義。兼三才而兩之，故《易》六畫而成卦。』合德：同德。《周易·乾》載：『夫大人者，與天地合其德，與日月合其明，與四時合其序，與鬼神合其吉凶。』

（七）庶類：萬物，萬類。衆生：泛指人和一切動物。含識：佛教語，謂有意識、有感情的生物，即衆生。上哲：具有超凡的道德、才智的人。

（八）氓隸：地位低下的貧苦勞動者。賈誼《過秦論》云：『然而陳涉，甕牖繩樞之子，氓隸之人，而遷徙之徒也。』聖智：聰明睿智，無所不通，這裏指具有非凡道德智慧的人。

（九）序別：區分人的尊卑貴賤。亂倫：指破壞儒家倫理秩序。《論語·微子》載：『長幼之節不可廢也，君臣之義如之何其廢之？欲潔其身而亂大倫。』

（一〇）方教：方廣之教，大乘經典、教義的通稱，這裏指佛教。達義：通理，公認的義理。離文：指儒家、佛教有分歧的義理。共實：指儒家、佛教共通的義理。何詎：如何，怎麼。怏怏：不服氣或悶悶不樂的神情。執呂以毀律：古代十二樂律有陽律、陰律各六，陽六曰律，陰六曰呂，這裏用呂、律分別喻指儒家、佛教，指何承天立足儒家批駁佛教。

（一一）大德：大功德，大恩。《周易·繫辭下》載：『天地之大德曰生，聖人之大寶曰位。』有萬：萬事萬物。不異：沒有差別，等同。

（一二）衆品：衆生，佛教指一切有生命的東西。愚慧羣差：愚鈍聰慧差異很大。役物：役使外物爲我所用。養人：供給人生活所需。《禮記·禮運》載：『君者，所養也，非養人者也。』

(一三)因順：順應人的天性。裁殘：損害人性。

(一四)萌起：開始，發生。情嗜：情欲，欲望。鬱滅：鬱沒，消失。

(一五)皇聖：大聖人，常指皇帝，這裏指儒家聖賢。頓奪：違反情理地強行斷絕。宗炳《明佛論》云：「頓奪其當年，所以超升潛行，協於神明，福德彰於後身，豈能見其所得哉？」候物：動植物隨氣候季節性改變而週期變化的現象，可作爲指示和預報農時的依據，這裏泛指時令。順時：順應時宜，適時。開仁育識：開啓民智，用仁愛教化民衆。

(一六)與道爲心者：指具有仁、義、禮、智、善之心的人。《古文尚書·大禹謨》載：「人心惟危，道心惟微，惟精惟一，允執厥中。」剤：剪齊，除去，這裏指除去前言「情嗜」。

(一七)大制生死：指生死爲自然規律。榮落：榮盛與衰落。區有：指天下。宜然：應該這樣。

(一八)神理：神道，謂冥冥之中具有無上威力，能顯示靈異，賜福降災的神靈之道。謝靈運《從遊京口北固應詔》云：「事爲名教用，道以神理超。」枯荄：乾枯的草根。潘岳《悼亡詩》其三云：「落葉委埏側，枯荄帶墳隅。」

(一九)三后：指太王、王季、文王。《詩經·大雅·下武》云：「三后在天，王配於京。」升遐：升天，帝王去世的婉稱。精靈：精靈之氣，古人認爲是形成萬物的本原。《周易·繫辭上》載「精氣爲物，遊魂爲變」。果異：果真不同。受形：形成身體之形。《列子·力命》載：「稟生受形，既有制之者矣。」無乃：莫非、恐怕是，表示委婉測度的語氣。

(二〇)粹善：純良。《說文解字》載：「粹，不雜也。」生天：佛教謂行十善者死後轉生天道。《正法念處經·觀天品》載：「一切愚癡凡夫，貪著欲樂，爲愛所縛，爲求生天，而修梵行，欲受天樂。」

(二一)後生：來世、來生。更立：改立。《禮記·祭法》載：「七代之所更立者，禘郊祖宗，其餘不變也。」

(二二)體狀：形體，形狀。慧遠《沙門不敬王者論·形盡神不滅》云：「雖有上智，猶不能定其體狀，窮其幽致。」

(二三)庭斷：個人的主觀判斷。依放：仿效，依照。《論衡·奇怪》云：「此或時見三家之姓，曰姒氏、子氏、姬氏，則因依放，空生怪說。」

(二四)氣數：氣運，命運。施報：有所施與，則有所報答。賈誼《新書·禮》云：「上少投之，則下以軀償矣，弗敢謂報，願長以爲好。古之蓄其下者，其施報如此。」

（二五）遺惠：留下恩惠。無要：不求取回報。存功：行功德，泛指念佛、誦經、布施、放生等善事。有期：期待回報。

（二六）意有公私：指賢者多公心，不肖者多私心。期報：期待回報。樹德：行德政，立德。

（二七）經世：閱歷世事。《淮南子・俶真訓》載：『養生以經世，抱德以終年，可謂能體道矣。』恆談：常談，俗語。服義：服膺正義。《楚辭・招魂》云：『朕幼清以廉潔兮，身服義而未沬。』

（二八）道要：大要，最主要的方面。懷嗜：懷有嗜欲。《說文解字》載：『嗜，嗜欲，喜之也。』憚權：懼怕權勢。

（二九）曾不能引之上濟，每驅之下淪：指不能援引佛教補益儒家，而一味排斥。深誚：深加責備。校責：指責。厚言：忠厚之言。不伐：不自誇。《周易・繫辭上》載：『勞而不伐，有功而不德，厚之至也。』

（三〇）纓城素堅：指何承天《達性論》立論有據。纓城，通『嬰城』，環城而守，這裏指立論。飛書：借指輕易說服。褒告：告知。慮不或值：此謙稱自己考慮不周，不一定正確解讀了對方的意思。

【繫年】

此文作於元嘉十一年季秋前後，可從以下四個方面來考察。

首先，《弘明集》卷十一《何令尚之答宋文皇帝讚揚佛教事》載：『元嘉十二年五月五日，有司奏丹陽尹蕭謨之上言稱……是時有沙門慧琳，假服僧次而毀其法，著《白黑論》。衡陽太守何承天與琳比狎雅相擊揚，著《達性論》，並拘滯一方，詆呵釋教。永嘉太守顏延之、太子中舍人宗炳，信法者也，檢駁二論，各萬餘言。……帝善之，謂侍中何尚之曰：「……顏延年之《折達性》，宗少文之《難白黑》，明佛法汪汪，尤爲名理，並足開獎人意。……」』這裏『顏延年之《折達性》』指的便是顏延之《釋何衡陽〈達性論〉》一文。可見《釋何衡陽〈達性論〉》當作於元嘉十二年五月五日之前不久。

其次是顏延之任永嘉太守的時間。《弘明集》卷四載何承天《答顏永嘉》《重答顏永嘉》（四部叢刊本《弘明集》誤作《答顏光祿》《重答顏光祿》，何承天元嘉二十四年去世，而顏延之元嘉二十六年之後方任光祿勳，見《拜陵廟》繫年）兩文，《弘明集》卷十一《何令尚之答宋文皇帝讚揚佛教事》亦云『永嘉太守顏延之』。可見顏延之《釋何衡陽〈達性論〉》的寫作時間當與其任永嘉太守的時間相近。顏延之任永嘉太守在元嘉十一年暮春或夏季（見《歸鴻》繫年、《辭難潮溝》繫年），之後不久即免官在家。

第三是何承天任衡陽內史的時間。《弘明集》卷四載顏延之《釋何衡陽〈達性論〉》《重釋何衡陽》《又釋何衡陽》三文，《弘明集》卷十一《何令尚之答宋文皇帝讚揚佛教事》亦云『衡陽太守何承天』(此處當爲『衡陽内史』，何承天未曾任衡陽太守，魏晉南北朝時期，王國内史執掌如同郡太守，故内史、太守常互稱)。顔延之《釋何衡陽〈達性論〉》的寫作時間當與何承天任衡陽内史的時間相近。《宋書·何承天傳》載：『承天爲性剛愎，不能屈意朝右，頗以所長侮同列，不爲僕射殷景仁所平，出爲衡陽内史。昔在西與士人多不協，在郡又不公清，爲州司所糾，被收繫獄，值赦免。(元嘉)十六年，除著作佐郎，撰國史。』據《宋書·殷景仁傳》《宋書·文帝紀》，殷景仁任尚書僕射在元嘉十年正月、元嘉九年七月。元嘉九年七月至元嘉十二年五月(《何令尚之答宋文皇帝讚揚佛教事》寫作時間)之間，宋文帝曾在元嘉十年正月、元嘉十二年正月兩次大赦天下。可見何承天任衡陽内史的時間不早於元嘉九年七月，不晚於元嘉十一年十二月。

第四，顔延之《重釋何衡陽》云：『薄從歲事，躬斂山田，田家節隙，野老爲儔。言止穀稼，務盡耕牧，談年計耦，無聞達義。重獲微辨，得用昭慰。』可見顔延之作《重釋何衡陽》時已免官在家。據《宋書》本傳，顔延之任永嘉太守後不久即免官，事在元嘉十一年。因此，顔延之《重釋何衡陽》中的『言止穀稼，務盡耕牧，談年計耦』發生在元嘉十一年穀物收穫之後，在初冬十月左右。例如，顔延之《應詔觀北湖田收》云：『息饗報嘉歲，通急戒無年。』詩歌作於『田收』之後。詩中云：『開冬眷徂物，殘悴盈化先。』這裏的『開冬』指冬季的開始，即農曆十月。《文選》呂延濟注：『開冬，十月也。』《釋何衡陽〈達性論〉》的創作時間當在《重釋何衡陽》之前不久。《釋何衡陽〈達性論〉》文末云『吾自居憂患，情理無託』，當指顔延之貶謫外郡又免官在家的這段經歷。

［附］達性論

何承天

夫兩儀既位，帝王參之，宇中莫尊焉。天以陰陽分，地以剛柔用，人以仁義立。人非天地不生，天地非人不靈，三才同體，相須而成者也。故能稟氣清和，神明特達，情綜古今，智周萬物，妙思窮幽賾，制作侔造化。歸仁與能，是爲君長，撫養黎元，助天宣德。日月淑清，四靈來格，祥風協律，玉燭揚輝。九穀芻豢，陸產水育，酸鹹百品，備其膳羞。棟宇舟車，銷金合土，絲紵玄黃，供其器服。文以禮度，娛以八音，庇物殖生，罔不備設。夫民用儉則易足，易足則力有餘，力有餘則情志泰，樂治之心，於是生焉。事簡則不擾，不擾則神明靈，神明靈則謀慮審，濟治之務，於是成焉。故天地以儉素訓民，乾坤以易簡示物，所以訓示殷勤，若此之篤也，安得與夫飛沈蠉蠕並爲衆生哉！

若夫衆生者，取之有時，用之有道，行火俟風暴，畋漁候豺獺，所以順天時也。大夫不麛卵，庶人不數罟，行葦作歌，宵魚垂化，所以愛人用也。庖廚不邇，五犯是翼，殷后改祝，孔釣不綱，所以明仁道也。至於生必有死，形斃神散，猶春榮秋落，四時代換，奚有於更受形哉！《詩》云『愷悌君子，求福不回』，言弘道之在己也；『三后在天』，言精靈之升遐也。若乃內懷嗜欲，外憚權教，慮深方生，施而望報，在昔先師未之或言，余固不敏，罔知請事焉矣。

重釋何衡陽〔一〕〔一〕

薄從歲事，躬斂山田，田家節隙，野老爲儔，言止穀稼，務盡耕牧，談年計耦，無聞達義〔二〕。重獲微辯〔二〕，得用昭〔三〕慰，啓告精至，愈慚固結〔三〕。今復妄〔四〕書往懷，以輸未述。

夫藉意探理，不若析〔五〕之聖文〔四〕。三才之論，故當本諸三畫，三畫既陳，中稱君德，所以神致太上，崇一元首〔五〕。故前謂自非體合天地，無以允應斯弘，研〔六〕其清慮，未肯存同，猶以兼容罔棄〔七〕，廣載不遺，篤物之志，誠爲優贍〔八〕〔六〕。恐理位雜越，疑陽遂衆〔七〕。若惻隱所發，窮博愛之量；恥惡所加，盡祐直之正，則上仁上義，吾無間然〔八〕。但情之者寡，利之者衆，預有其分，而〔九〕未臻其極者，不得以配擬二儀耳〔九〕。

今方使極者爲師，不極者爲資，扶其敬讓，去其忮爭，令鑾斧鑄刃，利害寢端，驅百代之民，出信厚之塗，則何萌不滋，何善不援〔一〇〕？而誣以不筭，未值其意〔一一〕。三才等列，不得取偏才之器；衆生爲號，不可濫無生之人〔一二〕。故此去氓隸，彼甄聖智，兩藉俱舉，旨在於斯〔一三〕。若僑札〔一〇〕未能道一皇王，豈獲上附伊顏？猶共賴氣化，宣乎下麗，二塗之判，易於贖指〔一四〕。

又知以人生雖均被大德，不可謂之衆生，譬聖人雖同稟五常，不可謂之衆人（一五）。夫不可謂之衆人，以茂人者神明也，今已均被同衆，復何諱衆同？故當殊其特靈，不應異其得生（一六）。徒忌衆名，未虧衆實，無似蜀梁逃畏，卒不能避，所謂役物爲養，見役養人者，欲言愚慧相傾，惛算相制，事由智出，非〔一一〕出天理（一七）。是以始矜萌起，終哀鬱滅，豈與足下芻豢百品，共其指歸（一八）？凡動而善〔一二〕流，下民之性，化而裁之，上聖之功，謹爲垣防，猶患逾盜，况乃罔不備設，以充侈志，方開所泰，何議去甚（一九）？

故知慘物之談，不得與薄夫同憂（二〇）。樂殺意偏，好生情博，所云與道爲心者，博乎生情，將使排虚率遂，跖實莫反〔一三〕（二一）。利澤通天，而不爲惠，庸適恩止麛〔一四〕卵，事法豺獺耶（二二）？推此往也，非唯自己，不復委咎市鄽乎庖廚（二三）。且市庖之外，非無御養，神農所書，中散所述，公理美其事，仲彦精其業，是亦古有其傳（二四）。今聞其人，何必以封剺爲稟和之性，爛瀹〔一五〕爲翼善之具哉（二五）！若以編戶難齊，憂鄙論未立，是見二叔不咸，慮周德先亡，儻能伸以遠圖，要之長世，則日計可滿，歲功可期（二六）。

精靈草木，果已區別，遊魂之答，亦精靈之説（二七）。若雖有無形，天下寧有無形之有？顧此惟疑，宜見正定，仲尼不答，有無未辨（二八）。足下既辨其有，豈得同不辨之答？雖子嗜學，懼未獲所附，或是曉晦塗隔，隱著事懸，遂令明月廢照，世智限心（二九）。知謂必符之言，體之極於罔，講求反意，如非相盡（三〇）。或甘人守璞，受讓玉市；將譯胥牽俗，還説國情（三一）。苟未照盡，請復具伸。

近釋報施，首稱氣數者，以爲物無妄然，各以類感（三二）。感類之中，人心爲大。心術之動，隸歷所不能得及，其積致不〔一六〕可勝原，而當斷取世見，據爲高證（三三）。莊周云：『莽鹵滅裂，報亦如之（三四）。』孫卿曰：『報應之勢，各以類至（三五）。』後身著戒，可不敬與？慈護之人，深見此數（三六）。故正言其本，非邀其末，長美遏惡，反民大順，濟有生之類，入無死之地，令慶周兆物，尊冠百神，安宜祚極胤子，福限卿相而已（三七）？

常善以救，善亦從之，勢猶影表，不慮自來，何言乎要惠説報〔三八〕？疑罪勤施，似由近驗吝情，遠猜德教，故方罰矜功，而濫咎忘賢〔三九〕。遺存異義，公私殊意，已備前白〔四〇〕。若〔一七〕不重云，想處實陋華者，復見其居厚去薄耳〔四一〕。若施非周急，惠而期譽，乃如之人，誠道之蠹〔四二〕。惟子之恥，丘亦恥之〔四三〕。

【校】

本文以《弘明集》卷四（大藏經本）所載爲底本，用《弘明集》卷四（磧砂藏本）、《弘明集》卷四（涵芬樓本）、《弘明集》卷四（寬永本）、張燮《顔集》、張溥《顔集》參校。

〔一〕張燮《顔集》、張溥《顔集》標題作《重釋何衡陽書》。

〔二〕『辯』，《弘明集》（涵芬樓本）、張燮《顔集》、張溥《顔集》作『辨』，二字通。

〔三〕『昭』，張燮《顔集》、張溥《顔集》訛作『招』。

〔四〕『妄』，《弘明集》諸本訛作『忘』，據張燮《顔集》、張溥《顔集》改。

〔五〕『析』，《弘明集》（磧砂藏本）訛作『沂』。

〔六〕『研』，《弘明集》（磧砂藏本、涵芬樓本、寬永本）、張燮《顔集》、張溥《顔集》作『有研』。

〔七〕『相容罔棄』，《弘明集》（大藏經本）作『恐兼罔棄』，語義稍遜，據《弘明集》（磧砂藏本）、張燮《顔集》、張溥《顔集》改。

〔八〕『贍』，《弘明集》（涵芬樓本）訛作『瞻』。

〔九〕『而』，《弘明集》（大藏經本）脱此字，據《弘明集》（磧砂藏本）、張燮《顔集》、張溥《顔集》補。

〔一〇〕『僑札』，《弘明集》（磧砂藏本、涵芬樓本、寬永本）、張燮《顔集》、張溥《顔集》作『喬札』。

〔一一〕『非』，《弘明集》（磧砂藏本、涵芬樓本）、張燮《顔集》、張溥《顔集》作『作非』。

〔一二〕『善』，《弘明集》（磧砂藏本、涵芬樓本、寬永本）訛作『蓋』，張燮《顔集》、張溥《顔集》訛作『益』。

〔一三〕『反』，《弘明集》（大藏經本、磧砂藏本）訛作『夭』，據張燮《顔集》、張溥《顔集》改。

〔一四〕『廦』，張燮《顏集》、張溥《顏集》訛作『⿸广尃』。

〔一五〕『燭』，《弘明集》（磧砂藏本）訛作『爛』。『瀹』，張燮《顏集》、張溥《顏集》作『淪』，二字同。

〔一六〕『不』，諸本皆作『干』。此處『不可勝原』與上文『不能得及』並列而結構相同。

〔一七〕『若』，《弘明集》（大藏經本、磧砂藏本）訛作『差』，據諸本改。

【注】

（一）重釋何衡陽：本文爲顏延之回應何承天《答顏永嘉》一文而作。

（二）歲事：一年的農事。《尚書大傳》卷五載：『耰鉏已藏，祈樂已入，歲事已畢，餘子皆入學。』躬斂：躬耕，親身從事農業生産。野老：村野老人。爲儔：爲伴。談年：談論年成。計耦：計算農耕勞動力的組合分配。《禮記·月令》載：『（季冬之月）命農計耦耕事，修耒耜，具田器。』達義：通理，公認的義理。

（三）微辯：指何承天《答顏永嘉》一文。啓告：啓奏，告知。精至：工巧細緻。固結：凝結，鬱結。

（四）探理：探求義理。聖文：聖人的文章典籍。《後漢書·鄭玄傳論》云：『自秦焚六經，聖文埃滅。』

（五）三晝：指《周易》中三才配三晝卦之説，上晝爲天，中晝爲人，下晝爲地。君德：人主的德行或恩德。《周易·乾》載：『見龍在田，利見大人，君德也。』太上：上帝，天帝。元首：君主。《尚書·益稷》載：『股肱喜哉，元首起哉，百工熙哉！』

（六）清慮：思慮的敬詞。陸機《弔魏武帝文》云：『紆廣念於履組，塵清慮於餘香。』罔棄：沒有捨棄。《爾雅·釋言》載：『罔，無也。』篤物之志：專心致志。優贍：淵博豐富。《後漢書·蔡邕傳》載：『夫夫有逸羣之才，人人有優贍之智。』

（七）雜越：雜亂而泯滅界劃。疑陽：爭論辯駁。《周易·坤》載：『陰疑於陽，必戰。爲其嫌於無陽也，故稱龍焉。』

（八）惻隱：同情，憐憫。佑直：正直。吾無間然：我找不到可以非議的地方。《論語·泰伯》載：『子曰：「禹，吾無間然矣。」』

（九）臻：達到。二儀：指天地。

（一〇）極者：指前文所説的『臻其極者』。不極者：指前文所説的『未臻其極者』。資：財貨，呼應前文所説的『情之者寡，利之者眾』。敬讓：恭敬謙讓。忮爭：嫉妒爭鬥。𨯳：鐮。《玉篇》載：『青州謂鐮爲𨯳。』寢端：消除事端。百代：指很長的歲月。信厚：誠實敦厚。

（一一）誣以不筭：指何承天《答顏永嘉》所云『誠宜滋其萌蘖，援其善心，遂乃存而不筭，得無過與』。筭，同『算』，計算，謀劃。

（一二）等列：處於同等地位，同列。偏才：具有某一方面才能的人。無生：佛教語，謂沒有生滅，不生不滅。

（一三）氓隸：地位低下的貧苦勞動者。甄：甄別，選拔。

（一四）僑札：春秋鄭國公孫僑（子產）與吳國公子季札的合稱。皇王：指古聖王。《詩經·大雅·文王有聲》云：『四方攸同，皇王維辟。』伊顏：伊尹、顏回的合稱。氣化：陰陽之氣的變化。頤指：用面頰指物，這裏形容很容易判斷兩者（『上附』『下麗』）之間的區別。

（一五）大德：大功德，大恩。稟五常：秉承天賦五行屬性的形體。此句源於何承天《答顏永嘉》云『人生雖均被大德，不可謂之眾生，譬聖人雖同稟五常，不可謂之眾人』。

（一六）茂人者神明：指人的精神、智慧卓異於其他有生命之物，人是天地萬物的中心，不能和其他生物一起並列爲『眾生』。

（一七）蜀梁逃畏：指涓蜀梁害怕自己的影子和頭髮而逃跑，以致死亡的典故。《荀子·解蔽》載：『夏首之南有人焉，曰涓蜀梁。其爲人也，愚而善畏。明月而宵行，俯見其影，以爲伏鬼也；卬視其髮，以爲立魅也。背而走，比至其家，失氣而死。』惛算：愚鈍和聰慧的人。

（一八）矜：自誇，自恃。萌起：開始，發生。鬱滅：鬱沒，消失。芻豢：指牛羊豬狗等牲畜，泛指肉類食品。《孟子·萬章下》載：『故義理之悅我心，猶芻豢之悅我口。』百品：各種各類。指歸：主旨，意向。

（一九）下民：百姓，人民。《詩經·小雅·十月之交》云：『下民之孽，匪降自天。』化而裁之：教化裁節。上聖：至聖，德智超羣的人。垣防：以城牆爲防，喻指克制貪欲。《說文解字》載：『垣，牆也。』罔不備設：指放縱貪欲，不加節制。罔不，無不，全都。備設，設置，這裏指克制貪欲。侈志：指貪欲，即顏延之《釋何衡陽〈達性論〉》所說『情嗜』。

（二〇）慘物之談：指何承天《答顔永嘉》所説的『至於情嗜不禁，害生慘物，所謂甚者泰者，聖人固已去之』。薄夫：刻薄的人。《孟子·盡心下》載：『聞柳下惠之風者，薄夫敦，鄙夫寬。』

（二一）樂殺：喜好殺戮。好生：愛惜生靈，不嗜殺。博乎生情：指博愛衆生者對生靈有感情。排虛：淩空，借指飛禽。《淮南子·原道訓》載：『鳥排虛而飛，獸蹠實而走。』跖實：獸類足踏實地而行，借指走獸。《説文解字》載：『跖，足下也。』

（二二）利澤：利益恩澤。《莊子·天運》載：『利澤施於萬世，天下莫知也。』麛卵：幼鹿和鳥卵，泛指幼小的禽獸。豺獺：豺祭和獺祭。豺在深秋時殺獸以備冬糧，陳於四周，似人之陳物而祭；獺在初春河水解凍時捕魚列於岸，似人之陳物而祭。《禮記·王制》載：『獺祭魚，然後虞人入澤梁；豺祭獸，然後田獵。』

（二三）委咎：歸罪。市鄽：市中店鋪，亦作『市廛』。左思《蜀都賦》云：『亞以少城，接乎其西，市廛所會，萬商之淵。』庖廚：廚房。

（二四）市庖：指前文所言『市鄽』『庖廚』。御養：養生之道。神農所書：指相傳爲神農所作的《神農本草經》，是我國第一部藥物學專著，記載了不少延年益壽的方法。中散所述：指嵇康（曾任中散大夫）所作《養生論》，主張『清虛靜泰，少私寡欲』以養生。公理美其事：指仲長統（字公理）《昌言》稱美養生之法，認爲『和神氣，懲思慮，避風濕，節飲食，適嗜欲，此壽考之方也』。仲彦精其業：指矯慎（字仲彦）一生專注於道家養生之道。《後漢書·逸民傳·矯慎傳》載：『矯慎字仲彦，扶風茂陵人也。少好黄老，隱遁山谷，因穴爲室，仰慕松喬導引之術。』

（二五）刲刳：剖割，這裏喻指食用肉類，佛教主張不殺生，顔延之認爲殺生食肉有悖於人的『稟和之性』。爓瀹：燒煮，這裏喻指食用肉類，佛教主張不殺生，顔延之認爲殺生食肉不利於人的善行的養成。爓，用火燒熟。瀹，煮。翼善：輔助善行。

（二六）編戶難齊：人丁難以統一編入戶籍，喻指佛教不同於儒家思想。二叔：周武王之弟管叔鮮與蔡叔度。《左傳·僖公二十四年》載：『昔周公弔二叔之不咸，故封建親戚以蕃屏周。』遠圖：深遠的謀劃。長世：歷世久遠，永存。歲功：一年農事的收穫，這裏喻指成功可期。《漢書·禮樂志》載：『陽不得陰之助，亦不能獨成歲功。』

（二七）精靈：精靈之氣，古人認爲是形成萬物的本原。遊魂：遊散的精氣，古人認爲人或其他動物的生命是由精氣凝聚而成的，精氣遊散，則趨於死亡。《周易·繫辭上》載『精氣爲物，遊魂爲變』，王弼注：『精氣烟煴聚而成物，聚極則散，而遊魂爲變也。』

（二八）無形：不見形體。正定：佛教語，梵語『三昧』之意譯，謂屏除雜念，心不散亂，專注一境。仲尼不答，有無未辨：指孔子對鬼神採取謹慎的態度，未明確辨其有無。《論語·先進》載：『季路問事鬼神。子曰：「未能事人，焉能事鬼？」』《論語·述而》載：『子不語怪力亂神。』

（二九）嗜學：指何承天愛好學習。《宋書·何承天傳》載：『承天五歲失父，母徐氏，廣之姊也，聰明博學，故承天幼漸訓議，儒史百家，莫不該覽。』曉晦：幽明，指有形和無形的事物。

（三〇）知：知己，《弘明集》問答雙方以朋友、知己相待，行文多稱對方爲『知』。必符之言：指何承天《答顏永嘉》所説的『所憑之方，請附夫子之對，及施報之道，必然之符』。體之極於罔，講求反意：指物極則反。《鶡冠子·環流》云：『美惡相飾，命曰復周；物極則反，命曰環流。』

（三一）將譯胥牽俗，還説國情：指宋國華元夜入楚師，透露本國機密並與楚結盟之事。《左傳·宣公十五年》載：『宋人懼，使華元夜入楚師……曰：「敝邑易子而食，析骸以爨。」……宋及楚平，華元爲質。盟曰：「我無爾詐，爾無我虞。」』

（三二）近釋報施，首稱氣數者：指顏延之《釋何衡陽〈達性論〉》所云『凡氣數之內，無不感對，施報之道，必然之符，言其必符，何猜有望』。報施，報答。氣數：氣運。類感：同類互相感應。

（三三）心術：指人認識事物的方法和途徑。《莊子·天道》載：『此五末者，須精神之運，心術之動，然後從者也。』此句謂人心的能動變化是很難追及的，其所到達的情況也很難推究本相，所以應當尋取世俗所見，借以爲證。

（三四）此句典出《莊子》，謂做事粗疏魯莽，相應的報復也因之而來。《莊子·則陽》載：『長梧封人問子牢曰：「君爲政焉勿鹵莽，治民焉勿滅裂。昔予爲禾，耕而鹵莽之，則其實亦鹵莽而報予；芸而滅裂之，其實亦滅裂而報予。予來年變齊，深其耕而熟耰之，其禾蘩以滋，予終年厭飧。」』

（三五）此句強調因果報應，不見於今本《荀子》，可能語出班固。班固《漢書·刑法志》載：『孫、吳、商、白之徒，皆身誅戮於前，而國滅亡於後。報應之勢，各以類至，其道然矣。』

（三六）後身：佛教有『三世』之說，謂轉世之身爲『後身』。裴啓《裴子語林》云：『張衡之初死，蔡邕母始孕。此二人才貌相類，時人云邕是衡之後身。』慈護：身具慈心，愛護他人。此數：指因果報應。佛教依據未作不起、已作不失的理論，認爲事物有起因必有結果，作善作惡必各有報應。

（三七）長美：增加美善之行。遏惡：防止邪惡之事的發生。大順：順乎倫常天道。《禮記·禮運》載：『天子以德爲車，以樂爲御，諸侯以禮相異，大夫以法相序，士以信相考，百姓以睦相守，天下之肥也，是謂大順。』有生：有生命者。無死：佛教語，猶言不滅。兆物：萬物。百神：各種神靈。祚極胤子：福報延及子嗣。福限卿相：福報僅限於高官。卿相，執政的大臣，借指高官。

（三八）常善以救，善亦從之：經常行善救助他人，會有善報。影表：即圭表，爲古代測度日影的天文儀器，這裏以日喻行善，以影喻善報，謂兩者相隨。顔延之《又釋何衡陽》云：『斯言果然，則類感之物，輕重必侔；影表之勢，修短有度。』要惠說報：指索取好處，期望回報。

（三九）疑罪：證據不足，難以量刑之罪，這裏指何承天《答顔永嘉》對施恩望報的指責，云『微暢設報以要惠，說徒之所先，悦報而爲惠，舉世之常務，疑經受累劫之罪，勤施獲積倍之報，不似吾黨之爲道者，是以怏怏耳』。吝情：吝惜的神情，捨不得的表情。德教：道德教化。矜功：恃功，自負功高。

（四〇）異義：不同的觀點，新的見解。殊意：想法不同。已備前白：指顔延之《釋何衡陽〈達性論〉》所云『人有賢否，則意有公私，不可見物或期報，因謂樹德皆要』。

（四一）重云：重述、復述，後面文字略見於何承天《答顔永嘉》，云『但丈夫處實者，頗陋前識之華』。處實陋華：存心樸實，輕視浮華。居厚去薄：立身敦厚，去除澆薄。《老子》第三十八章云：『前識者，道之華，而愚之始。是以大丈夫處其厚不居其薄，處其實不居其華。』

（四二）周急：周濟困急。《論語·雍也》載：『吾聞之也，君子周急不繼富。』期譽：撈取名譽，沽名釣譽。乃如之人：指前面所說『施非周急，惠而期譽』之人。蠹：蛀蟲，這裏指損害道義之人。

（四三）惟子之恥，丘亦恥之：用《論語》典故，指『施非周急，惠而期譽』這些行爲，你認爲可恥，我也認爲可恥。《論語·公治長》載：『子曰：「巧言、令色、足恭，左丘明恥之，丘亦恥之；匿怨而友其人，左丘明恥之，丘亦恥之。」』何承天《答顏永嘉》云：『若乃施非周急，惠存功舉，揆諸高明，亦有恥乎？』

【繫年】

顏延之《釋何衡陽〈達性論〉》作於元嘉十一年季秋前後（見《釋何衡陽〈達性論〉》繫年），《重釋何衡陽》的創作時間當在《釋何衡陽〈達性論〉》之後不久。《重釋何衡陽》篇首所言『言止穀稼，務盡耕牧，談年計耦』發生在元嘉十一年穀物收獲之後，在初冬十月左右。例如，顏延之《應詔觀北湖田收》云：『息饗報嘉歲，通急戒無年。』詩歌作於『田收』之後。詩中云：『開冬眷徂物，殘悴盈化先。』這裏的『開冬』指冬季的開始，即農曆十月。《文選》呂延濟注：『開冬，十月也。』因此，顏延之《重釋何衡陽》當作於元嘉十一年十月左右。

[附]答顏永嘉

何承天

敬覽芳訊，研復淵旨，區別三才，步驗精粹，宣演道心，褒賞施士，貫綜幽明，推誠及物，行之於己則美，敷之於教則弘，殆無所間。退尋嘉誨之來，將欲令參觀斗極，復迷反逕，思或昧然，未全曉洽，故復重申本懷。

足下所謂共成三才者，是必合德之稱，上哲之人，亦何爲其然？夫立人之道，取諸仁義。惻隱爲仁者之表，恥惡爲義心之端。牛山之木，剪性於釁斧；恬漠之想，汩慮於利害。誠宜滋其萌蘖，援其善心，遂乃存而不算，得無過與？

又云：議三才者，無取於氓隸；言衆生者，亦何濫於聖智？既已聞命，猶未知二塗當以何爲判。將伊顏下麗，寧僑札上附？企望不倦，以祛未了。必令兩籍俱舉，宮和符合，豈不盡善？

又曰：大德曰生，有萬之所同，同於所方萬。豈得生之可異，非謂不然？人生雖均被大德，不可謂之衆生，譬聖人雖同稟五常，不可謂之衆人，奚取於不異之生必宜爲衆哉！

來告云：人則役物以爲養，物則見役以養人。大判如此，便是顧同鄙議。至於情嗜不禁，害生慘物，所謂甚者泰者，聖人固已去之。

又云：以道爲心者，或不劑此而止。請問不止者，將自己不殺耶？令受教咸同耶？若自己不殺，取足市鄽，故是遠庖廚，意必欲推之於編戶，吾見雅論之不可立矣。

又云：若同草木，便當烟盡，精靈在天，將何憑以立？夫神魄忽恍，遊魂爲變，發揚悽愴，亦於何否之。仲由屈於知死，賜也失於所問。不更受形，前論之所明言。所憑之方，請附夫子之對。及施報之道，必然之符，當謂于氏高門，侯積善之慶，博陽不伐，膺公侯之祚，何關於後身乎？

又云：經世恆談，施者勿憶，士子服義，惠而弗有。誠哉斯言！微恨設報以要惠，說徒之所先。悅報而爲惠，舉世之常務，疑經受累劫之罪，勤施獲積倍之報，不似吾黨之爲道者，是以怏怏耳。知欲引之上濟，亦甚所不惜，但丈夫處實者，頗陋前識之華，故不爲也。若乃施非周急，惠存功譽，揆諸高明，亦有恥乎？此吾率其恆心，久而不化，內慚璩子，未暇有所誚也。何承天白。

又釋何衡陽〔二〕〔一〕

聖慮難原，神應不測，中散所云『中人自竭，莫得其端』，豈其淺斥，所可深抽〔二〕。徒以魏文火〔二〕布，見刊異世；滕脩蝦鬚，取愧當時〔三〕。故於度外之事，怯以意裁耳〔四〕。足下已審其虛實，方書之不朽，獨鑒堅精，難復疑問〔五〕。聊寫餘懷，依答條釋。事緯殃福，義雜胡華，雖存簡章，自至煩文，過此已往，余欲無言〔六〕。

答曰：若如論旨，以三畫爲三才，則初擬地爻，三議天位〔七〕。然而遁世無悶，非厚載之目；君子乾乾，非蒼蒼之稱〔八〕。果兩儀罔託，亦何取於立人？但爻在中和，宜應君德耳〔九〕。

釋曰：聞之前學，淳象始於三畫，兼卦終於六爻〔一〇〕。三畫立本，三才之位，六爻未變，羣龍所經，是以重卦之後，則以出處明之〔一一〕。故遁世乾乾，潛藏皆行，聖人適時之義，兼之道也〔一二〕。若以初爻非地，三位非天，以爲兩儀罔託，立人無取，未知足下前論三才同體，何因而生（一三）？若猶受之繫説，不軼師訓，何獨得之復卦，喪之單象（一四）？如羲文之外，更有三才，此自《春秋》新意，吾無識焉（一五）。且遁世乾乾，雖非覆載之名，一體之中，未失卑高之實。豈得以變動之辭，廢立本之義（一六）？又知以爻在中和，宜應君德。若徒有中和之爻，竟無中和之人，則爻將何放？若中和在德，則不得人皆中和，體合之論，固未可殊越（一七）。

答曰：上仁上義，便是許體仁義者爲三才（一八）。尋又云『僑札未獲上附，伊顔宜其下麗』，則黄裳之人，其猶弗及（一九）。雖賾之旨，高下無準，故惑者未悟（二〇）。

釋曰：所云『上仁上義』，謂兼總仁義之極，可以對饗天地者耳，非謂少有恥愛，便爲三才（二一）。前釋已具，恠復是問。四彼域中，唯王是體，知三才兩儀，非聖不居，《易》《老》同歸，可無重惑（二二）。案東魯階差，僑札理不允備，何由上附至位；依西方準墨，伊顔未獲法身，故當下麗生品（二三）。來論挾姬議釋，故兩解此意，冀以取了，反致辭費（二四）。聖作君師，賢爲臣資，接暢神功，影響大業，行藏可共，默語亦同。體分至此，何負黄裳（二五）。議者徒見不得等位元首，横生誚恨，而不知引之極地，更非守節之情，指斷如斯，何謂無準（二六）？

答曰：夫陰陽陶氣，剛柔賦性，圓首方足，容貌匪殊，惻隱恥惡，悠悠皆是（二七）。但參體二儀，必舉仁義爲端耳。

釋曰：若謂圓首方足，必同恥惻隱之實，容貌匪殊，皆可參體二儀。蹻跖之徒，亦當在三才之數耶？若誠不得，則不可見横目之同，便與大人同列？悠悠之倫，品量難齊（二八）。既云『仁者安仁，智者利仁』，又云『力行近仁，畏罪強仁』，若一之正位，將真僞相冒（二九）。莊周云『天下之善人寡，不善人多』，其分若此，何謂皆是（三〇）？

答曰：知欲限以名器，慎〔三〕其所假，遂令惠人潔士，比性於毛羣，庶幾之賢，同氣於介族，立象之意，豈其然乎〔三一〕？

釋曰：名器有限，良由資體不備，雖欲假之，疑陽謂何〔三二〕？含靈爲人，毛羣所不能同；稟氣成生，潔士有不得異〔三三〕。象放其靈，非象其生，一之而已，無乃誣漫〔三四〕。

答曰：『已均被同衆』云云，特靈之神，既異於衆，得生之理，何嘗暫同〔三五〕。生本於理，而理異焉，同衆之生，名將安附？若執此生名，必使從衆，則混成之物，亦將在例耶〔三六〕？

釋曰：吾前謂『同於所萬，豈得生之可異』，足下答云『非謂不然』，又曰『奚取不異之生，必宜爲衆，是則去吾爲衆，而取吾不異』，豈有不異而非衆哉〔三七〕！所以復云『故當殊其特靈，不應異其得生耳』。今答又謂『得生之理，何嘗暫同』，生本於理，而理異焉〔三八〕。請問得生之理，故是陰陽耶？吾不見其異，而足下謂『未嘗暫同』〔三九〕。若有異理，非復煦〔四〕蒸耶？則陰陽之表，更有受生塗趣，三世詎宜堅立，使混成之生，與物同氣，豈混成之謂〔四〇〕？若徒假生名，莫見生實，則非向言之匹。言生非生，卽是有物不物，李叟此説，或更有其義，以無詰有，頗爲未類〔四一〕。

答曰：『謹爲垣防〔五〕』云云，始云皇聖設候物之教，謹順時之經，將以反漸息泰〔四二〕。今復以方開所泰爲難，未詳此將難鄙議，爲譏聖人也？

釋曰：前觀本論，自『九穀』以下，至『孔釣不綱』，始知高議，謂凡有宰作，皆出聖人，躬爲尸匠，以率先下民也〔四三〕。孤鄙拙意，自謂每所施爲，動必有因，聖人從爲之節，使不遷越〔四四〕。此二懷之大斷，彼我所不同：吾將節其奢流，故有息泰之説；足下方明備設，未知於何去甚〔四五〕？而中答又云：『所謂甚者，聖人固已去之』，不了此意，故近復以所泰爲問。答云：未詳誰難，或自忘前報。

答曰：『市庖之外』云云，夫禋瘞繭栗，宗社三牲，膮薌豆俎，以供賓客〔四六〕。七十之老，俟肉而飽，豈得唯陳草石，取備上藥而已(四七)。所〔六〕憂不立者，非謂洪論難持，退嫌此事，不可頓去於世耳(四八)。

釋曰：神農定生，周人備教，既唱粒食，而言上藥，既用犧牢，又稱蘋蘩(四九)。祭膳之道，故無定方。前舉市庖之外，復有御養者，捐奪刳淪之滯，以明延性不一，非謂經世之事，皆當取備草石(五〇)。然芻豢之功，希至百齡；芝朮〔七〕之懿，亟聞千歲(五一)。由是言之，七十之老，何必謝恩於肉食？但自封一域者，捨此無術耳。想不可〔八〕頓去於世，猶是前釋所云，不能頓奪所滯也。始獲符同，敢不歸美？既知不可頓去，或不謂道盡於此(五二)。

答曰：『天下寧有無形之有』云云，尋來旨似不嫌有鬼，嘗謂鬼宜有質，得無惑天竺之書，說鬼別爲生類耶(五三)？昔人以鬼神爲教，乃列於典經，布在方策，鄭僑、吴札，亦以爲然(五四)。是以雲和六變，實降天神；龍門九成，人鬼咸格(五五)。足下雅秉周禮，近忽此義，方詰無形之有，爲支離之辨〔九〕乎(五六)？

釋曰：非唯不嫌有鬼，乃謂有必有形。足下不無是同，處有復異，是以比及質詰，欲以求盡，請括天竺之說，謹依中土之經(五七)。又置別爲生類，共議登遐〔一〇〕精靈體狀有無，固然宜報定(五八)。典策之中，鬼神累萬〔一一〕，所不了者，非其名號。比獲三論，每來益衆，萬鬼畢至，竟未片答。雖啓告周博，非解企渴(五九)。無形之有，既不匠立，徒謂支離，以爲通說。若以覈正爲支離者，將以浮漫爲直達乎(六〇)？

答曰：『後身著戒』云云，未詳所謂慈護者，誰氏之子。若據外書報應之說，皆吾所謂權教者耳(六一)。凡講求至理，曾不析之聖言，多采譎怪，以相扶翼，得無似以水濟水乎(六二)？

釋曰：慈護之主，計亦久聞其人，責以誰子，將以文殊、釋氏，知〔一二〕謂報應之說，皆是權教(六三)。權道隱深，非聖不盡，雖子通識，慮亦未見其極。吾疲於推求，而足下逸於獨了，良有恧〔一三〕然(六四)。若權教所言，皆爲欺妄，則自然之中，無復報應。吾懦於擊決，足下列〔一四〕於專斷，亦又懼焉(六五)。神高聽卑，庸可誣哉！想云聖言者，必姬、孔之語〔一五〕(六六)。今之所談，皆其信順之事，而謂曾不析之，復是未經(六七)。詳思來論，立姬廢釋，故吾引釋符姬，答不越問，未覺多采，由余〔一六〕、日磾，不生華壤，何限九服之外不有窮理之人（六八）？內外爲判，誠亦難乎？若自信其度，獨師耳目，習識之表皆爲譎性，則吾亦已矣（六九）。

答曰：又云『物無妄然，必以類感』云云，斯言果然，則類感之物，輕重必侔；影表之勢，修短有度（七〇）。致飾土木，不發慈愍之心；順時獀狩，未根慘虐之性（七一）。天宮華樂，焉賞而上升；地獄幽苦，奚罰而淪陷（七二）。唱言窮軒輊，立法無衡石，一至於此（七三）。

釋曰：影表之說，以徵感報，來意疑不必侔，嫌其無度，卽復除福應也（七四）。福應非他，氣數所生，若滅福應，卽無氣數矣（七五）。足下功存步驗，而還伐所知，想信道爲心者，必不至此（七六）。若謂不慈於土木之飾，有甚於順時之殺者，無乃大負夫人之心。黃屋玉璽，非必堯舜之情；崇居麗養，豈是釋迦之意（七七）？責天宮之賞，求地獄之罰，頗類昔人亞夫之詰，英布之問，有味乎其言（七八）。此蓋衆息心之所詳，吾可得而略之。

答曰：且阿保傅〔一七〕愛，慎及溷腴；良庖提刀，情怵介族（七九）。彼聖人者，明並日月，化關三統。若令報應必符，亦何妨於教，而緘扃羲唐之紀，埋閉周孔之世（八〇）。肇結網罟，興累億之罪；仍制牲牢，開長夜之罰（八一）。遺彼天廚，甘此芻豢，曾無拯溺之仁，橫成納隍之酷（八二）。其爲不然，宜簡淵慮。若謂窮神之智，猶有不盡。雖高情愛奇，想亦未至於侮聖（八三）。

釋曰：知謂報應之義，緘羲周之世，以此推求，爲不符之證（八四）。羲唐邈矣，人莫之詳，《尚書》所載，不過數篇，方言德刑之美〔一八〕，遑記禍福之源（八五）。今帝典王策，猶不書性命之事，而徵〔一九〕闕文，以爲古必無之，斯亦師心之過也。且信順殃慶，咸列姬孔之籍，謂之埋閉如小逕乎〔二〇〕（八六）？但言有遠近，教有淺深，故使智者與此而奪彼耶？夫生必有欲，欲必有求，欲歉〔二一〕則爭，求給則恬，爭則相害，恬則相安。網罟之設，將蠲害以取安乎（八七）？且畋漁牲牢，其事不異。足下前答，已知牲牢不可頓去於今世，復謂畋漁不可獨棄於古，未爲通類矣[八八]。好生惡死，每下愈篤，故宥其死者順其情，奪其生者逆其性。至人尚矣，何爲犯順而居逆哉？是知不能頓奪所滯，故因爲之制耳。聖靈雖茂，無以叡蒙惛之心，弱喪之民，何可勝論[八九]？罪罰之來，將物自取之。事遠難致，不由天廚見遺；物近易耽，故常芻豢是甘。拯溺出隍，衆哲所共，但化物不同，非道之異。不盡之讓，亦如過當。子長愛奇，本不類此[九〇]。

答曰：足下論仁義，則云情之者少，利之者多；言施惠，則許其遺賢忘報[九一]。在情既少，熟〔一二〕能遺賢；利之者多，曷云忘報？若能推樂施之士，以期欲仁之疇，演忘報之意，引向義之心，則義寔在斯，求仁不遠[九二]。

釋曰：情仁義者寡，利仁義者衆，聞之莊書，非直孤說，未獲詳校，遽見彈責[九三]。夫在情既少，利之者多，不能遺賢，曷云忘報？實吾前後勤勤，以爲不得配擬二儀者耳。復非篤論，所應據正[九四]。若樂施忘報卽爲體仁，忘報而施便爲合義，可去欲字，並除向名，在斯不遠，誰不是慕[九五]？

答曰：『濟有生之類』云云，斯旨宏誕，非本論所及，無乃秦師將遁，行人言肆乎[九六]？

釋曰：足下論挾姬釋，吾亦答兼戎周〔一三〕[九七]。足下以此抑彼，謂福及〔一四〕高門；吾伸彼抑〔一五〕此，云慶周兆物〔一六〕[九八]。足下據此所見，謂祚止公侯；吾信彼所聞，云尊冠百神[九九]。本議是爭，曷云不及？夫論難之本，以易奪爲體，失之已外，輒云宏誕，求理之塗，幾乎塞矣。師遁言肆，或不在此[一〇〇]。

答曰：『豈其相迫，居吾語子？聖人在上，不與百神爭長，有始有卒，焉得無死之地』云云[一〇一]。

釋曰：豈其相迫，一何務德，居吾語子，又何壯辭？凡爲物之長，豈急之所得？非唯不爭，必將下之[一〇二]。不可見尊冠百神，便謂與百神爭長，無乃取之滕薛，棄之體仁。知〔一七〕謂物有始卒，無不死之地，求之域內，實如來趣[一〇三]。前釋所謂勝類諸區，有誠亦宜然者也。至如《山經》所圖，《仙傳》所記，事關世載，已不可原[一〇四]。況復道絕恆情，理隔常照，必以於我不然，皆當絕棄，此又所不得安[一〇五]。

答曰：夫『辨章幽明，研精庶物』云云〔一〇六〕。

釋曰：逮省此章，盛陳列代，文博體周，頗善師法，歌誦聖世，足爲繁聲，討求道義，未是要説耳〔一〇七〕。昔在幼壯，微涉羣紀，皇王之軌，賢智之跡，側聞其略。敢辱其詳，惠示之篤，實勤執事〔一〇八〕。

答曰：『何必陋積慶之延祚，希無驗於來生，蹲膜揖讓，終不並立〔二八〕。竊願吾子，捨兼而遵一』云云〔一〇九〕。

釋曰：不陋積慶，已伸信順之條；貫希來生〔二九〕，亦具感報之説。藻袞大裘，同用一體〔三〇〕「蹲膜揖讓，何爲不俱行一世？理有可兼，無謂宜捨〔一一〇〕。

答曰：蜀梁二叔、甘〔三一〕人、譯胥之譬，非本論所繼〔三二〕，故不復具云〔一一一〕。

釋曰：近此數條，聊發戲端，亦猶越人問布，見采於前談，肆業及之，無相多怪〔一一二〕。然二叔爲問，欲以郤編戶之疑，沒而不答，誠有望焉〔一一三〕。足下連國雲從，宏論風行，吾幽生孤説，每獲竊議〔一一四〕。此之不侔，事有固然，實由通才，所共者理，欻忘其煩，貪復息心〔一一五〕。

【校】

本文以《弘明集》卷四（大藏經本）所載爲底本，用《弘明集》卷四（磧砂藏本）、《弘明集》卷四（涵芬樓本）、《弘明集》卷四（寬永本）、張燮《顔集》、張溥《顔集》參校。

〔一〕張燮《顔集》、張溥《顔集》標題作《又釋何衡陽書》。

〔二〕『火』，張燮《顔集》、張溥《顔集》訛作『大』。此處當作『火』，指火浣布，見注釋〔三〕。

〔三〕『慎』，《弘明集》（大藏經本）作『順』，諸本作『慎』。此處爲顔延之轉引何承天《重答顔永嘉》中的文字，何承天原文見於《弘明集》卷四，包括大藏經本在內，諸本皆作『慎』，故此處當作『慎』。

〔四〕「煦」，《弘明集》（大藏經本）訛作「照」，據諸本改。

〔五〕「防」，《弘明集》（寬永本）、張燮《顔集》、張溥《顔集》作「坊」，二字通。

〔六〕「所」，《弘明集》（大藏經本）作「所」，諸本作「而」。此處爲顔延之轉引何承天《重答顔永嘉》中的文字，何承天原文見於《弘明集》卷四，包括大藏經本在内，諸本皆作「所」，故此處當作「所」。

〔七〕「茉」，《弘明集》（大藏經本）作「茉」，諸本作「朮」，二字同。

〔八〕「可」，《弘明集》（大藏經本）脱此字，據諸本補。

〔九〕「辨」，《弘明集》諸本作「辨」，張燮《顔集》、張溥《顔集》作「辯」，二字通。

〔一〇〕「遐」，《弘明集》（磧砂藏本、寬永本）訛作「霞」。

〔一一〕「萬」，《弘明集》（涵芬樓本）訛作「方」。

〔一二〕「知」，《弘明集》（磧砂藏本）訛作「和」。

〔一三〕「惡」，諸本訛作「惡」。

〔一四〕「列」，諸本作「烈」，二字通。

〔一五〕「語」，諸本作「諮」。

〔一六〕「餘」，《弘明集》（大藏經本）作「餘」，諸本訛作「金」。

〔一七〕「傅」，《弘明集》（寬永本）訛作「傳」。

〔一八〕「美」，《弘明集》（大藏經本）訛作「失」，據諸本改。

〔一九〕「徵」，《弘明集》（磧砂藏本、涵芬樓本、寬永本）、張燮《顔集》、張溥《顔集》訛作「微」。

〔二〇〕「乎」，《弘明集》（磧砂藏本）訛作「並」。

〔二一〕「歉」，《弘明集》（大藏經本）訛作「嗛」，據諸本改。

〔二二〕「熟」，諸本作「孰」，二字通。

〔二三〕「周」，《弘明集》（寬永本）訛作「固」。

〔二四〕『及』，《弘明集》諸本訛作『極』，據張燮《顔集》、張溥《顔集》改。

〔二五〕『抑』，《弘明集》（寛永本）訛作『釋』。

〔二六〕《弘明集》（磧砂藏本）『物』前衍『之』字。此處爲顔延之轉引何承天《重答顔永嘉》中的文字，何承天原文見於《弘明集》卷四，包括磧砂藏本在内，諸本皆作『慶周兆物』，故此處『物』前當無『之』字。

〔二七〕『知』，《弘明集》（磧砂藏本）訛作『和』。

〔二八〕『立』，諸本皆作『足』，此處爲顔延之轉引何承天《重答顔永嘉》中的文字，何承天原文見於《弘明集》卷四，諸本皆作『立』，故此處當作『立』。

〔二九〕『貫希來生』，《弘明集》（磧砂藏本、涵芬樓本、寛永本）作『貫希來生之』，張燮《顔集》、張溥《顔集》作『貫希來生之驗』。『之』『之驗』疑涉前而衍。

〔三一〕『體』，《弘明集》（大藏經本）、張燮《顔集》、張溥《顔集》作『體』，諸本作『禮』。

〔三二〕『甘』，《弘明集》（大藏經本）作『也』，據《弘明集》（磧砂藏本）、張燮《顔集》、張溥《顔集》改。

〔三二〕『繼』，諸本作『經』。此處爲顔延之轉引何承天《重答顔永嘉》中的文字，何承天原文見於《弘明集》卷四，諸本皆作『繼』，故此處當作『繼』。

【注】

〔一〕又釋何衡陽：本文爲顔延之回應何承天《重答顔永嘉》一文而作。

〔二〕聖慮：帝王的思慮或憂念。神應：神靈感應。中散：指嵇康，曾任中散大夫。中人自竭，莫得其端：此句出自嵇康《難宅無吉凶攝生論》，云：『夫神祇遐遠，吉凶難明。雖中人自竭，莫得其端，而易以惑道。』中人，中等的人，常人。

〔三〕魏文火布：魏文帝曹丕未見過火浣布（用石棉纖維紡織而成的布，具有不燃性，燃之可去布上污垢），認爲其不存在，並將其寫入《典論》，喻指不可能之事，後西域獻火浣布，證明曹丕的看法是錯誤的。干寶《搜神記》卷十三載：『漢世西域舊獻此布，中間久絶。至魏初時，人疑其無有。文帝以爲火性酷烈，無含生之氣，著之《典論》，明其不然之事，絶智者之聽。及明帝立，詔三公曰：「先帝昔著《典論》，不朽之格言，其刊石於廟門之外及太學，與《石經》並以永示來世。」至是，西域使人獻火浣布袈裟，於是刊滅此論，而天下笑之。』滕脩蝦鬚：滕脩起初不信有一丈長的蝦鬚，後見實物方才相信。滕脩，南陽西鄂人，三國時期吳國及西晉初年將領。《三國志·吳書·呂岱傳》注引王隱《交廣記》載：『吳後復置廣州，以南陽滕脩爲刺史。或語脩蝦鬚長一丈，脩不信。其人後故至東海，取蝦鬚長四丈四尺，封以示脩，脩乃服之。』

（四）度外：心意計慮之外。意裁：個人主觀判斷。

（五）書之不朽：指何承天《重答顏永嘉》一文。不朽，永存不磨滅，喻指文章。曹丕《典論·論文》云：『蓋文章經國之大業，不朽之盛事。』堅精：精誠堅定。

（六）殃福：災殃與幸福。胡華：指儒家與佛教。簡章：書籍，典章。煩文：冗雜的文字。過此已往：除此以外。《周易·繫辭下》載：『精義入神，以致用也；利用安身，以崇德也。過此以往，未之或知也。』

（七）答曰：指何承天《重答顏永嘉》所言，下同。論旨：議論的旨趣，論題的主旨。三畫：指《周易》中三才配三畫卦之說，上畫爲天，中畫爲人，下畫爲地。地爻：指《周易》六爻中的初爻、二爻。天位：這裏指天爻，即《周易》六爻中的五爻、上爻。爻，《周易》中組成卦的符號，『⚊』爲陽爻，『⚋』爲陰爻，每三爻合成一卦，可得八卦，兩卦（六爻）相重則得六十四卦，稱爲別卦。

（八）遁世：逃離人世，指隱居。無悶：没有苦惱，形容遺世索居者的心情。厚載之目：指地。《周易·坤》載：『坤厚載物，德合無疆。』乾乾：自強不息貌。《周易·乾》載：『君子終日乾乾，夕惕若厲，無咎。』蒼蒼之稱：指天。《詩經·秦風·黄鳥》曰『彼蒼者天』。

（九）兩儀：指天地。立人：立身，做人。《周易·說卦》載：『立人之道曰仁與義。』中和：中正平和。

（一〇）釋曰：指顏延之針對前面何承天《重答顏永嘉》所言而作的反駁。淳象：指乾、兑、離、震、巽、坎、艮、坤八個單卦之象，爲陰陽三爻（象徵天、地、人）排列組合而成。兼卦：由八個單卦兩兩組合而成，共六十四個。六爻：《易》卦之畫曰爻，六十四卦中，每卦六畫，故稱。《周易·繫辭上》載：『六爻之動，三極之道也。』

（一一）立本：確立根基，建立根本。《周易·繫辭下》載：『剛柔者，立本者也。』羣龍：喻指羣聖。《文選》李善注引應劭云：『羣龍，喻羣聖也，自伏羲下訖孔子。』重卦：由乾、兑、離、震、巽、坎、艮、坤八個單卦兩兩組合而成，共六十四卦。

（一二）潛藏：指隱居。《後漢書·逸民傳·逢萌傳》載：『萌素明陰陽，知莽將敗……因遂潛藏。』適時：適合時宜。兼之道：指相容並蓄的道理。

（一三）初爻：指六十四卦或八卦中，從下向上數的第一個爻。三位：指前文所言『三才之位』。

（一四）繫說：這裏指師說，老師傳授的說法。不軼師訓：指接受師說，不妄損益。師訓，師傅的訓誨，這裏指師說。復卦：這裏指前文所說『重卦』『兼卦』，並非《周易》六十四卦中的第二十四卦『復卦』。單象：這裏指前文所說『淳象』。

（一五）羲文：伏羲氏和周文王的並稱。《後漢書·班固傳》載：『今論者但知誦虞夏之《書》，詠殷周之《詩》，講羲文之《易》。』新意：新的意義、見解、想法。無識：不懂，無知。

（一六）覆載：覆蓋、承載，這裏指天地。《漢書·外戚傳·孝成班倢伃傳》載：『猶被覆載之厚德兮，不廢捐於罪郵。』卑高：尊卑高下之分。

（一七）體合之論：指顏延之《重釋何衡陽》所云『自非體合天地，無以元應斯弘』之說。殊越：超絕，超出尋常，這裏指體合之論有據，不能否定。

（一八）上仁上義：至仁至義。《老子》第三十八章云：『上仁爲之而無以爲，上義爲之而有以爲。』

（一九）僑札：春秋鄭國公孫僑（子產）與吳國公子季札的合稱。伊顏：伊尹和顏回的合稱。黄裳：黄色的下衣，這裏指有美好品德的人。《周易·坤》載：『六五：黄裳，元吉。』今人高亨注：『元，大也。裳，裙也，褲也。周人認爲黄裳是尊貴吉祥之物，代表吉祥之徵，故筮遇此爻大吉。……黄裳黄裙，内服之美，比喻人内德之美，故大吉。』

（二〇）賾之旨：用面頰指物，喻指顏延之對『上附』『下麗』的區分。無準：沒有準則或依據。郗超《奉法要》云：『夫罪福之於逆順，固必應而無差者也。苟昧斯道，則邪正無位，寄心無準矣。』

（二一）兼總：總括，同時具有。對饗天地：與天地同享祭祀，這裏指至仁至義之人，其德可配天地。

（二二）四彼域中：指寰宇間有道、天、地、人四大。《老子》第二十五章云：『故道大，天大，地大，人亦大。域中有四大，而人居其一焉。』同歸：一致。重惑：非常愚昧，這裏指迷惑、疑惑。

（二三）案東魯階差：按照儒家倫理標準。東魯，春秋魯國爲孔子家鄉，借指儒家。允備：允當而完備。依西方準墨：

根據佛教觀點來看。法身：佛教語，梵語意譯，謂證得清淨自性，成就一切功德之身，不生不滅，無形而隨處現形。《大般泥洹經·如來性品》載：『知如來法身，長存不變易。』生品：生物的品類。

（二四）來論：指何承天《重答顔永嘉》。挾姬議釋：指何承天根據儒家思想駁斥佛教觀點。辭費：話多而無用。《禮記·曲禮上》載：『禮不妄說人，不辭費。』

（二五）君師：古代君、師皆尊，故常以君師稱天子。臣貲：指輔助天子的大臣。神功：神一般的功績，古代多用以頌揚帝王。大業：大功業，大事業。行藏：指出處或行止。《論語·述而》載：『用之則行，捨之則藏。』默語：沉默或言說。《周易·繫辭上》載：『君子之道，或出或處，或默或語。』體分：秉賦和素質。

（二六）等位：官階爵位。元首：指君主。橫生：恣意萌生。誚恨：怨責惱恨。守節：堅守節操。指斷如斯：這裏指判斷明確有據。

（二七）陶氣：陶冶性情。賦性：天性，品性。圓首方足：代指人，人首形圓，足形方，故稱。《淮南子·精神訓》載：『頭之圓也象天，足之方也象地。』匪殊：沒有不同。恥惡：羞恥之心。悠悠：衆多貌。

（二八）蹻蹠：古代大盜莊蹻、盜蹠的並稱，這裏泛指盜賊。橫目：人民，百姓。《莊子·天地》載：『夫子無意於橫目之民乎？願聞聖治。』大人：德行高尚、志趣高遠的人。悠悠之倫，品量難齊：指人數量衆多，良莠不齊。

（二九）仁者安仁，智者利仁：有仁德的人安於仁道，有智慧的人則是知道仁對自己有利才去行仁。《論語·里仁》載：『子曰：「不仁者不可以久處約，不可以長處樂。仁者安仁，知者利仁。」』力行近仁，畏罪強仁：有的人努力行善，就接近仁了；有的人怕因爲不仁而犯罪受刑罰，便勉強實行仁道。《禮記·中庸》載：『好學近乎知，力行近乎仁，知恥近乎勇。』《禮記·表記》載：『仁者安仁，知者利仁，畏罪者強仁。』正位：中正之位。《孟子·滕文公下》載：『居天下之廣居，立天下之正位，行天下之大道。』

（三〇）天下之善人寡，不善人多：天下的善人少而惡人多。《莊子·胠篋》載：『天下之善人少而不善人多，則聖人之利天下也少而害天下也多。』

（三一）名器：名號爵位與車服儀制，古代用以區別尊卑貴賤的等級。《左傳·成公二年》載：『唯器與名，不可以假人，君之所司也。』慎其所假：指不輕易與人『名器』。惠人：施恩惠於他人的人，仁慈的人。潔士：操守清白的人。毛羣：指獸類。班固《西都賦》云：『毛羣内闐，飛羽上覆，接翼側足，集禁林而屯聚。』介族：泛指甲殼類動物，如蝦、蟹、貝等。立象：取法萬物形象。

（三二）資體：人所具有的體性、資質。疑陽：疑惑、懷疑。

（三三）含靈：具有靈性的人類。稟氣：天賦的氣性。《論衡·氣壽》云：『人之稟氣，或充實而堅強，或虛劣而軟弱。』

（三四）象放其靈，非象其生：聖人立象的目的在於使生靈解脱約束，獲得自由，而非僅用卦象代表各種生靈。無乃：莫非，恐怕是，表示委婉測度的語氣。誣漫：虛妄誇誕，這裏指曲解聖人立象的本意。

（三五）『已均被同衆』云云：指顏延之《重釋何衡陽》云『夫不可謂之衆人，以茂人者神明也，今已均被同衆，復何諱衆同，故當殊其特靈，不應異其得生』。特靈之神，既異於衆：指人的精神、智能異於其他有生命之物。得生之理，何嘗暫同：指人鍾天地之靈而生，稟氣清和，具有『神明』（精神），與其他生物不同。

（三六）若執此生名，必使從衆：如果固執地堅持衆生之名，不區分人和其他生物，而將人納入衆生之中。混成之物：指渾然一體，自然生成的道。《老子》第二十五章云：『有物混成，先天地生。』王弼注：『混然不可得而知，而萬物由之以成，故曰混成也。』在例：指『混成之物』也屬於衆生。

（三七）吾前謂『同於所方，豈得生之可異』：指顏延之《釋何衡陽〈達性論〉》云『且大德曰生，有萬之所同，同於所方萬，豈得生之可異？不異之生，宜其爲衆』。不異：沒有差別，等同。非衆：不屬於衆生。

（三八）殊其特靈：指何承天認爲人在萬物之中有著特殊地位，人稟氣清和，具有『神明』（精神），不能和其他生物一起並列爲『衆生』。

（三九）陰陽：指天地間化生萬物的二氣，顏延之認爲人和其他生命都因此而生，並無不同。《周易·繫辭上》載：『一陰一陽之謂道，陰陽不測之謂神。』

（四〇）煦蒸：化育，蒸騰。受生：稟性。陸機《豪士賦》序云：『受生之分，唯此而已。』塗趣：不同。三世：佛家以過去、現在、未來爲三世。同氣：氣質相同，氣類相同。《周易·乾》載：『同聲相應，同氣相求。水流濕，火就燥。』

（四一）李叟此説：指老子李耳提到的『混成』之物。李叟，指老子李耳。以無詰有：顔延之認爲混成之物空虚無形，與有生命的衆生並非同類。

（四二）『謹爲垣防』云云：指顔延之《重釋何衡陽》云『凡動而蓋流，下民之性，化而裁之，上聖之功，謹爲垣防，猶患逾盗，況乃罔不備設，以充侈志，方開所泰，何議去甚』。始云皇聖設候物之教，謹順時之經，將以反漸息泰：指顔延之《釋何衡陽〈達性論〉》云『皇聖哀其若此，而不能頓奪所滯，故設候物之教，謹順時之經，將以開仁育識，反漸息泰耳』。皇聖：這裏指儒家聖賢。候物：指占驗物候。順時：順應時宜，適時。

（四三）本論：指何承天《達性論》。九穀：古代九種主要農作物，這裏泛指穀物。《周禮・天官・大宰》載『三農生九穀』，鄭玄注：『司農云：「九穀：黍、稷、秫、稻、麻、大小豆、大小麥。」九穀無秫、大麥，而有粱、苽。』孔釣不綱：孔子祇用魚竿釣魚，而不用大網捕魚，説明孔子的慈悲仁善。《論語・述而》載：『子釣而不綱，弋不射宿。』高議：指何承天《達性論》『九穀』以下至『孔釣不綱』這部分文字見解高明。

（四四）孤鄙拙意：顔延之對自己看法的謙稱。從爲之節：這裏指節制貪欲。遷越：越出範圍而變化。潘岳《寡婦賦》云：『意忽怳以遷越兮，神一夕而九升。』

（四五）二懷：指顔延之與何承天兩人的不同看法。節其奢流：節制奢欲。方明：上下四方神明之象。備設：設置齊全。

（四六）『市庖之外』云云：指顔延之《重釋何衡陽》云『推此往也，非唯自己，不復委咎市鄽乎庖廚。且市庖之外，非無御養，神農所書，中散所述，公理美其事，仲彦精其業，是亦古有其傳』。市庖，市井店鋪中的庖廚。禋瘞：祭祀天地。禋，指祭天，將牲體、玉帛等放在柴火上焚燒，升烟以祭。瘞，指祭地，禮畢將牲體、玉帛等埋於地以享。繭栗：形容牛角初生之狀，言其形小如繭似栗，這裏指作爲天地祭祀祭品的小牛。《禮記・王制》載：『祭天地之牛，角繭栗；宗廟之牛，角握；賓客之牛，角尺。』宗社：宗廟和社稷的合稱。三牲：古代祭祀用的供品，分大三牲（豬、牛、羊）和小三牲（雞、鴨、魚）兩種，這裏指祭祀宗廟社稷所用的大三牲。膮薌：豬、牛肉羹。《禮記・内則》載：『膳：膷，臐，膮，醢，牛炙。』豆俎：古代祭祀、宴饗時盛食物用的兩種禮器，泛指各種禮器。班固《東都賦》云：『獻酬交錯，俎豆莘莘。下舞上歌，蹈德詠仁。』

（四七）唯陳草石：這裏指祇喫素，不食肉。上藥：仙藥，療效極高的上等藥物。《神農本草經》卷三載：『上藥令人身安命延，升天神仙，遨遊上下，役使萬靈，體生毛羽，行廚立至。』

（四八）洪論：高論，見解高明的議論，這裏是何承天對顏延之言論的敬稱。不可頓去於世：指不可能突然讓世人普遍食素而不喫肉。

（四九）神農定生：指相傳爲神農所作《神農本草經》中的養生之道。周人備教：指姬周禮教完備。粒食：以穀物爲食。《禮記·王制》載：『北方曰狄，衣羽毛穴居，有不粒食者矣。』犧牢：供宴饗或祭祀用的牛、羊、豬。蘋蘩：蘋和蘩，兩種可供食用的水草，古代可用於祭祀。《左傳·隱公三年》載：『蘋蘩薀藻之菜，……可薦於鬼神，可羞於王公。』

（五〇）祭膳之道：這裏指膳食養生的方法。定方：固定不變的方法。捐奪刳淪：這裏喻指食用肉類。經世之事：這裏指日常飯食。

（五一）芻豢之功，希至百齡：指肉食者的壽命很少超過一百歲。芻豢，指牛羊豬狗等牲畜，泛指肉類食品。《孟子·萬章下》載：『故義理之悅我心，猶芻豢之悅我口。』芝朮，靈芝、白朮，具有延年益壽的功效。

（五二）符同：附和，贊同。歸美：稱許，贊美。不謂道盡於此：指短時間內，很難讓世人普遍食素而不喫肉，但食素這一大方向並無問題。佛教主張不殺生食肉，因而顏延之有此說。

（五三）『天下寧有無形之有』云云：指顏延之《重釋何衡陽》云『精靈草木，果已區別，遊魂之荅，亦精靈之說。若雖有無形，天下寧有無形之有』。來旨：來信的旨意。有質：有形。天竺之書：指佛教經典。生類：泛指一切有生命之物。《列子·說符》載：『天地萬物與我並生類也，類無貴賤。』

（五四）典經：經典，指可作爲典範的經書典冊。鄭僑吳札：春秋時期鄭國公孫僑（子產）、吳國公子季札的合稱。

（五五）雲和：山名，所產之材可製琴瑟，這裏爲琴瑟、琵琶等絃樂器的統稱。六變：樂章改變六次，古代祭百神，樂章變六次祭典始成。天神：天上諸神，包括主宰宇宙之神及主司日月、星辰、風雨、生命等神。龍門：禹門口，在今山西省河津縣西北和陝西省韓城市東北，黃河至此，兩岸峭壁對峙，形如門闕，故名。九成：九重，言極高。《呂氏春秋·音初》載：『有娀氏有二佚女，爲之九成之臺，飲食必以鼓。』

（五六）雅秉周禮：指顏延之所在的顏氏家族爲儒學世家，顏延之的思想也以儒家爲主。周禮，周代的禮制，這裏借指儒家思想。近忽此義：指顏延之忽視儒家經典，轉信佛教之說。支離：離奇，虛妄，何承天認爲鬼神之説虛誕無據。

（五七）質詰：質詢詰問。天竺之說：指佛家思想。中土之經：指儒家學說。

（五八）登遐：死者升天而去。精靈：精靈之氣，古人認爲是形成萬物的本原。體狀：形體，形狀。

（五九）典策：記載典章制度等的重要册籍。累萬：形容數量眾多。不了：不明瞭，不明白。三論：佛教三論宗所依據的經典，即《中論》《百論》《十二門論》。啓告：告知。周博：周廣宏博。

（六〇）匠立：成立。通說：普遍認同的說法。核正：核實校正。浮漫：輕率。直達：正直而通達事理。

（六一）『後身著戒』云云：指顏延之《重釋何衡陽》云『後身著戒，可不敬與？慈護之人，深見此數』。後身，佛教有『三世』的說法，謂轉世之身爲『後身』。慈護：身具慈心，愛護他人。誰：何人。外書報應之說：指佛教因果報應之說。權教：佛法有權、實二教，權教爲凡夫、小乘說法，取權宜義，適用於一時。

（六二）至理：最精深的道理。聖言：這裏指儒家先聖所言。譎怪：奇異怪誕。扶翼：這裏指佐證其說。以水濟水：在水中再加水，比喻雷同附和，於事無所補益。《左傳·昭公二十年》載：『若以水濟水，誰能食之？』

（六三）文殊、釋氏：這裏借指佛教。文殊，佛教菩薩名，文殊師利的省稱，意譯爲『妙吉祥』『妙德』。釋氏，佛姓釋迦的略稱，亦指佛或佛教。《晉書·何充傳》載：『於時郗愔及弟曇奉天師道，而充與弟準崇信釋氏。』

（六四）權道：佛教語，指小乘說法的權教教義，這裏泛指教化世間的佛法。隱深：幽深，這裏指義理高深。通識：學識淵博。推求：尋求，探索。恧然：慚愧的樣子。《說文解字》載：『恧，慚也。』

（六五）欺妄：欺騙。擊決：迅速做出決定。專斷：獨自決斷，專決。

（六六）姬孔：周公姬旦、孔子的並稱。

（六七）信順：誠信不欺，順應物理。《後漢書·袁術傳論》云：『然大致受大福者，歸於信順乎！』未經：經典未載，指荒誕不合情理。

（六八）立姬廢釋：指何承天從儒家思想出發批評佛教。引釋符姬：指顏延之認爲佛教與儒家思想相符。由余：人名，其祖先爲晉國人，逃亡至戎，生長於戎地，後歸秦，輔助秦穆公稱霸西戎。《史記・秦本紀》載：『三十七年，秦用由余謀伐戎王，益國十二，開地千里，遂霸西戎。』日磾：指金日磾，西漢匈奴族政治家，本是匈奴休屠王太子，後降漢，受漢武帝重用，爲漢昭帝輔政大臣之一，見《漢書・金日磾傳》。不生華壤：指由余、金日磾出身於華夏之外的地區。九服：王畿以外的九等地區，這裏指中土之外的邊遠地區。《周禮・夏官・職方氏》載：『乃辨九服之邦國：方千里曰王畿，其外方五百里曰侯服，又其外方五百里曰甸服，又其外方五百里曰男服，又其外方五百里曰采服，又其外方五百里曰衛服，又其外方五百里曰蠻服，又其外方五百里曰夷服，又其外方五百里曰鎮服，又其外方五百里曰藩服。』窮理之人：窮究事物之理之人，這裏指周公姬旦、孔子一類的哲人。

（六九）內外爲判：指何承天尊儒抑佛，以儒家經典爲內書，佛經爲外書，其《重答顏永嘉》云『若據外書報應之說，皆吾所謂權教者耳』。習識：逐漸形成而難以改變的認識。譎性：荒誕不稽的言論，指何承天《重答顏永嘉》所云『凡講求至理，曾不析之聖言，多采譎怪，以相扶翼』。

（七〇）『物無妄然，必以類感』云云：指顏延之《重釋何衡陽》云『近釋報施，首稱氣數者，以爲物無妄然，各以類感』。輕重必侔：重量相等。《說文解字》載：『侔，齊等也。』影表：古代測度日影的天文儀器，這裏以日喻行善，以影喻善報。修短：長短，指物的長度。

（七一）致飾土木：這裏指營建豪華的宮殿、陵墓等建築工程。慈愍：仁慈憐憫。獀狩：春獵爲獀，冬獵爲狩，泛指狩獵。《穀梁傳・昭公八年》載：『因獀狩以習用武事，禮之大者也。』慘虐：殘酷暴虐。

（七二）天宮：佛教所說享有大福報的地方。華樂：繁華安樂。幽苦：愁苦。淪陷：這裏指陷入地獄困苦之境。

（七三）唱言：倡言，提出倡議。軒輊：車前高後低叫軒，前低後高叫輊，引申指高低、輕重、優劣。立法：樹立規範，規定法則。衡石：稱重量的器物，這裏喻指準則、標準。

（七四）感報：指佛教同類相感而生報應之說。無度：不依法度。《尚書・多士》載：『惟爾其無度，我不爾動，自乃邑。』福應：預示幸福吉祥的徵兆。

（七五）氣數：氣運，命運。荀悅《申鑒・俗嫌》云：『夫豈人之性哉，氣數不存焉。』

（七六）通道：信奉正道。《論語·子張》載：『執德不弘，通道不篤，焉能爲有，焉能爲亡！』

（七七）黄屋：帝王所居宫室。應劭《風俗通》載：『殷湯寐寢黄屋，駕而乘露輿。』玉璽：秦之後專指皇帝的玉印。麗養：豐厚的奉養。釋迦：釋迦牟尼的省稱。

（七八）亞夫之詰：指西漢名將周亞夫追問相命人許負的典故。《史記·絳侯周勃世家》載：『條侯亞夫自未侯爲河内守時，許負相之，曰：「君後三歲而侯。侯八歲爲將相，持國秉，貴重矣，於人臣無兩。其後九歲而君餓死。」亞夫笑曰：「臣之兄已代父侯矣，有如卒，子當代，亞夫何説侯乎？然既已貴如負言，又何説餓死？指示我。」許負指其口曰：「有從理入口，此餓死法也。」』英布之問：指秦末漢初名將英布笑問相命之説的典故。《史記·黥布列傳》載：『黥布者，六人也，姓英氏。秦時爲布衣。少年，有客相之曰：「當刑而王。」及壯，坐法黥。布欣然笑曰：「人相我當刑而王，幾是乎？」』

（七九）阿保：保護養育。《漢書·宣帝紀》載：『故人下至郡邸獄復作嘗有阿保之功，皆受官禄田宅財物，各以恩深淺報之。』傅愛：傅母之愛，這裏泛指關心愛護。溷腴：豬狗的内臟，亦作『圂腴』。《禮記·少儀》載：『凡羞有俎者，則於俎内祭。君子不食圂腴。』孔穎達疏：『圂，豬犬也；腴，豬犬腸也。』介族：泛指甲殼類動物。

（八〇）三統：指夏、商、周三代的正朔。夏正建寅爲人統，商正建丑爲地統，周正建子爲天統。緘扃：縢緘扃鐍，將緊鎖的箱櫃用繩索捆綁起來以防盜賊，喻指固守不變。《莊子·胠篋》載：『爲胠篋探囊之盜而爲守備，則必攝緘縢，固扃鐍，此世俗之所謂知也。』羲唐：伏羲、唐堯的並稱。周孔：周公、孔子的並稱。

（八一）網罟：捕魚及捕鳥獸的工具，這裏喻指嚴密的規範。牲牢：牲畜，這裏泛指肉食。長夜之罰：人死之後所受的懲罰，指佛教地獄諸説。長夜，人死後埋於地下，處黑暗之中，如漫漫長夜。

（八二）天廚：天庭的庖廚，這裏指美味的食物。芻豢：指牛羊豬狗等牲畜，泛指肉類食品。拯溺：救援溺水的人，引申指解救危難。納隍：推入城隍中，喻指出民於水火的迫切心情。張衡《東京賦》云：『人或不得其所，若己納之於隍。』

（八三）淵慮：過多的思慮。窮神：窮究事物之神妙。高情：高隱超然物外之情。侮聖：侮辱聖賢。

（八四）羲周：伏羲、周公的並稱。不符：指因果報應之説不符實際。

（八五）邈：指時代遥遠。德刑：恩澤與刑罰。《左傳·宣公十二年》載：『叛而伐之，服而捨之，德刑成矣。伐叛，刑也；柔服，德也。二者立矣。』遑記：未遑記載，指現存《尚書》篇章未及記載。

（八六）帝典王策：記載古代帝王言行的書籍，如《尚書》中的《堯典》《舜典》等。《禮記·大學》載：『《帝典》曰「克明峻德」。』性命：萬物的天賦和稟受。《周易·乾》載：『乾道變化，各正性命。』闕文：存疑暫缺的字句。《論語·衛靈公》載：『吾猶及史之闕文也。』師心：以心爲師，自以爲是。《莊子·人間世》載：『夫胡可以及化，猶師心者也。』小逕：小徑，狹窄的小路。

（八七）欲歉：欲望沒有滿足。求給：欲望得到滿足。蠲害：除去害處。

（八八）畋漁：打獵、捕魚。《逸周書·文傳》載：『畋漁以時，童不夭胎。』足下前答：指何承天《重答顔永嘉》一文。通類：普遍的法式、規範。

（八九）聖靈：古代聖人之靈。顔延之《皇太子釋奠會作》云：『敬躬祀典，告奠聖靈。』蒙惛：蒙昧糊塗。弱喪：少而失其故居，這裏喻指早失本心的人。《莊子·齊物論》載：『予惡乎知惡死之非弱喪而不知歸者邪！』

（九〇）出隍：義同前言『納隍』，喻指出民於水火的迫切心情。化外物：感化外物，化育外物，這裏指教化衆人。過當：過分，失當。子長愛奇：司馬遷（字子長）《史記》喜采奇偉之事，時有誇張虛構情節。揚雄《法言·君子》云：『子長多愛，愛奇也。』

（九一）情之者少，利之者多：真心實踐仁義的人少，利用仁義謀取名利的人多。施惠：給人以恩惠。

（九二）樂施：樂於接濟別人。《漢書·匡衡傳》載：『公卿大夫相與循禮恭讓，則民不爭；好仁樂施，則下不暴。』

（九三）聞之莊書：指《莊子·徐無鬼》載『愛利出乎仁義，捐仁義者寡，利仁義者衆。夫仁義之行，唯且無誠，且假乎禽貪者器』。孤說：指一己之見。彈責：批評，指摘。

（九四）勤勤：懇切至誠。《漢書·司馬遷傳》載：『曩者辱賜書，教以慎於接物，推賢進士爲務，意氣勤勤懇懇。』篤論：確論，確切的評論。《漢書·董仲舒傳贊》云：『至向曾孫龔，篤論君子也，以歆之言爲然。』

（九五）體仁：躬行仁道。《周易·乾》載：『君子體仁，足以長人。』合義：合乎道義。《尚書·皋陶謨》載『強而義』，孔傳：『無所屈撓，動必合義。』

（九六）『濟有生之類』云云： 指顏延之《重釋何衡陽》所云『故正言其本，非邀其末，長美遏惡，反民大順，濟有生之類，入無死之地，令慶周兆物，尊冠百神，安宜祚極胤子，福限卿相而已』。宏誕： 誇大虛妄。秦師將遁，行人言肆： 秦國軍隊將要逃離，因而秦國派來的使者神色不安，語調失常。《左傳・文公十二年》載：『臾駢曰：「使者目動而言肆，懼我也，將遁矣。薄諸河，必敗之。」……秦師夜遁。』

（九七）論挾姬釋： 指何承天根據儒家批評佛教。答兼戎周： 指顏延之根據儒、佛經典回應何承天的批評。

（九八）兆物： 萬物。《國語・鄭語》載：『出千品，具萬方，計億事，材兆物。』

（九九）祚： 福，福運。公侯： 公爵與侯爵，這裏泛指有爵位的貴族和官高位顯的人。百神： 各種神靈。

（一〇〇）論難： 辯論詰難。《詩經・大雅・公劉》云『于時語語』，毛傳：『直言曰言，論難曰語。』師遁言肆： 指前文所言『秦師將遁，行人言肆』。

（一〇一）居吾語子： 坐下，我告訴你。《論語・陽貨》載：『居，吾語女。』有始有卒： 做事能貫徹始終，堅持到底。無死： 佛教語，猶言不滅。

（一〇二）壯辭： 勇壯的言辭。不爭： 不爭奪，這裏指前言『聖人在上，不與百神爭長』。《老子》第三章云：『不尚賢，使民不爭。』

（一〇三）滕薛： 春秋時期滕、薛兩個小國的並稱，兩國朝魯時有爭行禮先後之舉，這裏用滕薛爭長的典故，借指爭鬥。《左傳・隱公十一年》載：『十一年春，滕侯、薛侯來朝，爭長。』如來： 佛的別名，梵語意譯，『如』，謂如實，『如來』即從如實之道而來，開示真理的人，爲釋迦牟尼的十種法號之一。謝靈運《廬山慧遠法師誄》云：『仰弘如來，宣揚法雨；俯授法師，威儀允舉。』

（一〇四）《山經》： 《山海經》的省稱。《漢書・張騫李廣利傳贊》云：『故言九州山川，《尚書》近之矣。至《禹本紀》《山經》所有，放哉！』《仙傳》： 記述神仙故事的書，這裏指葛洪《神仙傳》。世載： 世代見於記載。

（一〇五）恆情： 常情，一般的情理。常照： 通常的道理。絕棄： 徹底丟棄，這裏指何承天排斥、反對佛教。

（一〇六）夫『辨章幽明，研精庶物』云云： 指何承天《重答顏永嘉》所云『夫辯章幽明，研精庶物，反初結繩，終繁文教，性以道率，故絕親譽之名，範圍造化，無傷博愛之量』。庶物：眾物，萬物。

（一〇七）師法：指效法，學習。聖世：聖代，當代。繁聲：這裏指繁文，富有文采。

（一〇八）幼壯：青少年時期。顏延之《拜陵廟作》云：『幼壯困孤介，末暮謝幽貞。』羣紀：各種史書。皇王：古聖王。賢智：賢人智士。側聞：從旁聽到，謂傳聞，聽說。執事：對對方的敬稱，這裏指何承天。《左傳·僖公二十六年》載：『寡君聞君親舉玉趾，將辱於敝邑，使下臣犒執事。』

（一〇九）積慶：積德，行善積福。延祚：延續福祿。潘岳《西征賦》云：『庶人子來，神降之福，積德延祚，莫二其一。』無驗：指佛教來生之說沒有根據。來生：指人死後再轉生到世上的那一生，即來世、下一世。蹲膜揖讓，終不並足：形容儒家、佛教的觀點不同，難以兼取。

（一一〇）藻袞：古代天子祭祀時所穿的繡有龍等藻飾的禮服。《說文解字》載：『袞，天子享先王，卷龍繡於下幅，一龍蟠阿上鄉。』大裘：古時天子祭天的禮服。《周禮·天官·司裘》載：『司裘掌爲大裘，以共王祀天之服。』

（一一一）蜀梁：人名，指涓蜀梁，他因害怕自己的影子、頭髮而逃跑，以致死亡，見《荀子·解蔽》。二叔：周武王之弟管叔鮮、蔡叔度。甘人：指甘人守璞玉而終售之事。譯胥：指宋國使者華元入楚軍之事，見《重釋何衡陽》注釋（三一）。

（一一二）近此數條：指前言蜀梁（涓蜀梁）、二叔（管叔、蔡叔）諸事。越人問布，見采於前談：指戎人問布的故事，爲前人嵇康的文章所采用。嵇康《難宅無吉凶攝生論》云：『欲以所識，而決古人之所棄，得無似戎人問布于中國，睹麻種而不事耶？』『越』，當作『戎』，詳葛雲波《古籍整理如何出精深之作——以校證兩種〈弘明集〉整理本爲例》，《文藝研究》二〇一五年第八期。

（一一三）編戶之疑：指顏延之《重釋何衡陽》云『若以編戶難齊，憂鄙論未立，是見二叔不咸，慮周德先亡，儻能伸以遠圖，要之長世，則日計可滿，歲功可期』。顏延之用『編戶難齊』喻指佛教、儒家觀點的不一致。

（一一四）雲從：隨從眾多，形容何承天很有影響力，支持者多。宏論：見聞廣博、見識高明的言論。竊議：私下議論，私自評論。顏延之《庭誥》云：『若呻吟於牆室之內，喧囂於黨輩之間，竊議以迷寡聞，姐語以敵要說，是短算所出，而非長見所上。』

（一一五）不侔：不相等，不等同。通才：學識廣博、兼備多種才能的人。欻忘：迅速忘記。息心：梵語『沙門』的意譯，謂勤修善法，息滅惡行。

【繫年】

顔延之《釋何衡陽〈達性論〉》作於元嘉十一年季秋前後（見《釋何衡陽〈達性論〉》繫年），《重釋何衡陽》作於元嘉十一年十月前後（見《重釋何衡陽》繫年）。顔延之《又釋何衡陽》的創作時間當在《釋何衡陽〈達性論〉》《重釋何衡陽》之後不久。《又釋何衡陽》云『近此數條，聊發戲端，亦猶越人問布，見采於前談，肄業及之，無相多怪』也可佐證這一點。此外，《又釋何衡陽》篇首云『聊寫餘懷，依答條釋。事緯殃福，義雜胡華，雖存簡章，自至煩文，過此已往，余欲無言』，篇末云『吾幽生孤說，每獲竊議』。這也是顔延之元嘉十一年剛因言獲罪、免官在家的正常心理反應。因此，顔延之《又釋何衡陽》當作於元嘉十一年底前後。

［附］重答顔永嘉

何承天

吾少信管見，老而彌篤。既言之難云，將湮腐方寸，故願憑流颸以託鱗翮，厚故意垂懷，惠以重釋。稽證周明，華辭博贍。夫良玉時玷，賤夫指其瑕；望舒抱魄，野人睨其缺。豈伊好辨，未獲云已。復進請益之問，庶以研盡所滯。

來告云：三才之論，故當本諸三畫，三畫既陳，中稱君德，所以神致太上，崇一元首。若如論旨，以三畫爲三才，則初擬地爻，三議天位。然而遯世無悶，非厚載之目；君子乾乾，非蒼蒼之稱。果兩儀罔託，亦何取於立人？但爻在中和，宜應蓄德耳。

又云：惻隱窮博愛之量，恥惡盡祐直之方，則爲上仁上義，便是許體仁義者爲三才。尋又云：僑札未獲上附，尹顔宜其下麗，則黄裳之人，其猶弗及。雖賾之旨，高下無准，故惑者未悟也。夫陰陽陶氣，剛柔賦性，圓首方足，容貌匪殊，惻隱恥惡，悠悠皆是。但參體二儀，必舉仁義爲端耳。知欲限以名器，慎其所假，遂令惠人潔士，比性於毛群；庶幾之賢，同氣於介族。立象之意，豈其然哉？

又云：已均被同衆，復何諱衆同，故當殊其特靈，不應異其得生。夫特靈之神，既異於衆，得生之理，何嘗暫同？生於本理而理異焉，同衆之生，名將安附？ 若執此生名，必使從衆，則混成之物，亦將在例耶？

又云：謹爲垣防，猶患踰盜，況乃罔不設備，以充侈志，方開所泰，何議去甚。足下始云：皇聖設候物之教，謹順時之經，將以反漸息泰。今復以方開所泰爲難，未詳此將難鄙議，將譏聖人也。

又云：市庖之外，豈無御養，神農所書，中散所述，何必以刲刳爲稟和之性，爓瀹爲翼善？ 夫禋瘞蘋藻，宗社三牲，膮膷豆俎，以供賓客。七十之老，俟肉而飽，豈得唯陳列草石，取備上藥而已？ 吾所憂不立者，非謂洪論難持，退嫌此事，不可頓去於世耳。

又云：天下寧有無形之有，顧此唯疑，宜見正定。尋來旨似不嫌有鬼，當謂鬼宜有質，得無惑天竺之書，說鬼別爲生類故耶？ 昔人以鬼神爲教，乃列於典經，布在方策。鄭僑、吴札，亦以爲然。是以雲和六變，實降天神；龍門九成，人鬼咸格。足下雅秉周禮，近忽此義，方詰無形之有，爲支離之辯乎？

又云：後身著戒，可不敬與？ 慈護之人，深見此數。未詳所謂慈護者，誰氏之子。若據外書報應之説，皆吾所謂權教者耳。凡講求至理，曾不析以聖言，多採譎怪，以相扶翼，得無似以水濟水耶？

又云：物無妄然，必以類感，常善以救，善亦從之，勢猶影表，不慮自來。斯言果然，則類感之物，輕重必侔；影表之勢，修短有度。致飾土木，不發慈滑之心；順時獀狩，未根慘虐之性。天宫華樂，焉賞而上升；地獄幽苦，奚罰而淪陷。唱言窮軒輊，立法無衡石，一至於此。且阿保傅愛，慎及溷腴；良庖提刀，情怵介族。彼聖人者，明並日月，化關三統。若令報應必符，亦何妨於教，而緘扃羲唐之紀，埋閉周孔之世。肇結網罟，興累億之罪；仍制牲牢，開長夜之罰。遺彼天廚，甘此芻豢，曾無拯溺之仁，横成納隍之酷。其爲不然，宜簡淵慮。若謂窮神之智猶有所不盡，雖高情愛奇，想亦未至於侮聖也。

足下論仁義，則情之者少，利之者多；言施惠，則許其遺賢忘報。在情既少，孰能遺賢；利之者多，曷云忘報？ 若能推樂施之士，以期欲仁之疇，演忘報之意，引向義之心，則義寔在斯，求仁不遠。至於濟有生之類，入無死之地，慶周兆物，尊冠百神，斯旨弘誕，非本論所及，無乃秦師將遁，行人言肆乎？ 豈其相迫，居吾語子，聖人在上，不與百神爭長，有始有卒，焉得無死之地。

夫辯章幽明，研精庶物，反初結繩，終繁文教。性以道率，故絕親譽之名；範圍造化，無傷博愛之量。以畋以漁，養兼賢鄙，三品之獲，實充賓庖。金石發華，笙籥協節，醉酒飽德，介茲萬年。處者弘日新之業，仕者敷先王之教。誠著明君，澤被萬物，龍章表觀，鳴玉節趨，斯亦堯孔之樂地也。及其不遇，考槃阿澗，以善其身，殺雞爲黍，聊寄懷抱。或負鼎割烹，揚隆名於長世；或屠羊鼓刀，陵高志於浮雲。此又君子之處心也。何必陋積善之延祚，希無驗於來世，生背當年之真歡，徒疲役而靡歸。繫風捕影，非中庸之美；慕夷眩妖，違通人之致。蹲膜揖讓，終不並立，竊願吾子，舍兼而遵一也。及蜀梁、二叔、甘人、譯胥之譬，非本義所斷，故不復具云。

論檢（一）

聖人者，靈照燭微，理絕功外（二）。

【校】

本文以《初學記》卷十七（日本宮內廳書陵部藏南宋紹興十七年余十三郎宅刻本）所載爲底本，用《初學記》卷十七（明嘉靖安國桂坡館刻本）、《全上古三代秦漢三國六朝文·全宋文》卷三十七參校，無異文。

【注】

（一）檢：通「斂」，收斂、約束言行，檢點、反省自身。《尚書·伊訓》載：「與人不求備，檢身若不及。」

（二）聖人：品德最高尚、智慧最高超的人，這裏指佛教得道者。《涅槃經·聖行品七之一》載：「以何等故名佛菩薩爲聖人耶？如是等人有聖法故。」靈照：明察。鄭道之《神不滅論》云：「況神體靈照，妙統衆形。」燭微：觀察入微。理絕功外：指佛教義理有自己獨立的意義和價值，並不依附功業而存在。

【繫年】

我國現存最早的佛典目錄爲僧祐《出三藏記集》，其卷十二載有劉宋陸澄《法論目錄》，收錄顏延之佛學論著十二篇，即《通佛影跡》《通佛頂齒爪》《通佛衣鉢》《通佛二疊不燃》《離識觀》《妄書禪慧宣諸弘信》《書與何彥德論感果生滅五往反》《論檢》《答或人問》《顏延年釋何五往反》《廣何》《重與何書》，其中大部分已亡佚。《論檢》爲顏延之佛學論著中的一篇，寫作時間與《釋何衡陽〈達性論〉》《重釋何衡陽》《又釋何衡陽》等佛學論著相近，在元嘉十一年左右。

夏夜呈從兄散騎車長沙（一）

炎天方埃鬱，暑晏闋塵紛（二）。獨靜闕偶坐，臨堂對星分（三）。側聽風薄木，遥睇月開雲（四）。夜蟬當夏急，陰蟲先秋聞（五）。歲候初過半，荃蕙豈久芬（六）？屏居惻物變，慕類抱情殷（七）。九逝非空思，七襄無成文（八）。

【校】

本詩以李善注《文選》卷二十六所載爲底本，用《六臣注文選》卷二十六、《古詩紀》卷五十六、張燮《顏集》、張溥《顏集》參校，無異文。

【注】

（一）從兄散騎車長沙：指顏延之的堂兄顏敬宗，任散騎常侍，時在長沙，見下文考辨一。

（二）炎天：南方，這裏指劉宋都城建康。《呂氏春秋·有始》載：『南方曰炎天，東南曰陽天。』埃鬱：土濕之氣上蒸結聚，形容炎熱或熾熱。闋：息。《文選》李善注：『毛萇《詩傳》曰：「闋，息也。」紛：雜亂。此句謂建康夏天炎熱，直到晚上塵土才不亂飛揚。

（三）星分：以天上的星宿劃分地上的區域，其中建康所在的揚州爲吳越分野，分星爲斗、牛、須女星宿；長沙所在的荊州爲楚國分野，分星爲張、翼、軫星宿，見《晉書·天文志·十二次度數》。此句謂顏延之無人相伴，獨自一人靜坐在房屋的正廳，遥望夏夜星空中與地上分野相對應的星次。

（四）風薄木：風吹過林木。薄，迫近、接近。遥睇：遥望。《説文解字》載：『睇，目小衺視也。』此句謂側耳傾聽風吹樹木的聲音，注目遙望破開雲層而出的月亮。

（五）陰蟲：秋蟲，如蟋蟀之類。《說文解字》載：『有足謂之蟲，無足謂之豸。』此句謂夏天的夜晚，蟬聲急促；秋季未至，卻已聽到蟋蟀的叫聲。

（六）初過半：剛過去一半。荃蕙：兩種香草名，常喻賢人。屈原《離騷》云：『蘭芷變而不芳兮，荃蕙化而爲茅。』此句謂一年剛過去一半，夏日將盡，秋季將至，荃、蕙這樣的香草哪能長久地保持芳香？

（七）屏居：退隱、屏客獨居。《史記·魏其武安侯列傳》載：『魏其謝病，屏居藍田南山之下數月，諸賓客辯士說之，莫能來。』物變：事物變化，這裏指荃、蕙芳香漸逝。慕類：思慕志同道合的友人。劉安《招隱士》云：『獮猴兮熊羆，慕類兮以悲。』情殷：感情深厚而迫切。此句謂顏延之屏客獨居，感傷事物（荃、蕙）的變化，思慕志同道合的友人，感情深厚而迫切。

（八）九逝：幾度飛逝，指深思而心靈不安。屈原《九章·抽思》云：『惟郢路之遼遠兮，魂一夕而九逝。』七襄：織女星白晝移位七次，指終日，從早到晚的整日。《詩經·小雅·大東》云：『跂彼織女，終日七襄。雖則七襄，不成報章。』成文：這裏指寫成詩歌。此句謂今天屢思從兄與友人，情懷在抱，不止是空想；欲將對友人的思念用文字來表達，然而從早到晚，整日竟未能完成詩歌。

【繫年】

顏延之《夏夜呈從兄散騎車長沙》云：『屏居惻物變，慕類抱情殷。』詩中的『屏居』，指退隱、屏客獨居。《宋書》本傳載：『延之與仲遠世素不協，屏居里巷，不豫人間者七載……劉湛誅，起延之爲始興王濬後軍諮議參軍，御史中丞。』據《宋書·劉湛傳》，劉湛於元嘉十七年十月伏誅，之後顏延之方重新任官，結束長達七年的屏居生活。可見顏延之《夏夜呈從兄散騎車長沙》當作於元嘉十一年至十七年『屏居里巷』期間。

元嘉二十二年，劉宋開始使用元嘉曆，此前一直使用景初曆。景初曆是三國時期學者楊偉所製，魏明帝景初元年開始施行。《宋書·曆志中》對景初曆有詳細記載。景初曆爲陰陽合曆，以朔望月爲基本單位，兼顧太陽運行變化而製定，其平年爲十二個月，有大月（三十天）、小月（二十九天）之分，共有三百五十四天。由於地球繞太陽一周的實際時間比景初曆平年多出十一天多，這樣不到三年就和實際太陽年相差約一個月。爲了使曆年的平均時間約等於一個太陽年，並和自然季節大致符合，景初曆採用十九年七閏法，即十九個曆年中設十二個平年，一個平年爲十二個朔望月；設七個閏年，一個閏年爲十三個朔望月。與此同時，我國古代是一個農業社會，農事主要根據太陽進行，農業生產需要瞭解太陽運行情況，所以景初曆又加入單獨反映太陽直射點週年運動的二十四節氣，用作確定閏月的標準。此即景初曆創始人楊偉所云『臣覽載籍，斷考曆數，時以紀農，月以紀事，其所由來，遐而尚矣……審農時而重人事者，歷代然也』（《宋書・曆志中》）。由此可知，景初曆的月、日，並不能夠完全、準確地反應當年太陽的運行週期，其節氣、季節的月、日也並不固定。

回到《夏夜呈從兄散騎車長沙》一詩來看，就季節而言，詩題中的『夏夜』點明了詩歌作於夏天的夜晚，詩中『炎天方埃鬱，暑晏闋塵紛』『夜蟬當夏急，陰蟲先秋聞』等詞句也説明了這一點。詩歌又云『歲候初過半，荃蕙豈久芬』，這裏的『歲候初過半』即一年剛過去一半之義。就季節而言，一年剛過去一半是指立秋之後的初秋，這與詩題及詩義顯然不符。因此詩中的『歲候初過半』顯然不是指季節，而是指一年的月數、天數剛過去一半。具體而言，景初曆平年『初過半』在七月初一，景初曆閏年『初過半』則因閏月不同而變化，分別爲六月十六（閏一到五月）、閏六月十六（閏六月）、七月十六（閏七到十二月）。

據陳垣《二十史朔閏表》，元嘉十一至十七年的立秋時間、『初過半』時間及節氣、閏月情況如下表所示。

元嘉十一至十七年『初過半』時間及節氣

年份	立秋時間	『初過半』時間	『初過半』節氣	閏月情況
元嘉十一年	六月十八	六月十六	大暑（夏季）	閏三月
元嘉十二年	六月二十八	七月初一	立秋（秋季）	平年，無閏月
元嘉十三年	七月十一	七月十六	立秋（秋季）	閏十二月
元嘉十四年	六月二十一	七月初一	立秋（秋季）	平年，無閏月
元嘉十五年	七月初二	七月初一	大暑（夏季）	平年，無閏月
元嘉十六年	七月十三	七月十六	立秋（秋季）	閏九月
元嘉十七年	六月二十五	七月初一	立秋（秋季）	平年，無閏月

由上表可知，元嘉十一年至十七年之間，『歲候初過半』且爲夏季的有元嘉十一年六月十六、元嘉十五年七月初一兩個選項，其餘年份『歲候初過半』時皆已入秋。顏延之《夏夜呈從兄散騎車長沙》云：『歲候初過半，荃蕙豈久芬。』這說明顏延之離朝堂時間較久。如前所述，顏延之於元嘉十一年春夏之交，自中樞外放永嘉太守，隨卽免官。因此，元嘉十一年六月十六這個時間點距離顏延之免官時間過近，此時詩人激憤之心猶存，而起復之念未起，與詩義並不契合。可以佐證的是，元嘉十一年春夏時節，顏延之免官前不久作有《歸鴻》《拜永嘉太守辭東宮表》《五君詠》等詩文，此時顏延之因秉承道義而遭打擊，故激憤之情充盈紙上，如『萬有皆同春，鴻雁獨辭歸』（《歸鴻》）、『抗志絕操，毳陸謝藹』（《拜永嘉太守辭東宮表》）、『鸞翮有時鎩，龍性誰能馴』（《五君詠》）等。元嘉十一年秋冬時節，顏延之免官後不久作有《釋何衡陽〈達性論〉》《重釋何衡陽》《又釋何衡陽》等作品，文中激憤之心猶存，如『吾幽生孤說，每獲竊議』（《又釋何衡陽》）。

與之相對，元嘉十五年七月初一這個時間點，與詩歌背景及詩義更爲契合。這是顏延之免官在家的第五個年頭，其已五十五歲，『吾年居秋方，慮先草木』（《庭誥》），『老冉冉其將至』而返回朝堂依舊遙遙無期。此時顏延之恐年華易逝而無成，『疾沒世而名不稱焉』，希冀一用的心情急切，『恐美人之遲暮』的求君意念強烈，故言『歲候初過半，荃蕙豈久芬』。屏居惻物變，慕類抱情殷。』

由上可知，結合景初曆考察詩歌中的時間信息，兼顧詩中表達的思想情感，顏延之《夏夜呈從兄散騎車長沙》當作於元嘉十五年七月初一的夜晚。此時一年的月數、天數剛過去一半，但季節上依舊屬夏季（大暑）。

【考辨】

一、『從兄散騎車長沙』考辨

此詩標題爲《夏夜呈從兄散騎車長沙》，有學者認爲詩題中的『車長沙』是指長沙太守車仲遠，如李善注《文選》題解：『車長沙，字仲遠。』這一說法存在兩個問題。一是『從兄』卽堂兄，指同祖伯叔之子而年長於己者，顏延之的從兄當姓顏，而非車。二是若將『從兄散騎車長沙』斷爲『從兄散騎』與『車長沙』兩人，則顏延之與車仲遠關係不諧。《宋書》本傳載『延之與（車）仲遠世素不協』。性格直率的顏延之很難視車仲遠爲志同道合的友人，寫出『慕類抱情殷』『九逝非空思，七襄無成文』這樣的詩句。詩題中的『從兄散騎車長沙』當指顏延之的堂兄顏敬宗，任散騎常侍，時在長沙，對此可從以下三個方面來考察。

首先，顏延之的從兄顏敬宗爲這首詩歌的贈送對象。《文選》李善注：『從兄散騎，字敬宗。』《文選》呂延濟注：『顏延年從兄顏敬宗也，車長沙字仲遠。』前面已經說明車仲遠不可能爲詩歌的贈送對象，因此，這首詩歌的唯一贈送對象爲顏延之的從兄顏敬宗。

其次，顏敬宗當時不在建康。《夏夜呈從兄散騎車長沙》爲顏延之免官退隱建康時所作，詩中云『獨靜闕偶坐，臨堂對星分』『九逝非空思』，這說明顏敬宗當時不在建康，與顏延之分處兩地，因而顏延之思念之情深厚而懇切，兼有親情與友情成分，『屏居惻物變，慕類抱情殷』。

第三，顏敬宗當時正在長沙。關於顏敬宗，相關材料極少，但其所任散騎常侍本爲京官，當時因公事或其他原因而外出至長沙。《故訓匯纂》『車』釋義第二十一、三十一、三十二、三十三條云『車，居也』『車，或爲居』『車，五臣本作居』『元嘉本車作居』。因此，詩題中的『車』並非姓氏，而是居、在之義。

由上可知，詩題中的『從兄散騎車長沙』指顏延之的堂兄顏敬宗，任散騎常侍，當時外出至長沙。詩題中的『車』並非姓氏，而是居、在之義。

織女贈牽牛〔一〕

婺女麗〔二〕經星，姮〔三〕娥〔四〕棲〔五〕飛月〔一〕。慚無二〔六〕媛靈，託身侍天闕〔二〕。閶〔七〕闔殊〔八〕未暉〔九〕，咸池〔一〇〕豈沐髮〔三〕。漢陰不夕〔一一〕張〔一二〕，長河爲誰越〔一三〕〔四〕。雖有促讌〔一四〕期，方須〔一五〕涼風發〔五〕。虛計雙曜周〔一六〕，空遲三星沒〔六〕。非怨杼〔一七〕柚〔一八〕勞，但念芳菲歇〔七〕。

【校】

本詩以《太平御覽》卷三十一所載爲底本，用《初學記》卷四（殘句）、《玉臺新詠》卷四、《古今歲時雜詠》卷二十五、《古詩紀》卷五十六、張燮《顏集》、張溥《顏集》參校。

〔一〕《太平御覽》詩題作《織女贈牽牛》，諸本詩題作《爲織女贈牽牛》。

〔二〕「麗」，《太平御覽》《初學記》作「麗」，諸本作「儷」，二字通。

〔三〕「姮」，《玉臺新詠》作「常」。

〔四〕「娥」，《玉臺新詠》訛作「娍」。

〔五〕「棲」，《太平御覽》作「捿」，據諸本改。

〔六〕「二」，《太平御覽》訛作「一」，據諸本改。

〔七〕「閶」，《太平御覽》訛作「閭」，據諸本改。

〔八〕「闔殊」，《太平御覽》訛作「殊闔」，據諸本改。

〔九〕「暉」，《太平御覽》訛作「央」，據諸本改。

〔一〇〕「池」，《太平御覽》訛作「河」，據諸本改。

〔一一〕「夕」，《玉臺新詠》訛作「久」。

〔一二〕「張」，《太平御覽》訛作「帳」，據諸本改。

〔一三〕「爲誰越」，《古今歲時雜詠》訛作「誰是越」。

〔一四〕「雖有促讌」，《太平御覽》訛作「有促讌歸」，據諸本改。

〔一五〕「方須」，《太平御覽》訛作「萬頃」，據諸本改。

〔一六〕「周」，《古今歲時雜詠》訛作「同」。

〔一七〕「杼」，《玉臺新詠》訛作「杅」。

〔一八〕「柚」，《太平御覽》作「柚」，諸本作「軸」，「杼軸」「杼柚」義同。

【注】

（一）婺女：星宿名，即女宿，二十八宿之一。《禮記·月令》載：『（孟夏之月）日在畢，昏翼中，旦婺女中。』麗：通『儷』，配偶，這裏是伴隨之義。經星：恆星，因其相對位置不變而名。《穀梁傳·莊公七年》載：『恆星者，經星也。』姮娥：神話中的月中女神。姮，本作『恆』，俗作『姮』，漢代因避文帝劉恆諱，改稱常娥，通稱嫦娥。此句謂婺女星伴隨周圍的恆星而運行，嫦娥棲息在飛轉光耀的月亮上。

（二）二媛靈：指前言婺女、嫦娥。天闕：天上的宮闕，這裏借指天子。此句謂織女感慨自己沒有婺女、嫦娥的幸運，不能託身天衢，侍奉天闕，喻指自己不能託身朝堂，侍奉帝王。

（三）閶闔：傳說中的天門。屈原《離騷》云：『吾令帝閽開關兮，倚閶闔而望予。』咸池：神話中日浴之處。屈原《離騷》云：『飲余馬于咸池兮，總余轡乎扶桑。』沐髮：洗髮，這裏指織女沐浴洗髮、整飾儀容。此句謂天門不開，不見陽光，織女怎能獨自去天池沐浴洗髮、整飾儀容呢？

（四）漢陰：銀河南岸，這裏化用《詩經》典故。《詩經·周南·漢廣》云：『南有喬木，不可休思；漢有游女，不可求思。漢之廣矣，不可泳思；江之永矣，不可方思。』詩歌表現抒情主人公對在水一方的『遊女』瞻望勿及、企慕難求的感傷之情。顏延之借此表達自己不在中樞任職，遠離君主的感傷之情。夕張：約定黃昏見面。屈原《九歌·湘夫人》云：『登白薠兮騁望，與佳期兮夕張。』長河：指天河、銀河。此句謂河漢對岸的牛郎沒有約定在黃昏見面，織女爲誰飛渡銀河呢？

（五）促讌：短暫的歡樂。涼風發：秋風初起，這裏指七夕。此句謂織女與牛郎雖有短暫歡樂，但見面還須限定在涼風初起的七夕這一特定日子。

（六）雙曜周：指日月更替，周而復始。《廣雅》載：『日月謂之雙曜。』三星：天空中明亮而接近的三星，指參宿三星或心宿三星，這裏化用《詩經》典故，『三星在天』爲男女佳期之典。《詩經·唐風·綢繆》云：『綢繆束薪，三星在天。今夕何夕，見此良人。』毛傳：『三星，參也。在天，謂始見東方也。男女待禮而成，若薪芻待人事而後束也。三星在天可以嫁娶矣。』鄭玄箋：『三星，謂心星也。心有尊卑、夫婦、父子之象，又爲二月之合宿，故嫁娶者以爲候焉。』此句指織女無數次計算著日月的旋轉，苦等到三星隱沒，嫁娶卻依舊無期。

（七）杼柚：　織布機上的兩個部件，即用來持橫線的梭子和用來承直線的筘，這裏代指紡織。《詩經・小雅・大東》云：『小東大東，杼柚其空。』芳菲：　花草盛美，這裏指青春歲月。　此句謂織女並非埋怨織布的辛勞，衹是擔心自己的青春年華轉瞬即逝。

【繫年】

顏延之《織女贈牽牛》一詩借男女情思寫君臣契合，以織女自喻，以牽牛比君主，繼承屈原『男女君臣之喻』的傳統，多處使用楚辭詞句（如閶闔、夕張、咸池、芳菲等），以織女的失偶、獨居寫自己的政治失意。　詩歌云『慚無二媛靈，託身侍天闕』『閶闔殊未暉，咸池豈沐髮』，『天闕』『閶闔』本指天上宫闕和天門，這裏用來比喻人間的君主與宫廷，言自己不能託身朝堂、常伴帝王。　可見顏延之此時已不在中樞任職，遠離皇帝。　顏延之的一生，自中樞離職一共有三次：　一是景平元年外放爲始安太守；　二是元嘉十一年貶爲永嘉太守，隨後不久免官；　三是元嘉二十五年左右遭荀赤松彈劾而免官。　從文本出發，考察顏延之自中樞離職的經過，《織女贈牽牛》所寫與顏延之元嘉十一年自中樞貶爲永嘉太守，隨即免官的經歷最爲契合。

一是《織女贈牽牛》云『虛計雙曜周，空遲三星沒』『漢陰不夕張，長河爲誰越』，可見顏延之此次自中樞離職的時間很長，且返回朝堂遥遥無期。　據《宋書》本傳，元嘉十一年顏延之與權臣劉湛、劉義康結怨，自中樞外放永嘉太守，隨即免官，之後顏延之在家不仕長達七年，返回朝堂長期無望。　顏延之屏居里巷之時，雖然也『薄從歲事，躬斂山田，田家節隙，野老爲儔，言止穀稼，務盡耕牧』（顏延之《重釋何衡陽書》），但他是被迫而非主動歸隱，難免怨憤而思復官。　顏延之自稱『自居憂患，情理無託』（顏延之《釋何衡陽〈達性論〉》），《織女贈牽牛》即作於這一時期。　生活中的『情理無託』，使得他詩中有託，用織女之怨來寄寓身世之慨。

其次，《織女贈牽牛》云『雖有促讌期』，『促讌』指短暫的歡樂，這裏喻指宋文帝與顏延之君臣相得的一段時間。　《南史》本傳載：　『元嘉三年，羨之等誅，徵爲中書侍郎，轉太子中庶子，領步兵校尉，賞遇甚厚。　延之既以才學見遇，當時多相推服。』可見元嘉三年至十一年，顏延之因才學出衆深受宋文帝賞識，『才學見遇』『賞遇甚厚』，故有『促讌』之稱。

第三，《織女贈牽牛》云『非怨杼柚勞，但念芳菲歇』，表達了顏延之恐年華易逝而一無所成的惶恐心情，體現了『恐美人之遲暮』的求君意念。　屏居里巷的七年時間裏，顏延之作有《夏夜呈從兄散騎車長沙》一詩，云：　『歲候初過半，荃蕙豈久芬。　屏居惻物變，慕類抱情殷。』這裏『荃蕙』指兩種香草，『荃蕙豈久芬』指年歲漸長，『老冉冉其將至』，表達了顏延之『疾沒世而名不稱焉』，希冀一用的急切心情。這與《織女贈牽牛》中『非怨杼柚勞，但念芳菲歇』等詞句相似，兩者寫作時間當相近。因此，《織女贈牽牛》當作於元嘉十五年左右（見《夏夜呈從兄散騎車長沙》繫年），此時顏延之五十五歲，免官在家已有五年，返回朝堂依舊無望，遂激成此詩。

庭誥〔一〕（一）

《庭誥》者，施於閨庭之內，謂不遠也（二）。吾年居秋方，慮先草木，故遽以未聞誥爾在庭（三）。若立履之方，規鑒之明，已列通人之規，不復續論（四）。今所載咸其素畜〔二〕，本乎性靈〔三〕，而致之心用（五）。夫選言務一，不尚煩密，而至於備議者，蓋以網諸情非（六）。古語曰：『得鳥者羅之一目，而一目之羅，無時得鳥矣（七）。』此其積意之方（八）。

道者識之公，情者德之私（九）。公通，可以使神明加響；私塞，不能令妻子移心（一〇）。是以昔之善爲士者，必捐情反道，合公屏私（一一）。

尋尺之身，而以天地爲心；數紀之壽，常以金石爲量（一二）。觀夫古先垂戒，長老餘論，雖用細制，每以不朽見銘；繕築末跡，咸以可久承志（一三）。況樹德立義，收族長家，而不思經遠乎（一四）？

曰身行不足遺之後人（一五）。欲求子孝必先慈〔四〕，將責弟悌務爲友〔五〕（一六）。雖孝不待慈，而慈固〔六〕植孝；悌非期友，而友亦立悌（一七）。

夫和之不備，或應以不和；猶信不足焉，必有不信〔七〕（一八）。儻知恩意相生，情理相出，可使家有參、柴，人皆由、損（一九）。

夫內居德本，外夷民譽，言高一世，處之逾默，器重一時，體之滋沖〔八〕，不以所能干眾，不以所長議物，淵泰入道，與天爲人者，士之上也[二〇]。若不能遺聲，欲人出己，知柄在虚求，不可校得，敬慕謙通，畏避矜踞，思廣監擇，從其遠猷[二一]。文理精出，而言稱未達；論問宣茂，而不以居身[二二]。此其亞也。若乃聞實之爲貴，以辯畫所克；見聲之取榮，謂爭奪可獲[二三]。言不出於戶牖，自以爲道義久立；才未信於僕妾，而曰我有以過人[二四]。於是感苟鋭之志，馳傾觖之望，豈悟已挂有識之裁，入修家之誡乎[二五]？記所云『千人所指，無病自死』者也[二六]。行近於此者，吾不願聞之矣。

凡有知能，預有文論，若[九]不練之庶士，校之羣言，通才所歸，前流所與，焉得以成名乎[二七]？若呻吟於牆室之内，喧囂於黨輩之間，竊議以迷寡聞，姐語以敵要説，是短算所出，而非長見所上[二八]。適值尊朋臨座，稠覽博論，而言不入於高聽，人見棄於衆視，則慌若迷塗失偶，黶如深夜撤燭，銜聲茹氣，腆默而歸[二九]。豈識向之誇慢，祇足以成今之沮喪邪[三〇]？此固少壯之廢，爾其戒之。

夫以怨誹爲心者，未有達無心救得喪，多見誚耳[三一]。此[一〇]蓋臧獲之爲，豈識量之爲事哉[三二]！是以德聲令氣，愈上每高；忿言懟議[一一]，每下愈發[三三]。有尚于君子者，寧可不務勉邪？雖曰恆人，情不能素盡，故當以遠理勝之，么算除之，豈可不務自異，而取陷庸品乎[三四]？

富厚貧薄，事之懸也[三五]。以富厚之身，親貧薄之人，非可一時同[一二]處，然昔有守之無怨，安之不悶者，蓋有理存焉[三六]。夫既有富厚，必有貧薄，豈其證然，時乃天道[三七]。若人皆[一三]厚富，是理無貧薄。然乎？必不然也。若謂富厚在我，則宜貧薄在人。可乎？又不可矣。道在不然，義在不可，而横意去就，謬生希幸，以爲未達至分[三八]。

蠶温農飽，民生之本，躬稼難就，止以僕役爲資[三九]。當施其情願，庀其衣食，定其當治，遞其優劇，出之休饗，後之捶責，雖有勸恤之勤，而無霑曝之苦[四〇]。

務前公稅，以遠吏讓；無急傍費，以息流議[四一]。量時發斂，視歲穰儉，省贍以奉己，損散以及人[四二]。

此用天之善，御生之得也（四三）。

率下多方，見情爲上；　立長多術，晦明爲懿（四四）。　雖及僕妾，情見則事通；　雖在畎畝，明晦則功博（四五）。　若奪其常〔一四〕然，役其煩務，使威烈雷霆，猶不禁其欲；　雖棄其大用，窮其細瑕，或明灼日月，將不勝其邪（四六）。　故曰：『孱焉則差，的焉則闇（四七）。』是以禮道尚優，法意從刻，優則人自爲厚，刻則物相爲薄（四八）。　耕收誠鄙，此用不忒，所謂野陋而不以居心也（四九）。

含生之氓，同祖一氣，等級相傾，遂成差品，遂使業習移其天識，世服沒其性靈（五〇）。　至夫願欲情嗜，宜無間殊，或役人而養給，然是非大意，不可侮也（五一）。　隅奧有竈，齊侯蔑寒；　犬馬有秩，管燕輕飢（五二）。　若能服温厚而知穿弊之苦，明周〔一五〕之德；　厭滋旨而識寡嗛〔一六〕之急，仁恕之功（五三）。　豈與夫比肌膚〔一七〕於草石，方手足於飛走者，同其意用哉〔一八〕（五四）！　罰慎其濫，惠戒〔一九〕其偏，罰濫則無以爲罰，惠偏則不如無惠（五五）。　雖爾眇末，猶扁庸保之上，事思反己，動類念物，則其情得，而人心塞矣（五六）。

抃博蒱塞，會衆之事；　諧調哂謔，適坐〔二〇〕之方（五七）。　然失敬致侮，皆此之由。　方其剋瞻，彌喪端儼，況遭非鄙，慮將醜折（五八）。　豈若拒其容而簡其事，靜其氣而遠其意（五九）？　使言必諍厭，賓友清耳；　笑不傾嫵，左右悅目（六〇）。　非鄙無因而生，侵侮何從而入？　此亦持德之管籥，爾其謹哉（六一）。

嫌惑疑心，誠亦難分，豈唯厚貌蔽智之明，深情怯剛之斷而已哉（六二）！　必使猜怨愚賢，則嚬笑入戾；　期變〔二一〕犬馬，則步顧成妖（六三）。　況動容竊斧，束裝盜〔二二〕金，又何足論（六四）！　是以前王作典，明慎議獄，而僭濫易意；　朱公論璧，光澤相如，而倍薄異價（六五）。　此言雖大，可以戒小（六六）。

遊道雖廣，交義爲長，得在可久，失在輕絕，久由相敬，絕由相狎（六七）。　愛之勿勞，當扶其正性；　忠而勿誨，必藏其枉情（六八）。　輔以藝業，會以文辭，使親不可褻，疏不可間，每存大德，無挾小怨（六九）。　率此往也，足以相終（七〇）。

酒酌之設，可樂而不可嗜，嗜而非病者希，病而遂眚者幾，既眚既病，將蔑其正（七一）。若存其正性，紓其妄發，其唯善戒乎（七二）？聲樂之會，可簡而不可違，違而不背者鮮矣，背而非弊者反矣，既弊既背，將受其毀〔二三〕（七三）。必能通其礙而節其流，意可爲和中矣（七四）。

善施者豈〔二四〕唯發自人心，乃出天則〔二五〕（七五）。與不待積，取無謀實，並散千金，誠不可能（七六）。贍人之急，雖乏必先，使施如王丹，受〔二六〕如杜林，亦可與言交矣（七七）。

浮華怪飾〔二七〕，滅質之具；奇服麗食，棄素之方（七八）。動人勸慕，傾人顧盼，可以遠識奪，難用近欲從（七九）。若睹其淫怪，知生之無心，爲見奇麗，能致諸非務，則不抑自貴，不禁自止（八〇）。

夫數相者，必有之徵，既聞之術人，又驗之吾身，理可得而論也（八一）。人者兆氣二德，稟體五常，二德有奇偶，五常有勝殺，及其爲人，寧無叶沴（八二）？亦猶生有好醜，死有夭壽，人皆知其懸天，至於丁年乖遇，中身迂合者，豈可易地哉（八三）！是以君子道命愈難，識道愈堅（八四）。

古人恥以身爲溪壑者，屏欲之謂也（八五）。欲者，性之煩濁，氣之蒿蒸，故其爲害，則〔二八〕燻心智，耗真情，傷人和，犯天性（八六）。雖生必有之，而生之德，猶火含烟而妨火，桂懷蠹而殘桂〔二九〕，然則火勝則烟滅〔三〇〕，蠹壯則桂折（八七）。故性明者欲簡，嗜繁者氣惛，去明即惛〔三一〕，難以生矣〔三二〕（八八）。是〔三三〕以中外羣聖，建言所黜；儒道衆智，發論是除（八九）。然有之者不患誤〔三四〕深，故藥之者恆苦術淺，所以毀道多而於〔三五〕義寡（九〇）。頓盡誠難，每指可易，能易每指，亦明之末（九一）。

廉嗜之性不同，故畏慕之情或異（九二）。從事於人者，無一人我之心，不以己之所善謀人，爲有明矣；不以人之所務失我，能有守矣（九三）。己所謂然，而彼定不然，弈〔三六〕棋之蔽；悦彼之可，而忘我不可，學顰之蔽（九四）。將求去蔽者，念通怍介而已（九五）。

流言謗議，有道所不免，況在闕薄，難用算防（九六）。接應之方，言必出己（九七）。或信不素積，嫌間所襲；

或性不和物，尤怨所聚〔九八〕。有一於此，何處逃毀〔九九〕？苟能反悔在我，而無責於人，必有達鑒昭其情，遠識跡其事〔一〇〇〕。日省吾躬，月料吾志，寬默以居，潔靜以期，神道必在，何恤人言〔一〇一〕！

諺曰：『富則盛，貧則病矣〔三七〕〔一〇二〕。』貧之病也，不唯形色粗黶，或亦神心沮廢〔三八〕；豈但〔三九〕交友疏棄，必有家人誚讓〔四〇〕〔一〇三〕。非廉深識遠者，何能不移其植〔四一〕〔一〇四〕？故欲蠲憂患，莫若懷古〔四二〕〔一〇五〕。懷古之志〔四三〕，當自同古人〔四四〕，見通則憂淺，意遠則怨浮〔四五〕，昔有〔四六〕琴歌於編蓬之中者，用此道也〔一〇六〕。

夫信不逆彰，義必幽隱〔四七〕，交賴相盡，明有相照〔一〇七〕。一面見旨，則情固丘岳；一言中志，則意入淵泉〔一〇八〕。以此事上，水火可蹈；以此託友，金石可弊〔一〇九〕。豈待充其榮實，乃將議報；厚之篚筐，然後圖終〔一一〇〕？如或與立，茂思無忽〔一一一〕。

祿利者受之易，易則人之所榮；蠶穡者就之艱，艱則物之所鄙〔一一二〕。艱易既有勤倦之情，榮鄙又間向背之意，此二塗所爲反也〔一一三〕。以勞定國，以功施人，則役徒屬而擅豐麗；自埋於民，自事其生，則督妻子而趨耕織〔一一四〕。必使陵侮不作，懸企不萌，所謂賢鄙處宜，華野同泰〔一一五〕。

人以有惜爲質，非假嚴刑；有恆爲德，不慕厚貴〔一一六〕。有惜者，以理葬；有恆者，與物終〔一一七〕。世有位去則情盡，斯無惜矣；又有務謝則心移，斯不恆矣〔一一八〕。又非徒若此而已，或見人休事，則勤蕲結納；及聞否論，則處彰離貳〔一一九〕。附會以從風，隱竊以成釁，朝吐面譽，暮行背毀，昔同稽款，今猶叛戾，斯爲甚矣〔一二〇〕。又非唯若此而已，或憑人惠訓，藉人成立，與人餘論，依人揚聲，曲存稟仰，甘赴塵軌，衰沒畏遠，忌聞影跡〔一二一〕。又蒙蔽其善〔四八〕，毀之無度，心短彼能，私樹己拙，自崇恆輩，罔顧高識〔一二二〕。有人至此，實蠹大倫。每思防避，無通閭伍〔一二三〕。

覿驚異之事，或涉流傳〔四九〕；遭卒迫之變，反思安順〔一二四〕。若異從己發，將尸謗人；迫而又迕，愈使失度（一二五）。能夷異如裴楷，處逼〔五〇〕如裴遐，可稱深士乎（一二六）。

喜怒者，有性所不能無，常起於褊量，而止於弘識（一二七）。然喜過則不重，怒過則不威，能以恬漠〔五一〕爲體，寬愉爲器者，則爲美矣〔五二〕（一二八）。大喜蕩心，微抑則定；甚怒煩性，小忍〔五三〕即歇（一二九）。故〔五四〕動無愆容，舉無失度，則物將自懸，人將自止（一三〇）。

習之所變亦大矣，豈唯蒸性染身，乃將移智易慮（一三一）。故曰：『與善人居，如入芷蘭之室，久而不聞其芬，與之化矣；與不善人居，如入鮑魚之肆，久而不知其臭，與之變矣（一三二）。』是以古人慎所與處，唯夫金真玉粹者，乃能盡而不汙爾〔五五〕（一三三）。故曰：『丹可滅而不能使無赤，石可毀而不可使無堅（一三四）。』苟無〔五六〕丹石之性，必慎浸染之由（一三五）。能以懷道爲念〔五七〕，必存從理之心，道可懷而理可從，則不議貧，議所樂爾（一三六）。或云：『貧何由樂（一三七）？』此未求道意。道者，瞻富貴同貧賤，理固得而齊〔五八〕（一三八）。自我喪之，未爲通議；苟議不喪，夫何不樂（一三九）？

或曰：『溫飽之貴，所以榮生，飢寒在躬，空曰從道（一四〇）。』取諸其身，將非篤論，此又通理所用（一四一）。凡養〔五九〕生之具，豈間定實？或以膏腴夭性，有以菽藿登年（一四二）。中散云：『所足在內，不由於外〔六〇〕（一四三）。』是以稱體而食，貧歲愈嗛；量腹而炊，豐家餘餐（一四四）。非粒實息耗，意有盈虛爾（一四五）。況心得優〔六一〕劣，身獲仁富，明白入素，氣志如神（一四六）。雖十旬九飯，不能令〔六二〕飢；業席三屬，不能爲寒（一四七）。豈不信然！

且以己爲度者，無以自通彼量（一四八）。渾四遊而斡五緯，天道弘也；振河海而載山川，地道厚也；一情紀而合流貫，人靈茂也（一四九）。昔之通乎此數者，不爲剖判之行，必廣其風度，無挾私殊；博其交道，靡〔六三〕懷曲異（一五〇）。故望塵請友，則義士輕身；一遇拜親，則仁人投分（一五一）。此倫序通允，禮俗平一，上獲其用，下得其和（一五二）。

世務雖移，前休未遠，人之適主，吾將反本〔一五三〕。夫人之生〔六四〕，暫有心〔六五〕識，幼壯驟過，衰耗鶩及〔一五四〕。其間夭鬱，既難勝言，假獲存遂，又云無幾〔一五五〕。柔麗之身，亟委土木；剛清之才，遽爲丘壤〔一五六〕。回遑顧慕，雖數紀之中爾〔一五七〕。以此持榮，曾不可留；以此服道，亦何能平〔一五八〕？進退我生，遊觀所達，得貴爲人，將在含理〔一五九〕。含理之貴，惟神與交，幸有心靈，義無自惡，偶信天德，逝不上慚〔一六〇〕。欲使人沈來化，志符往哲，勿謂是賒，日鑿斯密〔一六一〕。著通此意，吾將忘老，如曰〔六六〕不然，其誰與歸〔一六二〕？偶〔六七〕懷所撰，略布衆條〔六八〕，若備舉情見，顧未書一〔一六三〕。贍身之經，別在田家節政；奉終之紀，自著燕居畢義〔一六四〕。

【校】

本文以《宋書》本傳所載爲底本，用《藝文類聚》卷二十三、三十五、《初學記》卷十八、《太平御覽》卷四百十六、四百七十七、五百九十三、八百七十一、《册府元龜》卷八百一十六、張燮《顏集》、張溥《顏集》參校。

〔一〕《宋書》載『閒居無事，爲《庭誥》之文』，文中首句亦云『《庭誥》者，施於閨庭之内，謂不遠也』，故這裏標題作《庭誥》。張燮《顏集》、張溥《顏集》標題作《庭誥文》，《太平御覽》卷五百九十三標題作《廷誥》。

〔二〕『畜』，《册府元龜》卷八百一十六作『蓄』，二字通。

〔三〕『性靈』，張燮《顏集》、張溥《顏集》作『生靈』。

〔四〕『必先慈』，《太平御覽》卷五百九十三作『必先爲慈』。

〔五〕『務爲友』，《太平御覽》卷四百一十六、五百九十三作『務念爲友』。

〔六〕『固』，《太平御覽》卷五百九十三脱此字。

〔七〕『猶信不足焉，必有不信』，《太平御覽》卷五百九十三作『猶信之不足，必應以不信』。

〔八〕『滋』，張燮《顏集》、張溥《顏集》作『茲』，二字通。

〔九〕「若」，《宋書》、張燮《顏集》、張溥《顏集》脱此字，據《册府元龜》卷八百一十六增補。

〔一〇〕「此」，張溥《顏集》訛作「比」。

〔一一〕「議」，張燮《顏集》、張溥《顏集》作「譏」。

〔一二〕「同」，《宋書》、張燮《顏集》、張溥《顏集》脱此字，據《册府元龜》卷八百一十六增補。

〔一三〕「皆」，張燮《顏集》、張溥《顏集》脱此字。

〔一四〕「常」，張燮《顏集》、張溥《顏集》作「當」。

〔一五〕「明周」，《藝文類聚》卷二十三訛作「周明」。

〔一六〕「寡嗛」，《藝文類聚》卷二十三訛作「空嗛」。

〔一七〕「肌膚」，《藝文類聚》卷二十三作「髮膚」。

〔一八〕「同其意用哉」，《藝文類聚》卷二十三作「同其意哉」。

〔一九〕「戒」，《藝文類聚》卷二十三作「誡」，二字通。

〔二〇〕「適坐」，《册府元龜》卷八百一十六作「適生」。

〔二一〕「期變」，《册府元龜》卷八百一十六訛作「耽愛」。

〔二二〕「盜」，《宋書》、張燮《顏集》、張溥《顏集》訛作「濫」，據《藝文類聚》卷二十三改。

〔二三〕「毁」，張燮《顏集》、張溥《顏集》訛作「殿」。

〔二四〕「豈」，《宋書》、張燮《顏集》、張溥《顏集》脱此字，據《太平御覽》卷四百七十七增補。

〔二五〕「則」，《太平御覽》卷四百七十七訛作「財」。

〔二六〕「受」，《宋書》、張燮《顏集》、張溥《顏集》訛作「愛」，據《册府元龜》卷八百一十六改。

〔二七〕「飾」，張燮《顏集》、張溥《顏集》作「飭」。

〔二八〕「則」，《藝文類聚》卷二十三脱此字。

〔二九〕「火含烟而妨火，桂懷蠹而殘桂」，《藝文類聚》卷二十三、《册府元龜》卷八百一十六作「火含烟而烟妨火，桂懷蠹而蠹殘桂」。

〔三〇〕「火勝則烟滅」，《太平御覽》卷八百七十一作「烟勝則火滅」。

〔三一〕「惛」，《藝文類聚》卷二十三作「昏」，二字通。

〔三二〕「以生矣」，《宋書》、張燮《顏集》、張溥《顏集》訛作「主一目」，據《册府元龜》卷八百一十六改。

〔三三〕「是」，《宋書》、張燮《顏集》、張溥《顏集》訛作「其」，據《册府元龜》卷八百一十六改。

〔三四〕「誤」，張燮《顏集》、張溥《顏集》脱此字，《册府元龜》卷八百一十六訛作「不」。

〔三五〕「於」，《宋書》、張燮《顏集》、張溥《顏集》脱此字，據《册府元龜》卷八百一十六增補。

〔三六〕「弈」，張燮《顏集》、張溥《顏集》作「奕」。

〔三七〕「病矣」，《藝文類聚》卷三十五、《初學記》卷十八作「病甚矣」。

〔三八〕「沮廢」，《藝文類聚》卷三十五作「沮喪」。

〔三九〕「豈但」，《藝文類聚》卷三十五作「非但」。

〔四〇〕「誚讓」，《藝文類聚》卷三十五訛作「訟誤」。

〔四一〕「非廉深遠識者，何能不移其植」，《藝文類聚》卷三十五作「非廉潔深識者，何能不交移其植」，《初學記》卷十八「其植」作「其澡」。

〔四二〕「懷古」，《藝文類聚》卷三十五脱此二字。

〔四三〕「志」，《藝文類聚》卷三十五作「意」。

〔四四〕「人」，《藝文類聚》卷三十五脱此字。

〔四五〕「見通則憂淺，意遠則怨浮」，《藝文類聚》卷三十五、《初學記》卷十八作「見深則憂淺，識遠則患浮」。

〔四六〕「有」，《宋書》、張燮《顏集》、張溥《顏集》脱此字，據《藝文類聚》卷三十五、《初學記》卷十八增補。

〔四七〕「幽隱」，《宋書》、張燮《顏集》、張溥《顏集》訛作「出隱」，據《册府元龜》卷八百一十六改。

〔四八〕「又蒙蔽其善」，《宋書》、張燮《顏集》、張溥《顏集》訛作「又蒙之」，據《册府元龜》卷八百一十六改。

〔四九〕「或涉流傳」，《宋書》、張燮《顏集》、張溥《顏集》訛作「或無涉傳」，據《册府元龜》卷八百一十六改。

〔五〇〕「逼」，張燮《顏集》、張溥《顏集》訛作「道」。

〔五一〕「恬漠」，《太平御覽》卷五百九十三作「恬淡」。

〔五二〕「則爲美矣」，《宋書》、張燮《顏集》、張溥《顏集》脱此四字，據《太平御覽》卷五百九十三增補。

〔五三〕「小忍」，《藝文類聚》卷三十五、《太平御覽》作「稍忍」。

〔五四〕「故」，《宋書》、張燮《顏集》、張溥《顏集》脱此字，據《太平御覽》卷五百九十三增補。

〔五五〕「乃能盡而不汙爾」，《藝文類聚》卷二十三作「乃能處而不汙其身耳」。

〔五六〕「無」，《藝文類聚》卷二十三脱此字。

〔五七〕「念」，《宋書》、張燮《顏集》、張溥《顏集》訛作「人」，據《册府元龜》卷八百一十六改。

〔五八〕「齊」，《宋書》、張燮《顏集》、張溥《顏集》脱此字，據《册府元龜》卷八百一十六增補。

〔五九〕「養」，《宋書》、張燮《顏集》、張溥《顏集》脱此字，據《册府元龜》卷八百一十六增補。

〔六〇〕「所足在內，不由於外」，《宋書》、張燮《顏集》、張溥《顏集》訛作「所足與不由外」，據《册府元龜》卷八百一十六改。

〔六一〕「优」，《宋書》、張燮《顏集》、張溥《顏集》訛作「復」，據《册府元龜》卷八百一十六改。

〔六二〕「令」，張燮《顏集》、張溥《顏集》訛作「含」。

〔六三〕「靡」，《宋書》、張燮《顏集》、張溥《顏集》訛作「唯」，據《册府元龜》卷八百一十六改。

〔六四〕「夫人之生」，《宋書》、張燮《顏集》、張溥《顏集》訛作「三人至生」，據《册府元龜》卷八百一十六改。

〔六五〕「心」，《宋書》、張燮《顏集》、張溥《顏集》訛作「之」，據《册府元龜》卷八百一十六改。

〔六六〕「曰」，《宋書》、張燮《顏集》、張溥《顏集》訛作「固」，據《册府元龜》卷八百一十六改。

〔六七〕「偶」，《宋書》、張燮《顏集》、張溥《顏集》訛作「值」，據《册府元龜》卷八百一十六改。

〔六八〕「條」，《宋書》、張燮《顏集》、張溥《顏集》訛作「脩」，據《册府元龜》卷八百一十六改。

【注】

（一）庭誥：家訓、家教，即家長在立身、處世、爲學、做人等方面對子孫的教誨。《南史》本傳載：「閑居無事，爲《庭誥》之文以訓子弟。」

（二）閨庭：家庭。蔡邕《郡掾吏張玄祠堂碑銘》云：「掾天姿恭恪，宣慈惠和，允恭博敏，惻隱仁恕，正身履道，以協閨庭。」

（三）秋方：指人的晚年、暮年。先草木：先於草木而亡，這裏指顏延之擔心自己人到晚年，離去世不遠。遽：立刻，馬上。誥爾：告誡你們。

（四）立履：立身。規鑒：規箴之言可作鑒戒。通人：學識淵博通達的人。《莊子·秋水》載：「當桀紂而天下無通人，非知失也。」

（五）素畜：平時所蓄積，這裏指素志，亦作「素蓄」。張衡《東京賦》云：「洪恩素蓄，民心固結，執誼顧主，夫懷貞節。」性靈：內心世界，泛指精神、思想、情感等。心用：思想行爲。

（六）選言：擇言、措辭。務一：這裏指簡明扼要。煩密：繁雜苛密、繁瑣。備議：論述得過分詳細。網諸情非：約束各種不合規範的言行。

（七）羅：捕鳥的網。目：指網上的孔眼。《淮南子·說山訓》載：「有鳥將來，張羅而待之，得鳥者羅之一目也。今爲一目之羅，則無時得鳥矣。」

（八）積意之方：指顏延之出於「網諸情非」的考慮，而「至於備議」，時常採用詳細論述的方式。積意，盈滿，這裏指不厭其煩，詳加論述。

（九）道者識之公，情者德之私：道爲公識，情爲私德。

（一〇）私塞：頭腦被私念阻塞。移心：改變心意。此句謂按公德行事，可以和神靈相通，讓它們保佑自己；頭腦充滿私念，祇會導致隔閡，妻子兒女都難以與自己同心。

（一一）捐情反道，合公屏私：收斂情感，遵循道德，順從公理，摒棄私欲。

（一二）尋尺：喻指微小或微細之物。《國語·晉語八》載：『夫絳之富商，……能行諸侯之賄，而無尋尺之祿，無大績於民故也。』數紀：幾十年，十二年爲一紀。金石：比喻不朽。

（一三）古先：往昔，古代。垂戒：垂示警戒。長老：老年人。餘論：宏論之外的細論。司馬相如《子虛賦》云：『問楚地之有無者，願聞大國之風烈，先生之餘論也。』細制：指生活小節。繕築：修房建屋，喻指修德。末跡：喻指晚年。陸機《歎逝賦》云：『解心累於末跡，聊優遊以娛老。』

（一四）樹德：樹立德業。立義：奉行大義。《禮記·儒行》載：『其行本方，立義，同而進，不同而退，其交友有如此者。』收族：以上下尊卑、親疏遠近之序團結族人。《禮記·大傳》載：『尊祖故敬宗，敬宗故收族，收族故宗廟嚴。』長家：管理家務事。經遠：作長遠謀劃。

（一五）身行：操行，品行。《荀子·富國》載：『仁人之用國，將修志意，正身行。』

（一六）此句謂父親希望兒子孝順，必須自己先慈愛；兄長要求弟弟恭敬，必須自己先友愛。

（一七）此句謂雖然說孝順不完全取決於慈愛，但慈愛往往培養出孝子；恭敬不全在於友愛，但友愛的兄長常能引導出恭謹的弟弟。

（一八）此句謂如果一個人不夠和氣，那麼別人對他也不客氣，好比不信任他人，別人也不信任他。

（一九）恩意：恩情，情意。參、柴：指孔子弟子曾參、高柴，二人以孝稱。由、損：指孔子弟子仲由、閔損，二人以孝稱。

（二〇）德本：道德的根本，古代以孝爲德本。民譽：民眾的稱譽。逾默：更加靜默。滋沖：更加謙虛。干眾：觸犯眾人。《說文解字》載：『干，犯也。』議物：非議外物。淵泰：沉靜沖和。

（二一）遺聲：留下好名聲。出己：推舉自己。虛求：虛心求得。校得：計較獲得。矜踞：矜誇倨傲。監擇：審察選擇。遠猷：長遠的打算，遠大的謀略。

（二二）文理精出：文章能夠精切地表達義理。言稱：言說。論問宣茂：議論、問難方面的口才很好。居身：立身處世。

（二三）若乃：至於，用於句子開頭，表示另起一事。辯畫：擘劃，謀劃。此句謂有人竭盡鑽營，以求得富貴；全力爭奪，以獲得名聲。

（二四）戶牖：門窗，這裏指自家。《老子》第十一章云：『鑿戶牖以爲室，當其無，有室之用。』

（二五）苟鋭之志：指汲汲於名利。傾觖之望：過分貪婪的欲望。觖，不滿。挂有識之裁：被有識之士厭棄。修家：整治其家。

（二六）千人所指，無病自死：被眾人指責，無病也死。《漢書·王嘉傳》載：『里諺曰：「千人所指，無病而死。」臣常爲之寒心。』

（二七）知能：智慧才能。文論：文章，著作。練之庶士：與眾人推敲琢磨。校之羣言：考察各家著述。《後漢書·蔡邕傳》載：『乃斟酌羣言，韙其是而矯其非，作《釋誨》以戒厲云爾。』

（二八）呻吟：誦讀，吟詠。《論衡·案書》云：『劉子政玩弄《左氏》，童僕妻子，皆呻吟之。』竊議：私下議論，私自評論。顏延之《又釋何衡陽》云：『足下連國雲從，宏論風行，吾幽生孤說，每獲竊議，此之不侔，事有固然。』妲語：荒誕不經的言談。短算：短淺的謀算。長見：遠見。

（二九）稠覽博論：見聞多、議論廣。高聽：指他人的聽聞。眾視：眾人的觀瞻。迷塗失偶：迷失道路，失去同伴。黶如深夜撤燭：臉色暗淡無光，如同沒有燭光的深夜。銜聲茹氣：指忍氣吞聲。腆默：羞慚不語。

（三〇）誇慢：傲慢自大，即前所言『竊議以迷寡聞，妲語以敵要說』。

（三一）怨誹：怨恨，非議。得喪：得失，指名利的得到與失去。見誚：見笑，嘲笑。

（三二）臧獲：對奴婢的賤稱。《荀子·王霸》載：『大有天下，小有一國，必自爲之然後可，則勞苦秏顇莫甚焉。如是，則雖臧獲不肯與天子易埶業。』識量：有識見與度量的人。

（三三）德聲：仁德的聲譽，古代多用以稱頌官吏的治政。令氣：美好的氣度、情操。忿言：憤怒的話，怨恨的話。懟議：怨恨的議論。

（三四）恆人：常人，一般的人。遠理：深遠的道理。么算：仔細的思考。自異：優異，勝於常人。取陷庸品：自甘庸俗，不求上進。

（三五）富厚：物質財富雄厚。貧薄：貧窮，少資財。事之懸：指富厚、貧薄之人差別很大。

（三六）非可一時同處：不是一下能相處得好的。守之無怨，安之不悶者：指與貧薄之人安然相處，而不生怨、不沉悶的富厚之人。

（三七）豈其：何必。證然：驗證、證實。屈原《九章・惜誦》云：『故相臣莫若君兮，所以證之不遠。』

（三八）道在不然，義在不可：指不可能人人富厚，富厚也未必體現在自己的身上。橫意：肆意，隨心。去就：離去或接近，這裏指出仕或退隱。希幸：僥倖之心。至分：指富貴之極。

（三九）蠶温農飽：養蠶方能衣暖，耕田方能食飽。躬稼：親身務農。《論語・憲問》載：『禹稷躬稼，而有天下。』

（四〇）施其情願：根據僕役的願望，給予財物。庀其衣食：保證僕役衣食無缺。庀，具備，備辦。定其當治：規定僕役的職責。遞其優劇：讓僕役輪番從事勞逸程度不同的工作。出之休饗，後之捶責：做得好的要給予休息和賞賜，做的不好的要給予懲罰。勸恤：勉勵體恤。霑曝：白天受日曬，晚上沾露水。

（四一）公稅：官家所收賦稅。傍費：非必需或額外的費用。流議：流俗的議論。

（四二）量時發斂，視歲穰儉：根據收成的好壞，來散發或積聚財物。穰儉，年歲豐登或歉收。省贍：節省費用。損散：散發財物。

（四三）用天之善：根據天道而行善。《老子》第七十七章云：『天之道損有餘而補不足。人道則不然，損不足，奉有餘。孰能有餘以奉天下？其唯有道者。』御生之得：保養生命、維持生計的心得。

（四四）率下：領導下屬。顏延之《陽給事誄》云：『奉上以誠，率下有方。』多方：多種方法。立長：指樹立長官的威望。晦明：韜晦隱跡。《周易・明夷》載：『利艱貞，晦其明也。』懿：美好。美德。

（四五）情見：情感流露。《禮記・樂記》載：『備舉其道，不私其欲，是故情見而義立，樂終而德尊。』畎畝：田地，田野，泛指民間。《孟子・告子下》載『舜發於畎畝之中』。明晦：韜晦隱跡，同『晦明』。功博：事半功倍之義。

（四六）常然：自然之性，常態。煩務：繁重的工作，繁雜的事務。威烈：威嚴。雷霆：指暴怒、盛怒。大用：指優點、長處。細瑕：比喻細小缺點。明灼日月：如日月般明白、明察。不勝其邪：制不住下屬不正當的行爲、作風。

(四七)孱：懦弱。差：失當。的：鮮明、顯著的樣子。《禮記・中庸》載：『故君子之道，闇然而日章；小人之道，的然而日亡。』

(四八)此句謂禮治之道崇尚寬厚，法治之道傾向刻薄，故採用禮治，則人們變得寬厚；採用法治，則人們變得刻薄。

(四九)耕收誠鄙：耕作收獲的確是鄙俗瑣細之事。不忒：沒有變更，沒有差錯。野陋：粗野鄙陋，指耕作之事。

(五〇)含生之氓：一切有生命的人。同祖一氣：同樣吸取天地混沌之氣而生長。一氣，混沌之氣，古代認爲是構成天地萬物的本原。《莊子・大宗師》載：『彼方且與造物者爲人，而遊乎天地之一氣。』等級：按差異而定出的高下級別。相傾：相互競爭。差品：指不同的等級。業習：修業，學習。天識：本性。世服：時俗，習俗。

(五一)願欲：志願，欲念。情嗜：情欲，欲望。無間殊：沒有很大的區別。役人：役使別人。養給：生活所需得到滿足。

(五二)隅奥有竈，齊侯蔑寒：奥祭對象中有竈神，齊侯便不在意別人的寒冷。隅奥，室內西南角，地位較高，爲室內主要祭祀之所，祭祀對象包括戶、溜、門、灶等。《爾雅・釋宮》載：『西南隅謂之奥，西北隅謂之屋漏，東北隅謂之宧，東南隅謂之窔。』犬馬有秩，管燕輕飢：自己圈養的狗、馬有吃的，管燕便不在乎別人的飢餓。《戰國策・齊策四》載：『管燕得罪齊王，謂其左右曰：「子孰而與我赴諸侯乎？」左右嘿然莫對。管燕連然流涕曰：「悲夫，士何其易得而難用也！」田需對曰：『士三食不得饜，而君鵝鶩有餘食；下宮糅羅紈，曳綺縠，而士不得以爲緣。且財者，君之所輕；死者，士之所重。君不肯以所輕與士，而責士以所重事君，非士易得而難用也！」』此句謂居富貴者不憐貧困。

(五三)服温厚：穿暖和的衣服。穿弊：穿破舊之衣。明周：賢明。厭滋旨：飽嘗美好的滋味。寡嗛：指食物不足。

(五四)肌膚：肌肉與皮膚。草石：草木石頭。飛走：飛禽走獸。

(五五)此句謂懲罰應避免過多，施恩應避免不公正；懲罰太多會使懲罰失去威力，施恩不公正還不如不要施恩。仁恕：仁愛寬容。

(五六)眇末：卑微，微末。庸保：受雇充任雜役的人。《史記・刺客列傳》載：『高漸離變名姓爲人庸保，匿作於宋子。』事思反己：遇事反省自己有無過錯。念物：顧念外物。人心塞：指滿足人的願望。

（五七）抃博蒱塞：泛指賭輸贏、角勝負的遊戲。抃博，賭博、博弈。蒱塞，樗蒱和簺，古代兩種博戲，泛指賭博。會衆：會合衆人。諧調：詼諧戲謔。哂謔：調笑、戲謔。

（五八）剋瞻：不莊重。剋，同「克」。端儼：正直莊重。非鄙：非議鄙薄。醜折：出醜、折面子。

（五九）此句謂倒不如不參與那些不莊重的談話，少介入這類場合，冷靜旁觀，保持距離。

（六〇）諍厭：對友人直言規勸而使之心服。賓友：賓客朋友。清耳：淨耳，表示不願意讓污濁的話語污染耳朵。傾嫵：傾身撫掌。

（六一）管籥：鎖匙，這裏比喻事情的關鍵。《禮記·月令》載：「（孟冬之月）修鍵閉，慎管籥。」鄭玄注：「管籥，搏鍵器也。」

（六二）嫌惑：疑惑。疑心：猜疑之心。豈唯：難道祗是，何止。厚貌蔽智之明：忠厚的外貌使明智的人誤判。深情怯剛之斷：深厚的感情使果斷的人猶豫。

（六三）猜怨：猜疑怨恨。嚬笑入戾：別人的微笑也視爲不懷好意。嚬，同「顰」。期變犬馬，則步顧成妖：懷疑狗和馬的差別，那麼反顧自己行步的身影，也會當成妖怪。

（六四）動容竊斧：用《列子》典故，指目隨心亂，亦作「竊鈇」。《列子·說符》載：「人有亡鈇者，意其鄰之子。視其行步，竊鈇也；顔色，竊鈇也；言語，竊鈇也；動作態度，無爲而不竊鈇也。俄而抇其谷而得其鈇。他日復見其鄰人之子，動作態度，無似竊鈇者。」束裝盜金：用直不疑典故，指無端見疑。《漢書·直不疑傳》載：「其同舍有告歸，誤持其同舍郎金去。已而同舍郎覺，亡意不疑，不疑謝有之，買金償。後告歸者至而歸金，亡金郎大慚，以此稱爲長者。」

（六五）明慎：明察審慎。議獄：斷獄，審議獄案。僭濫：賞罰失當，過而無度。《詩經·商頌·殷武》云：「不僭不濫，不敢怠遑。」易意：改變心意。朱公論璧：朱公以璧玉爲喻，來說明疑罪從無、疑賞從有的道理。《說苑·雜事》載：「梁嘗有疑獄，羣臣半以爲當罪，半以爲無罪，雖梁王亦疑。梁王曰：「陶之朱公，以布衣富侔國，是必有奇智。」及召朱公問曰：「梁有疑獄，獄吏半以爲當罪，半以爲不當罪，雖寡人亦疑。吾子決是，奈何？」朱公曰：「臣，鄙民也，不知當獄。雖然，臣之家有二白璧，其色相如也，其徑相如也，然其價一者千金，一者五百。」王曰：「徑與色澤相如也，一者千金，一者五百金，何也？」朱公曰：

「側而視之，一者厚倍，是以千金。」梁王曰：「善！」故獄疑則從去，賞疑則從與，梁國大悅。』

（六六）此句謂這些說的是謀劃大事的道理，其對於日常生活小事也有借鑒、戒勉的作用。

（六七）遊道：交遊的道理。交義：相交的道理。輕絕：輕易棄絕。《禮記・緇衣》載：『輕絕貧賤而重絕富貴，則好賢不堅，而惡惡不著也。』狎：親昵，親近而不莊重。

（六八）愛之勿勞：愛他而不教之勤勞。《論語・憲問》載：『子曰：「愛之，能勿勞乎？」』正性：純正的稟性。忠而勿誨：忠於他而不勸告教誨。《論語・憲問》載：『忠焉，能勿誨乎？」』枉情：邪念。

（六九）藝業：技藝、學業。會以文辭：通過文才來結交朋友，即以文會友。親不可褻，疏不可間：親密而不致於輕佻，疏遠而不致於產生隔閡。每存大德，無挾小怨：常念友人大的優點，不過分介意友人小的缺點。

（七〇）此句謂按照這種方式交友，友誼可維繫終生。

（七一）酒酌：指飲酒。嗜而非病者希：嗜好飲酒的人，大多有各種缺點和毛病。眚：過失。《左傳・僖公三十三年》載：『吾不以一眚掩大德。』正：正性，純正的稟性。

（七二）存其正性，紓其妄發：保持純正稟性，去除狂悖。其唯：大概祇有。《孟子・滕文公下》載：『是故孔子曰：「知我者，其惟《春秋》乎！罪我者，其惟《春秋》乎！」』善戒：這裏指戒酒。

（七三）聲樂：指音樂。可簡而不可違：可以簡省，不可過分享受，即樂而不淫，節之以禮。背：背離音樂中正平和之道。毀：危害、害處。

（七四）通其礙而節其流：指瞭解過分享受音樂後帶來的危害，採取節制的態度。和中：中正平和。

（七五）善施：樂善好施。天則：天道，自然的法則。《周易・乾》載：『乾元用九，乃見天則。』

（七六）此句謂自己沒有積蓄而與人財物，並且一下子花掉很多錢財，這是難以實現的。

（七七）贍人之急，雖乏必先：救人於急難之時，即使自己財物匱乏，也必須先給予。施如王丹：施捨財物當效法王丹。王丹，東漢人，喜好施捨，周濟困急。《後漢書・王丹傳》載：『家累千金，隱居養志，好施周急。每歲農時，輒載酒肴於田間，候勤者而勞之。其墮懶者，恥不致丹，皆兼功自厲。邑聚相率，以致殷富。其輕黠遊蕩廢業爲患者，輒曉其父兄，使黜責之。沒者則賻給，親自將護。其有遭喪憂者，輒待丹爲辦，鄉鄰以爲常。行之十餘年，其化大洽，風俗以篤。』受如杜林：接受財物當效法杜林。杜林，東漢人，曾接受馬援贈送的一匹馬，後回贈給馬援五萬文錢。《東觀漢記》載：『杜林，字伯山，與馬援同鄉里，素相親厚。援從南方還，時林馬適死，援令子持馬一匹遺林，曰：「朋友有車馬之饋，可具以備乏。」林受之。居數月，林遣子奉書曰：「將軍內施九族，外有賓客，望恩者多。林父子兩人食列卿祿，常有盈，今送錢五萬。」援受之，謂子曰：「人當以此爲法，是伯山所以勝我也。」』

（七八）浮華怪飾：華麗、怪異的服飾。滅質：損害人的本性。奇服：新奇的服裝、服飾。麗食：珍美的食物。棄素：違背人的本性。

（七九）勸慕：受獎勉而有所企慕、嚮往。荀悅《漢紀·惠帝紀》載：『是以君子勸慕，小人無怨。』傾人顧盼：使人傾心愛慕。

（八〇）淫怪：指前面所說的『浮華怪飾』。奇麗：指前面所說的『奇服麗食』。無心：解脫邪念的真心。不抑自貴：無須抑制而自尊自重。

（八一）數相：命相，指人的命數和可據以推斷禍福的形貌特徵。術人：指以占卜、星相等爲職業的人。

（八二）二德：指陰陽二氣，因陰陽二氣有生養化育之盛德，故稱。稟體五常：秉承天賦五行屬性的形體。二德有奇偶，五常有勝殺：氣有陰陽之分，五行之間有相生相克之道。叶沴：這裏指吉凶、禍福。叶，和洽。沴，不和。《莊子·大宗師》載『陰陽之氣有沴，其心閒而無事』。

（八三）夭壽：短命與長壽。懸天：繫於天，取決於天。丁年：男子成丁之年，這裏泛指青壯年。乖遇：處於逆境，處境不順。中身：中年。迂合：遇合，處於順境。易地：互換所處的地位，指前言『丁年乖遇，中身迂合』順逆境的互換。

（八四）道命：遭際，命運。識道：識知聖道。揚雄《法言·吾子》載：『委大聖而好乎諸子者，惡覩其識道也。』

（八五）溪壑：溪谷，喻指難以滿足的貪欲。《鹽鐵論·本議》云：『川源不能實漏卮，山海不能贍溪壑。』屏欲：摒棄貪欲。

（八六）煩濁：雜亂污濁。《新語·慎微》云：『討逆亂之君，絕煩濁之原。』蒿蒸：氣蒸騰貌。

（八七）蠹：蛀蟲。《說文解字》載：『蠹，木中蟲。』

（八八）性明者欲簡：明智的人注意節制，欲望很少。嗜繁：嗜好繁多，指欲望過多。惛：迷亂，糊塗。

（八九）中外羣聖，建言所黜：華夏與四夷的哲人都提出節制欲望的主張。儒道衆智，發論是除：儒、道兩家的智者都陳述摒棄貪欲的觀點。

（九〇）有之者不患誤深：指有貪欲的人常執迷不悟。藥之者：指前言『中外羣聖』『儒道衆智』等試圖制約貪欲的人。術淺：智術淺薄。毀道多而於義寡：指放縱貪欲者多，節制欲望者少。

（九一）此句謂一下子去除所有的貪欲很困難，改正每個指出來的缺點則相對容易，然而能夠改正每個指出來的缺點，也算得上明智了。

（九二）廉嗜：清廉與貪婪。畏慕：畏懼和羡慕。《尚書·畢命》載：『弗率訓典，殊厥井疆，俾克畏慕。』

（九三）人我：他人與我。謀人：爲人謀劃。《尚書·盤庚下》載：『朕不肩好貨，敢恭先生，鞠人謀人之保居，敘欽。』失我：失去自我。

（九四）悦彼之可，而忘我不可，學嚬之蔽：可以悦服別人，但不能失去自我，否則就犯了東施效顰的錯誤。學嚬，東施效顰。《莊子·天運》載：『故西施病心而矉其里，其里之醜人見而美之，歸亦捧心而矉其里。其里之富人見之，堅閉門而不出；貧人見之，挈妻子而去之走。』

（九五）去蔽：去除缺點。念通：通達事理。怍：慚愧，儒家認爲知怍方能有爲。《論語·憲問》載：『子曰：「其言之不怍，則爲之也難。」』介：節操，獨特之行。

（九六）謗議：非議。《戰國策·齊策一》載：『能謗議於市朝，聞寡人之耳者，受下賞。』有道：有才藝或有道德的人。闕薄：道德修養欠缺，淺薄。難用算防：指難以避免流言非議。

（九七）接應：應對，應答。言必出己：言語出於自己本心，不道聽塗説。

（九八）信不素積：指平時不講信用。素積，平素所蓄積。嫌間：彼此猜疑而產生惡感。性不和物：與人不合，不隨俗。尤怨：埋怨，怨恨。

(九九)有一於此：指具有前面所說的『信不素積』『性不和物』中的一個。逃毀：避開流言非議。

(一〇〇)達鑒：明察，透徹瞭解。遠識：高遠的見識。

(一〇一)日省吾躬：每日反省自身。《論語·學而》載：『吾日三省吾身，爲人謀而不忠乎？』月料吾志：每月省察自己的志向。寬默：寬厚寡言。潔靜：清淨。神道：神明之道，指鬼神賜福降災等神妙莫測之道。《周易·觀》載：『觀天之神道，而四時不忒，聖人以神道設教，而天下服矣。』何恤人言：何必憂慮別人的議論。《左傳·昭公四年》載：『禮義不愆，何恤於人言。』

(一〇二)富則盛，貧則病：富足則行事順利，貧困則諸事不利。

(一〇三)粗黶：粗糙黝黑，形容人的氣色不好。沮廢：沮喪頹廢。疏棄：疏遠嫌棄。誚讓：責問，譴責。

(一〇四)廉深：廉潔深沉。顏延之《陶徵士誄》云：『廉深簡絜，貞夷粹温。』識遠：識見遠大。移其植：指貧而不病。

(一〇五)蠲：除去，去掉。

(一〇六)見通則憂淺，意遠則怨浮：見識通達，可減輕憂患；胸懷曠達，可減少怨恨。琴歌於編蓬之中者：在簡陋的房屋中彈琴，即樂而忘貧之義。

(一〇七)幽隱：隱晦，隱蔽。相盡：彼此暢所欲言，毫無保留。此句謂信任不足則容易產生誤解，交友之道關鍵在於真誠，這樣雙方才能坦誠交往，真心相見。

(一〇八)此句謂見一次面而意氣相投，交情固如山嶽；說一句話而志氣契合，情意深厚如深泉。

(一〇九)事上：事奉尊長。金石可弊：指友情深厚長遠，金石可壞而情意不變。

(一一〇)充其榮實，乃將議報：給了別人一些好處，然後便要求報答。厚之篚筐，然後圖終：送給豐厚的禮物，以圖維繫交情。篚筐，盛物竹器，方曰筐，圓曰篚，這裏借指禮物。

(一一一)此句謂如果想友情深厚，就應該多想想前文所說的道理而不要忽視。

(一一二)祿利：財利榮祿。蠶穡：蠶桑和耕種，泛指農活。物之所鄙：指人們蔑視做農活的人。

(一一三)此句謂務農艱難，做官輕鬆，務農辛勤，做官安逸，而人們以做官爲榮，以務農爲恥，這種付出與獲得的不對等，正是做官與務農兩種職業的差異。

（一一四）徒屬：門徒，部屬。豐麗：指財貨和美女。此句謂用自己的辛苦付出來安定國家、用自己的功勞施加於民眾者，可以使喚下屬，享受富貴榮華生活；無功勞可言，和普通百姓一樣，衹爲自己的生活而勞作，那麽衹能督促妻子兒女，一家人從事耕田織布。

（一一五）陵侮：淩辱，欺壓。懸企不萌：不產生覬覦之心、非分之想。賢鄙處宜，華野同泰：賢明與庸俗的人各得其所，在朝顯要、在野平民各安其職。

（一一六）有恆爲德：恆久不變的德行。《周易·恆》載：『恆其德，貞，婦人吉，夫子凶。』此句謂人有廉恥之心，便不需嚴厲的刑罰；人有恆久不變的美德，便不會羨慕富貴。

（一一七）此句謂有廉恥之心的人，去世不辱其心；保持恆久不變德行的人，善終不汙其德。

（一一八）位去則情盡：失去官職則情義不再。務謝則心移：辦完事情則交情淡薄。

（一一九）勤蘄：懇求。結納：結交。離貳：有異心。《後漢書·列女傳·吳許升妻傳》載：『榮父積忿疾升，乃呼榮欲改嫁之。榮歎曰：「命之所遭，義無離貳。」終不肯歸。』

（一二〇）隱竊：竊竊私語。面譽：當面稱譽。《莊子·盜跖》載：『好面譽人者，亦好背而毀之。』背毀：背後詆謗。稽款：這裏指交情好。叛戾：背叛，叛離。

（一二一）惠訓：有益的教導、教誨。成立：成就。揚聲：傳播名聲。稟仰：敬仰，敬奉仰從。塵軌：塵世的軌轍，猶言世塗。影跡：蹤影，痕跡。

（一二二）蒙蔽其善，毀之無度：隱沒別人的善行，而肆意詆謗。心短彼能，私樹己拙：這樣做的本意是想詆毀別人的才能，卻反而暴露了自己的缺點。恆輩：平常之輩，常人。高識：高明的見識。

（一二三）蠹：這裏指損害、敗壞。大倫：儒家基本倫理道德。《孟子·公孫丑下》載：『內則父子，外則君臣，人之大倫也。』無通閭伍：不要和這樣的人交往。閭伍，閭、伍是古代民戶編次的底層單位，這裏借指走得近、關係密切。

（一二四）驚異：驚奇詫異。卒迫：倉促緊迫。

（一二五）異從己發，將尸謗人：　如果是自己首先表示異議，將承擔誹謗他人的責任。尸，擔任，承擔。迫而又迕：　遇猝迫之事而觸犯他人。失度：　失態。班固《西都賦》云：『魂怳怳以失度，巡迴塗而下低。』

（一二六）夷異如裴楷：　像裴楷那樣坦然的面對驚異之事。裴楷，西晉大臣，曾從容解釋晉武帝『探策得一』之事。《晉書·裴楷傳》載：『武帝初登阼，探策以卜世數多少，而得一，帝不悅，羣臣失色，莫有言者。楷正容儀，和其聲氣，從容進曰：「臣聞天得一以清，地得一以寧，王侯得一以爲天下貞。」武帝大悅，羣臣皆稱萬歲。』處逼如裴遐：　像裴遐那樣安處逼迫之境。裴遐，西晉名士，曾從容面對拖曳墜地之事。《世說新語·雅量》載：『裴遐在周馥所，馥設主人。遐與人圍棋，馥司馬行酒。遐正戲，不時爲飲，司馬恚，因曳遐墜地。遐還坐，舉止如常，顏色不變，復戲如故。王夷甫問遐：「當時何得顏色不異？」答曰：「直是暗當故耳。」』深士：　見識深遠的人。

（一二七）有性：　指人的本性。《說文解字》載：『性，人之陽氣性善者也。』褊量：　褊狹的識量。弘識：　深遠見識。

（一二八）恬漠：　寧靜淡泊。寬愉：　寬舒和樂。

（一二九）蕩心：　感蕩心志。微抑：　稍加抑制。煩性：　擾亂心性。小忍：　稍加忍耐。

（一三〇）愆容：　容止失禮。失度：　失態。物將自懸，人將自止：　指人的內心有自覺，外在言行有自律。自懸，自然而止。自止，自然而止。

（一三一）習之所變亦大：　指習慣在很大程度上能改變一個人。蒸性染身：　薰染人的本性與身體。移智易慮：　人的智慧與思考方法發生變化。

（一三二）此句謂和品德高尚的人交往，就好像進入了擺滿芳香芝蘭花的房間，久而久之就聞不到蘭花的香味了，這是因爲自己和香味融爲一體了；　和品行低劣的人交往，就像進入了賣臭鹹魚的店鋪，久而久之就聞不到鹹魚的臭味了，這也是因爲自己與臭味融爲一體了。《孔子家語·六本》載：『與善人居，如入芝蘭之室，久而不聞其香，卽與之化矣；　與不善人居，如入鮑魚之肆，久而不聞其臭，亦與之化矣。』

（一三三）慎所與處：　謹慎選擇相處的朋友和環境。《孔子家語·六本》載：『丹之所藏者赤，漆之所藏者黑，是以君子必慎其所處者焉。』金真：　金質純真，比喻品行貞正純粹。玉粹：　像玉一樣的品質純美。顏延之《應詔宴曲水作詩》云：『君彼東朝，金昭玉粹。』盡而不汙：至死不改其品行。

（一三四）此句謂朱砂可以被研磨，但不能改變它自身的紅色；石頭可以被打碎，但不能改變它固有的堅硬。《呂氏春秋·誠廉》載：『石可破也，而不可奪堅；丹可磨也，而不可奪赤。』

（一三五）丹石之性：丹砂和石頭的本性，比喻赤誠、堅定的品性。浸染：逐漸感染，逐漸沾染。

（一三六）懷道：心懷道義。從理：遵從道德。不議貧，議所樂：不談論貧窮，而談論快樂。

（一三七）何由：怎能。謝靈運《石門新營所住四面高山回溪石瀨修竹茂林》云：『美人遊不還，佳期何由敦？』此句謂貧窮怎麼能快樂呢？

（一三八）瞻富貴同貧賤：看待富貴，如同貧賤。理固得而齊：按照道家齊物論，富貴、貧賤並無差別，當同等看待。

（一三九）通議：通義，普遍適用的道理與法則。苟議不喪，夫何不樂：如果一直遵從前面所說的視富貴、貧賤如一的道理，怎麼會不快樂呢？

（一四〇）榮生：養生，保養生命。飢寒在躬：身體飢餓寒冷。從道：依從正道。《周易·復》載：『中行獨復，以從道也。』

（一四一）取諸其身：指前面這句話來自於部分人自身的經歷。篤論：確論，確切的評論。通理：共通的道理。

（一四二）定實：確實，落實。膏腴夭性：喫肥美的食物而早逝。菽藿登年：喫粗劣的食物而長壽。菽藿，豆和豆葉，泛指粗劣的雜糧。登年，延年，多享年歲。

（一四三）中散：指嵇康，曾任中散大夫。顏延之《五君詠·嵇中散》云：『中散不偶世，本自餐霞人。』所足在內，不由於外：充實源於人的內心，而非外在的物質條件。

（一四四）稱體而食、量腹而炊：根據食量來喫飯。《淮南子·俶真訓》載：『夫聖人量腹而食，度形而衣，節於己而已，貪污之心，奚由生哉？』嗛：歉收，不足。《穀梁傳·襄公二十四年》載：『一穀不升謂之嗛。』此句謂同樣根據食量來喫飯，荒年則穀物不足，豐年則食物有餘。

（一四五）息耗：消長，這裏指食量大小。此句謂這並不是因爲食量大小發生了變化，而是受年歲豐歉的影響。

（一四六）仁富：安仁富足。明白入素：明淨素樸。《莊子·天地》載：『夫明白入素，無爲復樸，體性抱神，以遊世俗之間者，汝將固驚邪？』氣志：精神、意志。

（一四七）十旬九飯：一百天喫九頓飯，形容貧困，得食困難。《說苑·立節》載：『子思居於衛，縕袍無表，三旬而九食。』業席三屬，不能爲寒：坐席多次被水打濕，也不感到寒冷。屬，通『注』，傾注，這裏指被水打濕。

（一四八）以己爲度：用自己的見識來衡量外物。無以自通彼量：不能瞭解自身之外廣大世界的豐富。

（一四九）四遊：四極，指日月周行向東、南、西、北四方所達的最遠點。五緯：金、木、水、火、土五星。地道：大地的特徵和規律。《周易·謙》載：『謙，亨。天道下濟而光明，地道卑而上行。』情紀：情理法紀。人靈：生靈，百姓。

（一五〇）剖判：辨別，判斷。風度：人的言談舉止和儀態，這裏指氣概，器量。私殊：個人的特殊好惡。交道：交友之道。曲異：個人的不同見識。

（一五一）望塵請友：候車馬之塵來邀請朋友，喻指交友之誠。義士：恪守大義、篤行不苟的人。輕身：不珍重自己的生命。拜親：拜見朋友的父母，表示關係親密。《晉書·荀崧傳》載：『父頵，羽林右監、安陵鄉侯，與王濟、何劭爲拜親之友。』投分：定交，意氣相合。

（一五二）倫序：流輩，等類，這裏指人的不同等級、輩分。通允：通達允當。禮俗：禮儀與習俗，指婚喪、祭祀、交往等各種場合的禮節。

（一五三）世務：謀身治世之事，塵世間的事務。前休：前賢。反本：返歸本性。

（一五四）心識：心志。幼壯：指青少年時期。衰耗：衰弱虧損，多形容年老者。《後漢書·王充傳》載：『年漸七十，志力衰耗。』騖及：很快到來。

（一五五）夭鬱：夭亡，早逝。既難勝言：形容早逝者很多。存遂：生存，成長。無幾：沒有多少，不多。

（一五六）柔麗：温柔美麗，這裏形容生命的脆弱。土木：這裏指墳墓和棺材。剛清：剛正清貞。丘壤：墳墓，墳土。

（一五七）回遑：徘徊疑惑。《後漢書·西羌傳論》云：『謀夫回遑，猛士疑慮，遂徙西河四郡之人，雜寓關右之縣。』顧慕：眷念愛慕，嚮往。

（一五八）持榮：保住榮華富貴。服道：潛心修道。

（一五九）進退我生：指生命中的各種變化。《周易·繫辭上》載：『變化者，進退之象也。』遊觀：遊逛觀覽。含理：心懷義理。

（一六〇）含理之貴，惟神與交：心懷義理極爲難得可貴，衹有神靈能與之接觸交往。心靈：思想感情。偶信：篤信，深信不疑。天德：天的德性。上慚：對上慚愧。

（一六一）人沈來化：人們遵從先賢的教化。志符往哲：人們的志向符合先哲的教導。勿謂是賒：不要認爲這個目標很遙遠。日鑿斯密：指每天努力，堅持不懈，才能接近目標。鑿，穿木使通，喻指用功。

（一六二）忘老：忘記衰老已至己身。《論語·述而》載：『子曰：「女奚不曰，其爲人也，發憤忘食，樂以忘憂，不知老之將至云爾。」』其誰與歸：沒有這種人，我同誰一道呢？指對志同道合者的尋求。《國語·晉語八》載：『死者若可作也，吾誰與歸？』

（一六三）此句謂我根據自己的所思所想寫就此文，粗略陳述自己的一些觀點，如果用全面的觀點來看，此文顯然是挂一漏萬，考慮不周的。

（一六四）贍身：養活自身。田家：農家。節政：勤儉節約。奉終：侍奉親人，養老送終。燕居：退朝而處，閒居，這裏指顏延之隱居在家。《禮記·仲尼燕居》載：『仲尼燕居，子張、子貢、言游侍。』畢義：指《庭誥》中論述的義理。

【繫年】

《宋書》本傳載：『延之與仲遠世素不協，屏居里巷，不豫人間者七載。……閒居無事，爲《庭誥》之文。……劉湛誅，起延之爲始興王濬後軍諮議參軍，御史中丞。』據《宋書·劉湛傳》，元嘉十七年十月劉湛伏誅，之後顏延之結束了長達七年的屏居生活，重新任官。可見《庭誥》當作於元嘉十一至十七年顏延之『屏居里巷』時期。

《庭誥》中也有兩條時間信息。一是開頭云『吾年居秋方，慮先草木』，這裏的『秋方』指人的晚年、暮年；『先草木』指先於草木而亡，這裏指顏延之擔心自己離去世不遠。顏延之生於東晉孝武帝太元九年，『屏居里巷』七年，年齡爲五十一至五十七歲，在當時可稱晚年。二是結尾云『回遑顧慕，雖數紀之中爾』，『回遑顧慕』指回顧生平，十二年爲一紀，數紀一般泛指數十年。這裏的『數紀之中』並非單純泛指，而是契合顏延之創作《庭誥》時的年齡。『數紀之中』指顏延之當時的年齡已經到了第五紀，即四十八歲至六十歲之間。這也與顏延之『屏居里巷』的年齡相符。

由上可知，《庭誥》作於元嘉十一至十七年之間。

【考辨】

一、《庭誥》對《顏氏家訓》的影響

顏延之與顏之推均爲顏含的後裔，顏之推是顏延之的五世族孫，兩人都深受以儒學爲主的顏氏家族文化的影響。顏延之《庭誥》與顏之推《顏氏家訓》多有相似之處，影響明顯。

首先是援佛、道入儒。《庭誥》在秉持儒家理論的同時，引入佛、道思想作爲其理論基礎，這是我國家訓史上的首創。《庭誥》採用佛、道的性靈真義，歸心反真爲指導，來教導子孫修德、立身、治家、處世。例如，篇首云：『今所載咸其素畜，本乎性靈，而致之心用。』又如，篇末云：『進退我生，遊觀所達，得貴爲人，將在含理。含理之貴，惟神與交，幸有心靈，義無自惡，偶信天德，逝不上慚。』在《庭誥》中，顏延之對佛、道表示尊重，云：『是以中外羣聖，建言所黜；儒道眾智，發論是除。』顏之推《顏氏家訓》同樣援佛、道入儒。例如，《養生》篇云：『神仙之事，未可全誣；但性命在天，或難鍾值。……若其愛養神明，調護氣息，慎節起臥，均適寒暄，禁忌食飲，將餌藥物，遂其所稟，不爲夭折者，吾無間然。諸藥餌法，不廢世務也。……夫養生者先須慮禍，全身保性，有此生然後養之，勿徒養其無生也。』這裏強調道家養生的可信、可取之處。《歸心》篇云：『三世之事，信而有徵，家世歸心，勿輕慢也。……內典初門，設五種禁；外典仁義禮智信，皆與之符。仁者，不殺之禁也；義者，不盜之禁也；禮者，不邪之禁也；智者，不酒之禁也；信者，不妄之禁也。至如畋狩軍旅，燕享刑罰，因民之性，不可卒除，就爲之節，使不淫濫爾。歸周孔而背釋宗，何其迷也！』這裏強調佛家教義與儒家倫理的共通性。

其次是注重齊家，強調慈愛、孝悌。出於天然的血緣感情和長保家族計，顏延之極爲重視齊家之道。《庭誥》云：『觀夫古先垂戒，長老餘論，雖用細制，每以不朽見銘；繕築末跡，咸以可久承志。況樹德立義，收族長家，而不思經遠乎。曰身行不足遺之後人。欲求子孝必先慈，將責弟悌務爲友。雖孝不待慈，而慈固植孝；悌非期友，而友亦立悌。……儻知恩意相生，情理相出，可使家有參、柴，人皆由、損。』《顏氏家訓》也極爲重視家庭倫理和家庭教育，《教子》《兄弟》《後娶》《治家》等篇都是論述齊家之道。例如，《治家》篇云：『夫風化者，自上而行於下者也，自先而施於後者也。是以父不慈則子不孝，兄不友則弟不恭，夫不義則婦不順矣。父慈而子逆，兄友而弟傲，夫義而婦陵，則天之凶民，乃刑戮之所攝，非訓導之所移也。』這裏強調慈愛、孝悌自上而行，與《庭誥》所言相同。父慈子孝、兄弟友愛，有助於形成和睦的家庭關係，對內增強凝聚力，維繫家族經久不衰。孝悌之道的傳承，也是中古顏氏家族長盛不衰的重要因素。

第三是修身養德，節制私欲。《庭誥》云：『道者識之公，情者德之私。公通，可以使神明加響；私塞，不能令妻子移心。是以昔之善爲士者，必捐情反道，合公屏私。……古人恥以身爲溪壑者，屏欲之謂也。欲者，性之煩濁，氣之蒿蒸，故其爲害，則熏心智，耗真情，傷人和，犯天性。』與此類似，《顏氏家訓·名實》云：『德藝周厚，則名必善焉。……夫修善立名者，亦猶築室樹果，生則獲其利，死則遺其澤。』《顏氏家訓·止足》云：『禮云：「欲不可縱，志不可滿。」宇宙可臻其極，情性不知其窮，唯在少欲知足，爲立涯限爾。』《顏氏家訓·省事》云：『君子當守道崇德，蓄價待時，爵祿不登，信由天命。』

第四是仁者愛人，樂善好施。《庭誥》云：『量時發斂，視歲穰儉，省贍以奉己，損散以及人。此用天之善，御生之得也。……若能服溫厚而知穿弊之苦，明周之德；厭滋旨而識寡嗛之急，仁恕之功。……善施者豈唯發自人心，乃出天則。與不待積，取無謀實，並散千金，誠不可能。贍人之急，雖乏必先，使施如王丹，受如杜林，亦可與言交矣。』與此類似，《顏氏家訓·治家》云：『今有施則奢，儉則吝；如能施而不奢，儉而不吝，可矣。……世間名士，但務寬仁。至於飲食饟饋，僮僕減損，施惠然諾，妻子節量，狎侮賓客，侵耗鄉黨，此亦爲家之巨蠹矣。』

第五是慎交遊，結益友。《庭誥》云：『遊道雖廣，交義爲長，得在可久，失在輕絕，久由相敬，絕由相狎。愛之勿勞，當扶其正性；忠而勿誨，必藏其枉情。輔以藝業，會以文辭，使親不可褻，疏不可間，每存大德，無挾小怨。率此往也，足以相終。……習之所變亦大矣，豈唯蒸性染身，乃將移智易慮。故曰：「與善人居，如入芷蘭之室，久而不聞其芬，與之化矣；與不善人居，如入鮑魚之肆，久而不知其臭，與之變矣。」是以古人慎所與處，唯夫金真玉粹者，乃能盡而不汙爾』與此類似，《顏氏家訓·慕賢》云：『人在年少，神情未定，所與款狎，熏漬陶染，言笑舉動，無心於學，潛移暗化，自然似之；何況操履藝能，較明易習者也？

是以與善人居，如入芝蘭之室，久而自芳也；與惡人居，如入鮑魚之肆，久而自臭也。墨子悲於染絲，是之謂矣。君子必慎交遊焉。孔子曰：「無友不如己者。」顏、閔之徒，何可世得！但優於我，便足貴之。』

第六是謹言慎行，明哲保身。《庭誥》云：『夫內居德本，外夷民譽，言高一世，處之逾默，器重一時，體之滋沖，不以所能干眾，不以所長議物，淵泰入道，與天爲人者，士之上也。若不能遺聲，欲人出己，知柄在虛求，不可校得，敬慕謙通，畏避矜踞，思廣監擇，從其遠猷。文理精出，而言稱未達；論問宣茂，而不以居身。此其亞也。若乃聞實之爲貴，以辯畫所克；見聲之取榮，謂爭奪可獲。言不出於戶牖，自以爲道義久立；才未信於僕妾，而曰我有以過人。於是感苟銳之志，馳傾觖之望，豈悟已挂有識之裁，入修家之誡乎？』《顏氏家訓·省事》云：『銘金人云：「無多言，多言多敗；無多事，多事多患。」至哉斯戒也！……今世所睹，懷瑾瑜而握蘭桂者，悉恥爲之。守門詣闕，獻書言計，率多空薄，高自矜誇，無經略之大體，咸秕糠之微事，十條之中，一不足采，縱合時務，已漏先覺，非謂不知，但患知而不行耳。或被發奸私，面相酬證，事途回穴，翻懼愆尤，人主外護聲教，脫加含養，此乃僥倖之徒，不足與比肩也。』

由上可知，顏延之《庭誥》是顏之推《顏氏家訓》的重要思想來源。顏延之《庭誥》上承顏含『靖侯成規』，下啓顏之推《顏氏家訓》，是考察中古顏氏家風、學風的重要文獻。

七繹〔一〕

北岳孤生〔一〕，剗跡埋聲，名歇〔二〕事盡，道畜山扃，東國進士，謬與遇〔三〕焉〔二〕。其居也，依隱嵁陰，結架清深，巖屋橋構，磴〔四〕道相臨，寒榮隴首，縞飲江潯〔三〕。

客曰：周以巖廊，匝以綵房，木寫雲氣，土祕羣芳〔四〕。既旋天而倒井，又斫員而鏤方〔五〕。松上〔五〕箭渚，藥苑香林，梁澗道以高濟，棧巖磴而上尋〔六〕。

客曰：若夫丹〔六〕山之奧，金門之〔七〕祕，地首岷銅，川上汶泗，裁石成音，調金爲器〔七〕。故列真玩其微鳴，辭人賦其清懿(八)。若乃梓漆簡聲，麗容呈才，陳舞態，開吹臺，獵悲風，溯秋埃(九)。既而昵賓獻壽，中人奉膳，有悄者顔，弗怡高殿(一〇)。視華鼓之繁桴，聽邊笳之嘶轉，飛朱鷺以首引，逮玄雲而終變(一一)。然後簪珥搖暉，莊服流湎，抗妍歌以跕躧，揚輕袖而翳面，雜紛披於巾拂，遞閶闔乎槃扇(一二)。

梓工飾雕簟之輿，涓人進龍圖之馬(一三)。輚駕則眩奪鳳蓋，振鑣則圈促函夏，故動軔馳光，舉策流赭(一四)。

【校】

本文以《藝文類聚》卷五十七(『北岳孤生』至『遞閶闔乎盤扇』)、《太平御覽》卷三百五十八(『梓工飾雕簡簟之輿』至『舉策流赭』)所載爲底本，用張燮《顔集》、張溥《顔集》參校。

(一)『孤』，張燮《顔集》、張溥《顔集》脱此字。

(二)『名歇』，張燮《顔集》、張溥《顔集》作『身閑』。

(三)『遇』，張燮《顔集》、張溥《顔集》作『遷』。

(四)『磴』，《藝文類聚》訛作『澄』，據張燮《顔集》、張溥《顔集》改。

(五)『松上』，張燮《顔集》作『松丘』，張溥《顔集》作『松邱』。

(六)『丹』，張燮《顔集》、張溥《顔集》訛作『舟』。

(七)『之』，《藝文類聚》訛作『而』，據張燮《顔集》、張溥《顔集》改。

【注】

(一)七繹：古代文體『七』的一種，枚乘《七發》爲首創，其特點是通過虚設的主客反復問答，按『始邪末正』的順序鋪陳七事。此後仿作的七段成篇辭賦衆多，《昭明文選》單列爲『七』體。魯迅《漢文學史綱要》第八篇云：『由是遂有「七」體，後之文士，仿作者衆，漢傅毅有《七激》，劉廣有《七興》，崔駰有《七依》。』

（二）北岳：指恆山，五岳之一。《尚書·舜典》載：『十有一月朔巡守，至於北岳，如西禮。』孤生：孤陋的人，自謙之辭。剗跡埋聲，名歇事盡：指聲名不顯，事蹟隱沒。山扃：山中。東國：東方之國，上古指齊、魯、徐夷等國，這裏指東方齊魯地區。進士：進用的人才。《禮記·王制》載：『大樂正論造士之秀者，以告於王，而升諸司馬，曰進士。』謬與遇焉：遇到不好的時代，即懷才不遇之義。

（三）依隱嵁陰：居住在峻峭的山崖之北。嵁，不平的山巖，這裏指懸崖峭壁。清深：清靜幽深。巖屋：利用天然洞穴或石壁修砌的石屋。橋構：高築。橋，通『喬』。磴道：登山的石徑，有臺階的登高道路。寒榮：冬日宮室的南簷。《文選》李善注：『郭璞《上林賦》注曰：「榮，屋南簷也。」』隴首：隴山之巔。《漢書·禮樂志》載：『朝隴首，覽西垠，雷電尞，獲白麟。』顏師古注：『隴坻之首也。』繑飲江潯：穿著草鞋，在江邊飲酒。

（四）巖廊：高峻的廊廡。綵房：彩飾之屋。祕：隱藏。

（五）旋天：指天井，即宅院中房子和房子或房子和圍牆所圍成的露天空地。倒井：藻井，我國傳統建築中繪有文彩如井幹形的天花板，有荷菱等圖案，爲覆井之形。斫員而鏤方：精細雕鑿出各種形狀。員，通『圓』。

（六）箭渚：水中箭形小洲。藥苑：藥草園地。香林：花木林。梁：架橋。澗道：山澗通道。棧：傍山架木而成的道路。巖墱：險峻的山路，亦作『巖隥』。顏延之《三月三日曲水詩序》云：『南除輦道，北清禁林，左闢巖隥，右梁潮源。』上尋：向上升，指登山之路。

（七）丹山：傳說中產鳳凰的山。《山海經·南山經》載：『丹穴之山，……有鳥焉，其狀如雞，五采而文，名曰鳳皇。』金門：漢代宮門名，學士待詔之處，門傍有銅馬。《史記·滑稽列傳》載：『金馬門者，宦者署門也。門傍有銅馬，故謂之曰「金馬門」。』地首：古人謂大地的頭顱，地的最高處，多指崑崙山。《初學記》卷五引《河圖》云：『崑崙之山爲地首。』岷銅：岷山所出的銅。岷山北起今甘肅東南岷縣，南止四川盆地西部，古代以產銅知名。《讀史方輿紀要》卷六十六載：『《志》稱蜀川土沃民夥，貨貝充溢。……嚴道、邛都出銅。……』川上：河岸上。《論語·子罕》載：『子在川上曰：「逝者如斯夫！不舍晝夜。」』汶泗：汶河與泗河，爲孔子及其弟子主要活動區域。裁石成音，調金爲器：指用石頭、金屬製作的磬、鐘等樂器。

（八）列真：眾仙人，道教稱得道之人爲真人。左思《魏都賦》云：『鉅鹿、河間，列真非一，往往出焉。』辭人：辭賦作家。

揚雄《法言・吾子》云：『詩人之賦麗以則，辭人之賦麗以淫。』清懿：純潔美好的德行。

（九）若乃：至於，用於句子開頭，表示另起一事。梓漆：梓樹與漆樹，古代以爲製琴瑟之材，這裏代指琴瑟。《詩經・鄘風・定之方中》云：『樹之榛栗，椅桐梓漆，爰伐琴瑟。』麗容：美麗的容貌。呈才：展示歌舞才能。吹臺：古臺名，相傳爲春秋師曠吹樂之臺，西漢梁孝王增築曰明臺，因梁孝王常案歌吹於此，故亦稱吹臺，在今河南開封禹王臺公園內。阮籍《詠懷》其六十云：『駕言發魏都，南向望吹臺。簫管有遺音，梁王安在哉！』秋埃：秋天的塵埃。

（一〇）昵賓：親密的賓客。獻壽：獻禮祝壽。中人：指宦官。《漢書・百官公卿表上》載：『將行，秦官，景帝中六年更名大長秋，或用中人，或用士人。』悄：憂愁貌。《詩經・陳風・月出》云：『舒窈糾兮，勞心悄兮。』

（一一）華鼓：裝飾華麗的鼓。繁桴：指鼓聲繁密。桴，通『枹』，鼓槌。邊笳：胡笳，我國古代北方邊地少數民族的一種樂器，類似笛子。嘶囀：指聲音淒涼宛轉。朱鷺：漢鼓吹鐃歌曲名。首引：發端，《朱鷺》爲漢鼓吹鐃歌十八曲的第一曲。玄雲：漢鐃歌名，爲鼓吹曲，多言戰陣之事。《晉書・樂志下》載：『漢時有短簫鐃歌之樂，其曲有……《玄雲》《黄爵行》《釣竿》等曲，列於鼓吹，多序戰陣之事。』終變：樂曲收結時音調發生變化。

（一二）簪珥：發簪和耳飾，多爲高門貴族婦女的首飾。搖暉：光輝搖曳流動。莊服：裝飾華麗的衣服。莊，通『妝』。流湎：放縱無度，這裏指盡情享樂。妍歌：靡麗之音。顏延之《三月三日曲水詩序》云：『妍歌妙舞之容，銜組樹羽之器。』跕躧：拖著鞋子，足尖輕輕著地而行。《漢書・地理志下》載：『女子彈絃跕躧，遊媚富貴，徧諸侯之後宮。』翳面：掩面。紛披：和緩貌。王褒《洞簫賦》云：『其仁聲，則若颽風紛披，容與而施惠。』巾拂：巾和拂，古代舞蹈道具。間關：形容歌聲婉轉動聽。檠扇：圓形有柄的扇子，古代宮内多用之。

（一三）梓工：製作木器的工人。《周禮・考工記》載：『攻木之工，輪、輿、弓、廬、匠、車、梓。』飾雕簟之輿：指裝飾華麗、鋪有竹席的車子。涓人：古代宮中擔任灑掃清潔的人，這裏泛指親近的內侍。龍圖：河圖，儒家關於《周易》卦形來源的傳說。

（一四）轙駕：車駕。轙，車衡上貫穿轡繩的大環，這裏借指車。《説文解字》載：『轙，車衡載轡者。』眩奪：吸引人注意。鳳蓋：皇帝儀仗的一種，飾有鳳凰圖案的繖蓋。振鑣：指策馬加速。函夏：包函諸夏，意指中國全部。馳光：光芒飛射，喻迅疾。流赭：駿馬奔跑後身體流出赭紅色的汗，即汗血寶馬。漢武帝《天馬歌》云：『太一貢兮天馬下，沾赤汗兮沫流赭。』

【繫年】

顔延之《七繹》篇首敍述主人公懷才不遇，轉而隱居山林，云：『北岳孤生，劉跡埋聲，名歇事盡，道畜山肩，東國進士，謬與遇焉。其居也，依隱嵁陰，結架清深，巖屋橋構，磴道相臨，寒榮隴首，縉飲江潯。』這實際上是顔延之生平一段真實經歷的反映。據《宋書》本傳，元嘉十一年顔延之因得罪權臣劉湛、劉義康而免官，被迫隱居長達七年之久。這與顔延之《七繹》篇首敍述主人公『謬與遇焉』而隱居的遭遇相似。此外，《七繹》云『東國進士』，東國指東方齊魯地區。東國是顔延之祖籍琅邪臨沂（今山東臨沂）所在地，『東國進士』其實代指顔延之本人。

由上可知，《七繹》作於元嘉十一至十七年之間，此時顔延之『屏居里巷，不豫人間者七載』，有感於自身遭遇而作。

宋文皇帝元皇后哀策文〔一〕（一）

惟元嘉十七年七月二十六日，大行皇后崩于顯陽殿（二）。粤九月二十六〔二〕日，將遷座〔三〕于長寧陵，禮也（三）。龍輁〔四〕纚綍，容翟結驂（四）。皇塗昭列〔五〕，神路幽嚴（五）。皇帝親臨祖饋，躬瞻宵載（六）。飾遺儀於組旒，淪徂音乎珩佩（七）。悲黼筵〔六〕之移御，痛翬褕之重晦（八）。降輿客位，撤奠殯〔七〕階（九）。乃命史臣，累〔八〕德述懷（一〇）。其辭曰：

倫昭儷昇，有物〔九〕有憑（一一）。圓精初鑠，方祇始凝（一二）。昭哉世族，祥〔一〇〕發慶膺（一三）。祕儀景胄，圖〔一一〕光玉繩（一四）。昌暉在陰，柔明將進（一五）。率禮蹈和，稱詩納順（一六）。爰自待年，金聲夙振（一七）。亦既有行，素章增絢（一八）。

象服是加，言觀維則（一九）。俾我王風，始基嬪德（二〇）。惠〔一二〕問川流，芳猷淵塞（二一）。方江泳漢，載〔一三〕謡南國（二二）。伊昔不造，鴻化中微（二三）。用集寶命，仰陟天機（二四）。釋位公宫，登曜紫闈（二五）。欽若皇姑，允迪前徽（二六）。孝達寧親，敬行宗祀（二七）。進思才淑，傍綜圖史（二八）。發音在詠，動容成紀（二九）。壼政穆宣，房樂韶〔一四〕理（三〇）。坤則順成，星軒潤飾（三一）。德之所屆，惟深必測（三二）。下節震騰，上清眺側（三三）。有來斯雍，無思不極（三四）。謂道輔仁，司化〔一五〕莫晰（三五）。象物方臻，眂祲告沴（三六）。太和既融，收〔一六〕華委世（三七）。蘭殿長陰，椒塗弛衛（三八）。嗚呼哀哉！

戒涼在肂〔一七〕，杪秋即穸（三九）。霜夜流唱〔一八〕，曉月升魄（四〇）。八神警引，五輅遷迹（四一）。嗷嗷儲嗣，哀哀列辟（四二）。灑零玉墀，雨泗丹掖〔一九〕（四三）。撫存悼亡，感今懷昔〔二〇〕（四四）。嗚呼哀哉！

南背國門，北首山園（四五）。僕人按〔二一〕節，服馬顧轅（四六）。遥酸紫蓋，眇泣素軒（四七）。滅綵清都，夷體壽原（四八）。邑野淪〔二二〕藹，戎夏悲讙〔二三〕（四九）。來芳可述，往駕弗援（五〇）。嗚呼哀哉！

【校】

本文以李善注《文選》卷五十八所載爲底本，用《宋書·后妃傳》《藝文類聚》卷十五（殘句）、《六臣注文選》卷五十八、張燮《顏集》、張溥《顏集》參校。

〔一〕《藝文類聚》標題作《元皇后哀策文》，張燮《顏集》、張溥《顏集》標題作《宋文帝元后哀策文》。

〔二〕「六」，張燮《顏集》、張溥《顏集》訛作「七」。

〔三〕「座」，《六臣注文選》載五臣注作「痤」。

〔四〕「輁」，《藝文類聚》作「輻」。

〔五〕「昭列」，《藝文類聚》訛作「昭曠」，《六臣注文選》載五臣注作「照烈」。

〔六〕「筵」,《藝文類聚》訛作「翣」。

〔七〕「殯」,《六臣注文選》載五臣注作「賓」。

〔八〕「累」,《宋書》作「誄」。

〔九〕「物」,《藝文類聚》訛作「總」。

〔一〇〕「祥」,李善注《文選》脱此字,據《藝文類聚》《六臣注文選》、張爕《顔集》、張溥《顔集》補。李善注此句亦云:「祥發,猶發祥也。」

〔一一〕「圖」,《藝文類聚》訛作「圓」。

〔一二〕「惠」,《宋書》《藝文類聚》訛作「蕙」。

〔一三〕「載」,《宋書》《藝文類聚》訛作「再」,《六臣注文選》載五臣注作「動」。

〔一四〕「韶」,《宋書》作「昭」。

〔一五〕「化」,《六臣注文選》載五臣注作「誥」。

〔一六〕「收」,《藝文類聚》訛作「攸」。

〔一七〕「肂」,《藝文類聚》、張爕《顔集》、張溥《顔集》訛作「律」。

〔一八〕「唱」,《六臣注文選》載五臣注訛作「喝」。

〔一九〕「掖」,《藝文類聚》訛作「液」。

〔二〇〕據《宋書·后妃傳》,「撫存悼亡,感今懷昔」八字爲宋文帝所加。

〔二一〕「按」,《宋書》訛作「案」。

〔二二〕「淪」,李善注《文選》訛作「倫」,據《藝文類聚》《六臣注文選》、張爕《顔集》、張溥《顔集》改。

〔二三〕「讙」,《藝文類聚》作「歎」,二字通;《宋書》訛作「嚾」。

【注】

〔一〕宋文皇帝元皇后:指袁齊嬀,元嘉元年宋文帝繼位,被立爲皇后,元嘉十七年去世,謚號爲元皇后。哀策:古代文體名，因帝王、后妃去世而作，多用韻語寫成，内容主要是頌揚帝王、后妃生前的功德。

（二）大行皇后：古代稱剛死而尚未定謚號的皇后，這裏指袁齊嬀。顯陽殿：劉宋建康宫城宫殿名，位於宫城南北中軸綫上靠北方位。

（三）粤：於，句首助詞。遷座：遷移靈座，移柩安葬。長寧陵：袁齊嬀的陵墓，宋文帝去世後亦葬於此，在今南京鍾山東南馬羣至麒麟門一帶。

（四）龍輴：畫以龍的停放棺槨的冥器，形似長床。《文選》李善注引鄭玄《儀禮注》云：『輴，狀如長床，穿桯前後著金而開軸焉，天子畫之以龍也。』繩紼：繫引棺之索。《文選》李善注引鄭玄《儀禮注》云：『引棺在輴車曰紼。』容翟：有車帷的喪車。《文選》張銑注：『龍輴，凶飾；容翟，吉制。雖爲喪事，而同生儀也。』結驂：備好車馬，將要出發。《説文解字》載：『驂，駕三馬也。』

（五）昭列：光明。王延壽《魯靈光殿賦》云：『承明堂於少陽，昭列顯於奎之分野。』神路：亡靈所經之路。《文選》李善注：『神路凶飾，故曰幽巖。』幽巖：幽深靜肅。

（六）祖饋：祖奠，指出殯前夕行祭祖禮。宵載：夜晚將辭祖廟的喪車。《文選》李善注：『《白虎通》曰：「始載於庭，輴車辭祖禰也。」』

（七）遺儀：前代的儀仗規制。組旒：指銘旌，豎在靈柩前標誌死者姓名、身份、地位的旗幡。徂音：消逝的聲音。《文選》呂延濟注：『徂，往也。凡后妃皆鳴玉佩，后既崩，則與其音俱絶也。』珩佩：雜佩，指各種不同的佩玉。

（八）黼筵：邊緣以黑白相間的絲織品作飾的席具。移御：帝王遷徙居處，這裏爲皇后去世的婉詞。翬褕：指皇后禮服，畫翬者爲褘衣，畫鷂者爲褕翟。《周禮·天官·内司服》載：『掌王后之六服：褘衣、揄狄、闕狄、鞠衣、襢衣、褖衣，素沙。』重晦：指逝者將進入幽靜而黑暗的墓地。

（九）降輿：將柩車上的靈柩放入墓穴中。客位：賓客的位置、席位，這裏指西方。《禮記·坊記》載：『小斂於户内，大斂於阼，殯於客位，祖於庭，葬於墓，所以示遠也。』撤奠：撤去奠祭，喪葬禮儀程式之一。殯階：殯殮時停放靈柩的屋階。《文選》李善注：『《禮記》曰：「周人殯於西階之上。」』

（一一〇）累德：積德，這裏指累列皇后生前的德行。

（一一一）倫昭：明倫匹之義。儷昇：昇伉儷之道。昇，同「升」。有物有憑：有物象爲憑據。《文選》李善注此句云：「言天地未分之前，已明倫匹之義，又昇伉儷之道，皆有物象，有所依憑。」

（一一二）圓精：指天。方祇：指大地。此句謂天地始分。

（一一三）世族：袁齊嬀出身陳郡袁氏，爲東晉南朝世家大族。《新唐書·柳沖傳》載「過江則爲僑姓，王謝袁蕭爲大」。祥發：顯現吉利的徵象。《詩經·商頌·長發》云：「濬哲維商，長發其祥。」慶膺：承受福澤。

（一一四）祕儀：隱藏儀形。景胄：嫡子的尊稱，指袁齊嬀的嫡長子劉劭。玉繩：星名，這裏泛指羣星。張衡《西京賦》云：「上飛闥而仰眺，正睹瑤光與玉繩。」

（一一五）昌暉：光明，昌盛輝明。陰：妻位，這裏指皇后之位。柔明：柔順而聰明，用以稱頌婦德。

（一一六）率禮：遵循禮法。蹈和：遵循謙和之道。納順：孝順、柔和。《文選》李善注：「鄭玄《毛詩箋》曰：『蘋之言賓，藻之言澡。婦人之行，尚柔順，自潔清，故取名以爲戒。』《禮記》曰：『婦順者，順於舅姑，和於室人，而後當於夫也。』」

（一一七）待年：女子成年待嫁。金聲夙振：指很早就有美好的聲譽。劉琨《勸進表》云：「玉質幼彰，金聲夙振。」

（一一八）有行：出嫁。《詩經·邶風·泉水》云：「女子有行，遠父母兄弟。」素章增絢：指皇后不多加修飾，卻更顯姿容美麗。《論語·八佾》載：「子夏問曰：『「巧笑倩兮，美目盼兮，素以爲絢兮。」何謂也？』子曰：『繪事後素。』」

（一一九）象服：指皇后所穿禮服，上面繪有各種圖畫作爲裝飾。《詩經·鄘風·君子偕老》云：「君子偕老，副笄六珈。委委佗佗，如山如河，象服是宜。」言觀：看。言，語助詞。

（一二〇）王風：王者的教化。始基嬪德：開始立婦德。《毛詩序》云：「《關雎》，后妃之德也，風之始也，所以風天下而正夫婦也。故用之鄉人焉，用之邦國焉。」

（一二一）惠問：美好的稱譽。芳猷：美德。《文選》劉良注此句云：「惠問、芳猷，皆美稱也；川流、淵塞，言廣深也。」

（一二二）此句用《詩經·周南·漢廣》典故，形容皇后德布四方。《詩經·周南·漢廣》云：「漢之廣矣，不可泳思。江之永矣，不可方思。」《毛詩序》云：「《漢廣》，德廣所及也。文王之道，被於南國，美化行乎江漢之域，無思犯禮，求而不可得也。」

(二三)伊昔：從前。不造：不幸。鴻化：宏大的教化，多用於歌頌帝王。中微：中道衰微。此句謂少帝劉義符時期皇權衰微，朝政由徐羨之、傅亮等權臣把持。

(二四)寶命：對天命的美稱。《尚書·金縢》載：『無墜天之降寶命，我先王亦永有依歸。』天機：天意。此句謂宋文帝承天命即位。

(二五)釋位：離去本職。《左傳·昭公二十六年》載：『諸侯釋位，以間王政。』公宮：帝王宮殿，這裏指劉義隆爲宜都王時所居宮殿。登曜：增添光彩。紫闈：皇宮。此句謂劉義隆自宜都王即位天子，袁齊嬀也隨之由宜都王妃進位皇后。

(二六)欽若：敬順。《尚書·堯典》載：『乃命羲和，欽若昊天，曆象日月星辰，敬授民時。』皇姑：皇帝的母親。允迪：認真履踐或遵循。前徽：前人美好的德行。

(二七)寧親：使父母安寧。揚雄《法言·孝至序》云：『孝莫大于寧親，寧親莫大于寧神。』宗祀：對祖宗的祭祀。

(二八)才淑：有才能而賢淑。圖史：指觀看女圖(描繪各類模範女性的圖畫)、詢問女史(女官名，以知書女子充任，掌管王后禮儀等事)。班婕妤《自傷賦》云：『陳女圖以鏡鑒，顧女史而問詩。』

(二九)發音：發出樂音或語音，這裏指婦言。動容：舉止儀容。此句謂皇后的言行得體，符合《詩》《禮》之教。

(三〇)壼政：宮內事務。穆宣：誠信公明。房樂：指房中樂，漢代用於祭祀的宗廟樂，魏晉之後常指后妃在內宮演唱之樂。《宋書·樂志一》載：『往昔議者，以《房中》哥后妃之德，所以風天下，正夫婦，宜改《安世》之名曰《正始之樂》。』韶理：持續不斷地演習奏樂。

(三一)順成：順承天施而成功。星軒：軒轅星官，古代以其中一顆大星爲皇后的象徵。《史記·天官書》載：『權，軒轅。軒轅，黃龍體。前大星，女主象；旁小星，御者後宮屬。』潤飾：點綴，修飾。《漢書·循吏傳序》云：『三人皆儒者，通於世務，明習文法，以經術潤飾吏事，天子器之。』

(三二)屆：極限，窮極。陸雲《大將軍宴會被命作詩》云：『致天子屆，於河之沂。』此句謂皇后之德廣澤四方，深入人心。

(三三)下節：指水，水屬陰，喻指皇后。震騰：震盪飜騰。上清：上天，天空，這裏指月。朓側：月行疾緩合度，比喻行爲規範。《文選》李善注此句云：『言后道得宜，即地安靜而月合度也。』

（三四）有來斯雍：指皇后雍容大方，舒緩不迫，令人和悅。《詩經·周頌·雍》云：『有來雍雍，至止肅肅。』無思不極：指皇后行事符合中庸之道。

（三五）輔仁：培養仁德。《論語·顏淵》載：『君子以文會友，以友輔仁。』司化：掌管造化者，造物主。莫晣：不明，不賢明。

（三六）象物：指麟、鳳、龜、龍四靈。視祲：官名，掌望氣預言災祥之事。《周禮·春官·視祲》載：『掌十煇之法，以觀妖祥，辨吉凶。』沴：天地四時之氣不和而生的災害。

（三七）太和：太平。收華：花蕊凋零，喻早逝。委世：棄世，死的婉詞。

（三八）蘭殿：指皇后生前所居的顯陽殿。長陰：宮殿長期關閉而幽暗。椒塗：皇后居住的宮室，因用椒和泥塗壁，故名。弛衛：解除警衛。

（三九）戒涼：戒人備涼，指秋天。肂：埋葬。杪秋：晚秋。宋玉《九辯》云：『靚杪秋之遙夜兮，心繚悷而有哀。』穸：長夜，這裏指埋葬。此句謂皇后於秋季下葬。

（四〇）流唱：唱挽歌。升魄：人死將葬之際，舉柩升車上，行祭祖禮，以祈死者魂魄升天。《文選》李善注：『升魄，祖載也。』《文選》呂延濟注：『升魄，神靈升天也。』

（四一）八神：八方之神。警引：警策而前引的哀車。五輅：古代王后所乘的五種車子。《周禮·春官·巾車》載：『王后之五路，重翟，鍚面朱總；厭翟，勒面繢總；安車，雕面鷖總，皆有容蓋；翟車，貝面組總，有握；輦車，組挽，有翣羽蓋。』遷跡：遷徙，搬移。

（四二）噭噭：哭聲。《莊子·至樂》載：『人且偃然寢於巨室，而我噭噭然隨而哭之。』儲嗣：指太子劉劭。哀哀：形容悲痛不已。列辟：百官。班固《典引》云：『德臣列辟，功君百王。』

（四三）灑零：流淚。玉墀：宮殿前的石階，借指宮殿。雨泗：形容淚流如雨。丹掖：紅色的掖門，借指宮殿。

（四四）撫存悼亡：撫慰皇后在世的親屬，悼念已逝的皇后。感今懷昔：對當前的事物有所感觸，而懷念過去的人或事物。潘岳《爲諸婦祭庾新婦文》云：『仿佛示行，故瞻弗獲，伏膺飲淚，感今懷昔。』

（四五）國門：指建康城門。山園：山陵，帝、后的陵園。

（四六）僕人：太僕等官的通稱，掌皇室車輛、馬匹，皇帝出行，太僕總管車駕，爲皇帝御車。按節：停揮馬鞭，表示徐行或停留。服馬：古代一車四馬，服馬指當中夾轅二馬。

（四七）醆：悲傷。紫蓋：紫色車蓋，指皇后車駕。素軒：素車，古代凶、喪事所用之車，以白土塗刷。《周禮·春官·巾車》載：『王之喪車五乘……素車，棼蔽，犬示冥，素飾小服皆素。』

（四八）滅綵：絕其光彩，指皇后之死。清都：指皇后居住的都城。左思《魏都賦》云：『蓋比物以錯辭，述清都之閑麗。』夷體壽原：指皇后死後葬於山陵。

（四九）邑野：都邑郊野，泛指各地。淪藹：暗談、蕭條貌。戎夏：戎狄華夏，泛指中外各族。悲讙：悲傷。

（五〇）來芳：將來的美譽。往駕：載運皇后靈柩去墓地下葬的車子。

【繫年】

《宋書·后妃傳》載：『文帝袁皇后，諱齊嬀。……元嘉十七年，疾篤，上執手流涕問所欲言，后視上良久，乃引被覆面。崩于顯陽殿，時年三十六。上甚相悼痛，詔前永嘉太守顏延之爲哀策，文甚麗。』由此可知，文帝袁皇后卒於元嘉十七年，顏延之《宋文皇帝元皇后哀策文》因之而作，亦在此年。《宋文皇帝元皇后哀策文》云：『惟元嘉十七年七月二十六日，大行皇后崩于顯陽殿。粵九月二十六日，將遷座於長寧陵，禮也。……乃命史臣，累德述懷。其辭曰：……』可見元嘉十七年七月二十六日，袁皇后駕崩；九月二十六日，袁皇后移柩安葬於長寧陵，《宋文皇帝元皇后哀策文》當作於此時。可以佐證的是，文中云『戒涼在殡，杪秋即穸』，這裏的『戒涼』指秋天，『杪秋』指晚秋，亦在九月。宋玉《九辯》云：『靚杪秋之遙夜兮，心繚悷而有哀。』

赭白馬賦（一）

驥不稱力，馬以龍名，豈不以國尚（二）威容，軍駃趫迅而已，實有騰光吐圖，疇德瑞聖之符焉（三）。是以語崇其靈，世榮其至（三）。我高祖之造宋也，五方率職，四隩入貢（四）。祕寶盈於玉府，文駟列乎華廄（五）。乃有乘輿赭白，特稟逸異之姿，妙簡帝心，用錫聖皁（六）。服御順志，馳驟合度，齒歷雖衰，而藝美不忒（七）。襲養兼年，恩隱周渥，歲老氣殫，斃於內棧（八）。少盡其力，有惻上仁，乃詔陪侍，奉述中旨（九）。末臣庸蔽，敢同獻賦（一〇）。其辭曰：

惟〔二〕宋二十有二載〔三〕，盛烈光乎重葉（一一）。武義粤其肅陳，文教迄已優洽（一二）。泰階之平可升，興王之軌可〔四〕接（一三）。訪國美於舊史，考方載於往牒（一四）。昔帝軒陟位，飛黃服皁；后唐膺籙，赤文候〔五〕日（一五）。漢道亨而天驥呈才，魏德楙〔六〕而澤馬效質（一六）。伊逸倫之妙足，自〔七〕前代而間出（一七）。並榮光於瑞典，登郊歌乎司律（一八）。所以崇衛威神，扶護警蹕（一九）。精曜〔八〕協〔九〕從，靈物咸秩（二〇）。暨明命之初基，罄九區而率順（二一）。有肆險以稟朔，或踰遠而納賮（二二）。聞王會之阜昌，知函夏之充牣（二三）。總六服以收賢，掩七戎而得駿（二四）。蓋乘風之淑類，實先景之洪胤（二五）。故能代驂象輿，歷配鉤陳；齒筭延長，聲價隆振（二六）。信聖祖之蓄錫〔一〇〕，留皇情而驟進（二七）。

徒觀其附筋樹骨，垂梢植髮，雙瞳夾鏡，兩權協月，異體峰生，殊相逸發（二八）。超攄絕夫塵轍，驅鶩迅於滅沒（二九）。簡偉塞門，獻狀絳闕（三〇）。旦刷幽燕，晝秣荆越（三一）。教敬不易之典，訓人必書之舉（三二）。惟帝惟祖，爰遊爰豫（三三）。飛軨軒以戒道，環彀騎而清路（三四）。勒五營使按部，聲八鸞〔一二〕以節步（三五）。具服金組，兼飾丹臒；寶鉸星纏，鏤〔一三〕章霞布（三六）。進迫遮迾〔一四〕，却屬輦輅（三七）。欻聳擢以鴻驚，時濩略而龍翥（三八）。弭雄姿以奉引，婉柔心而待御（三九）。

至於露滋月肅，霜戾秋登（四〇）。王于興言，闡肆〔一五〕威稜（四一）。臨廣望，坐百層，料武藝，品驍騰（四二）。流藻周施，和鈴重設（四三）。睨影高鳴，將超中折（四四）。分馳迴場，角壯永埒（四五）。別輩越羣，絢練夐絕（四六）。捷趫夫之敏手，促華鼓之繁節（四七）。經玄蹄而雹散，歷素支而冰裂（四八）。膺門沫赭，汗溝走血（四九）。踠跡回唐，畜怒未泄（五〇）。乾心降而微怡，都人仰而朋〔一六〕悦（五一）。妍變之態既畢，凌遽之氣方屬〔一七〕（五二）。蹋鑣轡之牽制〔一八〕，隘通都之圈束（五三）。眷西極而驤首，望朔雲而蹀足（五四）。將使紫燕駢衡，緑虵衛轂（五五）。纖驪接趾，秀騏〔一九〕齊亍（五六）。覲王母於昆墟，要帝臺於宣嶽（五七）。跨中州之轍跡，窮神行之軌躅（五八）。

然而般〔二〇〕于遊畋，作鏡前王；肆於人上，取悔義方（五九）。天子乃輟駕迴慮，息徒解裝（六〇）。鑒武穆〔二一〕，憲文光，振民隱，脩國章（六一）。戒出豕之敗御，惕飛鳥之跱衡（六二）。故祗慎乎所常忽，敬〔二二〕備乎所未防（六三）。輿有重輪之安，馬無泛駕之佚（六四）。處以濯龍之奥，委以紅粟之秩（六五）。服養知仁，從老得卒（六六）。加弊帷，收僕質，天情周，皇恩畢（六七）。

亂曰：惟德動天，神物儀兮（六八）。於時駔駿，充階街兮（六九）。稟靈月駟，祖雲螭兮（七〇）。雄志倜儻，精權奇兮（七一）。既剛且淑，服轡羈兮（七二）。效足中黄，殉〔二三〕驅馳兮（七三）。願終惠養，蔭本枝兮（七四）。竟先朝露，長委離兮（七五）。

【校】

本文以李善注《文選》卷十四所載爲底本，用《藝文類聚》卷九十三、《六臣注文選》卷十四、張燮《顏集》、張溥《顏集》參校。

〔一〕『尚』，《六臣注文選》作『上』，二字通。

〔二〕『惟』，《六臣注文選》、張燮《顏集》、張溥《顏集》作『維』，二字通。

〔三〕『二十有二載』，《六臣注文選》載五臣注作『十有四載』。

〔四〕『可』，《六臣注文選》載五臣注作『既』。

〔五〕『候』，《藝文類聚》作『侯』。

〔六〕『楙』，《六臣注文選》、張燮《顏集》、張溥《顏集》作『懋』，二字通。

〔七〕『自』，《藝文類聚》訛作『目』。

〔八〕『精曜』，《六臣注文選》、張燮《顏集》、張溥《顏集》作『是用精曜』。

〔九〕『協』，《六臣注文選》、張燮《顏集》、張溥《顏集》作『叶』，二字通。

〔一〇〕『錫』，《六臣注文選》載五臣注作『賜』，二字通。

〔一一〕『鸞』，《六臣注文選》、張燮《顏集》、張溥《顏集》作『鑾』，二字通。

〔一二〕『鏤』，張燮《顏集》、張溥《顏集》訛作『縷』。

〔一三〕『迾』，《六臣注文選》載五臣注、張燮《顏集》、張溥《顏集》作『列』，二字通。

〔一四〕『肆』，《六臣注文選》載五臣注訛作『肆』。

〔一五〕『朋』，《六臣注文選》訛作『明』。

〔一六〕『屬』，《六臣注文選》載五臣注作『厲』。

〔一七〕『制』，《六臣注文選》載五臣注作『掣』。

〔一八〕『騏』，《六臣注文選》作『驥』。

〔一九〕『般』，《六臣注文選》、張燮《顏集》、張溥《顏集》作『盤』，二字通。

〔二〇〕『武穆』，《六臣注文選》作『穆武』。

〔二一〕『敬』，《六臣注文選》載五臣注作『警』。

〔二二〕『殉』，《六臣注文選》作『徇』，張燮《顏集》、張溥《顏集》作『狥』，三字通。

【注】

（一）赭白馬：毛色赤白相間的駿馬。《爾雅·釋畜》載『彤白雜毛，騢』，郭璞注：『即今之赭白馬。』《廣雅·釋器》載：『赭，赤也。』

（二）驥不稱力：良馬值得稱讚的不是氣力，而是德行。《論語·憲問》載：『子曰：「驥不稱其力，稱其德也。」』馬以龍名：駿馬稱之爲龍。《周禮·夏官·庾人》載：『馬八尺以上爲龍。』國尚威容，軍駄趫迅：朝廷典禮所用之馬，崇尚威儀容止；軍隊所用戰馬，重在奔跑迅捷。趫迅：壯健迅捷。《說文解字》載：「趫，善緣木走之才。」騰光：閃射出光彩，光華四溢。吐圖：指堯時龍馬銜圖出河的傳說。《文選》李善注引《尚書中候》云：「帝堯卽政七十載，修壇河洛，仲月辛日，禮備，至於日稷，榮光出河，龍馬銜甲，赤文綠色，臨壇吐甲圖。」瑞聖之符：指赭白馬爲劉宋創業興德的瑞兆。

（三）靈：指前言堯時龍馬。《文選》張銑注此句云：「語，謂人之語瑞也。堯有此神馬，故人之所語，崇美其聖靈，代代榮其至德。」

（四）高祖之造宋：指宋武帝劉裕建立劉宋王朝。五方：泛指各地。率職：朝貢，進貢。四隩：四方的邊遠地區，這裏指四方鄰國。顏延之《三月三日曲水詩序》云：「五方雜遝，四隩來暨。」

（五）祕寶：不常見的珍異寶物。玉府：收藏寶物的府庫。文駟：毛色有文彩的馬。華廄：裝飾華麗的馬廄。

（六）乘輿：劉宋天子乘坐的車子。赭白：指赭白馬。逸異之姿：超羣特異的資質。妙簡帝心：指赭白馬的能力爲皇帝所瞭解，受到皇帝的重視。用錫聖皁：指赭白馬爲皇帝恩養。錫，賜與。皁，喂馬或喂牛的飼料槽。

（七）服御：駕馭車馬，供皇上騎乘。順志：指合乎皇帝意願。馳驟：馳騁，疾奔。合度：合於尺度、法度，這裏指不疾不徐，正合要求。齒歷雖衰，而藝美不忒：指赭白馬的年齡雖長，但風度、儀容之美，依舊同年輕時一樣，沒有變化。齒歷，指馬的年齡。不忒，沒有變更。

（八）襲養兼年：指赭白馬受宮廷供養多年。恩隱周渥：指赭白馬深受皇恩，供養條件很好。歲老：歲月流逝，時間過去很久。氣殫：氣血衰竭。內棧：指宮廷養馬之地。

（九）少盡其力，有惻上仁：赭白馬少壯時盡其能力，供騎乘驅使，皇上因其死亡而動惻隱之心。陪侍：陪伴奉侍之人，指文帝的文學侍臣。中旨：皇帝的詔諭。

（一〇）末臣：地位低賤之臣，自謙之辭。庸蔽：庸下愚昧，自謙之辭。

（一一）惟宋二十有二載：指宋文帝元嘉十八年，爲劉宋王朝建立後的第二十二年。盛烈：盛大的功業。重葉：累世，幾代。

（一二）武義：武事。粵其肅陳：肅然陳列，形容有威勢的樣子。文教：禮樂法度，文章教化。優洽：廣被，遍及。

（一三）泰階：　古星座名，包括上台、中台、下台六星，兩兩並排斜上如階梯，『泰階平』象徵國泰民安。《漢書・東方朔傳》顏師古注：　『孟康曰：「泰階，三台也。每台二星，凡六星。符六星之符驗也。」應劭曰：　「《黃帝泰階六符經》曰：　泰階者，天之三階也……三階平則陰陽和，風雨時，社稷神祇咸獲其宜，天下大安，是爲太平。」』興王：　勵精圖治，勤於王業的君主。

（一四）國美：　爲國家增光的人。舊史：　先前的史書。方載：　四方之事。往牒：　往昔的典籍。

（一五）帝軒：　指黃帝軒轅氏。陟位：　登上帝位。飛黃：　傳說中的神馬名。《淮南子・覽冥訓》載：　『青龍進駕，飛黃伏皁。』服皁：　伏櫪，伏於馬槽。后唐：　指帝堯，因堯爲陶唐氏，故稱。膺籙：　帝王承受符命。赤文：　紅色圖像，帝王受命的祥瑞。《宋書・符瑞志上》載：　『《龍圖》出河，《龜書》出洛，赤文篆字，以授軒轅。』候日：　至於太陽偏西之時。

（一六）漢道：　漢代的道統、國祚。天驥：　天馬，神馬。呈才：　獻其才質。魏德楙：　指曹魏德業盛大。澤馬：　古人認爲表示祥瑞的神馬。《文選》李善注：　『《魏志》曰：　「文帝黃初中，於上黨得澤馬。」』效質：　獻其姿質，爲之效力。

（一七）逸倫：　超過同輩，指前述超越常馬的駿馬。妙足：　駿馬。間出：　間隔、間或出現。

（一八）榮光：　五色雲氣，古時爲吉祥之兆。瑞典：　瑞應的經典圖書。郊歌：　天子郊祀歌。司律：　掌管音樂之官。

（一九）威神：　尊嚴的神靈，這裏指天子，謂神馬可以護衛天子。扶護：　扶持衛護。警蹕：　古代帝王出入時，於所經路塗侍衛警戒，清道止行。

（二〇）精曜：　光輝。協從：　協同隨從。《尚書・大禹謨》載：　『鬼神其依，龜筮協從。』靈物：　祥瑞之物。咸秩：　皆依序出現。

（二一）明命：　聖明的命令，這裏指天命。初基：　初開宋基。九區：　九州。率順：　順從。

（二二）肆險：　不以危險爲意，這裏指棄其險阻，歸順朝廷。稟朔：　奉行正朔，喻臣服。納賮：　納貢。賮，同『贐』，進貢的財物。

（二三）王會：　諸侯、四夷或藩屬朝貢天子的朝會。阜昌：　繁盛，昌盛。函夏：　包函諸夏，意指中國全部。充牣：　充滿，這裏形容富足。

（二四）六服：　周王畿以外的諸侯邦國曰服，有侯服、甸服、男服、采服、衛服、蠻服六等，這裏指劉宋諸侯王及藩屬國。七戎：古代泛稱西部少數民族。《爾雅·釋地》載：『九夷、八狄、七戎、六蠻，謂之四海。』郭璞注：『七戎在西。』

（二五）乘風：駿馬迅捷如風。淑類：動植物中好的種類，這裏指良馬之種。先景：形容馬行迅速，先於日影。景，同『影』。洪胤：王侯貴族的後代，這裏指名馬的後代。

（二六）代驂：指赭白馬充任驂馬。驂，駕車時在兩邊的馬。象輿：用象拉的車。賈誼《惜誓》云：『飛朱鳥使先驅兮，駕太一之象輿。』鉤陳：帝王防衛所用儀仗。齒筭：指年齡，馬的牙齒隨年齡增加而增多。筭，同『算』。隆振：大振。《文選》張銑注：『言長命而聲價盛振。』

（二七）聖祖：指宋武帝劉裕。蕃錫：賞賜很多。皇情：指宋文帝的情意。顏延之《應詔讌曲水作詩》云：『化際無間，皇情爰眷。』驟進：疾速前進。

（二八）徒觀：馬不披甲架轅，無裝而視。附筋樹骨：肌腱暴露，骨格如樹般堅挺清奇。垂梢：馬尾長垂。植髮：額上毛豎起，指馬鬃豎直。夾鏡：形容雙目明亮如鏡。權：指顴骨。協月：如同滿月。《文選》李善注：『《相馬經》曰：「頰欲圓如懸璧，因謂之雙璧，其盈滿如月，異相之表也。」』異體峰生：指赭白馬形體異於羣馬，如山嶽般突兀而生。殊相：奇異的狀貌。逸發：神情超逸而容光煥發。

（二九）超攄：騰躍貌。絕夫塵轍：絕塵而馳。驅騖：奔馳。滅沒：形容馬跑得極快。《列子·說符》載：『天下之馬者，若滅若沒，若亡若失。』

（三〇）簡偉：檢視其威武、偉岸。塞門：指邊關。《文選》李善注：『塞，紫塞也。有關，故曰門。』獻狀：獻呈立功之狀。絳闕：宮殿寺觀前的朱色門闕，這裏借指朝廷。

（三一）旦刷幽燕：早上在北方刷馬。幽燕，泛指北方。顏延之《從軍行》云：『閩烽指荆吳，胡埃屬幽燕。』晝秣荆越：晚上在南方喂馬。荆越，泛指南方。此句形容赭白馬速度極快。

（三二）教敬：教人以莊敬。不易之典：不變的法則。訓人：誨民。必書之舉：必須記載的言行，指其可爲範則。

（三三）帝：指宋武帝劉裕。祖：指宋文帝劉義隆。爰遊爰豫：指帝王出巡，春巡爲遊，秋巡爲豫。《孟子·梁惠王下》載：『夏諺曰：「吾王不遊，吾何以休？吾王不豫，吾何以助？一遊一豫，爲諸侯度。」』

（三四）輶軒：古代一種輕便之車。左思《吳都賦》云：『輶軒蓼擾，彀騎煒煌。』戒道：在前開路以預警。彀騎：持弓弩的騎兵。《史記·張釋之馮唐列傳》載：『李牧乃得盡其智能，遣選車千三百乘，彀騎萬三千，百金之士十萬。』清路：使道路清淨，古代帝王出巡時清掃道路，驅散行人。

（三五）五營：東漢屯騎、越騎、步兵、長水、射聲五校尉所領部隊，這裏指護衛皇帝的軍隊。按部：按所部類編隊排列。八鸞：八個鸞鈴，借指天子車駕。鸞，結在馬銜上的鈴鐺，馬口兩旁各一，四馬八鈴，稱八鸞。節步：減速緩行。

（三六）具：同『俱』，都。金組：金甲和組甲。《文選》李善注：『金組，二甲也。……馬融曰：「組甲，以組爲甲也。」』丹雘：可供塗飾的紅色顔料。寶鉸：精美的裝具、裝飾。星纏：如列星環繞。鏤章：雕繪花紋。霞布：如彩霞布散。《文選》呂延濟注此句云：『言以金組丹青飾其裝具如星霞之文。』

（三七）遮迾：列隊遮攔。《文選》李善注引服虔《通俗文》云：『天子出，虎賁伺非常，謂之遮迾。』卻屬：後退連接。輦輅：皇帝的車輿。

（三八）欻：忽然。聳擢：高聳突出，這裏指跳躍。鴻驚：鴻受驚而疾飛，形容疾奔。濩略：行步進止貌。龍翥：指赭白馬疾走，如龍疾飛。張協《七命》云：『蚪踴螭騰，麟超龍翥。』

（三九）弭：止息，順從。奉引：爲皇帝前導引車。柔心：温順之心。待御：指赭白馬爲皇帝駕車。

（四〇）露滋月肅：露水增多，秋月清冷。霜戾秋登：寒霜降物，秋穀成熟。

（四一）興言：告諭。闡：大開。肄：習。威稜：威力，威勢。《漢書·李廣傳》載：『是以名聲暴於夷貉，威稜憺乎鄰國。』

（四二）臨廣望：指皇帝登高而望。百層：指高臺。武藝：指騎、射、擊、刺等軍事技能。《三國志·蜀志·劉封傳》載：『有武藝，氣力過人。』驍騰：駿馬奔馳飛騰。

（四三）流藻：藻飾若水之流麗。周施：遍布，到處安置。和鈴：古代車鈴，和在軾前，鈴在旗上。《詩經·周頌·載見》云：『龍旂陽陽，和鈴央央。』重設：多設，廣泛設置。

（四四）睨影：眄影而視。高鳴：駿馬長嘶。將超中折：將行而折回。

(四五)分馳：朝相反的方向走，背道而馳。迴場：廣場，場地開闊。角壯：競比雄壯。永埒：長長的圍牆。埒，射箭場地專修的土圍牆。

(四六)別輩：指另外的馬。越羣：超越羣馬。絢練：迅疾貌。《文選》李善注：『絢練，疾貌。』夐絕：絕高，這裏指超絕。

(四七)趫夫：矯健輕捷的人。敏手：動作快速敏捷。華鼓：裝飾華麗的鼓。繁節：繁密的音節。

(四八)玄蹄：黑色馬蹄，這裏爲箭靶名。雹散：箭射中靶後發出的如雹散裂的聲音。素支：箭靶名。冰裂：箭射中靶後發出如冰開裂的聲音。

(四九)膺門：馬的胸膛。沫赭：馬唾沫流在胸前呈赭紅色。汗溝：馬的前腋，即前腿和胸腹相連的凹形部位，馬疾馳時爲汗所流注。走血：所流之汗，赤紅如血，謂汗血馬。

(五〇)踠跡：馬屈其足，意欲奔馳貌。《文選》李周翰注：『踠跡畜怒，謂馳驟之勢未散也。』回唐：回到出發前的場地。畜怒：蓄積的壯盛氣勢。

(五一)乾心：帝心。都人：京都的人，指都城觀者。朋悅：羣聚而悅。《文選》李周翰注此句云：『言天子微悅，都人羣聚而歡也。』

(五二)妍變：技巧及美姿的變化。淩遽：迅速，急促。顏延之《應詔觀北湖田收》云：『疲弱謝淩遽，取累非纆牽。』方屬：方生。

(五三)跼：彎曲，這裏指拘束、約束。鑣轡：馬嚼子和馬韁繩。隘：受阻，受限。通都：四通八達的都市。圈束：馬圈圍欄的束縛。

(五四)西極：西邊的盡頭，謂西方極遠之處，這裏指良馬產地。《漢書・禮樂志》載：『天馬來，從西極，涉流沙，九夷服。』驤首：抬頭。鄒陽《上書吳王》云：『臣聞蛟龍驤首奮翼，則浮雲出流，霧雨咸集。』朔雲：北方雲氣。蹀足：踏足，頓腳。

(五五)紫燕：駿馬名。《西京雜記》載：『文帝自代還，有良馬九匹，皆天下之駿馬也……一名紫燕騮。』駢衡：兩馬並架一車。衡，車轅前端的橫木，借指車。綠虵：　駿馬名。《文選》李善注：『《尚書》中侯曰：「龍馬，赤文綠色。」』衛轂：　保衛馬車。轂，車輪中心的圓木，中有圓孔，可以插軸，這裏借指車。

（五六）纖驪：　駿馬名。《文選》呂向注：『纖驪、秀騏，皆駿馬名也。』接趾：　足趾相接。秀騏：　駿馬名。張衡《七辯》云：『駟秀騏之駁駿，載軨獵之輶車。』齊亍：　齊步、並步。

（五七）王母：　西王母，上古女神名。《山海經·西山經》載：『西王母其狀如人，豹尾虎齒而善嘯，蓬髮戴勝，是司天之厲及五殘。』昆墟：　崑崙山，爲西王母居住地。帝臺：　神仙名。《山海經·中山經》載：『東三百里，曰鼓鐘之山，帝臺之所以觴百神也。』宣嶽：　宣山，傳說中的山名。《山海經·中山經》載：『又東五十里曰宣山，淪水出焉，東南流注於視水，其中多蛟。』

（五八）中州：　中原地區，這裏借指全國。《漢書·司馬相如傳》載：『世有大人兮，在乎中州。』顔師古注：『中州，中國也。』神行：　形容奔馳神速，行走如飛。軌躅：　車輪輾過的痕跡。

（五九）般，通『盤』，娛樂，逸樂。《尚書·無逸》載：『文王不敢盤于遊田，以庶邦惟正之供。』作鏡前王：　以前王爲鏡鑒。義方：　行事應該遵守的規範和道理。《左傳·隱公三年》載：『臣聞愛子教之以義方，弗納於邪。』

（六〇）輟駕：　停車。回慮：　改變想法。司馬相如《封禪文》云：『乃遷思回慮，總公卿之議，詢封禪之事。』息徒：　休整步卒，這裏指修整打獵隊伍。解裝：　卸下行裝，這裏指卸下打獵的裝備。

（六一）鑒武穆：　以漢武帝、周穆王爲鑒。憲文光：　效法漢文帝、光武帝。振民隱：　救濟民眾於苦難之中。民隱，民眾的疾苦。《國語·周語上》載：『先王非務武也，勤恤民隱而除其害也。』國章：　國之禮儀典章。

（六二）戒：　警戒。出豕：　突然跑出的野豬。敗御：　指因意外事故使得駕車出現差錯。《韓非子·外儲說右下》載：『王子于期齊轡策而進之，彘突出於溝中，馬驚駕敗。』惕：　警惕。跱衡：　棲立於轅前橫木上。

（六三）祇慎：　恭敬謹慎。常忽：　常忽視的地方。未防：　沒有防備的地方。

（六四）重輪：　重轂，古代皇帝乘坐的車，有兩個車轂，取其平穩。張衡《東京賦》云：『重輪貳轄，疏轂飛軨。』泛駕：　翻車。

（六五）濯龍：　東漢宮苑名，這裏指劉宋皇室養馬之地。《後漢書·桓帝紀》載：『庚午，祠黃老於濯龍宮。』紅粟：　儲藏過久而變爲紅色的陳米，借指豐足的糧食，這裏指赭白馬的飼料充足。《漢書・賈捐之傳》載：『孝武皇帝元狩六年，太倉之粟，紅腐而不可食，都内之錢，貫朽而不可校。』

（六六）服養：順服飼養。知仁：指赭白馬知曉皇帝的仁愛之心。從老得卒：指赭白馬年老而得善終。

（六七）弊帷：舊帷，這裏借指赭白馬之死。《禮記・檀弓下》載：『敝帷不棄，爲埋馬也；敝蓋不棄，爲埋狗也。』僕質：指馬屍。天情：天子的恩情。

（六八）亂：古樂的尾聲，這裏指辭賦篇末收結之辭，總括全篇要旨。神物：指赭白馬。儀：匹配。

（六九）駔駿：雄壯的駿馬。階街：庭院與街道。

（七〇）稟靈：秉受靈秀之氣。月駟：天馬，神馬。祖雲螭：指赭白馬的祖先是天上神龍。雲螭，傳説中龍的别稱。

（七一）倜儻：卓異，不同尋常。權奇：奇譎非凡，這裏形容良馬善於奔行。《漢書・禮樂志》載：『太一況，天馬下。沾赤汗，沬流赭。志俶儻，精權奇。』

（七二）既剛且淑：指赭白馬體格雄健，性格温馴。服鞿羈：服於羈縻，聽從指揮。鞿羈，馬韁繩和絡頭。

（七三）效足：效力，效勞。中黄：帝王府庫名，代指劉宋皇室。曹植《自誡令》云：『豐賜光厚，訾重千金，損乘輿之副，竭中黄之府。』殉：獻身，效命。

（七四）惠養：加恩撫養。蔭本枝：庇蔭赭白馬的後裔。本枝，同一家族的嫡系和庶出子孫，亦作『本支』，這裏借指赭白馬的後裔。

（七五）竟先朝露：指赭白馬不幸早死。朝露，清晨的露水，比喻存在時間極短促的事物。委離：死亡的婉詞。《文選》李善注：『《楚辭》曰：「遂萎絶而離異。」《禮記》曰：「哲人其萎乎？」』

【繫年】

《赭白馬賦》云『惟宋二十有二載，盛烈光乎重葉』，這裏的『惟宋二十有二載』指劉宋王朝建立後的第二十二年。與之類似，顔延之《祭屈原文》序言首句云『惟有宋五年月日』。劉裕於永初元年建立宋朝，『惟宋二十有二載』指宋文帝元嘉十八年，《赭白馬賦》當作於此年。此時顔延之免官七年後重新復出任官，其政敵劉湛等徹底失勢，故文中多有歌頌文帝詞句。

【考辨】

一、赭白馬來源臆測

《赭白馬賦》云：『我高祖之造宋也，……乃有乘輿赭白，特稟逸異之姿，妙簡帝心，用錫聖皁。……襲養兼年，恩隱周渥，歲老氣殫，斃於內棧。』可見赭白馬始爲宋武帝所用，卒於宋文帝之時。赭白馬指毛色赤白相間的駿馬，《宋書》祇有一處提及赭白馬。《宋書·夷蠻傳》載：『高句驪王高璉，晉安帝義熙九年，遣長史高翼奉表獻赭白馬。……少帝景平二年，璉遣長史馬婁等詣闕獻方物。……璉每歲遣使。十六年，太祖欲北討，詔璉送馬，璉獻馬八百匹。』可見晉安帝義熙九年，高句驪貢獻赭白馬，此後宋武帝、宋少帝、宋文帝時期，高句驪遣使不絕。因此，《赭白馬賦》中的赭白馬可能也來自於高句驪的進貢。《赭白馬賦》云『五方率職，四隩入貢』『有肆險以稟朔，或踰遠而納贐』『總六服以收賢，掩七戎而得駿』，這些詞句也表明赭白馬來自異域進貢，而非中土所產。

天馬狀〔一〕

降靈驥子，九方是選〔二〕。白驣〔一〕朱文，綠虵〔二〕紫燕〔三〕。水軼驚鳧，陸越飛箭〔四〕。遇山爲風，值雲成電〔五〕。

【校】

本文以《藝文類聚》卷九十三所載爲底本，用張燮《顏集》、張溥《顏集》參校。

〔一〕『驣』，張燮《顏集》、張溥《顏集》作『䮒』，二字通。

〔二〕『虵』，張燮《顏集》、張溥《顏集》作『蛇』，二字通。

【注】

〔一〕天馬：駿馬的美稱。《史記·大宛列傳》載：『初，天子發書《易》，云「神馬當從西北來」。得烏孫馬好，名曰「天馬」。』狀：古代文體名，旨在客觀敘事。《文心雕龍·書記》云：『狀者，貌也。體貌本原，取其事實，先賢表謚，並有行狀，狀之大者也。』

〔二〕降靈：駿馬出世。驤子：良馬。九方：九方皐的省稱，春秋時人，善相馬。

〔三〕白驤朱文：毛色紅白相間的駿馬。緑虵：駿馬名。紫燕：駿馬名。《西京雜記》卷二載：『文帝自代還，有良馬九匹，皆天下之駿馬也。……一名紫燕騮。』

〔四〕水軼鶩鳧：謂駿馬淌水的速度比鶩飛野鴨還快。陸越飛箭：駿馬在陸地上奔跑，速度比疾飛的箭還快。

〔五〕此句形容駿馬奔跑速度很快，風馳電掣。

【繫年】

顏延之《天馬狀》與《赭白馬賦》的寫作對象當爲同一駿馬，《天馬狀》的寫作時間與《赭白馬賦》相近，在元嘉十八年左右。

第一，《天馬狀》與《赭白馬賦》均就死去不久的駿馬而作。狀爲古代文體，主要包括行狀和呈狀兩大類。行狀是源於漢代類似人物傳記的文體，多用於記述死者的事蹟；呈狀源於漢代，多用於下級臣民向上級君臣陳述事實，是一種上行文書。《天馬狀》屬於行狀，敍述去世不久的駿馬的形態、事蹟。《文心雕龍·書記》云：『狀者，貌也。體貌本原，取其事實，先賢表謚，並有行狀，狀之大者也。』《赭白馬賦》亦就死去不久的駿馬而作，云：『襲養兼年，恩隱周渥，歲老氣殫，斃於內棧……服養知仁，從老得卒。加弊帷，收僕質，天情周，皇恩畢……竟先朝露，長委離兮。』

第二，《天馬狀》與《赭白馬賦》對駿馬的描述相似。《天馬狀》描述的駿馬祖先名貴（『降靈驤子』）、毛色紅白相間（『白驤朱文』）、可媲美古代名馬（『緑虵紫燕』）、速度極快（『陸越飛箭』『遇山爲風，值雲成電』）。這些特徵在《赭白馬賦》中均有提及，部分字詞甚至完全一致。赭白馬指赤白相間的駿馬，祖先名貴（『蓋乘風之淑類，實先景之洪胤』『稟靈月駟，祖雲螭兮』）、源於進貢（『五方率職，四隩入貢』『有肆險以稟朔，或踰遠而納贐』『掩七戎而得駿』）、可媲美古代名馬（『將使紫燕駢衡，緑虵衛轂。纖驪接趾，秀騏齊亍』）、速度極快（『超攄絶夫塵轍，驅騖迅於滅沒』『旦刷幽燕，晝秣荆越』『跨中州之轍跡，窮神行之軌躅』）。

弔張茂度書〔一〕(一)

賢弟子少履貞規，長懷理要，清風素氣，得之天然(二)。言面以來，便申忘年之好(三)。比雖艱隔成阻，而情問無睽(四)。薄莫之人，冀其方見慰説(五)。豈謂中年，奄爲長往，聞問悼心，有兼恆痛(六)。足下門教敦至，兼實家寶，一旦喪失，何可爲懷(七)。

【校】

本文以《宋書·張敷傳》所載爲底本，用張燮《顔集》、張溥《顔集》參校。

〔一〕《宋書》未載題名，云『琅邪顔延之書弔茂度曰：……』張燮《顔集》、張溥《顔集》題名作《弔張茂度書》。

【注】

(一)張茂度：指張裕，字茂度，爲張敷的伯父，《宋書》有傳。

(二)賢弟子：指張敷，張茂度的侄子，曾任世子中軍參軍、祕書郎、中書郎等職，與顔延之交好。貞規：貞正的道德規範。理要：事理的要旨。清風：高潔的品格。素氣：平素的體氣。

(三)言面：晤談，見面交談。忘年之好：忘記年齡的交友，即不拘年歲行輩差異而結交的朋友，顔延之年長張敷十六歲左右，故稱。

(四)比：近來，近年。艱隔成阻：相隔兩地，難得見面。情問無睽：彼此經常通信問候，交情並未減弱。

(五)薄莫：傍晚，喻指暮年、晚年。莫，通『暮』。慰説：寬慰愉快。

(六)豈謂中年，奄爲長往：未料到張敷突然中年去世。《宋書·張敷傳》載『未期而卒，時年四十一』。奄，突然。聞問：

通音問，通消息，指聽到張敷去世的不幸消息。悼心： 傷心，痛心。有兼恆痛： 對於張敷的去世極爲悲痛。

（七）門教： 家教。敦至： 深厚周到。家寶： 家中值得傳世的珍寶，喻指張敷德行之美。

【繫年】

此文作於元嘉十八年左右，可從以下三個方面來考察。

首先是張茂度的去世時間。《宋書·張茂度傳》載：『（元嘉）十八年，除會稽太守。素有吏能，在郡縣，職事甚理。明年，卒官，時年六十七。』可見張茂度卒於元嘉十九年，《弔張茂度書》當作於之前。

其次是張敷的去世時間。《弔張茂度書》云『豈謂中年，奄爲長往』『一旦喪失，何可爲懷』，此文當作於張敷去世後不久。《宋書·張敷傳》載張敷去世前事蹟云：『遷黄門侍郎、始興王濬後軍長史、司徒左長史。未拜，父在吳興亡，報以疾篤，敷往奔省，自發都至吳興成服，……未期而卒，時年四十一。』可見張敷去世前在建康任職。據《宋書·二凶傳》，劉濬爲後將軍，開府『置佐領兵』在元嘉十七至十九年，期間張敷任『始興王濬後軍長史』，『未期而卒』，故張敷卒於元嘉十八至二十年之間。

第三是始興王劉濬少時深受宋文帝的喜愛。《宋書·二凶傳》載『濬少好文籍，姿質端妍。母潘淑妃有盛寵，時六宮無主，潘專總內政。濬人才既美，母又至愛，太祖甚留心。』元嘉十七年，宋文帝剪除彭城王劉義康的勢力，同年十二月任劉濬爲揚州刺史（《宋書·文帝紀》），加強對都城建康的控制。此時劉宋內亂初定，仍須穩定局勢，劉濬是宋文帝的愛子，年方十二歲，需要選任官員輔佐，張敷即其中之一。因此，張敷任『始興王濬後軍長史』在元嘉十七年十二月前後，未拜奔父喪，元嘉十八年去世，『未期而卒』。

祖祭弟文〔一〕（一）

闔棺窮野，啓殯中荒（二）。靈影夙滅，筵寢虛張（三）。人往運來，自秋徂陽（四）。蕃蘭落色，宿草滋長（五）。孰云不痛，辭家去鄉（六）。爾之於役，爰適茲邑（七）。上秋告來，方春佇立（八）。如何不弔，吉違凶集（九）。六親憧心，姻朋浩泣（一〇）。我雖載奔，伊何云及（一一）？永〔二〕懷在昔，追亡悼存（一二）。惟兄及弟，瞻母望昆（一三）。生無榮嬿，沒望歸魂（一四）。令龜吉兆，祖櫬東旋（一五）。靈輴次路，嚴舟在川（一六）。廓然何及，痛矣終天（一七）。

【校】

本文以《藝文類聚》卷二十一所載爲底本，用張燮《顏集》、張溥《顏集》參校。

（一）張燮《顏集》、張溥《顏集》標題作《祭弟文》。

（二）「永」，《藝文類聚》訛作「求」，據張燮《顏集》、張溥《顏集》改。

【注】

（一）祖祭：在路上祭奠亡靈。弟：指顏延之的三弟顏坦之。據《陋巷志》（陳鎬編撰，明正德二年刻本、明萬曆二十九年刻本，下同）所載顏氏家譜，顏延之的父親顏顯有三子：顏繫之、顏延之、顏坦之。

（二）闔棺：蓋棺，指死亡。窮野：僻遠的郊野。啓殯：出殯。中荒：荒野之中。

（三）靈影：死者的身影，指顏坦之的身影。虛張：虛設。《東觀漢記·鄧豹傳》載：「遷大匠，工無虛張之繕，徒無飢寒之色。」

（四）自秋徂陽：從去年秋天到今年春天。

（五）蕃蘭落色：去秋繁盛的蘭草已經退色。宿草滋長：歷去冬而生的春草正在生長。宿草，來年的草。《禮記·檀弓上》載：「朋友之墓，有宿草而不哭焉。」

（六）辭家去鄉：指顏坦之客死異鄉。《陋巷志》載顏坦之曾任東陽（今浙江金華）太守。

（七）爰：於是。適：到，往。此句謂顏坦之赴東陽任太守，卒於任上。

（八）佇立：久立。《詩經·邶風·燕燕》云：「瞻望弗及，佇立以泣。」此句謂顏坦之去秋去世，顏延之今春依舊爲之悲痛。

(九)吉違凶集：指遭逢顏坦之的喪事，屬凶禮。《周禮·春官·大宗伯》載：『以凶禮哀邦國之憂。』鄭玄注：『凶禮之別有五，……喪、荒、弔、禬、恤。』

(一〇)六親：泛指顏坦之的親屬。慟心：心神不定。姻朋：姻親朋友。此句謂親友因顏坦之的去世而悲慟。

(一一)載奔：奔喪，指顏延之從建康趕往東陽料理顏坦之的喪事。伊何云及：如何來得及見顏坦之一面。伊何，如何，怎樣。

(一二)永懷在昔：長久懷念顏坦之生前的時光。追亡悼存：追念去世的顏坦之，悲痛其在世的親人。

(一三)此句指顏坦之在世的兄弟(顏繫之、顏延之)，思念去世的顏坦之及母親。

(一四)此句指顏坦之生前沒有享受榮耀和安樂，希望他死後能魂歸故里。

(一五)櫬：靈柩。此句指挑選吉日，送顏坦之的靈柩返回故鄉安葬。

(一六)靈轅：載運靈柩的車子。次路：副車，追隨靈轅而行的其他車輛。《禮記·禮器》載：『大路繁纓一就，次路繁纓七就。』嚴舟在川：水上載靈轅的船隻。

(一七)廓然：憂悼貌。《禮記·檀弓上》載：『練而慨然，祥而廓然。』鄭玄注：『皆憂悼在心之貌也。』終天：終身，常用於死喪永別等不幸之事。陶淵明《祭程氏妹文》云：『如何一往，終天不返。』

【繫年】

此文作於元嘉二十年春，可從以下三個方面來考察。

首先，《宋書·后妃傳》載：

文帝袁皇后……(元嘉十七年)崩于顯陽殿，時年三十六。上甚相悼痛，詔前永嘉太守顏延之爲哀策，文甚麗。……策既奏，上自益『撫存悼亡，感今懷昔』八字，以致其意焉。

可見顏延之《宋文皇帝元皇后哀策文》中『撫存悼亡，感今懷昔』八字，爲宋文帝所作，之後加到哀策文中。宋文帝增字『以致其意』，真摯懇切地表達了對亡妻的思念之情，勢必給『負其才辭』的顏延之留下深刻印象。顏延之《祖祭弟文》云『永懷在昔，追亡悼存』，這與宋文帝所作『撫存悼亡，感今懷昔』語義相同、語詞相似、語境相近。宋文帝原創在前，顏延之長於模擬，『永懷在昔，追亡悼存』當是顏延之模仿宋文帝之作。《祖祭弟文》當作於元嘉十七年袁皇后去世之後。

其次，《陋巷志》載顏顯有三子：顏纍之、顏延之、顏坦之。顏延之《祖祭弟文》中的『弟』指顏坦之，《陋巷志》載顏坦之曾任東陽（今浙江金華）太守。《祖祭弟文》云『孰云不痛，辭家去鄉。爾之於役，爰適兹邑』『祖櫬東旋』，可見顏坦之卒於東陽太守任上。元嘉十七年前後，史籍所載劉宋東陽太守有兩人。一是荀伯子，元嘉十五年卒於東陽太守任上，見《宋書・荀伯子傳》。二是顧琛，元嘉十九年任東陽太守，固辭未就，見《宋書・顧琛傳》。由此推測，顏坦之任東陽太守在元嘉十五至十九年之間，卒於元嘉十九年，其前任爲荀伯子，後任爲顧琛。

第三，《祖祭弟文》云：『人往運來，自秋徂陽。蕃蘭落色，宿草滋長。……上秋告來，方春佇立。』可見顏坦之元嘉十九年秋卒於東陽太守任上，顏延之《祖祭弟文》作於第二年的春天。

挽歌辭〔一〕（一）

令龜告〔二〕明兆，撤〔三〕奠在方昏（二）。戒徒赴幽穸〔四〕，祖駕出高門（三）。行行去城邑，遥遥首〔五〕丘〔六〕園（四）。息鑣竟平隧，稅駕列〔七〕巖根（五）。

【校】

本詩以《太平御覽》卷五百五十二所載爲底本，用張燮《顏集》、張溥《顏集》參校。

〔一〕張燮《顏集》、張溥《顏集》詩題作《挽歌》。

〔二〕『告』，張燮《顏集》、張溥《顏集》作『啓』。

〔三〕『撤』，《太平御覽》訛作『撤』，據張燮《顏集》、張溥《顏集》改。

〔四〕『穸』，張燮《顏集》、張溥《顏集》作『冥』。

〔五〕『首』，張燮《顏集》、張溥《顏集》訛作『守』。

〔六〕『丘』，張溥《顏集》作『邱』，二字通。

〔七〕『列』，張燮《顏集》、張溥《顏集》訛作『別』。

【注】

〔一〕挽歌：挽柩者所唱哀悼死者的歌，後泛指對死者悼念的詩歌或哀歎舊事物滅亡的文辭。

〔二〕令龜：即命龜，古人占凶吉，將所卜之事告卜人以龜占之，泛指灼龜問卜。明兆：明顯的徵兆。撤奠：撤去奠祭，喪葬禮儀程式之一。顏延之《宋文皇帝元皇后哀策文》云：『降輿客位，撤奠殯階。』

〔三〕戒徒：勉戒徒御（挽車、御馬的人）。顏延之《秋胡詩》云：『戒徒在昧旦，左右來相依。』幽穸：墓穴。祖駕：指送葬的車馬。

〔四〕行行：不停地前行。《古詩十九首》云：『行行重行行，與君生別離。』遙遙：形容距離遠。首丘園：狐死首丘，比喻歸葬故鄉。《禮記·檀弓上》載：『古之人有言曰：「狐死正丘首」，仁也。』

〔五〕息鑣：駕車的馬停留歇息。鑣，馬嚼子兩端露出嘴外的部分，借指馬。平墜：指墓穴。稅駕：解駕，停車，這裏指死者歸宿。巖根：山麓，指墓穴所在地。

【繫年】

此詩題名《挽歌辭》，詩云『撤奠在方昏』『戒徒赴幽穸，祖駕出高門』『息鑣竟平墜，稅駕列巖根』，爲哀悼死者所作。從顏延之生平經歷和詩中情感來看，這裏哀悼的死者爲顏延之的三弟顏坦之。至親死別，兄弟情深，顏坦之去世後，顏延之作有《除弟服》《祖祭弟文》等詩文，哀慟之情與本詩無二。從『撤奠在方昏』『戒徒赴幽穸，祖駕出高門』『行行去城邑，遙遙首丘園』『息鑣竟平墜，稅駕列巖根』等詩句來看，《挽歌辭》作於顏坦之靈柩返回家鄉下葬之時，寫作時間與《祖祭弟文》相近，在元嘉二十年春左右。

【考辨】

一、『首丘』今典發微

『首丘』爲文學作品中常用典故之一，比喻歸葬故鄉。《禮記·檀弓上》載：『古之人有言曰：「狐死正丘首」，仁也。』孔穎達疏：『所以正首而向丘者，丘是狐窟穴根本之處，雖狼狽而死，意猶向此丘。』顏延之《挽歌辭》的哀悼對象爲其弟顏坦之。《陋巷志》載顏顯有三子：顏繫之、顏延之、顏坦之，其中顏坦之曾任東陽太守，卒於任上，因而顏延之《祖祭弟文》云『孰云不痛，辭家去鄉。爾之於役，爰適茲邑』。年壽不終、客死異鄉爲一大悲事。顏坦之卒於東陽太守任上，歸葬家鄉顏氏家族墓地。因此，顏延之《挽歌辭》詩中的『行行去城邑，遙遙首丘園』不獨爲用典，也有深沉的現實感慨。這也與顏延之《祖祭弟文》中『永懷在昔，追亡悼存』『生無榮嬿，沒望歸魂』『廓然何及，痛矣終天』等詞句表達的情感一致。

除弟服〔一〕

徂沒離二秋，掩泣〔一〕備三冬〔二〕。往辰緬難紀，來筭忽易窮〔三〕。升沒奄期晦，灑掃易禮容〔四〕。縞衣變余體，長逝歸爾躬〔五〕。

【校】

本詩以《藝文類聚》卷三十四所載爲底本，用《古詩紀》卷五十六、張燮《顏集》、張溥《顏集》參校。

〔一〕『掩』，《藝文類聚》訛作『淹』，據《古詩紀》、張燮《顏集》、張溥《顏集》改。

【注】

（一）除弟服：脱去因弟去世而穿的喪服，改著常服。弟，指顏延之的三弟顏坦之。

（二）徂沒：亡故。二秋：兩個秋天，顏坦之卒於去歲秋天，至今秋滿一週年，歷二秋。顏延之《祖祭弟文》云：『人往運來，自秋徂陽。……上秋告來，方春佇立。』掩泣：掩面而泣。三冬：孟冬、仲冬、季冬的合稱，這裏指顏坦之去年秋天去世後的第一個冬季。

（三）往辰：過去的時光。緬難紀：時間久遠而難以記錄。來筭：未來的打算。忽易窮：指茫然失措，未來無所適從。

（四）升沒：一週年。《論語·陽貨》載：『宰我問三年之喪，期已久矣。……舊穀既沒，新穀既升，鑽燧改火，期可已矣。』灑掃：指滿一週年時的掃墓。禮容：禮制儀容，這裏指喪禮儀容。

（五）縞衣：居喪時所著的白色衣服。長逝：逝世，去世。

【繫年】

顏延之《除弟服》云『徂沒離二秋』『升沒淹期晦，灑掃易禮容』。這裏的『二秋』『升沒』指其弟顏坦之卒於去歲秋天，至今秋滿一週年。顏坦之卒於元嘉十九年秋（見《祖祭弟文》繫年），因此《除弟服》當作於元嘉二十年秋。

【考辨】

一、顏延之的友悌之道及其淵源與傳承

友悌指兄弟友愛，顏延之有兄弟兩人（顏繫之、顏坦之）、兒子四人（顏峻、顏測、顏臭、顏躍）。出於天然的血緣感情和長保家族計，顏延之極爲重視友悌之道。《庭誥》云：『欲求子孝必先慈，將責弟悌務爲友。雖孝不待慈，而慈固植孝；悌非期友，而友亦立悌。』顏延之《祖祭弟文》《除弟服》中『永懷在昔，追亡悼存。惟兄及弟，瞻母望昆』『徂沒離二秋，掩泣備三冬。往辰緬難紀，來筭忽易窮』等詞句表現出的對亡弟的思念之情，也是友悌之道的反映。

顏延之所在的顏氏家族向有友悌淵源，其曾祖顏含入《晉書·孝友傳》。《晉書》載顏含友悌事蹟云：

含少有操行，以孝聞。兄畿，咸寧中得疾，就醫自療，遂死於醫家。家人迎喪，旐每繞樹而不可解，引喪者顛仆，稱畿言曰：『我壽命未死，但服藥太多，傷我五藏耳。今當復活，慎無葬也。』其父祝之曰：『若爾有命復生，豈非骨肉所願！今但欲還家，不爾葬也。』旐乃解。及還，其婦夢之曰：『吾當復生，可急開棺。』婦頗說之。其夕，母及家人又夢之，卽欲開棺，而父不聽。含時尚少，乃慨然曰：『非常之事，古則有之，今靈異至此，開棺之痛，孰與不開相負？』父母從之，乃共發棺果有生驗，以手刮棺，指爪盡傷，然氣息甚微，存亡不分矣。飲哺將護，累月猶不能語，飲食所須，託之以夢。闔家營視，頓廢生業，雖在母妻，不能無倦矣。含乃絶棄人事，躬親侍養，足不出戶者十有三年。

這種友悌之道通過言傳身教，被顏氏家族不斷傳承下去。顏延之《庭誥》之外，顏之推（顏延之五世族孫）《顏氏家訓》專列《兄弟》篇論友悌之道云：

兄弟者，分形連氣之人也。方其幼也，父母左提右挈，前襟後裾，食則同案，衣則傳服，學則連業，遊則共方，雖有悖亂之人，不能不相愛也。及其壯也，各妻其妻，各子其子，雖有篤厚之人，不能不少衰也。……二親既殁，兄弟相顧，當如形之與影，聲之與響；愛先人之遺體，惜己身之分氣，非兄弟何念哉？……兄弟不睦，則子侄不愛；子侄不愛，則羣從疏薄；羣從疏薄，則僮僕爲讎敵矣。如此，則行路皆踖其面而蹈其心，誰救之哉？人或交天下之士，皆有歡愛，而失敬於兄者，何其能多而不能少也！人或將數萬之師，得其死力，而失恩於弟者，何其能疏而不能親也！

兄弟友愛，有助於形成和睦的家庭關係，對内增強凝聚力，維繫家族經久不衰。友悌之道的傳承，也是顏氏家族數百年來能夠立足東晉南朝的重要因素。

侍東耕詩〔一〕

提〔一〕封經地域，辰角麗天部〔二〕〔二〕。浮藹起青壇，沉腴發紺耦〔三〕。草服薦同穗，黃冠獻嘉壽〔四〕。

【校】

本詩以《藝文類聚》卷三十九所載爲底本，用《古詩紀》卷五十六、張燮《顏集》、張溥《顏集》參校。

〔一〕「提」，《藝文類聚》訛作「題」，據《古詩紀》、張燮《顏集》、張溥《顏集》改。

〔二〕「部」，《古詩紀》、張燮《顏集》、張溥《顏集》作「篰」，二字通。

【注】

〔一〕東耕：天子耕於籍田。應劭《漢官儀》云：「凡稱籍田爲千畝，亦曰帝籍，亦曰耕籍，亦曰東耕。」

〔二〕提封：版圖，疆域，指劉宋統治區域。地域：指劉宋所設天子籍田的範圍。辰角：星宿名，指角宿。《國語·周語中》載：「夫辰角見而雨畢。」天部：指二十八宿在天空的部位。《史記·曆書》載：「至今上即位，招致方士唐都，分其天部。」

〔三〕浮藹：浮動的雲氣。青壇：指宋文帝行籍田禮所用祭臺。沉腴：肥沃的土地。紺耦：指天子籍田所用的青赤色翻土農具。《說文解字》載：「紺，帛深青而揚赤色也。……耦，耒廣五寸爲伐，二伐爲耦。」

〔四〕草服：草黃色的衣服，借指農夫。同穗：謂嘉禾，即在一株穀物上共長數穗，古人以爲祥瑞，亦稱「共穗」。顏延之《三月三日曲水詩序》云：「禎莖素毳，並柯共穗之瑞，史不絕書。」黃冠：農夫野老之服，借指農夫。《禮記·郊特牲》載：「黃衣黃冠而祭，息田夫也。」嘉壽：向人獻祥瑞之物祝其長壽。

【繫年】

永嘉南渡後，東晉未行天子耕籍禮，直到宋文帝時方才恢復這一禮儀。考察史籍可知，劉宋天子行籍田禮共有三次：〔一〕《宋書·禮志四》載「宋文帝元嘉二十一年春，親耕」。〔二〕《宋書·孝武帝紀》載「（大明）四年春正月……乙亥，車駕躬耕籍田，大赦天下」。〔三〕《宋書·明帝紀》載「（泰始）五年春正月癸亥，車駕躬耕籍田」。顏延之卒於孝武帝孝建三年，故其參與的當是元嘉二十一年天子籍田禮。此次籍田禮爲東晉立國江左百餘年來的第一次，因而儀式隆重，準備充分，《宋書·禮志一》詳載此次籍田儀式。作爲宋文帝重要的文學侍臣，顏延之參與其事並爲之作詩是自然之事，故《侍東耕詩》當作於元嘉二十一年春。

宋南郊雅樂登歌〔一〕（一）

天地郊夕牲歌（二）

夤威寶命，嚴恭帝祖〔二〕（三）。表海炳岱〔三〕，系唐胄楚（四）。靈鑒叡〔四〕文，民屬叡武（五）。奄受敷錫，宅中拓宇（六）。亘〔五〕地稱皇，罄〔六〕天作主（七）。月竁來賓，日際奉土（八）。開元正首〔七〕，禮交樂舉（九）。六典聯事，九官列序（一〇）。有牷在滌〔八〕，有潔在俎（一一）。以薦〔九〕王衷，以答神祐（一二）。

天地郊迎送神歌（一三）

維聖饗帝，維孝饗〔一〇〕親（一四）。皇乎備矣，有事上春（一五）。禮行宗祀，敬達郊禋（一六）。金枝中樹，廣樂四陳（一七）。陟配在京，降德在民（一八）。奔精照〔一一〕夜，高燎煬晨（一九）。陰明浮爍，沈禜深淪（二〇）。告成大報，受釐元神（二一）。月御按節，星驅扶輪（二二）。遙興遠駕，燿燿〔一二〕振振（二三）。

天地饗神歌（二四）

營泰時，定天衷（二五）。思心叡，謀筮從（二六）。建表蕝，設郊宮（二七）。田燭置，權〔一三〕火通（二八）。曆元旬，律首吉（二九）。飾紫壇，坎列室（三〇）。中星兆，六宗秩（三一）。乾宇晏，地區謐（三二）。大孝昭，祭禮供（三三）。牲日展，盛自躬（三四）。具陳器，備禮容（三五）。形舞綴，被歌鐘（三六）。望帝閽，聳神蹕（三七）。靈之來，辰光溢（三八）。潔粢酌，娛太一（三九）。明輝夜，華晢日（四〇）。裸既始，獻又終（四一）。烟薌皀，報清穹（四二）。饗宋德，祚王功〔四三〕。休命永，福履充〔四四〕。

【校】

本詩以《宋書·樂志二》所載爲底本，用李善注《文選》卷二十七、《六臣注文選》卷二十七、《樂府詩集》卷一、《初學記》卷四、《古詩紀》卷五十五、張燮《顏集》、張溥《顏集》參校。

〔一〕李善注《文選》《六臣注文選》詩題作《宋郊祀歌》，《樂府詩集》、張燮《顏集》、張溥《顏集》詩題作《宋南郊登歌》。

〔二〕「祖」，《初學記》作「祀」。

〔三〕「表海炳岱」，李善注《文選》《六臣注文選》作「炳海表岱」。

〔四〕「叡」，《宋書》訛作「濬」，據李善注《文選》《六臣注文選》改。

〔五〕「亘」，《初學記》訛作「宣」。

〔六〕「磬」，《初學記》訛作「響」。

〔七〕「正首」，《宋書》、李善注《文選》《六臣注文選》《樂府詩集》《初學記》《古詩紀》訛作「首正」，據張燮《顏集》、張溥《顏集》改。

〔八〕「有牷在滌」，《初學記》訛作「有牲在脩」。

〔九〕「以薦」，《初學記》作「式薦」，李善注《文選》作「薦饗」。

〔一〇〕「饗」，《樂府詩集》訛作「養」。

〔一一〕「照」，李善注《文選》作「昭」。

〔一二〕「燿燿」，李善注《文選》《六臣注文選》《樂府詩集》、張燮《顏集》、張溥《顏集》作「曜曜」，二字通。

〔一三〕「權」，《古詩紀》、張燮《顏集》、張溥《顏集》訛作「爟」。

【注】

〔一〕南郊：古代天子在京都南面的郊外築圜丘用以祭天的地方，這裏指帝王祭天禮儀。《禮記·月令》載：「立夏之日，天子親帥三公、九卿、大夫，以迎夏於南郊。』登歌：古代舉行祭典、大朝會時，樂師登堂所奏的歌。

（二）天地郊：郊祀天地，古代於南郊祭天，北郊祭地。《漢書·郊祀志下》載：『祭天於南郊，就陽之義也；瘞地於北郊，即陰之象也。』夕牲：祭祀前夕，查看祭祀用的牲畜。

（三）夤威：敬畏。寶命：對天命的美稱。嚴恭：莊嚴恭敬。帝祖：天帝和先祖。《文選》李善注：『帝，上帝；祖，先祖也。』

（四）表海炳岱：指宋武帝爲徐州人，徐州在泰山以南，東臨大海。《尚書·禹貢》載：『海、岱及淮惟徐州。』系唐胄楚：指宋武帝爲唐堯、楚元王劉交的後裔。《宋書·武帝本紀》載：『高祖武皇帝諱裕，……漢高帝弟楚元王交之後也。』

（五）靈鑒：英明的識見。叡文：皇帝的文德。叡武：皇帝的武德。

（六）敷錫：施賜。《尚書·洪範》載：『斂時五福，用敷錫厥庶民。』宅中：居於中心，謀劃四方。拓宇：開拓疆域。

（七）亘地：遍地。罄天：滿天。稱皇、作主：製作木主、神位。此句謂郊祀時製作諸多天地神靈的木主、神位。

（八）月竁：月窟，指極西之地。來賓：前來賓服，指藩屬朝貢天子。日際：東方極遠之地。奉土：進獻領土，指歸順。《文選》呂延濟注此句云：『月窟西極，日際東極，言遠國皆來賓王庭，奉獻土物。』

（九）開元：開端，開頭。正首：農曆一年的第一個月。荀悦《漢紀·武帝紀》載：『正律曆，以寅月爲正首。』禮交樂舉：禮與樂美妙配合，既秩序井然，又情感交融，和諧之至。

（一〇）六典聯事：指多個部門的官員聯合處理事務。六典，周代輔佐帝王治理邦國的六種法典（治典、禮典、教典、政典、刑典、事典），這裏指官府的多個部門。九官：指九卿等中央官員。列序：按品級高低排序。

（一一）牷：祭祀用的純色全牲。滌：古代宮中飼養祭祀牲畜的房子。《文選》李善注：『《禮記》曰：「帝牛必在滌三月。」鄭玄曰：「滌，牢中所搜除處。」』潔：祭祀用的潔淨之物。俎：祭祀時放祭品的器物。《左傳·隱公五年》載：『鳥獸之肉，不登於俎。』

（一二）衷：善。《國語·吴語》載：『今天降衷於吴。』神祜：神靈所降之福。《文選》李周翰注此句云：『言進我天子之善，以答神靈之福。』

（一三）迎送神：古代祭神，開始迎接神靈來降，謂之『迎神』；祭畢送之使去，謂之『送神』。

（一四）饗帝：祭祀天帝。饗親：祭祀先祖。《禮記・祭義》載：『唯聖人爲能饗帝，孝子爲能饗親。』

（一五）皇乎備矣：指天子具備聖孝之道。有事：指祭祀之事。《文選》李善注：『《左氏傳》宰孔曰：「天子有事于郊。」杜預曰：「有祭事也。」』上春：孟春，指農曆正月。

（一六）宗祀：對祖宗的祭祀。郊禋：古代帝王升烟祭祀天地的大禮。揚雄《甘泉賦》云：『來祇郊禋，神所依兮。』

（一七）金枝：用黄金裝飾的燈具。廣樂：盛大之樂，這裏指天子之樂。《史記・趙世家》載：『我之帝所甚樂，與百神遊於鈞天，廣樂九奏萬舞，不類三代之樂，其聲動人心。』

（一八）陟配：天子升遐後，於祭天時配享。《尚書・君奭》載：『故殷禮陟配天，多歷年所。』降德：賜予恩惠。

（一九）奔精：指流星。照夜：照亮夜空。高燎：祭天時焚燒柴薪産生的火焰。煬晨：指焚柴祭天之烟直達晨星，形容祭祀之盛。晨，星名，指房星。《晉書・天文志上》載：『房四星，爲明堂，天子布政之宫也。……房星明，則王者明。』

（二〇）陰明：辰星，北方星名，與劉宋水德相應。浮爍：謂光上浮。沈禜：古代祭祀名，祭水以禳災。《文選》李善注：『沈禜，所祭沈淪而沈靜也。……鄭玄曰：「祭水曰沈。」鄭司農《周禮》注曰：「禜，祭名也。」』深淪：深水。

（二一）告成：上報所完成的功業。大報：遍祭天神。受釐：受神之福，祭祀天地五時後，以祭餘之肉歸皇帝，以示受福。釐，胙，祭餘之肉。元神：大神，天帝。《文選》劉良注此句云：『告其成功，以報於天，遂受福於天神矣。』

（二二）月御：神話中爲月亮駕車的神。按節：停揮馬鞭，表示徐行或停留。星驅：神話中星辰的馭者。扶輪：扶翼車輪。《文選》李善注此句云：『言天神降，月御爲之案節，星驅爲之扶輪。』

（二三）遙興：起而遠去，遠行。燿燿：光明貌。振振：衆多貌，盛貌。

（二四）饗神：神靈接受酒食等祭品。《說文解字注》云：『《毛詩》之例，凡獻於上曰亯，凡食其獻曰饗。《左傳》用字正同。』

（二五）泰畤：古代天子祭天神處。《史記・孝武本紀》載：『神靈之休，佑福兆祥，宜因此地光域立泰畤壇以明應。』天衷：天地四方的中心。顏延之《三月三日曲水詩序》云：『然其宅天衷，立民極，莫不崇尚其道，神明其位。』

（二六）思心： 憂思，思慮。謀筮： 問卜。左思《魏都賦》云： 『爰初自臻，言占其良。謀龜謀筮，亦既允臧。』

（二七）表蕝： 古代祭祀或演習朝會禮儀時，用以表位的茅蕝。《説文解字》載： 『朝束茅表位曰蕝。』郊宫： 天子祭天地的處所。

（二八）田燭： 古代郊祭時置於田頭的火燭。《禮記・郊特牲》載： 『祭之日，喪者不哭，不敢凶服，氾埽反道，鄉爲田燭。』權火： 古時祭祀時所舉的燎火。《漢書・郊祀志》載： 『權火舉而祠，若光輝然屬天焉。』

（二九）元旬： 上旬，農曆每月的前十天。首吉： 月初爲吉日。

（三〇）紫壇： 紫色祭壇，帝王祭祀大典用。《漢書・禮樂志》載： 『爰熙紫壇，思求厥路。』

（三一）中星： 每月行至中天南方的星宿。《尚書・堯典》載『曆象日月星辰』，孔穎達疏： 『「星，四方中星」者，二十八宿布在四方，隨天轉運，更互在南方，每月各有中者。』六宗： 古代尊祀的六神，諸説不一，鄭玄認爲指星、辰、司中、司命、風師、雨師。《尚書・舜典》載： 『肆類於上帝，禋於六宗，望於山川，徧於羣神。』

（三二）乾宇晏： 指天界安定，無日月食等事。地區謐： 指大地安寧，無地震等事。

（三三）大孝昭： 昭顯帝王的孝道。祭禮： 古代祭祀或祭奠的儀式。

（三四）牲日： 祭獻全牲之日。《左傳・僖公三十一年》載： 『禮不卜常祀，而卜其牲日。牛卜日曰牲。』牲，古代祭祀用的全牛，這裏泛指祭祀用的家畜，包括牛、羊、豕等。《説文解字》載： 『牲，牛完全也。』

（三五）陳器： 古代宗廟懸掛陳列的樂器。禮容： 禮制儀容。《史記・孔子世家》載： 『孔子爲兒嬉戲，常陳俎豆，設禮容。』

（三六）舞綴： 指舞樂。《禮記・樂記》載： 『故其治民勞者，其舞行綴遠； 其治民逸者，其舞行綴短。』綴，猶酇，指舞人的站位。歌鐘： 古代歌唱時敲擊出聲作爲節奏的鐘，常指編鐘。《左傳・襄公十一年》載： 『歌鐘二肆。』

（三七）帝閽： 天門，天帝的宫門。揚雄《甘泉賦》云： 『選巫咸兮叫帝閽，開天庭兮延羣神。』神蹕： 神靈出行的車駕。

（三八）靈之來： 迎神至祭祀場合。辰光： 日光。左思《魏都賦》云： 『兼重以峷繆，偭辰光而罔定。』

（三九）潔粢酌： 乾淨的酒食祭品。粢，祭祀用的穀物。《漢書・文帝紀》載： 『親率耕，以給宗廟粢盛。』酌，祭祀用的酒。

太一：天神名，地位高貴。《史記・封禪書》載：『天神貴者太一。』

（四〇）明輝夜：光輝（即前言『辰光』）照亮黑夜。華哲曰：形容光明之盛。哲，明亮，光明。《說文解字》載：『哲，昭晰，明也。』

（四一）祼：古代酌酒灌地的祭禮。《說文解字》載：『祼，灌祭也。』獻：獻祭，以腥熟之食獻神的禮儀。《周禮・天官・內宰》載：『大祭祀，后祼獻則瓚，瑤爵亦如之。』

（四二）薌：穀香，指祭祀所用穀物的香氣。《說文解字》載：『薌，穀氣也。』鬯：古代祭祀、宴飲用的香酒。《禮記・曲禮》載：『凡摯子鬯。』清穹：穹天，天空。

（四三）饗：享受，分享。宋德：劉宋王朝的功德。祚：富，福佑。王功：指劉宋帝王的功業。此句謂神靈享受祭品，庇佑劉宋王朝。

（四四）休命：美善的命令，這裏指神明的旨意。《周易・大有》載：『君子以遏惡揚善，順天休命。』福履：福祿。《詩經・周南・樛木》云：『樂只君子，福履綏之。』

【繫年】

此詩作於元嘉二十二年正月初一，可從以下四個方面來考察。

首先，《宋書・樂志一》載：『（元嘉）二十二年，南郊，始設登哥，詔御史中丞顏延之造哥詩，廟舞猶闕。』《樂府詩集》卷一《郊廟歌辭》解題云：『至孝武太元之世，郊祀遂不設樂。宋文帝元嘉中，南郊始設登歌，廟舞猶闕。乃詔顏延之造天地郊登歌三篇，大抵依仿晉曲，是則宋初又仍晉也。』《樂府詩集》卷一《宋南郊登歌》解題云：『《宋書・樂志》曰：「文帝元嘉二十二年，詔顏延之造《天地郊夕牲》《迎送神》《饗神》雅樂登歌篇。」』可見顏延之《宋南郊雅樂登歌》作於元嘉二十二年。

其次，《宋南郊雅樂登歌》云『開元正首，禮交樂舉』『曆元旬，律首吉』。這裏的『開元』指開端，『正首』指農曆一年的第一個月，『元旬』指農曆每月的上旬十天，『首吉』指月初爲吉日，故《宋南郊雅樂登歌》當作於正月初。

第三，《宋書・文帝紀》載元嘉四年後文帝五次南郊祭祀都在正月上辛（第一個辛日），云『四年春正月……辛巳，車駕親祠南郊』『六年春正月辛丑，車駕親祠南郊』『十二年春正月……辛未，車駕親祠南郊』『十四年春正月辛卯，車駕親祠南郊』『二十六年春正月辛巳，車駕親祠南郊』。這是以正月上辛爲吉日，宜於行祭祀的緣故。《穀梁傳・哀公元年》載：『我以十二月下辛卜正月上辛。如不從，則以正月下辛卜二月上辛。如不從，則以二月下辛卜三月上辛。如不從，則不郊矣。』范寧注：『郊必用上辛者，取其新潔莫先也。』《史記・樂書》載：『漢家常以正月上辛祠太一甘泉。』元嘉二十二年正月上辛爲初一（辛卯），《宋南郊雅樂登歌》當作於此日。

第四，《宋書・文帝紀》載：『（元嘉）二十二年春正月辛卯朔，改用御史中丞何承天元嘉新曆。』改曆爲我國古代大事，元嘉二十二年頒行元嘉曆代替使用兩百多年的景初曆，意義重大。查陳垣《二十史朔閏表》，元嘉二十二年正月辛卯爲正月初一。此年改行新曆與文帝南郊祭祀時間相同，此即《宋南郊雅樂登歌》所云『開元正首，禮交樂舉』。這裏的『開元』爲開端，開頭之義，指元嘉二十二年正月初一開始頒行元嘉曆。

皇太子釋奠會作詩〔一〕（一）

國尚師位，家崇儒門（二）。稟道毓德，講藝立言（三）。浚〔二〕明爽曙〔三〕，達義茲昏（四）。永〔四〕瞻先覺，顧惟後昆（五）。

大人長物，繼天接聖（六）。時屯必亨，運蒙則正（七）。偃閉武術，闡揚文令（八）。庶士傾風，萬流仰鏡（九）。

虞庠飾館，睿圖炳晬（一〇）。懷〔五〕仁憬〔六〕集，抱智麕〔七〕至（一一）。踵門陳書，躡蹻〔八〕獻器（一二）。澡身玄淵〔九〕，宅心道祕（一三）。

伊昔周儲，聿光往記（一四）。思皇世哲，體元作嗣（一五）。資此夙知，降從經〔一〇〕志（一六）。逷彼前文，規周矩值（一七）。

正殿虛〔一一〕筵，司〔一二〕分簡日（一八）。尚席〔一三〕函杖〔一四〕，丞〔一五〕疑奉帙〔一六〕（一九）。侍〔一七〕言稱辭〔一八〕，惇史秉筆（二〇）。妙識幾音，王載有述（二一）。

肆〔一九〕議芳訊，大教克明（二二）。敬躬祀典，告奠聖靈（二三）。禮屬觀盥，樂薦歌笙（二四）。昭事是肅，俎實非馨（二五）。

獻終襲吉，卽宮廣讌（二六）。堂設象筵，庭宿金懸（二七）。台保兼徽，皇戚比彥〔二〇〕（二八）。肴乾酒澄，端服整弁（二九）。

六官眂命，九賓相儀（三〇）。纓笏帀序，巾卷充街（三一）。都莊〔二一〕雲動，野馗風馳（三二）。倫周伍漢，超哉邈猗（三三）。

清暉在天，容光必照（三四）。物性〔二二〕其情，理宣其奧（三五）。妄先國胄，側聞邦教（三六）。徒愧微冥，終謝智效（三七）。

【校】

本詩以李善注《文選》卷二十所載爲底本，用《藝文類聚》卷三十八、《六臣注文選》卷二十、《初學記》卷十四、《古詩紀》卷五十六、張燮《顏集》、張溥《顏集》參校。

〔一〕詩題《藝文類聚》作《侍皇太子釋奠宴詩》，《初學記》作《侍皇太子釋奠》，張燮《顏集》、張溥《顏集》作《皇太子釋奠會作》。

〔二〕「浚」，《初學記》訛作「俊」。

〔三〕「曙」，宋刻本李善注《文選》因避宋英宗名諱闕筆，據《初學記》《六臣注文選》、張燮《顏集》、張溥《顏集》補。

〔四〕「永」，《初學記》訛作「來」。

〔五〕「懷」，《六臣注文選》載五臣注訛作「深」。

〔六〕「憬」，《初學記》訛作「景」。

〔七〕『麕』，《六臣注文選》載五臣注作『麏』，《初學記》作『睿』。

〔八〕『蹻』，《六臣注文選》、張燮《顔集》、張溥《顔集》作『屩』，《初學記》作『履』。

〔九〕『淵』，《初學記》避諱作『深』。

〔一〇〕『經』，《藝文類聚》訛作『輕』；《六臣注文選》載五臣注作『繼』，《古詩紀》、張燮《顔集》、張溥《顔集》載一作『繼』。

〔一一〕『虚』，《藝文類聚》訛作『張』。

〔一二〕『司』，《初學記》訛作『同』。

〔一三〕『席』，《藝文類聚》訛作『度』。

〔一四〕『杖』，《六臣注文選》載五臣注、張燮《顔集》、張溥《顔集》作『丈』，二字通。

〔一五〕『丞』，《藝文類聚》訛作『承』。

〔一六〕『帙』，《初學記》作『職』。

〔一七〕『侍』，《初學記》訛作『傳』。

〔一八〕『辭』，《初學記》作『詞』。

〔一九〕『肆』，《六臣注文選》載五臣注訛作『肂』。

〔二〇〕『彥』，《藝文類聚》《六臣注文選》載五臣注訛作『音』。

〔二一〕『都莊』，《六臣注文選》載五臣注作『莊都』。

〔二二〕『性』，《六臣注文選》載五臣注、張燮《顔集》、張溥《顔集》作『任』。

【注】

〔一〕皇太子：指太子劉劭，宋文帝的嫡長子，元嘉六年立爲太子。釋奠：古代在學校設置酒食以奠祭先聖先師的一種典禮。《禮記·文王世子》載：「凡學，春官釋奠於其先師，秋冬亦如之。凡始立學者，必釋奠於先聖先師。」

〔二〕國尚師位：指劉宋王朝尊師重教。《文選》李善注：「《漢書》元帝詔曰：「國之將興，尊師而重傅。」鄭玄《禮記》注：「尊師授道焉，不使處臣位也。」」儒門：指儒家。

(三)毓德：修養德行。講藝：講論六藝。立言：指著書立說。

(四)浚明：明治，治理清明。爽曙：明曉。左思《魏都賦》云：『且夫寒谷豐黍，吹律暖之也；昏情爽曙，箴規顯之也。』達義：明白道理，使明白道理。《文選》呂延濟注此句云：『言大明自暗而生，且不差其曙；達義從昏情而發明。』

(五)先覺：覺悟早於常人的人。《論語·憲問》載：『不逆詐，不億不信，抑亦先覺者，是賢乎！』後昆：後嗣，子孫。《文選》李善注此句云：『言大義漸乖，永瞻先覺之意，顧思後昆以正之。』

(六)大人：高位者，這裏指宋文帝。長物：長育萬物。繼天接聖：指太子劉劭秉承天意，成爲文帝的繼承人。

(七)屯：艱難困頓，這裏指《周易》屯卦，此卦意在突出事物初生時的艱難，然而順應時運突破艱難，萬物欣欣向榮。《說文解字》載：『屯，難也，象草木之初生，屯然而難。』亨：通達順利。《文選》李善注：『《周易》曰：「屯，元亨，利貞。」王弼曰：「剛柔始交，是以屯也，不交則否，故屯乃大亨也。」』蒙：指《周易》蒙卦，象徵啓蒙與通達。《周易·蒙》載：『亨。匪我求童蒙，童蒙求我。初筮告，再三瀆，瀆則不告。利貞。』《文選》李善注：『王弼曰：「蒙之所利，乃利正也。」』

(八)偃閉：停止。武術：軍事技術，代指戰爭。闡揚：闡明發揚，宣揚。文令：關於文教的政令。此句即偃武修文之義。

(九)庶士：眾士，泛指諸侯臣僚，各級官吏。傾風：指欽慕宋文帝的風采。萬流：眾多的水流，借指萬民。《文選》李周翰注：『言眾士萬人皆傾慕其風，仰之以爲鑒鏡。』

(一〇)虞庠：周代學校名，這裏指劉宋國子學。《禮記·王制》載：『周人養國老於東膠，養庶老於虞庠。虞庠在國之西郊。』睿圖：指孔子的畫像。炳晬：鮮明潤澤。

(一一)懷仁：這裏指心懷仁德之人。陸賈《新語·道基》云：『聖人懷仁仗義。』憬集：遠道來集。抱智：具有才智的人。麕至：成羣而至。麕，同『麇』，成羣。《左傳·昭公五年》載：『求諸侯而麇至。』

(一二)踵門：登門，上門。躡蹻：穿草鞋行走。《史記·孟嘗君列傳》載：『初，馮驩聞孟嘗君好客，躡蹻而見之。』獻器：獻禮樂之器。

(一三)澡身：洗身使潔淨，引申爲修持操行。玄淵：深淵，這裏指道德的深奧境地。宅心：歸心，心悅誠服而歸附。道祕：道的深奥精微之處。《文選》劉良注：『玄淵、道祕，皆道德深遠之處。』

（一四）伊昔：從前。周儲：周室的儲君。《文選》李周翰注：『周儲，謂文王爲太子時。』聿：述。《文選》李善注：『孔安國《尚書傳》曰：「聿，述也。」』此句用周文王爲太子時恭敬事父，一日三朝的典故。《禮記·文王世子》載：『文王之爲世子，朝于王季，日三。雞初鳴而衣服，至於寢門外，問内豎之御者曰：「今日安否何如？」内豎曰：「安。」文王乃喜。及日中，又至，亦如之。及莫，又至，亦如之。其有不安節，則内豎以告文王，文王色憂，行不能正履。』

（一五）思：語首助詞。皇：美、盛。世哲：指太子。體元：以天地之元氣爲本，這裏指劉劭的嫡長子身份。班固《東都賦》云：『體元立制，繼天而作。』

（一六）夙知：早慧。知，通『智』。蔡邕《桓彬論》云：『彬有過人者四：夙智早成，岐嶷也；學優文麗，至通也。』降從經志：指太子劉劭學習儒家經典，服膺儒學。

（一七）逿：遠。前文：前人的文章、文獻，這裏指儒家經典。規周矩值：形容結合的周密適當，一點也無差缺。規，圓規，畫圓的工具。周，密合。矩，曲尺，古代畫方的工具。值，適當。《文選》吕延濟注此句云：『言古文經典相去雖遠，學其規矩亦與之相當。』

（一八）正殿：主殿，位置處於正中的主要殿宇。虚筵：虚席，空著座位等候，表示尊賢。司分：周代曆正屬官，專司春分、秋分，這裏指曆法官員。簡日：選擇吉日開宴。

（一九）尚席：古代官名，掌管宴席。函杖：講學者與聽講者坐席相距一杖，便於教學者指畫經義，這裏指講學的坐席，亦作『函丈』。《禮記·曲禮上》載：『若非飲食之客，則布席，席間函丈。』丞疑：即疑臣，官名，供天子諮詢的四輔中的二臣，後泛指輔佐大臣。《禮記·文王世子》載：『虞、夏、商、周，有師保，有疑丞。』奉帙：奉行職事。

（二〇）侍言：侍從君上，適時進言，指傳達太子言語的官員。惇史：有德行之人的言行記錄。《禮記·内則》載：『五帝憲，養氣體而不乞言，有善則記之爲惇史。』

（二一）妙識：深知，精通。幾音：精深隱微之言。王載：帝王法則。

（二二）肆議：進言獻策，提出意見。芳訊：嘉言。大教：重要的教導和訓戒。克明：能明，指任用賢能之士。《尚書·堯典》載：『克明峻德，以親九族。』

（二三）祀典：祭祀的儀禮。聖靈：古代聖人之靈，這裏指孔子、顏淵。《宋書·禮志四》載：『元帝太興三年，皇太子講《論語》通，太子並親釋奠，以太牢祠孔子，以顏淵配。……宋文帝元嘉二十二年四月，皇太子講《孝經》通，釋奠國子學，如晉故事。』

（二四）盥：盥洗，將祭而潔手禮。歌笙：指雅樂。《儀禮·燕禮》載：『乃間歌《魚麗》，笙《由庚》；歌《南有嘉魚》，笙《崇丘》；歌《南山有臺》，笙《由儀》。』

（二五）昭事：指祭祀。《左傳·文公十五年》載：『伐鼓於朝，以昭事神，訓民事君，示有等威，古之道也。』俎實：俎上所盛祭獻的食品。《周禮·夏官·量人》載：『掌喪祭奠竁之俎實。』《文選》李周翰注此句云：『俎謂祭器也，實謂祭物也。言俎實非足稱馨，蓋德爲馨也。』

（二六）獻終：祭祀結束。襲吉：重得吉兆，謂吉事相因。《左傳·哀公十年》載：『吾卜於此起兵，事不再令，卜不襲吉。行也。』卽宮：就在完成釋奠禮的宮殿裏，卽前言『正殿虛筵』。廣宴：大設宴會。

（二七）象筵：象牙製的席子，這裏形容豪華的筵席。金懸：金鼓之樂。

（二八）台保：指三公、太保。《文選》李善注：『《春秋漢含孳》曰：「三公在天，法三能。」能與台同。保，太保也。』兼徽：兼美，指德才兼備。比彥：比肩皆是俊彥。

（二九）肴乾酒澄：指祭祀先聖禮儀結束。《文選》李善注：『《禮記》曰：「酒清人渴而不敢飲，肉乾人飢而不敢食。」杜預《左氏傳》曰：「肴乾而不食。」《淮南子》曰：「酒澄而不飲。」』端服：指去祭服而著常服。弁：禮儀所用之冠。

（三〇）六官：周代分掌國政的六種職官，卽天官冢宰、地官司徒、春官宗伯、夏官司馬、秋官司寇、冬官司空的總稱，這裏泛指參加釋奠禮的劉宋官員。眡命：指諸官依據各自身份，按照禮儀要求完成祭祀。九賓：九位禮賓人員。《漢書·叔孫通傳》載：『大行設九賓，臚句傳。』相儀：贊禮，司儀。

（三一）纓笏：冠帶和手板，借指官員。帀序：指官員根據品級依次排列。巾卷：頭巾和書卷，古代國子學、太學的學生所用，這裏借指學生。《宋書·禮志五》載：『巾以葛爲之，……今國子、太學生冠之，服單衣以爲朝服，執一卷經以代手板。』充街：充滿街道，形容人數之多。

（三二）都莊：都城的大道。野馗：野外四通八達的路。《文選》張銑注此句云：『言觀禮之人于道路，有如風馳雲動。』

（三三）超哉邈猗：超過很多，極爲美盛。猗，爲助詞。《文選》呂向注此句云：『言比周漢之德超然遠美。』

（三四）清暉：明淨的光輝，光澤，這裏喻指宋文帝。容光必照：幽微的空隙也能照到，形容宋文帝的盛德廣布。《孟子·盡心上》載：『日月有明，容光必照焉。』

（三五）物性其情：事物各存其自然本性。《文選》李善注：『言人君在上，以道被物，各存其性，僞情矯志，不入於心。』理宣其奧：明理以宣揚儒家深奧之義。

（三六）國胄：帝王或貴族的子弟。側聞：旁聽到，謂傳聞，聽説，這裏是顏延之的謙稱。邦教：國家的教化。《尚書·周官》載：『司徒掌邦教。』

（三七）微冥：微賤而愚暗。智效：以智能效力，顏延之時任國子祭酒，負責教導國胄。

【繫年】

《文選》李善題注：『裴子野《宋略》曰：「文帝元嘉二十年三月，皇太子劭釋奠于國學。」』從文本出發，結合相關材料，此詩當作於元嘉二十二年四月，李善的注釋有誤。

首先，《宋書》中關於太子劉劭參與釋奠禮的記載有兩處，均在元嘉二十二年，當爲同一次釋奠禮。《宋書·禮志一》載：『元嘉二十二年，太子釋奠，采晉故事，官有其注。祭畢，太祖親臨學宴會，太子以下悉豫。』《宋書·禮志四》載：『宋文帝元嘉二十二年四月，皇太子講《孝經》通，釋奠國子學，如晉故事。』

其次，釋奠禮在國子學舉行，顏延之生平僅在國子學任職一次，爲國子祭酒。《皇太子釋奠會作詩》末尾云『妄先國胄，側聞邦教。徒愧微冥，終謝智效』，這説明顏延之當時已就任國子祭酒。《宋書》本傳載『劉湛誅，起延之爲始興王濬後軍諮議參軍，御史中丞。在任縱容，無所舉奏。遷國子祭酒、司徒左長史』，可見顏延之任御史中丞在國子祭酒之前。《宋書·樂志一》載：『（元嘉）二十二年，南郊，始設登哥，詔御史中丞顏延之造哥詩，廟舞猶闕。』由此可知，顏延之任御史中丞直至元嘉二十二年初，其不可能在元嘉二十年三月以國子祭酒身份參與釋奠禮。

第三是宋文帝時期國子學的設立和存在時間。《宋書·文帝本紀》載：『（元嘉十九年）正月乙巳，詔曰：「今方隅乂寧，戎夏慕嚮，廣訓冑子，實維時務。便可式遵成規，闡揚景業。」……十二月丙申，詔曰：「冑子始集，學業方興。……」』《宋書·禮志一》載：『太祖元嘉二十年，復立國子學，二十七年廢。』可見宋文帝於元嘉十九年下詔建國子學，待一衆冑子集合後，次年國子學方真正設立，直到元嘉二十七年廢止。元嘉二十年三月距宋文帝下達『冑子始集』詔書不過三個月，學生、校舍、師資、教學安排等難以一蹴而就，很難達到《皇太子釋奠會作詩》中『肆議芳訊，大教克明』『纓笏市序，巾卷充街』的規模。可以參照的是，宋文帝首次來國子學策試諸生遲至元嘉二十三年九月。《宋書·文帝本紀》載：『（元嘉二十三）九月己卯，車駕幸國子學，策試諸生，答問凡五十九人。』此時據宋文帝下達『冑子始集』詔書已近四年。

爲皇太子侍宴餞衡陽、南平二王應詔詩（一）

大儀在御，皇聖居貞（二）。旁緝民紀，仰緯天經（三）。物資感變，神以瑞形（四）。川無遁寶，山不閟靈（五）。

亦既戒裝，皇心載遠（六）。夕帳（一）亭皋，晨儀禁苑（七）。神行景騖，發自靈闉（八）。對宴感分，瞻秋悼晚（九）。

【校】

本詩以《藝文類聚》卷二十九爲底本，用《古詩紀》卷五十六、張燮《顏集》、張溥《顏集》參校。

（一）『帳』，《古詩紀》訛作『悵』。

【注】

（一）皇太子：指劉劭，宋文帝的嫡長子。侍宴：宴享時陪從或侍候於旁。衡陽、南平二王：指衡陽王劉義季（宋武帝劉裕第七子）、南平王劉鑠（宋文帝劉義隆第四子），見《宋書·武三王傳》《宋書·文九王傳》。

（二）大儀：太極，形成天地萬物的混沌之氣，這裏指儀範、大法。《管子·任法》載：『聖君所以爲天下大儀也，君臣上下貴賤皆發焉。』皇聖： 指皇帝。顏延之《和謝監靈運》云：『皇聖昭天德，豐澤振沈泥。』居貞： 遵守正道。貞，通『正』。

（三）民紀： 民眾行爲的準則。《禮記・祭義》載：『致物用，以立民紀也。』天經： 天之常道。班固《典引》云：『躬奉天經，惇睦辨章之化洽。』

（四）感變： 感應變動。神以瑞形： 神靈以祥瑞的形態出現。

（五）川無遁寶： 水中沒有藏匿的珍寶。山不閟靈： 山裏沒有隱蔽的靈物。此句形容統治者有德，國泰民安，故珍寶靈物紛紛現世。

（六）戒裝： 準備行裝。皇心： 皇帝的心意。顏延之《拜陵廟作》云：『皇心憑容物，民思被歌聲。』

（七）夕帳亭皋： 傍晚在水邊的平地設立帷帳休憩。禁苑： 帝王的園林。

（八）神行： 神遊，精神超脱形體而自由遊動。景騖： 太陽迅速移動，指時間過得很快。景，日光，這裏指太陽。靈闈：内廷，借指帝王。

（九）感分： 感恩。瞻秋： 遠望秋天的景色。悼晚： 哀歎夜晚的到來，宴會即將結束。

【繫年】

此詩作於元嘉二十二年九月，可從以下三個方面來考察。

第一，詩題《爲皇太子侍宴餞衡陽、南平二王應詔詩》説明此詩作於衡陽王劉義季、南平王劉鑠同時離京之際。據《宋書・武三王傳》《宋書・文九王傳》，衡陽王劉義季、南平王劉鑠同時離京赴任祇有一次。元嘉二十二年，衡陽王劉義季『遷徐州刺史，持節、常侍、都督如故』，南平王劉鑠『遷使持節、都督南豫、豫、司、雍、秦、并六州諸軍事、南豫州刺史』，兩人同時離開都城建康赴任。

第二，此詩末句云『對宴感分，瞻秋悼晚』，詩歌當作於秋季。

第三，《宋書・范曄傳》載：『（元嘉）二十二年九月，征北將軍衡陽王義季、右將軍南平王鑠出鎮，上於武帳岡祖道，曄等期以其日爲亂，而差互不得發。』可見衡陽王劉義季、南平王劉鑠離京在元嘉二十二年九月。

蜀葵贊(一)

井維降精，㟩〔一〕絡升靈(二)。物微氣麗，夫〔二〕草之英(三)。渝豔眾蘤〔三〕，冠冕羣榮〔四〕(四)。類麻能直，方葵不傾(五)。

【校】

本文以《藝文類聚》卷八十一所載爲底本，用張燮《顏集》、張溥《顏集》參校。

〔一〕『㟩』，張燮《顏集》、張溥《顏集》作『崏』，二字通。

〔二〕『夫』，張燮《顏集》、張溥《顏集》作『卉』。

〔三〕『蘤』，張燮《顏集》、張溥《顏集》作『葩』。

〔四〕『榮』，張燮《顏集》、張溥《顏集》作『英』。

【注】

(一)蜀葵：多年生草本植物，花大色麗，有紫、粉、紅、白等色，可供觀賞，原產蜀地，故名。傅玄《蜀葵賦》序云：『其苗似瓜瓠，既大而潔鮮，紫色曜日。』

(二)井：井宿，二十八宿中朱雀七宿的第一宿，也稱東井，分野對應蜀地。《漢書·地理志》載：『秦地，於天官東井、輿鬼之分野也。其界……南有巴、蜀、廣漢、犍爲、武都，……又西南有牂柯、越嶲、益州，皆宜屬焉。』㟩：同『岷』，指岷山，在今四川北部。左思《蜀都賦》云：『岷山之精，上爲井絡。』此句從原產地(蜀地)描述蜀葵，認爲蜀葵蘊含天上井宿、地上岷山的精華。

(三)物微氣麗：指蜀葵精妙美麗。夫草之英：指蜀葵爲花中精品。草，草本植物的總稱。《說文解字》載：『艸，百卉也。從二屮，會意。經傳皆以草爲之，《漢書》多以屮爲之。』

（四）衆蘤：衆花。《字詁》載：「蘤，古花字。」冠冕：比喻首位。榮：草本植物的花，泛指花。《爾雅》載：「木謂之華，草謂之榮，不榮而實者謂之秀，榮而不實者謂之英。」此句形容蜀葵豔冠羣芳，爲百花之首。

（五）類麻能直：指蜀葵的植株像麻一樣直。《荀子·勸學》載：「蓬生麻中，不扶而直；白沙在涅，與之俱黑。」方葵不傾：指蜀葵的葉片像葵菜，但沒有向日傾斜的習性。葵，指葵菜而非向日葵，葉片向日而傾，見下文考辨一。《淮南子·說林訓》載：「聖人之于道，猶葵之與日也。」

【繫年】

劉宋之前，蜀葵在中原、江南等地屬於稀少而珍貴的觀賞花卉。顔延之《蜀葵贊》之外，先唐提到蜀葵的文學作品有四篇：（一）東漢張衡《西京賦》云：「草則葴莎菅蒯，薇蕨荔芁，王蒭莔臺，戎葵懷羊。」（二）西晉傅玄《蜀葵賦》。《藝文類聚》卷八十一引傅玄《蜀葵賦》序云：「其苗似瓜瓠，既大而潔鮮，紫色曜日。」《太平御覽》卷九百九十四引傅玄《蜀葵賦》序云：「蜀葵，其苗如瓜瓠，嘗種之，一名引苗而生華，經二年春乃發。既大而結鮮，紫色曜日。」（三）梁代王筠《蜀葵花賦》云：「惟此奇草，遷花西道，淩金阪之威夷，跨玉津之浩浩，值油雲之廣臨，屬光風之長掃，仰椒屋而敷榮，植蘭房而舒藻，邁衆芳而秀出，冠雜卉而當闈，既扶疏而雲蔓，亦灼爍而星微，布護交加，蓊茸紛葩，疏莖密葉，翠萼丹華。」（四）陳代虞繁《蜀葵賦》云：「惟茲珍草，懷芬吐榮，挺河渭之膏壤，吸昴井之玄精，繞銅爵而疏植，暎昆明而羅生，作妙觀於神州，扇令名於東京，馳驛命而遠致，攢華林而麗庭，中修翹之冉冉，播員葉之青青。」從這些作品「奇草」「珍草」的描述中，我們不難看出蜀葵的珍貴。先唐蜀葵主要種植於皇家園林，如虞繁《蜀葵賦》提到漢代長安上林苑昆明池、曹魏洛陽銅雀臺、南朝建康華林園等皇家園林都曾種植蜀葵。

由此出發，顔延之見到的蜀葵也當在皇家園林内，具體而言是劉宋都城建康的華林園。華林園始建於東吴，南朝襲之，劉宋元嘉之前主要以林木、水池知名，如《世說新語·言語》載：「簡文帝入華林園，顧謂左右曰：「會心處不必在遠，翳然林木，便自有濠、濮間想也，覺鳥獸禽魚自來親人。」」宋文帝時期，華林園有一次大規模的修整，由善於營造的張永負責。《宋書·張永傳》載：「二十三年，造華林園、玄武湖，並使永監統。凡諸制置，皆受則於永。」此次修整，張永新建了景陽樓、芳春琴堂、清暑殿、華光殿、華林閣、竹林堂、含芳堂等樓閣殿堂，大量花木移植其中，如蜀葵（虞繁《蜀葵賦》）、薔薇（《廣羣芳譜》）等。此次修整之後，華林園格局基本穩定，直到陳末園毀。《蜀葵贊》所詠蜀葵，當爲華林園整修後不久新移植的花卉，因而顔延之見之而驚奇、贊歎。

《資治通鑒》卷一百二十四載：『（元嘉二十三年）六月……帝築北堤，立玄武湖，築景陽山於華林園。』可見華林園的修整完成在元嘉二十三年六月。據陳垣《二十史朔閏表》，此年無閏月，季夏六月在公曆七月十日至八月七日之間。顏延之《蜀葵贊》云『渝豔眾藹，冠冕羣榮』，而蜀葵的花期在仲夏至秋初（公曆六至九月）。《廣羣芳譜》卷四載：『五月，花盟主石榴、番萱、夾竹桃。花客卿蜀葵、洛陽花、午時紅。』從蜀葵的花期來看，元嘉二十三年六月華林園整修完工後，便可見到蜀葵花開景象。顏延之《蜀葵贊》當作於此時。

【考辨】

一、『方葵不傾』非向日葵辨

顏延之《蜀葵贊》末句云『方葵不傾』，有學者將『葵』解釋爲向日葵，認爲向日葵有向日而傾的習性，如李佳《顏延之詩文選注》，這實際上是一種誤讀。

向日葵是菊科向日葵屬植物，原產美洲，地理大發現之後引入中國。目前所知最早記載向日葵的文獻爲明代王象晉《羣芳譜》，該書中尚無『向日葵』之名，衹在『花譜三·菊』中附『丈菊』，云：『丈菊一名本番菊，一名迎陽花，莖長丈餘，稈堅粗如竹，葉類麻，多直生，雖有分枝，衹生一花大如盤盂，單瓣色黃心皆作窠如蜂房狀，至秋漸紫黑而堅，取其子中之甚易生，花有毒能墮胎。』『向日』之名，首見於明末文震亨《長物志》卷二『葵花』，云：『一曰向日，別名西番蓮。』『向日葵』之名，首見於清代陳淏子《花鏡》，云：『向日葵一名西番葵，高一二丈。葉大於蜀葵，尖狹多刻缺。六月開花，每杠頂上衹一花，黃瓣大心。其形如盤，隨太陽回轉：如日東升則花朝東，日中天則花直朝上，日西沉則花朝西。』

先唐古籍中單言『葵』一般指葵菜。《說文解字》載：『葵，葵菜也。』《詩經·豳風·七月》云：『六月食鬱及薁，七月亨葵及菽。』葵菜爲錦葵科一年生草本植物，葉緣皺曲，花小，白色，味甘滑，是我國古代一種重要的蔬菜。賈思勰《齊民要術》卷三將葵列爲蔬菜首篇。李時珍《本草綱目·草五·葵》載：『古者葵爲五菜之主。』葵菜具有向日性，古人對此已有認識。《左傳·成公十七年》載：『仲尼曰：「鮑莊子之智不如葵，葵猶能衛其足。」』杜預注：『葵，傾葉向日，以蔽其根。』這裏的『衛其足』指葵菜的葉片能夠遮住莖的基部。植物的葉面一般正對太陽光，以便接受最多的光量來進行光合作用。葵菜的莖直立，從下到上，都生葉片，葉片向日傾斜，影子便照到地面，從而能夠遮住莖的基部。由於葵菜的葉片傾向太陽，古人認爲其與太陽有著特殊的關係。《淮南子·說林訓》載：『聖人之于道，猶葵之與日也。』曹植《請存問親戚疏》云：『若葵藿之傾葉，太陽雖不爲之回光，然終向之者，誠也。』需要注意的是，曹植這裏說的是『傾葉』而非傾花。

由上可知，顏延之《蜀葵贊》末句『方葵不傾』指蜀葵的葉片像葵菜，但沒有向日傾斜的習性。這裏的『葵』指葵菜而非向日葵，其葉片而非花朵向日而傾。

碧芙蓉頌（一）

澤芝芳豔，擅奇水屬（二）。練氣紅荷，比符縹玉（三）。擢〔一〕麗滄池，飛映雲屋（四）。實紀仙方，名書靈躅（五）。

【校】

本文以《藝文類聚》卷八十二所載爲底本，用張燮《顏集》、張溥《顏集》參校。

〔一〕『擢』，《藝文類聚》作『櫂』，據張燮《顏集》、張溥《顏集》改。

【注】

（一）碧芙蓉：青綠色的荷花，可能指青蓮，瓣長而廣，青白分明，佛經中稱之爲蓮眼，當時稀少而珍貴。江淹《蓮花賦》云：『發青蓮於王宮，驗奇花於陸地。』

（二）澤芝：荷花的別稱。崔豹《古今注》云：『芙蓉一名荷花，生池澤中，一名澤芝。』擅奇：獨佔奇異。水屬：指水生植物。

（三）練氣紅荷：指紅色荷花吸收天地靈氣，淬精提純，方成碧芙蓉。練氣，習靜呼吸以求長生之術，借指紅荷花吸氣、提精過程。縹玉：淺青色的玉。

（四）擢麗滄池：碧芙蓉卓然直立，獨秀水池之中。擢，直立、挺拔。滄池，西漢未央宮內池名，這裏指水色碧青的池塘。張衡《西京賦》云：『滄池漭沆，漸臺立於中央。』飛映雲屋：碧芙蓉葉柄高直，遮蔽附近高樓。雲屋，高大的房舍，高樓。

（五）實紀仙方：指神仙所開的藥方中確實載有碧芙蓉之名。實紀，實際記載，確實載錄。仙方，神仙所開的藥方。名書靈躅：指碧芙蓉之名見於神仙的事蹟之中。躅，足跡，這裏指事蹟。

【繫年】

《碧芙蓉頌》的描寫對象是珍貴的水生花卉，故云『澤芝芳豔，擅奇水屬』『實紀仙方，名書靈躅』。碧芙蓉種植於劉宋皇家園林，也是元嘉年間華林園修整後移植的珍貴花木之一（見下文考辨一）。因此，《碧芙蓉頌》的寫作時間與《蜀葵贊》相近，在元嘉二十三年六月左右。

【考辨】

一、《蜀葵贊》《赤槿頌》《碧芙蓉頌》爲同一組作品考

從文本出發，結合相關材料考察，《蜀葵贊》《赤槿頌》《碧芙蓉頌》當是顏延之在短時間內創作的同一組作品。

首先是內容相似。這三篇作品都是歌頌珍貴的花木，旨在狀物，具體內容包括三個基本部分。一是花木鍾天地靈氣，如蜀葵『井維降精，峮絡升靈』、赤槿『氣動上玄』、碧芙蓉『練氣紅荷』。二是花木極爲珍貴，如蜀葵『物微氣麗，夫草之英』、赤槿『是謂珍樹』、碧芙蓉『擅奇水屬，……實紀仙方，名書靈躅』。三是花木的形態特徵，如蜀葵『渝豔眾藹，冠冕羣榮。類麻能直，方葵不傾』、赤槿『華纈問物，……含豔丹間』、碧芙蓉『比符縹玉。擢麗滄池，飛映雲屋』。

其次是形式相同。這包括兩個方面。一是三篇作品的標題均爲『寫作對象＋贊／頌』的格式。二是這三篇作品均爲四言八

句，整齊有致。由於顏延之要在短時間内創作一組狀物作品，加上客觀對象的相似，因此很難每篇作品都别出心裁。其較爲可行的策略就是首創一篇，之後因襲而作而稍加變化。這三篇作品形式上的相同和内容上的相似並非偶然，而是有意之作。

第三，寫作對象的珍稀性。這三篇作品的寫作對象都是花木，均首見於《藝文類聚》草部或木部。蜀葵、赤槿、碧芙蓉這三種花木當時稀少而珍貴，祇有在皇家園林才可能見到。宋文帝時期最大的皇家園林是華林園，其在元嘉二十三年經過大規模整修，有條件同時種植這些珍稀的花木。《蜀葵贊》《赤槿頌》《碧芙蓉頌》這三篇作品當是華林園整修完成後，顏延之侍從宋文帝觀賞所作。

第四，蜀葵、赤槿、碧芙蓉的花期相近。《蜀葵贊》《赤槿頌》《碧芙蓉頌》都有花開的描寫，如蜀葵『渝豔衆藹，冠冕羣榮』、赤槿『華緐間物，……含豔丹間』、碧芙蓉『澤芝芳豔，……比符縹玉』。據《資治通鑒》卷一百二十四，華林園的修整完成在元嘉二十三年六月。此年無閏月，季夏六月在公曆七月十日至八月七日之間。蜀葵的花期在仲夏至秋初（公曆六至九月）；赤槿四季開花，而以夏秋爲盛；碧芙蓉花期在仲夏至秋初（公曆六至九月）。可見蜀葵、赤槿、碧芙蓉的花期相近，元嘉二十三年六月華林園整修完工後，可見三者同時開花場景。

由上可知，《蜀葵贊》《赤槿頌》《碧芙蓉頌》是顏延之在短時間内創作的同一組作品，皆作於元嘉二十三年六月左右。

赤槿頌（一）

日御北至，夏德南宣（二）。玉蒸榮心，氣動上玄（三）。華緐間物，受色朱天（四）。是謂珍樹，含豔丹間（五）。

【校】

本文以《藝文類聚》卷八十九所載爲底本，用張燮《顏集》、張溥《顏集》參校，無異文。

【注】

（一）赤槿：這裏指朱槿而非木槿（見下文考辨一），錦葵科木槿屬，落葉灌木，花深紅，日光照耀，赤如焰火，見嵇含《南方草木狀》。

（二）日御：神話中爲太陽駕車的神，名羲和，這裏指太陽。屈原《離騷》云：『吾令羲和弭節兮，望崦嵫而勿迫。』北至：夏至，因夏至日太陽位置在赤道最北面之點，其後即南移，故稱。夏德南宣：指宋文帝的德行廣布南方。

（三）玉蒸榮心：指赤槿的花心潔白如玉。上玄：上天。揚雄《甘泉賦》云：『惟漢十世，將郊上玄。』

（四）華繅：指赤槿色彩鮮豔。繅，通『藻』，文彩、修飾。受色朱天：指赤槿鮮豔的紅色源於西南產地特殊的地理環境（五行屬火，色朱）。朱天，指西南方。《呂氏春秋·有始》載：『西南曰朱天，其星觜、嶲、參、東井。』高誘注：『西南，火之季也，爲少陽，故曰朱天。』

（五）珍樹：珍貴的樹木。含豔丹間：指赤槿花色紅豔奪目。

【繫年】

《赤槿頌》的寫作對象是赤槿這一珍貴的灌木，云『是謂珍樹，含豔丹間』。赤槿種植於劉宋皇家園林，也是元嘉年間華林園修整之後移植的花木之一（見《碧芙蓉頌》考辨一）。因此，《赤槿頌》的寫作時間與《蜀葵贊》相近，在元嘉二十三年六月左右。

【考辨】

一、赤槿非木槿辨

顏延之《赤槿頌》首見於《藝文類聚》卷八十九《木部下》『木槿』條，有學者將赤槿解釋爲木槿，如李佳《顏延之詩文選注》。赤槿與木槿都屬於錦葵科木槿屬，但並非同一物種，兩者的區別主要體現在以下四個方面。

一是花色。赤槿最明顯的表徵便是『赤』，即花色深紅。嵇含《南方草木狀》云：『朱槿花，……其花深紅色，……一名赤槿，一名日及。』顏延之《赤槿頌》云：『華繅間物，受色朱天。是謂珍樹，含豔丹間。』木槿花色則少有深紅，而以淡紫、白色、粉色爲主。李時珍《本草綱目·木三·木槿》載：『（木槿花）淡紅色，……或白或粉紅，有單葉千葉者。』

二是花朵大小。赤槿盛放的花朵比木槿大。嵇含《南方草木狀》云『（赤槿）五出，大如蜀葵』。李時珍《本草綱目·木三·木槿》載『木槿花如小葵，……花小而豔』。

三是花期。赤槿花期比木槿長很多，四季皆可開花。嵇含《南方草木狀》云：『（赤槿）自二月開花，至中冬卽歇。』木槿花期較短，主要在夏秋時節開花。

四是分布範圍。赤槿的分布範圍比木槿窄。赤槿喜陽，喜温暖氣候及濕潤土壤，主要生長在南方。木槿性喜温涼，較耐乾旱、瘠薄、寒冷，因此廣泛分布在南北各地。這種分布範圍的差異也使得赤槿較木槿更爲稀少珍貴。

由上可知，從花色、花朵大小、花期、分布範圍來看，赤槿與木槿並非同一物種。顔延之《赤槿頌》中的『赤槿』指朱槿而非木槿。

登景陽樓〔一〕〔一〕

風觀要春景，月榭迎秋光〔二〕。沿波被華若，隨山茂貞芳〔三〕。

【校】

本詩以《藝文類聚》卷二十八所載爲底本，用《古詩紀》卷五十六、張燮《顔集》、張溥《顔集》參校。

〔一〕《古詩紀》、張燮《顔集》、張溥《顔集》詩題作《發景陽樓》。

【注】

〔一〕景陽樓：宋文帝元嘉時期在景陽山上修築的觀景樓，故址在今南京雞籠山。

〔二〕風觀：高處的臺榭，這裏指景陽樓。要春景：在景陽樓上觀看對面春天的景色。要，同『邀』，迎候，迎面而觀。月榭：賞月的臺榭，這裏指景陽樓。迎秋光：在景陽樓上觀看對面秋天的風光。

（三）沿波：順著水流，指景陽山上順流而下的水波。華若：若華，神話中若木的花，這裏泛指花。《楚辭·天問》云：『羲和之未揚，若華何光？』貞芳：歲寒不凋的花木。謝惠連《甘賦》云：『嘉寒園之麗水，美獨有此貞芳。』

【繫年】

此詩作於元嘉二十三年六月左右，可從以下四個方面來考察。

一是景陽樓的修築時間。景陽樓是宋文帝元嘉時期在景陽山上修築的觀景樓，樓因山名。《建康實錄》卷十二《太祖文皇帝》『華林園』條注引《地理志》云：『吳時舊宮苑也。晉孝武更立宮室。宋元嘉二十二（此處誤，當爲二十三）年，重修廣之。又築景陽、武壯諸山，鑿池名天淵，造景陽樓以通天觀。』景陽山修築於元嘉二十三年。《宋書·文帝紀》載：『（元嘉二十三年）是歲，大有年。築北堤，立玄武湖，築景陽山於華林園。』《南史·宋本紀》與此記載相同。可見景陽山修築於元嘉二十三年，景陽樓因景陽山而建，建成時間當在此後不久，顏延之《登景陽樓》的寫作時間當在元嘉二十三年之後。

二是劉宋時期景陽樓的改名時間。孝武帝大明元年，景陽樓改名慶雲樓，《南史·宋本紀中》載『（大明元年五月丙寅）景陽樓上層西南梁栱間有紫氣……改景陽樓爲慶雲樓』。顏延之《登景陽樓》的寫作時間當在大明元年之前。

三是顏延之的去世時間。《宋書》本傳載：『孝建三年，卒，時年七十三。』《南史》本傳的記載與之相同。顏延之卒於孝武帝孝建三年，《登景陽樓》的寫作時間當在此之前。

四是同題之作的寫作時間。同樣以《登景陽樓》爲詩題，《藝文類聚》還記載了宋文帝劉義隆、江夏王劉義恭的兩首詩歌。這些詩歌的寫作時間相近，很可能因同一次登樓之行而作。據《宋書·文帝紀》，宋文帝卒於元嘉三十年。宋文帝《登景陽樓》的具體寫作時間，可根據詩歌文本作進一步探討。《藝文類聚》卷六十三載宋文帝《登景陽樓》詩，云『崇堂臨萬雉，曾樓跨九成』『極望周天險，留察浹神京』，充滿驚奇感歎，對景陽樓的地勢作了極爲誇張的描寫。景陽樓與建康宮城近在咫尺，屢見不鮮則難有這種驚奇之感。因此，宋文帝《登景陽樓》當作於景陽樓建成後不久，宋文帝初次登臨景陽樓，極目遠眺，驚奇之感自然而生。宋文帝《登景陽樓》詩中『階上曉露絜』『蔓藻嬛綠葉，芳蘭媚紫莖』等詞句說明此詩作於夏季。《資治通鑒》卷一百二十四載：『（元嘉二十三年）六月，……帝築北堤，立玄武湖，築景陽山於華林園。』景陽樓因景陽山而建，建成時間與此相近，宋文帝《登景陽樓》當作於元嘉二十三年六月左右。與此類似，顏延之《登景陽樓》也當作於元嘉二十三年六月左右。

需要說明的是顏延之《登景陽樓》中的時令信息。詩歌云『風觀要春景，月榭迎秋光』，春景、秋光對舉，並入詩句，顯然爲虛辭，故詩中春、秋時令並非實寫，亦非詩歌真實寫作時間。

策秀才文（一）

廢興之要，敬俟良說（二）。

【校】

本文以李善注《文選》卷三十六所載任昉《天監三年策秀才文》中的注釋爲底本，用《六臣注文選》卷三十六參校，無異文。

【注】

（一）策秀才文：策問試士的題目，即就政事、經義等設問，來考察人才的試題。從格式和文義來看，本文當爲顏延之所擬策問試士題目的末句。《北堂書鈔》引《晉令》云：『策秀才，必五策皆通，拜爲郎中。』秀才，美才，才德俊秀之士，這裏指地方薦舉、接受策試的士人。

（二）廢興：國家的盛衰、興亡。要：綱要，要點。《商君書》載：『故其治國也，察要而已矣。』良說：精闢的言論。

【繫年】

顏延之《策秀才文》當作於元嘉二十三年九月。顏延之在世期間，史籍所載劉宋朝廷策問試士有兩次：（一）《宋書·武帝紀》載：『（永初二年）二月己丑，車駕幸延賢堂策試諸州郡秀才、孝廉。』此時顏延之出仕時間不長，『官列猶卑』（《宋書》本傳），難以參與以『廢興之要』爲旨的策問出題。（二）《宋書·文帝紀》載：『（元嘉二十三年）九月己卯，車駕幸國子學，策試諸生，答問凡五十九人，……賜帛各有差。』宋文帝此次親自到國子學『策試諸生』，規格高、人數多、賞賜重，爲一時盛事。時任國子祭酒的顏延之參與了這一次的策試出題。

《宋書》本傳載『劉湛誅，起延之爲始興王濬後軍諮議參軍，御史中丞。在任縱容，無所舉奏。遷國子祭酒、司徒左長史』。據《宋書·劉湛傳》，劉湛於元嘉十七年十月伏誅，之後顏延之方結束了長達七年的屏居生活，任始興王濬後軍諮議參軍、御史中丞等職。顏延之擔任御史中丞直到元嘉二十二年初。《宋書·樂志一》載：『（元嘉）二十二年，南郊，始設登哥，詔御史中丞顏延之造哥詩，廟舞猶闕。』元嘉二十二年四月左右，顏延之改任國子祭酒。《宋書·禮志四》載：『宋文帝元嘉二十二年四月，皇太子講《孝經》通，釋奠國子學，如晉故事。』顏延之作有《皇太子釋奠會作》，詩末云『妄先國冑，側聞邦教。徒愧微冥，終謝智效』。這說明顏延之時任國子祭酒。顏延之擔任國子祭酒直到元嘉二十五年，因『坐啓買人田，不肯還直』之事而免官，國子祭酒改由劉義恭擔任。《宋書·江湛傳》載：『元嘉二十五年，……時改選學職，以太尉江夏王義恭領國子祭酒，湛及侍中何攸之領博士。』可見顏延之在元嘉二十二至二十五年之間擔任國子祭酒。元嘉二十三年九月宋文帝親自到國子學『策試諸生』，顏延之作爲國子祭酒，參與策試出題合乎情理。需要說明的是，此次策試參與者衆多，『答問凡五十九人』，參與策試出題的當不止顏延之一人，顏延之準備的策試題目可能也不止一道。從格式和文義來看，本文當爲顏延之所擬某道策試題的末句。

甥姪名不可施伯叔從母議〔一〕（一）

或問顏延之曰：『甥姪亦可施於伯叔從母邪（二）？』

顏答曰：『伯叔有父名，則兄弟〔二〕之子不得稱姪；從母有母名，則姊妹之子不得稱甥〔三〕。且甥姪唯施之於舅姑耳，何者？姪之言實也，甥之言生也（四）。女子雖出，情不自絕，故於兄弟之子，稱其情實；男子居內，據自我出，故於姊妹之子，言其出生（五）。伯叔本內，不得言實；從母俱出，不得言甥〔三〕（六）。然〔四〕謂吾伯叔者，吾謂之兄弟之子；謂吾從母者，吾謂之姊妹之子（七）。』

【校】

本文以《通典》卷六十八（上海人民出版社影印日本宮内廳書陵部藏北宋刻本）所載爲底本，用《通典》卷六十八（中國國家圖書館藏傅增湘校本、明王德溢、吳鵬嘉靖刻本）、《全上古三代秦漢三國六朝文·全宋文》卷三十七參校。

〔一〕《全上古三代秦漢三國六朝文·全宋文》標題作《答或問甥姪》。

〔二〕『兄弟』，《通典》（明王德溢、吳鵬嘉靖刻本）、《全上古三代秦漢三國六朝文·全宋文》作『弟兄』。

〔三〕『甥』，《通典》（明王德溢、吳鵬嘉靖刻本）作『生』。

〔四〕『然』，《全上古三代秦漢三國六朝文·全宋文》作『然後』。

【注】

（一）姪：劉宋之前爲女子對自己兄弟之子的稱呼，唐宋之後用以稱呼男子的兄弟之子。從母：母親的姐妹，即姨母。《爾雅·釋親》載：『母之姊妹爲從母。』標題中的『甥姪名不可施伯叔從母』謂男子不可稱呼自己兄弟之子爲姪，女子不可稱呼自己姐妹之子爲甥，即姪叔、甥姨不互稱。這是劉宋之前的禮俗，唐宋之後，姪叔、甥姨互稱已流行，並延續至今。

（二）宋代：南朝劉宋時期。或問：有人問。

（三）此句言顔延之認爲伯父、叔父有父之名，因而不可稱呼自己兄弟之子爲姪；姨母有母之名，因而不可稱呼自己姐妹之子爲甥，即姪叔、甥姨不互稱。

（四）甥姪唯施之於舅姑：男子祇稱呼自己姐妹之子爲甥，女子祇稱呼自己兄弟之子爲姪，即甥舅、姪姑互稱，而不能擴大甥姪稱呼的範圍。

（五）此句言女子稱自己兄弟之子爲姪，男子稱自己姐妹之子爲甥，即甥舅、姪姑互稱，而姪叔、甥姨則不互稱。《儀禮·喪服傳》載：『謂吾姑者，吾謂之姪。』《爾雅》載：『女子謂兄弟之子爲姪。』

（六）此句言男子不可稱呼自己兄弟之子爲姪，女子不可稱呼自己姐妹之子爲甥。

（七）此句言稱我爲伯叔者，我稱之兄弟之子；稱我爲姨母者，我稱之姊妹之子。

【繫年】

此文最早載於《通典》卷六十八《禮二十八・嘉禮十三》，云：

或問顏延之曰：『甥姪亦可施於伯叔從母邪？』

顏答曰：……

雷次宗曰：『夫謂吾姑者，吾謂之姪，此名獨從姑發。姑與伯叔於昆弟之子，其名宜同。姑以女子有行，事殊伯叔，故獨製姪名，而字偏從女。如舅與從母，爲親不異，而言謂吾舅者，吾謂之甥，亦猶自舅而製也。名發於舅，字亦從男。故姪字有女，明不及伯叔；甥字有男，見不及從母，是以《周服篇》無姪字，《小功篇》無甥名也。』

可見此文是顏延之、雷次宗就同一問題（『甥姪亦可施於伯叔從母邪』）所作的回答。關於雷次宗，《宋書・隱逸傳・雷次宗傳》載：

隱退不交世務。……元嘉十五年，徵次宗至京師，開館於雞籠山，聚徒教授，置生百餘人。……久之，還廬山，公卿以下，並設祖道。二十五年，……又徵詣京邑，爲築室于鍾山西巖下，謂之招隱館，使爲皇太子諸王講《喪服》經。次宗不入公門，乃使自華林東門入延賢堂就業。二十五年，卒于鍾山，時年六十三。

可見雷次宗長期隱居廬山，元嘉十五、二十五年兩次入建康講學。顏延之、雷次宗共答『甥姪亦可施於伯叔從母邪』之問，當在雷次宗第二次入京時。

一是元嘉二十五年雷次宗第二次徵召入京，主要『爲皇太子諸王講《喪服》經』。儒家禮儀重視親疏之分，這與親屬稱呼密切相關，因而雷次宗講學時，聽學者有『甥姪亦可施於伯叔從母邪』之問，《通典》也載此文於《禮典》之列。而雷次宗的回答也主要由儒家喪禮之制入手，云：『故姪字有女，明不及伯叔；甥字有男，見不及從母，是以《周服篇》無姪字，《小功篇》無甥名也。』

二是元嘉二十二至二十五年，顏延之任國子祭酒（見《策秀才文》繫年）。國子祭酒爲國子學的主官，顏延之又爲博通儒學、精通禮制之人，其答『甥姪亦可施於伯叔從母邪』之問，釋禮制之義也合乎情理。

三是元嘉十五年雷次宗第一次徵召入京時，顏延之正免官在家，『延之與仲遠世素不協，屏居里巷，不豫人間者七載』（《宋書》本傳）。此時顏延之『不豫人間』，退隱在家長達七年（元嘉十一至十七年），難以與雷次宗共答『甥姪亦可施於伯叔從母邪』

之問。

由上可知，顏延之、雷次宗共答『甥姪亦可施於伯叔從母邪』之問當在雷次宗第二次入京之時。據《宋書·隱逸傳·雷次宗傳》，雷次宗於元嘉二十五年第二次徵召入京，同年卒於建康，故顏延之《甥姪名不可施伯叔從母議》當作於元嘉二十五年。

車駕幸京口侍遊蒜山作〔一〕

元天高北列，日觀臨東溟〔二〕。入河起陽峽，踐華因削成〔三〕。巖險去漢宇，襟衛徙吳京〔四〕。流池自化造，山關固神營〔五〕。園縣極方望，邑社揔地靈〔六〕。宅道炳星緯，誕曜應辰〔一〕明〔七〕。睿思纏故里，巡駕帀〔二〕舊坰〔八〕。陟峰騰輦路，尋雲抗瑤甍〔三〕〔九〕。春江壯風濤，蘭野茂稊英〔四〕〔一〇〕。宣遊弘下濟，窮遠凝聖情〔一一〕。嶽濱有和會，祥習在卜征〔一二〕。周南悲昔老，留滯感遺萌〔五〕〔一三〕。空食疲廊肆，反税事巖耕〔一四〕。

【校】

本詩以李善注《文選》卷二十二所載爲底本，用《藝文類聚》卷八（殘句）、《六臣注文選》卷二十二、《古詩紀》卷五十六、張燮《顏集》、張溥《顏集》參校。

〔一〕「辰」，李善注《文選》訛作「神」，據《六臣注文選》、張溥《顏集》、張燮《顏集》改。此句李善注引《禮鬥·威儀》《尚書》亦均作「辰星」。

〔二〕「帀」，《藝文類聚》作「匝」，二字同。

〔三〕「甍」，《藝文類聚》訛作「薨」。

〔四〕「稊英」，《藝文類聚》《六臣注文選》《古詩紀》、張燮《顏集》、張溥《顏集》作「荑英」。

〔五〕「遺萌」，張燮《顏集》、張溥《顏集》作「遺氓」。

【注】

（一）蒜山：京口（今江蘇鎮江）山名，山多澤蒜。《讀史方輿紀要·南直七》載：『蒜山，（鎮江）府西三里江岸上。山多澤蒜，因名。』

（二）元天：傳説中的高山名，這裏指蒜山。《文選》李善注：『元天者，其高四見列星。司馬彪曰：「元天，山名也。」』北列：北方。日觀：泰山峰名，著名的觀日出之處，這裏指蒜山。東溟：東海。

（三）入河起陽峽：秦朝築長城，渡黄河據陽山之側。《史記·蒙恬列傳》載：『築長城，因地形，用制險塞。……於是渡河，據陽山，逶蛇而北。』踐華因削成：秦因華山爲城，華山四面峻如削成。賈誼《過秦論》云：『然後踐華爲城，因河爲池，據億丈之城，臨不測之淵以爲固。』此句形容蒜山的險峻地勢。蒜山卽今鎮江雲臺山，鄰近長江，控制蒜山渡（西津渡），地勢險要。

（四）巖險：高峻險要之地。襟衛徙吳京：指蒜山拱衛建康，爲其東方屏障。吳京，指劉宋都城建康。《文選》李善注：『宋都吳地，故曰吳京也。』

（五）神營：神靈所爲。王延壽《魯靈光殿賦》云：『神之營之，瑞我漢室，永不朽兮。』此句謂因流爲池，據山爲城，若造化、神靈所爲，非人力能致。

（六）園縣：廟園之縣，宋武帝劉裕父母的墓地興寧陵在京口（晉陵丹徒縣東鄉練壁里雩山）。方望：帝王郊祀時望祭四方羣神之禮。邑社：陵邑的社廟，與園縣同指京口。地靈：地祇，包括土地神、社稷神等。

（七）宅道：所居界域。星緯：星辰。誕曜：在水上冉冉上升的太陽。辰：辰星，卽水星。按照五德終始説，劉宋代晉（金德）而立，爲水德（金生水），與辰星相應，故稱『誕曜應辰明』。

（八）睿思：聖明的思慮，這裏指宋文帝的思慮。纏：思念，懷念。故里：指京口，宋武帝劉裕的先祖南渡後居晉陵郡丹徒縣之京口里。《宋書·武帝本紀》載：『旭孫生混，始過江，居晉陵郡丹徒縣之京口里，官至武原令。混生東安太守靖，靖生郡功曹翹，是爲皇考。』巡駕：宋文帝出巡的車駕。帀：行遍。舊垧：指京口，與上句『故里』義同。

（九）陟峰：指登上蒜山。輦路：天子車駕所經道路。尋雲：登上山頂尋找雲霞，這裏指登上蒜山的山頂。瑤甍：瑤玉裝飾房屋的棟樑，形容房屋的華美。

（一〇）稊英：泛指春草。稊，草名，形似稗，結實如小米。英，茂盛而未結果實的草。《説文解字》載：『英，草榮而不實者。』此句謂春天長江的風浪很大，田野裏長滿了茂盛的春草。

（一一）宣遊：遍遊，周遊。下濟：利澤下施，長養萬物，指君王施恩惠於臣下百姓。窮遠：極遠，荒遠。

（一二）嶽濱：山間與水邊。和會：歡會。祥習：吉兆相因襲。卜征：占卜巡狩的吉凶。張衡《東京賦》云：『卜征考祥，終然允淑。』

（一三）周南：用太史公司馬談滯留周南的典故，指滯留某地而毫無建樹。《史記·太史公自序》云：『是歲天子始建漢家之封，而太史公留滯周南，不得與從事，故發憤且卒。』昔老：指太史公司馬談。留滯：停留，羈留。遺萌：前朝之民，指太史公司馬談。

（一四）空食：不勞而食。《鹽鐵論·散不足》云：『故君子不素餐，小人不空食。』廊肆：廊廟，代指朝廷。反稅：回鄉繳納賦稅，指不再爲官。巖耕：耕種於山中。此句謂自己多年來尸位素餐，空食朝廷俸祿；現在不再爲官，回鄉耕種，繳納賦稅。

【繫年】

此詩作於元嘉二十六年二月底左右，可從以下五個方面來考察。

第一，元嘉二十六年，宋文帝巡遊丹徒等地。《文選》李善注：『《集》曰：「元嘉二十六年也。」』《宋書·文帝紀》載：『（元嘉二十六年）二月己亥，車駕陸道幸丹徒，謁京陵。……（五月丙寅）車駕水路發丹徒，壬午，至京師。』顏延之參與其事，侍從宋文帝出遊蒜山、曲阿後湖等地，因而此詩當作於元嘉二十六年二月至五月之間。

第二，此詩云：『春江壯風濤，蘭野茂稊英。』詩中所寫爲春天景色，結合第一條，此詩當作於元嘉二十六年春二月至三月。

第三，元嘉二十六年，顏延之侍從宋文帝巡遊丹徒等地，作有詩歌多篇，《車駕幸京口侍遊蒜山作》之外，尚有《車駕幸京口三月三日侍遊曲阿後湖作》。據詩題可知，此年三月初三，宋文帝一行已至曲阿後湖（今江蘇丹陽練湖）。據陳垣《二十史朔閏表》，元嘉二十六年無閏月，曲阿後湖在蒜山西南約三十公里處，宋文帝遊蒜山與曲阿後湖的時間相近。

第四，《車駕幸京口侍遊蒜山作》云：『園縣極方望，邑社揔地靈。』這裏的『園縣』『邑社』指京口宋武帝劉裕父母的墓地與寧陵。此詩當作於宋文帝祭拜興寧陵之後。《宋書・文帝紀》載：『（元嘉二十六年）二月己亥，車駕陸道幸丹徒，謁京陵。』《資治通鑑》卷一百二十五載：『（元嘉二十六年）二月己亥，上如丹徒，謁京陵。』可見《車駕幸京口侍遊蒜山作》當作於元嘉二十六年二月己亥（初三）之後。

第五，《資治通鑑》卷一百二十五載：『（元嘉二十六年）二月己亥，上如丹徒，謁京陵。三月丁巳，大赦。募諸州樂移者數千家以實京口。』此處『三月丁巳』記載有誤，據陳垣《二十史朔閏表》，元嘉二十六年三月無丁巳日，最近的丁巳日爲二月二十一，因此《資治通鑑》此處『三月丁巳』有誤，當爲『二月丁巳』。可見元嘉二十六年二月二十一，宋文帝在京口，京口離蒜山祇有數里，因而宋文帝遊蒜山在元嘉二十六年二月底左右。

車駕幸京口三月三日侍遊曲阿後湖作〔一〕（一）

虞風載帝狩，夏諺頌王遊（二）。春方動辰〔二〕駕，望幸傾五州（三）。山祇蹕嶠路，水若警〔三〕滄流（四）。神御出瑤軫，天儀降藻舟（五）。萬軸胤行衛，千翼泛飛浮（六）。雕雲麗琁〔四〕蓋，祥飇被綵斿（七）。江南進荆豔，河激〔五〕獻趙謳（八）。金練照海浦，笳鼓震溟洲（九）。藐盼〔六〕覯青崖，衍漾觀綠疇（一〇）。民〔七〕靈騖都野，鱗翰聳淵丘（一一）。德禮既普洽，川嶽遍懷柔（一二）。

【校】

本詩以李善注《文選》卷二十二所載爲底本，用《藝文類聚》卷四、《六臣注文選》卷二十二、《古詩紀》卷五十六、張燮《顏集》、張溥《顏集》參校。

〔一〕《藝文類聚》詩題作《三日侍遊曲阿後湖》。

〔二〕『辰』，《藝文類聚》《六臣注文選》《古詩紀》、張燮《顏集》、張溥《顏集》作『宸』，二字通。

〔三〕『警』，《藝文類聚》訛作『驚』。

〔四〕『琁』，《古詩紀》、張燮《顔集》、張溥《顔集》作『璿』，二字通。

〔五〕『激』，《藝文類聚》訛作『徼』。

〔六〕『盼』，《六臣注文選》《古詩紀》作『眄』。

〔七〕『民』，李善注《文選》作『人』，《六臣注文選》《古詩紀》、張燮《顔集》、張溥《顔集》作『民』。此句李善注云『都野，民靈所居』，故此處當作『民』。

【注】

（一）車駕：帝王所乘的車，這裏借指宋文帝。曲阿後湖：曲阿縣城北邊的一個大湖泊，今江蘇丹陽練湖的前身。《文選》李善注引《水經注》云：『晉陵郡之曲阿縣下，陳敏引水爲湖，水週四十里，號曰「曲阿後湖」。』

（二）虞風載帝狩：《尚書·舜典》記載虞舜巡狩之事。《尚書·舜典》載：『歲二月，東巡守。』夏諺頌王遊：夏代民諺歌頌夏王巡遊。《孟子·梁惠王下》載：『夏諺曰：「吾王不遊，吾何以休？吾王不豫，吾何以助？一遊一豫，爲諸侯度。」』

（三）春方：東方，此次宋文帝巡遊的丹徒等地在建康的東方。辰駕：帝王的車駕。望幸：指京口臣民希望宋文帝親臨。五州：指劉宋王朝的統治區域，主要包括《禹貢》古九州中的揚、徐、荆、青、梁五州之地。《文選》呂延濟注：『九州之地，宋得其五州之人，傾心望帝臨幸。』《宋書·州郡志一》載：『及至宋世，分揚州爲南徐，徐州爲南兗，揚州之江西悉屬豫州；分荆爲雍，分荆、湘爲郢，分荆爲司，分廣爲越，分青爲冀，分梁爲南北秦。』

（四）山祇：山神。嶠路：山路。水若：水神。滄流：指曲阿後湖。警、蹕：古代帝王出入時，於所經路塗侍衛警戒，清道止行，謂之『警蹕』，出爲警，入爲蹕。

（五）神御：對帝王出行的美稱。瑤軫：華美的車子。天儀：天子的容儀。藻舟：裝飾華麗的遊船。

（六）萬軸：形容車子很多。行衛：帝王出行時的侍衛。千翼：形容船隻很多。飛浮：船在水上航行的樣子。

（七）雕雲：彩雲。琁蓋：玉飾的車蓋。祥飇：瑞風。綵斿：彩色的旗飾，借指旗幟。

（八）荆艷：楚地歌舞。河激獻趙謳：曲阿後湖上唱歌奏曲。河激，古歌名，春秋趙女娟所作。《列女傳·趙津女娟》載：

『（趙津女娟）遂與渡。中流，爲簡子發《河激》之歌。』趙謳，趙津女娟所唱《河激》歌，後泛指水面上所唱歌曲。

（九）金練：金甲組練，武士的甲衣。海浦：海灣，海濱。笳鼓：笳聲與鼓聲，借指軍樂。溟洲：溟海，這裏指東海。

（一〇）藐盼：遠望，遠看。藐，通『邈』，遠。青崖：指青山。劉義慶《山雞賦》云：『臨渌湍而映藻，傍青崖而妍飛。』衍漾：漂游蕩漾。綠疇：綠色的田地。《說文解字》載：『疇，耕治之田也，象耕屈之形。』

（一一）民靈：人和神。奮：驚懼。都野：都邑與郊野之地。《文選》李善注『都野，民靈所居』。鱗翰：指魚、鳥。聳：驚懼。淵丘：深淵、山丘。《文選》李善注：『淵丘，鱗、翰所處也。』

（一二）德禮：德澤與禮儀。普洽：遍及，普施。懷柔：帝王祭祀山川，招來神祇，使各安其位。《詩經·周頌·時邁》云：『懷柔百神，及河喬嶽。』

【繫年】

此詩作於元嘉二十六年三月初三，可從以下兩個方面來考察。

第一，由詩題《車駕幸京口三月三日侍遊曲阿後湖作》可知，此詩作於三月初三，詩中『衍漾觀綠疇』等詞句所寫也是春天景象。

第二，《文選》李善題注：『《集》曰：「元嘉二十六年也。」』《宋書·文帝紀》載：『（元嘉二十六年）二月己亥，車駕陸道幸丹徒，謁京陵。……（五月丙寅）車駕水路發丹徒，壬午，至京師。』《資治通鑑》卷一百二十五載：『（元嘉二十六年）二月己亥，上如丹徒，謁京陵。三月丁巳，大赦。募諸州樂移者數千家以實京口。……夏五月壬午，帝還建康。』可見元嘉二十六年二月至五月，宋文帝巡遊京口等地，顏延之參與其事，侍從宋文帝遊蒜山、曲阿後湖，因而此詩當作於元嘉二十六年。

拜陵廟作〔一〕

周德恭明祀，漢道尊〔二〕光靈〔二〕。哀敬隆祖廟，崇樹加園塋〔三〕。逮事休命始，投跡階王庭〔四〕。陪厠迴天顧，朝讌流聖情（五）。早服身義重，晚達生戒輕（六）。否來王澤竭，泰往人悔形（七）。敕躬慚積素，復與昌運并（八）。恩合非漸漬，榮會在逢迎（九）。夙御嚴清制，朝駕守禁城（一〇）。束紳入西寢，伏軾〔二〕出東坰〔三〕（一一）。衣冠終冥漠，陵邑轉葱青（一二）。松風遵路急，山烟冒壠生（一三）。皇心憑容物，民思被歌聲（一四）。萬紀載絃吹，千載〔四〕託旒旌（一五）。未殊帝世遠，已同淪化萌（一六）。幼壯〔五〕困孤介，末暮謝幽貞（一七）。發軌喪夷易，歸軫慎崎傾（一八）。

【校】

本詩以李善注《文選》卷二十三所載爲底本，用《六臣注文選》卷二十三、《古詩紀》卷五十六、張燮《顏集》、張溥《顏集》參校。

〔一〕「尊」，《古詩紀》、張燮《顏集》、張溥《顏集》作「遵」。

〔二〕「軾」，李善注《文選》、張燮《顏集》、張溥《顏集》作「軫」，《六臣注文選》載五臣注作「軾」。此句李善注引《莊子·漁父》云「孔子伏軾而歎」，故此處當作「軾」。

〔三〕「坰」，《六臣注文選》《古詩紀》、張燮《顏集》、張溥《顏集》作「垌」，二字同。

〔四〕「載」，《六臣注文選》《古詩紀》、張燮《顏集》、張溥《顏集》作「歲」。

〔五〕「壯」，李善注《文選》訛作「牡」，據《六臣注文選》《古詩紀》、張燮《顏集》、張溥《顏集》改。

【注】

（一）陵廟：指宋武帝的陵墓（初寧陵）與宗廟，位於今南京麒麟門外附近。《宋書·禮志二》載：「自元嘉以來，每歲正月，輿駕必謁初寧陵，復漢儀也。」

（二）明祀：對重大祭祀的美稱。光靈：敬稱先靈、神靈。《文選》呂延濟注：「光靈，祖宗之靈。」

（三）哀敬：悲痛莊敬。祖廟：供祀祖先的宮廟，這裏指宋武帝的宗廟。崇樹：尊奉封立。園塋：墓地。

（四）逮事休命始：指宋武帝即位之初。投跡：舉步前往，投身。王庭：劉宋朝廷。

（五）陪厠：隨從和置身於帝王左右。天顧：帝王顧遇。朝讌：朝廷的宴會。

（六）早服：指仕宦之初。身義重：以保全自身爲重。《文選》李善注：『服，服事也。早服，恩淺也。故以存身之義爲重也。』晚達：晚年仕宦顯達。生戒輕：指勤於職事，以養生之戒爲輕。《文選》李善注：『達，宦達也。晚達恩厚，故以養生之戒爲輕也。』

（七）否：《周易》卦名，小人勢長，不利君子。《周易·否》載：『否之匪人，不利君子貞，大往小來。』泰：《周易》卦名，君子道長，小人道消。《周易·泰》載：『小往大來，吉，亨。』此句指少帝時皇權旁落，權臣徐羡之等當政，朝綱混亂。

（八）敕躬：警飭己身。積素：《文選》張銑注：『素，故……慚高祖積故之恩，不易志節。』昌運：興隆的國運，指宋文帝元嘉之治。《資治通鑒》卷一百二十三載：『江左風俗，於斯爲美。後之言政治者，皆稱元嘉焉。』

（九）恩合：指宋文帝施仁政，臣民受其恩澤。漸漬：浸潤，引申爲漬染、感化。榮會：榮華會遇，指宋文帝祭拜祖先陵廟的禮儀。逢迎：指君王禮遇。

（一〇）夙御嚴清制：指文帝拜祭陵廟之前，於所經路塗嚴密警戒，清道止行。朝駕：早上駕車出發。禁城：指劉宋建康的宮城，遺址在今南京六朝博物館附近。

（一一）束紳：束帶，整飾衣服。紳，束在衣外的大帶。西寢：帝王陵墓西側的殿堂。伏軾：俯身靠在車前的横木上，後多用以指乘車。東坰：城東的遠郊。

（一二）衣冠：衣服和禮帽，借指宋武帝。《史記·孔子世家》載：『故所居堂弟子內，後世因廟藏孔子衣冠琴車書，至於漢二百餘年不絶。』冥漠：空無所有，借指宋武帝之死。陵邑：帝王陵墓所在地，這裏指宋武帝的陵墓（初寧陵）。蔥青：草木青翠茂盛貌。

（一三）遵：順著，沿著。山烟：山間的雲霧氣。壠：墳冢。《文選》李善注引《方言》云：『秦、晉之間，冢謂之壠。』

（一四）皇心：皇帝的心意。容物：廟貌衣物。《文選》李周翰注：『文帝憑視陵廟之容，見御之物。』民思：民意。被歌聲：思慕歌頌之聲。

（一五）絃吹：絃樂器和管樂器。旒旌：銘旌。《文選》呂延濟注：『有功者銘書於旒旌之上。』

（一六）淪化：變化。《文選》李善注此句云：『帝澤被天下，威靈若存，故未殊其遠；而己質雖存，其神已謝，故同乎淪化之萌也。』

（一七）幼壯：青少年時期。鮑照《擬古》其四云：『幼壯重寸陰，衰暮及輕年。』孤介：耿直方正，不隨流俗。末暮：指老年。幽貞：高潔堅貞的節操。《周易·履》載：『履道坦坦，幽人貞吉。』

（一八）發軌：車始行，喻指出仕之初。歸軫：車將歸，喻指暮年。崎傾：傾側，傾危。《文選》劉良注此句云：『言發跡入仕在高祖平易之時，高祖既沒，遭少帝之難，是發跡而失平易之道。今老矣，如車之將歸，宜慎崎傾之險也。』

【繫年】

《拜陵廟作》云『早服身義重，晚達生戒輕』『幼壯困孤介，末暮謝幽貞』。這裏的『晚達』指晚年得官，遲顯達；『末暮』指衰老之年。可見《拜陵廟作》爲顏延之晚年仕塗顯達時所作。顏延之晚年，也是其生平所任最高官職爲太常，掌禮樂郊廟事宜，宋文帝祭拜武帝陵廟諸事在其職責範圍内。因此，《拜陵廟作》爲顏延之任太常時所作。顏延之任太常在元嘉二十六至三十年。

第一，元嘉二十五年，因尚書左丞荀赤松彈劾，顏延之免國子祭酒，直至次年二月依舊未任官。《宋書·江湛傳》載：『元嘉二十五年，……時改選學職，以太尉江夏王義恭領國子祭酒，湛及侍中何攸之領博士。』可見元嘉二十五年顏延之免國子祭酒，劉義恭領其職。顏延之《車駕幸京口侍遊蒜山作》詩末云：『空食疲廊肆，反税事巖耕。』這裏的『反税事巖耕』指耕種山中，退隱未仕。該詩作於元嘉二十六年二月底左右（見此詩繫年），此時顏延之依舊免官未仕，其起復任官當在此年五月隨宋文帝返回建康之後。

第二，《宋書》本傳載：『復爲祕書監、光祿勳、太常。二十九年，上表自陳曰：「……自去夏侵暑，入此秋變，頭齒眩疼，根痼漸劇，手足冷痹，左胛尤甚。……臣班叨首卿，位尸封典，肅衹朝校，尚恧匪任，而陵廟衆事，有以疾怠。……」不許。明年致事。』可見顏延之在元嘉二十八年夏之前已任太常，直至元嘉三十年致仕。

由上可知，顏延之晚年任太常在元嘉二十六至三十年之間，《拜陵廟作》當作於此時，其具體寫作時間，還可作進一步探討。

首先，《拜陵廟作》云『陪廁迴天顧，朝讌流聖情』，此詩爲顏延之任太常侍從宋文帝祭拜宋武帝陵廟所作。《宋書·禮志二》載：『自元嘉以來，每歲正月，輿駕必謁初寧陵，復漢儀也。』可見顏延之侍從文帝祭拜初寧陵在正月。

其次，《宋書》本傳載：『復爲祕書監、光祿勳、太常。二十九年，上表自陳曰：「……自去夏侵暑，入此秋變，頭齒眩疼，根痼漸劇，手足冷痹，左脾尤甚，素不能食，頃向減半。……臣班叨首卿，位尸封典，肅祗朝校，尚恧匪任，而陵廟眾事，有以疾怠。……」不許。明年致事。』可見元嘉二十八年夏之後，顏延之深受疾病困擾，難以履行太常職責，『陵廟眾事，有以疾怠』。因此，顏延之安排、陪同文帝祭拜初寧陵當在元嘉二十八年夏之前。參照上一條，顏延之《拜陵廟作》當作於元嘉二十七年正月或二十八年正月。

第三，元嘉二十七年七月，宋文帝發動北伐，結果東路軍大敗，北魏大舉南侵。同年十二月，北魏太武帝拓跋燾率大軍直抵長江北岸，建康戒嚴。《宋書·文帝本紀》載：『（元嘉二十七年十二月）庚午，虜僞主率大眾至瓜步。壬午，內外戒嚴。二十八年春正月丙戌朔，以寇逼不朝會。丁亥，索虜自瓜步退走。……（二月）壬午，車駕幸瓜步，是日解嚴。三月乙酉，車駕還宮。』可見元嘉二十八年正月，建康處於戒嚴狀態，朝會不行，宋文帝不能如往常一般祭拜建康郊外的初寧陵。

由上可知，顏延之《拜陵廟作》當作於元嘉二十七年正月。

與王微書〔一〕〔一〕

圖畫非止藝，行成當與《易》象同體〔二〕。而工篆隸者，自以書巧爲高〔三〕。

【校】

本文以唐代張彥遠《歷代名畫記》卷六所載王微《敘畫》爲底本，用張燮《顏集》、張溥《顏集》參校。

〔一〕《歷代名畫記》無標題，張燮《顏集》、張溥《顏集》作《與王微書》。

【注】

〔一〕王微：劉宋畫家，博學多才。《宋書·王微傳》載：『微少好學，無不通覽，善屬文，能書畫，兼解音律、醫方、陰陽術數。」

（二）圖畫：繪畫。行成：德行養成、美行修成，這裏指繪畫技藝大成。同體：無區別，一致。此句謂繪畫不僅是一門技能，如果達到最高境界，與《周易》中的卦象（能顯示天地萬物之理）具有同等效果。

（三）篆隸：篆書和隸書。此句謂而那些擅長篆書和隸書的人，自以爲書法比繪畫更高明。

【繫年】

此文作於元嘉二十七至二十九年之間，可從以下四個方面來考察。

首先是王微的去世時間。《宋書·王微傳》載：『元嘉三十年，卒，時年三十九。……以嘗所彈琴置床上，何長史來，以琴與之。何長史者，偃也。』據《宋書·何偃傳》，何偃任『始興王濬征北長史』在元嘉二十九年至三十年二月之間。可見王微卒於元嘉三十年初，《與王微書》當作元嘉三十年二月之前。

其次是『顏光祿』這一稱呼的時間範圍。《歷代名畫記》載顏延之《與王微書》文字於王微《敘畫》一文的首段，云『辱顏光祿書：……』可見顏延之作《與王微書》時任光祿。元嘉三十年二月之前，顏延之衹擔任過一次與光祿相關的職位，即光祿勳。《宋書》本傳載：『復爲祕書監、光祿勳、太常。二十九年，上表自陳曰：……不許。明年致事。』可見顏延之任光祿勳直到元嘉三十年。元嘉二十五年，顏延之免國子祭酒，次年復出（見《拜陵廟作》繫年）。顏延之任光祿勳在元嘉二十六至三十年之間，《與王微書》當作於這一時期。

第三，《宋書·王微傳》載王微《報何偃書》云：『又性知畫繢，蓋亦鳴鵠識夜之機，盤紆糾紛，或記心目，故兼山水之愛，一往跡求，皆仿像也。』與此『仿像』理論類似，王微《敘畫》云：『於是乎以一管之筆，擬太虛之體；以判軀之狀，畫寸眸之明。曲以爲嵩高，趣以爲方丈。以叐之畫，齊乎太華；枉之點，表夫隆準。眉額頰輔，若晏笑兮；孤巖鬱秀，若吐雲兮。横變縱化，故動生焉；前矩後方，而靈出焉。然後宮觀舟車，器以類聚；犬馬禽魚，物以狀分，此畫之致也。』兩者寫作時間當相近。王微《敘畫》緊承顏延之《與王微書》而作，可視爲《與王微書》回應之作，因此顏延之《與王微書》與王微《敘畫》《報何偃書》寫作時間相近。《宋書·王微傳》載『吏部尚書江湛舉微爲吏部郎』，王微辭而不就，當時傳聞何偃也參與推薦了王微，王微因此而作《與江湛書》《報何偃書》陳述己意。《宋書·江湛列傳》載：『（元嘉）二十七年，轉吏部尚書。……（元嘉三十年）兵士卽殺舍吏，乃得湛。湛據窗受害，意色不撓，時年四十六。』可見吏部尚書江湛舉薦王微爲吏部郎一事發生在元嘉二十七至三十年，王微《報何偃書》、顏延之《與王微書》當作於這一時期。

第四，《宋書·王微傳》載：『弟僧謙，亦有才譽，爲太子舍人，遇疾，微躬自處治，而僧謙服藥失度，遂卒。微深自咎恨，發病不復自治，哀痛僧謙不能已。……元嘉三十年，卒，時年三十九。僧謙卒後四旬而微終。』可見王僧謙卒后四十天王微去世。如前所述，王微卒於元嘉三十年初，則王僧謙卒於元嘉二十九年末。王僧謙去世後，王微哀痛不已，除了哀祭文字之外，無心作文，《敘畫》當作於王僧謙去世之前。因此，顏延之《與王微書》、王微《敘畫》當作於元嘉二十九年末之前。

自陳表〔一〕（一）

臣聞『行百里者，半於九十』，言其末路之難也（二）。愚心常謂爲虚，方今乃知其信。臣延之人薄寵厚，宿塵國言，而雪效無從，榮牒增廣，歷盡身彫，日叨官次（三）。雖容載有塗，而妨穢滋積，早欲啓請餘算，屏蔽醜老，但時制行及，歸慕無賒（四）。是以腆〔二〕冒愆非，簡息干黷，秏歇難支，質用有限（五）。自去夏侵暑，入此秋變，頭齒眩疼，根痼漸劇，手足冷痹，左胛尤甚，素不能食，頃向減半（六）。本猶賴服食〔三〕，比倦悸遠〔四〕晚，年疾所催，顧景引日（七）。臣班叨首卿，位尸封典，肅祇朝校，尚恧匪任，而陵廟眾事，有以疾怠，宮府覲慰，轉闕躬親（八）。息奧庸微，過宰近邑，回澤爰降，實加將監，乞解所職，隨就藥養（九）。伏願聖慈，特垂矜許，稟恩明世，負報冥暮（一〇）。仰企端闈，上戀罔極（一一）。

【校】

本文以《宋書》本傳所載爲底本，用《册府元龜》卷八百九十九、張燮《顏集》、張溥《顏集》參校。

〔一〕《宋書》無標題，云『二十九年，上表自陳曰：……』張燮《顏集》、張溥《顏集》標題作《自陳表》。

〔二〕『腆』，張燮《顏集》、張溥《顏集》作『忝』，二字通。

〔三〕《宋書》、張燮《顏集》、張溥《顏集》脱『食』字，據《册府元龜》補。

〔四〕《宋書》、張燮《顏集》、張溥《顏集》脱『遠』字，據《册府元龜》補。

【注】

（一）自陳：自己陳述。《史記·老子韓非列傳》載：『李斯使人遺非藥，使自殺。韓非欲自陳，不得見。』

（二）行百里者，半於九十：走一百里路，走了九十里才算是走了一半，比喻做事愈接近完成愈困難，愈要認真對待。末路之難：走最後一段路程是艱難的，比喻越到最後，做事越困難。《戰國策·秦策五》載：『「行百里路，半於九十」，此言末路之難。』

（三）人薄寵厚：自己才能微薄卻得到宋文帝厚待。宿塵國言：素來蒙受各種謗言。國言，國人謗言。雪効：雪謗，洗雪污蔑不實之詞。無從：找不到門徑或頭緒。榮牒：授官的簿錄。身彫：指仕宦顯達。官次：官位。

（四）容載：包容覆載。妨穢：指各種缺點、不足。餘算：剩餘的壽命，指致仕歸家養老。屏蔽醜老：指致仕離朝。醜老，自謙之辭。時制：指致仕制度，官員七十歲退休。《禮記·曲禮上》載：『大夫七十而致事。』行及：指快到致仕年齡，顏延之此時六十九歲。歸慕無賒：指致仕之日不遠。

（五）腆冒：厚顏冒昧。愆非：過錯。簡息：停止。干黷：冒犯。耗歇難支：指體力、精力不支。質用：體質、精力。

（六）自去夏侵暑，入此秋變：自去年夏天到今年秋天。頭齒眩疼：頭暈眼花，牙齒疼痛。《説文解字》載：『眩，目無常主也。』根痼：痼疾，久治不愈的疾病。冷痹：由風、寒、濕等引起的肢體疼痛或麻木的病。素不能食：平素食欲不振。頃向：一向，向來。

（七）服食：服用丹藥，道家養生術之一。倦悸：感到疲倦、心中悸動。遠晚：日暮途遠，指年事已高。年疾：年齡增加引發的身體疾病。顧景：看著自己的影子。引日：拖延時日。

（八）首卿：九卿之首，秦漢以來，太常爲九卿之首，顏延之時任太常，故稱。位尸：居官位、食俸祿而不盡職。封典：帝王以爵位名號賜予臣下及其家屬的榮典。肅祗：恭敬。尚悳匪任：慚愧自己不能勝任太常之職。陵廟衆事：關於陵墓、宗廟等禮儀方面的事，這是太常職責所在。《漢書·百官公卿表》載，『奉常，秦官，掌宗廟禮儀，有丞。』宫府：帝王宫廷與官署的合稱。覲慰：覲見撫慰。

（九）息臭：指顏延之的第三子顏臭。《宋書》本傳載：『臭，延之第三子也。』庸微：資質平庸，才能微薄。過宰近邑：指顏臭時任地方長官，可能指濟陽太守。東晉明帝時僑置濟陽郡，治所在武進縣（今江蘇常州市武進區西北），劉宋因之。《宋書》本傳載：『太宗即位，詔曰：「延之昔師訓朕躬，情契兼款。前記室參軍、濟陽太守臭伏勤蕃朝，綢繆恩舊。可擢爲中書侍郎。」』回澤爰降：指受宋文帝厚待。藥養：服藥修養。《周禮·天官·疾醫》載：『以五味、五穀、五藥養其病。』

（一〇）聖慈：聖明慈祥，這裹用以頌稱宋文帝。矜許：因憐憫顏延之而允許其致仕。明世：政治清明的時代。冥暮：喻指晚年。

（一一）仰企：仰慕企望。端闈：皇宫的正門，借指朝廷。罔極：無窮盡。

【繫年】

此文作於元嘉二十九年秋，可從以下兩個方面來考察。

第一，《宋書》本傳云：『（元嘉）二十九年，上表自陳曰：……』可見《自陳表》作於元嘉二十九年。此時顏延之任太常，朝廷禮儀方面的事務是其職責所在，因而《自陳表》云『臣班叨首卿，位尸封典，肅祗朝校，尚悳匪任，而陵廟衆事，有以疾怠』。

第二，《自陳表》云『自去夏侵暑，入此秋變』，指自去年夏天到今年秋天，可見顏延之《自陳表》作於秋季。

贈謚袁淑詔〔一〕（一）

夫輕道重義，亟聞其教；世弊〔二〕國危，希遇其人〔二〕。自非達義之至〔三〕、識正之深者，孰能抗心衛主、遺身固節者哉〔三〕？故太子左衛率淑，文辯優洽，秉尚貞慤〔四〕。當要逼之切，意色不撓〔四〕，厲辭道逆，氣震凶〔五〕黨，虐刃交至，取斃不移〔五〕。古之懷忠隕難，未云出其右者〔六〕。興言嗟悼，無廢乎心，宜在加禮，永旌宋有臣焉〔七〕。可贈侍中、太尉，謚曰忠憲公〔八〕。

【校】

本文以《宋書·袁淑傳》所載爲底本，用張燮《顔集》、張溥《顔集》參校。

〔一〕《宋書》無題名，文末云『可贈侍中太尉，謚曰忠憲公』，故以《贈謚袁淑詔》爲標題。張燮《顔集》、張溥《顔集》題名作《追贈袁淑詔》。

〔二〕『弊』，張燮《顔集》、張溥《顔集》作『敝』，二字通。

〔三〕『至』，張溥《顔集》作『士』。

〔四〕『撓』，《宋書》作『橈』，據張燮《顔集》、張溥《顔集》改。

〔五〕『凶』，張燮《顔集》、張溥《顔集》作『匈』。

【注】

〔一〕袁淑：元嘉三十年任太子左衛率，劉劭弑逆，袁淑不從被害，見《宋書·袁淑傳》。

〔二〕輕道：輕言，輕率、不慎重地説。重義：以道義爲重。桓寬《鹽鐵論·錯幣》云：『古者貴德而賤利，重義而輕財。』亟：屢次。世弊：世風衰頽。希遇：很少見到。《宋書·袁淑傳》載：『若乃義重乎生，空炳前誥，投軀殉主，世罕其人。』

〔三〕達義：明白道理。識正：認識到君臣大義。抗心衛主：指袁淑力阻劉劭弑君、試圖保護宋文帝之事。抗心，高尚其志。遺身：捨棄生命。固節：固守節操。

〔四〕太子左衛率：官職名，負責東宮守衛。《宋書·百官志》載：『太子左衛率……主門衛……宋世止置左右二率。秩舊四百石。』文辯優洽：指袁淑能文善辯。《宋書·袁淑傳》載：『不爲章句之學，而博涉多通，好屬文，辭采遒豔，縱橫有才辯。』

秉尚：秉持崇尚。貞慤：堅貞誠信。

（五）要逼：要脅，逼迫。不撓：不彎曲，剛正不屈。厲辭道逆：嚴詞拒絕逆黨。凶黨：指弑君篡位的劉劭逆黨。取斃不移：至死不渝。此句指袁淑力阻劉劭弑逆而被害之事。《宋書·袁淑傳》載：『元凶將爲弑逆，其夜淑在直，……淑及斌並曰：「自古無此，願加善思。」劭怒變色，左右皆動。……淑叱之曰：「卿便謂殿下真有是邪？殿下幼時嘗患風，或是疾動耳。」……劭使登車，又辭不上。劭因命左右：「與手刃。」見殺於奉化門外，時年四十六。』

（六）懷忠：懷抱忠心。隕難：死亡。出其右：沒有能超過袁淑的。

（七）興言：語助詞。嗟悼：哀傷悲歎。加禮：厚於常規的禮儀。《左傳·襄公三十一年》載：『晉侯見鄭伯，有加禮，厚其宴好而歸之。』旌：表彰。

（八）侍中、太尉：二者爲袁淑死後追贈的官職。《宋書·百官志上》載：『太尉，一人。自上安下曰尉。掌兵事，郊祀掌亞獻，大喪則告謚南郊。……侍中，四人。掌奏事，直侍左右，應對獻替。』忠憲：事君忠誠，博聞多能。《逸周書·謚法解》載：『博聞多能曰憲。』

【繫年】

此文作於元嘉三十年五月左右，可從以下兩個方面來考察。

第一，元嘉三十年二月二十一日夜，劉劭召集黨羽，準備弑逆，袁淑勸阻不成，次日被殺。《宋書·二凶傳》載：『（元嘉三十年二月）二十一日夜，……（劉劭）使超之等集素所畜養兵士二千餘人，皆使被甲，召内外幢隊主副，豫加部勒，云有所討。』《宋書·袁淑傳》載：『元凶將爲弑逆，其夜淑在直，……至四更乃寢。……見殺於奉化門外，時年四十六。』《贈謚袁淑詔》當作於此後。

第二，《宋書·袁淑傳》載：『世祖即位，使顔延之爲詔曰：……』據《宋書·孝武帝紀》《宋書·二凶傳》，孝武帝於元嘉三十年四月初三在新亭即皇帝位，五月初四劉劭等人被殺，叛亂平定。此後身在建康的顔延之方爲孝武帝所用，受命撰寫詔書，故《贈謚袁淑詔》當作於元嘉三十年五月左右。

賜恤袁淑遺孤詔〔一〕（一）

袁淑以身殉義，忠烈邈古（二）。遺孤在疚，特所矜懷（三）。可厚加賜恤，以慰存亡（四）。

【校】

本文以《宋書·袁淑傳》（中國國家圖書館藏宋元明三朝遞修本）所載爲底本，用《宋書》（明北監本、明末毛氏汲古閣本、清乾隆四年武英殿本）參校，無異文。

〔一〕《宋書》無題名，文末云『可厚加賜恤，以慰存亡』，故以《賜恤袁淑遺孤詔》爲題。

【注】

（一）賜恤：給死者家屬以撫恤。遺孤：袁淑被殺後遺留下來的孤兒。《宋書·袁淑傳》載：『見殺於奉化門外，時年四十六。……子幾、敳、棱、凝、標。』

（二）殉義：遵從道義，指袁淑忠君被殺。忠烈：忠義壯烈。邈古：超越古人。

（三）在疚：指袁淑諸子居喪，在父親的喪期中。矜懷：思念袁淑的義舉，憐憫袁淑的遺孤。《詩經·小雅·巷伯》云：『視彼驕人，矜此勞人。』《詩經·周南·卷耳》云：『嗟我懷人，寘彼周行。』

（四）厚加賜恤：用優厚的待遇撫恤袁淑的遺孤。《宋書·袁淑傳》載：『淑及徐湛之、江湛、王僧綽、卜天與四家，於是長給稟祿。』以慰存亡：告慰死去的袁淑，撫慰活著的袁淑遺孤。

【繫年】

據《宋書·袁淑傳》，本文與《贈謚袁淑詔》作於同時，在元嘉三十年五月左右。

謝子竣封建城侯表(一)

伏見策書，降錫息竣開國建城縣侯，爵踰三等，戶越兼千(二)。生邀洪禮，身茂盛世，闔宗革聽，盡室改觀，誠慚末品，誤參其泰(三)。臣聞子之能仕，父教之忠(四)。忠教善信，臣實負其前誥；能仕志政，竣固暗於明試(五)。徒以數遇會昌，消憂啓聖，幸與靈祚，福德共從，義勳分賞，執珪登朝，析金受邑(六)。慶重慮愆，恩往懼積(七)。非臣耄蔽，所任圖報；豈竣庸薄，所能奉服(八)？

【校】

本文以《藝文類聚》卷五十一所載爲底本，用張燮《顔集》、張溥《顔集》參校。

【注】

(一)竣：指顔竣，顔延之的長子，孝武朝重臣，曾任吏部尚書、丹陽尹等職，《宋書》有傳。建城侯：孝武帝即位後封顔竣爲建城縣侯。《宋書·顔竣傳》載：『世祖踐阼，……封建城縣侯，食邑二千戶。』

(二)策書：古代書寫帝王任免官員等命令的簡策。降錫：賜予。息：兒子。爵踰三等：劉宋承兩晉制度，功臣封爵由高向低依次爲開國郡公、開國縣公、開國郡侯、開國縣侯、開國侯、開國伯、開國子、開國男、鄉侯、亭侯、關内侯、關外侯十二級，顔竣受封開國建城縣侯，爲二品爵，故稱。踰，超過。戶越兼千：指食邑二千戶。兼，倍，加倍。

(三)洪禮：隆重的禮遇。闔宗：全族，整個家族。革聽：改變聽聞，指提高名聲。盡室：全家。改觀：改變原來樣子，出現新的面目。末品：品級低微，自謙之辭。

(四)能仕：有才能之士。《史記·老子韓非列傳》載：『故此二子者，皆聖人也，猶不能無役身而涉世如此其汙也，則非能仕之所設也。』

（五）忠教：即前言父教子以忠。善信：善守信用。《老子》第八章云：『居善地，心善淵，與善仁，言善信，正善治，事善能，動善時。』明試：公開地進行考察。《尚書·舜典》載：『敷奏以言，明試以功，車服以庸。』

（六）會昌：會當興盛隆昌。靈祚：對國運的美稱。福德：福分和德行。義勳：指顔竣輔佐孝武帝消滅弑父篡位的劉劭。執珪：先秦楚國爵位名，珪以區分爵位等級，使執珪而朝，這裏指顔竣得以封爵。登朝：進用於朝廷。析金：賜予財物。受邑：接受封邑。

（七）慶重：重大的喜慶，指顔竣封侯事。慮愆：擔心有過錯。《說文解字》載：『愆，過也。』恩往懼積：指孝武帝施恩惠深重，作爲臣子懼怕有負皇恩。恩往，施恩惠。

（八）耄蔽：年老昏聵，自謙之辭。耄，年老。《禮記·曲禮上》載『七十曰老，而傳；八十、九十曰耄』。圖報：謀求報答。庸薄：平庸淺薄，謙遜之辭。奉服：指顔竣接受爵位與食邑。

【繫年】

顔延之《謝子竣封建城侯表》云：『伏見策書，降錫息竣開國建城縣侯，爵踰三等，戶越兼千。』可見此文作於孝武帝封侯詔書下達之後。《宋書·顔竣傳》載：『世祖踐阼，以爲侍中，俄遷左衛將軍，加散騎常侍，辭常侍，見許，封建城縣侯，食邑二千戶。孝建元年，轉吏部尚書，領驍騎將軍。』可見顔竣封侯在孝建元年之前。《宋書·孝武帝本紀》載孝武帝封賞功臣之事云：『（元嘉三十年六月）庚申，詔有司論功班賞各有差。』由此可知，顔延之《謝子竣封建城侯表》作於元嘉三十年六月左右。

贈王太常〔一〕〔一〕

玉水記方流，璇〔二〕源載圓折〔二〕。蓄寶每希聲，雖祕猶彰徹〔三〕〔三〕。聆龍睽九泉〔四〕，聞鳳窺丹穴〔四〕。歷聽豈多工？唯然覯世〔五〕哲〔五〕。舒文廣國華，敷言遠朝列〔六〕〔六〕。德輝灼邦懋，芳風被鄉耋〔七〕。側同幽人居，郊扉常晝閉〔八〕。林閭時晏開，亟迴長者轍〔九〕。庭昏見野陰，山明望松雪〔一〇〕。靜惟浹羣化，徂生入窮節〔一一〕。豫往誠歡歇〔七〕，悲來非樂闋〔一二〕。屬美謝繁翰，遥懷具短札〔一三〕。

【校】

本詩以李善注《文選》卷二十六所載爲底本，用《藝文類聚》卷三十一、《六臣注文選》卷二十六、張燮《顏集》、張溥《顏集》參校。

〔一〕《藝文類聚》詩題作《贈王太常僧達》。

〔二〕『琁』，張燮《顏集》、張溥《顏集》作『璿』，二字同。

〔三〕『徹』，《藝文類聚》訛作『澈』。

〔四〕『泉』，《藝文類聚》訛作『州』，《六臣注文選》、張燮《顏集》、張溥《顏集》作『淵』。

〔五〕『世』，《藝文類聚》《六臣注文選》、張燮《顏集》、張溥《顏集》作『時』。

〔六〕『列』，《藝文類聚》《六臣注文選》載五臣注作『烈』。

〔七〕『歇』，《藝文類聚》訛作『聚』。

【注】

〔一〕王太常：指王僧達，王導五世孫，時任太常。《宋書·王僧達傳》載：『孝建三年，除太常，意尤不悅。』

〔二〕玉水：藏玉的水。方流：作直角轉折的水流，相傳其下有玉。琁源：藏珠的水。圓折：水流旋轉曲折。《文選》李善注此句云：『《尸子》曰：「凡水，其方折者有玉，其圓折者有珠也。」』

〔三〕蓄寶：指前言水藏玉、珠，借指王僧達身懷傑出之才。希聲：無聲，聽而不聞的聲音，借指王僧達不刻意展示自己的才能。《老子》第四十一章云：『大音希聲，大象無形。』彰徹：指儘管不刻意顯能，王僧達的聲名依舊流傳開來。

〔四〕睞：察，看。九泉：深淵，相傳爲龍居之地。《抱朴子·名實》載：『是以竊華名者，螻蛄騰於雲霄；失實賈者，翠虬淪乎九泉。』丹穴：傳說鳳凰所居之山。《山海經·南山經》載：『丹穴之山，……有鳥焉，其狀如雞，采而文，名曰鳳皇。』

〔五〕歷聽：遍聽。覯：遇到，遇見。世哲：世間賢明有智慧的人，指王僧達。

（六）國華：國家的光榮。朝列：朝班，泛指朝廷官員。《文選》張銑注此句云：『舒其文章，布其言語，可以廣國朝之美也。』

（七）德輝：仁德的光輝。邦懋：國家的興盛景象。芳風：美好的風尚和教化。鄉耋：同鄉老人。耋，七八十歲，泛指老年。

（八）幽人：幽隱之人，隱士。郊扉：郊外住宅的門戶。

（九）林閭：鄉野里門。《文選》李善注：『《爾雅》曰：「野外謂之林。」鄭玄《周禮注》云：「閭，里門也。」』亟：屢次。長者轍：有德行者所乘車輛的行跡。《史記·陳丞相世家》載：『家乃負郭窮巷，以弊席爲門，然門外多有長者車轍。』

（一〇）庭昏：黄昏時的庭院。野陰：野外樹木的陰影。《周禮·地官·大司徒》載：『日西則景朝，多陰。』

（一一）浹：思。羣化：萬物的變化。徂生：餘生，晚年。窮節：喻老年。《文選》劉良注此句云：『靜思及於萬物變化之理，傷我既往之年，入此窮暮之節，喻已年老也。』

（一二）豫：逸樂。歡歇：歡樂不再。樂闋：樂終。《文選》張銑注此句云：『逸樂之往，信歡之息也。凡奏樂而喜，樂闋而悲，言悲來自傷，不因樂闋。』

（一三）繁翰：豐富的辭藻。短札：簡短的書簡。《文選》呂向注此句云：『愧我無繁辭之翰，綴屬君之美事。然遠寫懷抱，具短札之中。』

【繫年】

此詩作於孝建三年春，可從以下四個方面來考察。

首先，《宋書·王僧達傳》載：『孝建三年，除太常，意尤不悅。頃之，上表解職。……僧達文旨抑揚，詔付門下。侍中何偃以其詞不遜，啓付南臺，又坐免官。』可見王僧達任太常在孝建三年，且任職時間很短（『頃之』），此後未再任。因此，顏延之《贈王太常》當作於孝建三年。

其次，《宋書》本傳載：『孝建三年，卒，時年七十三。』王僧達《祭顏光祿文》云：『維宋孝建三年九月癸丑朔十九日辛未，王君以山羞野酌，敬祭顏君之靈。……秋露未凝，歸神太素。』可見顏延之卒於孝建三年秋，《贈王太常》當作於之前。

第三，作爲顔延之《贈王太常》的回應，王僧達作有《答顔延年》，云：『寒榮共偃曝，春醞時獻斟。聿來歲序暄，輕雲出東岑。麥壟多秀色，楊園流好音。』由『春醞』『歲序暄』『麥壟多秀色』等可知，王僧達《答顔延年》作於春季。顔延之《贈王太常》的寫作時間當稍早於王僧達《答顔延年》，亦在孝建三年春。

第四，王僧達《祭顔光禄文》云：『春風首時，爰談爰賦。』這裏的『春風首時』指孟春正月。可見孝建三年孟春，顔延之、王僧達『爰談爰賦』。顔延之《贈王太常》的寫作時間當與之相近，或即此時。

附 錄

壹　輯佚

一、《庭誥》佚文八則

《宋書》本傳載：『閒居無事，爲《庭誥》之文。今刪其繁辭，存其正，著於篇。』可見《宋書》所載《庭誥》並非全本，今考索文獻，錄佚文八則如下。

清者，人之正路（一）。

【出處】

《太平御覽》卷四百二十六《人事部六十七》載：『顔延之《廷語》曰：……』按：《廷語》與《庭誥》義近，疑爲《庭誥》別稱。

【注】

（一）清：清白高潔。《論語·微子》云：『謂虞仲夷逸，隱居放言，身中清，廢中權。』正路：正確的道路，正當的塗徑。《孟子·離婁上》云：『義，人之正路也。』

枚叔有言：『欲人勿聞，莫若勿爲（一）。』禦寒莫若重裘，止謗莫若自修（二）。《論語》云：『内省不疚，夫何憂何懼（三）？』

【出處】

《太平御覽》卷五百九十三《文部九》載：『顏延年《廷誥》曰：……』這裏『《廷誥》』即《庭誥》，其中『喜怒者』至『人皆由損』載於《宋書》本傳，最後三句爲佚文。

【注】

（一）枚叔：指西漢辭賦家枚乘。欲人勿聞，莫若勿爲：想要別人不知道，不如自己不去做。《漢書·枚乘傳》載：『欲人勿聞，莫若勿言；欲人勿知，莫若勿爲。』

（二）重裘：厚毛皮衣。止謗：止息謗言。徐幹《中論·虛道》云：『語稱「救寒莫如重裘，止謗莫如修身，療暑莫如親冰」，信矣哉！』自修：修養自己的德性。

（三）內省不疚，夫何憂何懼：自我反省而問心無愧的話，那還有什麽可以憂慮、畏懼的呢？《論語·顏淵》載：『司馬牛問君子。子曰：「君子不憂不懼。」曰：「不憂不懼，斯謂之君子已乎？」子曰：「內省不疚，夫何憂何懼？」』

觀書貴要，觀要貴博，博而知要，萬流可一(一)。詠歌之書，取其連類合章，比物集句，採風謠以達民志，《詩》爲之祖(二)。褒貶之書，取其正言晦義，轉制衰王，微辭豐旨，貽意盛聖，《春秋》爲上(三)。《易》首體備，能事之淵，馬、陸得其象數而失其成理，荀、王舉其正宗而略其數象(四)。四家之見，雖各有所志，揔而論之，情理出於微明，氣數生於形分(五)。然則荀、王得之於心，馬、陸取之於物，其蕪惡迄可知矣(六)。夫象數窮則太極著，人心極則神功彰，若荀、王之言《易》，可謂極人心之數者也(七)。

【出處】

這段文字載於《太平御覽》卷六百零八《學部二》。此外，這段文字中的部分詞句還見於《太平御覽》卷六百零九《學部三》、《初學記》卷二十一《文部》。

【注】

(一)博而知要，萬流可一：博學多聞而又能抓住要點，是閱讀各類書籍通用的方法。

(二)詠歌：吟詠歌唱。連類：連綴相類的事物。比物：比較歸納同類事物。民志：民意，民心。

(三)褒貶：贊揚和指責，借指評論好壞。正言：正面的話，合於正道的話。晦義：義理深微。衰王：衰落與旺盛。王，通「旺」。微辭：委婉而隱含諷諭的言辭。豐旨：義旨豐富。

(四)能事：所能之事。《周易·繫辭上》載：「引而伸之，觸類而長之，天下之能事畢矣。」馬、陸：指馬融、陸績，其對《周易》的研究重象數。象數：在《周易》中，「象」指卦象、爻象，即卦爻所象之事物及其時位關係；「數」指陰陽數、爻數，是占筮求卦的基礎。荀、王：指荀爽、王弼，對《周易》的研究重義理。

(五)四家之見：指馬、陸、荀、王四家觀點。情理：人情與道理。微明：知幽眇之理而收顯著之效。《老子》第三十六章云：「將欲歙之，必固張之；將欲弱之，必固強之；將欲廢之，必固興之；將欲奪之，必固與之，是謂微明。」氣數：氣運，命運，這裏指《周易》象數。

(六)此句言以荀爽、王弼爲代表的《周易》義理派源於人情，馬融、陸績爲代表的《周易》象數派源於物象，顔延之認爲義理派勝過象數派。

(七)太極：古代哲學家稱最原始的混沌之氣，是宇宙萬物之原。《周易·繫辭上》載：「易有太極，是生兩儀，兩儀生四象，四象生八卦。」人心：人們的意願、感情等。神功：神一般的功績。

荀爽云：「詩者，古之歌章(一)。」然則雅誦之樂篇全矣，是以後之詩者，率以歌爲名(二)。及秦勒望岳，漢祀郊宮，辭著前史者，文變之高制也，雖雅聲未至，弘麗難追矣(三)。逮李陵衆作，摠雜不類，是假託，非盡陵制，至其善篇，有足悲者(四)。摯虞《文論》，足稱優洽(五)。《柏梁》以來，繼作非一，纂所至七言而已(六)。九言不見者，將由聲度闡誕，不協金石(七)。至於五言流靡，則劉楨、張華；四言側密，則張衡、王粲；若夫陳思王，可謂兼之矣（八）。

【出處】

《太平御覽》卷五百八十六《文部二》。

【注】

（一）荀爽：人名，東漢末年知名學者。《後漢書·荀爽傳》載：『著《禮》《易傳》《詩傳》《尚書正經》《春秋條例》，又集漢事成敗可爲鑒戒者，謂之《漢語》。又作《公羊問》及《辯讖》，並它所論敘，題爲《新書》。』歌章：歌曲，音樂一曲爲一章。

（二）雅誦之樂篇全矣：指《詩經》二雅、三頌都是樂歌，數量多，内容全面。

（三）秦勒望岳：指秦刻石文，多出於李斯之手，旨在頌揚秦始皇功德，是《詩經》『雅』『頌』歌功頌德傳統的延續，形制整齊，刻板典重，見《史記·秦始皇本紀》。漢祀郊宫：指西漢郊祀歌辭。《漢書·禮樂志》載：『至武帝定郊祀之禮，……以李延年爲協律都尉，多舉司馬相如等數十人造爲詩賦，略論律吕，以合八音之調，作十九章之歌。』辭著前史者：指《史記·秦始皇本紀》所載秦刻石文、《漢書·禮樂志》所載西漢郊祀歌辭。雅聲：雅正之樂。弘麗：宏偉華麗。

（四）李陵衆作：相傳爲西漢李陵所作的多首五言古詩，如《文選》録李陵《與蘇武》詩三首、《藝文類聚》録《漢李陵贈蘇武別詩》四首。所作總雜不類，是假託，非盡陵制：顏延之認爲李陵諸詩的内容雜亂而不相似，很多是他人僞託之作，並不都是李陵所作。至其善篇，有足悲者：顏延之認爲託名李陵諸詩中的優秀作品，情調悲愴淒涼。鍾嶸《詩品》列李陵詩爲上品，云：『其源出於《楚辭》。文多悽愴，怨者之流。陵，名家子，有殊才，生命不諧，聲頽身喪。使陵不遭辛苦，其文亦何能至此！』

（五）摯虞《文論》：西晉摯虞所作《文章流別論》，此書是關於各種文體性質、源流的專論，也旁及文章的作用和評價。《晉書·摯虞傳》載：『又撰古文章，類聚區分爲三十卷，名曰《流別集》，各爲之論，辭理愜當，爲世所重。』優洽：廣被，遍及，指摯虞《文章流別論》涉及對象廣博，遍及諸文體。

（六）《柏梁》：指柏梁詩，七言古詩的一種，相傳漢武帝在柏梁臺上和羣臣共賦七言詩，人各一句，每句用韻，後世仿效者很多。

（七）聲度闡誕，不協金石：九言詩難以合樂，因而少有創作。今存最早九言詩爲謝莊《明堂歌·歌白帝》，創作時間在顏延之《庭誥》之後。

（八）五言流靡，則劉楨、張華：指劉楨、張華的五言詩流暢而華美。劉楨，建安七子之一，五言詩風格遒勁，語言質樸。張華，西晉政治家、文學家，工於詩賦，詞藻華麗。四言側密，則張衡、王粲：指張衡、王粲的四言詩情感悱惻、辭藻繁密。若夫陳思王，可謂兼之矣：指曹植的詩歌兼有劉楨、張華『流靡』與張衡、王粲『側密』的特點。

達見同善，通辯異科：一曰言道，二曰論心，三曰校理（一）。言道者，本之於天；論心者，議之於人；校理者，取之於物。從而別之，繇塗參陳；要而會之，終致可一（二）。若夫玄神之經，窮明之說，義兼三端，至無二極，但語出戎方，故見猜世學；事起殊倫，故獲非恆情（三）。天之賦道，非差胡華；人之稟靈，豈限外內？一以此思，可無臆裁（四）。

爲道者，蓋流出於仙法，故以練形爲上；崇佛者，本在於神教，故以治心爲先（五）。練形之家，必就深曠，反飛靈，糇丹石，粒芝精，所以還年却老，延華駐彩，欲使體合纁霞，軌遍天海，此其所長（六）。及僞者爲之，則忌災祟，課粗願，混士女，亂妖正，此其巨蠹也（七）。治心之術，必辭親偶，閉身性，師淨覺，信緣命，所以反一無生，剋成聖業，智邈大明，志狹恆劫，此其所貴（八）。及詭者爲之，則藉髮落，狎菁華，傍榮聲，謀利論，此其甚誣也（九）。物有不然，事無[不]弊，衡石日陳，猶患差忒（一〇）。況神道不形，固眾端之所假；未能體神，而不疑神無者，以爲靈性密微，可以積理知；洪變欻怳，可以大順待（一一）。照若鏡天，肅若窺淵，能以理順爲人者，可與言有神矣（一二）。若乃罔其真而責其弊，是未加心照耳（一三）。

【出處】

《弘明集》卷十三，題爲《庭誥二章》。

【注】

（一）達見：見識通達。通辯：疏通辯析。言道：談論天道。論心：談論人心。校理：論理，講理。

（二）繇塗：經塗，道路。繇，通『由』，經。參陳：紛繁陳列。要而會之，終致可一：指抓住要旨，融會貫通，言道、論心、校理三者可以統一。

（三）玄神：精神。三端：指文士之筆鋒、武士之劍鋒、辯士之舌鋒。二極：兩種極致。語出戎方：指佛教源於天竺，而非中土。殊倫：不同類。恆情：常情。

（四）胡華：漢族與少數民族，這裏指中國與天竺。稟靈：秉受靈秀之氣。外內：中土與異域。臆裁：主觀判斷、推斷。

（五）仙法：道教修煉成仙之法。練形：方士修煉形體，以求超脱成仙。神教：指佛的法力。治心：修養自身的思想品德。

（六）深曠：深谷曠野。飛靈：極爲靈巧敏捷。粻丹石：以丹石爲糧食。《說文解字》載：『粻，乾食也。』丹石，丹砂煉製的丹藥。芝精：靈芝的精華。《論衡·驗符》云：『芝生於土。……芝草延年，仙者所食。』還年却老：恢復年輕，擺脱衰老。延華駐彩：容顏不衰老。縹霞：淺紅色的雲霞。《說文解字》載：『縹，淺絳也。』天海：喻指浩渺的天空。

（七）災祟：災害，災異禍害。士女：青年男女。巨蠹：大蛀蟲，比喻大奸或大害。

（八）親偶：指血親、配偶等至親。閉身性：修身養性。淨覺：即佛陀，指佛教創始人釋迦摩尼。《魏書·釋老志》載：『浮屠正號曰佛陀。佛陀與浮圖聲相近，皆西方言，其來轉爲二音，華言譯之，則謂淨覺，言滅穢成明，道爲聖悟。』緣命：因緣宿命。無生：佛教語，謂沒有生滅，不生不滅。聖業：佛家對修行成就之稱。大明：指日、月。恆劫：佛教名詞，傳說世界經歷若干年毀滅一次，再重新開始，這樣一個週期叫做一『劫』。

（九）髮落：剃除鬚髮，出家爲僧。菁華：精華。榮聲：美名。顏延之《陶徵士誄》云：『身才非實，榮聲有歇。』

（一〇）不然：不合理，不對。衡石：稱重量的器物。衡，秤。石，古代重量單位，一百二十斤爲一石。《禮記·月令》載：『（仲春之月）日夜分則同度量，鈞衡石，角斗甬，正權概。』差忒：差錯，誤差。

（一一）神道：神明之道，指鬼神賜福降災神妙莫測之道。不形：不顯露。靈性：精神，精氣。密微：邃密微妙。洪變欻怳：突然而至的大變化、大變故。大順：自然，天然。《老子》第五十六章云：『玄德深矣遠矣，與物反矣，然後乃至大順。』

（一二）鏡天：明淨的天空。窺淵：凝視深淵。理順：道理順當、正確。

（一三）若乃：至於，用於句子開頭，表示另起一事。罔其真而責其弊：指隱而不論佛、道兩家的嘉言善行，一味指責佛、道兩家的弊端。心照：心如明鏡，客觀察物，指明曉佛、道兩家的利弊，而不偏於一端。

筆之爲體，言之文也（一）。經典則言而非筆，傳記則筆而非言（二）。

【出處】

劉勰《文心雕龍》卷四十四《總術》云：『顏延年以爲……』這條佚文談論『言』『筆』之分及『筆』的文體特徵，並以經典爲例，與前引《庭誥》佚文第三、第四則論詩文相似。《庭誥》之外，顏延之其他作品並未論及。

【注】

（一）筆：古代文體之一，常與『文』『言』相對而言，多以韻之有無、文采之有無、口頭和書面之分來區別。《文心雕龍·總術》云：『今之常言，有文有筆，以爲無韻者筆也，有韻者文也。……予以爲發口爲言，屬筆曰翰。』黃侃《文心雕龍札記》云：『六朝人分文筆，大概有二塗：其一以有韻者爲文，無韻者爲筆；其一以有文采者爲文，無文采者爲筆。謂宜兼二說而用之。』文：文采。此句謂『筆』這種文體，是有文采的『言』。

（二）經典：指儒家經籍。傳記：經書的注釋。《漢書·元后傳》載：『五經傳記，師所誦說。』此句謂儒家經典屬於沒有文采的『言』，傳記屬於有文采的『筆』。

徐景山之畫獺是也(一)。

【出處】

吳均《續齊諧記》『魏明帝遊洛水』條載：『顏公《庭誥》云：……』此处『公』是對長者的尊稱，『顏公』指顏延之，劉宋時期已有此稱。《南史》本傳載：『嘗與何偃同從上南郊，偃於路中遥呼延之曰：「顏公！」』

【注】

(一)徐景山：指徐邈，字景山，曹魏重臣，官至大司農、司隸校尉。徐邈善丹青，作品形神兼備，達到以假亂真的程度。畫獺：指徐邈畫鯔魚引白獺之事。吳均《續齊諧記》『魏明帝遊洛水』條載：『魏明帝遊洛水，水中有白獺數頭，美静可憐，見人輒去。帝欲見之，終莫能遂。侍中徐景山曰：「獺嗜鯔魚，乃不避死。」畫板作兩生鯔魚，懸置岸上。於是羣獺競逐，一時執得，帝甚佳之。』

魏元陽之射，徐侍中之畫是也(一)。

【出處】

張彥遠《歷代名畫記》卷四『徐邈』條載：『顏光祿云：……』這條軼文提及徐邈繪畫的高超技藝，後引《續齊諧記》所載徐邈畫鯔魚引白獺之事爲證，與前面《庭誥》佚文第七則内容相似。

【注】

(一)魏元陽之射：魏元陽射藝精湛。徐侍中之畫：徐邈畫技高超，見《歷代名畫記》卷四『徐邈』條。

二、《詁幼》佚文五則

顔延之《詁幼》一書，最早見於《隋書・經籍志》，此外還有《詁幼文》（《舊唐書・經籍志》《新唐書・藝文志》）、《幼詁》（《後漢書・輿服志》劉昭注）、《誥幼》（《經典釋文》卷三十《爾雅釋文下》）、《告幼童文》（《廣韻・一董》）等書名。從佚文內容上看，它們當指同一本書。《隋書・經籍志》年代較早，多錄先唐古籍名稱，因而這裏用《詁幼》爲書名。關於《詁幼》的輯佚，清代馬國翰《玉函山房輯佚書・補編》『小學類』輯得四則、黄奭《黄氏逸書考・漢學堂經解》『小學類』輯得兩則、龍璋《小學搜佚》『經編・小學類』輯得兩則。今以《後漢書・輿服志》劉昭注、《經典釋文》卷三十《爾雅釋文下》、《廣韻・一董》所載爲底本，參照前述清代輯佚著作，錄佚文五則如下。

鉈，乘輿馬頭上防鉈，角所以防罔羅，鉈以翟尾，鐵翮象之也（一）。

弩〔一〕，矢也（二）。

蚔，蚔蜢也，善跳（三）。　蜢，音猛〔二〕。

嗊〔三〕，羅嗊歌曲（四）。

駽，呼縣反（五）。

【校】

〔一〕『弩』，馬國翰《玉函山房輯佚書・補編》訛作『努』。

〔二〕『蜢，音猛』，黄奭《黄氏逸書考・漢學堂經解》、龍璋《小學搜佚》脫此三字。

〔三〕「嗔」，馬國翰《玉函山房輯佚書·補編》脫此字。

【注】

（一）釳：古代裝在馬頭上像角的金屬裝飾物，用來割除網羅。罔羅：捕捉鳥獸的網。罔，通「網」。翟尾：長尾山雞的尾巴。《說文解字》載：「翟，山雉尾長者。」翮：鳥翎的莖，翎管。《說文解字》載：「翮，羽莖也。」

（二）弩：用機械力量射箭的弓。《說文解字》載：「弩，弓有臂者。」矢：箭。弩、矢相關而非一物，此條當有脫文。

（三）虴：指虴蜢，形似蝗而略小，善跳躍，以農作物的葉爲食。《說文解字》載：「虴，虴蜢，艸上蟲也，從蟲乇聲。」

（四）嗔：指《羅嗔曲》，古歌曲名。范攄《雲溪友議》卷九載：「《望夫歌》者，卽羅嗔之曲也。采春所唱一百二十首，皆當代才子所作，五、六、七言，皆可和者。」

（五）騆：青黑色的馬。《說文解字》載：「騆，青驪馬。」

【繫年】

《詁幼》當作於元嘉十一至十七年之間，可從以下三個方面來考察。

首先，從題目和佚文內容上看，《詁幼》爲小學讀物，用於兒童識字。顏延之年過三十才結婚（《宋書》本傳），大約三十七歲才有長子顏竣（見附錄伍『顏延之年譜新編』宋武帝永初元年條），共有四子（《南史》本傳）。從父子、諸子年齡差來看，顏延之教子的主要時間段大約在其四五十歲的時候。可以佐證的是，《南史》本傳所載宋文帝與顏延之談論諸子才能的對話，發生在元嘉十一至十七年之間，云：『於是延之屏居不豫人間者七載。……帝嘗問以諸子才能，延之曰：「竣得臣筆，測得臣文，奐得臣義，躍得臣酒。」……劉湛誅後，起延之爲始興王濬後軍諮議參軍、御史中丞。』據《宋書》本傳，顏延之元嘉十一年五十一歲，正與前面顏延之四五十歲教子的推測相符。

其次，《詁幼》與《庭誥》教育子弟的內容相輔相成，寫作時間當相近。《詁幼》側重於訓詁識字，爲初級階段；《庭誥》側重於修身養性，更進一層。之所以有此區分，一方面是學習需要經歷循序漸進的過程；另一方面是因爲顏延之四子年齡大小不一，難以同步施教。顏延之《庭誥》作於元嘉十一至十七年之間。《宋書》本傳載：『延之與仲遠世素不協，屏居里巷，不豫人間者七載。……閒居無事，爲《庭誥》之文。』《詁幼》的寫作時間當與之相近。

第三，元嘉十一年開始，顔延之長期免官在家，有較多的閒暇時間。此時顔延之諸子年齡不大，大致從幾歲到十幾歲不等（此時其長子顔竣大約十五歲），正是需要啓蒙及指導學習的時期。顔延之在這段時間創作《詁幼》《庭誥》等教子論著合乎情理。

三、《纂要》佚文二十八則

顔延之《纂要》一書，最早見於《隋書·經籍志》，《舊唐書·經籍志》《新唐書·藝文志》亦載。此書已亡佚，佚文散見於《文選》李善注、《周禮》賈公彦疏、司馬貞《史記索隱》《初學記》《北堂書鈔》《太平御覽》《册府元龜》等古籍中。清代馬國翰《玉函山房輯佚書》『經編·小學類』、黄奭《黄氏逸書考·漢學堂經解》『小學類』、龍璋《小學搜佚》『經編·小學類』、曹元忠《南菁劄記》『經編·小學類』、任大椿《小學鉤沉》、顧震福《小學鉤沉續編》等輯有部分《纂要》佚文。《纂要》一書，同題而作者不止顔延之一人，陸機、梁元帝蕭繹等都作有同名書籍。古籍中徵引《纂要》，部分注明作者，更多的則是不提作者，根據現有材料很難判斷出作者究竟是誰，這給輯佚工作帶來很大困難。下面輯録顔延之《纂要》佚文二十八則，分爲甲、乙兩類，其中甲類爲明確注明作者爲顔延之的佚文，乙類爲未注明作者，可能爲顔延之所作的佚文。至於已注明作者不是顔延之的《纂要》佚文，這裏不再收録。

甲類

車跡曰軌，車輪謂之軔（一）。

【出處】

《文選》卷十六潘岳《懷舊賦》李善注。

【注】

（一）車跡：車輪的痕跡。劉向《列女傳·楚接輿妻》云：『門外車跡何其深也。』

春夏秋冬曰四時，時名一節，故言四時（一）。

【出處】

《文選》卷十六潘岳《寡婦賦》李善注。

【注】

（一）四時：四季。《禮記·孔子閒居》載：『天有四時，春秋冬夏。』

景曰晷（一）。

【出處】

《文選》卷十九束晳《補亡詩》李善注。

【注】

（一）景：日光。《説文解字》載：『景，日光也。』晷：日光，亮光。《漢書·李尋傳》載：『輝光所燭，萬里同晷。』

一寒一暑，一往一復爲代，去者爲謝（一）。

【出處】

《文選》卷十九張華《勵志詩》李善注。

【注】

（一）代：更迭，代替。張衡《東京賦》云：『春秋改節，四時迭代。』

市巷謂之闤，市門謂之闠，巷謂之閎(一)。

【出處】

《初學記》卷二十四《居處部》。

【注】

（一）市巷：街市里巷。闤：市場的圍牆，借指市場、街巷。《說文解字》載：『闤，市垣也。』闠：市場的門。《說文解字》載：『闠，市外門也。』閎：巷門。《說文解字》載：『閎，巷門也。』

四合象宮曰幄(一)。

【出處】

《周禮注疏》卷六『幕人掌帷幕幄帟綬之事』賈公彥疏。

【注】

（一）四合：四面圍攏。班固《西都賦》云：『紅塵四合，烟雲相連。』象宮：《周易》有『九宮八卦』之說，即離、艮、兌、乾、坤、坎、震、巽八封之宮，加上中央宮，這裏借指四面圍攏，如同《周易》九宮方位之象。幄：　形如房屋的帳幕。《左傳・哀公十四年》載：　『子我在幄，出，逆之。』

乙類

齊人謂生子曰娩(一)。

【出處】

《文選》卷十五張衡《思玄賦》李善注。

【注】

(一)齊人：　齊地的人，主要指今山東渤海之濵至泰山之間地區的人。娩：　生孩子。

在上曰帳，在旁曰帷，单帳曰幬(一)。　幬，丈尤切。

【出處】

《文選》卷十六潘岳《寡婦賦》李善注。

【注】

(一)帳：　篷帳，有頂的篷帳。帷：　圍在四周的布幕。幬：　禪帳，單層的帳子。《說文解字》載：　『幬，禪帳也。』

帳曰幕(一)。

【出處】

《文選》卷十六江淹《別賦》李善注。

【注】

（一）幕：覆布，帳篷的頂布。《說文解字》載：『帷在上曰幕，覆食案亦曰幕。』

草木華曰蕤（一）。

【出處】

《文選》卷十七陸機《文賦》李善注。

【注】

（一）蕤：草木花下垂。《說文解字》載：『蕤，草木華垂皃。』

一時三月謂之三春，九十日謂之九春（一）。

【出處】

《文選》卷十八嵇康《琴賦》李善注，部分文字亦見於《文選》卷二十九曹植《雜詩》其三李善注。

【注】

（一）三春：春季的三個月，農曆正月稱孟春，二月稱仲春，三月稱季春。班固《終南山賦》云：『三春之季，孟夏之初，天氣肅清，周覽八隅。』九春：指春天，春季共九十日，故稱。阮籍《詠懷詩》其四云：『悅懌若九春，磬折似秋霜。』

草叢生曰薄(一)。

【出處】

《文選》卷十九束皙《補亡詩》李善注。

【注】

(一)叢生：草木等聚集在一起生長，形容茂盛。《列子·湯問》載：『珠玕之樹皆叢生，華實皆有滋味。』薄：草木叢生處。《廣雅》載：『草叢生爲薄。』

東西南北曰四方，四方之隅曰四維，天地四方曰六合，天地曰二儀，以人參之曰三才，四方上下謂之宇，往古來今謂之宙，或謂天地爲宇宙(一)。凡天地元氣之所生，天謂之乾，地爲之坤，天圓而色玄，地方而色黃(二)。日月謂之兩曜，五星謂之五緯，日月星謂之三辰，亦曰三光，日月五星謂之七曜，天河謂之天漢(三)。

【出處】

《初學記》卷一《天部上》，部分文字亦見於《太平御覽》卷二《天部二》。

【注】

(一)四維：東南、西南、東北、西北四隅。《淮南子·天文訓》載：『帝張四維，運之以斗。……日冬至，日出東南維，入西南維。……夏至，出東北維，入西北維。』三才：指天、地、人。《周易·說卦》載：『是以立天之道曰陰與陽，立地之道曰柔與剛，立人之道曰仁與義。兼三才而兩之，故《易》六畫而成卦。』宇宙：天地。《莊子·讓王》載：『余立於宇宙之中，……逍遥於天地之間。』

(二)元氣：天地未分前的混沌之氣。

(三)五星：指水、木、金、火、土五星。《史記·天官書》載：『水、火、金、木、填星，此五星者，天之五佐。』天漢：銀河。

日光曰景，日影曰晷，日氣曰晛，日初出曰旭，日昕曰晞，日温曰煦(一)。在午曰亭午，在未曰昳(二)。日晚曰旰，日將落曰薄暮。日西落，光反照於東，謂之反景。景在上曰反景，在下曰倒景(三)。日有愛日、畏日、遲日(四)。

【出處】

《初學記》卷一《天部上》，部分文字亦見於《太平御覽》卷三《天部三》。

【注】

(一)晛：日光。《詩經·小雅·角弓》云：『雨雪瀌瀌，見晛曰消。』晞：曬乾。《說文解字》載：『晞，乾也。』

(二)亭午：正午。未：未時，下午一點至三點。昳：日過午偏斜。

(三)反景：夕陽反照。倒景：天上最高處，日月之光反由下上照，而於其處下視日月，其影皆倒。《史記·司馬相如列傳》載：『貫列缺之倒景兮，涉豐隆之滂沛。』

(四)愛日：冬天的太陽。《左傳·文公七年》載『趙衰，冬日之日也』，杜預注『冬日可愛』。畏日：夏天的太陽。《左傳·文公七年》載『趙盾，夏日之日也』，杜預注『夏日可畏』。遲日：春日。《詩經·豳風·七月》云：『春日遲遲，卉木萋萋。』

疾雨曰驟雨，徐雨曰零雨，雨久曰苦雨，亦曰愁霖(一)。雨晴曰霽，雨而晝晴曰啓。雨水曰潦，雨雲曰渰，亦曰油雲(二)。梅熟而雨曰梅雨，雨師曰屏翳(三)。

【出處】

《初學記》卷二《天部下》，部分文字亦見於《太平御覽》卷十《天部十》。

【注】

（一）零雨：慢而細的小雨。《詩經·豳風·東山》云：「我來自東，零雨其蒙。」苦雨：久降成災的雨。愁霖：久雨，雨久使人愁，故稱。

（二）滃：雨雲，陰雲。《詩經·小雅·大田》云：「有滃淒淒，興雲祁祁。」油雲：濃雲。《孟子·梁惠王上》載：「天油然作雲，沛然下雨。」

（三）雨師：傳說中司雨的神靈。《周禮·春官·大宗伯》載：「以槱燎祀司中、司命，飌師、雨師。」屏翳：傳説中雨師的名字。《山海經·海外東經》載「雨師妾在其北」，郭璞注：「雨師，謂屏翳也。」

嵩、泰、衡、華、恆，謂之五岳；江、河、淮、濟，謂之四瀆；上、中、下，謂之三壤；山林、川澤、邱陵、墳衍、原隰，爲五土（一）。

【出處】

《初學記》卷五《地理上》。

【注】

（一）三壤：古代按土質的肥瘠將耕地分爲上、中、下三品。《尚書·禹貢》載：「咸則三壤，成賦中邦。」五土：指山林、川澤、丘陵、水邊平地、低窪地等五種土地。《孔子家語·相魯》載：「乃別五土之性，而物各得其所生之宜。」

應鼓曰鞞鼓，亦曰朄鼓，樂之所成曰鞀鼓，大鞀謂之麻，小鞀謂之料，徒擊鼓謂之咢（一）。又有鼉鼓、鷺鼓、鶴鼓、布鼓、銅鼓、石鼓、聖鼓、節鼓、鞀料鼓(二)。馬上之鼓曰提鼓，施於朝曰登聞鼓，施於府寺曰朝晡鼓，在村墅曰枹鼓，在邊徼曰警鼓(三)。

【出處】

《初學記》卷十六《樂部下》。

【注】

(一)鞞鼓：古代用於祀神的鼓，屬六鼓中雷鼓一類。《禮記・月令》載：『(仲夏之月)是月也，命樂師修鞀鞞鼓。』朄：古代敲擊用以引樂的小鼓。《周禮・春官・大師》載：『下管播樂器，令奏鼓朄。』鞀鼓：有柄的小鼓，以木貫之，搖之作聲，古代祭禮用的一種樂器。《詩經・商頌・那》云：『猗與那與，置我鞀鼓。』鞀：長柄的搖鼓，鼓身兩旁綴靈活小耳，執柄搖動時，兩耳雙面擊鼓作響。《禮記・王制》載：『天子賜伯子男樂，則以鞀將之。』咢：徒擊鼓，單純的鼓鼙之聲。《爾雅・釋樂》云：『徒擊鼓謂之咢。』

(二)鼉鼓：用鼉皮蒙的鼓，其聲如鼉鳴。《詩經・大雅・靈臺》云：『鼉鼓逢逢，矇瞍奏公。』鷺鼓：古樂器，在穿徑的鼓柱上飾以翔鷺。鶴鼓：傳說中有鶴從中飛出的鼓。《古今樂錄》云：『吳王夫差移於建康之宮。南門有雙鶴，從鼓中而飛，上入雲中。』布鼓：用布製成的鼓。《漢書・王尊傳》載：『毋持布鼓過雷門。』銅鼓：古代西南少數民族所使用的樂器，筒狀，底中空，鼓面光，鼓身有角。《後漢書・馬援傳》載：『援好騎，善別名馬，於交趾得駱越銅鼓，乃鑄爲馬式。』石鼓：石頭製成的鼓。《漢書・五行志下之上》載：『成帝鴻嘉三年五月乙亥，天水冀南山大石鳴，聲隆隆如雷，有頃止，……民俗名曰石鼓，石鼓鳴，有兵。』聖鼓：傳說中有神異事蹟的鼓。王韶之《始興記》云：『秦鑿楊山，桂楊縣閣下鼓便自奔逸。息於臨武，遂之始興，洛陽，遂名聖鼓。』節鼓：古代樂器，狀如博局，中開圓孔，恰容其鼓，擊之以節樂。鞀料鼓：鞀鼓與料鼓的合稱，鞀鼓指有柄的小鼓，以木貫之，搖之作聲；料鼓爲小型化的鞀鼓。《爾雅》云：『小鞀曰料。』

(三)提鼓：馬背上使用的鼓，有木可提執。登聞鼓：古代帝王爲表示聽取臣民諫議或冤情，在朝堂外懸鼓，許臣民擊鼓上聞。《晉書・衛瓘傳》載：『於是繇等執黄旛，撾登聞鼓。』朝晡鼓：設於府寺的鼓。朝晡，朝時（辰時）至晡時（申時），借指辦理政務的時間。村墅：鄉村房舍，泛指村莊、鄉村。枹鼓：報警之鼓。《漢書・張敞傳》載：『窮治所犯，或一人百餘發，盡行法罰。由是枹鼓稀鳴，市無偷盜，天子嘉之。』邊徼：邊境，邊疆。警鼓：傳遞軍情的報警之鼓。

箕，淅箕也(一)。

【出處】

《史記・司馬相如列傳》司馬貞《史記索隱》注。

【注】

（一）淅箕：竹製的過濾器，平口、大腹、圓底。

宮殿四面欄，縱者云檻，横者云楯(一)。

【出處】

《史記・袁盎晁錯列傳》司馬貞《史記索隱》注。

【注】

（一）檻：宮殿欄杆的縱木。楯：宮殿欄杆的横木。《説文解字》載：『楯，闌楯也。』

木大曰薪，小曰蒸(一)。

【出處】

《周禮注疏》卷四『甸師帥其徒以薪蒸役外内饔之事』賈公彦疏。

【注】

（一）薪：可以劈開來用的粗大木柴。蒸：細小的木柴。《周禮・委人》載『共祭祀之薪蒸材木』，鄭玄注：『給炊及燎，粗者曰薪，細者曰蒸。』

水所鍾曰澤（一）。

【出處】

《周禮注疏》卷四『澤虞，每大澤大藪中士四人』賈公彦疏。

【注】

（一）鍾：集聚。《國語・周語》載：『澤，水之鍾也。』澤：水深的湖澤或水草叢雜的湖澤。《韓非子・五蠹》載：『澤居苦水者，買庸而決竇。』

古者謂射的爲侯，以皮爲的，爲鵠（一）。

【出處】

《倭名類聚抄》卷二，亦見於顧震福《小學鉤沉續編》卷四。

【注】

（一）射的：用箭射靶。《韓非子・内儲説上》載：『人之有狐疑之訟者，令之射的。』侯：指箭靶，這裏指用箭射靶。《詩經・齊風・猗嗟》云：『終日射侯，不出正兮，展我甥兮。』的、鵠：這裏指箭靶。

火木曰薪（一）。

【出處】

《倭名類聚抄》卷四，亦見於顧震福《小學鉤沉續編》卷四。

【注】

（一）火木：做燃料用的木柴。薪：柴火。

獸網曰罘，麋網曰罠，兔網曰罝（一）。

【出處】

《倭名類聚抄》卷五，亦見於顧震福《小學鉤沉續編》卷四。

【注】

（一）罘：捕兔的網，這裏指捕捉走獸用的網。《史記・司馬相如列傳》載：『列卒滿澤，罘罔彌山。』罠：捕捉麋鹿的網。《吳都賦》云：『罼罕瑣結，罠蹏連綱。』罝：捕捉兔子的網。《詩經・周南・兔罝》云：『肅肅兔罝，施于中林。』

籗以鐵施棹頭，因以取魚也（一）。

【出處】

《倭名類聚抄》卷五，亦見於顧震福《小學鉤沉續編》卷四。

【注】

（一）罾：捕魚籠，多用竹木製成。《爾雅·釋器》云『罾謂之罩』，邢昺疏：『孫炎云：「今楚罾也。」然則罩以竹爲之，無竹則以荆，故謂之楚罾，皆謂捕魚籠也。』棹：長的船槳。屈原《九歌·湘君》云：『桂棹兮蘭枻，斲冰兮積雪。』

斬而復生曰櫱（一）。

【出處】

《倭名類聚抄》卷十，亦見於顧震福《小學鉤沉續編》卷四。

【注】

（一）櫱：被砍去或倒下的樹木再生的枝芽。

大枝曰榦，細枝曰條（一）。

【出處】

《倭名類聚抄》卷十，亦見於顧震福《小學鉤沉續編》卷四。

【注】

（一）榦：樹的主榦。條：樹的細長枝。《說文解字》載：『條，小枝也。』

木枝相交下陰曰樾（一）。

【出處】

《倭名類聚抄》卷十，亦見於顧震福《小學鉤沉續編》卷四。

【注】

（一）樾：　樹蔭。《玉篇》載：『楚謂兩木交陰之下曰樾。』

【繫年】

從佚文内容上看，《纂要》與《詁幼》相似，可能也是顔延之教子識字的小學讀物，其寫作時間與《詁幼》相近，在元嘉十一至十七年之間。

四、《論語説》佚文十八則

顔延之《論語説》一書今已亡逸，梁朝皇侃《論語義疏》一書載有《論語説》十八則佚文。清代馬國翰《玉函山房輯佚書》『經編·論語類』據此輯得一卷，命名爲《論語顔氏注》。《清史稿藝文志及補編》『經部·四書類』著録『宋顔延之《論語説》一卷』。佚書内容重在講説《論語》經文中的義理，而非注釋字句，因而以《論語説》命名爲宜。今以皇侃《論語義疏》爲底本，參照馬國翰《玉函山房輯佚書》，輯録佚文十八則如下。

夫氣色和，則情志通，善養親之志者，必先和其色，故曰難也（一）。

【注】

(一)《論語・爲政》載：『子夏問孝，子曰：「色難。」』這則佚文是顔延之對『色難』的解讀。氣色：人的面色，神態。情志：感情志趣。養親：奉養父母。

射許有爭，故可以觀無爭也(一)。

【注】

(一)《論語・八佾》載：『子曰：「君子無所爭，必也射乎！」』這則佚文是顔延之對孔子之言的解讀。射：射箭，六藝之一，姬周時期納入射禮規範内。《禮記・射義》載：『射者，進退周還必中禮。内志正，外體直，然後持弓矢審固。持弓矢審固，然後可以言中，此可以觀德行矣。射者，仁之道也。射求正諸己，己正而後發。發而不中，則不怨勝己者，反求諸己而已矣。』

秉小居薄，衆之所與；執多處豐，物之所去也(一)。

【注】

(一)《論語・里仁》載：『子曰：「以約失之者鮮矣。」』這則佚文是顔延之對孔子之言的解讀。秉小居薄：指以儉約自處。執多處豐：指以奢侈自處。

每適又違，潔身者也云(一)。

【注】

(一)《論語・公冶長》載：『(子張問曰)「崔子弑齊君，陳子文有馬十乘，棄而違之。至於他邦，則曰：『猶吾大夫崔子也。』違之。之一邦，則又曰：『猶吾大夫崔子也。』違之，何如。」子曰：「清矣。」曰：「仁矣乎。」曰：「未知，焉得仁。」』這則佚文是顏延之對這段文字的解讀。每適又違：指陳文子不願與弒君不忠的臣子共事，數次離開有不忠之臣的國家，試圖找一個『君君臣臣』的國度。潔身：保持自身清白。

動容則人敬其儀，故暴慢息也；正色則人達其誠，故信者立也；出辭則人樂其義，故鄙倍絕也（一）。

【注】

《論語・泰伯》載：『君子所貴乎道者三：動容貌，斯遠暴慢矣；正顏色，斯近信矣；出辭氣，斯遠鄙倍矣。』這則佚文是顏延之對曾參之言的解讀。動容：舉止儀容莊重。暴慢：凶暴傲慢。正色：神色莊重、態度嚴肅。出辭：出言，說話，指注意說話的言辭和口氣。鄙倍：淺陋背理。倍，通『背』。

謂絕人四者也（一）。

【注】

（一）《論語・子罕》載：『子絕四：毋意，毋必，毋固，毋我。』這則佚文是顏延之對這句話的解讀。絕人四者：指孔子杜絕了人們身上常見的四種缺點，不憑空臆斷，不絕對肯定，不固執拘泥，不自以爲是。

狐貉緼袍，誠不足以策恥，然自非勇於見義者，或以心戰不能素泰也（一）。

【注】

（一）《論語·子罕》載：『子曰：「衣敝緼袍，與衣狐貉者立而不恥者，其由也與？」』這則佚文是顔延之對孔子之言的解讀。狐貉：指狐、貉的毛皮製成的皮衣。緼袍：以亂麻爲絮的袍子。心戰：喻指對事物得失的取捨。《史記·禮書》載：『自子夏，門人之高弟也，猶云「出見紛華盛麗而説，入聞夫子之道而樂，二者心戰，未能自決。」』素泰：像平時一樣泰然處之。

懼其伐善也（一）。

【注】

（一）《論語·子罕》載：『子路終身誦之。子曰：「是道也，何足以臧？」』這則佚文是顔延之對孔子之言的解讀。其：指子路。伐善：誇耀自己的長處。

言之無間，謂盡美也（一）。

【注】

（一）《論語·先進》載：『子曰：「孝哉，閔子騫！人不間於其父母昆弟之言。」』這則佚文是顔延之對孔子之言的解讀。無間：無可非議，無懈可擊。《論語·泰伯》載：『子曰：「禹，吾無間然矣。」』盡美：極美，完美。《論語·八佾》載：『子謂《韶》「盡美矣，又盡善也」；謂《武》「盡美矣，未盡善也」。』

空非回所體，故庶而數得（一）。

【注】

(一)《論語・先進》載：『子曰：「回也其庶乎，屢空。賜不受命，而貨殖焉，億則屢中。」』這則佚文是顏延之對孔子之言的解讀。空：貧困、匱乏。回：指顏回。庶：庶幾，相近，這裏指顏回的學問道德接近完善。

譖愬不行，雖由於明，明見之深，乃出於體遠(一)。體遠不對於情僞，故功歸於明見(二)。斥言其功，故曰明；極言其本，故曰遠也。

【注】

(一)《論語・顏淵》載：『子張問明。子曰：「浸潤之譖，膚受之愬，不行焉，可謂明也已矣。浸潤之譖，膚受之愬，不行焉，可謂遠也已矣。」』這則佚文是顏延之對孔子之言的解讀。譖愬：讒毀攻訐。明見：明白看到。《莊子・知北遊》載：『明見無值，辯不若默。』體遠：見識深遠。

(二)情僞：真假，真誠與虛僞。《左傳・僖公二十八年》載：『民之情僞，盡知之矣。』

革命之王，必漸化物以善道(一)。染亂之民，未能從道爲化，不得無威刑之用，則仁施未全(二)。改物之道，必須易世，使正化德教，不行暴亂，則刑罰可措，仁功可成(三)。

【注】

(一)《論語・子路》載：『子曰：「如有王者，必世而後仁。」』這則佚文是顏延之對孔子之言的解讀。革命：實施變革以應天命，古人認爲王者受命於天，改朝換代是天命變更，故稱。《周易・革》載：『天地革而四時成，湯武革命，順乎天而應乎人。』化物：感化外物，化育外物。善道：善加引導。

（二）從道：依從正道。威刑：嚴厲的刑法。仁施：施仁政。

（三）改物：改變前朝的文物制度，如改正朔、易服色等，因以指改朝換代。《左傳·昭公九年》載：『文之伯也，豈能改物？』易世：改朝換代。正化：正統的教化。德教：道德教化。暴亂：行凶作亂，以武力破壞社會秩序。

見利思義，雖不及公綽之不欲，猶顧義也（一）。

【注】

（一）《論語·憲問》載『見利思義』，這則佚文是顏延之對孔子之言的解讀。見利思義：見到財物貨利，應首先想一想符不符合道義，該取的可以取，不該取的不應據爲己有，即孔子說的『義然後取，人不厭其取』。公綽：指魯國大夫孟公綽，爲人廉潔寡欲。《論語·憲問》載『公綽之不欲』。

見危授命，雖不及卞莊子之勇，猶顧義不苟免也（一）。

【注】

（一）《論語·憲問》載『見危授命』，這則佚文是顏延之對孔子之言的解讀。見危授命：遇到危難願意獻出生命。卞莊子：春秋時期魯國大夫，有勇力，食邑於卞，謚莊。《論語·憲問》載『卞莊子之勇』。苟免：苟且免於損害。《禮記·曲禮上》載：『臨財毋苟得，臨難毋苟免。』

能無此者，雖未窮明理，而抑亦先覺之次也（一）。

【注】

（一）《論語・憲問》載：『子曰：「不逆詐，不億不信，抑亦先覺者，是賢乎！」』這則佚文是顏延之對孔子之言的解讀。明理：明察事理。先覺：事先認識覺察。

智以通其變，仁以安其性，莊以安其慢，禮以安其情（一）。化民之善，必備此四者也（二）。

【注】

（一）《論語・衛靈公》載：『子曰：「知及之，仁不能守之，雖得之，必失之。知及之，仁能守之，不莊以涖之，則民不敬。知及之，仁能守之，莊以涖之，動之不以禮，未善也。」』這則佚文是顏延之對孔子之言的解讀。智：聰明才智。通其變：通曉變化之理。《周易・繫辭上》載：『極數知來之謂占，通變之謂事。』仁以安其性：用仁德來安定人的本性。莊以安其慢：用莊重的態度來改變輕慢言行。禮以安其情：用禮儀來節制情感。

（二）化民：教化百姓。四者：指前述智、仁、莊、禮。

好善如所慕，惡惡如所畏，合義之情，可傳之理，既見其人，又聞其語也（一）。

【注】

（一）《論語・季氏》載：『孔子曰：「見善如不及，見不善如探湯。吾見其人矣，吾聞其語矣。」』這則佚文是顏延之對孔子之言的解讀。好善：樂於爲善。惡惡：憎恨邪惡。《公羊傳・僖公十七年》載：『君子之惡惡也疾始，善善也樂終。』合義：合乎正義，歸向正義。既見其人，又聞其語：指孔子見到過這樣的人，也聽到過這樣的話。

隱居所以求志於世表，行義所以進道於古人（一）。無立之高，難能之行，徒聞其語，未見其人也（二）。

【注】

（一）《論語·季氏》載：『隱居以求其志，行義以達其道。吾聞其語矣，未見其人也。』這則佚文是顔延之對孔子之言的解讀。隱居：退居鄉里，不出仕。世表：塵世之外。行義：躬行仁義。進道：進修美德善行。

（二）無立之高：指隱居之志並不高尚。難能之行：指躬行仁義、進修美德善行非常困難。徒聞其語，未見其人：指孔子聽過這種話，卻沒有見過踐行的人。

【繫年】

從佚文内容上看，《論語說》爲顔延之解說《論語》義理之作。元嘉二十二至二十五年，顔延之任國子祭酒（見《策秀才文》繫年）。國子祭酒爲國子學的主官，顔延之博通儒學，爲國子生解說《論語》義理合乎情理。與此類似，顔延之任國子祭酒期間，曾回答『甥姪亦可施於伯叔從母邪』之問（見《甥姪名不可施伯叔從母議》繫年）。《論語說》當作於元嘉二十二至二十五年之間。

五、《逆降義》佚文一則

《隋書·經籍志》『經部·禮類』載：『《逆降義》三卷，宋特進顔延之撰，亡。』《舊唐書·經籍志》《新唐書·藝文志》也有類似記載，衹是書名稍有差異，《舊唐書》作《禮論降義》，《新唐書》作《禮逆降義》。從作者、卷數、書名來看，它們所指當爲同一書。《逆降義》隋代已亡佚。杜佑《通典》載有顔延之《甥姪名不可施伯叔從母議》一文，清代學者馬國翰《玉函山房輯佚書》認爲其爲《逆降義》佚文。從題名和内容上看，《甥姪名不可施伯叔從母議》一文辨析親屬稱謂，與禮儀相關，可能是《逆降義》佚文。這則佚文前面以《甥姪名不可施伯叔從母議》爲名已加箋注，此處不贅述。

六、《阮籍詠懷詩注》佚文四則

《詠懷詩》八十二首是阮籍代表作之一，顏延之曾爲之作注，已亡佚，《文選》李善注引有部分佚文。這裏將顏延之的注釋命名爲《阮籍詠懷詩注》，鉤沉佚文四則如下。

說者阮籍在晉文代常慮禍患，故發此詠耳（一）。

【出處】

《文選》卷二十三阮籍《詠懷詩》李善題解。

【注】

（一）晉文：指司馬昭，司馬炎代魏立晉，追尊司馬昭爲文帝。禍患：禍害憂患，魏晉之際很多名士涉及政治鬥爭被殺。《晉書·阮籍傳》載：『籍本有濟世志，屬魏晉之際，天下多故，名士少有全者，籍由是不與世事，遂酣飲爲常。』

《左傳》：『季孫氏有嘉樹（一）。』

【出處】

《文選》卷二十三載阮籍《詠懷詩》其三『嘉樹下成蹊，東園桃與李』李善注。

【注】

（一）季孫氏：春秋後期掌握魯國實權的貴族，『三桓』之一，魯桓公少子季友的後裔。嘉樹：佳樹，美樹。

趙，漢成帝趙后飛燕也；李，武帝李夫人也（一）。並以善歌妙舞幸於二帝也（二）。

【出處】

《文選》卷二十三載阮籍《詠懷詩》其八『西遊咸陽中，趙李相經過』李善注。

【注】

（一）趙后飛燕：漢成帝的皇后趙飛燕。《漢書・外戚傳》載：『及壯，屬陽阿主家，學歌舞，號曰飛燕。』李夫人：漢武帝劉徹的寵妃，李延年之妹。《漢書・外戚傳》載：『孝武李夫人，本以倡進。初，夫人兄延年性知音，善歌舞，武帝愛之。』

（二）善歌妙舞：指趙飛燕、李夫人能歌善舞。二帝：指漢成帝、漢武帝。

《史記・龜策傳》曰：『無蟲曰嘉林（一）。』

【出處】

《文選》卷二十三阮籍《詠懷詩》其十『下有采薇士，上有嘉樹林』李善注。

【注】

（一）嘉林：美好的樹林，傳說爲神龜的居地。此條不見於今本《史記》。《史記・龜策列傳》載：『有神龜在江南嘉林中。嘉林者，獸無虎狼，鳥無鴟梟，草無毒螫，野火不及，斧斤不至，是爲嘉林。』

【繫年】

從外在政治環境與內在心理狀態的相似性、顔延之對阮籍其人其作的瞭解等方面來看，《阮籍詠懷詩注》當作於元嘉十一至十七年之間。

首先，阮籍《詠懷》組詩的時事背景爲魏晉之際司馬氏與曹氏爭奪最高政治權力的鬥爭。與此類似，顏延之《阮籍詠懷詩注》的歷史背景爲元嘉前期宋文帝與彭城王劉義康的政治鬥爭（見《應詔讌曲水作詩》考辨一）。

其次，阮籍《詠懷》組詩表現了詩人生活在黑暗現實中的內心苦悶，反映了詩人看不見希望和出路的憂思。與此類似，顏延之《阮籍詠懷詩注》也是其不滿現實的苦悶、失落心理的反映。據《宋書》本傳，顏延之因得罪權臣劉義康、劉湛，遭到打擊報復，先貶爲永嘉太守，之後免官退隱七年，直到元嘉十七年，宋文帝剪除劉義康的勢力，顏延之才回到朝廷任職。顏延之被迫長期隱居不出期間，産生苦悶、失落的心理是人之常情。

第三，據《宋書》本傳，元嘉十一年，顏延之在貶官之初、免官之前不久創作《五君詠》，詩中稱讚阮籍云：『阮公雖淪跡，識密鑒亦洞。沈醉似埋照，寓辭類託諷。長嘯若懷人，越禮自驚衆。物故不可論，塗窮能無慟？』這裏說的『寓辭類託諷』指的便是以阮籍《詠懷》八十二首爲代表的意旨隱微、寄託遙深的作品。這說明顏延之對阮籍其人其作已有相當瞭解。此後顏延之『屏居里巷』『閒居無事』長達七年之久，阮籍《詠懷》表現出來的苦悶、失落情感與顏延之當時的心境相似，容易引共鳴，從而創作《阮籍詠懷詩注》。

七、《潘岳射雉賦注》佚文一則

《射雉賦》是潘岳代表作之一，顏延之曾爲之作注，已亡佚，《文選》李善注引有部分佚文。這裏將顏延之的注釋命名爲《潘岳射雉賦注》，鉤沉佚文一則如下。

雉之朝鴝，尚求其雌。雌雉不得言鴝（一）。

【出處】

《文選》卷九潘岳《射雉賦》『麥漸漸以擢芒，雉鷕鷕而朝鴝』李善注。

【注】

（一）雉：野雞，體型如雞，毛色五彩。《史記·封禪書》載『野雞夜雊』，裴駰集解引如淳云：『野雞，雉也。』鴝：鳥名，指鴝鵒，俗稱八哥。《左傳·昭公二十五年》載『有鸜鵒來巢』，楊伯峻注：『鸜同鴝，音劬。鸜鵒卽今之八哥，中國各地多有之。』

【繫年】

潘岳長期仕塗不順，與當時的權臣關係不諧，作有諷刺歌謡。《晉書·潘岳傳》載：『岳才名冠世，爲衆所疾，遂棲遲十年。出爲河陽令，負其才而鬱鬱不得志。時尚書僕射山濤、領吏部王濟、裴楷等並爲帝所親遇，岳内非之，乃題閣道爲謡曰：「閣道東，有大牛。王濟鞅，裴楷鞧，和嶠刺促不得休。」』這與顔延之元嘉十一至十七年的經歷極爲相似，容易引起共鳴。此外，元嘉十一至十七年，顔延之『屏居里巷』『閒居無事』，有較多的時間閲讀前賢詩賦，進行評注。《潘岳射雉賦注》的寫作時間與《阮籍詠懷詩注》相近，在元嘉十一至十七年之間。

貳　辨僞

一、《藝文類聚》收録顏延之佚文一則辨僞

《藝文類聚》卷五十《職官部六》『太守』類載顏延之《爲齊景靈王世子臨會稽郡表》，云：『此郡歌風蹈雅，既仿佛於淹中；春誦夏絃，實依俙於河上。頃者以來，稍有訛替，可推擇明經，式寄儒職。使琢玉成器，無爽昔談；鑄金待價，有符舊說。』此文作者並非顏延之，可從以下兩個方面來考察。

第一，顏延之卒於劉宋孝武帝孝建三年，未入南齊，不可能爲齊竟陵王（景靈當爲竟陵之訛誤）世子出守會稽郡而作表。

第二，劉宋竟陵王有兩人，但均未立世子，亦無世子出守會稽郡。劉宋第一位竟陵王是劉義宣，元嘉元年受封竟陵王，此時祇有十歲左右（《宋書·劉義宣傳》載『元嘉元年，年十二，封竟陵王』，然而同卷載劉義宣卒於孝建元年，『時年四十』，由此逆推，劉義宣受封竟陵王時祇有十歲）。劉義宣受封竟陵王時年歲尚幼，並無子嗣，因而未立竟陵王世子。元嘉九年劉義宣改封南譙王，之後十一歲的劉恢方立爲南譙王世子（《宋書·劉義宣傳》）。劉宋第二位竟陵王是劉誕，元嘉三十年封竟陵王，大明三年被殺。劉誕受封竟陵王時二十一歲，被殺時二十七歲，史書未載其立世子，也無世子出守會稽之事。《宋書·劉誕傳》載：『誕及妻女，並可以庶人禮葬，並置守衛。』可見劉誕祇有女兒，並無子嗣。

二、《舊唐書·經籍志》收録顏延之兩部著作辨僞

《舊唐書·經籍志》載『《漢書決疑》十二卷，顏延年撰』『《七悟集》一卷，顏延之撰』。這兩部著作的作者並非顏延之。

(一)《漢書決疑》。《舊唐書・顔師古傳》載：『師古叔父遊秦，……撰《漢書決疑》十二卷，爲學者所稱，後師古注《漢書》，亦多取其義耳。』《新唐書・顔師古傳》所載與之基本相同。此外，《新唐書・藝文志》亦載：『顔遊秦《漢書決疑》十二卷。』可見《漢書決疑》的作者爲顔遊秦。

(二)《七悟集》。《隋書・經籍志》載：『《七悟》一卷，顔之推撰。』《新唐書・藝文志》載：『顔之推《七悟集》一卷。』姚振宗《隋書經籍志考證》『集部・總集類』云：『《七悟》一卷，顔之推撰。《唐書・經籍志》「《七悟集》一卷，顔延之撰。」延之當爲之推。』可見《七悟集》的作者爲顔之推。

三、《海錄碎事》收錄顔延之佚文九則辨僞

南宋葉廷珪《海錄碎事》收錄的顔延之佚文，有九則，其實分别是江淹、賈誼、王僧達、嵇康、王融、謝莊等人所作。

(一)《海錄碎事》卷二『星門』載：『「太微凝帝宇，瑤光正神縣。」顔延年詩。』

這則佚文並非顔延之所作，而是江淹《雜體詩三十首》其二十四《顔特進延之侍宴》中的詩句，爲江淹模仿顔延之宴會詩之作，全詩云：『太微凝帝宇，瑤光正神縣。揆日粲書史，相都麗聞見。列漢構仙宮，開天制寶殿。桂棟留夏飆，蘭橑停冬霰。青林結冥蒙，丹巘被蔥蒨。山雲備卿靄，池卉具靈變。重陽集清氛，下輦降玄宴。鶩望分寰隊，矖曠盡都甸。氣生川嶽陰，烟滅淮海見。中坐溢朱組，步櫚簉瓊弁。禮登佇睿情，樂闋延皇眄。測恩躋逾逸，沿牒懵浮賤。承榮重兼金，巡華過盈瑱。敢飾輿人詠，方慚渌水薦。』

(二)《海錄碎事》卷三下『河海門』載：『「且泛桂水潮，映月遊海澨。」顔延年詩。』

這則佚文並非顔延之所作，而是江淹《雜體詩三十首》其二十三《謝臨川靈運遊山》中的詩句，爲江淹模仿謝靈運山水詩之作，全詩云：『江海經邅回，山嶠備盈缺。靈境信淹留，賞心非徒設。平明登雲峰，杳與廬霍絕。碧障長周流，金潭恒澄澈。洞林帶晨霞，石壁映初晰。乳竇既滴瀝，丹井復寥深。嵒崿轉奇秀，崟岑還相蔽。赤玉隱瑤溪，雲錦被沙汭。夜聞

猩猩啼，朝見鼯鼠逝。南中氣候暖，朱華淩白雪。幸遊建德鄉，觀奇經禹穴。身名竟誰辨，國史終磨滅。且泛桂水潮，映月遊海澨。攝生貴處順，將爲智者說。』

（三）《海錄碎事》卷四上『城郭門』載：『「踐華爲城，因河爲池。」顏延年詩。』

這條佚文並非顏延之所作，而是賈誼《過秦論》中的詞句，云：『然後踐華爲城，因河爲池，據億丈之城，臨不測之淵以爲固。』

（四）《海錄碎事》卷四下『郊野門』載：『「麥隴多秀色，楊園流好音。」顏延年詩。』

這則佚文並非顏延之所作，而是王僧達《答顏延年》中的詩句，全詩云：『長卿冠華陽，仲連擅海陰。珪璋既文府，精理亦道心。君子聳高駕，塵軌實爲林。崇情符遠跡，清氣溢素襟。結遊略年義，篤顧棄浮沈。寒榮共偃曝，春醞時獻斟。聿來歲序暄，輕雲出東岑。麥壟多秀色，楊園流好音。歡此乘日暇，忽忘逝景侵。幽衷何用慰，翰墨久謠吟。棲鳳難爲條，淑貺非所臨。誦以永周旋，匣以代兼金。』

（五）《海錄碎事》卷四下『樑柱門』載：『「桂棟蘭橑。」顏延年詩。』

這則佚文並非顏延之所作，而是江淹《雜體詩三十首》其二十四《顏特進延之侍宴》中的詞句，爲江淹模仿顏延之宴會詩之作，云：『桂棟留夏飆，蘭橑停冬霰。』

（六）《海錄碎事》卷九『愁樂門』載：『「信矣勞物化，憂衿未能整。」顏延之詩。』

這則佚文並非顏延之所作，而是江淹《雜體詩三十首》其二十一《謝僕射混遊覽》中的詩句，全詩云：『信矣勞物化，憂襟未能整。薄言遵郊衢，總轡出臺省。凄凄節序高，寥寥心悟永。時菊耀巖阿，雲霞冠秋嶺。眷然惜良辰，徘徊踐落景。卷舒雖萬緒，動復歸有靜。曾是迫桑榆，歲暮從所秉。舟壑不可攀，忘懷寄匠郢。』

（七）《海錄碎事》卷十下『宗室門』載：『「族茂麟趾，宗固磐石。」顏延年《詩序》。』

顏延之作有《三月三日曲水詩序》，但這則佚文並非出自此文，而是南齊王融《三月三日曲水詩序》中的詞句，云：『若夫族茂麟趾，宗固磐石，跨掩昌姬，韜軼炎漢。元宰比肩於尚父，中鉉繼踵乎周南。』

（八）《海録碎事》卷十下『山陵門』載：『「山庭寢日，隧路抽陰。」顔延年《哀策文》。』

顔延之作有《宋文皇帝元皇后哀策文》，但這則佚文並非出自此文，而是謝莊《宋孝武宣貴妃誄》中的詞句，云：『山庭寢日，隧路抽陰。重扃閟兮燈已黯，中泉寂兮此夜深。』

（九）《海録碎事》卷十六『樂門』載：『「禮登佇睿情，樂闋延皇眄。」顔延之詩。』

這則佚文並非顔延之所作，而是江淹《雜體詩三十首》其二十四《顔特進延之侍宴》中的詩句，爲江淹模仿顔延之宴會詩之作，云：『禮登佇睿情，樂闋延皇眄。測恩躋逾逸，沿牒懵浮賤。』

四、《詩淵》收録顔延之佚詩兩首辨僞

明初《詩淵》收録的顔延之佚詩，有兩首是江淹所作。

（一）《詩淵》『詩・雜體』《羈旅去舊鄉》題下，標明作者爲『齊顔延之』，收録第一首佚詩云：『太微凝帝宇，瑤光正神縣。揆日粲書史，相都麗聞見。列漢構仙宫，開天制寶殿。桂棟留夏飆，蘭橑停冬霰。青林結冥蒙，丹巘被蔥蒨。山雲備卿靄，池卉具靈變。重陽集清氛，下輦降玄宴。鶩望分寰隊，矚曠盡都甸。氣生川嶽陰，烟滅淮海見。中坐溢朱組，步櫚簉瓊弁。禮登佇睿情，樂闋延皇眄。測恩躋逾逸，沿牒懵浮賤。承榮重兼金，巡華過盈瑱。敢飾輿人詠，方慚淥水薦。』

顔延之卒於劉宋孝武帝孝建三年，未入南齊，這首佚詩並非顔延之所作，而是江淹《雜體詩三十首》其二十四《顔特進延之侍宴》，爲江淹模仿顔延之宴會詩之作。

（二）《詩淵》『詩・雜體』《羈旅去舊鄉》題下，標明作者爲『齊顔延之』，收録第二首佚詩云：『昨發赤亭渚，今宿浦陽汭。方作雲峯異，豈伊千里別。芳塵未歇席，零淚猶在袂。停艫望極浦，弭棹阻風雪。風雪既經時，夜永起懷舊。汎濫畏沃若，人事亦銷鑠。子衿怨勿往，谷風誚輕薄。共秉延州信，無慚仲路諾。靈芝望三秀，孤筠情所託。所託已殷勤，祇足攪懷人。今行嶀嵊外，行銷至海濱。覲子杳未僝，欵睇在何辰。雜佩雖可贈，疏華謂無陳。無陳心悁勞，旅人豈遊遨。幸及

風雪霽，青春滿江皋。解纜候前侶，還望方鬱陶。烟景若離遠，未響寄瓊瑤。』

顏延之卒於劉宋孝武帝孝建三年，未入南齊，這首佚詩並非顏延之所作，而是江淹《雜體詩三十首》其二十五《謝法曹惠連贈別》，爲江淹模仿謝惠連贈別詩之作。

五、《七十二家集·顏光祿集》收錄顏延之佚文一則辨僞

明末張燮《七十二家集·顏光祿集》卷二『表』類收錄《爲竟陵王世子臨會稽郡表》。此文源自《藝文類聚》卷五十，並非顏延之所作，見前文辨僞一。

六、《漢魏六朝百三家集·顏光祿集》收錄顏延之佚文一則辨僞

明末張溥《漢魏六朝百三家集·顏光祿集》『表』類收錄《爲齊竟陵王世子臨會稽表》。此文源自《藝文類聚》卷五十，並非顏延之所作，見前文辨僞一。

七、《全上古三代秦漢三國六朝文》收錄顏延之佚文一則辨僞

嚴可均《全上古三代秦漢三國六朝文·全宋文》卷三十六收錄顏延之《爲竟陵王世子臨會稽郡表》，注明引自《藝文類聚》五十，並非顏延之所作，見前文辨僞一。

八、《先秦漢魏晉南北朝詩》收錄顔延之佚詩三首辨僞

逯欽立《先秦漢魏晉南北朝詩·宋詩》卷六收錄顔延之三首佚詩，云『太微凝帝宇。瑶光正神縣』（《海録碎事》一）、『旦泛桂水潮，映月遊海澨』（《海録碎事》三）、『信矣勞物化，憂襟未能整』（《海録碎事》九）。這三首佚詩均輯自南宋葉廷珪《海録碎事》，並非顔延之所作，見前文辨僞三。

九、《昭昧詹言》録顔延之詩評一則辨僞

方東樹《昭昧詹言》卷三載：『阮公於曹、王另爲一派，其意旨所及，昔賢皆怯言之。休文所解，粗略膚淺，毫無發明。顔延年曰：「阮在晉文代，常慮禍患，故發此詠。」又曰：「身仕亂朝，常恐罹謗遇禍，因茲發詠，故每有憂生之嗟。雖志在刺譏，而文多隱避，百代之下，難以情測。故粗明大意，略其幽旨。」延年之説當矣。而何義門謂顔説爲非，豈以其忠悃激發，痛心府朝，而不徒爲一己禍福生死也乎？』這裏引用了顔延之的兩則詩評，其中第一則詩評出自《文選》卷二十三李善注，標明『顔延年曰』，確爲顔延之作，見輯佚其六『《阮籍詠懷詩注》佚文四則』；第二則詩評出自《文選》卷二十三李善注，未標明『顔延年曰』，爲李善所作，並非顔延之作。

叁　存目作品考

顔延之的作品亡佚嚴重，除前述完篇、殘篇之作外，這裏收錄其内容亡佚、僅存題名的論著，共二十種。

一、蕭梁古本《顔延之集》三十卷。《隋書·經籍志四》『别集類』載『宋特進《顔延之集》二十五卷，梁三十卷』。該書可能毁於梁末戰亂，隋代已亡佚。

二、蕭梁古本《顔延之逸集》一卷。《隋書·經籍志四》『别集類』載『又有《顔延之逸集》一卷，亡』。該書可能毁於梁末戰亂，隋代已亡佚。

三、隋代古本《顔延之集》二十五卷。《隋書·經籍志四》『别集類』載『宋特進《顔延之集》二十五卷』。該書可能毁於唐末五代戰亂，北宋初已亡佚。

四、宋代古本《顔延之集》五卷。《宋史·藝文志七》載『《顔延之集》五卷』。該書可能毁於南宋末年戰亂，元初已亡佚。宋末元初方回在《文選顔鮑謝詩評》卷一評顔延之《應詔觀北湖田收》詩云：『予謂李善時有《丹陽郡圖經》、有《顔延之集》，今皆無之矣。』

五、《北上篇》。《南史》本傳載：『延之與陳郡謝靈運俱以辭采齊名，而遲速縣絶。文帝嘗各敕擬樂府《北上篇》，延之受詔便成，靈運久之乃就。』此詩已亡佚。謝靈運與顔延之一起徵召入京在元嘉三年，謝靈運免職東歸在元嘉五年，此後兩人未曾同時在中樞供職，故顔延之《北上篇》作於元嘉四年前後。

六、《元嘉西池宴會詩集》三卷。《舊唐書·經籍志》載：『《元嘉西池宴會詩集》三卷，顔延之撰。』《新唐書·藝文志》載：『顔延之《元嘉西池宴會詩集》三卷。』《元嘉西池宴會詩集》成書於元嘉十一年三月左右（見顔延之《三月三日曲水詩序》繫年）。

七、《通佛影跡》《通佛頂齒爪》《通佛衣鉢》《通佛二疊不燃》《離識觀》《妄書禪慧宣諸弘信》《書與何彦德論感果生滅五往反》《答或人問》《顔延年釋何五往反》《廣何》《重與何書》。我國現存最早的佛典目録爲僧祐《出三藏記集》，其卷十二載有陸澄《法論目錄》，收錄了顏延之佛學論著十二篇，即《通佛影跡》《通佛頂齒爪》《通佛衣缽》《通佛二疊不燃》《離識觀》《妄書禪慧宣諸弘信》《書與何彥德論感果生滅五往反》《論檢》《答或人問》《顏延年釋何五往反》《廣何》《重與何書》，除《論檢》存有殘句外，其餘十一篇均已亡逸。這些佛教論著寫作的時間可能與顏延之《論檢》《釋何衡陽〈達性論〉》《重釋何衡陽》《又釋何衡陽》等佛學論著相近，在元嘉十一年左右。

八、《論文》。鍾嶸《詩品》云：『陸機《文賦》，通而無貶；……顏延《論文》，精而難曉；摯虞《文志》，詳而博贍，頗曰知言。觀斯數家，皆就談文體，而不顯優劣。』可見顏延之作有《論文》，談論文體，今已亡佚。輯佚一『《庭誥》佚文八則』中的第三、四、六則涉及顏延之對文體的看法，可供參考。此文寫作時間可能與《庭誥》相近，在元嘉十一至十七年之間。

九、《王球石志》。顏延之與王球交好。《宋書》本傳載：『中書令王球名公子，遺務事外，延之慕焉，球亦愛其材，情好甚款。延之居常罄匱，球輒贍之。』《宋書·王球傳》載：『（元嘉）十八年，卒，時年四十九。』《南齊書·禮志下》載：『近宋元嘉中，顏延之作王球石志。素族無碑策，故以紀德。自爾以來，王公以下，咸共遵用。』可見元嘉十八年王球去世，顏延之因之作《王球石志》。

十、《解湘東王師表》。《宋書》本傳載：『世祖登阼，以爲金紫光祿大夫，領湘東王師。……表解師職，加給親信三十人。孝建三年，卒，時年七十三。』可見顏延之元嘉三十年任湘東王師，孝建三年去世前不久解湘東王師，《解湘東王師表》當作於孝建二年左右。

肆　顔延之出仕考

顔延之三十歲依舊未仕，入仕之初爲後將軍劉柳的屬官，任後將軍行參軍、主簿等職。《宋書》本傳載：『年三十，猶未婚。妹適東莞劉憲之，穆之子也。穆之既與延之通家，又聞其美，將仕之，先欲相見，延之不往也。後將軍、吴國内史劉柳以爲行參軍，因轉主簿，豫章公世子中軍行參軍。』

《宋書·謝瞻傳》載：『初爲桓偉安西參軍，楚臺祕書郎。瞻幼孤，叔母劉撫養有恩紀，兄弟事之，同於至親。劉弟柳爲吴郡，將姊俱行，瞻不能違，解職隨從，爲柳建威長史。』據《晉書·安帝紀》《晉書·桓玄傳》記載，楚國建立、桓玄稱楚王在元興二年八月；元興二年十二月，桓玄篡位稱帝，『楚臺』不存。可見謝瞻任楚臺祕書郎在元興二年八月至十二月，劉柳任吴國内史當在元興二年。據《晉書·魏詠之傳》，魏詠之任吴國内史在義熙元年。劉柳任吴國内史當在元興二年至義熙元年之間。

『後將軍』爲軍職，東晉不常置，多授予武將、宗室。東晉末年，權臣司馬元顯、桓玄、司馬休之、劉毅等均曾加官後將軍，可知後將軍的顯貴。劉柳爲文臣，東晉非宗室文臣授『後將軍』較少，一般是中樞執政文臣的加官，如謝安『尋爲尚書僕射，領吏部，加後將軍』（《晉書·謝安傳》）。與此類似，後將軍當是劉柳任尚書僕射後的加官。

《晉書·劉柳傳》載『歷尚書左右僕射』，劉柳任尚書右僕射在義熙三年。《宋書·沈演之傳》載：『演之年十一，尚書僕射劉柳見而知之，曰：「此童終爲令器。」……（元嘉二十六年）暴卒，時年五十三。』可見義熙三年沈演之十一歲，劉柳已爲尚書僕射。《宋書·袁豹傳》載：『歲餘，轉司徒左西屬，遷劉毅撫軍諮議參軍，領記室。……尋轉撫軍司馬，遷御史中丞。……奏免尚書右僕射劉柳、左丞徐羨之、郎何邵之官，詔並贖論。孟昶卒，豹代爲丹陽尹。』據《晉書·安帝紀》《晉書·劉毅傳》，劉毅任撫軍將軍在義熙元年至五年正月，孟昶卒於義熙六年五月，故袁豹奏免劉柳一事發生在義熙五年左右，此時劉柳已任尚書右僕射。

義熙三年至八年初，劉柳一直任尚書右僕射，此時孔安國（義熙二年十月至四年四月）、孟昶（義熙四年四月至六年五月）、謝混（義熙六年五月至八年九月）先後任尚書左僕射，劉柳無任職可能。義熙八年九月，尚書左僕射謝混爲劉裕所殺，劉柳當在此時任尚書左僕射，但任職時間並不長。義熙十一年正月，劉裕任命心腹謝裕、劉穆之分任尚書左、右僕射（《晉書・安帝紀》）。因此，劉柳任尚書左僕射當在義熙八年九月至十年之間。

尚書僕射有左右之分，左僕射職位重於右僕射，參照孔靜『累遷尚書左僕射，加後將軍』（《晉書・孔愉傳》）的記載，劉柳加後將軍當在義熙八年任尚書左僕射之後不久。義熙十年之後，劉柳離開中樞至地方任職，不再任尚書僕射，但後將軍之職一直保留，直至義熙十二年去世。例如，義熙十一年至十二年，劉柳任江州刺史，顔延之任後將軍功曹，『先是，顔延之爲劉柳後軍功曹，在尋陽，與潛情款』（《宋書・陶潛傳》）。

如前所述，劉柳加後將軍在義熙八年任尚書僕射之後不久，之後劉柳任後將軍直至義熙十二年去世。這與《宋書》本傳的記載相符，即年過三十的顔延之在義熙十年出仕時，劉柳任後將軍。問題在於，前面由史料推知劉柳任吳國内史在元興二年至義熙元年之間，這比《宋書》本傳所載劉柳任吳國内史的時間早十年左右。

有研究者注意到這個問題，如曹道衡、沈玉成《中古文學史料叢考》、沈玉成《關於顔延之的生平與作品》等。爲避免時間衝突，這些學者認爲《宋書》本傳所載劉柳任吳國内史時間有誤，將顔延之出仕的時間提前十年左右，即義熙初出仕。這種解釋表面上解決了問題，實際上帶來了更多的矛盾：

第一，元興二年至義熙元年劉柳任吳國内史時，其加官爲建威將軍，而非後將軍。《宋書・謝瞻傳》載：『瞻幼孤，叔母劉撫養有恩紀，兄弟事之，同於至親。劉弟柳爲吳郡，將姊俱行，瞻不能違，解職隨從，爲柳建威長史。』謝瞻棄楚臺祕書郎，『爲柳建威長史』，這説明劉柳任吳國内史時，加官爲建威將軍。

如前所述，東晉時期，非宗室文臣授『後將軍』較少，『後將軍』一般是中樞執政文臣的加官，如謝安等。建威將軍的地位低於後將軍，多爲地方刺史、郡守的加官。例如，劉裕的從母兄劉懷肅，生前曾爲建威將軍、輔國將軍、淮南、歷陽二郡太守，死後方追贈與後將軍同等地位的左將軍（《晉書・安帝紀》《宋書・劉懷肅傳》）。又如，《晉書・韓延之傳》載：『安帝時爲建威將軍、荆州治中，轉平西府録事參軍。』韓延之爲建威將軍時，祗是荆州治中，治中主衆曹文書事，爲州刺史高級佐官之一。又如，《晉書·王謐傳》載：『及桓玄舉兵，詔謐銜命詣玄，玄深敬昵焉，拜建威將軍、吳國內史。』這裏王謐『拜建威將軍、吳國內史』，與劉柳的官職一致。

因此，即使將顏延之出仕時間推前十年左右，此時劉柳任吳國內史，加官爲建威將軍，依舊與《宋書》本傳『後將軍、吳國內史劉柳』的記載不符。

第二，義熙元年顏延之確實有出仕機會。《宋書》本傳載：『晉恭思皇后葬，應須百官，湛之取義熙元年除身，以延之兼侍中。邑吏送劄，延之醉，投劄於地曰：「顏延之未能事生，焉能事死！」』《南史》本傳所載與之基本相同。《宋書》本傳、《南史》本傳均載顏延之有『義熙元年除身』。『除身』即告身，爲古代授官的憑信，類似於後世的委任狀、任命書。由『義熙元年除身』出發，顏延之在義熙初年曾被授予官職，但其並未接受。《宋書》本傳、《南史》本傳皆載顏延之酒醉後自稱：『顏延之未能事生，焉能事死！』酒後吐真言，這裏『未能事生』指義熙元年顏延之之被授予官職，但其並未接受之事；『焉能事死』指元嘉十三年晉恭思皇后下葬，以顏延之兼侍中之職，其同樣拒絕之事。

第三，《宋書》本傳載：『年三十，猶未婚。妹適東莞劉憲之，穆之子也。穆之既與延之通家，又聞其美，將仕之，先欲相見，延之不往也。』《南史》本傳所載與之基本相同。可見顏延之三十歲時依舊未婚、未仕，因而有劉穆之『將仕之』的記載，顏延之義熙元年出仕顯然與之矛盾。

由上可知，將顏延之出仕時間提前並不能解決問題，反而帶來更多的矛盾。關於劉柳任吳國內史比《宋書》本傳所載時間早十年左右的問題，除了用史書記載有誤來解釋（即義熙十年劉柳未任吳國內史）外，還有一種不改動現有史料的解釋，即劉柳兩次任吳國內史。

第一，如前所述，劉柳任尚書左僕射在義熙八年九月至十年之間，義熙十年之後，劉柳保留後將軍之職，不再任尚書右僕射，而是外放地方爲官。義熙十一年四月至十二年六月，劉柳任江州刺史，卒於江州。但是，劉柳離任尚書左僕射與任江州刺史之間，尚有約一年的時間，這段時間劉柳的仕履空缺。這一時期劉柳再次任吳國內史。這就符合《宋書》本傳關於劉柳義熙十年左右任『後將軍、吳國內史』的記載。

第二，東晉尚書僕射有外放吳國内史的前例。《晉書・王劭傳》載：『桓温甚器之。遷吏部尚書、尚書僕射，領中領軍，出爲建威將軍、吳國内史。』因此，劉柳由中樞尚書僕射外放吳國内史有前例可循，並非特例。

第三，東晉官員有輾轉地方、中樞兩次任吳國内史的前例。《晉書・王薈傳》載：『除吏部郎、侍中、建威將軍、吳國内史……徵補中領軍，不拜。徙尚書，領中護軍，復爲征虜將軍、吳國内史。』這裏王薈先在中樞任吏部郎、侍中，然後外放爲建威將軍、吳國内史，之後返回中樞任尚書，領中護軍，而後再次外放爲征虜將軍、吳國内史。因此，劉柳兩次任吳國内史也有前例可循，並非特例。

劉柳第一次任吳國内史在元興二年至義熙元年，加官爲建威將軍；第二次任吳國内史在義熙十年至十一年，加官爲後將軍。這樣解釋的話，義熙十年顔延之出仕時，劉柳任後將軍、吳國内史並無問題，並能與相關文獻材料相容。反之，顔延之義熙元年出仕這一解釋與現有史料存在三處明顯衝突，難以成立。

《宋書》本傳載：『年三十，猶未婚。妹適東莞劉憲之，穆之子也。穆之既與延之通家，又聞其美，將仕之，先欲相見，延之不往也。後將軍、吳國内史劉柳以爲行參軍，因轉主簿，豫章公世子中軍行參軍。』《南史》本傳載：『又少經爲湛父柳後將軍主簿』。《宋書・陶潛傳》載：『先是，顔延之爲劉柳後軍功曹，在尋陽，與潛情款。』《晉書・安帝紀》載：『（義熙十二年）六月己酉，新除尚書令、都鄉亭侯劉柳卒。』《南史・劉湛傳》載：『父柳亡於江州，府州送故甚豐，一無所受，時論稱之。』由這些史料記載可知，義熙九年顔延之三十歲時尚未出仕，之後顔延之出仕，任後將軍劉柳的佐官，歷任後將軍行參軍、主簿、功曹等職。義熙十二年六月，劉柳改任尚書令，未離江州即去世。顔延之由後將軍行參軍起家，逐步升職，主簿、功曹已是後將軍的高級佐官，功曹更是佐官之首，『不儀同三司者，不置從事中郎，置功曹一人，主吏，在主簿上，漢末官也』（《宋書・百官志上》）。顔延之展現才幹，劉柳賞識提拔，都需要一定的時間，難以一蹴而就。因此，顔延之出仕在義熙十年左右。

由上可知，元興二年（四〇三）至義熙元年（四〇五），劉柳任吳國内史；義熙三年（四〇七）至八年（四一二）初，劉柳任尚書右僕射；義熙八年九月至十年（四一四），劉柳任尚書左僕射，加後將軍；義熙十年至十一年（四一五）四月，劉柳再次任吳國內史，保留後將軍之職，此年顏延之出仕，爲後將軍行參軍；義熙十一年四月至十二年（四一六）六月，劉柳任江州刺史，後將軍之職不變，顏延之任後將軍主簿、功曹。

伍　顔延之年譜新編

顔延之年譜目前所見有三種，即季冰《顔延之年譜》、繆鉞《顔延之年譜》、諶東飆《顔延之年表》，其中繆鉞《顔延之年譜》學術價值較高，涵蓋了顔延之的主要生平經歷及部分作品繫年。在參考已有成果的基礎上，我們補訂顔延之的生平經歷，完善作品繫年，重新編定顔延之年譜如下。

顔延之，字延年。

《宋書》本傳載『顔延之，字延年』，《南史》本傳所載與之相同。顔延之的字、名同字同義，核心詞均爲『延』。這種現象，中古間或有之，如劉宋吏部尚書蔡興宗，字興宗；唐代詩人杜牧，字牧之等。這類字、名同字同義，往往包含了長輩在某方面的殷切期望。例如，《南史·蔡興宗傳》載：『興宗，字興宗，幼爲父廓所重，謂有己風。與親故書曰：「小兒四歲，神氣似可，不入非類室，不與小人遊。」故以興宗爲之名，以興宗爲之字。』顔延之『少孤貧』，父親顔顯早逝，因此『延之』之名可能爲其父所取，而『延年』之字，可能是顔延之其他長輩鑑於其父早亡所取，取延年益壽之義。顔延之字、名同字同義，包含了長輩對顔延之得享壽終的期望。顔延之終年七十三歲，稱得上高壽，亂世尤爲難得，可謂不負長輩期望。

祖籍琅邪臨沂，六世祖曹魏青、徐刺史、關内侯顔盛。

《宋書》本傳、《南史》本傳皆云顔延之『琅邪臨沂人』。琅邪臨沂爲中古顔氏郡望所在。顔延之爲孔子弟子顔回的後裔，但漢代之後，『其後喪亂，譜牒淪亡』（顔真卿《唐故通議大夫行薛王友柱國贈祕書少監國子祭酒太子少保顔君碑銘》，省稱顔《碑》）。顔延之的六世祖顔盛，任青、徐二州刺史，受封關内侯，爲中古顔氏興盛之始。顔盛將家族從魯地遷徙至琅邪臨沂孝悌里。顔延之《右光禄大夫西平靖侯顔府君家傳銘》（省稱《家傳銘》）云：『誰其來遷，時聞遠祖，青州隱秀，爰始貞居。』顔《碑》載：『魏有斐、盛。盛字叔臺，青、徐二州刺史，關内侯，始自魯居於琅邪臨沂孝悌里。』顔盛之後，顔氏一族四代定居於琅邪臨沂，世代官宦，中古顔氏即以琅邪臨沂爲郡望，如唐代中葉，顔延之的十世族孫顔真卿，定居長安已歷五代，史書依舊以郡望稱。《舊唐書·顔真卿傳》載：『顔真卿，字清臣，琅邪臨沂人也。』

五世祖西晉廣陵太守、給事中顏欽。

顏延之的五世祖顏欽，熟精儒家經典，任廣陵太守、給事中等職，受封葛嶧子爵，謚曰『貞』。《家傳銘》云：『葛嶧明懿，平陽聰理。』顏《碑》載：『（顏盛）生廣陵太守、給事中、葛繹貞子諱欽，字公若，精《韓詩》《禮》《易》《尚書》，學者宗之。』

高祖西晉太子中舍人、汝陰太守顏默。

顏延之的高祖顏默，字靜伯，任太子中舍人、汝陰太守等職，襲葛嶧子爵。《家傳銘》云：『無忝汝陰，有偉安定，舍人孜敏，亦允儲命。』顏《碑》載：『（顏欽）生汝陰太守、護軍、襲葛繹子諱默，字靜伯。』

曾祖東晉右光祿大夫、西平縣侯顏含。

永嘉年間，顏延之的曾祖顏含隨司馬睿南渡，爲建康顏氏之祖。顏含歷元帝、明帝、成帝三朝，任侍中、國子祭酒、右光祿大夫等職，受封西平縣侯，謚號『靖』。《家傳銘》云：『隨難蕃霸，特安闈掖，扶元陟帝，翼成復辟。』顏《碑》載：『（顏默）生晉侍中、右光祿大夫、西平靖侯諱含，字弘都。隨元帝過江，已下七葉，葬在上元幕府山西。』《晉書·顏含傳》載：『東宮初建，含以儒素篤行補太子中庶子，遷黃門侍郎、本州大中正，歷散騎常侍、大司農。……未之官，復爲侍中。尋除國子祭酒，加散騎常侍，遷光祿勳，以年老遜位。成帝美其素行，就加右光祿大夫。』《宋書》本傳載：『曾祖含，右光祿大夫。』

從曾祖顏畿、顏輦，從曾祖母樊氏。

《晉書·顏含傳》載：『兄畿，咸寧中得疾，就醫自療，遂死於醫家。……含二親既終，兩兄繼沒，次嫂樊氏因疾失明。』《陋巷志》（陳鎬編撰，明正德二年刻本、明萬曆二十九年刻本）載顏默有三子：顏畿、顏輦、顏含。顏畿、顏輦早逝無後，之後顏氏遂以顏含爲宗。

祖父東晉零陵太守顏約，從祖光祿勳顏髦、安成太守顏謙，從祖母劉氏。

顏延之的祖父顏約，是曾祖顏含的少子，任零陵太守。《宋書》本傳載：『祖約，零陵太守。』顏約有兩兄，即顏髦、顏謙。《晉書・顏含傳》載：『（顏含）三子：髦、謙、約。髦歷黃門郎、侍中、光祿勳，謙至安成太守，約零陵太守，並有聲譽。』顏氏家族墓地位於今江蘇省南京市北郊幕府山西側的老虎山南麓。一九五八年南京市文物保管委員會對此進行了調查和發掘，共清理了九座墓葬。一號墓的墓主爲顏含次子顏謙之妻劉氏，出土長方形磚質墓誌云『琅邪顏謙婦劉氏年卅四以晉永和元年七月廿日亡九月葬』。

父護軍司馬顏顯。

顏延之的父親顏顯，任護軍司馬。《宋書》本傳載：『父顯，護軍司馬。』《南史》本傳載：『父顒，護軍司馬。』兩書記載顏延之父親的名字不同。由於《宋書》成書早於《南史》百餘年，《陋巷志》載顏延之父亦作顏顯。因此，顏延之的父親當爲顏顯，『顒』爲『顯』形近之誤。

從父顏綝、顏綸、顏矯、顏朗、顏暢、顏紹、顏熙。

顏延之的伯祖顏髦，有子顏綝，襲西平縣侯爵位，任州西曹騎都尉。顏《碑》載：『（顏髦）生州西曹騎都尉、西平侯諱綝，字文和。』《陋巷志》載顏髦有六子：顏綝、顏綸（任廷尉正）、顏矯、顏朗、顏暢（任州西曹）、顏紹；顏謙有一子顏熙（任散騎常侍）。

兄益州刺史顏繫之，弟東陽太守顏坦之，妹適員外散騎常侍劉慮之。

《陋巷志》載顏顯有三子，顏延之排行居中，其兄顏繫之，任益州刺史；其弟顏坦之，任東陽太守。顏坦之早逝，顏延之作有《祭弟文》《挽歌辭》《除弟服》等作品。

顏延之還有一妹，名字不詳，嫁給劉穆之之子劉慮之。《宋書》本傳載：『妹適東莞劉憲之，穆之子也。』《南史》本傳載：『妹適東莞劉穆之子憲之。』《宋書・劉穆之傳》載劉穆之有三子，即劉慮之、劉式之、劉貞之，並無劉憲之。由於慮、憲形近，《宋書》本傳中『劉憲之』可能爲『劉慮之』之誤。劉慮之，嗣父劉穆之南康郡公爵位，官至員外散騎常侍（《宋書・劉穆之傳》）。

從兄弟顏靖之、顏秉之、顏邵、顏根、顏實。

顏延之的從父顏綝，有子顏靖之，任宣成太守、御史中丞等職。顏《碑》載：『（顏綝）生宣成太守、御史中丞諱靖之，字茂宗。』《陋巷志》載顏綝有二子：顏靖之（任御史中丞）、顏秉之（任散騎常侍）；顏暢有一子顏邵（任領軍司馬、諮議參軍、領錄事、竟陵太守，《陋巷志》載其名爲『邵之』，據《宋書·顏師伯傳》《南史·顏師伯傳》改）；顏熙有二子：顏根（任治書御史、晉安太守）、顏實（任御史大夫、永安太守）。

晉孝武帝太元九年（三八四）　一歲

生於建康長干里顏家巷。

《宋書》本傳載：『孝建三年卒，時年七十三。』《南史》本傳所載與之相同。孝建三年（四五六）上推七十三年，顏延之生於本年。

顏含南渡之後，顏氏一族定居建康顏家巷兩百餘年。《北齊書·文苑傳》載顏延之五世族孫顏之推《觀我生賦》云『經長干以掩抑』，其後顏之推自注云『長干舊顏家巷』。顏家巷位於建康城南長干里（今南京中華門附近），靠近城郭。《宋書》本傳載：『延之少孤貧，居負郭，室巷甚陋。……延之與仲遠世素不協，屏居里巷，不豫人間者七載。』這裏『負郭』指顏家巷靠近城郭，『室巷』『里巷』指顏家巷。

太元十年（三八五）　二歲

謝靈運生（《宋書·謝靈運傳》）。

太元十五年（三九〇）　七歲

本年前後，接受啓蒙教育。

顏之推《顏氏家訓》云：『吾家風教，素爲整密。昔在齠齔，便蒙誘誨，……雖讀《禮》《傳》，微愛屬文。』這裏『齠齔』指垂髫換齒時，代指童年，一般在七八歲，如白居易《歡兒戲》云：『齠齔七八歲，綺紈三四兒。』東晉南朝時期，齠齔開蒙是士族弟子常例。《顏氏家訓》云：『士大夫子弟，數歲已上，莫不被教，多者或至《禮》《傳》，少者不失《詩》《論》。』《北齊書·顏之推傳》稱顏氏家族『世善《周官》《左氏》』。與之類似，顏延之七歲左右，開始接受《詩經》《論語》《周禮》《左傳》等經典啓蒙教育。

晉安帝隆安二年（三九八）　十五歲

本年前後，父顔顯去世。

《宋書》本傳載：『延之少孤貧，居負郭，室巷甚陋。』《南史》本傳亦載『延之少孤貧，居負郭』。少孤指未成年時（加冠之前）喪父，顔延之之父顔顯史籍無傳，去世時間今已不可確考，這裏試作一推測。

顔延之有一弟一妹，其妹出嫁時，顔延之約三十歲，『年三十，猶未婚。妹適東莞劉憲之，穆之子也。穆之既與延之通家，又聞其美，將仕之』（《宋書》本傳）。古代女子出嫁多在十五歲左右。《禮記·内則》載：『女子許嫁……十有五年而笄。』顔氏家族奉儒守禮，由此推測，顔延之之妹出嫁時約十五歲，顔延之與其妹年齡相差約十五歲，其父顔顯去世時，顔延之約十五歲。

先唐正史中，不少歷史人物都有少孤的經歷，但史書很少記載他們少孤時的具體年齡，可供參考者有以下數例：『少孤，年八歲爲人牧豕』（《後漢書·承宫傳》）；『汪少孤貧，六歲過江，依外家新野庾氏』（《晉書·范汪傳》）；『兄弟少孤，薩三歲失父』（《宋書·孝義傳·孫棘傳》）；『九歲丁父艱，與第四弟觀同生，少孤貧』（《梁書·江革傳》）、『壽少孤，性仁孝，九歲喪父』（《隋書·元壽傳》）。這些例子中，人物少孤時的年齡多在十歲之前，史書特意點出，多意在説明傳主幼年向學、逆境成才。《宋書》本傳、《南史》本傳不載顔延之少孤時的年齡，除了材料受限因素外，顔延之此時已十五歲左右，接近成年，『吾十有五而志於學』（《論語·爲政》），不太符合前述幼年向學、逆境成才的通例。

晉安帝義熙元年（四〇五）　二十二歲

初授官職，未就。

《宋書》本傳載：『晉恭思皇后葬，應須百官，湛之取義熙元年除身，以延之兼侍中。邑吏送劄，延之醉，投劄於地曰：「顔延之未能事生，焉能事死！」』《南史》本傳所載與之基本相同。兩部史書都記載顔延之有『義熙元年除身』。『除身』即告身，爲古代授官的憑信，類似於後世的委任狀、任命書。由『義熙元年除身』出發，顔延之在義熙初年曾被授予官職，但其並未接受。

第一，《宋書》本傳、《南史》本傳皆載顏延之酒醉後自稱：『顏延之未能事生，焉能事死。』酒後吐真言，這裏『未能事生』指義熙元年顏延之被授予官職，但其並未接受之事；『焉能事死』指元嘉十三年東晉恭思皇后下葬，以顏延之兼侍中之職，其同樣拒絕之事。

第二，《宋書》本傳載：『年三十，猶未婚。妹適東莞劉憲之，穆之子也。穆之既與延之通家，又聞其美，將仕之，先欲相見，延之不往也。』《南史》本傳所載與之基本相同。可見顏延之三十歲的時候依舊未婚、未仕，因而有劉穆之『將仕之』的記載。

顏延之未就官的原因，可能與當時的政治形勢相關。元興元年至義熙元年四年間，東晉局勢動盪不安，歷經桓玄專權篡位、劉裕起兵討伐、安帝回京復位等重大事件，很多官員死於政治、軍事鬥爭的漩渦中。期間晉安帝一度被廢，後來又被桓玄餘黨控制，直到義熙元年三月才回到建康復位，但政治形勢依舊並不明朗。桓玄逃離建康後（元興元年三月後）至安帝返回建康前（義熙元年三月前），劉裕攻佔建康，一度掌控朝政，但劉裕爲寒門武人，門第低微，其乘勢驟起，根基並不穩固。安帝返回建康後不久，劉裕即離開建康，義熙四年方入朝執政，『車騎將軍劉裕爲揚州刺史、錄尚書事』（《晉書·安帝紀》），直到義熙十一年，劉裕消滅盧循、劉毅、司馬休之等南方割據勢力，東晉境內方全由劉裕勢力統治。由上可知，義熙元年政治局勢並不穩定，四年間都城建康三易其手，很多官員死於政治鬥爭中。此時並非出仕的合適時機，因而顏延之授官未就。

義熙九年（四一三）　三十歲

居顏家巷，博覽羣書，文章之美，冠絕當時，好飲酒而不護細行，三十歲未婚未仕，拒絕姻親劉穆之的舉薦。

《宋書》本傳載：『延之少孤貧，居負郭，室巷甚陋。好讀書，無所不覽，文章之美，冠絕當時。飲酒不護細行，年三十，猶未婚。妹適東莞劉憲之，穆之子也。穆之既與延之通家，又聞其美，將仕之，先欲相見，延之不往也。』《南史》本傳所載與之基本相同。顏延之出身士族（琅邪顏氏），好讀書，善屬文，富有才學，但年三十還未婚，這裏試對其晚婚原因作一推測。

第一，父輩仕宦不顯，家族有衰微之勢。自顏延之六世祖顏盛開始，琅邪顏氏一直是望族，曹魏至東晉一百餘年內，五代皆有五品以上官員。到了顔延之父輩一代，琅邪顔氏有衰微之勢，顯著表徵便是仕宦不顯。顔延之父輩共八人，出仕者有五人，多爲低品官，如其父顔顯任護軍司馬、從父顔綝任州西散騎都尉、從父顔綸任廷尉正、從父顔暢任州西曹等。這些人史籍無傳，遠不能與父祖輩相比，導致顔氏門戶下降，難以與望族通婚。

第二，祖、父爲家族三房分支，父親早逝。顔延之的祖父顔約爲曾祖顔含的第三子，上有兩兄顔髦、顔謙。作爲長子，顔髦更受其父重視，其仕宦（黄門郎、侍中、光禄勳）也比兩弟顯達。此後顔含的爵位（西平縣侯）也由長房顔髦一系傳承。到了顔髦之子顔綝時，雖然祇任州西散騎都尉，但依舊承襲西平縣侯爵位，不失貴族身份。作爲家族三房分支，顔延之的祖、父不能承襲爵位，得到家族的支持有限，他們的仕宦更多地要依靠自身的努力。更不幸的是，顔延之的父親顔顯早逝，去世時僅任護軍司馬。這更增加了顔延之與望族通婚的難度。

第三，顔延之好酒成性，不護細行。《宋書》本傳載：『飲酒不護細行。……延之好酒疏誕，不能斟酌當世。……兼有酒過，……獨酌郊野，當其爲適，傍若無人。』對於嗜酒的嚴重後果，顔延之有深刻認識，在《庭誥》中，他敦敦告誡子嗣不要嗜酒，『酒酌之設，可樂而不可嗜，嗜而非病者希，病而遂眚者幾。既眚既病，將蔑其正。』然而知易行難，顔延之嗜酒成性，一生不改，節制飲酒祇能言傳而不能身教，酒已經成爲其生命中的重要組成部分。顔延之好酒成性，不護細行是其晚婚原因之一。與之類似，《漢書·于定國傳》載于定國之子于永『少時，耆酒多過失』，長期未婚，直到『年且三十，乃折節修行』，而後才婚宦有成，『由是以列侯爲散騎、光禄勳，至御史大夫，尚館陶公主』。

第四，顔延之性直才高，不甘俯就，也不屑攀附。《宋書》本傳載：『時尚書令傅亮自以文義之美，一時莫及，延之負其才辭，不爲之下，……辭甚激揚，每犯權要。……延之性既褊激，兼有酒過，肆意直言，曾無遏隱。……』這種負其才辭、每犯權要、肆意直言，古人常以『狂』稱之。顔延之也意識到這一點。《南史》本傳載：『帝嘗問以諸子才能，延之曰：「竣得臣筆，測得臣文，㚟得臣義，躍得臣酒。」何尚之嘲曰：「誰得卿狂？」答曰：「其狂不可及。」』這使得顔延之自我期望較高，在婚姻對象方面選擇餘地較小，難覓佳偶。

顔延之拒絶姻親劉穆之的舉薦，與其奉儒守禮思想相關。顔延之若接受姻親劉穆之的好意，出仕難免有攀援裙帶之嫌，此即孟子所言『不由其道』，故顏延之不取。《孟子·滕文公下》載：『古之人未嘗不欲仕也，又惡不由其道。不由其道而往者，與鑽穴隙之類也。』

『好讀書，無所不覽』，家學是以《周禮》《左傳》爲代表的儒家典籍。

顏之推爲顏延之的五世族孫，《北齊書·顏之推傳》稱顏氏家族爲儒學世家，『世善《周官》《左氏》』，《周禮》《左傳》是顏氏家學。《顏氏家訓》云：『吾家風教，素爲整密。昔在齠齔，便蒙誘誨，……雖讀《禮》《傳》，微愛屬文。』這爲後來儒家思想成爲顏延之的主導思想打下基礎。此外，顏延之『無所不覽』，所學不局限於家學，這爲其後來接受佛、道諸家思想埋下伏筆。

義熙十年（四一四）　三十一歲

始出仕，爲後將軍劉柳行參軍。

見附錄肆『顏延之出仕考』。

義熙十一年（四一五）　三十二歲

後將軍劉柳任江州刺史，顏延之隨之至尋陽，任後將軍主簿、功曹，與陶淵明相識，並成爲好友。

見附錄肆『顏延之出仕考』。

義熙十二年（四一六）　三十三歲

六月之前，在尋陽任後軍功曹。

見附錄肆『顏延之出仕考』。

六月，劉柳卒於江州，其子劉湛奔喪。

《宋書·劉湛傳》載：『高祖領鎮西將軍、荆州刺史，以湛爲功曹，仍補治中別駕從事史，復爲太尉參軍，世子征虜西中郎主簿。父柳亡於江州，州府送故甚豐，一無所受，時論稱之。』可見劉湛在建康任職，並未隨其父外放。因涉及宋文帝與彭城王劉義康的君相之爭，顏延之後來與劉湛因立場不同而反目成仇。

八月左右，返回建康，任豫章公世子中軍行參軍，與劉義符相識。

義熙十二年六月，劉柳卒於江州，喪事完畢後，顔延之返回建康，任豫章公世子中軍行參軍。顔延之任職的具體時間，可做進一步探討。

《宋書》本傳載：『後將軍、吳國内史劉柳以爲行參軍，因轉主簿，豫章公世子中軍行參軍。義熙十二年，高祖北伐，有宋公之授，府遣一使慶殊命，參起居，延之與同府王參軍俱奉使至洛陽。』據《南史·宋本紀》《資治通鑑》卷一百一十七，劉裕封宋公在義熙十二年十二月二十九，顔延之任豫章公世子中軍行參軍當在之前。據《宋書·少帝本紀》《宋書·武帝本紀》，劉義符生於義熙二年，義熙十一年立爲豫章公世子，義熙十二年八月任中軍將軍，元熙元年十二月立爲太子。義熙十二年八月，劉義符任中軍將軍、監太尉留府事，辟召掾屬爲應有之義。除顔延之外，豫章公世子中軍參軍還有王參軍（《宋書》本傳）、張敷（《宋書·張敷傳》）等人。因此，顔延之始任豫章公世子中軍行參軍在義熙十二年八月左右。

與鄭鮮之相識，成爲忘年交。

《宋書·鄭鮮之傳》載：『（義熙八年）自中丞轉司徒左長史，太尉諮議參軍，俄而補侍中，復爲太尉諮議。十二年，高祖北伐，以爲右長史。』由此可知，義熙十二年顔延之任豫章公世子中軍行參軍，鄭鮮之任太尉右長史，此時劉義符未獨立開府，兩人均在太尉府供職，有較多接觸。鄭鮮之年長顔延之二十歲，但兩人思想相近、性情相投、才學相長，遂成爲忘年之交（見《直東宫答鄭尚書》考辨一）。

本年前後，與張敷相識。

《宋書·張敷傳》載：『少有盛名。高祖見而愛之，以爲世子中軍參軍，數見接引。』據《宋書·少帝本紀》《宋書·武帝本紀》，張敷任世子中軍參軍在義熙十二年八月前後，與時任中軍行參軍的顔延之爲同僚，兩人因而相識。

義熙十三年（四一七）　三十四歲

正月，由建康奉使北上，同行者有同僚王參軍。

見《北使洛》繫年。

二月左右，至洛陽，作《北使洛》。三月，在洛陽見劉裕，慶殊命。

見《北使洛》繫年。

四月左右，由洛陽返回建康，塗經梁城（今河南商丘），作《還至梁城作》。

見此詩繫年。

十二月左右，奉使入關中，逢劉裕率軍班師回朝，見到失傳已久的張衡創製的漏水轉渾天儀。

見《請立渾天儀表》繫年。顏延之『北使洛』與『奉使入關』爲兩次目的不同的出使，而非同一次，見《請立渾天儀表》考辨二。

本年前後，與范泰相識。

《宋書·范泰傳》載：『復爲尚書，常侍如故，兼司空，與右僕射袁湛授宋公九錫，隨軍洛陽。』可見義熙十三年范泰因授宋公九錫來到洛陽，與同在洛陽的顏延之相識。范泰年長顏延之二十九歲，但兩人性情相投（不拘小節，通率任心）、愛好相似（好酒）、才學相長（博學多才）、政治立場相近（與權臣徐羨之、傅亮不和），因而成忘年之交，關係密切。

本年前後，與謝靈運相識。

據《宋書·謝靈運傳》，謝靈運任世子中軍諮議在義熙十三年前後。此時顏延之、謝靈運共事，又都以文義見長，因而相識。之後五年，顏延之與謝靈運長期一起共事，交往機會較多，如義熙十四年，顏延之任宋國博士，謝靈運任宋國黃門侍郎；永初元年，顏延之任太子舍人，謝靈運任太子左衛率。永初三年謝靈運外放離京，兩人交往方告一段落。

本年，謝晦、傅亮讚賞顏延之出使途中所作《北使洛》《還至梁城作》。

《宋書》本傳載：『延之與同府王參軍俱奉使至洛陽，道中作詩二首，文辭藻麗，爲謝晦、傅亮所賞。』《南史》本傳所載與之基本相同。

義熙十四年（四一八）　三十五歲

由關中返回建康，任宋國博士，遷世子舍人。

《宋書》本傳載：『宋國建，奉常鄭鮮之舉爲博士，仍遷世子舍人。』

六月左右，作《請立渾天儀表》。

見此文繫年。

晉恭帝元熙元年（四一九）　三十六歲

本年前後，修繕曾祖顔含的墓地，作《右光禄大夫西平靖侯顔府君家傳銘》。

見此文繫年。

宋武帝永初元年（四二〇）　三十七歲

任太子舍人。

《宋書》本傳載：『高祖受命，補太子舍人。』《南史》本傳所載與之相同。

本年前後，長子顔竣生。

顔竣生年及年歲，《宋書·顔竣傳》《南史·顔竣傳》闕載。《宋書》本傳載顔延之『年三十，猶未婚』，據此顔延之娶妻生子當在三十一歲之後，顔竣生年當在義熙十年之後。顔竣釋褐爲太學博士，轉太子舍人，元嘉二十二年劉駿出鎮襄陽，顔竣爲撫軍主簿（《宋書·顔竣傳》）。劉宋太學始立於元嘉十九年，顔竣爲太學博士教導太學諸生當在二十歲以上，其生年當在景元元年之前。《宋書·顔師伯傳》載：『顔師伯，字長淵，琅邪臨沂人，東揚州刺史竣族兄也。父邵，剛正有局力，爲謝晦所知。』顔竣族兄顔師伯永光元年被殺，時年四十七歲，可見顔師伯生於元熙元年。由上可知，顔竣生年當在元熙元年至景元元年之間，故繫於本年前後。

永初二年（四二一）　三十八歲

三月三日，作《三月三日詔宴西池詩》。

見此詩繫年。

本年前後，作《直東宮答鄭尚書》。

見此詩繫年。

與周續之辯論《禮記》三義，連挫續之，並敷釋《禮記》其義。

《宋書》本傳載：『高祖受命，補太子舍人。雁門人周續之隱居廬山，儒學著稱，永初中，徵詣京師，開館以居之。高祖親幸，朝彥畢至，延之官列猶卑，引升上席。上使問續之三義，續之雅仗辭辯，延之每折以簡要。既連挫續之，上又使還自敷釋，言約理暢，莫不稱善。徙尚書儀曹郎，太子中舍人。』《南史》本傳所載與之基本相同。《宋書·周續之傳》載：『高祖……問續之《禮記》「傲不可長」「與我九齡」「射於矍圃」三義，辨析精奥，稱爲該通。』可見顏延之『折以簡要』『還自敷釋』的對象爲《禮記》。

需要説明的是，周續之與陶淵明、劉遺民並稱『尋陽三隱』，顏延之與陶淵明交好，對周續之則頗爲不留情面。這不僅是由於顏延之的性格（『性既褊激，兼有酒過，肆意直言，曾無遏隱』）及與周續之學術差異的原因，還有家族情感和聲譽的因素。由於經學成就突出，周續之號稱『顏子』。《宋書·周續之傳》載：『續之年十二，詣寧受業。居學數年，通《五經》並《緯候》，名冠同門，號曰「顏子」。』『顏子』本是孔子弟子顏淵的尊稱。顏淵爲琅邪顏氏先祖，作爲顏氏家族的後人，周續之的『顏子』之稱是顏延之難以容忍的。因此，顏延之在辯論中對周續之屢加發難，『每折以簡要』『連挫續之』。

徙尚書儀曹郎，太子中舍人。

《宋書》本傳載：『永初中，……徙尚書儀曹郎，太子中舍人。』

本年前後，顏延之自負文辭，與廬陵王劉義真、謝靈運、慧琳交好，引起權臣傅亮、徐羨之的不滿。

《宋書》本傳載：『時尚書令傅亮自以文義之美，一時莫及，延之負其才辭，不爲之下，亮甚疾焉。』《宋書·傅亮傳》載：『永初元年，遷太子詹事，中書令如故。……入直中書省，專典詔命，……自此後至於受命，表策文誥，皆亮辭也。』可見永初年間傅亮專典詔命，表策文誥皆出於其手，而顏延之『文章之美，冠絶當時』（《宋書》本傳），因而『負其才辭，不爲之下』，引起傅亮的嫉恨。

《宋書》本傳載：『廬陵王義真頗好辭義，待接甚厚。徐羨之等疑延之爲同異，意甚不悦。』《宋書·武三王傳》詳載劉義真、謝靈運、顔延之交好之事云：『義真聰明愛文義，而輕動無德業。與陳郡謝靈運、琅邪顔延之、慧琳道人並周旋異常，云得志之日，以靈運、延之爲宰相，慧琳爲西豫州都督。徐羡之等嫌義真與靈運、延之昵狎過甚，故使范晏從容戒之……將之鎮，列部伍於東府前，既有國哀，義真所乘舫單素，不及母孫修儀所乘者。義真與靈運、延之、慧琳等共視部伍，因宴舫內，使左右剔母舫函道以施己舫，而取其勝者。』可見顔延之與劉義真『周旋異常』在永初三年劉義真鎮歷陽、宋武帝劉裕去世之前，故繫於本年前後。權臣徐羡之等懷疑劉義真、謝靈運、顔延之結黨爭權，因而『意甚不悦』，宋武帝去世後即加以打擊報復。

本年前後，與隱士王弘之交好。

《宋書·王弘之傳》載：『謝靈運、顔延之並相欽重，靈運與廬陵王義真箋曰：……』此事發生在顔延之、謝靈運、劉義真交好時期，當在元熙元年至景初二年之間，姑繫於本年。

永初三年（四二二）　三十九歲

劉裕駕崩，劉義符即位，顔延之任尚書儀曹正員郎，並在中書省兼事。

顔延之與少帝劉義符關係密切。義熙十二年至永初三年，顔延之一直任劉義符的佐屬，歷豫章公世子中軍行參軍、世子舍人、太子舍人、太子中舍人等職。劉義符即位後，顔延之很快得到重用。《宋書》本傳載『少帝即位，以爲正員郎，兼中書』。劉義符即位時祇有十七歲，皇權旁落，兼任尚書、中書兩省的顔延之很快遭到權臣徐羡之等的排擠，不久被外放遠郡。

六月左右，作《武帝謚議》。

見此文繫年。

六月左右，劉義真出鎮歷陽，顔延之、謝靈運、慧琳送行。

《宋書·武三王傳》載：『將之鎮，列部伍於東府前，既有國哀，義真所乘舫單素，不及母孫修儀所乘者。義真與靈運、延之、慧琳等共視部伍。……』宋武帝劉裕卒於永初三年五月（《宋書·武帝本紀》），謝靈運外放永嘉太守在永初三年七月(其作有《永初三年七月十六日之郡初發都詩》),故繫此事於本年六月前後。

宋少帝景平元年(四二三)　四十歲

徙員外常侍,年底出爲始安(今廣西桂林)太守。

《宋書》本傳載:『少帝卽位,以爲正員郎,兼中書,尋徙員外常侍,出爲始安太守。』顔延之任始安太守在景平元年底(見《祭屈原文》繫年)。

宋少帝景平二年,卽宋文帝元嘉元年(四二四)　四十一歲

至始安途中經江州,與陶淵明日日酣飲,臨去贈陶淵明二萬錢。

《宋書·隱逸傳·陶潛傳》載:『先是,顔延之爲劉柳後軍功曹,在尋陽與潛情款。後爲始安郡,經過,日日造潛,每往必酣飲致醉。臨去,留二萬錢與潛。』

至始安途中經湘州,爲刺史張邵作《祭屈原文》。

見此文繫年。

秋,至始安途中作《行殣賦》。

見此賦繫年。

冬,至營陽郡舜陵作《爲張湘州祭虞帝文》。

見此文繫年。

冬,至始安。

見《爲張湘州祭虞帝文》繫年。

元嘉二年(四二五)　四十二歲

本年前後,作《獨秀山》。

見此詩繫年。

秋，作《寒蟬賦》。

見此賦繫年。

本年前後，作《大筮箴》。

見此文繫年。

元嘉三年（四二六）　四十三歲

三月，任中書侍郎，離開始安。

《宋書》本傳載『元嘉三年，羨之等誅，徵爲中書侍郎』。《南史》本傳所載與之相同。《資治通鑒》卷一百二十載：『（元嘉三年）三月，辛巳，帝還建康，徵謝靈運爲祕書監、顏延之爲中書侍郎，賞遇甚厚。』可見元嘉三年三月，權臣徐羨之等被殺，宋文帝掌權，顏延之改任中書侍郎。

五月左右，返回建康途中經巴陵縣，作《始安郡還都與張湘州登巴陵城樓作》。

見此詩繫年。

七月左右，返回建康。

見《和謝監靈運》繫年。

冬，作《和謝監靈運》《白雪詩》。

見兩詩繫年。

本年底，作《陽給事誄》。

見此文繫年。

本年前後，面折袁淑。

《南史》本傳載：『元嘉三年，羨之等誅，徵爲中書侍郎，轉太子中庶子，領步兵校尉，賞遇甚厚。延之既以才學見遇，當時多相推服，唯袁淑年倍小延之，不相推重。延之忿於衆中折之曰：「昔陳元方與孔元駿齊年文學，元駿拜元方於床下，今君何得不見拜？」淑無以對。』這裏顏延之所言『齊年』爲同一年受朝廷徵召之義，借指顏延之、袁淑同在元嘉三年徵召入京任職，故繫此事於本年。此時顏延之四十三歲，袁淑十九歲，故言『袁淑年倍小延之』。

本年前後，諷沙門慧琳。

顏延之與慧琳爲舊識，都曾與劉義真交好。元嘉三年，顏延之返回建康，慧琳也得到宋文帝的信重。《資治通鑒》卷一百二十載：『（元嘉三年）帝以慧琳道人善談論，因與議朝廷大事，遂參權要，賓客輻湊，門車常有數十兩，四方贈賂相繫，方筵七八，座上恆滿。琳著高屐，披貂裘，置通呈、書佐。會稽孔覬嘗詣之，遇賓客填咽，暄涼而已。覬慨然曰：「遂有黑衣宰相，可謂冠屨失所矣！」』與孔覬類似，顏延之對慧琳身爲出家人而『參權要』『議朝廷大事』頗爲不滿。《宋書》本傳載：『時沙門釋慧琳，以才學爲太祖所賞愛，每召見，常升獨榻，延之甚疾焉。因醉白上曰：「昔同子參乘，袁絲正色。此三臺之坐，豈可使刑餘居之。」上變色。』此事發生在慧琳受宋文帝信重時期。

元嘉十年左右，慧琳作《白黑論》，主旨在於調和佛教同中國傳統思想的對立，認爲儒、道、佛各有長處。慧琳在文中對佛教多有譏評，引起僧衆憤怒。何承天《與宗居士書論釋慧琳白黑論》云：『冶城慧琳道人作《白黑論》，乃爲衆僧所排擯，賴蒙值明主善救，得免波羅夷耳。』這裏的『波羅夷』爲佛教戒律中的極重罪，犯此罪者，不名比丘，不名沙門，非釋迦子。面對廣大僧衆的共憤，儘管有宋文帝的庇護，慧琳依舊不得不暫避風頭。慧皎《高僧傳》卷七《義解四》『釋道淵』條載：『淵弟子慧琳，……性傲誕，……宋太祖雅重琳，引見常升獨榻。顏延之每以致譏，帝輒不悅。後著《白黑論》，乖於佛理。……琳既自毀其法，被斥交州。』這裏的『被斥交州』未必屬實，但經此風波，慧琳傲誕之性確實較之前收斂。元嘉十一年之後，文獻中慧琳行跡僅出現過一次，即《宋書·劉義康傳》載：『（元嘉十七年）上又遣沙門釋慧琳視之，義康曰：「弟子有還理不？」慧琳曰：「恨公不讀數百卷書。」』此時面對劉義康的試探，慧琳應答得體，指出『素無術學，暗於大體』是劉義康被斥的原因，同時含惋惜之義。

由上可知，顏延之諷沙門慧琳之事，發生在慧琳傲誕而受宋文帝信重時期，當在元嘉三年至十年之間，具體年份難以確考，姑繫於本年。

元嘉四年（四二七）　四十四歲

作《陶徵士誄》。

見此文繫年。

王弘之卒，顏延之欲作誄文，未就。

誄文未成原因見《與王曇生書》考辨一。

作《與王曇生書》。

見此文繫年。

本年前後，轉任太子中庶子，領步兵校尉，宋文帝賞遇甚厚。

《宋書》本傳載：『元嘉三年，羨之等誅，徵爲中書侍郎，尋轉太子中庶子，頃之，領步兵校尉，賞遇甚厚。』《南史》本傳所載與之相同。元嘉三年冬，謝靈運作《還舊園作見顏范二中書》，顏延之作《和謝監靈運》，此時顏延之依舊任中書侍郎。元嘉五年顏延之作《白鸚鵡賦》，已任東宮官職太子中庶子。因此，顏延之任太子中庶子，領步兵校尉當在元嘉四年前後。

本年前後，問道竺道生。

《高僧傳》卷七《義解四》『竺道生』條載：『後還都止青園寺，……宋太祖文皇深加歎重，……王弘、范泰、顏延之並挹敬風猷，從之問道。』顏延之徵召入京在元嘉三年，范泰卒於元嘉五年八月（《宋書·文帝本紀》），故繫此事於本年前後。

本年前後，與謝靈運受文帝敕命，同作樂府《北上篇》。

《南史》本傳載：『延之與陳郡謝靈運俱以辭采齊名，而遲速縣絕。文帝嘗各敕擬樂府《北上篇》，延之受詔便成，靈運久之乃就。』元嘉三年謝靈運與顏延之一同徵召入京，元嘉五年謝靈運免職東歸，此後兩人未曾同時在中樞供職，故繫此事於本年前後。

顏延之與謝靈運同作《北上篇》遲速之別的原因，除了兩人本身的稟賦差異外，還可補充以下兩點：

第一，樂府《北上篇》主要描寫北征戰士在寒冷季節忍飢受凍、餐風露宿的淒苦景況。《樂府解題》云：『晉樂奏魏武帝《北上篇》，備言冰雪溪谷之苦。其後或謂之《北上行》，蓋因武帝辭而擬之也。』顏延之曾兩次北上出使至洛陽、關中，對北方的天氣、環境、風物及北征將士的生活有直觀體驗和較多瞭解，有助於其迅速完成《北上篇》。與此相對，謝靈運一直生活在東南地區，無『北上』經歷，對北方天氣、環境、風物及北征將士生活的瞭解顯然不如顏延之，主要根據前代作品中的描寫來敷衍成篇。這也是謝靈運『久之乃就』的原因之一。

第二，顏延之、謝靈運之前，曹操、陸機曾創作《北上篇》（即《苦寒行》）。顏延之熟悉陸機的作品，多有模仿，如《北使洛》模仿陸機《赴洛道中作》，《從軍行》模仿陸機《從軍行》，《織女贈牽牛》模仿陸機《擬迢迢牽牛星》，《挽歌辭》模仿陸機《挽歌》等。古人已經意識到顏延之與陸機之間的聯繫，如鍾嶸《詩品》云：『（宋光祿大夫顏延之）其源出於陸機，尚巧似，體裁綺密，情喻淵深，動無虛散，一句一字，皆致意焉。』顏延之《北上篇》很可能也是模仿陸機《北上篇》所作，這有助於其『受詔便成』。與此相對，謝靈運『源出於陳思，雜有景陽之體』（鍾嶸《詩品》），其對陸機作品的熟悉及模仿弱於顏延之，《北上篇》無所參照，這也是其『久之乃就』的原因之一。

本年前後，旁聽張鏡與客談論，賞識其才華。

《南齊書·張岱傳》載：『（張）鏡少與光祿大夫顏延之鄰居，顏談議飲酒，喧呼不絕，而鏡靜翳無言聲。後延之於籬邊聞其與客語，取胡床坐聽，辭義清玄，延之心服，謂賓客曰：「彼有人焉。」由此不復酣叫。』張鏡生年史書無載。張鏡兄第五人，其中張鏡排行第二，張永排行第三，張岱排行第四。據《宋書·張永傳》《南齊書·張岱傳》，張永生於義熙六年，張岱生於義熙十年。由此推測，張鏡當生於義熙六年之前不久。顏延之賞識張鏡之事發生在張鏡少時，姑繫於本年，此時張鏡二十歲左右，顏延之聲名正盛，故借顏揚張。

本年前後，與何尚之、釋曇無成共論實相。

慧皎《高僧傳》卷七《義解四》『釋曇無成』條載：『聞什公在關，負笈從之。……姚祚將亡，關中危擾，成乃憩於淮南中寺，……與顏延之、何尚之共論實相，往復彌晨。成乃著《實相論》，又著《明漸論》。宋元嘉中卒，春秋六十有四。』

可見釋曇無成曾在長安師從鳩摩羅什，義熙十三年後秦滅亡前夕，釋曇無成來到淮南中寺，後與顏延之、何尚之論實相，著有《實相論》。鳩摩羅什專注翻譯，《實相論》二卷（已佚）是其不多的著作之一。釋曇無成論實相，當與其師説相關，此事當發生在入劉宋之後。《高僧傳》載僧人去世的時間，常用『年號＋初、中、末』的方式，如釋道温『宋太始初卒，春秋六十有九』、釋道亮『宋太始中卒，春秋六十有九』、釋慧叡『宋元嘉中卒，春秋八十有五矣』、釋曇諦『宋元嘉末卒於山舍，春秋六十餘』、釋慧慶『宋元嘉末卒，春秋六十有二』。因此，《高僧傳》載釋曇無成『宋元嘉中卒』，這裏的『中』指元嘉中期，而非泛指元嘉期間。宋文帝元嘉時期共三十年，元嘉中大約在元嘉十年至二十年，釋曇無成與顏延之、何尚之共論實相當在此之前。此事具體年份難以確考，當在元嘉三年顏延之返京之後、元嘉中釋曇無成去世之前，姑繫於本年。

元嘉五年（四二八）　四十五歲

作《白鸚鵡賦》。

見此賦繫年。

八月壬戌，范泰卒（《宋書・文帝本紀》）。

本年前後，與徐潘之交好。

《南齊書・徐伯珍傳》載：『伯珍少孤貧，……叔父璠之與顏延之友善，還祛蒙山立精舍講授，伯珍往從學，積十年，究尋經史，遊學者多依之。……建武四年卒，年八十四。』可見徐伯珍生於義熙十年，卒於建武四年。徐伯珍至祛蒙山精舍求學時，顏延之已與其叔父徐潘之交好。此事具體年份難以確考，姑繫於本年。此時徐伯珍十五歲，有志於學，究尋經史。

元嘉六年（四二九）　四十六歲

實任太子中庶子，入直永福省，教導太子劉劭。

《宋書・文帝本紀》載：『（元嘉六年）三月丁巳，立皇子劭爲皇太子。』《宋書・二凶傳・劉劭傳》載：『年六歲，拜爲皇太子，中庶子、二率入直永福省。更築宮，制度嚴麗。』元嘉四年左右，顏延之雖任太子中庶子，但太子未立，僅是虛職。

本年三月劉劭立爲太子，顏延之方實任太子中庶子，入直永福省，教導太子。

元嘉七年（四三〇）　四十七歲

本年前後，與謝惠連相識。

《宋書·謝惠連傳》載：『子惠連，幼而聰敏，年十歲，能屬文，族兄靈運深相知賞。……坐被徙廢塞，不豫榮伍。……元嘉七年，方爲司徒彭城王義康法曹參軍。……十年，卒，時年二十七。』由此可知，元嘉七年至十年，謝惠連在建康任職。謝惠連爲謝靈運的族弟，以謝靈運爲紐帶，又都爲知名文士，同在建康的顏延之與謝惠連也有交往，兩人有不少同題或唱和之作。顏延之、謝惠連兩人作有《從軍行》《秋胡行》。類似的還有謝惠連《連珠》與顏延之《範連珠》，謝惠連《雪賦》與顏延之《白雪詩》等，詞句多有相似，似是互相啓發、模仿的結果。

本年前後，作《範連珠》。

見此文繫年。

元嘉八年（四三一）　四十八歲

本年前後，作《從軍行》《秋胡行》《新渝侯茅齋贊》。

見諸詩文繫年。

元嘉九年（四三二）　四十九歲

好酒疏誕，不能斟酌當世，見劉湛、殷景仁專當要任，意有不平，常云：『天下之務，當與天下共之，豈一人之智所能獨了！』（《宋書》本傳）

據《宋書·殷景仁傳》《宋書·劉湛傳》《宋書·文帝本紀》，元嘉七年王曇首去世之後，殷景仁推薦劉湛入京輔政；元嘉八年劉湛入京爲太子詹事，加給事中、本州大中正，與殷景仁並爲宋文帝所任遇；元嘉八年殷景仁丁母憂在家，元嘉九年七月殷景仁服闋，任尚書僕射，劉湛爲領軍將軍，此後兩人方共同輔政。起初劉湛、殷景仁交好，劉湛得以入朝也與殷景仁的推薦密切相關。然而，兩人共同輔政後不久便有嫌隙，劉湛『以景仁位遇本不逾己，而一旦居前，意甚憤憤』。因此，顔延之『見劉湛、殷景仁專當要任，意有不平』之事，當發生在元嘉九年七月殷景仁、劉湛共同輔政後不久。此時兩人關係尚好，故顔延之並稱之。

元嘉十年（四三三）　五十歲

謝靈運以謀反罪被殺，年四十九（《宋書·謝靈運傳》）。

謝惠連卒，年二十七（《宋書·謝惠連傳》）。

十月，作《應詔觀北湖田收》。

見此詩繫年。

元嘉十一年（四三四）　五十一歲

三月三日，作《應詔讌曲水作詩》《三月三日曲水詩序》。

見兩詩文繫年。

三月，編撰《元嘉西池宴會詩集》三卷。

見存目作品六。

閏三月左右，與劉湛交惡，外放爲永嘉太守。

見《歸鴻》繫年。

暮春，作《歸鴻》。

見此詩繫年。

夏，作《辭難潮溝》。

見此詩繫年。

暮春或夏，作《拜永嘉太守辭東宫表》《五君詠》。

見兩詩文繫年。

季秋前後，免官在家，作《釋何衡陽〈達性論〉》。

見此文繫年。

十月左右，作《重釋何衡陽》。

見此文繫年。

年底左右，作《又釋何衡陽》。

見此文繫年。

本年前後，作《論檢》《通佛影跡》《通佛頂齒爪》《通佛衣鉢》《通佛二疊不燃》《離識觀》《妄書禪慧宣諸弘信》《書與何彥德論感果生滅五往反》《答或人問》《顏延年釋何五往反》《廣何》《重與何書》等佛學論著。

見《論檢》繫年、存目作品七。

本年前後，見關康之，賞識其才華。

《宋書·關康之傳》載：『少而篤學，姿狀豐偉，……特進顏延之見而知之。……竟陵王義宣自京口還鎮江陵，要康之同行，拒不應命。……順帝昇明元年，卒，時年六十三。』可見關康之生於義熙十一年，卒於昇明元年，其年輕時曾受到顏延之的知遇。《宋書·劉義宣傳》載：『（元嘉）二十一年，乃以義宣都督荆、雍、益、梁、寧、南北秦七州諸軍事、車騎將軍、荆州刺史，持節、常侍如故。』可見元嘉二十一年，關康之三十歲已經頗有名聲，因而劉義宣任荆州刺史有『要康之同行』之舉。顏延之見關康之當在其名聲未顯的青少年之時，具體年份難以確考，姑繫於本年，此時關康之二十歲。

本年開始屏居里巷，前後長達七年。

《宋書》本傳載：『延之與仲遠世素不協，屏居里巷，不豫人間者七載。……劉湛誅，起延之爲始興王濬後軍諮議參軍，御史中丞。』《宋書·劉湛傳》載：『（元嘉十七年十月）於獄伏誅，時年四十九。』由此推知，顏延之屏居里巷始於元嘉十一年，終於元嘉十七年。

本年前後，與王球交好。

《宋書》本傳載：『延之與仲遠世素不協，屏居里巷，不豫人間者七載。中書令王球名公子，遺務事外，延之慕焉，球亦愛其材，情好甚款。延之居常罄匱，球輒贍之。』《南史》本傳所載與之基本相同。

元嘉十二年（四三五）　五十二歲

束帶造門，拜訪天竺高僧求那跋陀羅。

《高僧傳》卷三《譯經下》『求那跋陀羅』條載：『元嘉十二年至廣州，刺史車朗表聞。宋太祖遣信迎接。既至京都，……琅琊顏延之，通才碩學，束帶造門。』

本年前後，文帝召見顏延之，問諸子才能，顏延之因醉諷侍中何尚之。

《南史》本傳載：『文帝嘗召延之，傳詔頻不見，常日但酒店裸袒挽歌，了不應對，他日醉醒乃見。帝嘗問以諸子才能，延之曰：「竣得臣筆，測得臣文，㚟得臣義，躍得臣酒。」何尚之嘲曰：「誰得卿狂？」答曰：「其狂不可及。」尚之爲侍中在直，延之以醉詣焉。尚之望見便陽眠，延之發簾熟視曰：「朽木難雕。」尚之謂左右曰：「此人醉甚可畏。」』據《宋書·何尚之傳》，何尚之任侍中在元嘉十二至十三年，故繫此事於本年前後。

元嘉十三年（四三六）　五十三歲

七月，晉恭思皇后下葬，顏延之因醉投劄於地，未預其事。

《宋書》本傳載：『晉恭思皇后葬，應須百官，湛之取義熙元年除身，以延之兼侍中。邑吏送劄，延之醉，投劄於地曰：「顏延之未能事生，焉能事死！」』《南史》本傳所載與之基本相同。據《宋書·文帝本紀》，晉恭思皇后去世、下葬在本年七月。

元嘉十五年（四三八）　五十五歲

七月初一夜晚，作《夏夜呈從兄散騎車長沙》。

見此詩繫年。

本年前後，作《織女贈牽牛》。

見此詩繫年。

七年免官在家期間，作《庭誥》《七繹》《論文》，具體時間難以確考，姑繫於此年。

見《庭誥》繫年、《七繹》繫年、存目作品八。

元嘉十七年（四四〇）　五十七歲

九月二十六日，作《宋文皇帝元皇后哀策文》。

見此文繫年。

十月，劉湛被殺。十二月，顏延之復出，任始興王劉濬後軍諮議參軍。

《宋書》本傳載『劉湛誅，起延之爲始興王濬後軍諮議參軍』。據《宋書·文帝本紀》《宋書·劉濬傳》，元嘉十七年十月，劉湛被殺，彭城王劉義康外放江州，顏延之的政敵徹底失勢。此年十二月，宋文帝的愛子劉濬爲揚州刺史、後將軍，開府置佐，顏延之任始興王劉濬後軍諮議參軍當在此時。

元嘉十八年（四四一）　五十八歲

作《赭白馬賦》《天馬狀》。

見兩文繫年。

本年前後，張敷去世，顏延之作《弔張茂度書》。

見此文繫年。

王球卒，顏延之作《王球石志》。

見存目作品九。

元嘉十九年（四四二）　五十九歲

正月，宋文帝立國子學，皇太子講《孝經》，顏延之與何承天執經。

《宋書·文帝本紀》載：『（元嘉）十九年正月乙巳，詔曰：「夫所因者本，聖哲之遠教；本立化成，教學之爲貴。……有詔典司，大啓庠序。……今方隅乂寧，戎夏慕響，廣訓胄子，實維時務。便可式遵成規，闡揚景業。」』《宋書·何承天傳》載：『（元嘉）十九年，立國子學，以本官領國子博士。皇太子講《孝經》，承天與中庶子顏延之同爲執經。』元嘉十七年顏延之復出後，未曾任太子中庶子。元嘉三年至十一年，顏延之任太子中庶子，此時其爲太子執經，故以舊官相稱。

本年，始興王劉濬罷府，顏延之不再任後軍諮議參軍。

《宋書·劉濬傳》載：『十七年，爲揚州刺史，將軍如故，置佐領兵。十九年，罷府。』

本年前後，任御史中丞。

宋文帝身患虛勞，心悸氣短，勞則尤甚，神疲體倦，年久不愈，因而朝政難以親力親爲，而假手劉義康等人，客觀上造就了權臣。《宋書·劉義康傳》載：『太祖有虛勞疾，寢頓積年，每意有所想，便覺心中痛裂，屬纊者相繫。義康醫藥，盡心衛奉，湯藥飲食，非口所嘗不進，或連夕不寐，彌日不解衣。内外衆事，皆專決施行。』元嘉十九年四月，宋文帝久疾痊癒。《宋書·文帝本紀》載：『（元嘉十九年）夏四月甲戌，以久疾愈，始奉初祠，大赦天下。』鑒於劉義康的教訓，身體康復後的宋文帝加強對朝政的控制，措施之一便是任命顏延之爲御史中丞。御史中丞掌糾察百官，顏延之『性既褊激，兼有酒過，肆意直言，曾無遏隱』（《宋書》本傳），有『顏彪』（《南史》本傳）之稱，因而顏延之成爲宋文帝心中合適的御史中丞人選。

元嘉二十年（四四三）　六十歲

春，作《祖祭弟文》《挽歌辭》。

見兩詩文繫年。

秋，作《除弟服》。

見此詩繫年。

元嘉二十一年（四四四）　六十一歲

春，作《侍東耕詩》。

見此詩繫年。

本年前後，稱讚釋慧靜風德。

《高僧傳》卷七《義解四》『釋慧靜』條載『初止冶城寺，顏延之、何尚之並欽慕風德，顏延之每歎曰：「荆山之玉，唯靜是焉。」及子竣出鎮東州，攜與同行，因棲於天柱山寺。……宋太始中卒，春秋五十有八。』由卒年逆推，釋慧靜生於義熙七年前後。此外，據《宋書·顏竣傳》《宋書·孝武帝本紀》，顏竣隨劉駿出鎮東州在元嘉二十二年，此時釋慧靜三十五歲左右。顏延之稱讚釋慧靜當在元嘉二十二年之前不久，具體年份難以確考，姑繫於本年。

元嘉二十二年（四四五）　六十二歲

正月初一，作《宋南郊雅樂登歌》。

見此詩繫年。

四月左右，任國子祭酒。

見《皇太子釋奠會作詩》繫年。

四月，太子劉劭釋奠國子學，作《皇太子釋奠會作詩》。

見此詩繫年。

九月，作《爲皇太子侍宴餞衡陽、南平二王應詔詩》。

見此詩繫年。

本年前後，顏延之任國子祭酒，更易教材，立《周易》王弼注，黜《周易》鄭玄注，增《穀梁傳》范寧注。

《南齊書·陸澄傳》載：『元嘉建學之始，（鄭）玄、（王）弼兩立。逮顏延之爲祭酒，黜鄭置王，意在貴玄，事成敗儒……《穀梁》太元舊有糜信注，顏益以范寧，糜猶如故。』此事發生在顏延之任國子祭酒期間（元嘉二十二至二十五年），故繫於本年前後。

元嘉二十三年（四四六）　　六十三歲

六月，宋文帝築景陽山於華林園，立景陽樓，顏延之作《蜀葵贊》《赤槿頌》《碧芙蓉頌》《登景陽樓》。

見諸詩文繫年。

九月，作《策秀才文》。

見此文繫年。

十月前後，加官司徒左長史。

《宋書》本傳載『遷國子祭酒、司徒左長史』。劉宋時期太尉、司徒、司空等三公大都爲加官或贈官，若不加錄尚書事或其他兼職，三公僅爲虛銜，司徒左長史等三公屬官亦然。作爲榮譽加官，顏延之在國子祭酒任上當有所作爲，並得到宋文帝的認可。《宋書・文帝本紀》載：『（元嘉二十三年）九月己卯，車駕幸國子學，策試諸生，答問凡五十九人。冬十月戊子，詔曰：「庠序興立累載，胄子肄業有成。近親策試，睹濟濟之美，緬想洙、泗，永懷在昔。諸生答問，多可采覽。教授之官，並宜沾賚。」賜帛各有差。』可見元嘉二十三年九月，宋文帝親至國子學，策試諸生。宋文帝對國子學諸生的表現很滿意，次月下詔表彰、賞賜國子學教師，而顏延之作爲國子祭酒當居首功，故加官司徒左長史。

元嘉二十四年（四四七）　　六十四歲

本年前後，評湯惠休詩。

《南史》本傳載：『延之每薄湯惠休詩，謂人曰：「惠休製作，委巷中歌謠耳，方當誤後生。」』此事具體時間難以確考。顏延之視湯惠休詩『誤後生』，可見當時湯惠休詩歌已有一定影響。《宋書・徐湛之傳》載：『二十四年，服闋，轉中書令，領太子詹事。出爲前軍將軍、南兗州刺史。……時有沙門釋惠休，善屬文，辭采綺豔，湛之與之甚厚。世祖命使還俗。本姓湯，位至揚州從事史。』可見元嘉二十四年左右，湯惠休已頗有文名，『善屬文，辭采綺豔』，宋文帝愛惜其文才，令其還俗，故繫顏延之評湯惠休詩事於本年前後。

本年前後，湯惠休評顏延之詩。

鍾嶸《詩品》卷中『宋光禄大夫顏延之』條載：『湯惠休曰：「謝詩如芙蓉出水，顏如錯彩鏤金。」顏終身病之。』此事具體時間難以確考。湯惠休評論當時知名文士謝靈運、顏延之的詩歌，並被旁聽者記録下來，當是其有一定文名時所爲。湯惠休生卒年不明，如上條所述，其成名在元嘉二十四年左右，故繫此事於本年前後。

某種程度上，湯惠休的評論可視爲對顏延之薄評的回應。與久負盛名的顏延之直指缺失不同，作爲後起文士，湯惠休並未針鋒相對，這無疑是明智而有禮節的。需要説明的是，原始語境下，湯惠休的評論指出了謝靈運、顏延之詩風的不同，即謝詩趨於清新自然，顏詩趨於典雅華美，但並未有褒貶之分、高低之別。元嘉時期，詩歌普遍趨於華美、典雅，衹有輕重之分，而無有無之別。謝靈運、鮑照等也有大量『鋪錦列繡』之作，如謝靈運《三月三日侍宴西池詩》《贈從弟弘元詩》《答中書詩》《贈從弟弘元時爲中軍功曹住京詩》《贈安成詩》《答謝諮議詩》《從遊京口北固應詔詩》、鮑照《侍宴覆舟山詩》《從拜陵登京峴詩》《蒜山被始興王命作詩》《蜀四賢詠》《建除詩》《數名》《臨川王服竟還田里詩》等。湯惠休存詩很少，但亦非清新脱俗，而是『辭采綺豔』（《宋書·徐湛之傳》）、『惠休淫靡，情過其才』（《詩品》卷下）。

本年前後，鮑照評顏延之詩。

《南史》本傳載：『延之嘗問鮑照己與靈運優劣，照曰：「謝五言如初發芙蓉，自然可愛；君詩若鋪錦列繡，亦雕繢滿眼。」』此事具體時間難以確考，但須滿足三個基本條件：一是鮑照當有一定文名，具有一定影響力，非嶄露頭角之時。二是鮑照在建康時。元嘉三年後，除侍從宋文帝巡遊京口外，顏延之一直定居建康，鮑照則輾轉多地，留居建康時間不多。三是鮑照此條評論對象、用語皆與湯惠休相似，兩者評論時間當相去不遠。由上述條件出發，參照丁福林《鮑照年譜》，我們繫此事於本年前後。此時鮑照三十二歲，有文名，且元嘉二十四年底至二十六年十月一直在建康，並與湯惠休評顏延之詩的時間相近。

需要説明的，與湯惠休相似，原始語境下，鮑照的評論指出了謝靈運、顏延之詩風的不同，但並未有褒貶之分、高低之別（見上條）。可以補充的是，鮑照熱衷仕途，不惜曲己迎合。《南史·鮑照傳》載：『宋文帝以爲中書舍人。上好爲文章，自謂人莫能及，鮑照悟其旨，爲文章多鄙言累句。咸謂照才盡，實不然也。』鮑照評顏延之、謝靈運詩歌時，謝靈運已去世十餘年，顏延之爲文壇領袖，且受宋文帝賞識，是其最重要的文學侍臣。以鮑照的性格，即便褒謝貶顏，也不會當面指出而開罪顏延之。

元嘉二十五年（四四八）　六十五歲

本年前後，與雷次宗共答『甥姪亦可施於伯叔從母邪』之問，作《甥姪名不可施伯叔從母議》。

見此文繫年。

本年，因尚書左丞荀赤松彈劾，免國子祭酒。

《宋書》本傳載：『遷國子祭酒、司徒左長史，坐啓買人田，不肯還直。尚書左丞荀赤松奏之曰：「求田問舍，前賢所鄙。延之唯利是視，輕冒陳聞，依傍詔恩，拒捍餘直，垂及週年，猶不畢了，昧利苟得，無所顧忌。延之昔坐事屏斥，復蒙抽進，而曾不悛革，怨誹無已。交遊闒茸，沈迷麴蘖，横興譏謗，詆毀朝士。仰竊過榮，增憤薄之性；私恃顧眄，成強梁之心。外示寡求，内懷奔競，干禄祈遷，不知極已，預讌班觴，肆罵上席。山海含容，每存遵養，愛兼雕蟲，未忍遐棄，而驕放不節，日月彌著。臣聞聲問過情，孟軻所恥，況聲非外來，問由己出，雖心智薄劣，而高自比擬，客氣虚張，曾無愧畏，豈可復弼亮五教，增曜臺階。請以延之訟田不實，妄干天聽，以強凌弱，免所居官。」詔可。』由此來看，顏延之免國子祭酒緣於『買人田，不肯還直』。然而，顏延之『居身清約，不營財利』（《宋書》本傳），並非好利之徒，晚年依舊不改本色，『子竣既貴重，權傾一朝，凡所資供，延之一無所受，器服不改，宅宇如舊。常乘羸牛笨車』（《宋書》本傳）。顏延之免國子祭酒另有隱情。

魏晉時期玄學盛行，但作爲國子學教材，儒家典籍多秉承漢儒舊注。顏延之任國子祭酒時，更易教材，立《周易》王弼注，黜《周易》鄭玄注。王弼以老子思想解《易》，開正始玄風，迥異漢儒舊注。顏延之這一『貴玄』『敗儒』舉動，對秉承漢儒舊注的儒生觸動很大，『元嘉建學之始，（鄭）玄、（王）弼兩立。逮顏延之爲祭酒，黜鄭置王，意在貴玄，事成敗儒。今若不大弘儒風，則無所立學』（《南齊書·陸澄傳》）。荀赤松出身潁川荀氏，其父荀伯子『少好學，博覽經傳』（《宋書·荀伯子傳》），所學以儒家經傳爲主，與『好讀書，無所不覽』、旁涉諸家典籍的顔延之不同。因此，荀赤松對顔延之大肆進行人身攻擊，免其國子祭酒之職，目的在於維護漢儒舊注的影響力。

《宋書·江湛傳》載『元嘉二十五年，……時改選學職，以太尉江夏王義恭領國子祭酒』，可見元嘉二十五年顔延之免國子祭酒，劉義恭領其職。此外，顔延之《車駕幸京口侍遊蒜山作》末句云：『空食疲廊肆，反税事巖耕。』此詩作於元嘉二十六年二月左右，當時顔延之依舊免官未仕。

元嘉二十六年（四四九）　六十六歲

二月，宋文帝至京口，顔延之侍從，作《車駕幸京口侍遊蒜山作》。

見此詩繫年。

三月三日，宋文帝至曲阿後湖，顔延之侍從，作《車駕幸京口三月三日侍遊曲阿後湖作》。

見此詩繫年。

五月前後，任祕書監、光禄勳。

此前顔延之侍從宋文帝至京口、曲阿後湖，作《車駕幸京口侍遊蒜山作》《車駕幸京口三月三日侍遊曲阿後湖作》，既展示文才，又表達自己免官的遺憾，『周南悲昔老，留滯感遺氓。空食疲廊肆，反税事巖耕。』（《車駕幸京口侍遊蒜山作》）此年五月宋文帝返回建康，顔延之起復任祕書監、光禄勳當在此前後。

年底前後，任太常。

元嘉二十七年正月，顔延之作《拜陵廟作》（見此詩繫年），云：『早服身義重，晚達生戒輕……敕躬慚積素，復與昌運並。』作爲九卿之首，太常是顔延之平生所任最高官職，此時顔延之已至晚年，故稱『晚達』。顔延之始任太常當在元嘉二十七年正月之前，大約在元嘉二十六年底。此外，元嘉二十九年顔延之上表自陳云：『自去夏侵暑，入此秋變，頭齒眩疼，根痼漸劇。……臣班叨首卿，位尸封典，肅祇朝校，尚恧匪任，而陵廟衆事，有以疾怠，宫府覲慰，轉闕躬親。』可見顔延之在元嘉二十八年夏之前已任太常。

元嘉二十七年（四五〇）　　六十七歲

正月，作《拜陵廟作》。

見此詩繫年。

元嘉二十八年（四五一）　　六十八歲

本年前後，作《與王微書》。

見此文繫年。

元嘉二十九年（四五二）　　六十九歲

秋，作《自陳表》請致仕，文帝未許。

見此文繫年。

本年前後，與何尚之議論往返。

《宋書·何尚之傳》載：『愛尚文義，老而不休，與太常顏延之論議往反，傳於世。』《南史·何尚之傳》載：『尚之愛尚文義，老而不休。與太常顏延之少相好狎，二人並短小，尚之常謂延之爲猨，延之目尚之爲猴。同遊太子西池，延之問路人云：「吾二人誰似猴？」路人指尚之爲似。延之喜笑，路人曰：「彼似猴耳，君乃真猴。」有人嘗求爲吏部郎，尚之歎曰：「此敗風俗也。官當圖人，人安得圖官？」延之大笑曰：「我聞古者官人以才，今官人以勢，彼勢之所求，子何疑焉？」所與延之論議往反，並傳於世。』此事發生在顏延之、何尚之晚年，且以『太常』稱顏延之，當在元嘉二十六至三十年之間，故繫於本年前後。

元嘉三十年（四五三）　　七十歲

正月前後，致仕。

《宋書》本傳載：『（元嘉）二十九年，上表自陳曰：……明年致事。』《南史》本傳載：『（元嘉）三十年，致事。』可見顏延之致仕在元嘉三十年。《宋書·顏竣傳》載：『世祖鎮尋陽，遷南中郎記室參軍。三十年春，以父延之致仕，固求解職，不許。賜假未發，而太祖崩問至，世祖舉兵入討。』可見元嘉三十年顏延之致仕在宋文帝駕崩前不久。據《宋書·文帝本紀》，宋文帝駕崩在元嘉三十年二月甲子（廿一），因此顏延之致仕當在本年正月前後。

三月前後，任光祿大夫。

《宋書》本傳載：『元凶弒立，以爲光祿大夫。』《南史》本傳所載與之相同。據《宋書·劉劭傳》，劉劭弒殺宋文帝在二月二十一日夜，即位在次日。劉宋時期，光祿大夫爲加官或褒贈之官，如無其他兼職，光祿大夫僅爲虛銜。顏延之獲此榮譽虛銜，與其長期任太子中庶子、維護太子皇位繼承權的經歷有關。如前所述，元嘉三年顏延之任太子中庶子，但太子未立，僅是虛職。元嘉六年劉劭立爲太子後，顏延之方實任太子中庶子，入直永福省，教導太子，直至元嘉十一年免職。顏延之與年少的劉劭有長達五年的師生之誼，且顏延之被免職也是爲了維護劉劭的皇位繼承權，而遭到劉義康一黨的打擊報復所致（見《應詔讌曲水作詩》考辨一）。因此，劉劭即位後不久，以顏延之爲光祿大夫。

四月前後，劉劭召見顏延之，責問其子顏竣作書檄事，顏延之正辭以對。

《宋書》本傳載：『先是，子竣爲世祖南中郎諮議參軍。及義師入討，竣參定密謀，兼造書檄。劭召延之，示以檄文，問曰：「此筆誰所造？」延之曰：「竣之筆也。」又問：「何以知之？」延之曰：「竣筆體，臣不容不識。」劭又曰：「言辭何至乃爾？」延之曰：「竣尚不顧老父，何能爲陛下！」劭意乃釋，由是得免。』《南史》本傳所載與之基本相同。顏延之倖免於難，一方面是由於應答得體，另一方面也與其長期任太子中庶子、維護太子皇位繼承權的經歷有關（見上條）。據《宋書·孝武帝本紀》《宋書·劉劭傳》，元嘉三十年二月，劉劭弒父篡位；三月，江州刺史武陵王劉駿起兵討伐；四月，劉駿兵抵建康近郊；五月，劉駿入建康，劉劭被殺。因此，此事當發生在元嘉三十年三月至五月之間。《資治通鑒》卷一百二十七繫此事於元嘉三十年四月，此處從之。

五月前後，作《贈謚袁淑詔》《賜恤袁淑遺孤詔》。

見兩文繫年。

六月前後，顏竣封建城縣侯，顏延之作《謝子竣封建城侯表》。

見此文繫年。

本年，任金紫光祿大夫，領湘東王師。

《宋書》本傳載：『世祖登阼，以爲金紫光祿大夫，領湘東王師。』《南史》本傳所載與之相同。湘東王劉彧爲宋文帝第十一子、孝武帝之弟，即後來的宋明帝。劉彧『好讀書，愛文義』（《宋書·明帝本紀》），與博學善文的顏延之相處融洽。劉彧即位時，顏延之已去世，然遺澤猶存。宋明帝感念師恩，以顏延之第三子顏㚟爲中書侍郎（《南史》本傳）。後世『賞延之』成爲典故，指君主賞賜有功德臣子的後代，如唐代宗《追贈張自勉實封詔》云：『雖錫命之恩，已旌窀穸；而賞延之典，爰及子孫。』

宋孝武帝孝建元年（四五四）　七十一歲

正月初一，孝武帝祀南郊，顏延之侍從，不滿何偃呼其『顏公』而諷之。

《南史》本傳載：『孝武登阼，以爲金紫光祿大夫，領湘東王師。嘗與何偃同從上南郊，偃於路中遥呼延之曰：「顏公！」延之以其輕脫，怪之，答曰：「身非三公之公，又非田舍之公，又非君家阿公，何以見呼爲公？」偃羞而退。』據《宋書·孝武帝本紀》，顏延之在世時，孝武帝親祀南郊僅有一次，在孝建元年正月己亥（初一）。

顏竣長子出生，孝武帝取名辟強。

《宋書·顏竣傳》載：『南郡王義宣、臧質等反。……（世祖）以竣爲丹陽尹，加散騎常侍。先是，竣未有子，而大司馬江夏王義恭諸子爲元凶所殺，至是並各產男，上自爲製名，名義恭子爲伯禽，以比魯公伯禽，周公旦之子也；名竣子爲辟強，以比漢侍中張良之子。』劉義宣起兵在孝建元年二月（《宋書·孝武帝本紀》），故顏竣長子出生當在此年。

長子顏竣仕宦顯貴，然爲人倨傲，重排場，起豪宅，生活奢華。顏延之不喜，不受其資供，器服不改，宅宇如舊。

顏竣輔佐孝武帝奪取皇位，消滅弑父篡位的劉劭，爲孝武朝重臣，曾任吏部尚書、丹陽尹等要職（《宋書·顏竣傳》）。與顏延之『居身清約，不營財利，布衣蔬食』不同，顏竣爲人倨傲，重排場，起豪宅，生活奢華。顏延之不喜，不受其資供，器服不改，宅宇如舊。《宋書》本傳載：『子竣既貴重，權傾一朝，凡所資供，延之一無所受，器服不改，宅宇如舊。常乘羸牛笨車，逢竣鹵簿，卽屏往道側。又好騎馬，遨遊里巷，遇知舊輒據鞍索酒，得酒必頹然自得。常語竣曰：「平生不喜見要人，今不幸見汝。」竣起宅，謂曰：「善爲之，無令後人笑汝拙也。」』《南史》本傳所載與之基本相同，並增補一事，云：『嘗早候竣，遇賓客盈門，竣方臥不起，延之怒曰：「恭敬撙節，福之基也；驕佷傲慢，禍之始也。況出糞土之中，而升雲霞之上，傲不可長，其能久乎。」』

本年前後，與謝莊互評詩賦。

《南史·謝莊傳》載：『孝建元年，遷左將軍。莊有口辯，孝武嘗問顏延之曰：「謝希逸《月賦》何如？」答曰：「美則美矣，但莊始知『隔千里兮共明月』。」帝召莊，以延之答語語之，莊應聲曰：「延之作《秋胡詩》，始知『生爲久離別，沒爲長不歸』。」帝撫掌竟日。』

本年前後，稱讚釋慧亮、釋慧斌。

《高僧傳》卷七《義解四》『釋慧亮』條載：『後過江止何園寺，顏延之、張緒眷德留連，每歎曰：「安、汰吐珠玉於前，斌、亮振金聲於後，清言妙緒，將絕復興。」』慧皎《高僧傳》卷七《義解四》『釋慧斌』條載：『既遍歷衆師，備聞異釋，乃潛思積時，以窮其妙。融治百家，陶貫諸部。……及孝建之初，敕王玄謨資發出京。初止新安寺，講小品、十地，並申頓悟漸悟之旨。』可見釋惠斌佛學有成，入京宣講在孝建初，釋慧亮入京住何園寺也當在此前後。顏延之聽過兩人所講佛學，深爲賞識，因而將兩人並稱，云『斌、亮振金聲於後』。

本年前後，與張緒交好。

張緒與顏延之一同拜訪釋慧亮（見上條）。據《南齊書·張緒傳》，張緒生於永初三年，小顏延之三十八歲。張緒『少知名，清簡寡欲』『長於《周易》，言精理奧』，與顏延之性情相投、才學相長，故能成忘年交。此外，顏延之與吳郡張氏淵源很深，張緒的從祖張邵、祖父張茂度、從父張敷、叔父張鏡等皆與顏延之交好，這無疑進一步密切了顏延之與張緒的關係。

本年前後，稱讚外孫范岫。

《南史・范岫傳》載：『岫幼而好學，早孤，事母以孝聞。外祖顔延之早相題目，以爲中外之賓。』范岫生於元嘉十七年，此事年份難以確考，姑繫於本年，范岫此時十五歲，有志於學之齡。

孝建二年（四五五）　七十二歲

本年前後，作《解湘東王師表》，請解職。

見存目作品十。

孝建三年（四五六）　七十三歲

春，作《贈王太常》。

見此詩繫年。

初秋，卒，追贈散騎常侍、特進，金紫光祿大夫如故，謚曰憲子。

《宋書》本傳載：『孝建三年，卒，時年七十三。追贈散騎常侍、特進，金紫光祿大夫如故，謚曰憲子。』王僧達《祭顔光祿文》云：『維宋孝建三年九月癸丑朔十九日辛未，王君以山羞野酌，敬祭顔君之靈。……秋露未凝，歸神太素。』秋露凝結，在白露節氣前後。《禮記・月令》載：『（孟秋之月）涼風至，白露降，寒蟬鳴，鷹乃祭鳥，始用行戮。』《月令七十二候集解》云：『八月節。……陰氣漸重，露凝而白也。』據陳垣《二十史朔閏表》，孝建三年閏三月，因而夏、秋節氣的農曆時間提前，立秋在六月十八，白露在七月十九。因此，『秋露未凝，歸神太素』指顔延之卒於孝建三年初秋。

顔延之之死或與愛姬之死相關。《南史》本傳載：『延之有愛姬，非姬食不飽，寢不安。姬憑寵，嘗蕩延之墜床致損，竣殺之。延之痛惜甚至，常坐靈上哭曰：「貴人殺汝，非我殺汝。」以冬日臨哭，忽見妾排屛風以壓延之，延之懼墜地，因病。孝建三年卒，年七十三。』這裏『冬日臨哭』有誤，如前所述，顔延之卒於本年初秋。

歸葬建康北郊幕府山西側的顔氏家族墓地。

《北齊書・文苑傳》載顔之推《觀我生賦》云『展白下以流連』，其後顔之推自注云：『靖侯以下七世墳塋皆在白下。』

顏《碑》載：『隨元帝過江，已下七葉，葬在上元幕府山西。』可見南渡後琅邪顏氏家族墓地在南京幕府山西。這也得到出土文物的佐證。一九五八年南京市文物保管委員會對幕府山西側老虎山南麓的顏氏家族墓地進行了調查和發掘，共清理了九座墓葬。一號墓的墓主爲顏含次子顏謙之妻劉氏，出土長方形磚質墓誌云『琅邪顏謙婦劉氏年卅四以晉永和元年七月廿日亡九月葬』。二號墓的墓主爲顏含的嫡長孫顏綝，出土了六枚顏綝的印章。三號墓的墓主爲顏含三子顏約，即顏延之的祖父，出土了龜形鈕石『零陵太守章』。四號墓的墓主爲顏鎮之，亦爲顏含後裔，史籍無載，出土了六枚顏鎮之的印章。其餘五座墓葬或遭破壞，或缺乏資料，墓主身份已不可考。

顏氏家族墓地在南京幕府山西盡餘脈南麓，西、北臨長江，背負青山，山勢逶迤，狀如臥虎，有負陰抱陽、龍虎庇佑之勢，且距東晉僑置的琅邪郡不遠，這可能是顏氏家族墓地選擇在此的原因。顏含之後，琅邪顏氏以此爲家族墓地，延續七代兩百餘年，顏延之去世後也當葬於此。

有子四人：顏竣、顏測、顏㚟、顏躍；有一女，適范義。

《南史》本傳載：『帝嘗問以諸子才能，延之曰：「竣得臣筆，測得臣文，㚟得臣義，躍得臣酒。」』《宋書·顏竣傳》所載與之基本相同。

長子顏竣爲孝武帝重臣，任吏部尚書、丹陽尹、右將軍等職，封建城縣侯，顯貴一時。然而，顏竣未能持盈保泰，與孝武帝君臣相疑，大明三年（四五九）下獄被殺（《宋書·顏竣傳》《南史·顏竣傳》）。

次子顏測任江夏王義恭大司馬録事參軍，以兄貴爲憂，先竣卒（《南史》本傳）。顏測善詩，詩風似父，不負顏延之『測得臣文』之評。鍾嶸《詩品》卷下載：『檀、謝七君，並祖襲顏延之，欣欣不倦，得士大夫之雅致乎！余從祖正員嘗云：「大明、泰始中，鮑、休美文，殊已動俗，惟此諸人，傳顏、陸體，用固執不移，顏諸暨（顏測）最荷家聲。」』

三子顏㚟任濟陽太守，湘東王劉彧即位後，感念顏延之的師恩，任其爲中書侍郎（《南史》本傳）。

顏延之有一女，名不詳，適范義，生范岫。《南史·范岫傳》載：『范岫……父義，……岫幼而好學，早孤，事母以孝聞。外祖顏延之早相題目，以爲中外之寶。』

孫輩可考者二人：顏辟強、法宏。又有外孫范岫。

顏竣的長子顏辟強，名爲孝武帝所取，後顏竣下獄被殺，年幼的顏辟強被流放交州，途中亦被殺。《宋書·顏竣傳》載：『先是，竣未有子，……（孝武帝）名竣子爲辟強，以比漢侍中張良之子，……子辟強徙送交州，又於道殺之。』

顏竣有一女出家爲尼，法名法宏，師法度。《高僧傳》卷一《譯經上》『曇摩耶舍』條載：『耶舍有弟子法度，……唯宋故丹陽尹顏竣女法弘尼、交州刺史張牧女普明尼，初受其法。』

顏延之有一女，適范義，生范岫。范岫早孤，顏延之去世時，范岫已十七歲。范岫博學多聞，清正廉潔，長期布衣蔬食（《梁書·范岫傳》），才學、品性頗類外祖。顏延之視外孫范岫爲『中外之寶』（《南史·范岫傳》），後來范岫不負所望，歷宋、齊、梁三朝，仕宦顯達而有清譽。

外曾孫兩人：范褒、范偉。

『（范岫）二子褒，偉。』（《梁書·范岫傳》）

陸　顏延之評論資料彙編

顏延之其人其文，歷代評論較多，這裏彙編相關資料，供研究者參考。

一、先唐時期

惟君之懿，早歲飛聲。義窮機彖，文蔽班揚。性婞剛潔，志度淵英。登朝光國，實宋之華。才通漢魏，譽浹龜沙。服爵帝典，棲志雲阿。清交素友，比景共波。氣高叔夜，嚴方仲舉。逸翮獨翔，孤風絕侶。流連酒德，嘯歌琴緒。

——王僧達《祭顏光祿文》，《文選》卷六十

（宋文帝袁皇后）崩於顯陽殿，時年三十六。上甚相悼痛，詔前永嘉太守顏延之爲哀策，文甚麗。

——《宋書》卷四十一《后妃傳》

義真曰：『靈運空疏，延之隘薄，魏文帝云鮮能以名節自立者。但性情所得，未能忘言於悟賞，故與之遊耳。』

——《宋書》卷六十一《武三王傳》

爰逮宋氏，顏謝騰聲。靈運之興會標舉，延年之體裁明密，並方軌前秀，垂範後昆。

——《宋書》卷六十七《謝靈運傳》

延之少孤貧，居負郭，室巷甚陋。好讀書，無所不覽，文章之美，冠絕當時。飲酒不護細行，年三十，猶未婚。……義熙十二年，高祖北伐，有宋公之授，府遣一使慶殊命，參起居。延之與同府王參軍俱奉使至洛陽，道中作詩二首，文辭藻麗，爲謝晦、傅亮所賞。……上使問續之三義，續之雅仗辭辯，延之每折以簡要。既連挫續之，上又使還自敷釋，言約理暢，莫不稱善。……延之好酒疏誕，不能斟酌當世，見劉湛、殷景仁專當要任，意有不平，常云：『天下之務，當與天下共之，豈一人之智所能獨了！』辭甚激揚，每犯權要。謂湛曰：『吾名器不升，當由作卿家吏。』湛深恨焉，言於彭城王義康，出爲永嘉太

守。延之甚怨憤，乃作《五君詠》以述竹林七賢，山濤、王戎以貴顯被黜，詠嵇康曰：『鸞翮有時鎩，龍性誰能馴。』詠阮籍曰：『物故可不論，塗窮能無慟。』詠阮咸曰：『屢薦不入官，一麾乃出守。』詠劉伶曰：『韜精日沈飲，誰知非荒宴。』此四句，蓋自序也。……尚書左丞荀赤松奏之曰：『求田問舍，前賢所鄙。延之唯利是視，輕冒陳聞，依傍詔恩，拒捍餘直，垂及週年，猶不畢了，昧利苟得，無所顧忌。延之昔坐事屏斥，復蒙抽進，而曾不悛革，怨誹無已。交遊闒茸，沈迷麴蘖，橫興譏謗，詆毀朝士。仰竊過榮，增憤薄之性；私恃顧盼，成強梁之心。外示寡求，內懷奔競，干祿祈遷，不知極已，預讌班觴，肆罵上席。山海含容，每存遵養，愛兼雕蟲，未忍遐棄，而驕放不節，日月彌著。臣聞聲問過情，孟軻所恥，況聲非外來，問由己出，雖心智薄劣，而高自比擬，客氣虛張，曾無愧畏，豈可復弼亮五教，增曜臺階。請以延之訟田不實，妄干天聽，以強淩弱，免所居官。』詔可。……延之性既褊激，兼有酒過，肆意直言，曾無遏隱，故論者多不知云。居身清約，不營財利，布衣蔬食，獨酌郊野，當其爲適，傍若無人。……延之與陳郡謝靈運俱以詞彩齊名，自潘岳、陸機之後，文士莫及也，江左稱顏謝焉。……史臣曰：……自非延年之辭允而義愜，夫豈或免。

——《宋書》卷七十三《顏延之傳》

太祖問延之：『卿諸子誰有卿風？』對曰：『竣得臣筆，測得臣文，㚟得臣義，躍得臣酒。』

——《宋書》卷七十五《顏竣傳》

近宋元嘉中，顏延作王球《石誌》。素族無碑策，故以紀德。自爾以來，王公以下，咸共遵用。

——《南齊書》卷十《禮志下》

宋文帝使顏延之造《郊天夕牲》《迎送神》《饗神歌》詩三篇，是則宋初又仍晉也。建元二年，……（謝）超宗所撰，多刪顏延之、謝莊辭以爲新曲，備改樂名。……近世王韶之、顏延之並四韻乃轉，得賒促之中。顏延之、謝莊作三廟歌，皆各三章八句，此於序述功業詳略爲宜，今宜依之。

——《南齊書》卷十一《樂志》

曄剛穎俊出，工弈棋，與諸王共作短句，詩學謝靈運體，以呈上，報曰：『見汝二十字，諸兒作中最爲優者。但康樂放蕩，作體不辨有首尾，安仁、士衡深可宗尚，顏延之抑其次也。』

——《南齊書》卷三十五《高帝十二王傳·武陵昭王蕭曄傳》

元嘉建學之始，玄、弼兩立。逮顏延之爲祭酒，黜鄭置王，意在貴玄，事成敗儒。

——《南齊書》卷三十九《陸澄傳》

景高又云：『在北聞主客此制，勝於顏延年，實願一見。』

——《南齊書》卷四十七《王融傳》

文章者，蓋情性之風標，神明之律呂也。……顏延圖寫情興，各任懷抱，共爲權衡。……顏延《陽瓚》，自比《馬督》，以多稱貴，歸莊爲允。……顏謝並起，乃各擅奇，休、鮑後出，咸亦標世。朱藍共妍，不相祖述。

——《南齊書》卷五十二《文學傳》

謝客爲元嘉之雄，顏延年爲輔。斯皆五言之冠冕，文詞之命世也。……觀古今勝語，多非補假，皆由直尋。顏延、謝莊，尤爲繁密，於時化之。故大明、泰始中，文章殆同書……顏延《論文》，精而難曉……齊有王元長者，嘗謂余云：『宮商與二儀俱生，自古詞人不知之。唯顏憲子乃云「律呂音調」，而其實大謬。唯見范曄、謝莊頗識之耳。嘗欲進《知音論》，未就。』……顏延《入洛》，陶公《詠貧》之制，惠連《擣衣》之作，斯皆五言之警策者也。所謂篇章之珠澤，文彩之鄧林。

——鍾嶸《詩品·序》

顏延年注解（阮籍《詠懷》），怯言其志。

——鍾嶸《詩品》卷上

（宋光禄大夫顏延之）其源出於陸機。尚巧似。體裁綺密，情喻淵深，動無虛散，一句一字，皆致意焉。又喜用古事，彌見拘束，雖乖秀逸，是經綸文雅才。雅才減若人，則蹈於困躓矣。湯惠休曰：『謝詩如芙蓉出水，顏如錯彩鏤金。』顏終身病之。……（宋參軍鮑照）其源出於二張，善製形狀寫物之詞，得景陽之諔詭，含茂先之靡嫚，骨節強於謝混，驅邁疾於顏延。總四家而擅美，跨兩代而孤出。

——鍾嶸《詩品》卷中

檀、謝七君（齊黄門謝超宗、齊潯陽太守邱靈鞠、齊給事中郎劉祥、齊司徒長史檀超、齊正員郎鍾憲、齊諸暨令顏測、齊秀才顧則心），並祖襲顏延，欣欣不倦，得士大夫之雅致乎！　余從祖正員嘗云：『大明、泰始中，鮑、休美文，殊已動俗，惟此諸人，傅顏、陸體，用固執不移，顏諸暨最荷家聲。』

——鍾嶸《詩品》卷下

自宋武愛文，文帝彬雅，秉文之德，孝武多才，英采雲構。　自明帝以下，文理替矣。　爾其縉紳之林，霞蔚而飆起。　王袁聯宗以龍章，顏謝重葉以鳳采，何、范、張、沈之徒，亦不可勝數也。　蓋聞之於世，故略舉大較。

——劉勰《文心雕龍・時序》

文章則顏延之、謝靈運，有藻麗之巨才。

——裴子野《宋略・總論》

然而自古文人，多陷輕薄。……顏延年負氣摧黜，……凡此諸人，皆其翹秀者，不能悉記，大較如此。

——顏之推《顏氏家訓・文章》

濟陰王暉業嘗云：『江左文人，宋有顏延之、謝靈運，梁有沈約、任昉，我子昇足以陵顏轢謝，含任吐沈。』

——《魏書》卷八十五《温子昇傳》

子謂顏延之、王儉、任昉，有君子之心焉，其文約以則。

——〔隋〕王通《文中子中説・侍君》

二、唐宋時期

靈運少好學，博覽羣書，文章之美，與顏延之爲江左第一，縱横俊發過於延之，深密則不如也。

——《南史》卷十九《謝靈運傳》

帝召莊以延之答語語之，莊應聲曰：「延之作《秋胡詩》，始知『生爲久離別，沒爲長不歸』。」帝撫掌竟日。

——《南史》卷二十《謝莊傳》

帝嘗問以諸子才能，延之曰：『竣得臣筆，測得臣文，㚟得臣義，躍得臣酒。』何尚之嘲曰：『誰得卿狂？』答曰：『其狂不可及。』……延之性既褊激，兼有酒過，肆意直言，曾無回隱，故論者多不與之，謂之『顏彪』。居身儉約，不營財利，布衣蔬食，獨酌郊野。當其爲適，傍若無人。……延之與陳郡謝靈運俱以辭采齊名，而遲速縣絕。文帝嘗各敕擬樂府《北上篇》，延之受詔便成，靈運久之乃就。延之嘗問鮑照己與靈運優劣，照曰：『謝五言如初發芙蓉，自然可愛，君詩若鋪錦列繡，亦雕繢滿眼。』延之每薄湯惠休詩，謂人曰：『惠休製作，委巷中歌謡耳，方當誤後生。』是時議者以延之、靈運自潘岳、陸機之後，文士莫及，江右稱潘陸，江左稱顏謝焉。……論曰：文人不護細行，古今之所同焉。由夫聲裁所知，故取忤於人者也。觀夫顏、謝之於宋朝，非不名高一代，靈運既以取斃，延之亦躓當年，向之所謂貴身，翻成害己者矣。

——《南史》卷三十四《顏延之傳》

永嘉已後，玄風既扇，辭多平淡，文寡風力。降及江東，不勝其弊。宋、齊之世，下逮梁初，靈運高致之奇，延年錯綜之美，謝玄暉之藻麗，沈休文之富溢，輝焕斌蔚，辭義可觀。

——《隋書》卷三十五《經籍志四》

鄴中新體，共許音韻天成（江左諸人，咸好瑰姿豔發。精博爽麗，顏延之急病於江、鮑之間（疏散風流，謝宣城緩步於向、劉之上。

——盧照鄰《〈南陽公集〉序》，《全唐文》卷一百六十六

洎乎潘、陸奮發，孫、許相因，繼之以顏、謝，申之以江、鮑。

——楊炯《〈王勃集〉序》，《全唐文》卷一百九十一

又顏延之罷官後，好騎馬出入閭里，當代稱其放誕。此則專車憑軾，可擐朝衣，單馬御鞍，宜從褻服，求之近古，灼然之

明驗也。

——劉子玄《衣冠乘馬議》，《全唐文》卷二百七十四

頃尋繹故中書令李鄭公百二十詠，藻麗詞清，調諧律雅，宏溢逾於靈運，密緻掩於延年。

——張庭芳《故中書令鄭國公李嶠雜詠百二十首序》，《全唐文》卷三百六十四

前代以來，舊章不易，屬詞之重，高選文臣。晉之恭后，則王彪之、顏延年咸製其詞，哀華著稱……此三臣者，皆以鴻藻奮於一時，用能紀皇壼之風，焕青史之簡。

——常袞《進貞懿皇后哀册文狀》，《全唐文》卷四百十八

舊詩一百首，謹封如別。延之設問，希鮑照之一言（何遜著名，繫沈約之三讀。

——李商隱《獻相國京兆公啓》，《全唐文》卷七百七十八

顏延年之縱誕，未能斟酌當時。

——李商隱《梓州道興觀碑銘》，《全唐文》卷七百七十九

顏延之雕績滿目，張伯英筋肉俱全。

——楊凝式《大唐故天下兵馬都元帥尚父吴越國王謚武肅神道碑銘》，《全唐文》卷八百五十八

至今秦淮間，禮樂秀羣英。地扇鄒魯學，詩騰顏謝名。

——李白《留別金陵諸公》，《全唐詩》卷一百七十四

昔聞顏光祿，攀龍宴京湖。樓船入天鏡，帳殿開雲衢。君王歌大風，如樂豐沛都。延年獻佳作，邈與詩人俱。我來不及此，獨立鍾山孤。

——李白《春日陪楊江寧及諸官宴北湖感古作》，《全唐詩》卷一百七十九

世業大小禮，近通顏謝詩。念渠還領會，非敢獨爲師。

——戴叔倫《撫州對事後送外生宋垓歸饒州覲侍呈上姊夫》，《全唐詩》卷二百七十四

顏謝徵文並，鍾裴直事同。離羣驚海鶴，屬思怨江楓。地遠姑蘇外，山長越絕東。漸當哲匠後，下曲本難工。

——司空曙《奉和常舍人晚秋集賢院即事寄徐薛》，《全唐詩》卷二百九十三

延之苦拘檢，摩詰好因緣。

賦感憐人笛，詩留夫子牆。延年如有作，應不用山王。

——元稹《見人詠韓舍人新律詩因有戲贈》，《全唐詩》卷四百零七

沈約憐何遜，延年毀謝莊。清新俱有得，名譽底相傷。

——李德裕《僕射相公偶話於故集賢張學士廳寫》，《全唐詩》卷四百七十五

蕭蕭紅葉擲蒼苔，玄晏先生欠一杯。從此問君還酒債，顏延之送幾錢來。

——李商隱《漫成三首》其二，《全唐詩》卷五百三十九

至於子美，蓋所謂上薄風騷，下該沈、宋，古傍蘇、李，氣奪曹、劉，掩顏、謝之孤高，雜徐、庾之流麗，盡得古今之體勢，而兼人人之所獨專矣。

——皮日休《更次來韻寄魯望》，《全唐詩》卷六百一十五

——元稹《唐故工部員外郎杜君墓係銘》序，《元氏長慶集》卷五十六

《赭白馬賦》云：『實有騰光，吐疇德瑞聖之符焉。』臣良曰：『「疇」，昔也，言昔帝之德，有瑞聖之符焉。』明曰：『「疇」，等也，言焉可以等齊君子之德，祥瑞聖人之道也。』……顏延年《皇太子釋奠會詩》曰：『尚席函杖』，臣周翰曰：『「尚席」，儒席也。』明曰：『今觀此詩文勢，非謂儒席也。「尚度」謂設席之吏也。設此太之席，其間相去容杖，以指書講書也。知「尚席」爲設席之吏者，以其詩云：「尚席函杖，承疑捧帙，侍言稱辭，惇史秉筆」。「承疑」「侍言」「惇史」三者，皆太子屬官，故知「尚席」亦官吏，如尚衣之事也。

——〔唐〕丘光庭《兼明書》卷四『疇德瑞聖』條、『尚席函杖』條

宋武帝嘗吟謝莊《月賦》，稱歎良久，謂顏延之曰：『希逸此作，可謂前不見古人，後不見來者。昔陳王何足尚邪！』延

之對曰：『誠如聖旨。然其曰「美人邁兮音信闊，隔千里兮共明月」，知之不亦晚乎？』帝深以爲然。及見希逸，希逸對曰：『延之詩云：「生爲長相思，歿爲長不歸。」豈不更加於臣邪？』帝拊掌竟日。

——〔唐〕孟啓《本事詩·嘲戲》

（常用體十四）理入景體九。……顔延年詩：『淒矣自遠風，傷哉千里目。』……（詩有六貴例）心意六。顔延年詩：『淒矣自遠風，傷哉千里目。』

——〔唐〕王昌齡《詩格》卷中

南郭清遊繼顔謝，北窗歸臥等羲炎。人間寒熱無窮事，自笑疏頑不受痁。

——〔宋〕蘇軾《泛舟城南會者五人分韻賦詩得人皆若炎字四首》其四，《蘇東坡全集·前集》卷十一

今人守郡謂之『建麾』，蓋用顔延年詩：『一麾乃出守。』誤也。延年謂『一麾』者，乃指麾之麾，如武王『右秉白旄以麾』之麾，非旌麾之麾也。延年《阮始平》詩云『屢薦不入官，一麾乃出守』者，謂山濤薦咸爲吏部郎，三上武帝，不用，後爲荀勖一擠，遂出始平，故有此句。延年被擯，以此自託耳。自杜牧爲《登樂遊原》詩云：『擬把一麾江海去，樂遊原上望昭陵。』始謬用一麾，自此遂爲故事。

——〔宋〕沈括《夢溪筆談》卷四《辨證二》

宋顔延年《從軍行》曰：『苦哉遠征人，畢力干時艱。』蓋苦天下征伐也。

——〔宋〕郭茂倩《樂府詩集》卷三十三《相和歌辭八》

杜甫云『軒墀曾寵鶴』，杜牧云『欲把一麾江海去』，皆用事之誤。蓋衛懿公好鶴，鶴有乘軒者，則軒車之軒耳，非軒墀也。顔延年詩云：『屢薦不入宮。一麾乃出守。』則麾，麾去耳，非麾旄也。

——〔宋〕張表臣《珊瑚鉤詩話》卷上

至於掩顔、謝之孤高，雜徐、庾之流麗，在子美不足道耳。……詩以用事爲博，始於顔光祿而極於杜子美（以押韻爲工，始於韓退之而極于蘇、黄。

——〔宋〕張戒《歲寒堂詩話》卷上

自建安七子、六朝、有唐及近世諸人，思無邪者，惟陶淵明、杜子美耳，餘皆不免落邪思也。六朝顏、鮑、徐、庾，唐李義山，國朝黄魯直，乃邪思之尤者。

——〔宋〕張戒《歲寒堂詩話》卷中

荆公《虎圖》『目光夾鏡當坐隅』，『夾鏡』出自顏延年《赭白馬賦》『雙瞳夾鏡，兩權協月』。

——〔宋〕曾季貍《艇齋詩話》

《詩》云：『昔我往矣，楊柳依依。今我來思，雨雪霏霏。……』與《詩》意同。……顏延年云：『昔辭秋未素，今也歲載華。』……子建詩：『朱華冒綠池。』……顏延年云：『松風遵路急，山烟冒壟生。』……皆祖子建。

——〔宋〕范晞文《對床夜語》卷一

陶彭澤詩，顏、謝、潘、陸皆不及者，以其平昔所行之事，賦之於詩，無一點愧詞，所以能爾。……宋顏延之問己與靈運優劣於鮑照，照曰：『謝五言如初發芙蓉，自然可愛（君詩鋪錦列繡，亦雕繢滿眼。』此明遠對面褒貶，而人不覺，善論詩也，特出之。

——〔宋〕許顗《彦周詩話》

顏延年《赭白馬賦》曰：「旦刷幽燕，夕秣荆楚。」子美《驄馬行》曰：「晝洗須騰涇渭深，夕趨可刷幽并夜。」太白《天馬歌》曰：「雞鳴刷燕暮秣越。」蓋皆用顏賦也。

——〔宋〕蔡夢弼《草堂詩話》卷二

顏延年詩：『屢薦不入官，一麾乃出守。』後人誤用一麾出守事，以爲起於杜牧之自云：『獨把一麾江海去。』實用旌麾之麾，未必本之顏詩。後人因此二字，誤用顏詩耳。

——〔宋〕周必大《二老堂詩話》

又（王灣）《擣衣篇》云：『月華照杵空悲妾，風響傳砧不見君。』所有衆製，咸類若斯，非張、蔡輩之未見，覺顏謝之彌遠乎！

——〔宋〕尤袤《全唐詩話》

以時而論，則有建安體（漢末年號，曹子建父子及鄴中七子之詩）……元嘉體（宋年號，顔、鮑、謝諸公之詩）……

——〔宋〕嚴羽《滄浪詩話·詩體》

顔不如鮑，鮑不如謝，文中子獨取顔，非也。

——〔宋〕嚴羽《滄浪詩話·詩評》

班婕妤《怨歌行》，《文選》直作班姬之名，《樂府》以爲顔延年作。

——〔宋〕嚴羽《滄浪詩話·考證》

顔延之、謝靈運各被旨擬《北上篇》，延之受詔卽成，靈運久而方就。梁元帝云：『詩多而能者沈約，少而能者謝朓。雖有遲速多寡之不同，不害其俱工也。』……《南史》載孝武嘗問顔延之曰：『謝莊《月賦》何如？』答曰：『莊始知「隔千里兮共明月」。』帝召莊，以延之語語之，莊應聲曰：『延之作《秋胡詩》，始知「生爲久離別，沒爲長不歸」。』《典論》云：『文人相輕，自古而然。』

——〔宋〕葛立方《韻語陽秋》卷二

顔延之對孝武乃有莊始知『隔千里兮共明月』之説，是莊才情到處，延之未能曉也。

——〔宋〕葛立方《韻語陽秋》卷十

顔延年《應詔觀北湖詩》乃云：『周御窮轍跡，夏載歷山川。蓄軫豈明懋，善遊皆聖仙。』《侍遊曲阿詩》又云：『虞風載帝狩，夏諺頌王遊。春方動宸駕，望幸傾五州。』是開人君遊豫流亡之心，非所謂告以善道者也。

——〔宋〕葛立方《韻語陽秋》卷十三

顔延之嘗問鮑照己與靈運優劣，照曰：『謝五言如初發芙蓉，自然可愛（君詩鋪錦列繡，亦雕繪滿眼。』鍾嶸《詩品》乃記湯惠休云：『謝如芙蓉出水，顔如錯采鏤金。』與本傳不同。傳又稱延之嘗薄惠休製作，以爲委巷中歌謡耳。豈湯惠休因爲延之所薄，遂有芙蓉錯鏤之語，故史取以文飾之耶！

——〔宋〕黄徹《䂬溪詩話》卷五

自東方生而下，禰處士、張長史、顔延年輩，往往多滑稽語。大抵才力豪邁有餘，而用之不盡，自然如此。

——〔宋〕黄徹《䂬溪詩話》卷十

蓋時方艱難，人各懼禍，惟託於醉，可以粗遠世故。……流傳至嵇、阮、劉伶之徒，遂全欲用此爲保身之計。此意惟顔延年知之，故《五君詠》云：『劉伶善閉關，懷情滅聞見。韜精日沈飲，誰知非荒宴。』如是，飲者未必劇飲，醉者未必真醉也。

——〔宋〕葉夢得《石林詩話》卷下

自廢詩賦以後，無復有高妙之作。昔中書舍人孫何漢公著論曰：『唐有天下，科試愈盛，自武德、貞觀之後，至貞元、元和以還，名儒巨賢比比而出，……有淩轢顔、謝，詆訶徐、庾者……』

——〔宋〕沈作喆《寓簡》卷五

古今之詩，凡有三變。蓋自書傳所記，虞夏以來，下及魏、晉，自爲一等，自晉、宋間顔、謝以後，下及唐初，自爲一等。自沈、宋以後，定著律詩，下及今日，又爲一等。然自唐初以前，其爲詩者，固有高下，而法猶未變。至律詩出，而後詩之與法，始皆大變。以至今日，益巧益密，而無復古人之風矣。

——〔宋〕朱熹《答鞏仲至》，《晦庵先生朱文公文集》卷六十四

三、元明清時期

此詩（《秋胡行》）九章，章十句，頗傷於多。陶淵明賦桃源、三良、荆軻，何其簡而明也，然此亦善鋪敍。『存爲久離別，沒爲長不歸』，犯蘇子卿語，卻用得好。『三陟窮晨暮』，謂『陟彼高岡』『陟彼崔嵬』『陟彼砠矣』，三陟字頗巧。『原隰多悲涼』以下四句、『歲暮臨空房』以下四句，頗有建安風味。他所點者，皆可雋永。詩長篇爲難，九折更端，則不難矣。此詩及《五君詠》，顔詩之最也。

——〔元〕方回《文選顔鮑謝詩評》卷一

（謝靈運寫景）於細密之中時出自然，不皆出於織組。顏延年、鮑明遠、沈休文，雖各有所長，不到此也。

——（元）方回《文選顏鮑謝詩評》卷一

此詩（《應詔觀北湖田收》）十三韻，無可取文。……予謂李善時有《丹陽郡圖經》，有《顏延之集》，今皆無之矣。詩第二韻曰『蓄軫豈明懋，善遊皆聖仙』，注云『蓄軫不行，豈是欽明懋德之後；善遊天下，皆是睿聖神仙之君』，能通詩意而理則無是也。前一韻曰『周御窮轍跡，夏載歷山川』，言周穆王、夏禹。此乃復注，曰聖謂夏禹，仙謂周穆，亦巧。

——（元）方回《文選顏鮑謝詩評》卷一

此詩（《車駕幸京口侍遊蒜山作》）十三韻，第四韻云『流池自化造，山關固神營』，『化造』『神營』四字可用。『春江壯風濤，蘭野茂稊英』，上一句佳。末韻『空食疲廊肆，反稅事巖耕』，亦平平。他皆冗而晦。

——（元）方回《文選顏鮑謝詩評》卷一

此詩（《車駕幸京口三月三日侍遊曲阿後湖作》）十一韻，偶句櫛比，全無頓挫，鮑明遠以鋪錦列繡目之，是也。本不書此詩，書之以見夫雕繢滿眼之詩，未可以望謝靈運也。

——（元）方回《文選顏鮑謝詩評》卷一

此詩（《拜陵廟作》）十七韻，『松風遵路急，山烟冒壟生』，兩句平平，是處可用。他切題處，冗而晦，無可書。

——（元）方回《文選顏鮑謝詩評》卷一

此詩（《贈王太常》）十二韻，『玉水記方流，璿源載圓折』，事出《尸子》『凡水其方折者有玉；其圓折者有珠』。『舒文廣國華，敷言遠朝列。德輝灼邦懋，芳風被鄉耋』，此稱王僧達。『側同幽人居，郊扉常晝閉。林閭時晏開，亟回長者轍』，此四句謂僧達來訪，然錯綜互對，古未見之。昔也『郊扉常晝閉』，以『側同幽人居也』；今也『林閭時晏開』，以『亟回長者轍』也。『庭昏見野陰，山明望松雪』，延之自述所居。下一句始自然。

——（元）方回《文選顏鮑謝詩評》卷二

此詩（《夏夜呈從兄散騎車長沙》）七韻，『夜蟬當夏急，陰蟲先秋聞。歲候初過半，荃蕙豈久芬』四句可書，『陰蟲』一句尤佳。

此詩（《直東宮答鄭尚書》）十韻，惟『流雲藹青闕，皓月鑒丹宮』，一言東宮，一言中臺，齊整。他皆可及。

——〔元〕方回《文選顏鮑謝詩評》卷二

延之元嘉三年徵爲中書侍郎，靈運徵爲祕書監。其先二人俱爲廬陵王義眞所昵，高祖崩，少帝立，徐羨之等屏二人出爲始安、永嘉太守，在永初三年秋。景平元年秋，靈運謝病歸會稽。至是徐、傅既誅，文帝召用延之，自始安還朝，至此贈答。延之詩用事用字皆有來歷。謂如『弱植』則子產語『其君弱植』。『端操』則《楚辭》『內惟省以端操』。『窘步』則《楚辭》『夫惟防徑以窘步』。『先迷』則《易》『先迷失道』。『寡立』出《荀子》。『刻意』出《莊子》。『擇方』『窮棲』，無全出處，方字、棲字，經傳皆有之。此用字之法，學者不可不知也。此四句，延之自謂也。『伊昔』以下四句言向來立朝，兩闈謂東宮、尚書省。『丹臒』以喻君恩，『玄素』以喻己節。『徒遭』以下四句，言少帝昏亂，衣冠乖阻。『弔屈』以下六句，言出爲遠郡，在湘思越，有懷靈運。『跂予』『曷月』，字摘《毛詩》，用之尤雅。『皇聖』以下四句，言文帝召用，慚己無補。『去國』以下六句，言解郡還家，補葺舊隱，有遲暮之歎。『親仁』以下四句，稱靈運贈詩。『歇』『奪』二字俱佳。尾句謂『盡言非報章』，自撰不足以敵靈運，故曰『非報章』。此詩凡七八折，鋪敘非不整矣，用事用字非不密矣，以鮑昭之說裁之，則謂之雕績滿眼可也。如靈運詩『昏旦變氣候，山水含清暉』『清暉能娛人，遊子憺忘歸』，天趣流動，言有盡而意無窮。似此之類，恐延之未敢到也。

——〔元〕方回《文選顏鮑謝詩評》卷二

予味此詩人所可及，所以書此詩者有二。東晉五國一百四年，義熙十二年恰一百年足也，後四年而劉裕禪。洛陽自惠帝朝喪亂，迄於懷、愍蒙塵，百餘年丘墟。延之三川之詠謂『伊瀔絶津濟，臺館無尺椽』，予存此所以考時論事也。義熙十二年，延之年三十二（元初三年出爲始安太守，當年三十八（元嘉三年入爲中書侍郎，當年四十二。元嘉十年有《湖北（此處誤，當爲北湖）田收》詩，當年四十九，是年謝靈運誅（至元嘉二十六年，有《京口蒜山》《後湖》詩，則年六十六矣（孝武登阼，爲金紫光禄大夫，領湘東王師，則七十餘矣。予存此，所以考年論人也。又因而論之，陶淵明元嘉四年卒，年六十三，『延之爲劉柳後軍功曹，在潯陽與淵明情欵。後爲始安郡，經過，淵明每往，必酣飲致醉。臨去，留二萬錢與淵明，淵明悉送酒家。』觀此乃知延之詩雖不及靈運，其胸次則過之。靈運嘗入廬山，不爲遠法師所與，亦不聞其見交於淵明。延之獨與淵明交好甚深，以年計之，永初三年淵明年五十八矣，長延之二十歲，亦可謂忘年之交也。延之後作《靖節徵士誄》，書曰『有晉徵士』，雖出於衆志，而延之實秉易名之筆，其知淵明蓋深也。『違衆迷（此處誤，當爲速）尤，迕風先蹶。身才非實，榮聲有歇』，延之誄書淵明所誨如此。又書淵明『獨立者危，至方則礙』，語其有得淵明也多矣。故曰詩雖不及靈運，其胸次則過之。

——〔元〕方回《文選顔鮑謝詩評》卷三

此詩（《還至梁城作》）十韻，『故國多喬木，空城凝寒雲。丘壟填郛郭，銘志滅無文。木石扃幽闥，黍苗延高墳。惟彼雍門子，吁嗟孟嘗君。愚賤同湮滅，尊貴誰獨聞』，亦通論也，但不可及耳。

——〔元〕方回《文選顔鮑謝詩評》卷三

此詩（《始安郡還都與張湘州登巴陵城樓作》）十韻，『江漢分楚望，荆巫奠南服。三湘淪洞庭，七澤藹荆牧』，起句二韻大概言地勢，郊外曰牧，『荆牧』言七澤之野也。末韻『請從上世人，歸來蓺桑竹』，有感於『存沒竟何人，炯介在明淑』，而云初不明，言『炯介』『明淑』爲進，爲退而爲『松竹』之句，則意在退也。

——〔元〕方回《文選顔鮑謝詩評》卷三

『花叢亂數蝶，風簾入雙燕』，靈運、惠連、顔延年、鮑明遠在宋元嘉中未有此等綺麗之作也。

——〔元〕方回《文選顔鮑謝詩評》卷四

是歲謝靈運以謀叛棄市。初靈運與顔延之齊名，其文縱横俊發過於延之，深邃則弗及。

——〔元〕釋念常《佛祖通載》卷八

元嘉以還，三謝、顔、鮑爲之首。三謝亦本子建而雜參於郭景純，延之則祖士衡，明遠則效景陽，而氣骨淵然，駸駸有西漢風。

——〔明〕宋濂《答章秀才論詩書》，《宋文憲公全集》卷三十七

顏延年詩『春江壯風濤』，杜子美『春江不可渡，二月已風濤』之句實衍之。故子美《論兒詩》曰『熟精《文選》理』。

——〔明〕楊慎《升庵詩話》卷五

顏延年《赭白馬賦》：『戒出豕之敗駕，惕飛鳥之跱衡。』『出』字不如『突』字。

——〔明〕楊慎《升庵詩話》卷十一

阮籍《詠懷》詩：『西遊咸陽中，趙李相經過。』顏延年以爲趙飛燕、李夫人。劉會孟謂『安知非實有此人，不必求其誰何也』，不詳詩意。『咸陽』『趙李』謂遊俠近幸之儔，《漢書·谷永傳》『小臣趙李從微賤尊寵，成帝常與微行』者。籍用趙李字正出此。若如顏延年說趙飛燕、李夫人，豈可言經過？如劉會孟言當時實有此人，唐王維詩亦有『日夜經過趙李家』，豈唐時亦實有此人乎？乃知讀書不詳考深思，雖如延年之博學，會孟之精鑒，亦不免失之，況下此者耶？

——〔明〕楊慎《升庵詩話》卷十二

今文所襲用『朅來』者，亦謂『盍來』也，非是發語之辭矣。……顏延年《秋胡妻》詩曰『朅來空復辭』，義皆謂『盍來』，始通。

——〔明〕楊慎《升庵詩話》卷十二

顏延年曰：『阮公身事亂朝，常恐遇禍，因茲詠懷，雖志在譏刺，而文多隱避，百代之下，難以情測，故粗明大意，略其幽旨也。』信哉！

——〔明〕楊慎《升庵詩話·附錄》

延之創撰整嚴，而斧鑿時露，其才大不勝學，豈惟惠休之評，視靈運殆更天壤。如《應詔曲水燕》，而起語云：『道隱未形，治彰既亂。帝跡懸衡，皇流共貫。惟王創物，永錫洪算。』與題有毫髮干涉耶？至於《東宮釋奠》之篇起句『國尚師位，家崇儒門』，老生板對，唐律賦之不若矣。

——〔明〕王世貞《藝苑卮言》卷三

古詩四言之有冒頭，蓋不始延年也，二陸諸君爲之俑也。如《皇太子宴宣猷堂應令》，而士衡起句曰：『三正迭紹，洪聖啓運。自昔哲王，先天而順。』凡十六韻而始及太子。

——〔明〕王世貞《藝苑卮言》卷三

延年《五君》忽自秀於它作，如『沈醉似埋照，寓辭類託諷。鸞翮有時鎩，龍性誰能馴』，以比己之骯髒也；『韜精日沈飲，誰知非荒宴』，以解己之任誕也；『屢薦不入官，一麾乃出守』，以感己之濡滯也。語意既雋永，亦易吟諷。

——〔明〕王世貞《藝苑卮言》卷三

鮑照對顔延之之請騭，而謂『謝如初發芙蓉，自然可愛；君若鋪錦列繡，亦復雕績滿眼也』。自有定論，而王仲淹乃謂『靈運小人哉，其文傲，君子則謙』，顔延之『有君子之心焉，其文約以則』。此何說也！靈運之傲，不可知，若延之之病，正坐於不能約以則也，余謂仲淹非能知詩者，殆以成敗論耳。

——〔明〕王世貞《讀書後》卷三

由建安下逮六朝，鮑、謝、顔、沈之流，盛粉澤而掩質素，繪面目而失神情，繁枝葉而離本根，周漢之聲，蕩焉盡矣。然而穠華色澤，比物連匯，亦種種動人。譬之南威、西子麗服靚妝，雖非姜、姒之雅，端人莊士，或棄而不睨，其實天下之麗，洵美且都矣。

——〔明〕屠隆《文論》，《由拳集》卷二十三

六朝沖玄如嗣宗，清奥如景純，深秀如康樂，平淡如光祿，婉壯如明遠，何必漢魏？

——〔明〕屠隆《論詩文》，《鴻苞》卷十七

江淹擬顔延年，辭致典縟，得應制之體，但不變句法。大家或不拘此，……顔延年《宴曲水》詩曰：『航琛越水，輦賮逾嶂。』《郊祀歌》曰：『月御案節，星驅扶輪。』譬如清廟鼓瑟，箏以和之，審音者自不亂其聽也。……枚乘始作《七發》，後……顔延之《七繹》，……諸公馳騁文詞，而欲齊驅枚乘，大抵機括相同，而優劣判矣。

——〔明〕謝榛《四溟詩話》卷一

晉宋之交，古今詩道升降之大限乎！……士衡、安仁一變，而排偶開矣〔靈運、延年再變，而排偶盛矣〔玄暉三變，而排偶愈工，淳樸愈散，漢道盡矣。

——〔明〕胡應麟《詩藪》外編卷二

陸才如海，潘才如江，潘、陸之定品也。清水芙蓉，縷金錯采，顏、謝之定衡也。

——〔明〕胡應麟《詩藪》外編卷二

宋、齊自諸謝外，明遠、延之、元長三數公而已。

——〔明〕胡應麟《詩藪》外編卷二

《詩品》云：『陳思魏邦之傑，公幹、仲宣爲輔。士衡晉室之英，安仁、景暘爲輔。康樂宋代之雄，顏延年爲輔。』亦頗得之。然公幹、仲宣非魏文比，安仁、景暘非太沖比，延之非明遠比。

——〔明〕胡應麟《詩藪》外編卷二

延之與靈運齊名，才藻可耳。至於丰神，皆出諸謝下，何論康樂！

——〔明〕胡應麟《詩藪》外編卷二

靈運、延年，並以縱傲名，而顏之識，遠非謝比也。步兵、光祿，身處危地，使馬昭、劉劭信之而不傷。中散、康樂，雖有盛名，非若夏侯玄輩爲時所急，徒以口舌獲戾。悲夫！

——〔明〕胡應麟《詩藪》外編卷二

世目玄暉爲唐調之始，以精工流麗故。然此君實多大篇，如《遊敬亭山》《和伏武昌》《劉中丞》之類，雖篇中綺繪間作，而體裁鴻碩，詞氣沖澹，往往靈運、延之逐鹿。

——〔明〕胡應麟《詩藪》外編卷二

王仲淹歷評六朝文士，不取康樂、宣城、文通、明遠，而極稱顏延之、王儉、任昉文約以則，有君子之心。不知延之、儉、昉所以遠卻謝、鮑諸人，正以典質有餘，風神不足耳。

——〔明〕胡應麟《詩藪》外編卷二

余嘗謂富貴溺人，賢者不免，文士尤易著脚，而六朝爲甚。潘、陸、顔、謝諸君，往往蹈此。范曄、王融，卒以覆身敗族。若陶元亮輩，幾何人哉！

——〔明〕胡應麟《詩藪》外編卷二

陰、何並稱舊矣。何攄寫情素，沖淡處往往顔、謝遺韻。

——〔明〕胡應麟《詩藪》外編卷二

宋稱顔、謝，然顔非謝敵也，……非敵而並稱何也？同時、同事又同調也。

——〔明〕胡應麟《詩藪》外編卷二

北人謂温子昇淩顔轢謝，含沈吐任，雖自相詩詡語，然子昇文筆豔發，自當爲彼中第一人。生江左，故不在四君下，惟詩傳者絶少，恐非所長。

——〔明〕胡應麟《詩藪》外編卷二

凡詞場稱謂，要取適齒牙而已，非必在前則優，居後爲劣也，……顔在謝先，而顔非謝比。元居白上，而元匪白儔。

——〔明〕胡應麟《詩藪》外編卷二

宣遠《子房》《戲馬》，格調詞藻，可坦步延之、靈運間。

——〔明〕胡應麟《詩藪》外編卷二

唐人詩如初發芙蓉，自然可愛。宋人詩如披沙揀金，力多功少。元人詩如鏤金錯采，雕繪滿前。三語本六朝評顔、謝詩，以分隸唐、宋、元人，亦不甚誣枉也。

——〔明〕胡應麟《詩藪》外編卷六

詩至於宋，古之終而律之始也。體制一變，便覺聲色俱開。謝康樂鬼斧默運，其梓慶之鐻乎？顔延年代大匠斫而傷其手也。寸草莖能爭三春色秀，乃知天然之趣遠矣。

——〔明〕陸時雍《詩鏡總論》

詩章雖寡，其摹古之篇，風氣竟逼建安，此人不死，顔、謝未必能初其上也。

——〔明〕張溥《漢魏六朝百三家集·袁宗憲集題辭》

顔延年飲酒祖歌，自云狂不可及。元凶肆逆，子竣贊世祖入討，復爲孫辭以免。玩世如阮籍，善對如樂廣，其得功名耆壽，或非無故也。江左詞采，顔、謝齊名，延年文莫長於《庭誥》，詩莫長於《五君》。嵇中散任誕魏朝，獨《家戒》恭謹，教子以禮。顔《誥》立言，意亦類是。名士在世，動得顛挫，俯循人情，以卑致福，雖能言之，不能行之，即不能行之，未嘗不深知之也。竣既貴重，延年輒多謝避，觀其笑第宅之拙，惡雲霞之傲，視謝瞻籬隔謝晦，達尤過之。然彼雖厭見要人，其享榮終也，可不謂要人力哉。惟有子而不受子累，可以不壽而卒壽也，狂不可及，蓋在斯乎！三十不昏，以文出仕，歷四主，陪兩王，浮沈上下，老不改性。詆尚之爲朽木，斥慧琳爲刑餘，『顔彪』之呼，亦牛馬應之，其閱世久矣。遠弔屈大夫，近友陶徵士，風流固可想見云。

——〔明〕張溥《漢魏六朝百三家集·顔光禄集題辭》

人情之遊也無涯，而各以其情遇，斯所貴於有詩。是故延年不如康樂，而宋、唐之所繇升降也。謝疊山、虞道園之説詩，並畫而根掘之，惡足知此？

——〔清〕王夫之《薑齋詩話》卷上

詩譜曰：『辭氣重厚，有館閣之體，盛唐諸家，應制多取此。』

——〔清〕陳祚明《采菽堂古詩選》卷十六

延年本有風藻，亦嫻古調，《五君》五詠，蒼秀高超（《秋胡》九章，流宕安雅，而束於時尚，填綴求工。《曲阿》《後湖》之篇，誠擅密藻（其他繁掞之作，間多滯響。就其所造，工琢未純，以望康樂，相去甚遠，豈獨若湯、鮑所喻哉！四言淺質，都無佳句，不足登《選》。

——〔清〕陳祚明《采菽堂古詩選》卷十六

顔延之詩，如金、張、許、史大家命婦，本亦有韶令之姿，而命服在躬，華璫飾首，約束矜莊，掩其榮態，暫復卸妝，閒燕亦能微露姣妍。

——〔清〕陳祚明《采菽堂古詩選》卷十六

（《應詔讌曲水作詩》）猶能稍見文雅，若《釋奠會作》，板重無味，起句『國尚師位，家崇儒門』，老生板對，唐律賦之不若，真有如元美所評者，故竟删之。

——〔清〕陳祚明《采菽堂古詩選》卷十六

（《從軍行》）『地廣』六句，邊景蕭索（『臥伺』二語寫征人之勞），殊切。

——〔清〕陳祚明《采菽堂古詩選》卷十六

（《車駕幸京口侍遊蒜山作》）起六句，宏亮（『陟峰』四句，秀（末寓自感），稍見低徊。

——〔清〕陳祚明《采菽堂古詩選》卷十六

（《車駕幸京口三月三日侍遊曲阿後湖作》）洵見工琢，『藐眄』二句稍有致。

——〔清〕陳祚明《采菽堂古詩選》卷十六

（《拜陵廟作》）自敍其晚達。『否來』二句、『恩合』二句，殊得體。『衣冠』四句，稍見生動。結語謂頗宣戒慎之衷。公保善終，以此觀其不樂於竣之要勢，其爲人可知矣。詩以見志，誠哉！

——〔清〕陳祚明《采菽堂古詩選》卷十六

（《贈王太常》）前段『玉璿』『龍鳳』，酬贈詩作爾許，殊俗。『側同幽人』以下稍佳。『庭昏』一句秀出不羣。『晝閉』『晏開』應作對分，作二聯意取變宕。

——〔清〕陳祚明《采菽堂古詩選》卷十六

（《夏夜呈從兄散騎車長沙》）『側聽』四句景淒調健，結能於琢句中延遠思，此微近謝。

——〔清〕陳祚明《采菽堂古詩選》卷十六

（《直東宮答鄭尚書》）前段迤邐而下，境地清出，琢句古秀。

——〔清〕陳祚明《采菽堂古詩選》卷十六

（《和謝監靈運》）章法迢遞，情旨暢越。『與玩』句，韻末自然。

——〔清〕陳祚明《采菽堂古詩選》卷十六

（《北使洛》）離黍之感與行役之悲，頗能抒寫。前段紀程，簡而貫串有法。

——〔清〕陳祚明《采菽堂古詩選》卷十六

（《還至梁城作》）大好佳作。起句便有作意，『昔邁先徂』『今來後歸』，行役同而己獨苦矣。『傾側不及』，羣能寫『後歸』之狀。『故國』以下述中原蕭條，儼然在目。結六句，造感蒼涼，漢魏不遠，以觸目之至悲，感流年之易化，瓢用解憂，此旨深曲。

——〔清〕陳祚明《采菽堂古詩選》卷十六

（《始安郡還都與張湘州登巴陵城樓作》）清亮可誦。『淒矣』四句，悲涼壯闊。

——〔清〕陳祚明《采菽堂古詩選》卷十六

（《秋胡行》）章法綿密，布置穩貼，風調亦頗流麗，不類延之恆調。雖不逮於古樂府，頗有魏人遺風。

——〔清〕陳祚明《采菽堂古詩選》卷十六

（《五君詠》）五篇別爲新裁，其聲堅蒼，其旨超越，每於結句淒婉壯激，餘音詘然，千秋乃有此體。……（《阮步兵》）中竟排四語，不嫌調複，結即借阮語，以伸悲詫，甚有致。……（《嵇中散》）起語矯拔，結句極壯極悲。……（《劉參軍》）特有曠識，達人之旨，命語超詣。……（《阮始平》）『達音』二語，亦上章『頌酒』句之旨，取有會悟。結句寄慨不淺。……（《向常侍》）言向『惻愴』，意亦殊惻愴也。

——〔清〕陳祚明《采菽堂古詩選》卷十六

（《歸鴻》）有託之言，『同春』『獨辭』，不能無慨。

——〔清〕陳祚明《采菽堂古詩選》卷十六

顏延年《赭白馬賦》，體制似班、揚。『驥不稱力』至『文騮列乎華廄』，先從馬起，不泛〔緊入宋祖，不蕪。『妙簡帝心』至『有惻上仁』，體要淳雅。『畜怒未泄』，此句即起下一段。『妍變之態既畢』至『望朔雲而蹀足』，跌宕頓挫。『將使紫燕騈衡」至「敬備乎所未防」，此處不可直接馬斃，故作此一段虚景，兼寓頌美國家之旨，得體而有情。「天情周，皇恩畢」，祗用六字收住，不冗。

——〔清〕何焯《義門讀書記》卷四十五

顔延年《應詔讌曲水作詩》。「昔在文昭」至「屏京維服」，此會特爲二藩祖道，故兼頌之而並及義康也。「於赫王宰」，相王者，當時語，此云王宰，於義乃順。「朏魄雙交」四句，敘致偉麗。「化際無間」，卽指二王出牧也。「幬帷蘭甸」至末，「畫流析波」點出曲水，「出濟」句收，祖二王，末以自敘結，乃當時體。

——〔清〕何焯《義門讀書記》卷四十六

《皇太子釋奠會作詩》「巾卷充街」，《宋書·禮樂志》「國子太學生冠葛巾，服單衣，以爲朝服，執一卷經，以代手板」，此所謂巾卷也。注未審細，胡三省於王儉事下注「巾卷」則尤憒憒矣。

——〔清〕何焯《義門讀書記》卷四十六

顔延年《秋胡詩》。詠秋胡者，傅休奕得之。《焦仲卿妻詩》質而近野，此過於文，卻似少真味，獨取此者，與此書氣味協也。

——〔清〕何焯《義門讀書記》卷四十六

題是《秋胡詩》，然重在潔婦。今詩中詳敘秋胡宦遊之事，而於桑下拒金一事顧略焉，體制殊不可解。

——〔清〕何焯《義門讀書記》卷四十六

《五君詠》既能自序仍不溢題，五篇簡練遒緊，後人多方摹儗，終不能及。

《劉參軍》「韜精日沈飲」二句，卽自道其深衷也。「頌酒雖短章」二句，「二豪侍側焉，如蜾蠃之與螟蛉」，以比劉、班也。

《阮始平》「一麾乃出守」，注：麾，指麾也，言爲勗所指麾也。按後人作旌麾之麾用，非也。

《向常侍》「交呂攀嵇」。自寓惟陶徵君輩，得爲文酒之會，眼中於劉、班等何有也。

——〔清〕何焯《義門讀書記》卷四十六

顔延年《應詔觀北湖田收》，較康樂《從遊京口北固詩》，顔、謝優劣，何啻天壤。

——〔清〕何焯《義門讀書記》卷四十六

《車駕幸京口侍遊蒜山作》，從京口發端，文帝此行，下詔者三，此詩實檃括其意，以《本紀》參觀而後見其工也。銑注其意，乃不得從駕，恐題之誤。『園縣極方望』，《宋書・文帝紀》『元嘉二十六年二月己亥，車駕陸道幸丹徒，謁京陵』。『宅道炳星緯』一聯，《文帝紀》『晉安帝義熙三年生於京口，盧循之難，上年四歲，高祖使劉粹輔上鎮京城』。『春江壯風濤』，其還也，車駕水路發丹徒，故云。

——〔清〕何焯《義門讀書記》卷四十六

《車駕幸京口三月三日侍遊曲阿後湖作》，唐初諸公所作勝之遠矣，無論少陵也。是年帝始與王元謨謀北伐五州，『望幸』之語，延年或以抵其巇乎？『彤雲麗璿蓋』六句，如此則已盡反乎高祖儉素之德，而流連荒亡之務矣。延年顧侈陳之不已，於六義安取焉！

——〔清〕何焯《義門讀書記》卷四十六

（阮嗣宗《詠懷詩》）顏延年曰：『常慮禍患，故發此詠。』按籍豈徒慮患也哉！延年遜詞以謝逆劭，宜其不足知此。

——〔清〕何焯《義門讀書記》卷四十六

《顏延年拜陵廟作》。顏詩大抵長於鋪陳，讀老杜《昭陵》二詩，乃歎延年爲陋。『幼壯困孤介』二句，收轉晚達。

——〔清〕何焯《義門讀書記》卷四十六

《顏延年贈王太常》『方流圓折』『九泉丹穴』『國華朝列邦』『邦懋鄉耋』，拉雜而至，亦復何趣。『庭昏見野陰』二句，『近野先晦』『遠峰忽明』二句，連看詠雪獨絕，卽寓遲王之至。

——〔清〕何焯《義門讀書記》卷四十六

《夏夜呈從兄散騎車長沙》『側聽風薄木』二句，頂上獨靜。

——〔清〕何焯《義門讀書記》卷四十六

《和謝監靈運》，和《還舊園》作也，顏詩中最清新之作，要非謝匹。『弔屈汀洲浦』六句，謂謝在會稽始寧。『何用充海淮』，淮從濰省，惟、唯、維皆可讀，陳第以爲當讀熙，非是。

——〔清〕何焯《義門讀書記》卷四十六

顔延年《北使洛》擬士衡《赴洛詩》，與下《還至梁城》首在顔集中亦爲清拔。

——〔清〕何焯《義門讀書記》卷四十七

《還至梁城作》，擬《赴洛道中作》。

——〔清〕何焯《義門讀書記》卷四十七

《始安郡還都與張湘州登巴陵城樓作》，清壯。

——〔清〕何焯《義門讀書記》卷四十七

顔延年《宋郊祀歌》，不采錄《漢郊祀》、《房中》諸篇者，與此書文體不相入。雅與題稱，麗不病蕪，揚、班儔也，康樂亦復不能兼。

——〔清〕何焯《義門讀書記》卷四十七

陸士衡樂府數詩沉著痛快，可以直追曹、王。顔延年專寫仿其典麗，則偶人而已。

——〔清〕何焯《義門讀書記》卷四十七

顔延年《三月三日曲水詩序》，……顔、王二序皆出張、班。顔猶有制，王則以誇以麗，欲以掩顔而轉見卑宂。宋齊文格不止判若商周也。

——〔清〕何焯《義門讀書記》卷四十九

顔延年《陽給事誄》，合後《陶徵士誄》及《祭屈原文》觀之，殆過其詩。

——〔清〕何焯《義門讀書記》卷四十九

《陶徵士誄》『南岳之幽居者也』，南岳謂廬山。『糾纆斡流』，注：『何異糾纆』，『纆』字當作『纆』，乃節錄《鵩賦》中語，非還與纆爲韻，後人謬改耳。

——〔清〕何焯《義門讀書記》卷四十九

顔延年《宋文皇帝元皇后哀策文》，無繁長語。『方江泳漢，載謡南國』，言其在江陵時也。『撫存悼亡，感今懷昔』，八字故自一篇體要。

——〔清〕何焯《義門讀書記》卷四十九

《文王》七章，語意相承而下，陳思《贈白馬王詩》、顏延之《秋胡行》祖其遺法。

——〔清〕沈德潛《說詩晬語》卷上

詩至於宋，性情漸隱，聲色大開，詩運一轉關也。康樂神工默運，明遠廉俊無前，允稱二妙。延年聲價雖高，雕鏤太過，不無沈悶，要其厚重處，古意猶存。

——〔清〕沈德潛《說詩晬語》卷上

顏詩，惠休品爲鏤金錯采，然鏤刻太甚，填綴求工，轉傷真氣，中間如《五君詠》《秋胡行》，皆清真高逸者也。士衡長於敷陳，延之長於鏤刻，然亦緣此爲累。《詩》云：『穆如清風』，是爲雅音。

——〔清〕沈德潛《古詩源》卷十

（《應詔讌曲水作詩》）八章次序有法，追金琢玉，不妨沈悶，義山所謂『句奇語重』者耶！

——〔清〕沈德潛《古詩源》卷十

（《贈王太常》）用筆太重，非詩人本色。

——〔清〕沈德潛《古詩源》卷十

（《北使洛》）黍離之感，行役之悲，情旨暢越。

——〔清〕沈德潛《古詩源》卷十

（《秋胡行》）無古樂府之警健，然章法綿密，布置穩順，在延之爲上乘矣。

——〔清〕沈德潛《古詩源》卷十

明遠樂府，如五丁鑿山，開人世所未有，後太白往往效之。五言古亦在顏、謝之間。

——〔清〕沈德潛《古詩源》卷十一

（王僧達《答顏延年》）亦著意追琢，答顏詩與顏體相似。

——〔清〕沈德潛《古詩源》卷十一

顏延之譏『惠休製作，委巷間歌謡耳，方當誤後生』，豈因其近於豔耶？

——〔清〕沈德潛《古詩源》卷十一

（北魏常景《蜀四賢贊》）不及《五君詠》者，顏作能寫性情，此祇引得故實也。以氣體大方，收之。

——〔清〕沈德潛《古詩源》卷十四

《三百篇》一變而爲蘇、李，再變而爲建安、黄初，……一變而爲晉，……其間屢變而爲鮑照之逸俊、謝靈運之警秀、陶潛之澹遠，又如顏延之之藻績，……此數子者，各不相師，咸矯然自成一家，不肯沿襲前人以爲依傍，蓋自六朝而已然矣。

——〔清〕葉燮《原詩·内篇上》

五言詩始於漢元封，盛於魏建安，陳思王其弁冕也。張、陸學子建者也，顏、謝學張、陸者也，徐、庾學顏、謝也。

——〔清〕錢良鐸《唐音審體》

予撰五言詩，……宋取謝靈運爲一卷，附以諸謝。鮑照爲一卷，附以顏延之之屬。蓋予之獨見如此。偶讀嚴滄浪《詩話》，……又云：『顏不如鮑，鮑不如謝。』與予意略同。

——〔清〕王士禛《池北偶談》卷十三《談藝三·魏晉宋詩》

明遠篇體驚奇，在延年之上。

——〔清〕王士禛《五言古詩選·凡例》

後人刻畫山水，無不奉謝爲崑崙虛，不敢異議，甚矣！文中子曰：『謝靈運小人哉！其文傲，君子則謹。』此泛言文耳。《南史·齊武陵王煜》詩學謝靈運體，以呈高帝。帝報曰：『見汝二十字，諸兒作中最爲優者。但康樂放蕩作體，不辨首尾，安仁、士衡深可宗尚，顏延之抑其次也。』其稱述士衡、延之，蓋不免局於時尚，而謂康樂『不辨首尾』一語，卓識冠絶千古。

——〔清〕汪師韓《詩學纂聞·謝詩累句》

漢魏詩陳義古，用心厚，文法高妙渾融，變化奇恣雄俊，用筆離合轉換，深不可測，古今學人多不識。如顔延之、沈休文之解阮公，尚多誤會亂道，何況流俗。

——〔清〕方東樹《昭昧詹言》卷二

顔延年之頌元凶雖失，然當日位在明兩，固不得豫探其凶而絶之也。

——〔清〕方東樹《昭昧詹言》卷二

阮公於曹、王另爲一派，其意旨所及，昔賢皆怯言之。休文所解，粗略膚淺，毫無發明。顔延年曰：『阮在晉文代，常慮禍患，故發此詠。』又曰：『身仕亂朝，常恐罹謗遇禍，因兹發詠，故每有憂生之嗟。雖志在刺譏，而文多隱避，百代之下，難以情測。故粗明大意，略其幽旨。』延年之説當矣。而何義門謂顔説爲非，豈以其忠悃激發，痛心府朝，而不徒爲一已禍福生死也乎？

——〔清〕方東樹《昭昧詹言》卷三

顔延年、沈約等皆注此詩，可知古人爲文，用意深而難明，是以明公皆爲尋求意緒脈縷。

——〔清〕方東樹《昭昧詹言》卷三

《二妃遊江濱》，如顔、沈解，殊顢頇，不能顯出其真情，發露其真味。

——〔清〕方東樹《昭昧詹言》卷三

《平生少年時》，……顔延年、楊用修、何義門等爭考『趙李』，固可不必。

——〔清〕方東樹《昭昧詹言》卷三

（陶淵明《贈羊長史》）此不能明説，故伊鬱隱迷。其文法之妙，與太史公《六國表》同工。覺顔《北使洛》如嚼蠟，如牛負物，行深泥費力，而索然無復生氣。陶詩當以此爲冠卷。韓公《送董邵南序》，有此高遠幽深境相。柳子厚《論揚雄文》，遣言措意，頗短局滯澀。不若退之倡狂恣睢，肆意有所作。余謂顔比陶亦然。

——〔清〕方東樹《昭昧詹言》卷四

《南史》本傳云：『縱橫俊發過顏延之，而深密不如。』此非知言，謝公政自深密耳。

——〔清〕方東樹《昭昧詹言》卷五

史言靈運居永嘉西堂，思詩竟日不就，又與顏延之受詔擬樂府，久之乃就，可見其得之苦艱不易也。

——〔清〕方東樹《昭昧詹言》卷五

顏比於謝，則虎賁之似中郎，神期不同矣。

——〔清〕方東樹《昭昧詹言》卷五

華妙而不精深，固爲浮豔；精深而乏華妙，則有同嚼蠟，雖巧如偃師，亦止象人而已，如顏延之是已。

——〔清〕方東樹《昭昧詹言》卷五

大約謝詩顧題交代，則如發之就櫛，毫末不差；其成句老重，屹如山嶽之奠，不可動摇，取象則如化工。明遠遜其度，惠連謝其華，玄暉讓其堅，延之比之，如碱砆耳。

——〔清〕方東樹《昭昧詹言》卷五

顏詩凝厚典質，鉤深持重，力足氣完，差與康樂相埒。但功力有餘，天才不足，而奇觀意外之妙，不及謝精警，又不及明遠俊逸、奇峭、警拔，所謂詞足盡意而已。

——〔清〕方東樹《昭昧詹言》卷五

顏詩以氣體魄力勝，崇竑典則，有海嶽殿閣氣象，足以礱寒儉山林之膽，此其長也。不善學者，但成死句，余終不取。然政當以此與鮑、謝同參，可以測古人優劣，而擇所從也。

——〔清〕方東樹《昭昧詹言》卷五

本傳稱延之嘗問鮑照，己與謝優劣。照曰：『謝如初出芙蓉，自然可愛；君詩若鋪錦繡，亦雕繢滿眼。』今尋鮑旨，以顏傷縟而乏生活之妙，不及謝，明矣。顏當日蓋未喻鮑之貶己也。顏詩全在用字密，典則楷式，其實短淺。其所長在此，病亦在此。然學者用功，先從顏詩下手，可以藥傖父無學，率爾填砌之陋。

——〔清〕方東樹《昭昧詹言》卷五

顔詩雖若傷密，不逮諸作者，然趙宋以後，輕滑、颯灑、便利、輕快之體，久不識此古音古貌矣。

——〔清〕方東樹《昭昧詹言》卷五

顔比於謝，幾於有『山無草木，樹無烟霞』之病。

——〔清〕方東樹《昭昧詹言》卷五

朱子論荀子如喫糙米飯，顔詩實有此。不但不能活潑潑地，並不能如康樂之精深華妙。

——〔清〕方東樹《昭昧詹言》卷五

昔人稱小謝工於發端。如顔延之每起莊重典則，横闊涵蓋，有冠冕製作體勢，興象固佳。但久恐有流弊，成爲裝點門面，可憎也。與小謝之妙象神會者不同。

——〔清〕方東樹《昭昧詹言》卷五

《贈王僧達》，起八句以比體引入，在顔爲凝厚，然學之則入於客氣。『舒文』四句美其名德。『側同幽人』六句兼寫其居處。『靜惟』四句贊其情抱。『屬美』二句收己贈詩。此詩完密凝厚，可以爲贈詩之式，然不免方板，所謂『經營地上』語，全是凡響。雖亦兼有陶、謝風格，終是皮厚，末流不可處。『靜惟浹羣化』，言靜思周於羣化，無不入於死者，用《莊子》『已化而生，又化而死』意，以見人生可悲。韓公云：『浮生雖多塗，趨死惟一軌。』此似美其守死善道。是時風氣，以達生曠遠爲高，言皆若此。孫子荆乃至於不倫不類，尤不可人意。

——〔清〕方東樹《昭昧詹言》卷五

《車駕幸京侍遊蒜山作》，起十二句先説蒜山，典重宏闊，所用皆非常之典，幾可並子建《驅車篇》，典制大篇楷則也。『睿思』十句言宸遊，語意宏闊，典重稱題。『周南』四句了己侍遊。此詩完密，似勝明遠《登香爐峰》。

——〔清〕方東樹《昭昧詹言》卷五

《北使洛》，起八句直書本事，然意卑詞迫，直是低頭説話，最引人不長進。『在昔』六句，在此篇爲振起一篇扼要警策處。『王猷』二句，一句束上，一句起下，入己之使。『陰風』以下十句，言己情。何義門云：『此擬士衡《赴洛》。』余謂士衡作本無取，此詩亦無取。當日謝晦、傅亮賞之，昭明登之於《選》，阮亭、義門皆從而與之。吾以爲皆未深校，附和濫吹而已。以用意論之，則較陶公《贈羊長史》作，此如蛣蜣轉糞矣。且後半尤爲不稱。此是何事何題，前既稱『期運』『聖賢』以爲頌後，又如此悲慘，於題爲失體。以爲亦有憂禪代意，則如此明著，又足以致禍也，不如陶公之超然無跡矣。陽城在今鳳陽府宿州。裕克關中，歸卽篡矣，當日行道皆知，延之自是託此爲憂。然其如身奉使命，故託以行旅爲苦，與後《還至梁城》同此意。然終無佳勝，且不合體要。

——〔清〕方東樹《昭昧詹言》卷五

《還至梁城作》，何義門云：『此擬士衡《赴洛道中作》。』此詩祇託於行李之苦，盛衰之跡，意可知也。

——〔清〕方東樹《昭昧詹言》卷五

《始安郡還都與張湘州登巴陵城樓作》，起四句，從湘州起。『經塗』二句，交代登城。『水國』六句，登後望中所見。『淒矣』以下，入已登眺之情。『經塗』句，言仍昔時道路也，善注非。《子虛賦》用江，此用河，皆挾句。以規格求之，可謂奄有前則，毫髮無歉〔以真味求之，祇是料語多，真味少。雖典、遠、諧，則四法全備，而無引人入勝處，可於此判顔、謝之優劣。

——〔清〕方東樹《昭昧詹言》卷五

《五君詠》，每篇有警策可取。

——〔清〕方東樹《昭昧詹言》卷五

《秋胡詩》，無奇，以傷平且冗也。如次篇『嚴駕』等語（『嚴駕』當在第三首），何必秋胡爲然。此公家陳言，雖佳非切。

——〔清〕方東樹《昭昧詹言》卷五

（鮑照《還都至三山望石城》）此詩可比顔延之《蒜山》，而勝沈約《鍾山》，不及小謝《登三山望京邑》及《之宣城出新林浦》。

——〔清〕方東樹《昭昧詹言》卷六

（鮑照《鑿井北陵隈》）此篇語既奇警，義又深遠，猶有漢魏人筆意，與顔延之《北使洛》語同而意不同。

——〔清〕方東樹《昭昧詹言》卷六

昔人稱小謝工於發端，此是一大法門。古人皆然，而康樂、明遠、顔延之尤可見。大抵蓄意高遠深曲，自無平率，然如顔延之特地有意，久之又成裝點客氣可憎，故又須兼取公幹之脱口如白話，緊健親切。然不善學之，又成平率。

——〔清〕方東樹《昭昧詹言》卷七

（趙松雪《題秋胡戲妻圖》）雖翻案新奇，失詩人温厚之風。由末世之人心不古，用意狙詐，而作此論。在秋胡當日，尚無是意。顔延之詩直敘其事，故妙。

——〔清〕馬位《秋窗隨筆》

光禄每多盛服矜莊之作，填綴中不乏滯響，然《五君詠》自當高步元嘉。

——〔清〕黄子雲《野鴻詩的》

魏以後若曹、劉、左、陸、阮、陶、顔、謝諸公，各競所長，要三體尚有合者，何者？風骨遒逸，自具情性，尼父諒猶取焉。

——〔清〕李重華《貞一齋詩説》

詩有數章聯合一篇者，如陳思《贈白馬王》、顔延之《秋胡》詩等類是已。此皆大、小雅體裁，一氣注成，不宜割裂。

——〔清〕李重華《貞一齋詩説》

《郊祀》諸詩，顔、謝、昌黎皆祖之。大抵六朝、唐、宋名家，多祖漢詩，不能盡述也。

——〔清〕費錫璜《漢詩總説》

顔、謝好蹇澀雅麗，昌黎好捃摭奇字險韻爲詩，然漢《郊祀》《鐃歌》，奥衍宏博，已開其先。

——〔清〕費錫璜《漢詩總説》

詩句之奇，至顔延之、謝靈運、李白、杜甫、韓愈、李賀、盧仝至矣，然不若漢人之奇。

——〔清〕費錫璜《漢詩總説》

故大謝之詩，勝於陸士衡之平，顔延之之澀，然視左太沖、郭景純已遜自然，何以望子建、嗣宗之項背乎？

——〔清〕施補華《峴傭說詩》

『千里共明月』『没爲長不歸』，顔、謝所以相嘲謔也。士衡『君行豈有顧，憶君是妾夫』，抑又甚焉。然不足深病者，因拙見古耳。

——〔清〕毛先舒《詩辯坻》卷二

正叔才似士衡而無其壯，藻似延之而遜其典，頗慚家從矣。

——〔清〕毛先舒《詩辯坻》卷二

仲文《九井》之作，疏於延之，幽於平原，爽於康樂，而兼撮三公之勝，義熙詩人，獨見警策矣。記室誚其不競，何耶？

——〔清〕毛先舒《詩辯坻》卷二

『澄』『淨』實復，然古詩名手多不忌此處。……顔延年『識密鑒亦洞』，……此類殊多，不妨渾樸。

——〔清〕毛先舒《詩辯坻》卷二

瓊柎玉條，顔、謝並映，而奥穎，顔不及謝也。

——〔清〕毛先舒《詩辯坻》卷二

鍾云：『謝靈運「初日芙蓉」，顔延之「鏤金錯采」，顔終身病之。乃《秋胡詩》《五君詠》，清真高逸，似別出一手。若屏卻顔諸詩，獨標此數首，向評爲妄語矣。』案此論非也。蓋《秋胡》《五君》，雖是顔佳作，然若《蒜山》《曲阿》諸篇，典飭端麗，自非小家所辦。且上人評雖當，不知『初日芙蓉』，微開唐制，『鏤金錯采』，猶留晉骨。此關詩運升降，鍾殆未知之。

——〔清〕毛先舒《詩辯坻》卷四

顔延之之詩密如秋荼，《五君詠》獨清出。

——〔清〕宋徵璧《抱真堂詩話》

顔延之『日落遊子顔』，卽有太白『浮雲遊子意，落日故人情』意思在。

——〔清〕宋徵璧《抱真堂詩話》

顔延之《秋胡詩》，曲盡其妙〔高達夫《秋胡行》，似爲妄作。

——〔清〕宋徵璧《抱真堂詩話》

《仲卿詩》敍事老樸，延之《秋胡詩》敍事閒雅。

——〔清〕宋徵璧《抱真堂詩話》

延之《秋胡詩》，詩中有畫，不待摩詰也。

——〔清〕宋徵璧《抱真堂詩話》

顔延之《秋胡行》，直陳其事，字字斟酌，末首始代妒婦作責夫語云：『自昔枉光塵，結言固終始。如何久爲別，百行諐諸己。君子失明義，誰與偕沒齒？愧彼《行露》詩，甘之長川汜。』則秋胡之罪，不過調桑婦而已，非忘母不孝也。『百行諐諸己』，從別情說來，點綴稍輕，豈獨爲秋胡洗謗，並爲妒婦懺悔矣。秋胡婦原不應入《列女傳》，有識者欲黜之，讀延之詩，悲酸動人，輒復不忍。若其渾古淡宕，漢魏而後，所不多得也。

——〔清〕賀貽孫《詩筏》

延之《五君詠》謂『中散不偶世』，叔夜《幽憤詩》亦自云『顯明臧否』，此卽『不偶世』之驗也。嗣宗口不臧否人物，延之既稱其『識密鑒洞』，又謂其『埋照』『淪跡』。七賢中，叔夜與嗣宗同一放誕，而爲人疏密迴異如此。誰謂放誕中無藴藉乎？詩中字字斟酌，可謂傳神。其詠始平與劉、向二公，俱不苟。詠史須如此切當簡嚴，方稱古人知己。但以山巨源之深識朗懷，而延之憎其顯庸，遂與王戎並黜。

——〔清〕賀貽孫《詩筏》

《南史》稱謝靈運『縱横俊發過顔延之，而深密則不如也』。鮑明遠又稱康樂『如初發芙蓉，自然可愛』，顔光禄如『鋪錦列繡，雕繪滿眼』。兩君當時聲價，互相優劣如此。然觀康樂集，往往深密有餘，而疏澹不足，專指延之爲深密，謬矣。延之詩自《五君詠》《秋胡行》諸篇稱絶調外，他如《贈王太常》詩、《夏夜呈從兄散騎作》《還至梁城》及《登巴陵城樓》作，俱新警可喜，專以『鋪錦列繡』貶之，非定評也。大約二君藻思秀質，如出一手，而光禄寄興高曠，章法綿密，康樂意致豪華，造語幽靈，又各有其勝也。顔、謝二人作詩，遲速懸絶，康樂惟以遲得，故多佳句。然顔集中《和謝監》諸作，頗受板滯之累。

——〔清〕賀貽孫《詩筏》

史稱潘岳、陸機而後，文士莫及，惟江右稱潘、陸，江左稱顔、謝而已，……然則潘、陸故非顔、謝匹也。

——〔清〕賀貽孫《詩筏》

明遠與顔謝同時，而能獨運靈腕，盡脱顔、謝板滯之習。

——〔清〕賀貽孫《詩筏》

蓋江東顔、謝之體，至玄暉而暢，至沈約輩而弱，至陳、隋而蕩矣。愈變愈新，因而愈衰，是六朝之詩，亦自爲初盛中晚也。

——〔清〕賀貽孫《詩筏》

顔延之《秋胡行》《五君詠》，如褰衣下水，捧藕出泥。

——〔清〕牟願相《小澥草堂雜論詩》

顔延之《秋胡》《五君》外，别無可采。然《秋胡》《五君》之作，其妙絶人。

——〔清〕牟願相《小澥草堂雜論詩》

古人送别，苦語不一，而意實相師。……猶有傷心者，……延之『生爲久别離，末爲長不歸』，……亦一意也。

——〔清〕葉矯然《龍性堂詩話初集》

惟顔延之《夕牲》《迎送神》等作，新練矜貴，最稱古則。昭明獨登《文選》，鑒别精卓，良不虚也。

——〔清〕葉矯然《龍性堂詩話初集》

故潘、陸、顔、謝出，耽思結響，矜飭爲工，譬之好女修容，非靚妝不出也。

——〔清〕葉矯然《龍性堂詩話初集》

古今詩人以變調能工者，惟顔延之、謝朓、王維、杜甫而已。顔擅雕鏤，而《秋胡行》《五君詠》不減芙蕖出水……落落名家，四公外不多見也。

——〔清〕葉矯然《龍性堂詩話初集》

顔延之《五君詠》，蓋忿其出守永嘉，託以自寓也。詞旨矜練，千載絶調，……（常景《蜀四賢贊》）亦可稱仿佛光禄。人知顔，鮮有知常者，爲錄之。

——〔清〕葉矯然《龍性堂詩話初集》

顔詩昔人病其刻鏤太甚。余謂刻鏤處亦近古，《秋胡行》體裁明密，九首如一首，《五君詠》章句似各不相屬，皆高作也。

——〔清〕喬億《劍溪説詩》

他如顔延年志在忿激，則詠《五君》。

——〔清〕王壽昌《小清華園詩談》卷上

何謂廣大？　曰：　顔延年之《郊祀》《曲水》《釋奠》以及《侍遊》諸作，氣體崇閎，頗堪嗣響雅頌。

——〔清〕王壽昌《小清華園詩談》卷上

何謂真？　曰：　……紀事之真者，無如潘安仁、左太沖、顔延年。

——〔清〕王壽昌《小清華園詩談》卷上

何謂高？　曰：　《古詩十九首》尚矣，其次，……顔延年之《五君》，亦皆邈不可追者。

——〔清〕王壽昌《小清華園詩談》卷上

刺惡之詩，貴字挾風霜，庶幾聞者足戒。　如……顔延年之『君子失明德，誰與偕没齒』（《秋胡詩》），語雖含蓄而義實凜然。

——〔清〕王壽昌《小清華園詩談》卷下

古人名句，如……顏延年之『庭昏見野陰，山明望松雪』……等句，皆高華名貴，可誦可法者。

——〔清〕王壽昌《小清華園詩談》卷下

（歐陽脩）其集中有以五古短篇懷人詠己者，蓋本顏延年《五君詠》。茗生懷人諸詩，憲章文忠，多可括諸人一生言行，而上追延年。

——〔清〕尚鎔《三家詩話》

西晉以降，陸機、謝靈運、顏延年輩爲己門靡騁姸，求悅人而無真氣。

——〔清〕潘德輿《養一齋詩話》卷一

顏、謝詩並稱，謝詩更優於顏。然謝則叛臣也。顏生平不喜見要人，似有見地，然荀赤松譏其外示寡求，內懷奔競，干祿祈進，不知極已。文人無行，何足恃哉！

——〔清〕潘德輿《養一齋詩話》卷三

魏晉六朝人詩，率多前後沿襲。……子建詩『始出嚴霜結，今來白露晞』，……顏延年則云：『昔辭秋未素，今來歲載華。』……一唱百和，甫見於此，旋見於彼，望之無色，咀之寡味。

——〔清〕潘德輿《養一齋詩話》卷四

顏延年《應詔宴曲水》詩、《皇太子釋奠》詩，體制聲色，都如一轍。顏雖琢鏤較甚，然亦無甚高下。蓋皆雅頌之皮毛，阿諛之圭臬，而四言之奴隸也。

——〔清〕潘德輿《養一齋詩話》卷七

郭景純《遊仙詩》，與顏延年《五君詠》同一命意，皆憤激之詞耳。延年云『塗窮能無慟』，『龍性誰能馴』，『一麾乃出守』，非詠五君，沈約已言之。

——〔清〕潘德輿《養一齋詩話》卷八

愚謂無己兩詩，亦顏延年《五君詠》之流也，豈自衒哉！憤世疾俗之調耳。

——〔清〕潘德輿《養一齋詩話》卷八

按高氏棅曰：『排律之作，源自顔、謝諸人，唐興，始專此體……』

——〔清〕潘德輿《養一齋李杜詩話》卷三

（問：顔、謝優劣之論當否？）顔、謝當日，已有定評。然謝工於山水，至廟堂大手筆，不能比推顔擅場，大家不必兼工也。大抵山林、廊廟兩種，詩家作者，每分鑣而馳。

——〔清〕陳僅《竹林答問》

潘、張、左、陸以後，清言既盛，詩人所作，皆老莊之讚頌，顔、謝、鮑出，始革其制。元嘉之詩，千古文章於此一大變。……用事之密，始於顔延之，後世對偶之祖也。……永明、天監之際，鮑體獨行，延之、康樂微矣。嚴滄浪於康樂之後不言延之，又不言沈、謝，則齊、梁聲病之體，不知所始矣。

——〔清〕吴喬《圍爐詩話》卷二

謝才顔學，謝奇顔法，陶則兼而有之，大而化之，故其品爲尤上。

——〔清〕劉熙載《藝概》卷一《詩概》

康樂詩較顔爲放手，較陶爲刻意，煉句用字，在生熟深淺之間。

——〔清〕劉熙載《藝概》卷一《詩概》

沈約《宋書謝靈運傳論》謂靈運『興會標舉』，延年『體裁明密』，所以示學兩家者，當相濟有功，不必如惠休上人好分優劣。

——〔清〕劉熙載《藝概》卷一《詩概》

顔延年詩體近方幅，然不失爲正軌，以其字字稱量而出，無一苟下也。文中子稱之曰：『其文約以則，有君子之心。』蓋有以觀其深矣。

——〔清〕劉熙載《藝概》卷一《詩概》

延年詩長於廊廟之體，然如《五君詠》，抑何善言林下風也。所藴之富，亦可見矣。

——〔清〕劉熙載《藝概》卷一《詩概》

左太沖《詠史》似論體，顏延年《五君詠》似傳體。

——〔清〕劉熙載《藝概》卷一《詩概》

韋傅《諷諫詩》，經家之言（阮嗣宗《詠懷》，子家之言（顏延年《五君詠》，史家之言（張景陽《雜詩》，辭家之言。

——〔清〕劉熙載《藝概》卷一《詩概》

端己詞情深語秀，雖規模不及後主、正中，要在飛卿之上。觀昔人顏、謝優劣論可知矣。

——王國維《人間詞話》（作於光緒三十四年左右）

主要參考文獻

一、古籍類

（一）經部

〔唐〕賈公彦《周禮注疏》，中國國家圖書館藏宋八行本
〔梁〕皇侃《論語義疏》，乾隆五十三年鮑廷博《知不足齋叢書》本
〔清〕任大椿《小學鉤沉》，中國國家圖書館藏清嘉慶二十二年汪廷珍刻本
〔清〕顧震福《小學鉤沉續編》，復旦大學圖書館藏清光緒十八年刻本
〔清〕曹元忠《南菁劄記》，上海辭書出版社圖書館藏清光緒二十年江陰使署刻本
〔清〕龍璋《小學搜佚》，民國十八年攸水龍氏鉛印本
〔清〕黄奭《黄氏逸書考·漢學堂經解》，上海古籍出版社影印清道光黄氏刻、民國二十三年江都朱長圻補刻本
〔清〕阮元校刻《十三經注疏》，中華書局，一九八〇年
許維遹《韓詩外傳集釋》，中華書局，一九八〇年
〔清〕段玉裁《說文解字注》，上海古籍出版社，一九八一年
楊伯峻《春秋左傳注》，中華書局，一九八一年
〔清〕王先謙《詩三家義疏》，中華書局，一九八七年
〔清〕孫詒讓《周禮正義》，中華書局，一九八七年
〔清〕馬瑞辰《毛詩傳箋通釋》，中華書局，一九八九年
〔清〕孫星華《白虎通義校勘記》，上海書店出版社，一九九四年

李學勤主編《十三經注疏》，北京大學出版社，一九九九年
〔清〕張玉書《康熙字典》，中華書局，二〇〇四年
黃焯《經典釋文彙校》，中華書局，二〇〇六年
遲鐸《小爾雅集釋》，中華書局，二〇〇八年

（二）史部

〔唐〕杜佑《通典》，上海人民出版社影印日本宮內廳書陵部藏北宋刻本
〔唐〕杜佑《通典》，中國國家圖書館藏傅增湘校本
〔唐〕李延壽《南史》，商務印書館影印元大德刻本
〔梁〕沈約《宋書》，中國國家圖書館藏宋元明三朝遞修本
〔明〕陳鎬《陋巷志》，明正德二年刻本
〔晉〕葛洪《西京雜記》，《四部叢刊》影印明嘉靖二十一年孔天胤刻本
〔唐〕杜佑《通典》，明王德溢、吳鵬嘉靖刻本
〔梁〕沈約《宋書》，明萬曆二十二年南京國子監刊本
〔梁〕沈約《宋書》，明萬曆二十五年北監本
〔明〕陳鎬撰、〔明〕呂兆祥重修《陋巷志》，明萬曆二十九年刻本
〔梁〕沈約《宋書》，明末毛氏汲古閣本
〔唐〕司馬貞《史記索隱》，明末毛氏汲古閣覆刻本
〔梁〕沈約《宋書》，清乾隆四年武英殿本
〔宋〕周應合《景定建康志》，中國國家圖書館藏清錢大昕抄本
〔宋〕周應合《景定建康志》，清嘉慶六年金陵孫忠愍祠本

〔清〕湯球《九家舊晉書輯本》，商務印書館，一九三六年
〔宋〕司馬光《資治通鑒》，中華書局，一九五六年
〔漢〕司馬遷《史記》，中華書局，一九五九年
〔漢〕班固《漢書》，中華書局，一九六二年
〔南朝·宋〕范曄《後漢書》，中華書局，一九六五年
〔梁〕蕭子顯《南齊書》，中華書局，一九七二年
〔唐〕魏徵、令狐德棻《隋書》，中華書局，一九七三年
〔梁〕沈約《宋書》，中華書局，一九七四年
〔唐〕房玄齡《晉書》，中華書局，一九七四年
〔晉〕陳壽著、〔南朝·宋〕裴松之注《三國志》，中華書局，一九八二年
〔唐〕杜佑《通典》，中華書局，一九八八年
楊守敬《水經注疏》，江蘇古籍出版社，一九八九年
〔清〕顧祖禹《讀史方輿紀要》，中華書局，二〇〇五年
吳樹平《東觀漢記校注》，中華書局，二〇〇九年

（三）子部

〔唐〕歐陽詢編《藝文類聚》，上海圖書館藏南宋紹興刻本
〔唐〕徐堅編《初學記》，日本宮内廳書陵部藏南宋紹興十七年余十三郎宅刻本
〔宋〕李昉《太平御覽》，《四部叢刊》影印日本藏南宋蜀刻本
〔梁〕僧祐《弘明集》，上海古籍出版影印宋磧砂延聖寺刻本藏經
〔梁〕僧祐《弘明集》，中華大藏經本，底本爲金藏廣勝寺本，殘缺字句補以高麗藏本

〔梁〕僧祐《弘明集》，《四部叢刊》輯上海涵芬樓藏明刊本
〔梁〕僧祐《弘明集》，日本寬永十四年活字印本
〔晉〕崔豹《古今注》，《四部叢刊》三編子部影印芝秀堂宋刻本
〔唐〕歐陽詢《藝文類聚》，明正德十年錫山華堅蘭雪堂銅活字本
〔唐〕歐陽詢《藝文類聚》，日本東洋文庫藏朝鮮活字印本
〔唐〕歐陽詢《藝文類聚》，明嘉靖九年宗文堂刊本
〔唐〕徐堅《初學記》，明嘉靖安國桂坡館刻本
〔唐〕張彥遠《歷代名畫記》，臺北『國家圖書館』藏明嘉靖刻本
〔梁〕吳均《續齊諧記》，明嘉靖《顧氏文房小說》本
〔宋〕葉廷珪《海録碎事》，西安博物院藏明萬歷二十七年劉鳳刻本
〔宋〕王欽若《册府元龜》，中華書局影印明崇禎本
〔明〕王象晉《二如亭羣芳譜》，明末毛氏汲古閣本
〔清〕陳淏《花鏡》，康熙二十七年善成堂本
〔清〕王灝《佩文齋廣羣芳譜》，清康熙四十七年内府刻本
〔唐〕歐陽詢《藝文類聚》，文淵閣四庫全書本
〔宋〕葉廷珪《海録碎事》，文淵閣四庫全書本
〔明〕文震亨《長物志》，文淵閣四庫全書本
〔唐〕虞世南《北堂書鈔》，文淵閣四庫全書本
〔清〕馬國翰《玉函山房輯佚書》，上海古籍出版社影印清光緒九年長沙嫏嬛館刊本
〔唐〕虞世南《北堂書鈔》，清光緒十四年南海孔氏三十有三萬卷堂影宋刊本

〔日〕源順編《倭名類聚抄》,『下總本』繫寫本,明治二十九年楊守敬刊本
余嘉錫《世説新語箋疏》,中華書局,一九八三年
〔唐〕歐陽詢《藝文類聚》,中華書局,一九八六年
汪榮寶《法言義疏》,中華書局,一九八七年
向宗魯《説苑校證》,中華書局,一九八七年
黄暉《論衡校釋》,中華書局,一九九〇年
湯用彤校注《高僧傳》,中華書局,一九九二年
王利器《顔氏家訓集解》,中華書局,一九九三年
〔梁〕僧祐《出三藏記集》,中華書局,一九九五年
〔宋〕葉廷珪《海録碎事》,中華書局,二〇〇二年
〔唐〕徐堅《初學記》,中華書局,二〇〇四年
胡守爲《神仙傳校釋》,中華書局,二〇一〇年
李小榮校箋《弘明集校箋》,上海古籍出版社,二〇一三年
劉立夫、魏建中、胡勇譯注《弘明集》,中華書局,二〇一三年

(四)集部

〔梁〕蕭統編、〔唐〕李善注《文選》,中華書局一九七四年影印南宋淳熙八年尤袤刻本
〔梁〕蕭統編、〔唐〕李善注《文選》,中國國家圖書館出版社二〇一七年影印南宋淳熙八年尤袤刻本
〔梁〕蕭統編、〔唐〕李善、吕延濟、劉良、張銑、李周翰、吕向注《六臣注文選》,《四部叢刊》影印南宋中期福建路刻本
〔梁〕蕭統編、〔唐〕李善、吕延濟、劉良、張銑、李周翰、吕向注《文選》,人民文學出版社二〇〇八年影印日本足利學校藏明州六家注本

《詩淵》，書目文獻出版社影印北京圖書館藏明稿本

〔明〕馮惟訥《古詩紀》，重慶圖書館藏明嘉靖三十九年甄敬刻本

〔陳〕徐陵《玉臺新詠》，《四部叢刊》影印明無錫孫氏活字本

〔明〕張燮《七十二家集·顔光禄集》，中國國家圖書館藏明末張燮刻本

〔明〕張溥《漢魏六朝百三家集·顔光禄集》，深圳圖書館藏明末婁東張氏刻本

〔宋〕郭茂倩《樂府詩集》，《四部叢刊》影印明末毛氏汲古閣刊本

〔宋〕蒲積中《古今歲時雜詠》，中國國家圖書館藏明抄本

〔宋〕蒲積中《古今歲時雜詠》，文淵閣四庫全書本

〔明〕劉節《廣文選》，文淵閣四庫全書本

〔明〕馮惟訥《古詩紀》，文淵閣四庫全書本

〔明〕張溥編《漢魏六朝百三家集·顔光禄集》，文淵閣四庫全書本

〔梁〕蕭統編、〔唐〕李善注《文選》，中華書局一九七七年影印清嘉慶十四年胡克家刻本

〔明〕張溥《漢魏六朝百三家集·顔光禄集》，清光緒五年彭懋謙信述堂刻本

〔清〕吳汝《漢魏六朝百三名集選·顔光禄集選》，中國國家圖書館藏民國六年都門書局鉛印本

范文瀾《文心雕龍注》，人民文學出版社，一九五八年

〔清〕嚴可均《全上古三代秦漢三國六朝文》，中華書局，一九五八年

陳延傑《詩品注》，人民文學出版社，一九五八年

〔清〕沈德潛《古詩源》，中華書局，一九六三年

丁福保編《清詩話》，上海古籍出版社，一九六三年

〔宋〕郭茂倩《樂府詩集》，中華書局，一九七九年

〔明〕胡應麟《詩藪》，上海古籍出版社，一九七九年
逯欽立校注《陶淵明集》，中華書局，一九七九年
〔清〕何文焕《歷代詩話》，中華書局，一九八一年
丁福保《歷代詩話續編》，中華書局，一九八三年
〔漢〕王逸注、〔宋〕洪興祖補注《楚辭補注》，中華書局，一九八三年
逯欽立編《先秦漢魏晉南北朝詩》，中華書局，一九八三年
趙幼文《曹植集校注》，人民文學出版社，一九八四年
〔梁〕蕭統編、〔唐〕李善注《文選》，上海古籍出版社，一九八六年
陳伯君《阮籍集校注》，中華書局，一九八七年
趙超《漢魏南北朝墓志彙編》，天津古籍出版社，一九九二年
金開誠、董洪利、高路明《屈原集校注》，中華書局，一九九六年
顧紹柏《謝靈運集校注》，中州古籍出版社，二〇〇四年
俞紹初《建安七子集》，中華書局，二〇〇五年
丁福林、叢玲玲《鮑照集校注》，中華書局，二〇一二年
戴明揚《嵇康集校注》，中華書局，二〇一四年

二、現當代研究著作

陳垣《廿二史朔閏表》，古籍出版社，一九五六年
繆鉞《讀史存稿》，三聯書店，一九六三年
余嘉錫《四庫提要辯證》，中華書局，一九八〇年
陳寅恪《隋唐制度淵源略論稿》，上海古籍出版社，一九八二年

譚其驤主編《中國歷史地圖集》，中國地圖出版社，一九八二年
呂思勉《魏晉南北朝史》，上海古籍出版社，一九八三年
陸侃如《中古文學繫年》，人民文學出版社，一九八五年
錢鍾書《管錐編》，中華書局，一九八六年
黃水雲《顏延之及其詩文研究》，文史哲出版社，一九八九年
錢穆《國史大綱》，商務印書館，一九九一年
［法］謝和耐《中國社會史》，江蘇人民出版社，一九九五年
［美］唐德剛《史學與文學》，華東師範大學出版社，一九九九年
［英］阿諾德·湯因比著，劉北成、郭小凌譯《歷史研究》，上海人民出版社，二〇〇〇年
陳寅恪《元白詩箋證稿》，三聯書店，二〇〇一年
陳寅恪《金明館叢稿初編》，三聯書店，二〇〇一年
王國維《王國維文學論著三種》，商務印書館，二〇〇一年
宗福邦、陳世鐃、蕭海波《故訓匯纂》，商務印書館，二〇〇三年
李德輝《唐代交通與文學》，湖南人民出版社，二〇〇三年
萬繩楠整理《陳寅恪魏晉南北朝史講演錄》，貴州人民出版社，二〇〇八年
諶東飆《顏延之研究》，湖南人民出版社，二〇〇八年
［日］岡村繁《周漢文學史考》，上海古籍出版社，二〇〇九年
錢基博《中國文學史》，上海古籍出版社，二〇一一年
李佳《顏延之詩文選注》，黃山書社，二〇一二年

三、單篇論文

繆鉞《顔延之年譜》，《中國文化研究彙刊》，一九四八年第八卷
沈玉成《關於顔延之的生平和作品》，《西北師大學報》，一九八九年第四期
李之亮《顔延之行實及〈文選〉所收詩文繫年》，《鄭州大學學報》，一九九四年第一期
諶東飆《論顔詩「以用事爲博」》，《求索》，一九九七年第二期
吴懷東《顔延之詩歌與一段被忽略的詩潮》，《山東大學學報》，一九九八年第四期
黄亞卓《論顔延之公宴詩的復與變》，《上海師範大學學報》，二〇〇三年第三期
熊紅《生前名噪　身後寂寞——近二十年顔延之研究綜述》，《湖北社會主義學院學報》，二〇〇三年第五期
鄧小軍《陶淵明政治品節的見證——顔延之〈陶徵士誄並序〉箋證》，《北京大學學報》，二〇〇五年第五期
楊曉斌《顔延之生平與著述考》，西北師範大學二〇〇五年博士學位論文
石磊《顔延之行實與詩文作年新考》，《古籍整理研究學刊》，二〇〇八年第六期
葉飛《顔延之研究綜述》，《開封大學學報》，二〇〇九年第四期
王永平、孫豔慶《顔延之的經學建樹及其學風旨趣》，《黑龍江社會科學》，二〇〇九年第六期
莫礪鋒《顔延之〈陶徵士誄並序〉在陶淵明接受史上的地位》，《學術月刊》，二〇一二年第一期
楊曉斌《〈顔延之集〉版本源流考論》，《古籍整理研究學刊》，二〇一二年第一期
孫明君《顔延之與劉宋宮廷文學》，《文學遺産》，二〇一二年第二期
石磊《顔延之研究百年回顧》，《古籍整理研究學刊》，二〇一四年第五期
葛雲波《古籍整理如何出精深之作——以校證兩種〈弘明集〉整理本爲例》，《文藝研究》，二〇一五年第八期